KB141159

초기사림파문집
역주총서
2

허백정집虛白亭集 2

홍귀달 저

부산대학교 점필재연구소
김남이, 김용철, 김용태, 김창호, 부영근 옮김

점필재

허백정집虛白亭集

조선 초기의 문신 洪貴達(세종 20년, 1438~연산군 10년, 1504)의 시문집. 9권(원집 3권, 속집 6권) 6책. 목판본. 사화로 산실되고 남은 저자의 유문을 후손들이 수합하여 家蔣하였다가 광해군 2년(1610) 外玄孫 崔挺豪가 求禮縣監으로 부임하였을 때 현손 洪鎬에게 이 家藏本을 얻고 전라도 관찰사 鄭經世의 도움으로 이듬해인 광해군 3년(1611)에 간행하였다. 《原集 初刊本》 原集은 목판본 3권 3책으로 詩 1권, 文 2권으로 이루어졌으며, 鄭經世가 序文을, 崔挺豪가 跋을 썼다. 그 후 憲宗朝에 후손 洪宗九가 미처 收拾하지 못했던 저자의 유문을 모으고 동암공(?)이 작성한 연보를 아울러 續集 3책을 編輯하여 간행하려던 중 卒하자 洪麟璨 등이 이 일을 續行, 헌종 8년(1842) 柳致明의 校勘을 거친 후 洪殷標·洪箕璨·洪敬模가 繕修하여 1843년에 간행하였다. 《續集初刊本》 續集은 목판본 6권 3책으로 詩 4권, 文 1권 및 年譜, 行狀 등으로 되어 있다. 헌종 9년(1843) 柳致明이 後序를, 후손 洪麟璨·洪殷標가 跋을 썼다. 본 번역의 대본은 原集은 고려대 만송문고장본, 續集은 국립중앙도서관장본이다.

허백정 홍귀달虛白亭 洪貴達

세종 20년(1438) ~ 연산군 10년(1504)

본관은 부계(缶溪). 자는 겸선(兼善), 호는 허백당(虛白堂)·함허정(涵虛亭). 아버지는 효손(孝孫)이며, 어머니는 노집(盧緝)의 딸이다. 세조 6년(1460) 강릉 별시 문과에 급제, 겸예문을 거쳐 예문관봉교가 되었다. 1467년 이시애(李施愛)의 난을 평정하는 데 공을 세우고 이조정랑이 되었다. 예종 1년(1469) 장령으로 춘추관편수관이 되어 『세조실록』 편찬에 참여했다. 성종 10년(1479) 도승지로서 연산군의 생모 윤비(尹妃)의 폐출에 반대하여 투옥되었다. 1481년 천추사(千秋使)로 명나라에 다녀왔으며, 이후 충청도관찰사·형조참판·이조참판 등을 역임했다. 연산군 4년(1498) 무오사화 직전, 왕의 난정(亂政)을 들어 간하다가 사화가 일어나자 좌천되었다. 1500년 왕명으로 『속국조보감』·『역대명감』 등을 편찬하고 경기도관찰사로 나갔다. 1504년 손녀(彦國의 딸)를 궁중에 들이라는 연산군의 명을 어겨 장형(杖刑)을 받고 경원으로 유배되던 중 단천에서 교살되었다. 중종반정 후 복관되고 이조판서에 추증되었다. 시호는 문광(文匡)이다.

머리말

조선전기는 그 어느 시기보다 자명한 것처럼 보인다. 훈구파와 사림파라는 선명한 구도가 통설로 받아들여지고 있기 때문이다. 조선 건국을 주도하고 거듭된 정치적 격변을 겪으며 정치권력을 틀어쥐었던 훈구파, 그리고 그들의 배타적 독점과 누적된 병폐를 비판하며 성장한 재지사족 출신의 사림파라는 대립 구도가 그것이다. 전자는 文章華國을 문학론의 주요 논거로 활용했기에 사장파, 후자는 心性修養을 문학론의 핵심 논리로 내세웠기에 도학파라 명명하기도 한다. 이처럼 명확한 만큼 조선전기 연구는 조선후기와 비교할 때, 한산하기 그지없다. 관심으로부터 멀리 떨어져나간 고립된 섬과도 같다.

물론 조선전기라는 시대가 현재 우리의 삶과 상당한 거리를 가지고 있어 관심으로부터 멀어졌을 가능성이 있다. 하지만 다채롭기 그지없는 조선 후기의 눈부신 모습 때문에 시야가 흐려진 이유도 있을 것이다. 실제로 조선후기가 근대로 이행하는 시기임을 입증하기 위해는 조선전기를 '암흑의 시대'로 만들지 않을 수 없었다. 예컨대 실학이 이전 시기에 대한 자기반성 또는 누적된 병폐를 비판적으로 딛고 일어난 탈 중세적 또는 근대적 운동이라는 점을 입증하기 위해서는 조선전기를 부정적으로 묘사할 수밖에 없었던 것이 훈구파하면 으레 부화하고 퇴영적인 모습을 떠올리고, 사림파하면 으레 경직되고 고답적인 모습을 떠올리게 되는 것은 그런 까닭이다.

하지만 세종과 성종으로 대표되는 그 시기가 조선을 유교 문명국가로 완성시킨 시기였음도 누구나 인정하는 사실이다. 그렇다면 어느 것이 적확한 이해일까. 조선전기에 대한 우리의 관심은 이런 소박한 질문으로부터 시작되었다. 더욱이 조선전기 훈구파와 사림파의 구분이 사상적으로든 사회경제적으로든 통념처럼 명확하게 구분되지 않는다는 비판은 점차 설득력을 높여 가고 있다. 그렇다면 지금이야말로 조선전기의 실체적 진실을 재론하지 않을 수 없는 때이다. 당대 인물의 구체적인 삶에 대한 탐구가 필요하다고 판단하게 된 까닭이다.

그리하여 우리는 조선전기를 이끌어갔던 인물군상의 동태에 실증적으로 다가가려는 여정을 기획하게 되었다. 어느 때를 막론하고 인간이야말로 그 시대를 이끌어가는 핵심 동력이다. 그리고 그 인간을 제대로 이해하기 위해서는 그들 자신이 남긴 기록을 비껴갈 수 없다. 살아생전의 시문을 수습하여 엮은 문집은 그래서 중요하다. 물론 문집은 한 인간의 생애를 총체적으로 보여주는 정돈된 자료인 동시에 한 인간의 행적을 인상적으로 기억하게 만드는 완결된 서사이기도 하다. 때문에 문집에는 문집 주인공은 물론 문집을 편찬한 시대의 분투가 아로새겨져 있기 마련이다. 조선전기 문인의 문집을 꼼꼼하게 번역하며 그 시대를 읽어보겠다는 장대한 목표는 그렇게 해서 분명해졌다.

우리는 그 첫 번째 역주 대상을 무오사화와 갑자사화 때 화를 입은 인물들의 문집으로 잡았다. 이들은 성종 때 점필재 김종직에게 직·간접적인 학문적 영향을 받으며 성장했고, 연산군 때 자신의 정치적 이상을 실현해보려고 하다가 결국 좌절당했다는 공통점을 지니고 있다. 아니, 조선전기 훈구파와 사림파의 대결이 불러온 파국의 절정을 보여주는 사례로 꼽혔던 당사자들이었다. 그렇다면 바로 그들의 삶에서 조선전기라는 문제의 시대로 들어가는 단서를 찾을 수 있겠다고 판단했다. 그리하여 이런 문제의식을 공유한 연구자를 모으고, 방대한 분량의 문집을 지속적으로 역주할 수 있는 재정적 기반을 마련해야 했다. 마침내 미더운 연구자들이 하나 둘 모였고, 한국연구재단으로부터 역주 작업을 위한 재정 지원도 받게 되었다. 그때 그 기쁨, 지금도 생생하다. 그로부터 햇수로 8년이란 시간이 흘렀다. 그 짧지 않은 기간 동안 젊은 연구자의 진로가 다기했던 만큼, 작업을 함께 한 연구자들도 적지 않게 바뀌었다. 그리고 문집에 담겨있는 시문의 난해함은 우리의 의욕보다 훨씬 더 단단한 벽으로 다가왔다. 번역을 하는 작업이 얼마나 힘들고 어려운 작업인지 절실하게 깨달았다.

그럼에도 불구하고 온갖 우여곡절을 겪으며, 시간은 결국 번역 작업의 끝을 우리에게 보여주었다. 이제 출간을 앞두고 오래 전에 번역한 것들을 다시금 훑어보니, 잘못되고 아쉬운 대목이 이루 헤아릴 수 없을 만큼 많다. 하지만 더 미룰 수 없어 부끄러운 모습 그대로 세상에 내놓는다. 앞으로 공부해 나가면서 고치고 보완해나갈 것을 다짐하며. 그간, 힘든 역주 작업에 함께 했던 모든 분들께 깊이 감사드린다.

2014년 6월 20일

역주자를 대신하여 정출헌이 쓰다

차례

| 서序

| 제문祭文

|잡저雜著

허백정집 발문

허백정집 권2

시詩

취수옹醉睡翁이 꽃을 기르는 기문記文 옹은 곧 진사 이겸李謙이다
醉睡翁養花記 翁卽進士李謙[1]

일찍이 하루는 취수옹이 양화시養花詩의 서문序文을 보내 나에게 보여주고 그 뒤에다 기문記文을 써주기를 구했다. 나는 천성이 게을러 평소에 다른 사람과 사귀면서도 그 집에 찾아가지는 않았다. 이 옹翁과는 또한 의기意氣로 사귀었지만 또한 일찍이 한 번도 그의 집에 가서 이른바 꽃을 기르는 곳을 본 적이 없는데 기문을 어떻게 쓴단 말인가?

嘗一日, 醉睡翁送致養花詩序示余, 且要記其後. 吾性懶, 平生與人交, 闕於尋訪. 與翁亦意氣之交也, 又未嘗一至其第見所謂養花處, 奈如記何?

마침 나에게 찾아온 손님 가운데 일찍이 옹과 함께 그의 집에서 취하여 잤던 사람이 있었다. "옹이 꽃나무를 대하는 것은 마치 봄바람이 만물을 대하는 것과 같습니다. 진실로 따뜻하게 불어주는 사랑하는 인仁을 입어 생명 있는 것은 어느 것 하나 태깔을 받지 않는 것이 없습니다. 대개 일찍이 옹과 함께 그의 정원을 구경하며 직접 눈으로 보았습니다. 잠자리에 들거나 밥을 먹거나 병이 들지 않으면 옹은 일찍이 손수 북돋아주지 않는 적이 없었습니다. 무릎을 들여놓고 발을 디딜만한 땅만 놔두고 나머지는 모두 꽃나무입니다. 붉은 꽃, 흰 꽃, 노란 꽃, 자주 꽃, 높은 것, 낮은 것들이 앞뒤로 섞여 있고 사이사이 보이고 층층이 우거져 있습니다. 어떤 것은 농밀하기 마치

1 李謙: 본관 丹陽. 흥덕현감·장령·사성을 거쳐 중화부사를 지냈다. 1519년 기묘사화 때 장령으로서 대사성 柳雲과 趙光祖 등을 변호하는 극렬한 상소를 올려 파직되었다. 영조 때 이조참의에 추증되었다.

장려화張麗華가 술기운을 띤 듯하고, 어떤 것은 교태가 마치 양귀비楊貴妃가 막 잠에서 깬 듯합니다. 바람에 날려 담을 넘어간 것은 마치 왕소군王昭君이 변새邊塞로 나간 것 같고 이슬에 젖어 아래로 처진 것은 마치 녹주綠珠가 누각에서 떨어지는 것 같습니다. 떨어진 것은 신부인愼夫人이 의자가 끌어내려진 것 같고 뒤집힌 것은 이부인李夫人이 이불을 덮은 것 같습니다. 천 가지 태깔 만 가지 모습이 거의 자세히 형용할 수 없습니다. 진실로 그대의 마음의 솜씨로 제가 눈으로 본 것을 그려낸다면 또한 하나의 조물주의 창조가 될 것입니다."

客有嘗與翁醉睡於其第者曰: "翁之於花木, 如春風之於萬物, 苟被煦嫗吹噓之仁, 無有不性命而容色[2]焉. 蓋嘗與翁遊于其園而目之, 非寢食與疾病, 翁之手未嘗不於培植, 除容膝着足之地, 餘皆花木也. 紅者·白者·黃者·紫者, 高者·低者, 雜沓先後, 間見而層出. 或濃如張麗華[3]之帶酒, 或嬌如楊貴妃[4]之罷睡, 風而過墻者, 如昭君[5]之出塞, 露而低垂者, 如綠珠[6]之墮樓, 落者如愼夫人[7]之却座, 覆者如李夫人[8]之掩被, 千態萬狀, 殆不可以覼縷. 苟以子之心匠, 寫吾之目, 則亦一造

2 容色: 용모와 안색을 아울러 이르는 말.
3 張麗華: 남북조시대 陳後主의 총애를 받은 애첩.
4 楊貴妃: 중국 당나라 玄宗의 妃(719~756). 이름은 太眞. 춤과 음악에 뛰어나고 총명하여 현종의 총애를 받았으나 안사의 난 때 살해당하였다.
5 昭君: 王昭君. ?~?. 전한 元帝 때의 궁녀. 이름은 嬙. 자는 소군. B.C.33년(竟寧1) 匈奴와의 친화정책을 위해 흉노왕 呼韓邪單于에게 시집가서 아들 하나를 낳았다. 그뒤 호한야가 죽자 흉노의 풍습에 따라 왕위를 이은 그의 正妻 아들에게 재가하여 두 딸을 낳고, 그곳에서 생을 마쳤다.
6 綠珠: 西晉 시대 石崇의 愛妾. 매우 아름답고 또 피리를 잘 불었는데. 당대의 권력자 孫秀가 그녀를 뺏으려다가 이루지 못하자 뒷날 왕의 명령을 가장하여 석숭을 체포하니 綠珠가 누각에서 떨어져 자살함으로써 석숭의 사랑에 보답하였음.
7 愼夫人: 자치통감 전한 효문제 2년 신부인은 한문제가 총애한 후궁. 한문제가 어느날 신부인의 자리를 황후와 동렬에 놓자 원앙이 신부인의 자리를 아랫자리로 끌어내린 일을 가리킨다.
8 李夫人: 한무제의 총애를 받던 여인. 傾國之色 고사의 주인공. 李延年의 누이.

化也."

어떤 이가 말했다. "서경書經에 이르지 않았습니까. '사물을 너무 사랑하면 뜻을 상하게 된다[玩物喪志]' 고요. 진실로 옹이 즐거움은 두었지만 또한 덕을 상하고 칠정七情에 해가 되지 않겠습니까?" 내가 말했다. "상할 거야 없습니다. 사물이 사람에게 누를 끼칠 수는 없습니다. 진실로 안으로 살펴 곧으면 비록 높은 벼슬자리도 오히려 누가 되지 않는데 하물며 꽃나무같이 정이 없는 것이겠습니까?

或曰: "書不云乎, 玩物喪志[9], 若翁娛樂則有之矣, 不亦傷于德而損於情乎!" 余曰: "無傷也! 物未有能累人者也. 苟內省而貞, 則雖軒裳圭組, 尙不能爲累, 況如花木之無情者乎?

무릇 사물이 사람에게 누가 되는 까닭은 내가 사사로이 소유해서입니다. 나와 사물은 함께 천지의 마음을 받아 본성으로 삼고 천지의 기를 받아 모습으로 삼습니다. 사물과 내가 각각 스스로 하나의 천天인데 과연 누가 소유할 수 있겠으며 누가 사사로이 둘 수 있겠습니까? 다만 사물과 나는 이미 같이 천지가 낳은 것이니 그 기세가 서로 친하지 않을 수 없습니다. 꽃은 또한 그 가운데 정밀하고도 화려한 것이라 사람이 사랑함이 스스로 마땅히 일반 사물과 다르게 되는 것입니다. 취수옹이 기르는 것 같은 경우는 그의 뜻이 또한 이와 같을 뿐이지 감히 사사로이 두어 소유하겠습니까? 만약 세상 사람들이 자기 것이 아닌 사물을 훔쳐다가 자기 것으로 삼는다면, 그것을 얻고 잃는 것에 따라 슬프고 기쁘게 될 것이니 그가 본래 가지고

9 玩物喪志': 서경 「旅獒第七」에 "玩人喪德, 玩物喪志, 志以道寧, 言以道接."이라고 되어 있다.

있던 것조차 함께 잃어버리게 될 것입니다.

大凡物之所以能累人者, 以吾私而有之也. 吾與物, 俱受天地之心以爲性, 天地之氣以爲形, 物與我, 各自其天, 果孰有之, 而孰私之耶? 但物我旣同是天地之生, 則其勢不得不與相親. 花則又其中之精且華者, 人之愛也, 自當與凡物殊異. 若醉睡翁之養, 則其意亦若是而已, 敢私而有之. 如世人竊非有之物, 爲己之有, 以得喪爲悲歡, 幷喪其所固有者乎!

그대는 어찌 옹이 꽃나무 사이에서 취하여 잠든 모습을 보지 않습니까? 손님이 오면 술 가져오라 부르고 술이 오면 마시고 마시면 취하고 취하면 잠들어 주석酒席이 흩어진 속에서 서로 베고 누웠으니 몸은 취향醉鄕에 있고 정신은 화서국華胥國에서 노닙니다. 손님이 가도 더 있으라 할 줄 모르며 꽃이 피고 져도 슬퍼하고 기뻐할 줄 모릅니다. 이때를 당해서 꽃 신령이 내 정원에 있다는 것을 어찌 알겠으며 꽃도 또한 옹에게 무엇을 관여하였겠습니까? 그런 후에야 비로소 옹이 꽃을 기르는 것이 끝내 옹에게 병통이 되지 않는다는 것을 알게 될 것입니다.

子盍觀夫翁之醉睡於花木間乎? 客至則呼酒, 酒至則飮, 飮則醉, 醉則睡, 相與枕藉乎杯盤之間, 身在醉鄕[10], 神遊乎華胥之國[11], 客去而不知留, 花開落而不知悲喜. 當是時, 豈知花神之囿我園, 而花亦於翁何與焉? 然後始知翁之養花, 終不爲翁病矣."

---

10 醉鄕: 술이 거나하게 취하여 느끼는 즐거운 경지. 장자

11 華胥之國: 華胥國. 『列子』「皇帝」篇에, "황제가 낮잠을 자는데, 꿈에 華胥氏의 나라에 가니 그 나라는 君長도 없고 자연에 맡길 따름이요, 그 백성을 욕심이 없고 자연에 맡길 따름이었다. 이윽고 잠을 깨어 깨달음이 있어 천하가 크게 다스려졌다." 하였다.

어떤 이는 입을 다물었다. 이윽고 손이 가자 어떤 이도 또한 물러가기에 그의 말을 글로 써서 옹에게 주어 기문으로 삼는다. 비록 그러하나 어떤 이의 말도 이치가 있으니 옹은 그 말을 생각해 보시라.

或者語吶. 須臾客去, 或者亦退, 書其言以與翁爲記. 雖然, 或者之言, 則有理矣. 翁其思之.

양한정養閑亭 기문記文

養閑亭記

함창咸昌은 작은 현이나 산수의 아름다움은 비록 큰 군郡보다 더 낫다. 산줄기가 북쪽으로부터 내려와 용과 뱀이 꿈틀거리듯 남쪽으로 큰 내를 바라보며 그치니 서려있는 모습 울창하다. 이곳에다 관아를 설치했다. 서쪽으로는 여러 산들이 동쪽으로 달려오니 그 모습이 딱따구리가 하늘을 날듯 높기도 하고 낮기도 하다. 현을 몇 리 남겨두고 그치되 너른 들 가에 작은 개울을 누르고 덩그러니 홀로 빼어난 곳이 옥산玉山이다. 산에는 모두 기이한 돌무더기와 대숲이다. 내를 끼고 푸른 소나무와 짙푸른 버드나무가 있고 또 온갖 꽃들이 섞여있어 바라보면 울창하고도 웅숭깊다. 이산을 등진 집과 이 냇가의 정자는 생원 김녕수金寧秀 문숙文叔이 사는 곳이다.

咸昌小縣，而山水之麗，雖大郡不如．山自北來，龍行而蛇轉，南望大川而止，輪囷紆鬱，於是乎縣置焉．西有連山東鶩，其狀如啄木飛空，高低不常，望縣數里而止．臨曠野，壓小川，塊然獨秀者玉山也．山皆奇石叢篁，挾川有蒼松翠柳，又雜以象卉，望之蓊蔚而深邃．負山而家，臨川而亭者，生員金寧秀文叔之居也．

문숙文叔은 어려서 일선군一善郡 금오산金烏山 봉계鳳溪 옆에서 살았다. 바로 고려 충절신 길재吉再의 외후손으로서 대대로 그 땅에 살았다. 요사이 십 몇 년 사이에 이곳으로 옮겨와 사니 대개 조상들이 남긴 터이기 때문이다. 증조는 휘가 이소履素인데 학문과 행실로 이름이 났으며 향당에서는 그의 효를 칭송했다. 문숙은 충절과 효도하는 가문의 후예이며 이곳이나 그곳이나 모두 살기좋고 아름다운 땅이다. 그의 집안에 전해온 것과 빼어난 기운이 모인 것이니 사는 곳과 봉양하는 음식이 몸을 바꾼다더니 그의 사람됨을 알만하다. 하물며 어려서부터 시詩와 예禮의 가르침을 좋아하여 그의 이름이 사마시司馬試의 향기로운 방牓에 올랐으니, 진실로 높이 날아오르는 데 뜻을 둘만하니 그가 연못 속의 물건으로 끝나지 않을 것은 분명하다.

文叔少居一善[1]金烏[2]鳳溪之傍, 乃高麗節臣吉再之外裔, 而世居其地. 邇來十有餘年間, 移居于此, 蓋其祖先之遺基也. 曾祖諱履素, 以學行著名, 鄕黨稱其孝. 文叔以忠孝之裔, 彼此皆佳麗之地, 其箕裘之傳[3], 秀氣之鍾, 居養之移, 爲人可知已. 況早悅詩禮之敎, 名芳于司馬之牓, 苟有意於蜚騰, 其不爲池中物也必矣!

그러나 그의 뜻이 명성과 이익에 구차하지 않고 높이 베고 한가하게 누워 마치 몸을 마칠 것처럼 한다. 그가 사는 곳의 그윽함과 몸의 한가함을 즐기며 그의 정자의 은혜로움에 보답할 생각을 두어, 나에게 정자의 이름과 기문을 구하여 그 편액扁額을 장식하려고 하였다. 그래서 나에게 말했다. "높은 관직과 큰 작위는 누군들 하지 않으려 하겠습니까? 그것이 저절로 온다면 제가 어찌 거절하겠습니까? 이것에는 천명이 있어서 요행으로 오게 할 수 없으니 제가 어찌 감히 저의 마음과 힘을 헛되이 쓰겠습니까? 좋은 산과 빼어난 물, 층층이 쌓은 누대는 세상 사람들이 또한 가지고 있는 사람이 많지만 그러나 저의 재물을 들여 사고 저의 힘을 들여쌓아야 한다면 제가 어찌 쉽게 얻을 수 있겠습니까?

1 一善: 一善郡. 선산군(지금의 경북 구미시)의 신라시대 이름.
2 金烏: 金烏山. 경상북도 구미시 남통동에 있는 산. 높이 977m.
3 箕裘之傳: 가업의 문한을 이어받음.

然其志不規規於聲利, 高枕閑臥, 若將終身. 樂其居之幽身之閑, 思有以報其亭之惠, 則從余求名與記, 以華其額. 因語與云: "高官大爵, 誰不欲之? 使其自至, 吾亦何拒? 是有命焉, 不可幸而致, 則吾何敢枉費吾之心力哉? 佳山秀水, 層臺累榭, 世人亦多有之者, 然使用吾財而買, 勞吾力而築, 則吾豈易得也?

이 땅은 저의 조상들의 옛터라서 다행히도 전해져 저에게까지 왔습니다. 제가 정자를 일으킴에 또한 그 땅을 쌓아 터를 닦고 그곳 돌을 포개어 계단을 쌓고 그 곁에 서있는 나무를 찍어 재목을 삼고 그곳 절벽의 풀을 베어 지붕을 이었습니다. 일찍이 하나도 저의 재물과 힘을 들이지 않았으니 거의 하늘이 저에게 남겨주어 한가로움을 준 것이라 봅니다. 벼슬길에 수레와 말이 달리고 촉蜀으로 가는 길처럼 어려운 곳에서 땀을 흘리는 사람들이 몇몇인지 알지 못하겠습니다.

斯地也, 吾祖先之舊, 而幸傳及我. 吾之起亭也, 亦累其土而基, 排其石而階, 斧其旁植而材, 斬其崖草而葺, 曾無一介費吾財力, 殆天所以遺我而供其閑也. 車馳馬走, 揮汗於蜀道之難[4]者, 不知幾也.

저의 정자는 옷을 걷고 자리에 편안하게 앉으면 널따란 평상이 서늘하여 날씨가 찌는 듯해도 뜨거운 해가 엿보지 못하고 부채질하지 않아도 맑은 바람이 소매 속에 가득 들어옵니다. 세상 사람들이 바쁘게 달리고 시절이 찌는 듯 더워도 저는 알지 못합니다. 봄날이 따사로우니 새소리 들리고 가을기운에 풀벌레 소리 어우러집니다. 제비는 처마에서 꾀꼬리는 나무에서 지저귀는데 각기 제 소리대로 울면서 조금도 쉬지 않습니다. 저는 시 한권을 가지고 있지만 게을러 입도 열지 않습니다. 이웃 사는 늙은이와 들에 사는 늙은이들이 너무

4 蜀道之難: 험한 산길을 가리킴. 이백의 시 「蜀道難」 중 "蜀道難 難於上靑天."

도 더워 급히 달려와 더위를 식히려 그늘을 찾는 자들이 찾아오면 저는 몇 걸음도 나가지 않고 그들이 오고가는 데 맞이하고 보냅니다. 머리에는 삿갓 쓰고 손에는 삽을 들고 몸소 밭고랑에 물을 대는 사람 가운데에는 혹시 동성의 높은 분도 계시고, 저는 매우 낮지만 또한 제 밭에 물이 충분한지 말랐는지조차도 알지 못합니다.

> 吾之亭, 衽席安, 匡牀涼, 天炎而畏日不窺, 不扇而淸風滿袖, 世人之奔忙, 時候之蒸鬱, 吾不知也. 春暖而鳥聲, 秋氣而蟲韻, 燕呢鶯喧, 于樹于簷, 各自鳴其鳴, 曾不少休. 而吾有詩一卷, 懶不開口, 隣翁野叟, 觸熱急走而來, 借涼庥蔭者相屬, 而吾不出數步之間, 迎送其往還. 頭笠手鍤, 躬灌田于畝者, 或族姓之尊, 而吾甚卑, 亦不知吾田之水歟旱歟.

술이 있으면 마시고 없으면 그만두니 술이 있고 없고 조차도 저는 상관하지 않습니다. 물살은 빠른데 꽃잎조차 자주 떨어져 눈앞 모든 것이 바쁜데 제 한 몸만이 가만히 움직이지 않습니다. 천지 사이에 무릇 혈기 있는 것으로 저같이 한가한 것이 없습니다. 비록 삼정승의 귀한 신분과 백금百金의 부유함으로도 저는 바꾸기를 원하지 않습니다. 저는 이로써 저의 일생을 마치려고 하는데 그대가 보기에 어떻습니까?"

> 有酒則飮, 無則止, 酒之有無, 吾不管. 水流急, 花落頻, 滿目俱忙, 而吾一身寂然不動. 天地間凡有血氣者, 無有如我閑者, 雖三公之貴, 百金之富, 吾不願易也. 吾欲以此而終吾生, 子以爲何如?"

내가 말했다. "좋습니다. 이것으로 정자 이름을 지을만합니다. 이름을 '양한養閑'으로 합시다. 비록 그러하나 지금 국가에서 충신과 효자의 후예를 찾고 있습니다. 어딘가에 한 사람이 있으면 비록 먼 후예라 하더라도 반드시 올려서 씁니다. 하물며 그대는 충과 효 두 가지 아름다운 조상을 함께 가졌으며 또한 스스로 높이 날아오를 자질을 가지고 있지 않습니까? 제가 또 보건대 문숙文叔이 이 정자에서 지내면서 아들과 조카들을 가르쳐 외우고 읽는 소리가 끊어지지 않으니 장차 반드시 날아오를 사람이 그 사이에서 나올 것입니다. 저는 그대가 끝내 한가함만을 기를 수 없는 것을 압니다. 자손들도 또한 자연에서 한가로울 수만은 없을 것입니다. 몸은 비록 한가롭지 못하겠지만 만약 그 정신이 한가롭다면 마주치는 정경마다 모두 편안하여 사물에 부리지 않을 것입니다. 비록 온갖 책무가 한 몸에 모인다 해도 이 마음이 고요하다면 수레의 바퀴축이 여러 바퀴살들을 통어하듯 여러 움직임이 나로부터 나오지만 나는 움직이지 않을 것이니 이것이 또한 한가로움일 뿐입니다. 어찌 반드시 산림 속으로 도망가 왕후王侯를 섬기지 않고서야 비로소 한가로움이 될 수 있겠습니까?"

余曰: "善! 是可以名亭矣. 請名之曰'養閑'. 雖然, 今國家求忠臣孝子之後, 有一於此, 雖遠裔, 必登而庸之, 況足下俱二美而有, 且自有蜚騰之質乎? 吾又觀文叔之居斯亭也, 訓子與姪, 誦讀不絶聲, 將必有蜚騰者出於其間矣. 吾知子終不得養閑, 而子孫亦將不得閑於林泉矣. 身雖不得閑, 如閑其神, 遇境皆安, 不役於物, 雖百責萃身, 而此心之靜, 如車軸之統群輻, 群動由我, 而我不動焉, 則是亦閑而已矣. 何必逃名山林, 不事王侯, 始爲閑也?"

문숙文叔이 일어나 사례하였다. "감당하지 못하겠습니다. 그러나 지극한 말씀을 감히 소홀히 할 수 있겠습니까?" 이에 글로 써 기문으로 삼았다.

文叔起謝曰: "不敢當, 然至言敢忽諸乎!" 於是書以爲記.

만경정萬景亭 기문記文
萬景亭記

서울에서 서쪽으로 삼십리를 가면 고양高陽이라는 군이 있다. 군의 남쪽 시오리쯤에 압도鴨島라는 모래톱이있다. 그 상류에 집을 지었으니 전내금위前內禁衛 박후朴侯의 집이다. 가는 산줄기가 북에서 내려와 험한 골짜기가 되었으니 집은 바로 두 골짜기 사이에 있다. 집 남쪽에 정자를 짓고 이름을 '만경萬景'이라고 했다. 대개 넓은 들을 끼고 긴 강을 내려다보고 있어서 기상氣象이 다양한 까닭에 그리 이름한 것이다.

> 國城西行三十里, 有郡曰高陽[1], 郡之南十五里, 有洲曰鴨島[2]. 家于其上流者曰"前內禁衛[3]朴侯之第". 殘山北來而爲峽, 家在兩峽間, 亭于其南曰'萬景'. 蓋臨曠野, 瞰長江, 氣象多, 故名焉.

이제 정수강丁壽崗 군이 나에게 말했다. "후는 이름이 윤손閏孫이요 자는 창조彰祖입니다. 글을 배우다가 이루어지지 않았고 또 칼 쓰기를 배웠으나 뜻에 차지 않자 또 버리고 농사일을 배웠습니다. 농사지어 남은 곡식이 있게 되고 몸에는 한 가지 일도 없자 또 놀러다니는 것을 좋아했습니다. 놀러 다니다가 경치 좋은 곳을 보자 이에 정자를 지었습니다. 정자에 만 가지 경치가 있지만 사려해도 돈이 들지 않고 가지려해도 금지하는 이 없습니다. 인간 세상의 작위와 녹봉이며 저잣거리의 물화들을 잃기는 쉽고 얻기는 어려운 것과는 다릅니다.

---

1 高陽: 경기도의 중앙에서 약간 서쪽에 있는 지명이다.
2 鴨島: 서울 난지도의 옛 이름.
3 內禁衛: 조선 시대에, 임금을 호위하던 군대. 궁궐을 지키는 禁軍에 소속되어 있었으며, 태종 7년(1407)에 설치하였다

그러므로 후는 이곳을 즐기며 세상일을 잊고 장차 이곳에서 천명을 마치려고 합니다. 비록 만금으로 바꾸려고 하는 사람이 있어도 원하지 않을 것입니다. 아아! 인간세상은 쉽게 바뀌니 돌아보건대 썩지 않는 것만 남을 뿐입니다. 공의 한 마디를 얻어 정자를 썩지 않게 하려 하니 이것이 후가 바라는 것입니다."

今有丁君壽崗[4]語余云: "侯名閬孫, 字彰祖, 學書不成, 又學劍, 志不滿, 又棄而學稼焉. 稼有餘粟, 身無一事, 則又好遊, 遊有勝地, 於是乎亭焉. 亭有萬景, 購之無價, 取之無禁, 與夫人間爵祿, 市肆物貨, 易失而難得者異矣. 故侯樂而忘世, 將以終其天于此, 雖有欲易以萬金者, 不願也. 嗚呼! 人世易遷, 顧有不朽者存, 倘得公之一言, 以爲亭之不朽, 此則侯之願也."

내가 말했다. "아아! 벼슬길에 나아가고 물러나는 모습을 보고 그의 사람됨을 짐작할 수 있고, 좋아하고 숭상하는 것을 보고 그 사람이 마음 둔 것을 알 수 있다. 내가 비록 후와 일찍이 알던 사이는 아니지만 이제 이것으로써 후의 한 몸이 처음과 끝을 정할 수 있겠다. 나 홍애자洪崖子가 능력도 없으면서 벼슬에서 물러날 줄도 모르고 흰머리 되어서도 홍진에 묻혀 헛되이 강호에서 기와 새들과 한 맹세를 저버리고 있는 것을 보는 것과 어떠한가? 후의 일로 인해 스스로를 경계하고 이에 기문을 짓고 또 사를 짓는다."

余曰: "噫! 觀其進退, 可以卜其人, 見其好尙, 可以知其志. 余雖未嘗與侯相識, 今以是有以定侯之一身終始矣. 其視洪崖子無能而不知退, 白

---

4 丁君壽崗: 丁壽崗. 단종 2년(1454)~중종 22년(1527). 본관 羅州. 1477년 식년문과에 을과로 급제하였다. 연산군 10년(1504) 갑자사화에 연루되어 파직당하였다. 중종 1년(1506) 중종반정으로 재등용되어 原從功臣 1등에 책록되었으며, 이듬해 강원도관찰사로 외보되었다 저서로는 『월헌집』이 있다.

首於紅塵, 空負江湖魚鳥之盟者, 爲何如? 因俟以自警, 於是記又詞."

사詞에 이른다
눈길은 강 하늘 따라 넓어지고 뒤에는 푸른 산이 있네
인간 세상 경치 좋은 곳 여기만한 데 드물다
난간에 기대 늦은 경치 바라보니 새 한 마리 돌아가네
거울같은 물결 속 물고기를 바라보며 여러 세상기미 잊는다
아아! 인간 세상엔 시비도 많구나

詞曰:
眼豁江天兮背翠微　　人間勝景兮似此稀.
憑闌晩眺兮獨鳥歸　　鑑流觀魚兮忘群機.
嗟哉! 人世兮多是非.

사섬시司贍寺 연정蓮亭 기문記文

司贍寺[1]蓮亭記

사람들은 좋아하는 것이 서로 다르니, 좋아하는 것을 보면 그 사람됨을 알 수 있다. 지금 매화와 대나무로 형兄을 삼고 소나무와 국화로 벗을 삼아 자연에 푹 빠져 이내와 놀을 마음 가득 품은 사람은 비록 적은 양의 쌀과 소금을 매매하는 일에 파묻혀 있다 하더라도 결단코 속된 자는 아니다. 만약 요황姚黃과 위자魏紫 같은 모란의 빼어난 꽃송이와 요염한 꽃을 좋아하는 사람은 비록 제 스스로 도연명의 참 마음과 같다고 말해도 나는 믿지 않을 것이다.

人所好不同, 於其所好, 而其人可知焉. 今夫兄梅竹, 友松菊, 膏盲泉石, 心膽烟霞者, 雖埋沒米鹽斗斛之間, 決非塵埃中人也. 若夫妖黃 · 魏紫[2], 奇葩艷蘂之好之者, 雖自謂淵明之眞, 吾未信也.

전후로 사섬시司贍寺에 계시던 몇몇 군자들은 거의 이와 같았다. 사섬시는 우리나라에서 돈을 관리하는 관청으로서, 맡은 임무가 중요하기 때문에 대체로 청렴한 선비를 골라 쓴다. 전에는 유자빈柳自濱 · 송질宋軼 등의 공이 있었고, 지금은 정난손鄭蘭孫 · 박시행朴始行 · 고태익高台翼 · 권헌權憲 등의 공이 있다. 이 몇몇 군자에게 돈을 관리하게 했으니, 속세 속에 파묻혀 있다고도 말할 수 있다. 그러나 이내와 놀과 샘물과 돌의 아취를 좋아하는 것은 항상 사람이 있는 곳에 따라

---

1 司贍寺: 조선시대 楮貨의 주조 및 外居奴婢의 貢布에 관한 업무를 관장하던 관서이다.

2 妖黃·魏紫: 姚黃과 魏紫는 모란의 대명사이다. 歐陽修『洛陽牧丹記』「花釋名」에 "백성인 姚氏의 집에서 나는 姚黃이란 모란과 재상 魏仁溥의 집에서 나는 魏紫라는 모란이 낙양성에서 가장 으뜸이다." 하였다.

달라지기 마련이니, 이것이 연정蓮亭이 지어진 까닭이다.

司贍寺前後數君子者, 其庶幾乎! 寺爲我國錢幣之府, 其任重, 故其官率用淸修之士, 前有柳公自濱 · 宋公軼[3], 今有鄭公蘭孫 · 朴公始行 · 高公台翼 · 權公憲[4]. 其尤也. 以數君子而使之守錢幣, 雖謂埋沒塵埃中, 可也. 然其烟霞泉石之雅好, 則未嘗隨其地而異焉, 此蓮亭之所以作也.

사섬시에는 옛날에 정자가 없었다. 기해년에 유자빈 공이 사섬시 정正이 되어 처음 지었다. 그 뒤에 첨정僉正 송질 공이 정자의 서쪽에 연못을 파고 연꽃을 심었는데 매우 풍성하였다. 현재 사섬지 정인 정난손 공, 부정인 박시행 공, 첨정인 고태익 공, 직장인 권헌 공 등이 중건하여 찬란하게 볼만하게 되었다. 때때로 그곳에서 술자리 베풀고 시를 읊으니, 이른바 '가운데는 통하고 바깥은 곧으며, 진흙탕 속에 있어도 더러워지지 않는다.[中通外直, 泥而不汚.]'는 표현이 '화합하고 시류에 휩쓸리지 않는[和而不流]' 이 몇몇 군자들의 기상과 합치하고 정경情境과 통하니, 연꽃을 사랑함이 어찌 헛된 일이겠는가? 내가 기문을 짓는 것은 다름 아니라 뒷날 이 정자에 오르는 사람이 무엇을 좋아해야 하는지 알기 바라기 때문이다.

寺舊無亭, 歲己亥, 柳公爲正, 始構之. 後僉正宋公, 池于亭之西, 植以芙蕖甚盛. 今正鄭公 · 副正朴公 · 僉正高公 · 直長權公, 作而重新之,

---

3 宋公軼: 宋軼. 단종 2년(1454)~중종 15년(1520). 본관 礪山. 성종, 연산군 시기 여러 관직을 역임했다. 중종 1년(1506) 중종반정 때에는 예조판서로서 靖國功臣 3등에 책록되고, 礪原君에 봉군되었다. 시호는 肅靖이다.

4 權公憲: 權憲. ?~연산군 10년(1504). 본관 安東. 자 耆章. 성종 20년(1489) 공신의 적장손으로 특별히 기용되었다. 연산군 아래에서 비리 사건에 대해 여러 번 상소하다가 하옥되어 옥중에서 죽었다. 성품이 곧고 순박하였다.

煥然可觀. 有時觴詠其中, 所謂'中通外直, 泥而不汚'者,[5] 與數君子之和而不流[6]者, 氣象相涵, 情境交澈, 則蓮之愛, 夫豈徒哉? 吾作記, 正欲後之登斯亭者, 庶幾有以知所好云.

5 所爲~汚者: 周敦頤 「愛蓮說」에 "연꽃이 진흙에서 나왔으면서도 물들지 않고 맑은 물결에 씻기면서도 요염하지 않으며, 속이 비어 있고 겉이 곧으며 덩굴 뻗지 않고 가지 치지 않으며, 향기가 멀수록 더욱 맑고 우뚝이 깨끗하게 서 있어, 멀리서 바라볼 수는 있으나 함부로 가지고 놀 수 없음을 나만 홀로 사랑한다. [予獨愛蓮之出於游泥而不染, 濯淸漣而不夭, 中通外直, 不蔓不枝, 香遠益淸, 亭亭淨植, 可遠觀而不可褻翫焉.]" 하였다.

6 和而不流: 『中庸』 10장에 "군자는 화합하기는 하나 휩쓸리지는 않으니, 강하기도 하구나. [君子, 和而不流, 强哉矯.]" 했다.

매당梅堂 기문記文

梅堂記

같은 소리는 서로 호응하고 같은 기운은 서로 찾는다. 요임금·순임금·우임금·탕왕·문왕·무왕 같은 임금이 위에서 나오면, 그 아래에 반드시 고요皐陶·기夔·후직后稷·설契·이윤伊尹·부열傅說·주공周公·소공召公 같은 신하가 그 아래에서 나오는 것은 무엇 때문인가? 서로 호응하고 찾는 기운이 비슷하기 때문이다. 사물도 또한 마찬가지이다. 국화는 꽃 가운데 은둔자에 해당하기 때문에 국화를 좋아하는 사람은 도잠陶潛이고, 연꽃은 꽃 가운데 군자에 해당하기 때문에 연꽃을 좋아하는 사람은 주돈이周敦頤 선생이었다. 대나무나 매화의 경우도 마찬가지로 좋아하는 사람이 각각 있었다. 비록 그렇기는 하지만 무엇이 매화와 그 고상함을 다툴 수 있겠는가?

同聲相應, 同氣相求. 有堯·舜·禹·湯·文·武之君作於上, 必有皐·夔·稷·契·伊·傅·周·召之臣出於下, 何? 相須之殷氣類故也. 物亦有之. 菊, 花之隱逸者也, 是故, 好之者五柳先生[1]. 蓮, 花之君子者也, 是故, 愛之者濂溪[2]夫子. 若竹也梅也, 好之亦各有之. 雖然, 孰有梅與爭高者乎爾?

그 써늘하게 얼음처럼 맑은 점은 바위투성이 골짜기의 기운이 서려 있고, 우뚝 옥처럼 서있는 점은 관각당상의 자태이다. 어떤 것은 처사處士처럼 바싹 마르고, 어떤 것은 신선처럼 유연하다. 빛깔과

---

1 五柳先生: 晉나라 陶潛이 그의 집에 버드나무 다섯 그루를 심어 놓고 스스로 이르던 號이다.

2 濂溪: 北宋 성리학자 周敦頤(1017~1073)가 살던 곳으로, 이로 인하여 그를 濂溪先生이라 부른다. 그는 「愛蓮說」을 지어 연꽃의 덕을 칭송하였고, 「太極圖說」을 지어 만물생성의 이치와 심신 수양의 방법을 밝혔다.

모습이 서로 같지 않기도 하지만 운치는 언제나 같다. 비유하자면 백이伯夷는 맑고 유하혜柳下惠는 화락하다는 점에서 비록 같지 않지만 모두 성인이라는 점은 같고, 고요·기·후직·설·이윤·부열·주공·소공은 이룩한 사업이 서로 다르지만 성스럽고 명철한 제왕을 보좌하였다는 점에서는 같다. 게다가 서호西湖의 임포林逋, 동각東閣의 하손何遜, 매화 그림을 읊은 간재簡齋, 붉은 꽃을 읊은 소식蘇軾 등은 그 사람됨이 간결하고, 고아하고, 호방하고 자유로워 서로 같지 않았지만, 모두 아름답고 훌륭한 시대의 빼어난 군자라는 점에서는 같다.

其凜凜氷清, 則有巖壑氣, 丁丁玉立者, 爲廟堂姿. 或枯槁如處士, 或綽約如仙子. 色相或不同, 而風韻未嘗不同. 譬如伯夷 · 柳下惠, 雖淸和不同, 而同歸於聖, 皐 · 夔 · 稷 · 契 · 伊 · 傅 · 周 · 召, 雖事業異宜, 而同是聖帝明王之佐. 至如西湖逋仙[3] · 東閣詩老[4] · 詠墨之簡齋[5] · 賦紅之坡翁[6], 雖其人簡古豪縱之不同, 而要皆翩翩瑞世之佳君

---

3 西湖逋仙: '西湖'는 杭州 孤山 아래에 있는 호수인데, 北宋 시인 林逋(967~1028)가 그곳에서 매화나무 삼백 그루를 심고 학을 기르며 은거하여 당시에 梅妻鶴子라 불렀다. 그의 청신 담백한 시풍은 宋詩의 선구라 할 수 있고, 매화를 노래한 걸작이 많다.

4 東閣詩老: '東閣'은 고을의 수령이 거처하는 곳인데, 梁나라 시인 何遜이 建安王의 水曹官으로 楊州에 있을 때 관청 뜰에 매화 한 그루가 있어 매일같이 그 밑에서 시를 읊곤 하였다. 그 후 洛陽에 돌아갔다가 그 매화가 그리워 다시 양주로 발령해 주길 청하여 양주에 당도하니, 매화가 한창 피어 매화나무 아래서 종일토록 서성거렸다.《梁書 列傳 卷43 하손 조항》

5 詠墨之簡齋: '簡齋'는 北宋 시인 陳與義(1090~1138)의 號이다. 靖康의 난(1126) 이후에 북송 시인들이 모두 없어지고 오직 진여의만이 남았는데, 그 詩才가 탁월하고 변화에 능통했다 한다. '詠墨'은 칠언절구 5수로 지은 「和張規臣水墨梅」를 이른다.

6 坡翁: 北宋의 대문호 蘇軾(1036~1101)을 이른다. 그는 자 子瞻, 호 東坡, 諡號 文忠으로, 아버지 蘇洵, 아우 蘇轍과 더불어 '三蘇'라 불리며, 3父子가 모두 唐宋八大家이다.

子也.

현재 태허大虛 조위曺偉가 문장으로 세상에 소문이 자자하다. 그의 명망은 위에서 말한 몇몇 군자와 막상막하이니, 그가 무엇을 좋아하는지 알 수 있다. 태허는 경북 김천의 산수자연의 명승지에 집을 짓고 집의 동북쪽 모퉁이에 당堂을 지었다. 골짝물이 바위틈에서 흘러나와 밤낮으로 생황소리를 내며 당을 지나 흘러간다. 태허는 손수 천엽매千葉梅를 당의 섬돌 가에 심고, 매당梅堂이라 이름 지었다. 나에게 편지를 보내 "그대는 매화의 품목을 모두 아십니까? 내가 심은 것은 꽃받침이 다른 것에 비해 크고 향기도 보통 것과 다르니, 매화 가운데 가장 뛰어난 것을 구한다면 오직 이것일 뿐입니다. 원컨대 그대의 한 마디 말로 이 매화의 향기와 덕을 드높이고 싶습니다." 하였다.

今曹侯大虛[7], 以文章鳴於世, 其名望, 蓋相伯仲於向所謂數君子者, 其所好可知. 大虛家于金陵[8]溪山勝處, 堂于家之東北隅, 澗水自巖石間出, 日夜奏笙竽過堂去. 侯手植千葉梅于堂之除, 因以名其堂. 抵書謂余曰: "子悉梅之品乎? 吾所植, 其花瓣比他較大, 香亦異於常, 求梅之最絶者, 獨此耳. 願借一言, 以發揚其馨德."

내가 말했다. "아아! 이것은 참으로 그렇구나. 주인이 훌륭한 사람이니, 그가 심은 것은 보통 매화와 다른 것이 당연하다. 향기와 덕에 대해서는 이전 현자의 말씀이 상세하니, 내가 무슨 말을 하겠는가. 하물며 태허는 시를 잘 지어 당대에 이름을 떨치고 앞 시대 이름난 시인을 압도하였다. 임포林逋의 '그윽한 향기, 성근 그림자[暗香疏影]' 같은 구절은 진작부터 하찮게 여겼으니 내가 무슨 말을 하겠는가?

---

7 大虛: 曺偉의 字이다.
8 金陵: 경상북도 김천의 별칭이다.

홀로 황정견黃廷堅의 '옛 부터 음식에 간 맞추는 매실, 이 물건으로 조정에 오르리.[古來和鼎實, 此物升廟廊.]'라는 구절을 사랑하였다. 상商나라 고종高宗이 부열傅說에게 '만약 국에 간을 맞춘다면 너는 소금과 매실이 되어라.[若作和羹, 汝作鹽梅.]' 했다. 이것이 실로 매화를 아는 사람의 말이다. 바야흐로 지금은 문왕·무왕보다 훌륭한 임금께서 위에 계시니, 다재다능한 태허가 어찌 하손何遜·임포林逋 등의 몇몇 군자처럼 자처하여 시작詩作으로 명성을 기대하는 데 그칠 수 있겠는가. 앞으로 기본을 배양하여 결실을 맺어 조정에 나아가 정책을 보좌한다면 모든 백성이 온갖 은택을 입을 것이니, 이렇게 된다면 이 시대를 위해 다행한 일이 아니겠는가?" 태허大虛는 이름이 위偉이고 본관이 창녕昌寧이다.

余曰: "噫! 是固然矣. 主人是人中之表, 其植固宜異於尋常. 若其馨德, 則前賢之述備矣, 余何言哉? 況大虛以能詩擅名當世, 壓倒前代之名家, 如'暗香疏影[9]'之句, 固已奴視矣, 余何言哉? 獨愛黃廷堅詩[10]曰: '古來和鼎實, 此物升廟廊.' 商高宗命傅說曰: '若作和羹, 汝作鹽梅.'[11] 是實知梅者. 余亦謂方今有文武以上之君作於上, 如大虛豈宜以東閣·西湖數君子自處, 止以聲律睹名字而已哉! 將培其根, 摘其實, 升之

9 暗香疏影: 林逋 「小園小梅」시에 "성긴 그림자는 맑고 얕은 물 위에 비껴 있고, 은은한 향기는 황혼 달빛 아래 부동하누나. [疎影橫斜水淸淺, 暗香浮動月黃昏.]" 했다.

10 黃廷堅詩: '황정견(1045~1105)'은 北宋 시인으로, 자 魯直, 호 山谷道人·涪翁이다. 그는 蘇軾 문하에서 배웠고 그의 문인화파에 속한다. 蘇軾·米芾·蔡襄과 함께 宋四大家로 불리고, 唐 승려 懷素의 맥을 잇는 자유분방한 草書體로 유명하다. 시는 「古詩二首上蘇子瞻」이라는 제목으로, 원문은 다음과 같다. "江梅有佳實, 托根桃李場. 桃李終不言, 朝露借恩光. 孤芳忌皎洁, 冰雪空自香. 古來和鼎實, 此物升廟廊. 歲月坐成晚, 烟雨靑已黃. 得升桃李盤, 以遠初見嘗. 終然不可口, 擲置官道傍. 但使本根在, 弃捐果何傷."

11 命傅~鹽梅: 『書經』 「商書·說命」에 "若作酒醴, 爾惟麴蘖. 若作和羹, 爾惟鹽梅."라 했다.

廟廊, 以調和殷鼎, 使萬口皆得五味之正, 豈非斯世幸歟?"大虛, 諱偉, 昌寧人.

애경당愛敬堂 기문記文
愛敬堂記

집을 '애경愛敬'이라 명명한 것은 어째서인가. 여기에 집을 지은 것은 나의 부모님을 위해서이다. 어머니를 섬김에는 사랑함이 주가 되고, 아버지를 섬김에는 공경함이 주가 된다. 부모님을 위해 이미 집을 지었다면, 이 집에 사는 자가 어찌 잠시라도 사랑과 공경을 잊을 수 있겠는가.

堂以愛敬名, 何也? 家于此, 爲吾親也. 蓋事母則愛主焉, 事父則敬主焉. 家旣爲親建, 則居是堂者, 豈容斯須忘愛敬耶?

내 살아온 지 40, 50년 되도록 가난하여 집이 없었다. 성화成化 신축년(성종 12, 1481)에 어머니가 돌아가셔서 여기에 장사지냈다. 3년상을 마치고 그 옆 비어있는 땅에 잡초를 제거하여 작은 초가집을 짓고는 만년에 이곳에 귀의할 계획을 세웠는데 불행히도 얼마 있다가 불에 타 재가 되었다. 아, 어찌할 것인가. 그 이후 홍치弘治 기유년(성종 20, 1489)에 아버지께서 기어이 돌아가셔서 또 이곳에 장사지냈다. 부모님 은혜에 보답할 마땅한 곳이 없음을 애통히 생각하다가 아침 저녁으로 향불을 피우고 나서 틈나는 대로 예전 여막이 있던 곳 조금 남쪽에 주춧돌을 놓아 수십 개의 기둥을 세웠으니, 바로 아버지 묘소의 서쪽이요 어머니 묘소의 남쪽이다. 집 서남쪽 모퉁이에 세 칸짜리 당을 지어 제사를 올리는 곳으로 삼았다. 기와를 얹고 벽을 바르고 난 뒤에 마침 탈상脫喪하게 되었다. 혼령의 신위가 놓일 자리를 마련하여 증조부 이하 여러 신주를 합하여 제사를 지냈다. 음복을 마친 뒤에 '애경당'이라 크게 세 글자를 써서 벽에다 걸고, 여러 자제들을 불러 앞으로 오라고 하여 고하였다.

余生四十五十, 貧無家. 歲在成化辛丑, 母沒, 於是乎葬. 三年之喪畢, 因誅茅於其傍閑地, 構草廬數間, 以爲晩年歸老計, 不弔旋爲煨燼, 吁! 可奈何? 越弘治己酉, 先君尋卒, 又葬於此, 痛念報本之無其所也. 以朝夕香火有暇, 乃礎於舊廬少南, 豎數十柱, 正在父墳之西 · 母墳之南. 爲堂於室之西南隅, 凡三楹, 以爲享祀受釐之處. 旣瓦旣壁, 適値卽吉[1]之初, 乃筵又席, 合曾祖考以下群廟之主而享之. 旣飮福訖, 書三大字額于壁, 呼諸子使前而告之曰:

"너희들은 내가 이 당의 이름을 지은 뜻을 알고 있느냐? 내가 이곳에 집터를 정한 것은 부모님의 묘소와 가까워 문을 나설 때마다 항상 보고 싶어서이다. 내가 우리 집을 '애경愛敬'이라 명명한 것은 집에 들어와 처자식을 마주하면 부모님을 잊을 때가 있을까 걱정하기 때문이다. 사람은 누대樓臺에 있게 되면 노래와 춤이 생각나고 방 아랫목에 있게 되면 처첩이 생각나며 넓은 들판에 있게 되면 말 달려 사냥할 생각이 나니, 있는 곳에 따라 생각이 따르게 마련이다.

"而知吾所以名吾堂義否? 吾所以卜宅于是者, 爲其近父母之穴, 而欲其出門常目之也. 吾所以名吾堂愛敬者, 恐其入門對妻孥, 有時乎忘吾親也. 凡人處樓臺則思歌舞, 處堂奧則思妻妾, 在曠野則思馳逐, 隨其處而思隨之.

나의 당堂은 비록 누추하고 작으나 또한 아내와 아이들과 즐겁게 지내고 노래와 춤에 흠뻑 취하며 손님을 맞기에 충분하다. 그러나 나는 가난하여 노래하고 춤추며 잔치를 열 돈이 없으니 진실로 이것을 보아도 경계로 삼을만한 실질이 없으나 또한 진실로 애愛와 경敬밖에 달리 할 만 한 것이 없기도 하다. 너희들이 귀하게 될지 천하게

1 卽吉: 죽은 지 27개월 만에 吉服으로 갈아입고 吉祭를 지내는 것으로, 脫喪을 뜻한다.

될지 곤궁할지 출세할지는 지금 미리 알 수야 없으니 후일 반드시 나처럼 가난하게 될지 어찌 알겠느냐. 만약 여기에서 살고 여기에서 잠자면서 저 세 큰 글자의 의미를 마음에 두지 않는 자는 내 자손이 아니다. 아! 사랑愛은 부모로부터 확립되고 공경敬은 윗사람으로부터 시작된다. 부모를 섬김에 사랑과 공경을 다한다면 다른 사람 또한 나를 사랑하고 공경할 것이다. 진정 부귀해지고 출세하려고 하여도 애경愛敬 이외에 다른 길이 없으니, 하물며 세상에 도를 행하려 하는 자이겠느냐.

吾堂雖陋且小, 亦足以娛妻子, 酣歌舞, 宴賓客矣. 然吾貧無歌舞燕戲之資, 固無視以爲警者, 固無所事於愛敬之外矣. 若而貴賤窮達, 今不可預卜, 則何知異日必如乃翁之貧且約哉? 如或居於斯, 寢於斯, 不有於三大字之義者, 則非吾子孫也. 嗚呼! 愛由親立, 敬由長始, 愛敬盡於事親, 而人亦愛敬我矣. 正使求富貴利達, 亦無他道, 況欲行道於世者乎!

우리 가문은 대대로 청빈하여 자손들에게 물려줄 것이 없었는데, 이제 이것을 남겨주니 또한 이로써 자자손손 전수하라. 이 애경愛敬의 도리를 잘 실천하면 후일 가난하고 천하게 되지 않을 수도 있을 것이다. 이미 여러 아들들에게 가르치고, 또 이 말을 기록하여 거듭거듭 스스로 경계하며, 와서 보는 향리의 자제들로 하여금 또한 각각 반성할 줄 알게 하라."

吾家世淸貧, 無以遺子孫者, 今以是遺, 而亦以遺而子而孫. 果能此道矣, 異時安知不貧賤乎? 旣以敎諸子, 又書其言, 申以自警, 且使鄕子弟之來觀者, 亦各知省云."

사암思庵 기문
思庵記

만물은 모두 내 몸에 갖추어져 있다. 크게는 군신 관계와 부자 관계, 작게는 사물의 아주 작은 것까지 하나라도 내 몸에 갖추어지지 않은 것이 없다. 사람마다 그러하지 않은 이가 없건만, 이 점을 제대로 생각하지 못하는 것이 문제이다. 생각할 때는 어떻게 해야 하는가? 처음엔 자기 수양을 생각하고 어버이 섬김을 생각하며, 또 임금 섬김을 생각해야 한다. 자기 수양을 생각하면 배우고 묻고 생각하고 변론하는 공부에 힘쓰지 않을 수 없다. 어버이 섬김을 생각하면 어버이의 마음도 봉양하고 몸도 봉양해야 한다. 임금 섬김을 생각하면 세상 사람에 앞서 근심하고 세상 사람보다 뒤에 즐거워할 마음과 저자에서 채찍질 당함을 부끄러워하는 마음을 언제 어디서나 지니고 있어야 한다. 아! 이것이 바로 사암思庵이 지어진 이유일 것이로다.

萬物皆備於我, 大則君臣父子, 小而事物細微, 無一不具於吾之身. 人莫不然, 患不思耳. 思之如何? 始焉思修其身, 思事其親, 旣又思事其君. 思修身, 則學問思辯之功, 不可不力也. 思事親, 則養志與口體, 闕一不可也. 思事其君, 則先憂後樂 · 內溝撻市之念, 自有所不能已也. 噫! 此思庵之所以作也歟!

우리 당黨의 후배 김일손金馹孫은 젊어서 글을 잘 짓는다고 이름이 났다. 그가 성균관에 있을 때 여러 생도들 중에 아무도 그를 앞서지 못하였다. 김일손의 두 형님이 같은 해에 과거에 급제하였는데, 중형이 일등을 하고 맏형이 이등을 하였다. 이 일을 두고 사람들은 어려운 일이라 하면서도 함께 시험 보던 김일손이 과장科場에서 물러난 것을 안타까워하였다. 그런데 얼마 뒤에 일거에 세 번 합격했는데 모두 일등이었다. 이는 예羿가 해를 쏠 때 한 발에 해 아홉 개를 떨어뜨린 것과 같고, 왕량王良이 조간자趙簡子의 수레를 몰 때 아침나절에 새 열 마리를 잡은 것과 같고, 매가 날아올라 항상 하늘가 구름 사이에서 닭이며 까마귀를 굽어보는 것과 같은 것이다. 사람들이 누구나 "기이하다 계운季雲이여! 어떤 방법으로 이렇게 할 수 있는가?" 하였다. 이는 다른 사람이 미칠 수 없는 재주를 가졌기 때문에 다른 사람이 할 수 없는 일을 한 것이니 하등 이상할 것이 없고, 그가 평소에 배우고 묻고 생각하고 변론하는 공부에 열심이었다는 것을 알 수 있다. 국가에서 홍문관弘文館을 설치하여 문학文學하는 선비를 대접하니, 한 시대의 문장과 경륜의 솜씨가 대체로 이로부터 나왔는데 조정에서 계운을 홍문관정자弘文館正字로 임명하였다.

吾黨之後進曰金侯季雲[1]氏, 少以能文名, 其在大學也, 諸生莫有或之先者. 侯有兩兄[2], 嘗同榜捷科, 一魁一副, 人以爲難, 而恨侯之殿也. 未幾, 果一擧三捷[3], 皆爲第一, 如羿之射日, 一發而落九烏,[4] 如王良之御簡子, 一朝而獲十禽,[5] 如鵰鶚之飛, 常天際與雲間而俯鷄鶩也.

---

1 季雲: 金馹孫의 자. 세조 10년(1464)~연산군 4년(1498). 본관 金海. 호 濯纓 또는 少微山人. 대대로 청도에서 살았다. 할아버지는 克一이고, 아버지는 孰義孟이며, 어머니는 이씨이다. 연산군 4년(1498) 柳子光·李克墩 등 훈구파가 일으킨 무오사화에서 弔義帝文의 史草化 및 소릉 복위 상소 등 일련의 사실 때문에 능지처참을 당했다. 그 뒤 중종반정으로 복관되고, 중종 때 直提學, 현종 때 도승지, 순조 때 이조판서로 각각 추증되었다.

2 兩兄: 맏형 金駿孫. 자 伯雲. 성종 3년(1472, 임진) 小科 生員試에 入格하고, 1482년(임인) 文科親試 甲科 2위로 급제하고, 1486년(병오) 文科重試 丙科 4위로 급제하고, 弘文館博士를 역임하였다. 중형 金驥孫은 자 仲雲으로, 1482년(임인) 文科親試 甲科 1위로 급제하고, 兵曹佐郎을 역임하였다.

3 一擧三捷: 金馹孫은 성종 17년(1486, 병오) 8월 生員·進士가가 되고, 10월 文科覆試에서 「中興策」으로 장원하였다.

4 羿之~九烏: 羿는 중국 신화에 나오는 궁술의 명인으로, 堯임금 때에 불타고 있던 10개의 태양 가운데 9개를 활로 쏘아 떨어뜨렸다고 한다.

人皆曰: "異哉季雲! 其何道以至此歟?" 蓋有人所不可及之才, 故能爲人所不能爲之事, 何足怪乎? 而其平日學問思辯之功, 可知已. 國家設弘文館, 待文學之士, 一時文章經綸之手, 率由此出, 朝廷方且以此待季雲.

계운은 홀로 되신 어머님께서 영남에 계시다는 이유로 진주목학晉州牧學을 자청하여 나가 달마다 어머님을 뵈러 가니 향당에서 효자라고 칭찬하였다. 계운은 "여전히 혼정신성昏定晨省을 할 수 없으니, 내 어찌 하찮은 녹봉 때문에 어머님 봉향을 폐할 수 있겠는가?" 하고는, 벼슬을 사직하고 고향에 돌아가 날마다 어머님을 모시면서 곁에서 때때옷 입고 새 새끼를 놀리며 재롱을 피웠다. 매번 바람이 일어 나무가 흔들릴 때면 앞서 돌아가신 아버님을 그리워하여 탄식하며 눈물 흘리지 않은 적이 없었으니, 계운은 순전純全한 효자라 할 만하다.

季雲以孀親在嶺外, 求講道晉陽, 月往省萱堂, 鄕黨稱孝焉. 季雲曰: "是尙不得奉晨昏, 吾安能爲五斗米, 廢吾親甘旨乎?" 乃謝歸鄕里, 日侍慈闈, 戲綵弄雛[6]於其側. 每風起樹動, 未嘗不慨然流涕於先府君之逝, 侯可謂純孝人也.

계운의 선대는 대대로 청도淸道 치소治所 서북쪽 7리쯤에 살았는데, 이에 옛 살던 곳 남쪽에 터를 잡아 맑은 냇물 가의 작은 산비탈에 새로 집을 지어 어머님께서 쉬시는 곳으로 삼았다. 집이 완성되자

---

5 王良~十禽: 王良은 고대 馭車의 명인이다. 趙簡子가 자기의 총신 嬖奚를 위해 그에게 수레를 몰게 했을 때, 바른 방법으로 수레를 몰자 嬖奚가 한 마리도 사냥하지 못하고 편법을 써서 수레를 몰자 많은 짐승을 잡았다.《孟子 滕文公 下》

6 戲綵弄雛: 春秋時代 楚나라 老萊子가 70살이 되어서도 어버이를 즐겁게 해 드리기 위해 어린애처럼 색동저고리를 입고 새끼 새를 가지고 장난을 치며 놀았다고 한다.《高士傳》

종을 시켜 나에게 편지를 보내어 “우리 집은 모두 여덟 칸이니, 복희씨伏羲氏의 팔괘八卦에서 상象을 취한 것입니다. 가운데 있는 당은 ‘일희一喜’이니, 기쁘고 즐거운 기색으로 어머님을 모시려는 뜻을 붙인 것입니다. 겨울에 적합한 방은 ‘온방溫房’이라 하고, 여름에 마땅한 방은 ‘청실淸室’이라 하였습니다. 또, 부엌 몇 칸은 ‘숙수재菽水齋’라 명명하였으니, 여기서 맛난 음식을 마련하여 어머님께 드립니다. 모두 장소마다 그 적합함을 달리 하고, 합하여 ‘사암思庵’이라 명명하였으니, 기문을 써주십시오.” 했다.

> 侯之先世, 世居淸道治之西北七里許. 於是新起別第於舊居之南淸川之上小山之麓, 以爲慈顔燕息之所. 旣乃伻來, 與秉善書曰: “凡吾屋八間, 蓋取象於庖犧氏之卦. 其中有堂曰一喜, 著承顔怡愉之意也. 房之便於冬者曰溫房, 室之宜於夏者曰淸室. 又有庖廚數間曰菽水齋, 於以供甘旨. 皆隨其處而異其宜, 合而名之曰思庵, 子其爲記.”

내가 공경히 붓을 잡고 말했다. “그대의 편지를 보고 그대가 사암이라 명명한 뜻을 알았습니다. 그렇지만 그대는 자기 수양과 어버이 봉양을 이미 잘 하고 있으니, 무엇을 생각하겠습니까? 저는 그 다음 단계를 말해보겠습니다. 예전에 북송北宋 시대 범중엄范仲淹이 ‘조정에 있으면 백성을 걱정하고 멀리 강호에 있으면 임금을 걱정한다.[居廟堂之上, 則憂其民, 處江湖之遠, 則憂其君.]’ 하였습니다. 옛사람은 임금에게 버려져 떠돌아다는 신세일지라도 밥 한 끼 먹는 사이에도 임금을 잊은 적이 없습니다. 하물며 그대는 새로 성상의 은총을 입어 서울에서 벼슬살이를 하다가 비단옷을 입고 고향으로 돌아갔으니, 임금을 생각하고 서울을 그리워하는 마음이 어찌 없겠습니까? 후일 벼슬길이 이루어지고 명성도 이루어져 깊디깊은 재상부宰相府의 존귀한 자리에 우뚝 서게 되면 생각이 다시 먼 강호의 오두막에 있을 것입니다. 그렇게 되면 이 집이 어찌 이곳에만 있겠습니까? 장차 어느 때나 어느 곳에서나 생각하지 않을 수 없을 것이니, 아! 그대의 처세가 수고롭지 않겠습니까."

兼善起而執筆言曰: "得子之書, 有以知子名庵之義. 雖然, 子於修身事親, 旣得矣, 庸何思? 吾且言其次. 昔賢有云: '居廟堂之上, 則憂其民, 處江湖之遠, 則憂其君.'[7] 古之人雖在廢棄流離之中, 未嘗一飯忘君. 況子新承恩寵, 釋褐[8]于帝里, 衣錦而還故鄕, 其思君戀國之懷, 曷嘗弛乎? 他日宦成名遂, 巍然位乎潭潭相府之尊, 其念慮顧在江海之遠·蔀屋之中矣, 則斯庵也, 豈獨於此乎? 將無時無處, 而不用其思矣, 吁! 如子之處世, 不亦勞乎?"

---

7 昔賢~其君: 昔賢은 北宋 范仲淹(989~1052)을 이르고, 「岳陽樓記」에 "不以物喜, 不以己悲. 居廟堂之高, 則憂其民, 處江湖之遠, 則憂其君. 是進亦憂, 退亦憂." 했다.

8 釋褐: 과거에 급제하여 처음 벼슬함을 이른다. 갈옷은 원래 천한 자가 입는 毛布인데, 이것을 벗고 관복을 입는 것이다. 후일 문과에 급제한 자에게는 모두 새 옷을 입혀 遊街 시켰으므로 주로 문과에 급제함을 이르는 말로 쓰였고, 蔭職 등에는 쓰이지 않았다.

묵암默庵 기문
默庵記

도성 남쪽에 진위振威라는 현縣이 있는데, 그 북쪽에 내 벗 권추權推의 집이 있다. 권추가 "나는 관직이 없어 낙향하고 싶은데, 가솔들의 떠드는 소리가 싫기 때문에 별도로 작은 집을 지어 홀로 살고자 하네. 또한 세상일에 대해 이러쿵저러쿵 얘기하고 싶지 않아 이 집 이름을 묵암默庵이라 하였네. 세상에 나를 알아줄 이가 없으니 만큼 묵암을 또 누가 알아주겠나? 묻혀버려 아무도 모를까 우려되어 한 마디 말을 얻어 내가 묵암이라 명명한 뜻을 드러내고자 하니, 자네가 꼭 말을 해주게." 하였다.

國之南有縣曰振威[1], 其北面, 吾友權推家焉. 推之言曰: "吾無官, 故退而居于鄕, 厭家口聒我耳, 故別搆小堂而獨處焉. 亦不欲談世事, 故名吾堂曰默庵. 世旣莫我知, 默又誰知? 恐泯泯而無所聞, 故欲得一言, 以發揮吾名庵之意, 子必言之."

내가 말했다. "아! 입이 참으로 중요한 기관이니, 우호 관계도 입을 통해 나오고 전쟁도 입을 통해 발생하네. 도도한 인간 세상에 비위를 건드려 재앙을 입는 길이 무한정으로 많지만 입을 말미암지 않은 경우가 있겠는가. 게다가 지극한 말은 말하지 않는 것이요, 지극한 변설은 변설하지 않는 것이네. 이런 까닭에 천지는 말이 없고 산천도 말하지 않으며, 바람은 소리만 있을 뿐 말은 없고 달은 달빛만 있을 뿐 소리가 없다네. 그대가 그 사이에서 묵묵히 있으면 하늘과 땅이

1 振威: 경기도 평택지역의 옛 지명으로, 남쪽에 海倉이 있어 남양만을 통하여 서울로 세곡을 운반하였다.

상하에 자리 잡고 산천이 좌우에 둘러있으며, 또 맑은 바람이 남쪽에서 불어오고 밝은 달이 동쪽에서 솟아오를 것이네. 그 사이의 정취와 경치를 내 어찌 쉽게 말로 할 수 있겠는가? 어찌하면 일을 그만두고 남쪽으로 갈 때 그대의 묵암에 들려 묵묵히 서로 마주하다가 한 번 웃고 이별할 수 있을까?"

余曰: "噫! 惟口, 樞機也. 出好惟口, 興戎亦惟口. 滔滔人世, 凡觸機禍其身者何限, 有不由口者乎? 且夫至言不言, 至辯不辯. 是故, 天地無言, 山川不語, 風有聲而無辭, 月有色而無聲. 子之默默乎中間, 乾坤位上下, 山川繞左右, 而又淸風自南來, 皓月從東升, 其間情境, 吾豈可以易言哉? 安得謝事而南, 道過子之庵, 得默默相對, 一笑而別乎?"

용궁현龍宮縣 부취루浮翠樓 기문
龍宮[1]浮翠樓記

용궁현龍宮縣의 맑고 얕은 사천沙川과 깊고 울창한 숲은 남쪽에 소문이 났다. 어렸을 때 고을 사람 주씨朱氏의 문하에서 글을 배웠는데, 강독講讀하다가 틈이 날 때마다 동학同學을 이끌고 시내와 숲에서 놀고, 피곤하면 객관에 들어가 쉬곤 하였다. 용궁현은 남산의 북쪽, 북산의 남쪽에 있어 사면이 푸르고, 문을 나서면 맑은 냇물이 비단 펼쳐 놓은 듯 흐르고, 냇물 건너편은 깊은 숲이 울창하니 명승지라 할 만하다. 다만 객관이 좁고 누추하며, 누대가 낮고 미약한 것이 안타까운 점이었다. 그 뒤에 나는 조정에서 벼슬하느라 수십여 년 동안 강호江湖에 발을 들여놓지 못하다가 한 번 용궁에 와 보니 좋은 경치는 예전 그대로이지만 누대와 객관의 퇴락은 더 심해져서 좋은 산천을 위해 탄식이 절로 나왔다.

龍州沙川之淸淺 · 林藪之深鬱, 聞于南州. 余少時, 學于縣人朱氏[2]之門, 每講讀有隙, 携同伴步遊川藪間, 倦則投于客舍而休焉. 縣在南山之北 · 北山之南, 四面環翠, 出門有淸流拖練, 隔水有深林蓊蔚, 可謂勝矣. 獨恨夫館舍之隘陋, 而樓臺之低微也. 爾後, 僕仕宦于朝, 足不跡湖山者, 數十餘年. 而試一至焉, 其形勝如舊, 而樓館之凋廢, 殆有甚焉, 蓋嘗爲山川興嘆也.

홍치弘治 4년(1491, 성종 22)에 양천陽川 허민許珉이 용궁현감으로 부임하여 백성에게 이익이 되는 일을 일으키고 백성에게 해가 되는 것을

---

1 龍宮: 경상북도 예천군 용궁면·개포면·지보면·풍양면 일대에 있었던 옛 고을이다.
2 朱氏: 『年譜』에 따르면 주씨의 이름은 伯孫으로, 당시 龍宮 敎授였고, 洪貴達이 10세 때에 그에게 『論語』를 배웠다.

없애니, 백성이 그의 즐거움을 즐거워하여 더 이상 일삼을 것이 없었다. 이에 산천의 경치 좋은 곳을 두루 살펴보다가 이 누각에 올라 탄식하였다. "아! 이것이 이른바 어울리지 않는다는 것이로구나. 이런 아름다운 산천이 있는데 객관이 이처럼 누추하니 어찌 수령의 책임이 아니겠는가. 하물며 관청은 개인적인 나를 위한 것이 아니라 임금의 사신을 위한 것이니 감히 혐의를 두겠는가."

弘治四年, 陽川許侯琨, 來莅玆邑. 旣興民之利, 除民之害, 民樂其樂, 而復無事於事. 則乃周覽山川之勝, 而登樓嘆曰: "噫! 是所謂不稱, 有如此山川, 而館宇如是, 庸非爲守者責乎? 況官廨, 非以私吾身也, 爲王人也, 敢嫌疑之乎?"

객관의 동쪽, 옛 누각의 북쪽에 우뚝 솟은 땅이 있고 단단한 바윗돌이 있다. 이에 그 단단한 돌을 뚫어내고 우뚝 솟은 땅을 평평하게 만들어 그 위에 누각을 지었다. 가운데 네 칸은 공사公事를 볼 때 앉는 자리로 삼고, 동쪽과 서쪽 구석진 방 각 세 칸은 어두워지면 쉬는 곳으로 삼으니, 규모가 매우 크고 아름다웠다. 누각에서 맑은 내를 굽어보면 눈이 맑아지고 정신이 상쾌해지고, 사방 산의 푸른 기운이 펼쳐져 처마와 용마루 아래 둘러 있다. 그런 뒤에야 산천의 경치와 거처하는 집이 거의 어긋나지 않게 되었다. 그리고 현감으로 온 사람도 혹시 마음이 답답하거나 정사에 막히는 일이 있을 때 이 누각에 오르면 마음이 확 트여 황연況然히 깨달아질 것이니 또한 이로움이 있는 것이다.

客館之東 · 舊樓之北, 有地隆然, 有石頑然. 乃鑿其頑, 夷其隆, 樓于其上. 中三楹, 爲公坐之所, 東西隅各室三間, 爲嚮晦燕息處, 制甚宏麗. 俯瞰晴川, 眼明神爽, 四山嵐翠, 浮浮霏霏, 繚繞乎簷甍之下. 夫然後, 地與居庶幾不相齟齬, 而爲官者, 或氣鬱而政滯, 登斯樓也, 則有豁然而霽，恍然而悟者矣，尙亦有利哉?

누각이 완성된 뒤에 어떤 이가 나에게 와서 허 현감의 말을 일러주었다. "누각은 새로 완성되었는데 아직 이름이 없습니다. 이곳은 공이 예전에 놀던 곳이니, 원컨대 공께서 이름을 짓고 기문도 지어주십시오. 산천도 역시 공에게 바라고 있을 것입니다." 내가 예전에 본 것을 가지고 '부취浮翠'라고 이름을 지었다. 그리고 또 말했다. "내가 약관도 되지 않았을 때 시내와 숲에서 놀았었는데 이제 40여 년이 되었다. 그 사이 이 고을에서 녹봉을 받으며 수령이라 불리던 사람이 얼마인지는 알 수 없지만 여태껏 누각을 지은 이가 없었는데 우리 허민 현감에 이르러 비로소 완성하였으니, 산천과 사람이 서로 만나고 만나지 못하는 것이 어찌 때가 있지 않겠는가. 비록 그렇지만 일은 구차스럽게 하면 안 되니, 귀중하게 여겨야 하는 점은 시기에 따라 하고 사람에 순응하는 것이다. 아무리 산천의 형세가 좋다 하더라도 만일 국가에 일이 많고 농사일에 시기를 잃어 백성이 근심하면서 탄식한다면 또한 어느 겨를에 공사를 하겠는가. 그런데도 공사를 한다면 다만 백성을 해칠 뿐이다. 현재는 성스럽고 명철한 임금께서 위에 계셔 백성이 편안히 지내고 어진 수령이 주와 현에 배치되어 시골 마을에서 생업을 편안히 여긴다. 백성이 즐거이 부역에 나아가기를 마치 자식이 아버지 일에 가듯 하니, 어찌 낮은 누각과 허물어진 객관에 앉아 경치 좋은 산천을 저버릴 수 있겠는가. 허민 현감의 한 조치에서 태평성대의 상징과 고을 사람의 마음을 알 수 있으니, 이는 기록하지 않을 수 없는 것이다."

旣成，有以許侯之言，來告余者曰：:"樓新而未有名．是公舊遊地也，願公名而記之，山川其亦有望于公矣." 余以疇昔所面目者，名之曰浮翠．旣又曰："余未弱冠，有川藪之遊，至今四十有餘年．其間食于土，稱守宰者, 不知幾何, 而未有作之者, 至吾侯, 始成焉. 山川之與人遇不遇, 豈有時歟? 雖然, 事不可苟作, 所貴, 因乎時, 順乎人. 雖有山川形勢之勝, 苟國家多事, 農桑失時, 閭閻愁嘆, 則亦何暇以爲, 而爲之者, 直殘民耳. 今聖明在上, 黎民按堵, 賢守令布列州縣, 田里安業, 民樂於赴功, 如子趨父, 則夫烏得而坐低樓壞館, 孤負山川哉? 於侯之一擧, 而大平之象, 邑人之心, 可知矣. 是不可以不記也."

징파루澄波樓 기문
澄波樓記

사람마다 층층이 쌓은 누대, 넓은 집, 높은 누각을 짓고 싶지 않는 이가 없다. 그러나 변후卞侯의 누각은 겨우 한 칸에다 높이도 여덟 길 밖에 되지 않고 열 사람도 채 앉지 못하니, 장대한 잔칫상과 몇 줄이나 되는 악공들이 있어도 들일 곳이 없다. 어찌 이렇게 다른 사람들과 기호를 달리 하는가? 대저 살지고 맛난 음식을 먹는 사람은 담박한 맛을 찾고, 번화한 곳에 물린 사람은 조용한 시골을 찾는다. 변후는 평소에 땅을 덮는 크나큰 집과 들을 덮는 좋은 밭을 소유하고, 창고에는 넉넉한 재물과 곡식이 있으며, 하인이 낭하에 가득 차고 첩들이 잠자리마다 가득하며, 술잔에는 술이 넘치고 자리에는 손님들이 줄지어 있다. 이른바 살지고 맛난 음식을 배불리 먹고 번화한 곳에 물린 사람은 변후를 말하는 것이 아니겠는가? 그러니 평소에 생각하는 것을 알 수 있으니 작은 이 누각이 지어진 이유일 것이다.

人莫不欲層臺累榭, 廣廈高樓. 而卞侯[1]之樓, 只一間, 高不過尋丈, 坐不容十人, 雖有食前方丈, 列樂數行, 且無所容, 是何與人異其好乃爾? 夫飯肥甘者, 思澹泊之味, 厭繁華者, 念寂寞之鄉. 卞侯平生, 廈屋蔽地, 良田遍野, 府有餘財, 庫有餘粟, 臧獲塡廊, 姬妾滿床, 樽中酒凸, 席上客列, 所謂飫肥甘厭繁華者, 非侯之謂歟? 而尋常所思念可知, 此小樓之所以作也.

그 누각은 들판 가운데 냇물 가 인적이 드문 곳에 있기 때문에 오직

1 卞侯: 卞宗仁으로 추정. 세종 15년(1433)~연산군 6년(1500). 본관 密陽, 자 子元. 시호 恭莊. 세조 6년(1460) 무과에 급제하여, 1467년 李施愛의 난이 일어나자 이를 평정하는 데 큰 공을 세워 당상관이 되었고, 全羅道兵馬節度使·工曹判書 등을 역임했다.

꽃나무만이 현란하고 들새 소리만 귀에 쟁쟁하며 물소리만 베갯머리에 졸졸거린다. 기타 마음을 어지럽히는 시끄러운 소리는 없고, 자리도 좁아서 속된 손님을 받아들일 수 없다. 매번 바람 불고 달뜨는 저녁이면 먼지를 털고 누워 산을 바라보고 물을 굽어본다. 이때 다만 기생 한 명에게 거문고 하나를 들려 따르게 하니, 천지 사이 맑은 기운이 모두 자리 사이에 모인다. 그러니 누가 누각이 작아 사물을 들일 수 없다고 말하겠는가? 나는 비록 변후卞侯가 소유한 것과 같은 좋은 밭과 훌륭한 집은 없지만, 다행히 풍운의 때를 만나 요직을 두루 거쳐 재상의 반열에 섰으니, 이른바 일반 백성으로서 최고의 위치에 오른 것이다. 비록 면류관을 쓰고 수레를 타는 몸이지만, 꿈속에서는 일찍이 물고기 놀고 새 우는 고향에 가지 않은 적이 없으니 또한 변후가 작은 누각을 지은 마음과 같은 것이다.

樓在野水之濱, 無人之境, 唯有花木之亂眼 · 野鳥之聒耳 · 水聲之喧枕. 餘無喧囂之鬧心目者, 座且窄不能容俗客. 每風月之夕, 揮塵偃臥, 面山俯水, 只許一姬一琴隨之, 凡天地間淸氣, 皆集于枉席之間, 孰謂樓小而不能容物耶? 兼善雖無良田美屋之類可以埒卞侯者, 而亦幸際會風雲, 備踐華要, 位乎宰輔之列, 所謂布衣之極也. 雖軒冕其身, 而魂夢未嘗不在於魚鳥之鄕, 亦卞侯構小樓之意也.

홍치弘治 4년(1491) 여름 아버님의 상기喪期를 마치고 서울로 올라가려 할 때 변후가 나를 초청하여 누각에서 대화를 나누었다. 술이 거나해지자 잔을 들고 다시 부탁하기를, "원컨대 벽에다 몇 글자 남겨주십시오." 하였다. 이에 일어나 노래 하나를 지었다.

작은 누각 한 칸에 밝은 달을 저장하고
비단 같은 맑은 물결에 바람 이는 물결 머금네.
평생 편히 누워 경영하는 일 없으니

사방 산은 장막이 되고 푸른 구름은 옷이 되네.
내 장차 벼슬 버리고 낙향하여
그대와 함께 한강 남쪽 낚시터에서 영원히 쉬리라.
후侯가 사례하며, "감히 마음에 새기지 않겠습니까? 드디어 글로 써서 기문으로 삼아 후일 직접 뵙는 것처럼 여기겠습니다." 하였다.

弘治四年夏, 闋父服, 將朝京師, 侯邀我話于樓上. 酒酣, 擧杯更屬曰: "願留一字于壁." 乃起而爲之歌曰:
小樓一間兮貯明月　　澄波匹練兮含風漪.
高臥一生兮無所營　　四山爲幄兮青雲衣.
吾將謝笏兮歸去來　　與君永息兮漢陰機.
侯謝曰: "敢不佩服. 遂書以爲記, 作異日面目云."

명은루明隱樓 기문
明隱樓記

우리 고을의 원님 우석손禹碩孫은 무관이면서 문장도 잘하고, 또 관리의 재능이 있었다. 고을에 부임하자마자 개연히 폐지되고 실추된 것을 수리하여 회복하는 것을 일로 삼아 몇 년이 못 되어 폐지된 모든 것이 정비되었다. 땅이 개간되고 객관이 수리되어 환하게 다스리는 도구가 새롭게 되었다. 이에 낮고 좁았던 예전 대문이 순식간에 백 척 높이의 누각으로 변모하여 객관 남쪽에 우뚝 섰다. 어떻게 백성들을 힘들게 하지 않고도 그렇게 빨리 일을 마쳤는가!

吾邑宰禹侯碩孫, 武而文, 又長於吏才. 旣下車, 慨然以修擧廢墜爲事, 未數年而百廢皆興. 田野闢, 館宇修, 煥然治具之一新. 於是, 舊大門之卑且隘者, 倏然變而爲岑樓百尺, 巋然立於客舍之南. 何其不勞民力, 而收功之速也!

완성된 뒤에 지나가던 나그네가 말했다. "누각에서 바라보는 좋은 경치가 고을에 있어도 다스림에는 도움이 되지는 않습니다. 게다가 함창咸昌은 작은 고을이니 누각이 비록 아름답다 하나 어디에 쓰겠습니까?" 내가 말했다. "그렇지 않습니다. 사람이 막힌 곳에 살면 뜻도 따라 막히고 높은 곳에 있으면 마음도 따라 넓어지니, 다스림을 펼치는 자만이 그렇지 않겠습니까. 뜻이 막히고도 정사가 잘 시행되고 마음이 좁고도 타인을 포용하는 사람을 저는 아직 보지 못했습니다. 그렇다면 올라가 둘러볼만한 아름다운 누각이 고을에 있는 것이 어찌 다스림에 도움이 되지 않는다고 하겠습니까? 하물며 수령이 백성을 대할 때는 갓난아기처럼 여기지만 백성들이 수령을 바라볼 때는 엄연히 군신 관계처럼 여깁니다. 이런 까닭에 슬프고 답답한 마음이 있어도 수령이 알지 못할 수 있으며, 근심하고 탄식하는 소리가 있어도 수령이 듣지 못할 수 있으며, 찡그리는 얼굴이 있어도 수령이 보지 못할 수도 있습니다. 무엇 때문에 이런 일이 생깁니까? 바로 형세 상 서로 막혀 있기 때문입니다.

既成, 客有過者曰: "邑有樓觀之勝, 無補於治. 且咸昌, 小邑也, 樓雖美, 何用?" 余曰: "不然. 凡人處塞則志滯, 憑高則心廣, 夫爲治者, 獨不然哉! 吾未見志滯而政通, 心不廣而能容人者. 然則邑有登覽之美, 豈云無補於治? 況夫守宰之於民也, 雖視如赤子, 而民之望之也, 儼然若君臣然! 是故, 有愍鬱之情, 而守宰有不知, 有愁嘆之聲, 而守宰有不聞, 有嚬蹙之色, 而守宰有不見. 夫何故? 勢相阻也.

내가 보자니 세상에 백성을 다스리는 자들은 백성들의 사정을 듣는다며 대부분 큰 집의 깊은 곳에 있곤 합니다. 그렇지 않으면 좁고 막혀 있는 대청과 창고에서 아전과 군졸들에게 둘러 싸여 장부정리와 곡물 관리에 묻혀 있으니 문지기는 함부로 들어온다고 밀쳐내고 관아 뜰의 아전은 함부로 호소한다고 호통을 칩니다. 앞에 말한 슬프고 답답하여 찡그린 백성이 가슴 속에 품은 억울함을 펴보고자 사람을 시켜 그의 원통함을 글로 써내면 열에 하나 보고하고 한 치 나아오면 한 자를 밀어내는 상황이니, 관아 문에 들어갈 수 있는 자들도 적으니 하물며 관아 뜰에 들어갈 수 있겠습니까? 수령을 만나기도 어려운데 하물며 그 마음을 전달할 수 있겠습니까? 이런 점으로 지방관이 된 사람은 그 거처가 낮거나 막혀서는 안 된다는 것을 알 수 있습니다.

吾觀夫世之莅民者, 其聽事率於廣廈之深. 不然, 廳庫之隘塞, 擁以吏卒, 沒於簿書米鹽之間, 門者抑其冒入, 庭者訶其濫訴. 向所謂愍鬱之與嚬蹙, 銜屈而欲伸者, 倩人書其冤, 十分掛一, 進寸退尺, 得其門而入者蓋寡, 況能投於庭乎? 能面對於邑宰亦難, 況能達其情乎? 是知吏于土者, 其居處亦不可卑且塞也.

우후禹侯는 이런 이치를 아는 사람일 것입니다. 내가 생각컨대 우리 우후가 이 누각에 의지하면 먼 곳도 밝게 볼 수 있고 숨은 곳도 상세하게 비춰낼 것입니다. 고을 사방 안에 혹시 슬프고 답답한 자, 근심하고 탄식하는 자, 찡그리는 자, 말로 호소하는 자, 글로 써서 하소연하는 자가 있으면 눈으로 보고 귀로 들어 가슴 속에 담지 않은 경우가 없을 것입니다. 그래서 모두 억울함을 펴고 소원을 성취하게 할 것이니, 어찌 한 사람이라도 제 자리를 얻지 못하는 이가 있겠습니까? 그런 뒤에 옷소매를 떨치고 앉아 유우씨有虞氏 순임금의 남풍가南風歌를 받아 재물의 풍부함을 노래하고 백성의 분노를 해소함을 읊고, 기쁨에 겨워하는 우리 백성들 모두로 하여금 누각 처마 밖에서 노래하고 춤추게 할 것입니다. 그러니 읍에 누각이 있는 것이 다스림에 도움이 되지 않는다고 누가 말하겠습니까? 비유하자면 밀양密陽 영남루嶺南樓, 진주晉州 촉석루矗石樓, 울산蔚山 태화루太和樓, 안동安東 영호루映湖樓 같은 훌륭한 누각들도 기생이나 두어 노래하고 춤추며 손님들이나 즐겁게 하며 제멋대로 놀기나 하는 곳이라면, 어느 곳이 쓸모 있고 어느 곳이 쓸모가 없습니까?"

若禹侯, 其有見乎此者乎! 吾想夫吾侯之凭斯樓也, 視遠明, 燭隱詳. 四境之內, 或有愍鬱者 · 愁歎者 · 嚬慼者, 口而訴者 · 書而伸者, 莫不接于目, 達于耳, 而置於腹, 使皆伸其屈, 遂其願, 夫焉有一夫之不獲者哉! 然後披襟而坐, 受有虞氏之南風[1], 歌阜財, 詠解慍, 使吾民之懽

1 南風: 舜임금이 처음으로 五絃琴을 만들어 타면서 南風詩를 노래했는데, 그 시에, "남풍의 훈훈함이여, 우리 백성의 성냄을 풀 만하도다. 남풍이 제때에 불어옴이여, 우리 백성의 재물이 풍부할 것이다. [南風之薰兮, 可以解吾民之慍兮. 南風之時

欣悅懌者, 莫不歌舞於簷楹之外, 孰謂邑有樓, 無補於治哉? 譬諸密之嶺南 · 晉之矗石 · 蔚之太和 · 安之映湖, 止用以貯妓女, 藏歌舞, 娛賓客, 而長淫奢者, 孰爲無用, 孰有用耶?"

나그네가 말했다. "그렇습니다. 바로 이른바 무용無用의 쓰임이라 할 만합니다. 어찌 이름을 지어주지 않으십니까?" 이에 '명은明隱'이라 이름을 지으니, 백성들의 숨은 고통을 밝힌다는 뜻을 취한 것이다. 나그네가 말했다. "훌륭합니다." 이에 우후禹侯에게 알려서 편액으로 걸게 했다. 아! 우후禹侯의 후임은 무궁할 것이다. 진실로 모두 이 편액을 보고 그 뜻을 생각하여 정사에 베풀 수 있다면, 우리 고향 백성들의 복록은 영원할 것이다.

客曰: "唯! 正所謂無用之用也. 盍亦名諸?" 乃名之曰'明隱', 義取明夫民之隱也. 客曰: "善!" 於是, 告禹侯, 額而揭之. 嗚呼! 後禹侯者將無窮焉. 苟皆見其額, 思其義, 能施之於政, 則吾鄉民之福可旣耶!

兮, 可以阜吾民之財兮.]" 했다.《禮記 樂記》

유곡역幽谷驛 객관客館을 중수重修한 기문
幽谷館[1]重修記

영남 육십여 주는 지방이 넓고 인구와 물산이 많은데, 그 곳으로 가는 수레바퀴와 말발굽은 모두 유곡幽谷 길에 모이게 된다. 영남에서 서울로 가든 서울에서 영남으로 오든 또한 이곳을 지나야만 비로소 갈라져 각자 자기가 갈 곳으로 흩어져 간다. 사람으로 비교하자면 이 유곡역은 영남의 목구멍에 해당한다. 목구멍에 병이 들면 음식이 내려가지 않고, 음식이 내려가지 않으면 살기를 바랄 수 있겠는가? 아! 이것이 원님 우후禹侯가 객관의 수리를 서두르면서 기필코 유곡에서 먼저 시작한 까닭일 것이다. 유곡에 객관이 생긴 것은 오래되었는데, 처음 만들어진 것이 어느 때인지는 알지 못한다. 내가 처음 서울에 오가던 것이 지금부터 사십여 년이 되었는데, 처음 보았을 때 이미 오래된 집이었다. 이제까지 아직 개수되지 않았으니 퇴락한 모습을 알 수 있다. 매번 한 번에 많은 손님이 올 때마다 누추함을 문제로 여겼고 나그네가 묵을 때마다 협소함을 걱정하였다. 나도 매번 지날 때마다 이 점을 안타까워하였다.

嶺之南六十餘州, 幅員之廣, 人物之象, 而其輪蹄咸束輳於幽谷之路. 得達于京師, 自京師而南者, 亦過此, 始岐而散行, 各之其所之. 比於人, 是驛也, 其嶺南之咽喉乎! 咽喉病則食飮不得通, 食飮不得通, 則其生也可冀乎! 噫! 此禹侯所以急傳舍之修, 而必先於幽谷者乎! 幽谷有館, 古也, 其始創也, 不知何時. 自秉善之始往來京師, 于今四十餘年, 始見之, 已爲古宇. 迄于今, 未有改作者, 其弊毁, 可知已. 每大賓至, 病其陋, 行旅宿, 患其隘, 吾亦每過而每恨之.

---

1 幽谷館: 幽谷驛은 현재 경북 문경시 유곡동에 있던 역의 이름으로, 鳥嶺을 넘은 이후의 역을 관장하는 찰방이 있었다.

홍치 2년(1489), 우웅禹雄이 나와 이 길의 찰방察訪이 되었다. 퇴락한 것을 회복시키는 데 모든 수단을 빠짐없이 강구하여 빠른 발을 가진 역졸을 두고 빠른 발을 가진 역말을 두었다. 역로驛路가 충실해진 뒤에 여러 사람들에게 의논하였다. "아무 아무 역의 관사가 퇴락했으니 왕명을 엄숙하게 하지 못하고 나그네들을 편안하게 할 수 없다. 전임자는 이미 쫓아갈 수 없고 후임자는 기약할 수 없으니, 이 일은 나에게 달려 있구나. 내가 그것들을 중수하겠다. 그러나 유곡역은 우리의 본역本驛이며 큰 손님들이 처음 이르는 곳이니, 남북으로 오갈 때 지나는 요충지이다. 반드시 이곳부터 먼저 해야 한다." 여러 사람들이 말했다. "옳은 말씀입니다."

> 弘治二年, 禹侯雄, 出而爲察訪是路. 凡所以蘇復羸殘者, 靡有遺策, 步有疾足, 騎有逸蹄. 驛路之旣實, 則謀於衆曰: "某某驛館舍頹毁, 非所以肅使命而安賓旅也. 前乎吾者, 旣不可追, 後乎吾者, 又不可期, 其在吾乎! 吾其重修之矣. 然幽谷是吾本驛也, 是大賓始至之地也, 是南北往還之要衝也. 盍先此乎!" 衆曰: "諾!"

이에 가까운 산의 나무를 도끼로 잘라 재목을 마련하고 이웃 역의 역졸들을 모아 힘을 이용하였다. 솜씨 좋은 장인을 고르고 옛터 그 자리에 관사館舍를 지었다. 대청大廳·동헌東軒·서헌西軒을 개수하고 나머지는 모두 옛 모습 대로 수리하니, 백 년 동안 퇴락했던 것이 한 달 안에 훤하게 새 모습을 갖추었다. 어떻게 그리 빨리 완성하고 힘을 낭비하지 않을 수 있었는가? 이때 나의 집이 함창咸昌에 있었는데 한 번은 일 때문에 지나가게 되어 새로 지은 동헌에서 조금 쉬게 되었다. 대들보와 처마를 우러러 보고 동헌의 창에 기대니 마음과 눈이 뚫리고 훤해져 이전에 보던 모습과는 완전히 달랐다. 한참을 이리저리 구경하다가 우후의 정성스런 마음 씀씀이와 유능한 일 처리를 매우 훌륭하다고 생각하여 마음에 가만히 새기기를 그치지 못하였다.

於是, 材斧其近山之木, 力取於旁驛之卒, 匠擇善手, 館因舊址. 改創大廳東西軒, 餘皆仍舊而修, 百年殘廢, 煥然一新於期月之內, 何其成之速而力不費也? 時秉善家居于咸昌, 嘗因事一過焉, 少憩于所謂新構東軒者. 仰瞻樑梠, 徙倚軒窓, 心目闓曠, 殊異乎疇昔之觀. 徘徊久之, 深嘉禹侯用心之勤, 辦事之能, 默念不置于懷也.

하루는 우후가 내 글을 받아 기문으로 삼고 싶다고 편지를 보냈다. 내가 말했다. "이 역의 우정郵亭이 있은 이래 바로 이 찰방察訪과 역승驛丞이 있게 되었습니다. 그 사이 몇 년이 지났고 또 몇 사람이 거쳐 갔는지 알 수 없지만 새로 고칠 수 있었던 사람은 없었습니다. 다만 새로 고칠 수 없었을 뿐만 아니라 또 아전과 백성에게 해독만 끼쳤습니다. 아울러 오래되고 퇴락한 것은 적당한 사람이 없었기 때문이 아니었으니, 이는 참으로 우후의 죄인입니다. 우후는 유학자로서의 사업을 이루지 못하자 찰방이 되었다. 본성이 민첩하고 거기다 부지런하였다. 유학자이면서 정치행정에 종사하기 때문에 정사가 가혹하지 않아 사람들이 즐거이 일하는 데 달려갔고, 민첩하면서도 부지런했기 때문에 힘을 쓰지 않고도 공을 쉽게 이루었으니, 진실로 기록해둘 만하다.

一日, 侯與書求文以爲記. 余曰: "自有此郵亭, 卽有此察訪與丞, 凡幾年更幾員, 而未有能新之者, 非惟不能新之, 又從而毒其吏民, 并與其舊而殘者, 未嘗無其人, 斯實禹侯之罪人也. 禹侯業儒不成, 因而爲吏. 性敏而捷, 加之以勤. 儒而吏, 故政不苛而人樂趨事, 敏而勤, 故力不費而功易就, 固可記也.

비록 그렇지만 감사가 성적을 매겨 벼슬을 올리고 내리고 할 때, 이조에서 인물을 평가할 때 우후의 어짊과 능력이 명백해질 테니 내가 무슨 말을 하겠는가? 그래도 한 마디 하라고 한다면 한 가지 말할 만한 일이 있다. 천하의 일은 완성되지 못하는 것이 걱정거리가 아니고 완성되었어도 쉽게 무너지고 허물어져도 고치지 않는 것이 문제이다. 옛 부터 어질고 지혜로운 선비가 나라를 위하고 백성을 위하여 정체된 것을 뚫고 무너진 것을 일으킬 때는 그것이 오래 보존되고 계승되기를 바라지 않은 적이 없지만, 항상 잘 지켜내지 못하여 파묻히고 없어져도 다스리지 않는 데까지 이르니 매우 탄식할 일이다. 사람마다 모두 처음 짓던 사람의 마음을 가진다면 천하에 어찌 무너지고 없어지는 일이 생기겠는가? 이것은 기록하지 않을 수 없는 것이니, 기록하여 우후의 후임자에게 남겨 경계로 삼는다."

雖然, 有監司以殿最幽明, 有吏部以權衡人物, 禹侯之賢能, 當於是乎白矣, 吾何言? 無已則有一焉. 天下之事, 不患於不成, 而患於成而易壞, 壞而不修. 自古賢智之士, 爲國爲民, 興滯補廢, 未始不欲其久存而繼之者. 常不能善守, 至於蕪廢不治, 深可嘆也. 使人人皆有作者之心, 則天下安有毁敗事乎! 是不可以不書, 乃書以遺夫繼禹侯者警焉."

상주尙州 향교를 중수한 기문
尙州鄕校重修記

진산晉山이 본관인 강귀손姜龜孫은 자字가 용휴用休이다. 그의 선조는 모두 글을 말미암아 벼슬길에 올랐고 다른 길을 따르지 않았다. 용휴에 이르러 처음으로 문장과 정치행정을 겸하여 둘 다 썼으며 한 가지 능력만 따르지 않았다. 그러므로 그가 벼슬에 오르는 것이 더욱 쉬워 여러 관직을 역임하고 조만간 하늘을 날듯 높은 관직을 맡을 것인데, 성상께서 상주는 영남의 요충지이므로 마땅한 사람이 아니면 다스릴 수 없다고 여기시고 이조의 후보 추천 과정을 거치지 않고 특별히 뽑아 목사로 임명하셨다. 용휴가 상주에 도착하자마자 위엄과 은덕이 함께 퍼지니 아전들은 두려워하고 백성들은 사랑하였다.

晉山姜公龜孫[1], 字用休. 其先世, 率皆業儒雅, 由文地而升, 不由他道. 至用休, 始能兼文吏而兩用, 不專一能. 故其進也尤易, 旣踐旣歷, 朝夕且將飛騰而上征矣. 上以尙州爲嶺南之衝, 非其人莫治, 不因銓曹之擬, 特抽而出之爲牧. 及下車, 威德幷行, 吏畏而民懷.

정사가 잘 시행된 뒤에 향교의 유생 김보형金寶荊 등이 연명聯名하여 서울로 편지를 보내 나에게 말했다. "명철한 우리 사또의 여러 치적이 높디높은 것은 진실로 세세하게 아뢸 수 없습니다만, 우리 유학에 공을 세운 것도 저희들이 입을 닫은 채 후세에 전하지 않을 수는

1 龜孫: 姜龜孫. 문종 32년(1451)~중종 1년(1506). 본관 晉州. 자 用休. 시호 肅憲. 아버지는 좌찬성 希孟, 어머니는 觀察使 安崇孝의 따님이다. 그는 모든 학문에 두루 능통하고 직무에 엄밀하여 연산군의 총애를 받아 오랫동안 이조판서에 재직하였는데, 이를 시기하는 자들로부터 銓注가 공정하지 못하였다는 평을 들었다.

없습니다. 삼가 헤아리건대 상주향교는 창건한지 오래되어 대성전大成殿 세 칸과 누각 다섯 칸이 용마루가 휘고 서까래가 부러져 비바람이 들이치고, 단청이 서로 번져 얼룩덜룩하게 되었으며, 동재東齋 다섯 칸은 건물의 껍데기만 있을 뿐 창문과 벽도 없고 바깥 난간과 담장도 모두 무너졌습니다. 마음속 생각이 엉성하고 소략하여 장차 공자의 위패를 편안히 모시고 스승과 생도가 거처할 길이 없었습니다.

政旣成, 鄕校儒生金寶荊等, 聯名走書于京師, 語余曰: "吾明府之諸治效卓卓者, 固不可覼縷, 如其有功於吾儒者, 吾不可默默不傳之于後也. 謹按, 州之鄕校, 經營歲久, 聖殿三間, 樓五間, 棟撓而榱折, 雨漏風洩, 赤白漫漶, 東齋五間, 堂構而已, 未有窓壁, 外如欄墻, 亦皆殘缺, 襟抱疏闊, 將無以安先聖而處師生.

지금 목사께서 부임하신 처음에 가장 먼저 선성先聖과 선사先師를 배알하고 강당에 앉아 유생들과 만나는 예를 마치자 대성전과 당과 재사齋舍를 둘러보시고 말씀하셨습니다. '아! 이런 지경이구나. 향교가 이 지경이 되었는데도 어떻게든 하지 않는다면, 이것은 성상께서 나를 파견하신 뜻을 저버리는 것이니 후일 돌아가면 장차 무엇을 내가 했다고 전하께 아뢰겠는가?' 이에 재목을 모으고 기와를 구우며, 공사에 백성을 번거롭게 하지 않고 장인은 관청에서 내며, 공무를 수행하는 중에 틈나는 대로 직접 찾아와 독려하여 시일을 넘기지 않았습니다. 뒤틀린 용마루는 다시 우뚝해지고 부러진 서까래는 새 것처럼 되었으며, 비었던 동재는 창문과 벽을 단장하였으며, 긁히고 쓸린 것은 모두 칠을 새로 하고 다시 쌓아서 훤하게 새 단장을 하였습니다. 그래서 저희들이 편안하게 자고 모여 앉아 그 가운데서 외우고 읽을 수 있게 되었으니, 이는 공의 노력 덕분입니다. 이제 이곳을 떠나 조정에서 활약하실 날이 머지 안습니다. 원컨대 한 말씀을 얻어 그분의 발자취를 남기고자 하니 한 말씀 내려주십시오."

今牧使公莅政之初, 首謁先聖先師, 坐講堂, 受諸生禮畢. 乃周視殿堂齋舍曰: '噫! 有是哉! 於是而苟不能有爲, 是孤聖上委遣之意, 異日將何以歸報我所爲於殿陛前乎!' 乃鳩其材, 乃陶其瓦, 役不煩民, 工因官手, 簿領有暇, 身臨董之, 不再時月. 而棟之撓者復隆, 榱之折者如新, 齋之虛者, 窓壁儼然, 至於陀剝殘缺者, 悉皆易漆而改築, 煥然一新, 使吾輩得以安眠宴坐, 而誦讀於其中者, 緊公之力也. 今將去是, 而羽儀於朝也, 不遠矣, 願得一言以留其跡, 盍賜之乎?"

내가 편지를 잡고 말했다. "다스림에는 먼저 해야 할 것과 나중에 해야 할 것이 있고, 일에는 급히 해야 할 것과 천천히 해야 할 것이 있다. 지방관이 된 자가 과연 먼저하고 나중하며 급히 하고 천천히 할 것을 상주 목사처럼 한다면 주군州郡은 거의 훌륭해질 것이다. 상주는 큰 고을이다. 이곳은 영남의 명승지이자 사방에서 달려와 모이는 곳이다. 날마다 만 가지 일을 해야 하니 눈 돌릴 틈도 없고 입 놀릴 틈도 없는데 먼저 급선무로 한 일이 이것이고 다른 것이 아니었으니 마음속에 간직한 바를 알 수 있다. 옛날 문옹文翁은 한漢나라의 순리循吏였다. 그가 촉군蜀郡에 있을 때 칭찬할 만한 잘 한 일이 많았지만 한나라 사관이 그의 열전을 편찬할 때에 학교를 일으켜 풍속을 교화한 한 가지 일을 중시하였다. 상주 목사가 상주에서 한 일이 문옹이 촉군에서 한 일과 같은 것이다. 김보형 등은 또 공의 상주 향교 개수가 공의 치적 중에 큰 일 이라는 것을 알고 나의 말을 빌어 기록하고자 하니 훌륭하다고 할 만하다. 나도 다른 사람의 훌륭한 점을 즐겨 말하는 사람이기 때문에 사양하지 않고 글로 써 돌려보낸다."

余乃執書言曰: "治有先後, 事有緩急. 凡吏于土者, 果能知所先後緩急如公，州郡其庶幾乎！尙，大州也．是嶺南之上游也，四方之走集也．日應萬務，目不暇視，口不暇言，而其先務之急，顧在此而不在彼，其中之所存，可知．昔文翁[2]，漢循吏也．其在蜀郡，幾多能事之可稱，漢史編其傳，顧歸重於興學化俗一事．公之於尙，豈非文翁之蜀乎？寶荊輩，又能知公之此擧爲公治效之大者，乞言以紀，可嘉也已．余亦樂道人之善者，乃不辭而書之以還．

2 文翁: 漢나라 景帝 때의 廬江 사람으로 蜀땅의 군수가 되어 成都 저자에 學官을 설치하고, 입학하는 사람은 傜役을 면제하고 성적이 우수한 사람은 郡縣의 관리로 삼았다. 蜀郡이 이에 문풍이 크게 떨쳐지고 교화가 크게 일어났다.《漢書 卷89 文翁傳》

영천永川의 향교를 중수한 기문
永川[1]鄕校重修記

조정에서 힘써야 할 일곱 가지 일로 수령에게 과업을 주는데 그중 하나가 '학교를 활성화하는 일[學校興]'이다. 학교가 일어나고 폐해지는 것은 인심의 사악함과 올바름, 사회상의 질서와 혼란에 관계있는데 그 기틀은 오직 수령이 자기 직책을 제대로 수행하는 지의 여부에 달려 있다. 내가 예전에 두 도의 관찰사가 되었을 때 항상 학교를 일으켜 인심을 바르게 하는 일을 급선무로 삼았다. 이르는 고을마다 반드시 먼저 선성先聖이신 공자孔子께 직접 예를 올리고, 전각殿閣과 낭무廊廡, 제기祭器, 재각齋閣, 담장 등이 정비되었는지 훼손되었는지를 조사하였다. 이를 통해 읍의 수령이 어진지 어리석은지, 부지런한지 게으른지를 판단하는 근거로 삼아 벼슬을 올리고 내쳤다. 해당 고을의 경계에 들어가서 수령의 현명한지 어리석은지 물어보면, "아무개는 어질고 아무개는 능력 있고 아무개는 부지런합니다."라고 한다. 그 수령들이 일을 처리한 흔적을 살펴보면 앞서 말한 자들의 평가는 단지 장부상의 오류가 없고 손님 대접과 응대를 잘하여 이런 명성을 샀을 뿐이었다. 학교를 활성화하여 다스리는 길을 돕는 데에 뜻을 둔 사람을 찾았지만, 그런 사람을 얻는 것은 쉽지 않았다. 그런데 내가 경주 부윤慶州府尹이 되었을 때 영천永川에서 그런 사람을 찾았다.

朝廷以七事[2]課守令, 其一曰學校興也. 蓋學校興廢, 關於人心之邪正,

---

1 永川: 경상북도 남동부에 있는 군이다.

2 七事 : 수령이 반드시 힘써야할 守令七事로, 農商盛·戶口增·學教興·軍政修·賦役均·詞訟簡·姦猾息이다.

世道之升降, 而其機只在守令之能擧職與否耳. 余嘗觀察兩道, 未嘗不以興學校正人心爲先務. 每所至, 必先親禮於先師先聖, 而撿其殿廡 · 簠簋 · 齋序 · 垣墉之修廢, 以憑邑守賢愚勤慢而陞黜之. 入其境, 試問守令賢否, 則曰: "某也賢, 某也能, 某也勤." 夷考其行事之迹, 則向所云者, 特簿書期會之當, 奔走應辦之捷, 而沽是名耳. 求其有志於興學校, 翼治道者, 蓋未易得也. 及余尹東都[3], 試於永川得之.

영천은 경주에서 가장 가까운 이웃 읍으로, 바로 내가 부모님을 뵈러 오고가는 길의 경유지이기 때문에 영천의 수령이 어진지의 여부를 나만큼 자세히 아는 자가 없을 것이다. 예전에 한 번 손님과 함께 명원루明遠樓에 올라 산천의 경치를 구경하고, 이어서 건물이 아름답고 고운 것에 감탄하면서 "아름답구려. 이것은 누가 만든 것입니까?" 하니, 좌중에 있던 군민 한 명이 일어나서 "영천은 군이 된 지 오래되었고 누대樓臺와 관사館舍도 지은 지가 또한 오래되었습니다. 그 사이 훼손되어 중수重修한 것이 여러 번이었는데, 이전 건물에 근거하여 수축하고 늘리고 넓혀서 찬란히 볼만하게 된 것이 지금 같은 때가 없었으니, 이는 모두 우리 군수 신후申侯의 힘입니다. 그러나 이곳은 객관이기 때문에 사람들이 모두 볼 수 있지만, 지나가는 나그네가 알지 못하는 곳이면서 인심과 세도世道에 가장 공이 있는 곳이 또한 따로 있습니다. 우리 군수는 임인년(1482)에 이 읍에 수령으로 오셨으니 이제 6년이 되었습니다. 부임한 다음날 향교에 나아가 공자께 배알한 뒤에 대성전大成殿과 제기祭器를 두루 살펴보셨는데, 재각齋閣과 창고, 주방이 대부분 퇴락하고 훼손된 것을 보고는 개연히 중수하여 본래의 모습을 회복하려는 뜻을 두었습니다. 2년 뒤 갑진년(1484)에 서재西齋를 짓고 동재東齋와 창고의 지붕을 새로 덮었으니, 전에

---

3 東都: 지금의 慶州이다.

풀로 지붕을 이었던 것을 서까래도 바꾸고 기와로 교체했습니다. 전에는 전사청典祀廳이 없어 제기가 일반 그릇과 섞여있었는데 따로 두 칸으로 창고를 만들어 보관했습니다. 또한 옛 제기가 대부분 법식에 맞지 않았는데 모두 법식에 맞게 바꾸어 만들었습니다. 전에 '문회文會'라는 누각이 있었는데 이 또한 장차 무너지려 하여 병오년(1486) 겨울에 또 중수했습니다. 또 쌀 열섬과 조 오십 섬을 지급하여 영원히 강독講讀하는 데 드는 비용으로 삼게 했습니다. 이와 같은 일은 우리 고장 사람들만 아는 것이니 공 같은 분이 어찌 쉽게 자세히 알 수 있겠습니까?"

永川, 爲東都隣邑最近, 而正當余覲省椿闈往還經由之地, 知守宰賢否, 宜莫如余之悉也. 嘗試與客登明遠樓[4], 覽山川之勝, 因嘆館宇之鮮麗曰: "美哉! 此誰之爲歟?" 座有一人, 郡民也, 作而言曰: "有郡久矣, 樓臺館舍, 營建亦舊, 其間廢而重修者非一. 然因而修之, 增而廣之, 煥然可觀者, 未有如今日, 皆吾郡守申侯力也. 然此則客館也, 人所共見, 至於過客所不知, 而最有功於人心世道者, 亦有之. 吾侯於壬寅歲, 來莅此邑, 今茲六年矣. 始下車翼日, 詣鄕校謁先聖, 因周審聖殿及祭器, 至於齋序庫廚, 率多頹圮殘缺, 慨然有修復之志. 越明年甲辰, 作西齋, 改蓋東齋庫, 有舊草蓋者, 乃易其榱桷而代以瓦. 舊無典祀廳[5], 祭器雜於常用之器, 別營二間, 爲庫以藏之. 且舊祭器, 多不中規式, 悉依軌改造之. 舊有樓曰文會', 亦將頹圮, 丙午冬, 又改創之. 幷給米一十石 · 租五十石, 永以爲講讀之需. 若此等事, 獨吾鄕人知之, 如公豈易悉乎?"

내가 일어나 감탄하며 "이 사람이 진정 내가 전날에 두 도에서 구했

---

4 明遠樓: 조선시대 영남 3루 중 하나로 일컬어진 누각으로, 처음에는 朝陽閣으로 불렸다.

5 典祀廳: 文廟祭享의 祭物을 맡아보게 하기 위하여 설치한 관청인데, 여기서는 鄕校 내부에 제사와 관련된 기물을 보관하는 건물을 이른다.

으나 얻지 못했던 사람이다. 어찌 다른 사람에게만 구하다가 얻지 못한 것이겠는가? 나도 또한 경주부윤이 된 지 1년이 넘었지만 이 몇 가지에 대해 하나도 할 수 없었으니 부끄럽지 않을 수 있겠는가?" 하고는, 신후에게 읍하고 "진실로 이런 일이 있었습니까?" 물으니, 신후가 "그렇습니다. 제게 무슨 능력이 있겠습니까? 애오라지 제 마음을 다하여 조정에서 수령을 임명한 뜻을 저버리지 않기를 바랐을 뿐입니다." 하고, 이어서 요청을 했다. "재주 없는 저를 다행히 읍 사람들이 저버리지 않아 이 고을에서 6년을 지낼 수 있었습니다. 이제 성상의 은혜를 입어 승진하여 자리를 옮겨 떠나게 되었습니다. 떠나도 후대에 전하려고 하니 오직 공께 부탁합니다."

余乃起而嘆曰: "此正吾前日求之兩道而未得者也. 豈惟求之人而不得? 余亦佩符東都且逾年矣. 於斯數者, 未能一焉, 能無愧乎?" 乃揖申侯而問之曰: "信有諸乎?" 曰: "然! 吾有何能? 聊以盡吾心, 冀不負朝廷任守令之意云耳." 因請曰: "不才幸不爲邑人所棄, 得六年于茲, 今蒙聖恩, 又得陞遷而去, 去而有傳, 惟公是托."

타인의 훌륭함을 즐겨 말하여 당대에 밝게 드러냄으로써 다른 사람들이 더욱더 진작하도록 권면하는 것이 나의 뜻이다. 그래서 신후의 요청을 사양하지 않고 쓴다. "아! 신후는 백성에게 인자하고, 정사가 이루어지자 또 인재를 얻어 교육하기를 즐거워할 수 있었으니 어질지 않으면 이렇게 할 수 있었겠는가! 백성들을 힘들게 하지 않고도 객관을 완성했으니 신선을 보듯 우러러 보았다. 또 학교를 보수하여 건물을 우뚝하게 만들고 제기를 가지런하게 하였다. 선생과 학생이 귀의할 곳이 있게 되고 강독하는 데 필요한 재물이 있게 되었으니, 이것이 바로 능력이 있다는 것이다. 일의 시작은 있지만 완성하는 경우가 드문 것은 사람들 누구나 걱정하는 바이다. 6년 동안 부지런히 힘써 항상 하루같이 하였고, 임기가 차도 마음과 힘을 쉬지 않으니 누가 신후의 부지런함과 같을 수 있겠는가. 여기 이 한사람이 있을 뿐이다. 사람들은 누구나 자기를 자랑하는데 신후는 겸양하여 아무것도 하지 않은 듯 여기니, 임금께서 그대를 옥으로 써서 높은 관직을 내려 총애함이 마땅하도다. 그렇지만 신후의 마음이 애초에 어찌 명성을 얻고 녹봉을 낚으려는 데 뜻을 두었겠는가? 진정 학교를 활성화하여 인재를 기르고자 했을 뿐이다. 만일 이 학교에 거처하는 자가 달마다 쌀만 소비하고는 자리에 기대어 공부하지 않거나 부역을 피하기 위해 이곳에 몸을 들이고는 학업을 일삼지 않는다면, 이는 신후가 선생과 생도에게 기대한 바가 아닐 것이다."

夫樂道人之善, 以昭于時, 而勸進人者, 吾志也. 乃不辭而書之曰: "嗟嗟申侯, 仁于民而政旣成, 又能樂得人才而敎育之, 不賢而能之乎! 不勞民而塗堅客館, 望如神仙. 又能修繕學校, 使殿宇崇崇, 籩豆秩秩. 師生有歸, 講讀有資, 斯其爲能也歟! 有初鮮終, 人所同患, 六載勤劬, 亘如一日, 迨及瓜期, 心力不休, 緊侯之勤, 誰其似之? 有一於此. 人皆自矜, 侯則謙之, 欿然若無, 宜乎王用玉汝[6], 寵之以高官也. 雖然, 侯之心, 初豈有意於邀聲名釣利祿哉? 正欲興學校育人材耳. 使居是學者, 糜費月廩, 倚席不講, 逃賦容身, 不事學業, 則非申侯之所望於師生者也."

신후는 이름이 윤종允宗이고 자가 종지宗之이다. 일찍부터 유자의 학업을 닦았고 나아가서 벼슬하여 이르는 고을마다 명성이 있었다. 지금 군을 다스린 성적이 일등이어서 예빈시禮賓寺 부정副正으로 승진하여 떠났다.

---

6 王用玉汝: 옥은 쪼고 갈아야 좋은 그릇이 될 수 있으므로 사람에게 훈계를 거듭하여 훌륭한 인물을 만든다는 뜻이다. 『詩經』「大雅·民勞」에 "왕이 그대를 옥으로 만들려 하시니, 이 때문에 크게 충고하노라. [王欲玉女 是用大諫]" 했다.

侯, 諱允宗, 字宗之. 夙業儒, 出而仕, 所至有聲. 今以治郡第一, 陞爲禮賓[7]副正去.

7 禮賓: 禮賓寺로, 賓客의 宴享과 宗宰의 供饋를 맡아보는 관청이다.

양양襄陽의 객사를 중수한 기문
襄陽[1]客舍重修記

강원도의 경치가 천하에 으뜸이라는 말을 항상 들었는데 한번 가서 노닐지 못하였다. 성화成化 갑진년(1484), 성상의 은혜로 강원도 관찰사가 되어 민풍을 살피게 되어 비로소 일찍부터 품었던 뜻을 실현할 수 있게 되었다. 대관령의 동쪽은 모두 신선이 사는 곳과 같은데, 양양은 게다가 물산이 풍부하고 훌륭한 인물이 많다. 이것은 또 여러 고을이 소유하지 못한 것이니, 손님을 맞이하는 이곳의 누대와 객관도 의당 여러 고을보다 나아야 한다. 그런데 내가 이곳에 와보니 다만 집은 낡고 기와도 부서졌으며 대청과 낭무, 뜰도 좁고 누추하여 겨우 인사치레나 할 수 있을 뿐이었다. 속으로 불만스런 탄식을 하였다. "이런 경치 좋은 고장에 관청 시설이 요 모양이라니! 이것은 반드시 적당한 사람을 기다려야 하겠구나."

嘗聞江原形勝甲天下, 未嘗一遊焉. 成化甲辰, 聖恩許持節觀風, 始得償夙志. 嶺之東, 皆仙區也. 襄陽復有地産之饒 · 人物之盛, 是又諸州之所未有, 其樓臺館宇之受賓客者, 宜亦加於諸州. 而我行之至於是也, 但見屋老瓦殘, 廳廡庭除之阨陋, 僅容行禮而已, 則竊嘗懷不滿之嘆曰: "此山川之勝, 而官府如是耶! 是必有待矣."

그 후 12년이 지나 홍치 병진년(1496) 가을에 양양의 어떤 사람이 편지를 가지고 와서 나에게 수령이 다스린 성과를 말해주었다. "우리의 명철한 부사 여강驪江 민반閔泮은 군자다운 분이십니다. 우리 백성을 자식처럼 사랑하시기 때문에 해야 할 토목공사가 있으면 백성이

---

1 襄陽: 강원도 양양군에 있는 읍이다.

제 아비의 일에 달려가듯 합니다. 양양부의 객관이 오래되었지만 백성을 동원하는 일이 중요하기 때문에 오랫동안 새로 짓는 분이 없었습니다. 전임 부사 신윤종申允宗이 동헌을 개창하기 시작했는데 얼마 되지 않아 교체되어 완성하지 못했습니다. 민후가 이어서 부임하여 지금 3년 만에 정사가 제대로 시행되고 백성이 교화되어 더 이상 다스림에 일삼을만한 것이 없습니다. 그래서 옛 관청을 고쳐 일신했습니다. 현재 대청이며 서헌西軒이며 지응청支應廳 등의 건물은 모두 새로 지은 것입니다. 좁고 막힌 것을 바꾸어 시원하게 트이게 하고 낮고 누추한 것을 바꾸어 높다랗게 만들어 전에 보잘 것 없던 것이 하루아침에 볼만하게 되었습니다. 그래서 손님을 접대하고 아전과 병졸들을 들이며, 문서와 물건을 쌓아두고 예를 행할 수 있게 되었으니, 이는 민후가 힘썼기 때문입니다. 그렇지만 예전의 퇴락한 모습을 보지 못한 자가 어찌 지금의 공적이 크다는 것을 알 수 있겠습니까? 공께서는 이전에 강원도 관찰사로서 민풍民風을 살피신 분이시니 오늘날 우리 고을의 일신한 모습에 대해 들으시면 아마 다행으로 여기고 기뻐하시리라 생각했습니다. 이에 대한 공의 한 말씀을 얻어 후대에 전하고 싶습니다."

既十二年而弘治丙辰秋, 府人有以書來告余邑長之治效曰: "我明府驪江閔侯泮, 君子人也. 仁吾民如子, 故苟有所興作, 民之趨之也, 如趨父事焉. 府之館宇舊矣, 爲役民之重也, 久無有作之者. 前府使申侯允宗, 始改創東軒, 未幾見代, 不克終. 閔侯繼而理, 三年于玆, 政成而民化, 無復有事於治, 則乃闢舊廨而一新之. 今夫大廳也, 西軒也, 支應廳[2]也, 摠若干楹, 皆新作也. 化隘塞爲敞豁, 易卑微而穹窿, 向之不足觀者, 一朝而美觀, 可以應賓客, 容吏卒, 貯文物, 行禮讓, 伊侯之力

2 支應廳: '支應'은 벼슬아치가 공무로 출장 갔을 때에 필요한 물품을 대어 주던 일로, '지응청'은 출장지 지방 관아에서 지응을 맡아 보던 곳이다.

也. 雖然, 不見昔之殘者, 焉如今之功大也? 公, 昔之觀風我道者, 聞吾邑之有今日, 想亦喜幸之矣. 願受一言而垂之後."

내가 말했다. "아! 내가 일찍이 이 일에는 반드시 기대할 사람이 있다 여겼었는데 과연 우리 민후였구나. 양양이라는 고을은 고구려와 신라 때부터 읍을 설치하여 고려를 거쳐 본조本朝에 이르렀는데, 현縣이 되기도 하고 주州가 되기도 했으며, 강등하여 감무監務를 두기도 하고 승격하여 부府를 설치하기도 하였다. 천 백년 긴 세월 속에 몇 번이나 읍의 호칭이 변하였고 몇 명의 수령이 거쳐 갔겠는가? 나그네가 그 곳에 이르면 다만 산천과 인물이 볼만하다고만 말하지만, 관청과 객관의 규모와 시설이 좁고 누추한 것을 불편하게 여겼으니, 이것이 어찌 백성의 힘이 부족했기 때문이겠는가? 마땅한 사람을 기다렸기 때문이다.

余曰: "噫! 余嘗以爲是必有待矣, 果吾侯也. 按襄之有邑, 自高句麗·新羅氏, 歷高麗以及本朝, 或爲縣爲州, 復降爲監務[3], 又陞爲府. 上下千百載, 凡更幾號邑, 歷幾守宰? 而客至, 獨稱山川人物之勝, 其邑居館待之具, 則未免病其隘, 豈其民之不足歟? 蓋有待也.

민후는 머리를 묶은 나이부터 글을 읽어 평소에 터득한 바가 매우 많다. 지금 또 그 배운 바를 품고 한 읍에 부임했으니, 그가 이룩한 것은 진실로 타인과는 구별되는 훌륭한 점이 있을 것이다. 하물며 이런 잗다란 건축공사에 있어서이겠는가? 그렇지만 이 건축공사를 통해 정사를 베푼 실제 내용을 추론해 본다면 훌륭함이 넘쳐 날 것이다. 세상에는 외관을 수식하고 객관을 아름답게 꾸미고 푸줏간과

---

3 監務: 여말선초에 縣令을 둘 수 없는 작은 縣에 둔 우두머리로, 고려 예종 때 유망민을 위로하기 위하여 두었다가 후에 縣監으로 바뀠다.

주방의 음식을 사치스럽게 하여 지나가는 나그네를 기쁘게 하려고만 하는 수령이 있는데, 이런 수령이 다스리는 곳의 백성은 찡그리며 서로 하소연하지 않는 경우가 없다. 그러니 감히 타인에게 퇴락한 건물을 개축한 공적을 말해 주겠는가? 지금 그곳 백성이 자기의 힘을 모두 바친 뒤에 또 완성한 것을 즐거워하며, 심지어 수 백리 밖 먼 곳에 편지를 보내 정성스럽게 알려주니, 민후가 베푼 정사를 알 수 있다. 이런 일은 민멸되어 후대에 전해지지 않으면 안 되기 때문에 글로 써서 양양부 사람들의 여망에 답한다. 아울러 민후의 후임으로 오는 사람들에게 알려 무궁토록 바뀌지 못하도록 한다."

閔侯, 結髮讀書, 其平生所得富矣. 今且斂而之一邑, 其所成立, 固有以異於人矣. 況此區區木石之功乎? 雖然, 因此求其爲政之實則有餘矣. 世有修飾邊幅, 美館宇, 侈庖廚, 要悅過客者之爲民牧也, 其民未有不蹙頞相告者, 況敢語人以起廢之功乎? 今其民旣效其力, 又樂其成, 至於飛書數百里之遠, 告之勤勤, 則侯之政, 可知也. 是不可泯而無傳, 爰書之, 以答府人之望, 兼以諭夫後之繼閔侯者, 俾勿替於無窮."

세 정자에 이름을 지은 기문
名三亭記

연못은 다른 지역에 비해 남방에 많은데, 그 큰 것으로 따지자면 공검지公檢池와 어깨를 나란히 할 만한 것이 없다. 언제 이 연못을 만들었는지 알 수 없다. 속설에는 처음 만들 때 물이 너무 많아 공사를 마칠 수가 없어 사람을 묻어서 함께 쌓았더니 제방이 완성되었고, 뒤에 그로 인해 그 사람의 이름으로 연못 이름을 지었다 하니, 설명이 황당무계하여 믿을 수 없다. 질펀하여 넘실넘실, 철썩철썩 너르고 둥글어 갈아 놓은 거울 같고 평평한 숫돌 같다. 아무리 가물어도 마르지 않고 비가 내려도 물이 더 불어나지 않으니, 어찌 여러 작은 물줄기가 모여서 그리 될 수 있을 뿐이겠는가? 은하수의 흐름과 통하고 땅이 일부러 새지 않게 해주어 백성들에게 논에 물대는 이익을 주고, 남은 것으로 인간 세상에 너른 호리병을 만들어 구경하는 자들에게 주려 함이리라. 그러나 물대는 이익은 다만 상주 백성들만 누리고 함창 사람들은 땅만 덜어내어 물을 담아 다른 사람에게 줄 뿐이니, 어찌 이익과 해로움이 이렇게 편파적인가? 일찍이 한 번 살펴보니, 함창의 여러 산들은 서북쪽에서 물을 보고 달려와 물에 이르러 그친다. 뱀이 장강으로 달려가는 모습이, 말이 황하로 물 마시러 가는 모습이, 비녀다리 같은 모습이, 자라 등짝 같은 모습이 이리저리 둘러쳐 있어 사람들에게 구경 오라고 부르니, 이 또한 어찌 하늘이 만들고 땅이 내어 함창 사람들에게 보답한 것이 아니겠는가?

陂澤之多, 蓋南方爲盛, 而其大莫有肩於公檢者. 始陂之不知何時. 諺傳其始也, 水盛, 功莫就, 用人幷築之, 堤乃成, 後因以其人之名名之. 其說荒不可憑. 觀其淵淵漫漫, 滉瀁沖融, 彎彎環環, 鏡磨砥平, 至於旱不能枯, 雨亦不肥, 豈啻衆細流之所鍾而能如許? 蓋天潢之流通, 而地故不洩之, 以遺民爲灌漑之利, 將緖餘醲出瀛壺于人間, 以與觀游者乎! 然灌漑之利, 只商民享之, 若咸之人, 則捐其地, 貯水以與人耳, 何利害之偏哉? 嘗試觀之, 咸之衆山, 自西北望水而馳, 臨水而止. 如蛇赴于長江者, 如馬飮于河者, 如釵股者, 如鼇背者, 羅列旁午, 以邀人遊賞, 亦豈非天設而地出之, 以報咸人者乎?

그 가운데 내가 가장 사랑하는 것은 가장 서쪽에 있는 오산鼇山이다. 예전에 헌납獻納 김이상金履祥의 무덤이 있었는데 뒤에 이장하고 지금은 터만 남아 있다. 조금 동쪽에 이곳 사람 무쌍無雙의 집안 정자가 있고, 또 그 동쪽 1리쯤에 노경신盧敬信 공의 송정松亭이 있다. 노공은 죽고 지금은 그의 손자가 주인인데, 모두 훤히 너르고 빼어난 경치라 이를 만하다. 그러나 일찍이 시인 묵객으로서 유람한 자가 없었기 때문에 아직 그 정자에 이름지어준 사람이 없으니 어찌 이 지역의 불행이 아니겠는가? 나는 이 고을에서 태어나고 성장했다. 지금 이미 희끗희끗한 머리칼이 무성해졌는데도 일찍이 한 번도 조용히 유람한 적이 없으니 또한 어찌 나의 불행이 아니겠는가? 경술년(1500) 여름, 한 번은 어떤 일로 지나가다가 날이 저물어 머물렀는데 마침 오산鼇山 터였다. 이에 말에서 내려 올라가 배회하며 둘러보니 마음이 넓어지고 정신이 편안해졌다. 이는 이른바 천년 만에 한 번 만난 통쾌함이다. 조금 있다가 무쌍의 집에 투숙하였더니 밤비가 처음 개고 밝은 달이 하늘에 걸렸다. 함께 자던 두 사람과 정자가 있는 언덕으로 걸어 나와 올려보고 내려보며 여유롭게 거니는데 사방에 바람도 일지 않고 물과 하늘은 고요하고 하나였다.

於其中余所甚愛者, 最西曰鼇山. 舊有獻納[1]金履祥之冢, 後移葬, 今爲

---

1 獻納: 司諫院에 둔 정5품 벼슬로, 임금의 잘못을 지적하여 고치게 하는 일을 담당했다.

墟矣. 少東曰居人無雙之家亭. 又其東一里曰盧公敬信之松亭. 盧沒, 今其孫主之, 皆有沖曠絶特之稱焉. 然未嘗有騷人韻士之游者, 故未有名其亭者, 豈非玆地之不幸耶? 余生長於此邑, 今已二毛颯然, 未嘗一從容游覽焉, 亦豈非余之不幸耶? 庚戌夏, 嘗因事過去, 日暮而止, 適當鼇山之趾. 乃下馬而登, 徘徊顧望, 心廣神怡, 蓋所謂曠千載而一快者矣. 旣乃投宿于無雙之家, 夜雨初霽, 明月懸天. 與同宿二子, 步出亭皐, 俯仰夷猶, 萬竅無風, 水天靜涵.

내가 말했다. "정자의 경치가 대단하니 진정 주인의 이름과 꼭 맞는구려." 두 사람이 말했다. "이 곳의 동쪽에 또 정자 하나가 있는데 또한 훌륭합니다. 올라가 둘러보면 찌든 마음을 씻어버릴 만하니 이른바 노씨 집안의 정자입니다. 모두 아직 이름이 없으니 이름을 지어주십시오." 이에 가장 서쪽에 있는 것을 '광신曠神'이라 명명하니 내가 올라갔을 때 느낀 마음 때문이다. 다음 동쪽에 있는 것을 '무쌍無雙'이라 하니 그 주인의 이름을 따른 것이다. 또 그 동쪽에 있는 것은 '세심洗心'이라 하니 두 사람의 말을 취한 것이다.

余曰: "亭之奇, 正符其主之名." 二子曰: "此而東, 又有一亭, 亦奇, 登覽可以洗濯塵襟, 所謂盧家亭也. 皆未有名, 盍名諸?" 乃名最西者曰曠神, 以余之登覽也. 次東曰無雙, 因其主名也. 又其東曰洗心, 取二子說也.

아! 뭇 어진이가 조정에 가득하니 나 같은 이는 재주 없어 아무짝에도 쓸모가 없음을 안다. 이곳에 이렇게 좋은 땅이 있는데 지금토록 세속에서 분주함은 어째서인가? 이제 오산 위에 초가집을 짓고 여생을 보내려 한다. 때가 비록 늦었지만 이제부터라도 오래 묵은 쑥을 비축한다면 혹시라도 오랜 병을 고칠 수 있을 것이다. 돌아온 뒤에 이 말을 써서 같이 잔 두 사람에게 보냈다. 두 사람은 누구인가? 김국로金國老 공과 조계형曹繼衡 공이니 모두 문인으로 나와 뜻을 같이 하는 이들이다. 경술년(1500)은 곧 홍치 3년이다.

噫! 群賢滿朝, 如余自知濩落無所用, 有地於此, 至今奔走於紅塵, 何也? 今欲結茅於鼇山之背而老焉, 雖晩矣, 然自今畜三年之艾, 儻可救七年之病乎! 旣歸, 書其言, 以遺夫同宿二子者. 二子誰? 金公國老, 曹公繼衡, 皆文人之與吾同志者. 庚戌, 是弘治三年也.

양벽정漾碧亭 기문
漾碧亭記

읍에 연못과 누각과 정자의 훌륭한 경치가 있는 것이 백성 다스리는 정치와 무슨 상관이겠는가? 그러나 한 시대 태평의 기상을 보고자 한다면, 여기에서 알 수 있으니 어찌 우연히 그러할 뿐이겠는가? 용인龍仁은 남과 북에서 달려와 모이는 큰 거리에 해당하니 경기도 군현 중 가장 다스리기 어려운 곳이다. 홍치 10년(1497, 정사)에 김우金祐가 서울에서 내려와 수령이 되었다. 처음 왔을 때부터 아전들이 감히 속이지 못했고 조금 지나자 백성들이 감히 그 명령을 어기지 못했다. 얼마 지나자 온 경내가 무젖어 따라서 교화되어 이끄는 대로 되어 번거롭게 채찍질하지 않아도 되었다. 백성 다스리는 일에 일삼을만한 것이 없게 된 뒤에 객관을 수리하여 새롭게 하니 온 현이 갑자기 달라 보였다.

邑而有池臺亭榭之勝, 何關於政治? 而要觀一世大平之象者, 於是乎徵焉, 豈偶然而已哉? 龍仁[1], 當南北走集之衝, 畿縣之最難治者, 此耳. 弘治十年丁巳, 金侯祐出而爲宰. 始至也, 吏不敢欺, 稍焉, 民不敢犯其令. 已而, 闔境洽然隨以化, 惟所令之, 不煩鞭策. 旣無所事於民事, 則乃繕館宇而新之, 一縣倏然改觀.

객헌客軒 동쪽에 예전에 작은 정자가 있었는데 지금은 없어지고 터만 남아있다. 동쪽 담이 객사와 바짝 가까워 뜰의 넓이가 1묘畝도 되지 않았다. 손님이 오면 좁은 것을 불편하게 여겨 술상을 물리자마자 바로 일어나 가버리고 잠시도 머물려 하지 않았다. 이러하니 비록

1 龍仁: 경기도 중앙에 있는 시로, 조선시대 서울에서 충주로 가는 영남대로 위에 있었다.

사방의 백성들이 들에서 노래로 화답해도 어디에서 태평의 기상을 보겠는가? 이에 그렇게 바짝 가까운 것을 물리고 땅을 평탄하게 하여 넓히니 그 가운데에서 말도 달릴 만하였다. 산에서 솟는 샘 중에 북쪽에서 내려오는 것을 이끌어 동쪽으로 보내 담에 구멍을 뚫고 그곳으로 흘러들게 하였다. 그 안에 못을 파니 깊이가 한 길 남짓 되고 세로는 몇 길쯤 되고 가로는 서너 배쯤 되었는데, 물은 푸른 옥처럼 맑았다. 오래 묵은 나무가 쓸쓸히 뜰 가에 따로 서 있는데 서늘한 그늘을 땅에 드리우니 매우 사랑스러웠다. 그런 후에 남이며 북에서 오는 손님이 쉴만한 곳이 있음을 기뻐하였고, 국가의 태평한 기상이 비로소 여기에 있지 않음이 없었다.

> 客軒東, 舊有小亭, 今無遺址存. 東墻迫近客舍, 庭除之廣不能畝. 客至, 病其阨, 杯盤撤, 輒起去, 不少留焉. 是則雖四民和於野, 於何見大平象乎? 於是, 退其迫近, 夷其地而廣之, 其中可容馳馬. 引山泉之北來者, 導而東之, 穴其墻入其流, 池于其內, 深可一身許, 從數丈, 橫倍蓰, 水淸碧玉如也. 古木蕭蕭, 離立庭際, 落地有涼陰, 甚可愛也. 然後客之南北至者, 喜其有惕息之所, 而國家大平氣象, 則未始不在此也.

기미년(1499) 여름, 내가 영남에서 서울로 돌아오다가 길에서 더위를 먹어 괴롭게 오다가 이 현에 이르니 주인이 이미 객헌客軒에 자리를 마련하고 기다리고 있었다. 곧바로 자리를 연못 가로 옮기라고 하고는 이리저리 거닐며 술잔을 들고 시를 읊다가 밤이 깊어 잠자리에 들었다. 닭이 울어 다시 길에 올랐으나 말 위에서 돌아보며 아쉬운 마음을 금치 못했다. 지금토록 맑은 물결과 지는 해가 내 가슴 속에서 오락가락 한다. 남쪽에서 오는 사람을 볼 때마다 "용인의 연못을 보았습니까?" 물어보아서 그가 "이미 보았습니다." 대답하면, 내가 다시 그 곳을 보는 것처럼 기뻤다. 하루는 김후가 심부름꾼을 보내 말을 전해왔다. “연못에 이미 정자까지 지었으니 기문을 지어 주십시오.” 심부름꾼의 말이 “정자는 모두 세 칸인데 물 가운데 들여앉혀서 물결의 빛이 항상 처마와 대들보에 일렁이는데 진정 맑고도 곱습니다. 근자에 영남절도사 안침安琛 공께서 지나시다가 보고 기뻐하여 ‘양벽漾碧’이라 이름 지으셨습니다.” 했다. 내가 “아 정말 좋은 이름이구나.” 하고, 사詞를 지어서 김후金侯께 보냈다.

己未夏, 余自嶺南還京師, 道病暑, 苦行至縣, 則主人已設席客軒候之. 卽令移其座池上, 逍遙觴詠, 夜久就寢. 鷄鳴復登途, 馬上回頭, 戀戀不自已. 至今晴波落日, 往來于懷. 人有自南來者, 輒問之曰: “頗見龍仁池塘否?” 應之曰: “旣.” 則喜如親面目其地. 一日侯伻來語余云: “池已亭矣, 盍記諸?” 伻之言曰: “亭搃三間, 坐入水中, 波光常搖蕩簷楹, 絶淸麗. 近有嶺南節度使安公琛[2], 過而悅之, 名之曰‘漾碧’.” 余曰: “噫! 甚善名焉.” 乃作而爲之詞, 遺金侯曰:

연못의 물이 맑밝니
내 옷깃을 씻을 만하고,
연못의 물이 맑으니
내 마음을 씻을 만하구나
연못을 만들고 정자를 지으니
그 아취가 깊구나.
물고기와 물새가 서로 잊어
멋대로 떴다 잠기니,
나 또한 그대를 잊으려 하지만

2 琛: 세종 27년(1445)~중종 10년(1515). 본관 順興. 자 子珍. 호 竹窓·竹齊. 성종, 연산군 시기 여러 관직을 역임했다. 중종 즉위년(1506) 평안도관찰사로 있다가 중종반정으로 지중추부사가 되었다. 중종 9년(1514) 특별히 공조판서에 발탁되었다가 바로 병사하였다.

그리움을 막을 수 없구나.

池之水明兮, 可以濯吾襟. 池之水淸兮, 可以洗吾心. 池之亭之兮, 其趣深. 魚鳥相忘兮, 自浮沈. 我亦欲忘子兮, 思難禁.

응신루凝神樓 기문
凝神樓記

상주의 객사 동쪽에 '풍영風詠'이라는 누각이 있으니 목은 이색李穡 선생께서 이름 짓고 기문을 쓰셨다. 그 서북쪽 모퉁이에 또 작은 누각이 있으니 용마루를 잇대어 새로 지은 것으로 '응신凝神'이라 하는데, 지금 통판 민녕閔寧이 세운 것으로 함종咸從 어자익魚子益 선생께서 거처하는 곳이다. 홍치 기미년(1499) 봄, 내가 왕명을 받들어 성주星州 사고에 성종실록을 봉안하였는데, 가는 길이 상주를 경유하였다. 상주는 내 고향이다. 마을 사람들이 풍영루 위에서 나에게 술잔을 권하였는데, 목사 신종지申宗之 공이 민후와 함께 자리에 있었다. 술이 거나해지고 날도 저무니 민후가 일어나 말하였다. "이 작은 정자는 제가 왕명을 받든 사신을 편안하게 영접하기 위해서 지은 것입니다. 오늘 여기서 어찌 잠깐 주무시지 않을 수 있겠습니까?" 또 말했다. "이곳에 기문이 없으니 원컨대 한 말씀 남겨주십시오."

> 州之客軒東有樓曰風詠, 牧隱李先生名且記. 其西北隅又有小樓, 連甍而新起者曰凝神, 今通判閔侯寧之建也, 咸從[1]魚先生子益之所居也. 弘治己未春, 兼善承命奉安成宗實錄于星州史閣, 道經于尙. 尙, 吾鄕也. 鄕人觴我于風詠之上, 牧使申公宗之暨閔侯, 與在席. 酒闌, 日且暮, 侯起而諗曰: "小樓, 吾所以安使客作也, 今日盍於焉暇寐?" 又曰: "此無記, 願留一言."

내가 사양할 수 없어서 곧 말했다. "재주 없는 내가 요행으로 이제 이곳에서 술을 마시며 시를 읊게 되었습니다. 마침 봄옷을 다 지은 때에 손님과 벗들이 자리에 가득하고 또 피리에 거문고 소리까지

---

1 咸從: 평안남도 강서지역의 옛 지명으로, 함종 어씨의 본관이다.

떠들썩하니, 관을 쓴 청년 오륙 명과 아이 칠팔 명과 함께 기수沂水에서 목욕하고 시 읊으며 돌아오는 자와 비교한다면 과연 어떠합니까?" 잠시 뒤에 작은 정자에 자리를 마련하니 그 규모가 너무도 정갈하였다. 누각 중심에 방을 마련하니 창은 뚫렸고 주렴은 성겨 더울 때 잘 곳으로 안성맞춤이었다. 바로 누각 머리에 또 욕실이 있는데 조용하고 편리하여 술이 깨 내려가 씻자 마음과 정신이 맑고 명랑하여 한 점 티끌도 없었다.

余不可辭, 則曰: "不才幸今觴詠于茲, 正値春服之成, 賓朋滿座, 又有絲竹管弦之盛, 其視冠童七八浴沂詠歸[2]者, 果何如?" 旣乃床席于小樓, 其制絶瀟洒, 房于樓心, 窓虛而簾疏, 當暑寢處之甚宜. 直樓頭, 又有浴室淨便, 及酒醒下浴, 心神淸朗, 無一點塵垢.

이윽고 다시 누각에 올라오니 때는 이미 고요한 밤이라 사방에 사람 소리가 없고 오직 산들바람이 장막을 움직이고 등롱의 촛불에 그림자만 흔들리니 진정 인간 세상의 절묘한 풍치였다. 이에 단정히 앉아 가만히 있으면서 눈을 닫고 보는 것을 거두니 마음이 집중되고 형체는 느슨해져 천기天機가 움직이지 않아 온갖 조화와 가만히 합치되었다. 이에 어렴풋이 잠이 들었는데 꿈에 신선이 나에게 읍하며 "속세에서 고생하며 한 몸에 만 가지 일을 처리하느라 느릿느릿 늙음이 다가와도 알지 못하는구려. 나에게 하나의 구결이 있으니 말은 간략해도 긴요한 말입니다. '온갖 사물이 많고 많아도 마음 하나 오직 고요하다. 사물마다 이치를 헤아리려면 날이 또한 부족하겠지. 정신

2 冠童~詠歸: 공자가 몇몇 제자들에게 각자 뜻을 말해보라고 하자, 曾晳이 "저무는 봄에 봄옷이 이루어지면 어른 대여섯 사람, 동자 예닐곱 사람과 함께 沂水에서 목욕하고 舞雩에서 바람을 쐬고 시를 읊으면서 돌아오겠다. [莫春者, 春服旣成, 冠者五六人·童子六七人, 浴乎沂, 風乎舞雩, 詠而歸.]" 했다.《論語 先進》

을 집중하여 고요히 관조하면 온갖 생각이 하나로 되리라.'" 하였다. 말을 마치자 보이지 않았다.

既還登, 時已夜靜, 四無人聲, 惟有微風動帷, 籠燭影搖, 眞人間絶致. 乃端坐無爲, 掩目收視, 心凝形釋, 天機不動, 與萬化冥合. 於是, 恍然就睡, 夢見羽人揖余謂曰: "塵世勞勞, 一身萬事, 冉冉老至而不自知. 我有一訣, 言約而要. 萬類芸芸, 一心惟寂. 物物料理, 日亦不足. 凝神靜觀, 百慮一致." 言訖不現.

이에 문득 꿈에서 깨어 마음속으로 가만히 중얼거렸다. "듣자니 선인은 좋은 누각에 산다더니 방금 꿈에서 본 것이 이 누각의 주인이 아닐까? 그가 나에게 가르침을 준 것이구나." 잠시 뒤에 계인鷄人이 새벽이 왔음을 알렸는데, 민후가 이미 내 곁에 와서 내가 깼는지 살펴보고 있었다. 그에게 꿈에서 선인이 한 말을 모두 말했더니 민후가 웃으며 말했다. "아! 이것으로 누각의 기문을 삼을 만합니다." 내가 생각하니 함종咸從 어자익께서 명명한 뜻이 현재 내가 있는 곳에 발휘되었다. 또 목은 이색 선생께서 옛 누각에 기문을 지으셨으니 새 누각의 기문은 내 몫이 아니겠는가? 이에 꿈속에 본 신선의 말을 써서 민후에게 주고 돌아왔다. 누각이 완성된 때는 무오년(1498) 봄이다.

乃翻然夢覺, 心竊自語曰: "嘗聞仙人好樓居, 嚮所夢者, 非樓之主人耶? 其敎我矣." 旣而, 鷄人[3]報曉, 閔侯已來在我側, 候起居矣. 具道夢所聞於羽人者, 侯笑曰: "噫! 是可以爲樓記." 余惟咸從命名之義, 在所發揮, 且牧隱有記在舊樓, 記新樓, 非吾事耶! 乃書羽人言, 與閔侯歸. 樓之成, 戊午春也.

---

3 鷄人: 궁중에서 붉은 모자를 쓴 군사가 날이 밝으면 징을 쳐서 날이 밝았음을 알렸는데 이 군사를 계인 혹은 報曉軍이라 한다.

향관청享官廳 기문
享官廳[1]記

성균관에는 옛날에 향관청享官廳이 없었다. 전 대사성大司成 성현成俔 공이 특진관特進官이 되었을 때 경연에서 아뢰었다. "우리나라에서는 역대로 공자를 예로 받들어 왔는데, 매년 봄과 가을의 중간 달에, 매달 초하루와 보름에 매우 조심스럽게 제사를 받듭니다. 다만 헌관獻官과 여러 집사執事들이 재계하는 곳이 없어서 제사지낼 때가 되면 대부분 동재東齋와 서재西齋에 임시로 거처합니다. 그곳 재의 학생으로서 또한 일을 맡은 자는 있을 곳이 없어서 성균관 소속 노비의 집에 옮겨가 거처하니 정결하게 제사를 올리는 뜻과는 어그러짐이 있습니다. 빈 곳 한 곳을 빌어 따로 건물 하나를 지어 향관享官들이 재계하는 곳으로 삼았으면 합니다." 주상께서 말씀하셨다. "좋다. 선공감 제조繕工監提調와 함께 땅을 골라 경영하라."

成均館, 古無有享官廳. 前大司成成公俔[2], 爲特進官[3], 嘗於經筵啓曰: "國朝禮先聖先師, 歲用春秋之仲, 月用朔望, 享祀惟謹. 顧惟獻官[4]諸

---

1 享官廳: 文廟에 제사를 지낼 때 제사를 주관하는 벼슬아치들이 거처하며 심신을 경건히 가다듬던 장소이다.

2 成俔: 세종 21년(1439)~연산군 10년(1504). 본관 창녕. 자 磬叔. 호 慵齋·虛白堂·浮休子·菊塢. 아버지는 知中樞府事 念祖이다. 세조 8년(1462) 식년문과에, 1466년 拔英試에 각각 3등으로 급제하여 명문의 후예로 비교적 평탄한 벼슬생활을 했으나 공신의 책봉에서는 빠지는 등 정치의 실권과는 거리가 있었다. 62세 때는 홍문관과 예문관 양관의 대제학에 올라 이 시기의 문풍을 실질적으로 주도했다. 죽은 뒤 수개월 만에 갑자사화가 일어나 부관참시 당했으나, 뒤에 伸寃되었고 청백리로 뽑혔다. 시호는 文戴이다.

3 特進官: 왕에게 유교경전을 강의하고 나라의 정사를 논의하는 經筵에 참가할 자격이 주어진 관리로, 議政府·六曹·漢城府의 정3품 堂上官을 지낸 경력이 있는 자들로서 현직이 2품 이상인 관리만 임명될 수 있다.

執事[5]淸齋之無其所也, 當祭時, 率假寓於東西齋. 其齋之學生亦執事者, 而無所容, 乃移寓於館奴之家, 有乖潔淨禋祀之義. 乞於隙地, 別構一廳, 以爲享官[6]齋所." 上曰: "可. 其與繕工[7]提調, 相地經營之."

이에 선공감 제조 한치형韓致亨·정문형鄭文炯, 동지성균관사 광천군廣川君 이극증李克增, 성현이 정록청正錄廳의 북쪽, 존경각尊經閣 동북쪽 모퉁이 사이에 있는 땅을 보고는 말했다. "이곳은 청사 하나를 짓고도 남겠다." 그렇게 땅을 얻은 뒤에 규모를 정했다. 남쪽을 바라보고 네 칸을 우뚝 높고 크게 짓되 앞뒤로 툇마루를 두고 동서로 방을 두었으니, 이는 헌관청獻官廳이다. 동서쪽 낭무廊廡의 각각 여섯 칸에는 모두 툇마루를 두었는데 높지도 낮지도 않아서 자고 먹기에 편하게 하였으니, 이는 감찰집사청監察執事廳이다. 그 가운데를 비워 두고 평평하게 뜰을 만들고, 담으로 그 바깥을 둘러치고 동쪽·서쪽·남쪽으로 문을 내어 출입하게 하였다. 동쪽 낭무의 동쪽에 또 다섯 칸을 낮고 또 작게 만드니, 이는 부엌이다.

於是, 繕工提調臣韓致亨[8]·鄭文炯[9], 同知館事廣川君李克增[10], 暨臣

4 獻官: 나라에서 제사를 지낼 때 임시로 임명하던 제관이다. 큰 제사에는 임금이 初獻을, 왕세자가 亞獻을, 영의정이 終獻을 하는데, 일반 제사에서는 문무 당상관이 이를 담당하였다.

5 執事: 조선시대 국왕과 왕실을 중심으로 한 각종 의식에서 주관자를 도와 의식을 진행시킨 관원이다.

6 享官: 祭享을 맡아 主掌하는 관원이다.

7 繕工監: 工曹에 딸려 토목과 영선에 대한 일을 맡아보던 관아이다.

8 韓致亨: 세종 16년(1434)~연산군 8년(1502). 본관 淸州. 자 通之. 아버지는 정랑 질이며 어머니는 中軍摠制 趙敍의 딸이다. 奏請使, 聖節使, 謝恩使 등으로 명에 여러 차례 다녀오는 등 대중국 외교 분야에서 활동했다. 무오사화가 일어나자 盧思愼·柳子光 등과 함께 사림파 관료의 제거에 힘썼다

9 鄭文炯: 세종 9년(1427)~연산군 7년(1501). 본관 奉化. 자 明叔. 호 野. 개국공신 道傳의 증손이며 아버지는 東이다. 세종 29년(1447) 별시문과에 급제하여 여러

成俔，乃相正錄廳[11]之北・尊經閣[12]東北隅之間地曰：“是可著一廳事而有餘矣.” 厥旣得地，又定其制，則南面四間之巍然高大，而前後有退，東西有房者，獻官廳[13]也. 東西廊之各六間皆有退，不高不低，便於寢食者，監察執事廳也. 虛其中，夷而庭之，垣以繚其外，門於東西南，以通出入. 東廊之東，又有五間低且小者，其庖廚也.

이어서 구조와 규모를 그려 올리고 또 아뢰었다. “살펴보니 재목을 얻기 어려우니 성균관노비의 신공身貢을 팔아 마련하게 하고, 장인·기물·기와, 공사에 투입할 일꾼과 공사를 감독할 사령은 마땅히 해당 관청으로 하여금 각각 수요를 계산하여 쓸 곳에 쓰도록 하소서. 아울러 성균관 사성司成 안팽명安彭命·박형문朴衡文, 직강直講 권구權俱·김계행金係行, 정록正錄 김갱수金鏗壽·윤금손尹金孫으로 하여금 공사를 감독하게 하겠습니다.” 전교하기를 “아뢴 대로 시행하라.” 하셨다.

乃圖其間架制度而上之，且啓曰：“顧材之難得，乞用館奴婢身貢買辦，若夫工匠也，器物也，蓋瓦也，與夫供役軍夫，督役使令，宜令該司，各量其所需，以備應用. 兼使本館司成曰安彭命[14]・朴衡文[15]，直講曰

벼슬을 역임했다. 1495년 판중추부사·우의정이 되어 궤장을 하사받았다. 시호는 良敬이다.

10 李克增: 세종 13년(1431)~성종 25년(1494). 본관 廣州. 자 景祁. 아버지는 우의정 仁孫이다. 세조 2년(1456) 식년 문과에 병과로 급제해 여러 벼슬을 역임했다. 조선 전기 대표적인 훈구대신으로 시호는 恭長이다.

11 正錄廳: 성균관의 直員이 時政을 뽑아 적어 보관하던 곳으로, 뒤에 성균관의 直所가 되었다.

12 尊經閣: 성종 6년(1475) 성균관 안에 건립된 도서관 건물이다. 교육 기관으로서의 성균관이 유생들의 학문 연구에 필요한 서적의 부족으로 교육상 많은 곤란을 겪게 되어 韓明澮 등 제신들이 장서각의 필요성을 주청, 성종의 윤허를 얻어 건립하였다. 완성된 뒤에 성종이 ‘존경’이라 이름하고 많은 서적을 하사하였고, 그 뒤 장서가 많을 경우에는 수만 권에 이르기도 하였다.

13 獻官廳: 제사 때 헌관들이 있던 곳이다.

權俱 · 金係行[16], 正錄曰金鏗壽 · 尹金孫[17], 董其役." 敎曰: "惟所啓."

몇 달 동안 공사를 해서 완성하였다. 전체 규모를 짜고 절목을 아뢰고 완성을 독려한 일은 모두 광천군廣川君이 한 것이고, 나는 비록 성균관의 직책에 이름이 들었으나 수수방관했을 뿐이다. 그런데도 완공된 것이 기뻐 광천군에게 말했다. "삼대의 예악이 주나라에 이르러 다 갖춰졌고 주나라의 제도는 주공의 손에 다시 크게 이루어졌습니다. 우리 동방은 해외의 공자·맹자의 나라라고 불리지만 삼국에서 고려 때까지 예악과 문물을 대개 갖출 틈이 없었고 우리 조선에 이르러서야 비로소 크게 갖춰졌습니다.

既役數月, 而功已訖. 凡措置規模 · 啓稟節目 · 督勵成就之功, 皆廣川爲之也; 若貴達, 雖備員館職, 顧袖手而傍觀耳. 猶且樂其成也, 乃復於廣川曰: "三代禮樂, 至周而備, 而周家制度, 復大成於周公之手. 吾東方, 號稱海外鄒魯之邦, 而三國以至高麗, 其禮樂文物, 蓋有所不暇也, 至我朝, 始大備焉.

---

14 安彭命: 세종 29년(1447)~성종 23년(1492). 본관 廣州. 자 德甫. 器의 증손으로, 할아버지는 開城府留後 省이고, 아버지는 사헌부감찰 從生이며, 어머니는 이조정랑 裵素의 딸이다. 臺省(사헌부와 사간원)에서 그 명성을 떨쳤고 1492년 8월 禮賓寺副正이 되어 왕명으로 平海에 다녀오다가 강릉에서 일생을 마쳤다. 벼슬은 대사간에 이르렀고, 淸白吏에 녹선되었다.

15 朴衡文: 성종 6년(1475) 親試 갑과1. 자는 奎甫 本貫은 忠州. 縣監 掌令을 지냄. 父는 朴悌誠.

16 金係行: 本貫은 安東. 大司諫 역임. 父는 金三近.

17 尹金孫: 세조 4년(1458)~명종 2년(1547). 본관 坡平. 자 引止. 호 西坡. 太山의 증손으로, 할아버지는 岑이고, 아버지는 仁壽府副正 之崗이며, 어머니는 判中樞府事 魚孝瞻의 딸이다. 부인은 목사 金泰卿의 딸이다. 성종 22년(1491) 진사로서 별시 문과에 병과로 급제하였다. 연산군 중종 대에 여러 관직을 역임하였다. 시호는 獻懿이다.

금상께옵서 즉위하시고 주공·공자·안회·맹자의 학문에 마음을 두셔서 땅에 떨어진 예의와 제도를 강구하여 두루 일으켜 세웠습니다. 또 한 마음 한 덕德인 신하들이 서로 성상의 좌우에서 보좌했습니다. 그러므로 전례典禮와 문물文物이 성조에 와서 다시 크게 갖추어졌습니다. 예컨대 석전釋奠을 친히 주재하시고 학전學田을 주시며, 술동이와 술잔을 내리시고 쌀과 베를 내리셔서 스승과 생도를 크게 대우한 것은, 옛날에나 간신히 들어보았을 뿐 근대에는 시행할 겨를이 없었습니다. 그런데 성상께서 진심으로 시행하셨으니, 이는 진실로 본래 천고에 우뚝한 총명과 예지를 소유한 분이 아니라면 그 누가 할 수 있겠습니까?

而今上卽位, 心周 · 孔 · 顔 · 孟之學, 講求墜典而歷擧之, 又有同心一德之臣, 相與左右輔翼之. 故典禮文物, 至聖朝復大備焉. 若躬釋奠[18], 給學田; 樽罍之賜, 米布之賚, 大酺師生, 則僅聞於往昔, 未遑於近代, 而乃出自宸衷, 創行之, 苟不固聰明聖知卓千古者, 其孰能之?

문묘文廟에 전사청典祀廳을 설치한 것은 고령高靈 신 정승[申叔舟]께서 실제로 창도하신 것이고, 성균관에 존경각尊經閣을 설치한 것은 상당上黨 한 상공[韓明澮]께서 실제로 만드신 것입니다. 다섯 성인과 열철인에게 제사를 올리는 데 찬탁饌卓을 마련하고 좌중에 교의交倚를 두며, 위판位板에 함을 설치하고 향관享官이 머물 건물을 지은 것은, 독실하게 뜻을 세우신 공이 아니라면 그 누가 이렇게 하였겠습니까. 이러한 일은 그 자취를 묻히게 하여 뒷사람이 못 보게 하면 안 됩니다. 어찌 큰 솜씨를 지닌 사람에게 부탁하여 글로 쓰지 않으십니까?" 공이 말했다. "내가 어찌 그대의 말을 감당하겠습니까. 그렇지만 어

18 釋奠: 음력 2월과 8월 上丁日에 文廟에서 공자에게 지내는 제사이다.

쩔 수 없이 써야 한다면 그대가 적임자이니 사양하지 마시오." 이에 물러나 말을 써서 기문으로 삼는다.

若乃文廟有典祀廳, 則高靈申相國[19]實唱之; 館中有尊經閣, 則上黨韓相公[20]實創焉. 至於五聖·十哲[21]之祭有饌卓, 座有交倚[22], 位板有匱, 享官有廳, 則非公立志之篤, 其誰宜爲? 是不可泯沒其迹, 眯後人之目, 盍倩大手而文之?" 公曰: "吾何敢當子之云耶? 雖然, 無已而必記之, 則子其無讓." 乃退而書其言, 以爲記.

---

19 申相國: 申叔舟를 이른다.

20 韓相公: 韓明澮를 이른다.

21 五聖十哲: '오성'은 文廟에 함께 모시는 다섯 성인으로, 孔子·顔子·曾子·子思·孟子이고, '십철'은 공자의 제자 가운데 뛰어난 열 사람으로, 顔回·閔子騫·伯牛·雍·宰我·子貢·求·子路·子游·子夏이다.

22 交倚: 제사를 지낼 때 神主를 모시는, 다리가 긴 의자이다.

강릉江陵 향교를 중수한 기문
江陵鄕校重修記

내가 어릴 때 강릉에 대해 들은 적이 있었다. 그 풍속이 글을 숭상하여 자제들이 부모의 품에서 벗어나자마자 향교에서 공부하여 궁벽한 시골 동네까지 '어어우우' 모두 글 읽는 사람들이라 하여 마음속으로 가만히 훌륭하다고 여겼다. 성화 임진년(1472) 봄, 내가 시어사侍御史로서 시험 장소에 들어갔다. 유자儒子 서너 명이 있었는데, 그 모습은 소박하고 의관은 낡았지만 강론하는 것이 매우 정밀하고 완숙하였다. 어디에서 왔느냐고 물으니, 모두 강릉 사람이었다.

余少時聞江陵, 其俗上文, 其子弟免父母之懷, 卽遊鄕校, 至於窮閭委巷, 魚魚于于, 皆讀書人, 心竊嘉之. 成化壬辰春, 余以侍御史[1], 參入試院[2]. 有儒者三四輩, 其貌古, 其衣冠垢, 其講說甚精熟, 問之, 皆江陵人也.

그 후 14년이 지나 외람되이 강원도 관찰사가 되었다. 처음 임영관臨瀛館에 이르러 부府의 관리·아전·병졸들의 인사를 받았다. 예식을 마치고 여러 생도들을 불러 경전을 강론하게 하고 그 의미를 물어보니 마음으로 성현의 뜻을 통한 자가 거의 수십여 명이었다. 또 시제試題를 내어 문예를 시험하니 시詩와 부賦의 뜻에 합격한 자들이 또 50여명이나 되었다. 그래서 임진년에 강론한 자들의 학업이 유래한 바가 있다는 것을 알게 되었다.

既又十四年, 而忝持節鉞關東. 始至臨瀛館, 受府官吏卒禮訖, 招諸生

1 侍御史: 御史臺의 관직으로, 종5품이고 정원은 2명이다.
2 試院: 과거 시험을 치르던 곳이다.

講問經義, 心通聖賢之旨者, 殆數十餘. 又命題試藝, 若詩賦義中格者, 又五十餘人. 於是又知壬辰之講說者, 其業有所自也.

다음날 향교에 나아가 공자께 참배하였다. 물러나와 부사 이인충李仁忠, 전승지 박시형朴始亨, 도사都事 유양춘柳陽春, 교수敎授 최자점崔自霑 등과 의논하고 역말을 띄워 중앙에 아뢰었다. "강릉은 대관령과 바다 사이 오지에 있지만 그곳 사람들은 예의와 의리를 실천하고 시경과 서경을 읊조리고 있으니, 진실로 우리 동방의 추나라와 노나라에 해당합니다. 신이 살펴보니 그곳 향교의 대성전大成殿과 동무東廡·서무西廡는 세월이 많이 흘러 무너지려 하고, 학생재學生齋는 좁아 학생을 수용하기 어렵습니다. 지금 새로 지어 넓고 크게 하지 않으면, 무너져 지탱하기 어렵게 되고 글 읽는 자들도 편안하게 있을 곳을 얻지 못할까 염려됩니다. 다행히 지금은 모든 변방에 걱정이 없어 본부本府와 삼척三陟의 수자리 서는 병졸들이 모두 할 일 없이 날을 보내고 있습니다. 이 두 곳의 병졸들로 봄과 여름에 재목을 모으고 기와를 굽게 하고, 가을과 겨울에 건물을 짓게 하여 옛것을 새롭게 하고 좁은 것을 넓게 하여 학도들을 장려하겠습니다." 윤허를 받자마자 곧 군졸들을 나누어 재목을 모으고 기와를 구워 공사의 판을 짰지만 마침 가뭄이 들어 정지하고 뒷사람에게 완성을 맡겼는데, 나는 교체되었다.

越翼日, 詣鄕校, 謁先聖. 退而與府使李仁忠[3]·前承旨朴始亨[4]·都事

3 李仁忠: ?~? 본관 延安. 자 誨之. 증조부는 李貴山이고, 조부는 李績이며, 부친은 李根建이다. 僉知 李仁文의 아우이다. 세조 10년(1464)에 甲申春塘臺文科에 兵科 1등으로 급제하고, 세조 13년(1467)에 수의 재질이 있는 자 30인을 뽑았는데 그 가운데 뽑혀 『孫子』를 공부했다. 刑曹參議, 慶尙右道水軍節度使 등 여러 관직을 역임했다.

柳陽春 · 教授崔自霑[5]等謀之, 馳驛以聞曰: "惟江陵僻在嶺海間, 其人服禮義, 誦詩書, 實吾東之鄒與魯. 臣伏審之, 其鄕校大成殿及東西廡, 年久傾危, 學生齋, 又隘狹難容. 今不作新而恢大之, 慮將頹圮難支, 講讀者且不得安所止. 幸今四方無虞, 本府及三陟兩鎭戍兵, 率遊手度日. 乞用此兩鎭兵, 以春夏鳩材陶瓦, 及秋冬堂構焉, 以新其舊而廣其狹, 用奬勵學徒." 旣蒙允下, 卽分軍隷材瓦, 事垂辦, 適天旱而停, 付其成於後之人, 而余則見代.

9년이 지난 뒤에 교수였던 최자점을 서울에서 만났다. 이때 최자점도 교수에서 교체된 뒤 사간원司諫院 정언正言이 되어 있었다. 최자점이 말했다. "강릉은 제 고향입니다. 우리 향교가 거듭 새롭게 태어난 것은 공의 공적입니다." 내가 말했다. "아니오. 나는 다 이루지 못하고 교체되었는데 내가 무슨 공이 있겠소?" 최자점이 말했다. "천하의 모든 일은 완성된 날에 이루는 것이 아니라 계획한 날에 이루는 것입니다. 공은 비록 완성을 보지는 못했지만 공사의 판은 공에게서 이미 이루어진 것입니다. 을사년(1485) 겨울에 공이 교체되고 그 다음해에 대성전과 동무·서무를 세웠습니다. 또 다음해에 동재東齋·서재西齋와 강당을 세웠고, 전사청典祀廳·제기고祭器庫·교수아敎授衙·유사방有司房 같은 것들도 모두 새로 지었습니다. 또 다음해에 남루南樓와 행랑行廊을 지으니, 모두 70여 칸으로 향교의 거대함과 아름다움은 필적할 만한 것이 없을 것입니다. 뒤이어 관리로 와서 완성한 분들로는, 부사 이평李枰, 판관判官 신승복愼承福과 기와 굽는 일을 감독한 사람 함영창咸永昌, 건축을 감독한 사람 김보연金普淵, 목수는 최해심崔海深입니다. 공이 처음에 시작하지 않았으면 뒤에 온 사람들이 무엇을 따라 완성했겠습니까? 이곳에서 놀고 공부하고 밥을 먹는 자들

4 朴始亨: 자 祖謙. 본관 江陵. 前歷은 刑曹佐郞.
5 崔自霑: 본관 江陵. 官職은 正言. 부는 崔允行.

이 모두 감격하고 분발하여 문풍이 이제 더욱 떨쳐지리니 이러한 행적은 사라지면 안 됩니다. 어찌 한 말씀 적어주시지 않습니까?" 내가 말했다. "아! 내가 무슨 공적이 있다고 감히 말을 하겠는가. 만약 인재가 많고 학교가 흥성하면 글이 아니더라도 후대에 가르치지 못하겠는가?"

其後九年, 而見所謂崔教授於京師. 時, 崔亦已遞, 爲司諫院正言矣. 崔之言曰: "江陵, 吾邑也. 吾鄕校之重新, 蓋公之功也." 余曰: "否! 吾未成而見代, 吾何功?" 崔曰: "凡天下之事, 不成於成之日, 而成於謀之日. 公雖未及見成, 而其具已成於公矣. 乙巳冬, 公見代, 其明年, 構大成殿及東西廡. 又明年, 構東西齋與講廳, 至如典祀廳 · 祭器庫 · 教授衙 · 有司房, 皆新焉. 又明年, 構南樓與行廊, 摠七十餘間, 鄕校之巨麗, 蓋無匹也. 官吏繼而成者, 府使曰李枰, 判官曰愼承福, 監陶瓦者曰咸永昌, 監造成者曰金普淵, 梓人曰崔海深也. 使無公始之於始, 則後之人, 曷從而成之? 遊於斯, 食於斯者, 皆將感激奮發, 文風於是乎益振. 是不可以泯其跡也, 盍一言乎?" 余曰: "噫! 余何功而敢言之耶? 若夫人才之衆, 學校之盛, 非文, 莫之詔來世也?"

선산善山의 객사를 중수 기문

善山客舍重修記

대저 산이 높고 험준하며 물이 깊고 넓은 곳에 고을이 있으면 반드시 경치 좋은 누대와 넓은 객관이 있어야만 걸맞다. 토지가 광대하고 인물이 많은 고을에 수령이 된 사람은 반드시 백성을 기르는 도량과 백성에게 관대한 인자함이 있어야만 마땅하다고 할 것이다. 내가 일찍이 낙동강에 배를 띄워 물길을 따라 내려가다가 선산善山이라는 곳의 경치를 구경한 적이 있다. 강에는 여차餘次 나루가 있으니 이매연鯉埋淵의 하류이다. 또 월파정月波亭이라는 곳이 있으니 양촌陽村 권근權近 선생께서 기문을 지은 곳으로, 그분의 유묵이 지금까지 벽에 남아있다. 산으로는 금오산金烏山이 있으니 절개를 지킨 고려의 길재吉再가 은거하던 곳이다. 또 태조산太祖山이란 곳이 있는데 고려 태조가 후백제를 정벌하러 갈 때 잠시 머물렀던 곳이다. 어찌 일반적으로 산이 높고 강이 깊은 것에만 비하겠는가? 웅장하고 아름다운 누대를 지어 사방의 빈객들을 받아 노래와 춤을 기생을 두고 글 짓는 도구를 갖추어야만 강산의 아름다운 경치를 무시하지 않는 것이 될 것이다.

夫山之高峻, 水之深廣, 而邑于其間者, 必有樓臺之勝 · 館宇之敞, 然後稱也. 土地之廣大, 人物之繁華, 而吏于其邑者, 必有畜衆之量 · 寬民之仁, 然後謂之宜. 余嘗浮于洛, 從流而下, 見所謂一善之勝槩. 水有餘次津, 卽鯉埋淵之下流, 又有月波亭云者, 陽村先生之所記也. 其遺墨至今在壁間. 山有金烏, 乃高麗節士吉再之所捿遯也, 又有云太祖山者, 麗祖征百濟時駐蹕之所也. 豈比夫凡山水之但高深而已者哉? 宜有宏壯巨麗之構, 有以受四方之賓客, 貯歌舞, 藏文物, 然後爲不孤山水之勝賞者矣.

부에는 남관南館과 북관北館이 있는데 북관은 좁고 누추하다. 남관만이 자못 넓고 트였다. 그래서 이곳에 오는 사람들은 모두 남관으로 가려하고 북관으로 가려 하지 않았다. 혹 왕명을 지닌 자가 동시에 왔을 때, 지위도 같고 지체도 대등하면 어느 관에서 대접할지 실로 난감하였다. 하물며 배를 타고 일본에 가는 사신이 계속 이어짐에랴! 이곳은 사람이 왕래하는 요충지인데도 새로 짓는 사람이 없으니 나는 탄식하지 않을 수 없었다. 홍치 5년(1482)에 송요년宋遙年이 이곳의 부사가 되었다. 군자가 말했다. "이러한 선발이 바로 딱 들어맞는다는 것입니다. 송공의 인자함은 백성에게 은택을 주기에 충분하고 도량은 백성을 품기에 충분합니다. 이러한 덕성을 지니고서 이 고을의 수령이 되었으니 무슨 일이든 다스리지 못하겠습니까?" 3년이 지난 뒤에 정사는 잘 시행되고 사람들은 화합하였으며, 고질적인 폐단은 제거되고 이익은 늘었다. 관청에 일삼을 만한 것이 없고 백성에게 여력이 있음을 보고는, 고을의 여러 어르신과 아전·병졸에게 물었다. "북관을 새롭게 중창하는 것이 어떻습니까?" 모두 말했다. "좋습니다. 이것이야말로 고을 사람들이 바라던 것입니다."

府有南 · 北館, 北館隘以陋, 唯南館頗闊豁, 故人之之焉者, 皆欲南而不於北. 其或使命沓至, 位鈞而尊敵, 則館待之實難, 況航海客使之聯絡! 此其往來之衝乎, 而無有作而新之者, 余未嘗不慨然也. 弘治五年, 宋侯[1]出而爲府使, 君子曰: "是所謂稱也. 侯之仁足以澤其民, 其量足以容其衆. 持是而爲邑長於斯, 夫何事之不濟?" 旣三年, 政通人和,

---

1 宋侯: 宋遙年. 세종 11년(1429)~연산군 5년(1499). 본관 恩津. 지평 繼祀의 아들이며, 어머니는 金宗興의 딸이다. 단종 1년(1453)에 사마시에 합격하여 생원이 되었다. 어머니의 돈독한 筮仕로 의금부도사에 제수되었다. 성종 10년(1479)에 문과별시에 병과로 급제하여 사옹원정에 특배되었다. 뒤에 상주·홍주목사로 나가 치적이 있었다. 예빈시정과 선산부사를 거쳐 군자감정에 배수되었다.

病革利興, 見官府無所事事, 而民有餘力, 則乃詢諸鄕之父老及其吏卒曰: "新北館, 何如?" 咸曰: "嘻! 是邑人之心也."

이에 옛터를 넓히고 새로운 계획을 더하였다. 건물을 세울 위치는 모두 고심 끝에 결정한 것이고, 재목을 모으고 기와를 굽는 것은 모두 하는 일 없는 자들을 시키며, 술과 음식의 공급은 모두 관청의 비축물을 써서 백성을 약탈하지 않고 백성을 힘들게 하지 않았다. 한 달을 넘기지 않아 공사가 완성되었는데 모두 약간 칸이었다. 단청까지 마친 뒤에 송 부사는 편지를 써서 서울에 있는 나에게 말했다. "일이 있으면 연대를 기록하는 것이 옛 법도입니다. 원컨대 공께서 이력을 써주시기 바랍니다."

乃廓其舊址, 增其新規. 凡堂構位置, 皆由心匠; 鳩材陶瓦, 皆役游手[2]; 酒食供給, 皆用官儲, 不浚民, 不勞民. 不期月而功成, 摠若干楹. 旣丹雘畢, 侯馳書抵京師, 謂余曰: "事而紀年, 古也. 願得公之筆記歲月."

살펴보건대 일선一善은 본래 신라의 군郡이었다. 뒤에 주州로 승격되었다가 다시 군이 되었고 또 현縣으로 강등되었다. 모두 네댓 번 변하였다가 본조에 들어와서 우리 태종 공정대왕恭定大王께서 지금 이름으로 고쳤다. 그 사이 시간이 얼마이고 전후로 부임한 관리가 또한 몇 사람인지 알지 못한다. 그러나 크게 건축한 공적은 반드시 송 부사에게 있고 다른 사람에게 있지 않다. 사물이 흥하고 폐하는 데에는 운수가 있는 것인가 아니면 반드시 알맞은 사람을 기다려서 그렇게 되는 것인가? 나는 송 부사가 상주尙州 목사로 있을 때 덕정을 베푸는 것을 보았다. 상주와 선산은 이웃 고을이니 선산 사람들은

2 游手: 농촌에서 하는 일 없이 노는 사람을 이르는 말이다.

반드시 상주 백성이 공의 아름다운 은택에 젖어 있는 것을 익히 보았을 것이다. 우두커니 보고 있는 것이 지금 오래되었으니 아마도 적당한 사람을 기다린 것일 것이다. 다른 사람의 훌륭함에 대해 말하여 영원히 기억되길 좋아하는 것이 나의 뜻이기 때문에 기문을 쓴다.

按一善本新羅之郡, 後陞爲州, 復爲郡, 又降爲縣. 凡四五轉, 而入本朝, 我太宗恭定大王, 改今名[3]. 其間年紀幾許, 前後肘專城之印者, 又不知幾人. 而其興作之盛, 必在於侯, 不在於他. 夫物之修廢, 其有數歟? 抑必待其人歟? 吾見侯嘗牧于尙, 有德政. 尙與善爲隣邑, 善之人, 其必習見尙民沐公之休澤, 佇見今日久矣, 意者, 其待人. 夫樂道人之善, 垂不朽者, 吾志也. 故爲之記.

송후는 요년遙年이 그의 이름이고 본관이 은진恩津이다.

宋侯, 遙年其名, 恩津人.

3 改今名: 태종 13년 군현제도를 정비하면서 이름까지 고쳤다.

양양襄陽의 향교를 중수한 기문
襄陽鄕校重修記

홍치 갑인년(1494) 봄, 여강驪江 민반閔泮이 양양의 수령으로 왔다. 수레에서 내린 후에 개연히 학교를 일으키고 백성을 교화하며 좋은 풍속을 이룰 것을 염두에 두었다. 먼저 공자께 참배하였는데, 학사學舍가 무너지고 스승과 생도가 무너진 건물의 먼지 앉은 창 아래에 있는 것을 보고 탄식하며 말했다. "내가 할 일이 이것이구나." 이에 재목을 모으고 기와를 구워 가을이 되면 일을 시작할 수 있게 하라고 명하였다. 가을이 되어 재목과 기와를 모두 갖추자 아비의 일에 달려오는 아들처럼 인부들이 자발적으로 왔다. 이에 누각은 남쪽에 6칸을 짓고 동재東齋와 서재西齋 각각 4칸을 지었다. 부엌 5칸, 전사청典祀廳 3칸, 장서각藏書閣 2칸도 지었다. 공사가 완성된 뒤에 모든 생도와 문인들을 모아 낙성식을 하고, 염전과 채소밭을 주어 학문을 닦고 마음을 닦는 데 드는 비용을 충당하게 했다.

> 弘治甲寅春, 驪江閔侯泮, 來守襄陽. 旣下車, 慨然以興學校, 化民成俗爲念. 首謁先聖先師, 見學舍頹圮, 師生栖於敗壁塵窓之下, 則嘆曰: "吾其有事於斯乎!" 乃命鳩材陶瓦, 期以至秋赴功. 及其期, 材瓦具[illegible], 役徒子來. 乃樓于南六間, 齋于東西各四間, 以至廚舍五間 · 典祀廳三間 · 藏書閣二間. 厥旣成, 合諸生暨諸文人以落之, 益之以鹽盆菜地, 以資藏修瀡滫之奉.

아! 이것은 진정 양양 고을이 새로 만들어진 것이며 학교를 또 처음 지은 것이나 마찬가지이다. 고을의 부로들이 자기 자제들이 학사로 가려는 것을 축하하면서 편지를 멀리서 보내 나에게 말했다. "양양을 읍으로 삼은 것은 오래되었습니다. 성곽과 관청은 그럭저럭 완비되었지만, 학교는 겨우 열기만 하여 제도가 아직 다 갖추어지지 못한 채 수백 년이 흘렀습니다. 전사청이나 장서각은 이전에는 지을 겨를이 없었는데 이제야 비로소 지었습니다. 스승과 생도들의 거처 같은 그 나머지 건물도 무너져 거처할 수 없게 된 지가 언제인지도 알 수 없는데 이제 마찬가지로 새롭게 지었습니다. 여름에는 누각이, 겨울에는 방이 강송講誦하기에 마땅할 것이며, 밥상에는 소금과 된장이 있고 쟁반에는 채소와 과실이 있어 먹고 마시기에 알맞습니다. 그러니 고을의 자제들이 누가 공자와 맹자를 배반하고 다른 길로 가겠습니까. 이것은 밝으신 부사님께서 해주신 일입니다. 원컨대 선생께서 기문을 써서 우리 부사님의 행적을 빛내주시고 우리 자제들을 더욱 권면해주시면 좋겠습니다."

> 嗚呼! 此正襄陽之再造, 而學校之又一初也. 鄕之父老, 慶其子弟之將有造也, 緘書遠來, 告兼善曰: "維襄陽有邑, 久矣. 城郭 · 官舍之苟完, 而學校則僅草創, 制度未備, 數百年于玆矣. 若典祀之廳, 藏書之閣, 前昔所未遑, 而今乃始成焉. 餘如師生堂舍, 埋沒不堪處者, 不知幾歲年, 而今亦一新. 夏於樓, 冬於房, 講誦攸宜; 匙有鹽豉, 盤有菜果, 食飮之適, 鄕子弟誰肯背孔孟, 而他岐之歸乎? 是則明府之賜也. 願先生爲之記, 侈我侯之賜, 而益勸吾子弟, 可乎!"

내가 말했다. "아! 나는 전에 강원도의 학문을 관장한 적이 있기 때문에 양양의 자제들이 모두 독서하는 데 방향을 잘 잡아 함께 진보할 수 있다는 것을 알고 있다. 지금 부로들의 요청에 따라 한 마디 하여 권면하지 않을 수 있겠는가?" 이에 말했다. "원컨대 여러 생도들은 아침에는 배우고 저녁에는 익히기를 바란다. 오직 스승의 가르침을 주의 깊게 듣고 여타 다른 잡기에는 마음을 쓰지 말아서 부형들의 소망을 저버리지 말라." 거듭 고하였다. "원컨대 여러 생도들은 육예六藝를 익히고 육행六行에 마음을 일으키며, 들어가면 효도하고 나가면 공손하거라. 입신하여 당대에 쓸모 있는 인재가 되어 너희 부사가 향교를 중수한 뜻을 저버리지 말라."

兼善曰: "噫! 我昔管學于是道, 知襄邑子弟皆讀書向方, 可與進就. 今因父老之請, 可無一言以侑之乎!" 乃言曰: "願諸生, 朝翼暮習. 惟奕秋之聽, 無游心於鴻鵠, 以不孤乃父兄之望." 重爲告曰: "願諸生, 游於藝, 興於行, 入則孝, 出則弟, 起而爲世用, 以無負爾侯作成之意."

마전군麻田郡의 관사를 중수한 기문
麻田郡[1]館舍重修記

마전麻田은 본래 작은 현縣인데 군郡으로 승격되었으니 어찌된 일인가? 우리 태조께서 하늘의 뜻에 부응하여 왕조를 개창하셨는데, 왕씨王氏의 제사가 끊어질까 염려하여 이곳에 사당을 세워 고려 시조 이래로 몇 대의 왕들을 제사지내라 명하셨다. 문종 때에 왕씨의 후손을 찾아 그 제사를 주관하게 하고 사당의 이름을 숭의전崇義殿이라 하였다. 이 일로 인하여 승격시켜 군郡으로 삼았다. 그러나 땅도 더 넓어지지 않고 백성도 더 늘어나지 않아 고을의 피폐함은 전과 같았다. 왕명을 받들고 와도 누워 쉬고 잘만한 곳이 없었고, 아전들이 평소 사는 곳은 비바람을 막지 못했으며, 학사學舍도 무너져 스승과 생도들이 기거할 만한 곳도 없었다. 심지어 수령의 관아도 풀로 지붕을 이고 울타리를 쳐서 전혀 관청의 모습을 갖추지 못했고, 매번 새로 지붕을 이을 때면 백성들이 매우 괴로워했다. 사람들이 말했다. "이 읍은 없애는 것이 좋은데 감히 그렇게 하지 못하는 것은 숭의전이 있기 때문이다."

麻田, 本小縣也. 陞爲郡, 謂何? 我太祖應天革命, 念王氏之祀忽諸, 命立廟于此, 祠始祖以下若干世. 及文宗朝, 求得王氏之後, 使主其祀, 名其廟曰崇義殿[2], 因陞官號而郡之. 然地不增廣, 民不加多, 邑之殘猶奮也. 使命之來, 無所寢息宿留, 吏卒居常不庇風雨, 學舍傾頹,

---

1 麻田郡: 경기도 연천 지역의 옛 지명. 공양왕 1년(1389) 감무를 설치했고 조선시대에 현감을 두었으며, 文宗 때 이곳에 崇義殿이 있다 하여 마전군으로 승격시켰다. 고종 32년(1895) 朔寧郡에 합병되었다가 다음해에 경기도 마전군이 되었다.

2 崇義殿: 조선시대 고려 태조와 7왕을 제사지내던 사당으로, 경기도 연천군 미산면에 있다.

師生靡所寄寓. 至於守宰之衙, 草蓋而籬圍, 殊不類官家, 每當修葺之, 民甚病焉. 人曰: "此邑, 革之便, 而不敢者, 爲有崇義殿故也."

홍치 무오년(1498) 진산晉山 강귀손姜龜孫공이 경기도 관찰사가 되어 마전군의 객사가 저와 같은 것을 보고 크게 탄식하며 대궐에 나아가 아뢰었다. "마전은 군이지만 피폐함의 심함이 다른 도에서 비교할 만한 곳이 없습니다. 마땅히 급히 일신하여 회복시켜야 합니다. 다만 거주하는 백성이 매우 적으니 만약 마전군의 힘만 사용한다면 이루기에 쉽지 않을 것입니다. 청컨대 경기도의 수군 백 명을 동원하여 그 공사에 사용하겠습니다." 상께서 이 말을 따랐다.

弘治戊午, 晉山姜相公[3], 出按畿甸, 見郡舍如彼, 慨然興嘆, 乃詣闕啓曰: "麻田爲郡, 彫殘之甚, 諸道無比, 宜急作新而興復之. 但其居民甚少, 若用本邑之力, 未易就也. 請給當道水軍百夫供其役." 從之.

얼마 지나지 않아 현 군수 정연경鄭延慶이 부임하여 건물들을 두루 살펴본 후 얼굴을 찡그리며 거처할 수 없다는 듯한 표정을 지었다. 강 정승이 아뢴 것을 알고는 기뻐하며 말했다. "아! 내가 어찌 감히 힘쓰지 않겠는가? 비록 조정의 명령이 없다 하더라도 마땅히 내 마음을 다해야 할 텐데 하물며 임금의 명령이 있음에랴? 내가 어찌 감히 힘쓰지 않겠는가?" 이에 경기도의 수군들을 동원하고 마전군의 아전과 병졸들로 돕게 했으나, 백성들은 참여치 못하게 했다. 먼저 객사를 짓고 다음에 향교, 그 다음에 군수의 관아를 지었다. 모두

3 姜相公: 姜龜孫. 1450~1505. 본관 진주. 자 用休. 시호 潚憲. 蔭補로 軍器寺主簿가 되었다. 성종 10년(1479) 별시문과에 병과로 급제하였으며, 司宰監正·左通禮를 지냈다. 1485년 상주목사가 되고, 도승지를 거쳐 연산군 3년(1497) 경기도관찰사가 되었다. 이듬해 戊午史禍가 일어나자 대사헌으로 있으면서 金馹孫 등을 가볍게 벌하도록 주장하였다.

150여 칸인데, 초가지붕을 기와로 바꾸고 울타리를 담으로 바꾸었다. 1년이 되지 않아 여러 건물이 일신되었으니, 스스로 마음을 부지런히 쓴 사람이 아니라면 할 수 있었겠는가?

未幾, 今郡守鄭侯[4]赴任, 周覽館宇, 嚬慼若不堪處焉. 及知姜相所啓, 喜而作曰: "噫! 吾何敢不力? 雖未有朝命, 固當竭盡吾心, 況有命自天乎? 吾何敢不力?" 於是役水軍, 補以郡之吏卒, 編氓不與焉. 先作客舍, 次鄉校, 次郡守衙. 凡百五十餘間, 瓦以換茅, 墻以易籬. 不踰年而諸廨一新, 自非用心之勤者, 能之乎!

공사를 끝낸 뒤에 또 편지를 나에게 보내 기문을 요청했다. 문장을 내 어찌 잘하겠는가. 그러나 군수와는 같은 마을에 살던 친구이고 그의 마음 씀씀이를 나보다 더 잘 아는 이가 없으니 감히 사양하겠는가? 그래서 말한다. "마전이 읍이 된 것은 아마 고구려 때부터일 것이다. 신라와 고려를 거쳐 우리 조선에 이르도록 몇 년이나 이곳에 읍을 두었는지 알지 못한다. 이곳에 지방관으로 온 사람이 얼마인지도 알지 못한다. 강 정승같이 마음을 쓰고 정 군수같이 일을 잘 마친 사람은 또 몇이나 되었을까? 그렇지만 짓는 것은 어렵고, 지키는 것은 더욱 어려우니, 잘 짓고 또 잘 지킬 수 있다면 어찌 예전처럼 피폐해지겠는가? 후일 이곳에 부임하는 수령들이 모두 강 정승과 정 군수같다면 어찌 마전군의 복이 아니겠는가?"

旣又書抵余, 求文以記之. 文吾何能? 然以與侯同里之舊, 而知侯用心, 莫吾之深, 敢辭諸乎! 乃言曰: "麻田有邑, 蓋自高句麗, 歷新羅·高麗, 至聖朝, 不知幾年于玆. 秉節鉞[5]佩銅章[6]者, 又不知幾許. 得

4 鄭侯: 鄭延慶. 정희량의 아버지.

5 節鉞: 조선시대 지방관이 부임할 때 왕이 내려주던 節斧鉞이다.

如姜相之用心, 鄭侯之效能者有幾? 雖然, 作之之難, 而守之爲尤難, 能作而又能守之, 則安有如向者之彫弊乎? 使後之繼今者, 皆如姜與鄭也, 則豈非郡之幸耶!"

강 관찰사는 이름이 구손龜孫이다. 정 군수는 이름이 연경延慶으로, 본관은 대흥大興이다.

姜使相, 諱龜孫. 鄭侯, 名延慶, 大興[7]人.

6 銅章: 구리로 만든 印章이다.
7 大興: 충청남도 예산지역의 옛 지명.

의주義州 취승정聚勝亭 기문
義州聚勝亭記

의주義州 객사 동쪽에 도드락하니 비어있는 땅이 있었다. 풀과 나무가 뒤덮이고 닭과 돼지와 개들이 똥을 싸놓아도 오래전부터 주목하는 이가 없었다. 홍치 기원 6년(1493)에 능산綾山 구겸具謙 공이 의주 목사로 왔다. 그제야 그 땅을 보고 이상하게 여겨 뒤덮인 풀과 나무를 깎아내고 도드락한 곳을 평평하게 닦아 그 위에다 정자를 지으니 날아갈 듯하였다. 손님들이 미처 올라가보지도 못했는데 구겸 공이 세상을 떠났으니 슬프구나!

州之客舍東, 有地窿然而墟, 草樹蒙翳, 鷄豚狗彘所溷穢, 舊無有省視之者. 弘治紀元之六年, 綾山具公謙[1], 牧于州. 始相而異之, 剔其翳, 夷其窿, 亭于其上, 翼如也. 客未登而綾山逝, 傷哉!

8년(1495) 봄, 현 목사 황형黃衡 공이 이어서 부임했다. 마침 변방의 소요가 일어나지 않아 장군은 칼 부딪치는 소리를 듣지 못하고 백성도 칼과 갑옷을 구경하지 못했다. 이에 날마다 손님들과 잔치하며 유람하면서 이 일에 대해 말했다. "객사는 큽니다만 막혀 툭 트이지 않았고, 통군정統軍亭은 너릅니다만 너무 높아 항상 쓸 수 없으니 이 정자가 적당합니다." 이에 구겸 공이 미처 마치지 못한 일을 끝내니, 뜰이 평평하고 널찍하며 마루가 툭 트여 앉으면 호수와 산이 수십 리 밖까지 내다보이니 진정 아름다운 경치였다.

---

1 具公謙: ?~1494?. 본관 綾城. 세조 13년(1467) 李施愛의 난 등 여러 전쟁에서 공을 세웠고 무신으로서, 특히 성종의 총애를 받았다.

八年春, 今牧使黃公衡[2], 繼而莅. 屬邊塵不起, 將軍耳不聞刀斗, 其民不見金革, 則日賓客燕遊之. 具是事曰: “客舍大矣. 然鬱而不得肆. 統軍亭[3]豁矣, 然高而不可常, 其斯亭乎!” 乃畢綾山未畢之功, 庭除夷曠, 軒戶開豁, 坐可以極目湖山數十里之遠, 眞勝槩也.

이해 5월 태감太監 김보金輔, 태감太監 이진李珍, 행인行人 왕헌신王獻臣 등이 와서 우리 성종의 시호와 금상의 책봉 고명誥命을 내려주었다. 상께서 노공필盧公弼 공, 송질宋軼 공, 김심金諶 공을 보내 압록강 가에서 영접하여 위로하도록 하셨다. 나도 재주는 없지만 또한 접반사接伴使가 되어 모두 이곳에서 모였다. 목사가 정자에 술자리를 마련하고 손님들을 요청해 상좌에 모셨다. 이때는 날도 화창하고 따스한 바람이 남쪽에서 불어와 옷깃을 열고 맞으니 마치 뜨거운 물건을 잡았던 손을 시원한 물에 씻는 것 같이 상쾌하였다.

是年五月, 金太監輔 · 李太監珍 · 王行人獻臣, 來錫我成宗謚 · 今上誥命. 上遣盧公公弼[4] · 宋公軼[5] · 金公諶[6], 迎慰江上. 兼善不才, 亦忝

---

2 黃公衡: 1459~1520. 본관 昌原. 자 彦平. 시호 莊武. 성종 11년(1480) 무과 및 進賢試에 급제, 중종 5년(1510) 三浦倭亂 때 전라좌도 방어사로 薺浦에서 전공을 세우고, 경상도 병마절도사에 임명되었다.

3 統軍亭: 평안도 의주에 있는 정자로, 서북쪽 국경의 거점이었던 의주성의 군사 지휘소로 쓰였다.

4 盧公公弼: 노공필. 세종 27년(1445)~중종 11년(1516). 본관 파주. 자 希亮, 호 菊逸齋. 영의정 思愼의 큰아들이다. 경기도 交河縣(지금의 파주)출신이다. 1466년 춘시문과에 2등으로 급제, 연산군 4년(1498) 의정부우참찬, 1503년 우찬성에 올랐으나, 이듬해 일어난 갑자사화에 연좌되어 茂長으로 杖配되었다. 그뒤 中宗反正으로 귀양에서 풀려나와 다시 우찬성이 되었다가 중종 2년(1507) 領敦寧府事로 승진하였다.

5 宋公軼: 단종 2년(1454)~중종 15년(1520). 본관 礪山. 자 可仲. 都正 恭孫의 아들. 성종 8년(1477) 친시문과에 을과로 급제, 연산군, 중종 대에 여러 관직을 거쳐 1512년 이조판서를 거쳐 우의정에 오르고, 이듬해에는 좌의정을 거쳐 영의정에 임명되었다. 시호는 肅靖이다.

爲接伴使[7], 咸集于茲. 牧使尊俎于亭, 倩客置之上座. 時化日融暖, 薰風自南, 披襟當之, 快哉如執熱者之濯淸水也.

목사가 술을 따른 뒤에 또 말했다. "정자에 이름이 없으니 이름을 지어주십시오." 노공필 공이 말했다. "아! 정자 이름은 내가 짓겠소." 내가 "무엇으로 하시겠습니까?" 물었다. 공이 말했다. "우리 동방의 지맥地脈은 의주에 이르러 다하니 그 기운은 반드시 이곳에서 엉겨 돌아갈 것입니다. 중국의 산들이 강 너머로 푸른빛을 보내오면 통군정의 처마에 이릅니다. 통군정은 위로 해·달·별의 빛을 삼키고 곁으로 온갖 모습을 끌어 당겨 자기 것으로 삼아 굽어보며 눌러 쏟아 보냅니다. 이 정자가 그것을 모두 받아서 쌓아두어 유람하러 온 사람을 위한 아름다운 경치가 되니 어찌 '취승聚勝'이라 부르지 않을 수 있겠습니까? 하물며 저와 여러분들은 조정의 선발에 응하여 천자의 중요한 명령을 맞이하게 되었습니다. 이곳에서 모이고 이곳에서 술자리를 벌이니 얼마나 다행입니까. 비록 '취승聚勝'이라 부르더라도 또 무슨 하자가 있겠습니까?" 모두 말했다. "훌륭합니다." 이에 서로 다시 술을 따랐다. 취하여 누웠다가 깨어 일어나서 그 말을 써서 기문으로 삼는다.

牧使旣酌之, 又言曰: "亭無名, 願名之." 盧公曰: "噫! 亭吾名之." 余曰: "何?" 公曰: "吾東方地脈, 至州而盡, 其氣必磅礴轇轕於此矣. 中

---

6 金公諶: 세종 27년(1445)~연산군 8년(1502). 본관 연안. 자 君諒. 아버지는 참의 友臣이다. 金宗直의 문인이다. 성종 5년(1474) 식년문과에 병과로 급제, 부제학일 때 연산군이 어머니인 폐비 윤씨를 위하여 孝思廟를 세우려고 하자, 여러 대관을 거느리고 그것을 반대하였다. 1496년 正朝使로 명나라에 다녀온 뒤에 副摠管으로서 다시 대사헌이 되었고, 벼슬을 그만둘 것을 청했으나 연산군은 그를 신임하여 허락하지 않았다. 뒤에 지중추부사에 이르렀다. 시호는 文貞이다.

7 接伴使: 외국 사신을 접대하던 임시직 벼슬아치. 정삼품 이상을 임명하였다.

州之山, 隔江送青, 接于統軍亭之簷牙. 統軍上呑三光[8], 旁挹萬像而爲其有, 俯壓而輸瀉之. 斯亭也, 皆能承受而蓄聚之, 爲遊人勝賞, 盍呼曰聚勝? 況吾與諸公, 膺朝中之簡, 來迎天子之景命, 會於斯, 觴於斯, 非幸耶! 雖謂之聚勝, 又何不可?" 皆曰: "善!" 於是相與更酌, 醉而臥, 醒而起, 書其言, 以爲記.

8 三光: 해와 달과 별의 세 가지를 이른다.

문경聞慶 양벽당漾碧堂 기문
聞慶漾碧堂記

땅에는 산과 물의 경치가 있으니 진실로 어진 사람과 지혜로운 사람이 좋아하고 세상 사람들이 대부분 갖고자 한다. 영남에는 산과 물로 이름난 주·군·현이 많은데 그 근원은 대부분 문경聞慶에서 발원하니, 문경은 영남에서 가장 유람하기 좋은 곳이다. 산과 물의 근원에 자리 잡고 가장 유람하기 좋은 곳이니, 그곳의 경치를 알 수 있다. 그곳에 정담鄭譚이 와서 수령이 되었다. 정담은 어짊에 뜻을 두고 지혜가 많은데, 또 가장 유람하기 좋은 곳의 수령이 되어 여러 군의 경치를 차지했으니 그가 즐거워하는 것은 마땅하다. 그러나 산이 높고 물이 깊다한들 관청의 깊숙한 곳에만 있고 침실의 구석에만 있으면 보고 듣는 데 장애가 있을 것이니, 푸른 산이 위에 있고 흐르는 물이 아래 있어도 푸르고 맑은 것들을 다만 아전들이 곁눈질로 보고 소와 말이 마시고 밟을 뿐일 것이다. 그렇다면 내가 저것들에 대해 무슨 상관이겠는가?

夫地有山水之勝, 固仁智者之樂, 而世人率多欲之. 嶺之南名山水, 而州郡縣者衆, 其源多出於聞慶, 聞慶, 嶺南之最上游也. 據山水之源, 爲上游之最, 其勝可知. 鄭侯譚, 來莅焉. 侯志乎仁而周乎智, 又得上游而莅之, 都列郡之勝, 其樂之也則宜. 然山之高, 水之深, 公館之邃, 私寢之奧, 而面目有所礙, 雖有靑山在上, 流水在下, 而其蒼蒼泱泱者, 顧付之吏卒之睥睨, 牛馬之飮踐, 則吾如彼, 何有?

정담은, 명령은 엄하게 하고 정사는 간소하게 하여 다스린 지 몇 년 되지 않아 온 고을이 넉넉하게 그에 따라 교화되었다. 더 이상 다스리는 데 일삼을 만한 것이 없게 되면 거문고를 타고 턱을 괼만한 곳이 없으면 안 된다. 이른바 푸르고 맑은 것들을 어찌 다른 이에게 맡겨두어야만 하는가? 이에 곧 관아 남쪽, 객사 서쪽에 땅을 고르고 웅덩이를 만들어 도랑을 끌어다 물을 흐르게 하여 모아서 작은 못을 만들고, 그 곁에 작은 집 몇 칸을 지었다. 재목은 나무를 가리지 않고 오직 있는 것으로 쓰고 목수도 대목을 가리지 않고 졸렬한 대로 맡겼다. 띠풀로 이고 기와를 쓰지 않고, 울타리만 치고 담을 치지 않았다. 하지만 푸른 산으로 누르고 맑은 물결로 비추니 더할 나위 없이 맑고 상쾌하였다. 큰 손님이 있지 않으면 이곳에서 쉬고 유람하여 정담은 이곳에 있지 않은 적이 없었다.

> 侯令嚴而政簡, 旣理未數年, 而四境翕然隨以化, 無復有所事於理, 則彈琴拄笏[1], 不可無其所也. 所謂蒼蒼泱泱者, 豈宜終付之他耶? 乃卽衙邸南客舍西, 除其地而坳之, 引渠而流, 匯爲小池, 築小堂數間于側. 材不擇木, 惟其有, 工不擇木, 任其拙, 茅茨而不瓦, 籬蔽而不墻, 壓之以靑山, 鑑之以澄波, 極瀟洒也. 自非有大賓客, 凡息焉游焉, 侯未嘗不於斯焉.

하루는 내가 함창咸昌에서 서울로 가는 길에 문경에 들러 이 당에서 정담을 만났다. 이때에 이 당은 그럭저럭 완성되어 있었다. 나를 윗자리로 맞아들여 술잔을 잡고 말하였다. “당이 완성된 뒤에 손님을 맞은 것이 이번이 처음입니다. 그대는 어찌 이름을 짓고 또 시와 기문을 남겨서 영원히 전하게 하지 않으십니까?” 아! 내가 어찌 감히 하겠는가? 그렇지만 내가 보니, 이 당에 앉은 사람은 머리를 돌리면 산이 푸르고 얼굴을 위로 들면 하늘이 푸르며, 손님과 주인이 서로 마주하면 눈이 푸르고 모두 몰아다 작은 연못 가운데 넣으면 물이

---

1 拄笏: 한가로운 관직 생활을 뜻한다. 晉나라 王羲之가 업무를 보라는 상관의 말에 대꾸도 않은 채 手板, 즉 笏[수판]로 턱을 괴고서 “서산에 아침이 오니, 상쾌한 기운이 이는구나.” 했다.《世說新語 簡傲》

푸르다. 푸른 물이 난간의 창문에 비치면 이 당의 기이한 경치가 더욱 탁월하다. 그래서 이 모두를 합하여 '양벽漾碧'이라 명명한다.

一日, 余自咸昌道京師, 過而見侯於堂, 於是堂之成苟完矣. 迎我上之座, 執盞言曰: "堂成而見客, 此其初也. 子盍命之名, 幷留詩與記, 以垂不朽?" 噫! 余何敢焉? 雖然, 余觀座是堂者, 回頭而山靑, 仰面而天靑, 賓主相對而眼靑, 都而納之小池中而水碧. 碧水輝映乎軒窓, 而堂之奇益以絶, 合名之曰漾碧.

어떤 이가 물었다. "읍에 노닐고 쉴만한 마땅한 곳이 있으면 정사에 해가 되지 않겠습니까?" 내가 말했다. "그렇지 않다. 옛날에 정鄭나라 비심裨諶은 들판에서 생각하여 좋은 계책을 얻었고 노魯나라 복자천宓子賤은 거문고를 타면서 선보單父를 다스렸으니 옛날의 군자들도 모두 노닐고 쉬는 곳을 두었다. 고상하고 명철한 분들이 완상하면서 그 울적함을 달래고 그 온화함을 인도하니, 그런 뒤에야 정사가 통달하게 되는 것이다. 이 당은 정나라의 들판과 선보의 거문고에 해당하는 것이다. 정담의 뜻도 또한 비심裨諶과 자천子賤과 같으니 정사에 무슨 해가 되겠는가? 하물며 또 화려한 조각을 사양하고 붉은 단청도 물리치며, 현악기나 관악기 같은 즐거운 음악도 없으니, 검소하게 짓는다는 약속을 밝혀 후대에 모범을 남긴 것이다. 만약 이어서 이 고을을 다스리는 자가 완상함으로써 정사를 대체하고 비워둠으로써 다스림을 버린다면, 이는 현 수령 장담이 자처하는 것이고 이후의 수령에게도 바라는 것일 것이다. 아! 잇고 또 잇는 수령들이 모두 장담의 뜻과 같다면 고을 사람의 복이 다할 수 있겠는가?" 정담이 듣고 사례하며 말했다. "제가 어찌 감히 옛날 여러 군자들과 비교될 수 있겠습니까? 그러나 그 뜻은 가만히 취하겠습니다." 이에 써서 벽에다 올려놓고 기문으로 삼았다.

或曰: "邑而有游息之適, 不亦傷於政乎?" 余曰: "不然. 昔裨諶[2]謀野而獲, 宓子[3]彈琴而理, 古之君子, 皆有游息之所. 高明之翫, 以宣其鬱, 導其和, 然後政有所達. 斯堂也, 其鄭之野 · 單父琴之比乎! 而侯之志, 亦裨諶 · 子賤焉耳, 其何傷於政乎? 況又謝雕琢, 斥丹雘, 無絲竹之娛, 所以昭其儉示之約, 垂儀範於後乎! 若繼是者, 以玩替政, 以曠去理, 目侯之所以自處而望他也. 吁! 使繼繼皆如侯之志, 則邑人之福, 其可旣耶!" 侯聞之, 謝曰: "吾何敢擬諸古? 然其義則竊取之耳." 於是, 書而上諸壁以爲記.

---

2 裨諶: 춘추시대 鄭나라 대부로, 나라를 위한 계책을 잘 세웠는데, 들판에 나가서 생각하면 좋은 계책을 얻고 도시에서 생각하면 실패하였다. 그래서 子産이 외국과의 문제가 있으면 그에게 수레를 타고 들판에 가서 가부를 결정짓게 하여 정나라는 실패하는 일이 적었다.《春秋左氏傳 襄公 31年》

3 宓子: 춘추시대 魯나라 사람 宓子賤으로, 공자의 제자이다. 복자천이 單父의 수령이 되어 거문고를 타면서 관아의 堂 아래로 내려가지 않고도 고을을 잘 다스렸다.《呂氏春秋 開春論》

곡수정曲水亭 기문
曲水亭記

금천衿川의 수령 김석손金碩孫이 현령이 된 후에 한 해를 넘기자 정치가 이루어져 일삼을만한 것이 없어졌기 때문에 작은 정자를 객사와 동헌의 북쪽에 지었다. 정자가 완성된 뒤에 심부름꾼을 보내 나에게 말했다. "금천은 잔폐한 읍입니다. 객관이 좁고 누추하여 손님이 와도 들일 곳이 없어 걱정이었습니다. 날씨가 더운 달에는 더 심하여 속으로 염려하였습니다. 하루는 지팡이를 짚고 신발을 끌면서 객사와 동헌의 귀퉁이를 걷다가 한 무畝 쯤 되는 노는 땅을 보았는데 움푹 들어가고 솟아오르기도 하여 높고 낮아 울퉁불퉁하였습니다. 아전에게 물었더니, '이곳은 예전에 정자가 있던 자리입니다. 전에 수령이셨던 윤자尹慈께서 세우신 것인데 무너진 지 대략 수십 년 되었습니다.' 하였습니다. 삽으로 파게 하여 살펴보니 움푹 들어간 곳은 예전 연못이 있던 곳이고 솟아오른 곳은 예전 정자가 있던 곳이었습니다. 움푹 들어간 곳은 더 깊게 판 뒤에 물줄기를 끌어다가 연못으로 만들고 솟아오른 곳은 더 높여 정자를 그 위에 앉히니, 그 위에 앉으면 바람을 맞아 더위를 식힐 수 있습니다. 물을 끌어와 연못에 넣으니 그 모습이 굽었으므로 이름을 '곡수정曲水亭'이라 하였습니다. 원컨대 공께서 기문을 써주십시오."

衿[1]之宰金君碩孫, 旣割鷄[2], 踰年而政成, 無所事事, 則作小亭於客舍

---

1 衿: 서울시 衿川 지역의 옛 지명이다. 금천현은 조선 초기 과천현의 일부를 병합하기 전의 독립된 현이었으므로 그 뒤의 시흥현과는 영역이 다소 다르다.

2 割鷄: 고을의 수령이 되었다는 뜻이다. 공자의 제자 子游가 武城의 邑宰가 되어 禮樂을 가르치니 공자가 가보고 웃으면서, "닭을 잡는데[割鷄] 무엇하러 소 잡는 큰 칼을 쓰느냐?" 하였다. 이는 작은 고을을 다스리면서 나라를 다스리는 禮樂을

· 東軒之北. 旣成, 伻來告兼善曰: "衿, 殘邑也. 館宇隘陋, 客來, 病之難容, 暑月尤甚, 竊嘗念慮焉. 一日, 杖屨步客 · 軒之偏, 得隙地僅一畝, 窪然隆然, 其高低之不常也. 問之吏曰: '於此舊有亭焉, 伊昔縣宰尹慈[3]之建也, 廢蓋數十年.' 使畚鍤而視之, 其窪然者, 池之舊也, 隆然者, 亭之昔也. 卽深其窪, 引流而池之, 增其隆, 亭之於其上, 坐可以引風滌暑. 以其引水而納之池, 其形曲, 故名之曰曲水亭. 願公爲之記."

또 말했다. "처음 이것을 지은 분은 윤공입니다. 지금으로부터 40여 년이 되었으니 잡초에 파묻혀 거의 없어지고, 물이 말라버리고 정자가 무너진 가운데 겨우 남겨진 터를 얻었습니다. 오늘 비록 새로 지었다지만 10년 뒤에는 다시 윤공의 옛터처럼 될 지 또 알 수 없습니다. 사물이 폐해졌다가 생기고 존재하다가 없어지는 것은 이치상 없을 수 없는 것이니, 제가 또한 어찌 감히 오래갈 것을 기약하겠습니까. 또한 사물을 따라 없어지지 않는 것도 있으니 이것이 공에게 번거롭게 부탁하는 까닭입니다."

又曰: "始作之者, 尹公也. 去今相望四十餘年, 而蕪沒殆盡, 僅得遺基於枯涸夷廢之中. 今雖新, 十年之後, 復爲尹之舊, 又不可知也. 物之廢興存亡, 理之所不能無者, 吾亦安敢期於久也? 蓋亦有不隨物而泯沒者存焉, 所以煩於公也."

내가 말했다. "아, 내가 어찌 감히 그대가 말한 것을 감당하겠는가? 그렇지만 한 가지는 있다. 윤공의 정자는 진실로 오래 유지될 수 없는 것이다. 윤공의 후임자들이 모두 이어서 수리했다면 지금까지 남아 있었을 것이다. 대체로 객관이나 정자를 짓는 것은 공무를 처리하고 백성들을 다스리고도 여력이 있는 자가 할 일이다. 그렇지 않다

쓸 필요가 없다고 농담을 한 것이다.

3 尹慈: 본관 파평. 한성좌윤 역임. 아버지는 尹須彌, 조부는 尹普老.

면 일을 만들어 공적을 내세우기 좋아하는 자이다. 이전에 이 읍에서 수령으로 있던 사람들은 대개 정자를 수리할 여력이 없었을 것이다. 김군은 공무를 처리하면 공무가 제대로 처리되고 백성을 부리면 백성이 노고를 잊으니, 건물을 세워 한번 새롭게 해도 진실로 장차 여력이 남을 것이다. 이에 공적을 좋아하는 공사를 하지 않고 다만 옛터에 기반 하여 다시 세워 이전 사람들이 할 틈이 없었던 일을 할 수 있었던 것뿐이다. 고을 사람들이 함께 옛 건물을 보고 경사스럽게 여기니, 그 사람됨의 현부賢否가 어떠한가.

余曰: "噫! 吾何敢當子之所謂? 雖然, 有一焉. 尹公之亭, 固不可長存也. 使繼尹而理者, 皆續而修之, 雖至今存, 可也. 大抵館宇 · 亭榭之作, 乃治官理民, 而有餘力者之爲也. 不然, 則其興事喜功者也. 前此宰是邑者, 蓋皆力不暇爲也. 金君, 治官而官事理, 使民而民忘勞, 雖擧館宇而一新之, 固將有餘力矣. 乃不爲喜功之擧, 只因舊而復之, 能爲前人所不暇爲, 邑人相與見其舊物而慶之, 則其於爲人之賢否, 何如也?

백성들의 풍속을 살피러 지방에 가는 사람은 이곳에서 맑은 풍속을 퍼뜨리고 백성의 원망과 한탄을 씻어줄 수 있다. 심지어 더위 먹고 먼 길을 온 사람까지도 모두 옛 객관을 사양하고 새 정자에 올라 옷깃을 헤치고 바람을 맞으면 곧 마음과 정신이 상쾌해짐을 느끼게 되니, 마치 백성이 가혹한 수령을 떠나보내고 손님 가운데서 옛 친구를 만난 것과 같다. 그렇다면 그 공적이 이미 많지 않은가. 이에 대해 내가 한마디 하지 않겠는가. 글로 써서 뒷날 김군을 이어 부임하는 수령에게 남겨 오래도록 무너지지 않게 한다."

觀民風者, 於以散淸風, 洗怨咨. 至如觸熱鞅掌而來者, 亦皆謝舊館, 登新亭, 披襟受風, 便覺心神蕭爽, 如民之去酷吏, 客中見故人者矣.

則其功用, 不旣多乎? 用是吾無言乎? 書以遺夫後之繼金君者, 俾永勿壞."

천은당天隱堂 기문
天隱堂記

선성宣城 노공필盧公弼 상공은 성품이 소탈하고 담박하여 성안에 집이 있지만 일 년 내내 머문 적이 없고 성 서쪽에 있는 집을 좋아하여 항상 거기 살았다. 그 집은 초라하여 마치 농사꾼이 사는 곳 같았는데, 동쪽으로 남산의 푸른 기운이 뒤덮고 북쪽으로 서산의 상쾌한 기운이 불어왔다. 집 한 가운데 작은 당堂이 있는데 씻은 듯 속세의 먼지가 없었다. 북쪽으로 창을 내고 남쪽으로 난간을 두어 맑은 기운을 들여오고 희고 빈 기운을 채워 항상 담박하였다.

> 宣城[1]盧相公[2], 雅性蕭散, 城中有宅, 未嘗終年淹, 愛城西第, 常居焉. 其室傖然若野人居, 東挹南山蒼翠, 北來西山爽氣. 中於屋, 有小堂, 瀟洒絕塵. 北有窓, 南有軒, 納灝氣, 貯虛白, 常泊如也.

공은 공적을 이루고 벼슬에서 물러난 뒤에 중요한 정사政事가 아니면 더 이상 일삼을 것이 없었으니, 평소 생활하는 데 어찌 여유롭지 않겠는가. 집에 만권의 책을 두고 매번 정신이 맑으면 읽고 피곤하면 잠들었다. 안석과 지팡이를 임금께서 내려주시니 앉으면 안석에 기대고 나가면 지팡이를 짚었다. 손님이 찾아오면 혹 일어나서 인사를

---

1 宣城: 경기도 파주시 교하군의 별호로, 현재 파주시 금촌1,2동·교하면·탄현면 일대이다.

2 盧相公: 盧公弼이다. 세종 27년(1445)~중종 11년(1516). 본관 파주. 자 希亮. 호는 菊逸齋. 영의정 思愼의 큰아들이다. 경기도 交河縣(지금의 파주)출신이다. 1466년 춘시문과에 2등으로 급제, 연산군 4년(1498) 의정부우참찬, 1503년 우찬성에 올랐으나, 이듬해 일어난 갑자사화에 연좌되어 茂長으로 杖配되었다. 그뒤 中宗反正으로 귀양에서 풀려나와 다시 우찬성이 되었다가 중종 2년(1507) 領敦寧府事로 승진하였다.

하기도 하고 혹 앉은 채로 앞으로 오라고 하기도하여 손님이 편한 대로 하게 하였다. 술을 들여오면 혹 한 말에 취하기도 하고 혹 몇 되에도 거나하여 기운에 맞출 뿐이니 모두 성품 그대로 한 것이다.

公旣功成身退, 除大政事, 復無所事事, 則其起居進退, 豈不綽綽然乎! 家書萬卷, 每惺而讀, 倦而睡. 几杖有賜, 坐則憑, 行則扶. 客來, 或起而爲禮, 或坐而使前, 任其便. 酒進, 或一斗而醉, 或數升而酣, 適於氣, 皆天眞也.

내가 하루는 나아가 뵈었더니 외람되게도 손님자리에 자리를 내어 주셨다. 벽에 크게 '천은당天隱堂' 세 글자가 걸려 있는 것을 보았다. 공이 웃으며 말했다. "이것은 문중자文中子의 말입니다. 내가 내 당의 이름으로 삼았으니 그대가 기문을 써주십시오." 글이 졸렬하다는 것으로 사양할 수 없었기 때문에 물러나와 천은당의 기문을 쓴다. "옛날의 군자는 세상에 질서가 있으면 나와 벼슬을 하고 세상이 혼란하면 벼슬을 버리고 은거하였으니, 은거하는 것은 군자가 원하는 것이 아니고 어쩔 수 없기 때문이다. 그러므로 뜻있는 선비로서 혹 시장에 숨기도 하고 혹 산속이나 강가에 숨기도 하여 초목·먼지와 함께 썩어 묻혀서 이름이 전해지지 않으니 어찌 슬프지 아니한가.

僕, 一日上謁, 辱賜坐於客席, 見壁上揭三大字云云. 公笑曰: "此文中子[3]說也. 吾以名吾堂, 子其說." 旣不得以文拙辭, 則退而爲之說曰: "古之君子, 有道則見, 無道則隱, 隱非君子之所欲也, 不得已也. 故志士而或隱於市肆, 或隱於山林川澤, 草木塵埃之俱腐, 沒沒名不傳, 豈不悲哉?

3 文中子: 중국 隋나라 王通의 私諡이자 그가 쓴 책 명칭이다. 『論語』를 모방하여 자신과 門人의 대화 형식으로 구성하였으며 中道에 의한 王道의 실현과 儒佛道 삼교의 일치를 논술하였다.

공은 도가 실현된 시대를 만나고 명군과 현신이 만나는 때를 만나 공명과 사업이 우뚝하게 한 시대의 으뜸이다. 그러니 은거하는 것을 추구할 필요가 없는데도 은거에 뜻을 두었으니, 공의 은거는 진실로 시장이나 산속이나 강가에서 수척한 모습으로 사는 것과는 다르다. 세상에는 크게 은거하는 것이 있으니, 바로 조정에 은거하는 것이다. 이것은 진실로 은거하는 것 중에서 뛰어난 것이니, 그 누가 공이 은거하는 것처럼 할 수 있겠는가? 공은 식견이 넓어도 넓다고 여기지 않고 지위가 높아도 높다고 여기지 않았다. 죽음과 삶을 하나로 여기고 얻고 잃는 것을 같이 생각하였다. 오늘의 시대에 살면서 마음은 태고 시절에 노닐며, 한 번도 사람들을 벗어나지 않으면서도 하늘과 함께 같은 무리가 되어 평소에 항상 하늘에 노닐었다. 그런데도 공의 이러한 점을 아는 사람이 없었으니, 거의 천은天隱이라 할만하다. 문중자文中子가 말한 '지극한 사람'이란 바로 공이 아니겠는가. 그러니 그의 당에 천은天隱이란 이름을 쓰는 것은 진실로 마땅하다. 아, 문중자文中子가 다시 살아나 공을 볼 수 있다면 얼굴빛이 편안해지지 않겠는가."

公遭有道, 際會風雲, 功名事業, 卓卓冠一世, 無所事於隱, 而猶有意焉, 則是隱也, 固非市肆 · 山澤之癯也. 世有大隱焉, 謂隱於朝者也. 是固隱之尤者, 然孰有如公之隱者乎? 公識博而不自多, 位極而不自高, 一死生齊得喪, 居乎今之世, 心游乎太古之先, 未嘗離人之群, 而與天爲徒, 居常天遊, 而人莫知其然, 殆天隱也. 文中子所謂至人也者, 非公歟? 名其堂, 固宜. 噫! 文中子而可作見公, 得無康色乎!"

연빈루燕賓樓 기문
燕賓樓記

관부에 훌륭한 누각과 객관이 있는 것에 대해 어떤 이는 "정치와는 관계없다." 한다. 또 어떤 이는 "아니다. 막힌 것을 펴고 화합을 이끌어내어 정사를 잘 하게 한다." 한다. 또 어떤 이는 "정사가 화평한 뒤라야 사람들이 화합하고, 사람들이 화합한 뒤라야 토목 공사를 벌여도 백성들이 원망하지 않으니, 누대와 객관이 있고 없는 것으로 그 정사의 득실을 알 수 있다." 한다. 내 생각은 다음과 같다. "이 여러 사람들의 말은 모두 옳다. 지방관으로서 자기가 맡은 고을을 다스리는데 그 곳 백성이 안정되게 살지 못한다면 아름다운 연못과 누대와 객관이 있다 하더라도 다스림에 무슨 도움이 되겠는가. 만일 정사가 조화롭고 사람들이 화합하여 백성이 앞 다투어 일하는 곳으로 달려간다면 어찌 막힌 것을 펴고 화합을 이끌어내는 도구가 아니겠는가?"

官府有樓館之勝. 或曰: "非關於政治." 或曰: "否! 可以宣其滯, 導其和, 而達於政也." 又曰: "政和而後人和, 人和而後有所作興, 而民不怨, 樓臺 · 館宇之興廢, 而其政可知." 余則曰: "或者之言, 皆是也. 使吏于土, 而匹夫匹婦有不獲其所, 則雖有池臺樓館之勝, 何補於治? 苟政和人和, 而民樂於趨事赴功, 則夫宣滯導和之具, 豈可無也?"

홍치 임자년(1493) 가을, 창원昌原의 부로父老들이 나에게 편지를 보내 말했다. "창원부는 큰 고을입니다. 예전에는 회원檜原과 의창義昌 두 현이었는데 뒤에 합쳐 부府로 만들었으니 진실로 큰 고을입니다. 전에 원나라 세조가 동쪽으로 일본을 정벌할 때 여기에 행성行省을 설치했고, 신라의 최치원崔致遠이 대를 쌓아 노닐며 감상하던 터가 지금도 남아있습니다. 또한 현재 병마절도사가 깃발을 세우고 진鎭을 둔 곳이니, 성곽과 건물을 높고 크게 만들지 않으면 걸맞지 않을 것입니다.

弘治壬子秋, 昌原父老等走書來謂我曰: "府, 大處也. 舊是檜原·義昌兩縣地, 後合爲府, 固大處也. 昔元世祖東征日本, 於是焉置行省[1], 新羅崔致遠, 有築臺遊賞處, 至今基址猶存. 又是當今兵馬節度使建節置鎭處, 非高大其城郭·館宇, 莫以稱也.

창원부에는 누각 둘이 있으니 '벽허루碧虛樓'는 동쪽에 있고 '벽한루碧寒樓'는 서쪽에 있는데 모두 좁고 막혀서 오르는 사람들이 안타까워합니다. 지금 명철한 부사 이영분李永賁께서 부임하신 지 5년이 되었습니다. 정사는 잘 처리되고 사람들은 화합하여 일삼을 만한 것이 없습니다. 이에 벽한루碧寒樓 곁에 노는 땅에 네 칸짜리 새 누각을 지었습니다. 하는 일 없이 노는 사람들과 중들을 동원하고 번番을 드는 사졸들로 돕게 하여 올 3월에 시작하여 두 달도 걸리지 않았습니다. 화려한 건물이 우뚝 공중에 드날리고 있어 그 위에서는 여러 빈객들을 수용하여 답답한 마음을 씻을 수 있으니 얼마나 장대합니까. 우리 고을 백성들은 명철하신 부사님이 우리들에게 은혜를 베풀어 주면서도 공사에 동원하지 않았기 때문에 모두들 누각이 이루어진 것을 기뻐하고 있습니다. 원컨대 이 누각이 영원히 전해지도록 공께서 이름을 지어주시고 기문을 지어주시면 좋겠습니다."

---

1 行省: 고려 후기 元에 의해 일본 원정을 위한 전방사령부로서 고려에 설치되었던 관서이다. 뒤에 기능은 전환되었으나 명칭은 그대로 고려 말기까지 존속하였다. 정식명칭은 征東行中書省으로서 '정동'은 일본정벌을 뜻하고, '행중서성'은 중앙정부의 中書省의 지방파견기관이라는 뜻이다.

府有二樓, 東曰碧虛, 西曰碧寒, 皆隘小鬱塞, 登臨者病之. 今明府李侯永賛, 旣下車之五年, 政成人和, 無事於事, 則乃於碧寒之旁相閑地, 創新樓五楹. 役游手僧徒, 助以入番吏卒, 起今年三月, 未再月. 而華構翬然淩空, 上可以容衆賓而去鬱滯, 何其壯哉? 我等邑民也, 明府惠我而役不及於我, 故皆樂其有成. 願斯樓之永世不朽, 公其名之, 而記其事可乎!"

내가 말했다. "아 이 한마디로 이영분 부사가 베푼 정사 알 수 있다. 지금 관직에 있는 사람들은 대부분 백성에게 은혜를 베푸는 데 힘쓰지 않고 먼저 백성들을 힘들게 하여 건물을 호화롭게 만들어 다른 사람에게 구경거리로 보여주려 한다. 그러므로 무릇 공사를 일으키면 백성들이 모두 인상을 쓰면서 서로 쳐다보면서도 감히 말을 하지 못한다. 창원의 부로들이 먼저 수령이 한 일을 칭찬하고, 서울을 멀다하지 않고 와서 정성스럽게 요청하니 일찍이 은혜가 아랫사람에게 미치고 원망이 윗사람에게 돌아가지 않은 것을 알겠다. 바야흐로 조정은 공명정대하고 변방 백성들도 안도하며 살고 있다. 남쪽에는 예로부터 빈객이 많으니 누각 가운데 바람과 달이 들면 마시고 먹으며 잔치하더라도 좋을 것이다. 그래서 이름을 '연빈燕賓'이라고 하고 싶다. 그렇지만 누각 밖은 모두 큰 바다이고, 바다에는 오랑캐의 연기가 많다. 국가가 승평한 세월이 오래되었으니 또한 범중엄范仲淹이 걱정했던 내용을 근심하는 사람이 있어야 할 것이다. 글을 써서 부로에게 답하고 거듭 이 누각에 오르는 자들에게 고한다."

余曰: "噫! 於此一言, 而足以知李侯之政矣. 今之居官者, 率多不務德於民, 而先勞民以華其館宇, 要觀美於人, 故凡有所作興, 民皆蹙額相顧而不敢言. 若昌原父老, 先自稱道其邑宰之爲, 不遠京師, 來請之勤, 則嘗惠及於下, 而怨不歸於上, 可知已. 方今朝廷淸明, 邊民按堵. 南方自古盛賓客, 樓中風月, 雖飮食燕樂, 可也. 請名之曰燕賓. 雖然,樓之外，皆大海，海多蠻烟．國家昇平，久矣，其亦有憂范子[2]之憂者矣．旣書以答父老，重以告夫登斯樓者．"

2 范子: 중국 북송 때의 정치가 范仲淹이다. 989~1052. 자 希文. 인종 때에 參政知事가 되어 개혁하여야 할 정치상의 10개 조를 상소하였으나 반대파 때문에 실패하였다. 저서에 『岳陽樓記』, 문집 『范文正公集』이 있다. 그의 『岳陽樓記』에 "先天下之憂而憂 後天下之樂而樂"라는 말이 있다.

청연루清燕樓 기문
淸燕樓記

중원中原은 남쪽과 북쪽으로 오가는 요충지이다. 서울에서 남쪽으로 가는 사람은, 강에서는 배를 타고 육지에서는 달려 중원에 모이고, 이곳에서 갈라져 두 큰 고개를 넘어 각자 가고자 하는 곳에 이른다. 남쪽에서 북쪽으로 가는 자도 또한 두 큰 고개를 넘어 중원에 모여 다시 강이나 육지를 통해 서울에 이른다. 만약 남쪽에서 오는 사람과 북쪽에서 오는 사람이 우연히 만나 함께 있게 되면 객사에서 다 수용할 수 없다. 본도本道의 세 사신은 직위가 높고 작위가 같은데 혹시라도 같은 때 도착하면 객관에서 대접하는 것이 실로 어렵다. 이것은 고을을 다스리는 자가 오랫동안 걱정한 것인데 아무도 해결하는 사람이 없었다.

> 中原[1], 南北之衝也. 自京師而南者, 水浮陸走, 叢于中原, 岐而踰二嶺, 乃抵其所指. 自南而北者, 亦各由二嶺, 盍簪于中原, 復由水陸達于京. 若遇南北相値, 客舍不能容. 本道三使, 職高而尊同, 或時齊到, 則館待之實難, 此爲州者之久病, 而莫有作之者.

목사 최린崔潾과 통판通判 이윤중李允中은 모두 이 시대의 어진 관리이다. 서로 의기투합하여 함께 백성을 다스리는 데 올바른 도가 있었으니, 고을 곳곳 어느 곳이나 교화되어 오직 그들이 명령하는 대로 되었다. 이에 빈 땅을 살펴보아 성문 동쪽에 집을 높이 세우고 다락을 두었으며 가로 세로를 넓혀 대청마루를 두었다. 여름에는 시원한 방을 두고 겨울에는 온돌방을 두어 손님이 왔을 때 기대거나 자는

1 中原: 충청북도 충주 지역에 있었던 지명이다.

곳이 있게 되어 주인으로서 빈객을 접대하고 정사를 처리할 곳을 두게 되었다. 이렇게 된 뒤에야 객사에 비로소 빠진 것이 없게 되었으니 목사와 통판이 한 일은이 평범한 수준을 훨씬 뛰어넘었음을 알 수 있다. 누각이 완성된 뒤에 목사와 통판이 서울로 편지를 보내 나에게 누각의 이름을 짓고 기문을 써달라고 요청했다.

牧使崔侯[2]·通判李君, 皆時之良也. 志同氣合, 相與臨民有其道, 四境翕然隨以化, 唯所令之. 則乃相隙地, 入門之東, 高其棟宇而樓之, 廣其延袤而廳之, 夏有涼室, 冬有溫房, 客來有徙倚燕寢之處, 主人有接賓聽治之所. 然後客舍始無有欠闕, 而知崔·李之作爲, 出於尋常萬萬也. 旣成, 兩君書抵于京, 倩余名樓而記之.

내가 사양하지 못하고 말했다. "중원은 조선 산수의 뿌리이니, 천지의 맑은 기운이 이곳에 모여 있다. 옛 객관은 낡았고 새 객관은 아직 이루어지지 않았을 때는 천지의 맑은 기운이 산수에 깃들어 있었다. 이 누각의 모습이 우뚝 빼어나고 붉은 단청이 휘황찬란하니 산수의 맑은 기운이 모두 처마와 도리 사이에 모두 모였다. 이는 이곳에서 제사지내고 편히 쉬며 이곳에서 요리하고 사무를 처리하기에 적합하니, 이것을 합쳐 '청연淸燕'이라 명명한다. 공사를 4월에 시작하여 석달이 지나 완성되었으니 어찌 그리 빨리 하였는가. 백성들을 힘들게 하지 않고 부역에 동원한 승려 육칠 명으로 충분했으니 어찌 그리 간략했는가." 최 목사의 이름은 린潾이고, 이 통판의 이름은 윤중允中

2 崔侯: 崔潾. 생몰년 미상. 본관 江華. 고조부는 刑曹判書 龍蘇이며, 世昌의 증손으로 할아버지는 福海이고, 아버지는 司憲府監察 延年이며, 어머니는 李季甸의 딸이다. 장인은 柳季孫이다. 성종 9년(1478) 친시문과에 병과로 급제하고 연산군 10년(1504) 대사간에 발탁되었다가, 곧 갑자사화에 연루되어 직첩을 몰수당하고 원방에 付處되었다. 중종 1년(1506) 中宗反正 직후에 사면되어 복직되고, 이듬해 忠淸道觀察使로 파견되었다.

이다. 승려의 우두머리는 성준性準이고, 다른 승려에 대해서는 자세히 알지 못하겠다.

余不獲辭則曰: "中原, 山水之根也. 天地之淸氣, 萃于此方, 其故館欲老, 新館未就, 於是乎天地之淸氣, 寓於山水. 及玆樓觀傑出, 丹雘輝光, 則山水之淸氣, 盡在簷楹之間. 是宜尊俎燕息於斯, 料理簿領於斯, 合名之曰淸燕. 工始於四月, 越三月而畢, 何其速也? 不勞民力, 役僧六七而足, 何其簡也?" 崔侯, 諱瀊, 李侯, 允中其名, 僧之首曰性準, 其餘不可詳.

정씨 집 소헌小軒 기문
鄭家小軒記

홍치 17년(1504) 봄에 나는 경원慶源에 귀양 와서 정진손鄭晉孫의 집에 기거하였다. 그 집에는 작은 헌軒이 하나 있었는데, 동쪽을 바라보며 높은 곳에 의지해 있어 거기 앉으면 가슴속이 시원해졌다. 처음 왔을 때 주인이 나를 맞이해 집으로 들어가 헌에 앉히고 말했다. "다행히 여기에 주무실 곳이 있습니다." 나는 가만히 생각했다. "귀양 온 곤궁한 자는 당연히 기거할 곳이 없을 것인데, 이런 곳을 얻어 의지하게 되었으니 죽어도 좋다." 한 번 발을 걷고 동쪽을 보고 앉으니 눈앞에 백리 멀리까지 다 보였다.

弘治十七年春, 涵虛子謫來慶源[1], 寓于鄭晉孫之家. 家有小軒, 向東面, 勢憑高, 坐可以豁懷抱. 始至, 主人迎之入室, 坐我于軒曰: "幸於是乎寢處焉." 余竊自謂, "竄逐窮人, 宜無所寄托, 得此爲之依, 死亦甘矣." 試捲箔, 東面而坐, 一見窮百里之遠.

주인이 가리키며 말했다. "저기 끝없이 평평하게 우거지고 먼 산들이 구불구불한 곳이 바로 오랑캐 땅입니다. 성 너머 강 하나가 흘러 남쪽과 북쪽을 가르는 것이 바로 두만강입니다. 눈 아래 구름과 연기가 아득히 펼쳐져 문득 개었다가 순식간에 합쳐져 짧은 시간 안에도 변화무쌍하니, 모두 저의 것입니다. 헌軒은 비록 작지만 그것이 감싸 안은 경치는 넓으니, 만약 누추하다고 하시지 않으시면 이 헌이 주는 것이 많을 것입니다."

---

1 慶源: 함경북도 북단에 있는 군이다. 동쪽은 두만강을 경계로 중국 동북 지방의 松江省(현재의 吉林省)에 접하고, 서쪽은 鍾城, 남쪽은 慶興, 북쪽은 穩城에 접하고 있다.

主人指之曰: "彼平蕪無際, 遠山邐迤者, 是胡地也. 隔城一水鋪練, 限界南北者, 所謂豆滿江也. 眼底雲烟微茫, 倏開忽合, 一食之頃, 而變化無常者, 皆我之有也. 軒雖小, 其所包羅者廣, 若蒙不以鄙夷之, 則爲賜多矣."

내가 말했다. "아아. 나는 형편없는 자로서 태평성대의 조정에 죄를 지었으니, 만 번 죽는다 해도 오히려 남은 죄가 있다. 하물며 성상께서 나의 목숨을 살려주시고 주인이 나에게 집을 주어 편안히 해주며, 산천은 나에게 아름다운 경치를 넉넉히 주고 조물주는 나에게 글재주를 주었으니 나는 부족한 것이 없다. 여전히 영화와 빈궁을 같은 것으로 여기니 내 가슴에 담아두겠는가. 여기에서 먹고 어기에서 마시고 여기에서 자고 일어나는 것을 평생의 계획으로 삼는다." 마침 다시 붓을 흠뻑 찍어 '소헌小軒의 기문記文'을 지어 주인에게 주었다.

余曰: "噫! 余以無似, 獲罪于聖明之朝, 雖滅死萬萬, 猶有餘辜. 況聖主貸我以性命, 主人安我以室宇, 山川饒我以烟景, 造物假我以文辭, 吾無所不足, 尙可以一榮悴之故, 而置胸臆於其間哉! 食於斯, 飮於斯, 寢興於斯, 爲終身之計."時復濡毫, 作小軒記, 以與主人云.

서序

영남관찰사가 되어 떠나는 김 제신金悌臣 공을 전송하는 서문

送金公悌臣[1]觀察嶺南序

영남은 토지가 넓어서 부세와 요역도 번거롭고 백성들이 않아서 송사도 많고 주와 부와 군과 현이 많아서 관리들 평가를 자세하게 하기 어렵다. 이와 같으므로 조정에서는 매번 감사의 선발을 신중히 한다. 선발을 신중히 하기 때문에 내 벗 김 순경金順卿 상공이 지금 깃발을 세우고 떠나게 되었다. 떠나려 할 때 조정의 사대부가 모두 말했다. "이 분은 부세와 요역을 균등하게 하고 송사를 공평하게 처리하며 수령의 고과考課를 밝게 처리할 수 있을 것이다. 그래서 위로 성상께옵서 맡겨주신 중요한 임무를 저버리지 않을 것이니 진정한 감사이다." 이에 모두 시를 읊어 가는 길을 호사스럽게 해주었다. 나는 공과 사귐이 가장 오래되었고 또한 두터워 평소 서로 나눈 사귐도 다른 사람과는 달랐다. 그러므로 가는 길에 주는 것도 또한 다른 사람이 해주는 말과 다르니, 일부러 다르게 한 것이 아니고 뜻한 바가 있어서이다.

嶺之南, 土地廣, 故賦役繁, 人民衆, 故詞訟多, 州 · 府 · 郡 · 縣夥, 故考績難詳. 夫如是, 故朝廷每重監司之選. 其選也重, 故吾友金相公

1 悌臣: 金悌臣. 세종 20년(1438)~연산군 5년(1499). 본관 연안. 자 順卿. 아버지는 內資寺尹 俊이다. 세조 8년(1462) 별시문과에 정과로 급제하였다. 여러 관직을 거쳐 1496년 대사헌에 제수되어 언론기능의 강화와 기강 확립에 힘썼고 당시 연산군이 생모인 폐비 윤씨의 私廟를 세우고자 하자 이를 반대하였다. 무오사화 때 金宗直의 처형을 주장하였고 연산군 5년(1499) 전주부윤으로 나가 농정과 교육에 힘쓰다가 현지에서 죽자, 士民들이 거리에서 곡하는 이가 많았다고 한다. 연산군 10년(1504) 갑자사화가 일어나자, 廢妃立廟를 반대하였다고 하여 추형 되었다. 성품이 관유하였으며, 행동함이 맑고 근실하여 군자의 도를 보였다.

順卿氏, 今且樹節鉞而行. 將行, 朝之士大夫皆曰: "是可以均賦役, 平詞訟, 明黜陟, 而上不負聖上委寄之重矣, 是乃眞監司." 於是乎咸賦詠以侈其行. 秉善與公, 交最久且厚, 平日相與之分, 異於人. 故所以贈行云者, 亦異乎人之所云, 非故異之也, 蓋有意焉耳.

나는 남쪽 사람이라 남쪽의 일을 잘 안다. 남쪽 사람은 생업을 즐기고 전투에는 겁을 내니 태평시대를 지키는 것은 함께 할 수 있어도 환란을 함께 하기는 어렵다. 이는 그들의 기상과 습속이 그렇기 때문이다. 본도는 남방 오랑캐와 가까워 지난 고려 말에 변방 백성들이 침략과 노략질을 많이 당했다. 오랑캐가 오면 쥐가 숨고 꿩이 엎드리듯이 하여 오직 깊이 숨지 못해 뱀과 벌과 전갈들의 독을 피하지 못할까 두려워하니 그들이 물리고 쏘여 다친 피해를 이루 말로 할 수 없이 많았다. 지금토록 그때 일을 듣는 자들이 사지를 떨면서 적이 없는데도 먼저 마음이 꺾이니 이른바 일찍이 호랑이에게 상해를 입어 겁을 먹은 자들이다. 국가가 태평한지 백년이나 되어 남쪽 백성들은 칼날과 화살촉과 활과 말이 사용되는 것을 보지 못했으니 이른바 군대를 알지 못하는 백성들이다. 혹시라도 사변이 발생하면 군대를 알지 못하는 백성들로서 일찍이 상처 입었던 두려움을 품고 있으니, 사변을 해결할 수 있겠는가?

生, 南人也, 知南方事矣. 南方人, 樂於生業, 怯於戰鬪, 可與守大平, 難與共患難, 其氣習然也. 本道近南夷, 前朝季, 邊氓多被寇掠. 寇至則鼠竄雉伏, 惟恐入穴之不深, 惟不免蛇虺蜂蠆之毒, 其咥嚙螫傷之害, 不可勝言. 至今聞之者股栗, 無敵而先自摧, 所謂曾傷於虎者也. 國家昇平百年, 南民目不見鋒鏑弓馬之用, 所謂民不知兵者也. 脫有緩急, 不知兵之民, 而懷曾傷之懼, 能有濟乎?

옛날부터 오랑캐들이 중국 영토 안에 살게 되면 중국에 근심거리가 되지 않은 적이 없었다. 현재 섬 오랑캐로서 우리 변방에 와서 사는 자들이 그 숫자가 몇 천 명일 뿐 만이 아니다. 처음에는 대개 포악한 짓을 그치게 하고 백성들을 편안하게 하려는 계책 때문이었지만, 이후에는 그 기세가 말로 할 수 없는 지경이 되었으니 지금 와서 조치하기가 또한 어렵게 되었다. 급하게 조치하면 상황이 빨리 변해서 할 수가 없고 천천히 조치하면 걱정거리가 커져서 지탱할 수 없다. 그러니 깊이 걱정하고 멀리 근심하는 군자들은 이에 누워도 편안하지 않고 먹어도 맛있는 줄을 모른다. 아직 불도 안 나고 연기도 안 나는데 '불이야' 하면 사람들을 놀라게 하니 이는 미친 짓이다. 그렇지만 이미 불이 나고 나서 불을 끄려는 것보다는 아직 불이 나지 않았을 때 화재를 예방하는 것이 더 낫다.

> 自古戎狄居內地, 未有不爲中國患者. 今島夷之來居我邊者, 其麗不止數千口. 其初, 蓋爲戢暴安民之計, 而其勢將有不可言者, 今之處置亦難矣. 急之則變速而不可爲, 緩之則患大而不可支, 憂深慮遠之君子, 於是乎枕不安, 食不甘矣. 未火未及燃, 而呼曰'火矣', 以驚動人, 是之謂狂. 雖然救火於已火, 孰若於未火之爲愈乎?

나는 그래서 공이 가는 길에 이 말을 꺼내는 것이다. 지난 신해년(1491) 가을에 조정에서 북쪽 오랑캐들에게 죄를 물을 때 지금 좌의정 선성공宣城公이 변방에 가서 군대를 시찰하면서 시를 많이 지었는데 변방 요새에서 군대를 위무하는 모습을 읊은 것이었다. 그때 나만이 홀로 말했다. "상공께서 북쪽에만 오래 계셔서는 안 됩니다. 남쪽도 또한 걱정해야 합니다." 사람들은 현실성이 없다고 비웃었지만 내가 말한 대로 하면 실수가 없을 것이다. 어째서 그러한가? 삼정승은 위로는 해와 달과 별의 빛이 변하는 것을 살피고 아래로는 만물이 마땅히 존재해야 하는 모습을 이루어야 하니, 나라를 걱정하는 데 어찌 남과 북의 구분이 있겠는가. 공은 감사이다. 감사는 한 도에서 물어보면 안 되는 일은 없다. 하물며 직분이 병마권兵馬權도 겸하고 있어 허리에 밀부密符까지 차고 있으니, 어찌 수령의 고과만 밝히고 송사만 평등하게 하고 부세와 요역만 균등하게 하는 일을 직분이라고 하겠는가. 요컨대 마땅히 국가에서 크게 걱정해야 할 일을 걱정하여 남쪽 백성들로 하여금 영세토록 편안히 쉬도록 해주어야 한다.

吾故於公之行, 發此說焉. 去辛亥秋, 朝廷問罪北虜, 今左議政宣城公[2], 往視師于邊, 多賦詩, 詠其鎭塞撫師之儀容者. 兼善獨曰: "相公不可久于北, 南方亦可虞." 人有竊笑其迂遠者, 然余言之則不失矣, 何者? 三公, 上燮三光之明, 下遂萬物之宜, 憂國豈有南北之分耶! 公, 監司也. 監司於一道, 事無所不當問. 況職兼兵馬, 腰懸密符, 豈宜以明黜陟, 平詞訟, 均賦役, 爲能稱職而已哉? 要當以國家大可憂者爲憂, 使南民永世奠枕耳."

공이 "그러면 어찌해야 합니까?" 하기에 내가 말해주었다. "내가 또한 어찌 감히 조치해야 할 세목까지 말할 수 있겠습니까. 도에는 좌병사左兵使·우병사右兵使와 좌수사左水使·우수사右水使가 있으니 모두 당대의 명장들입니다. 그들과 함께 일을 하고 계책을 마련한다면 이루지 못할 일이 없을 것입니다." 공이 떠나자 또한 이것으로써 말을 해주었다.

公曰: "然則爲之奈何?" 曰: "吾亦何敢言其措置之目耶? 道有左右兵水使, 皆當世名將也. 與之圖事揆策, 蔑不濟矣." 去矣, 其亦以是語之.

---

2 宣城公: 盧公弼. 세종 27년(1445)~중종 11년(1516). 본관 交河, 자 希亮. 호 菊逸齋로서 영의정 盧思愼의 아들이다. 도승지, 대사헌 , 6조의 판서를 두루 거쳤다. 연산군 4년(1498) 우참찬, 1503년 우찬성에 올랐으나, 이듬해 갑자사화에 연좌되어 茂長으로 杖配되었다. 1506년 중종반정으로 풀려나 우찬성에 이어 領經筵事를 지내고 중종 2년(1507) 영돈녕부사를 지냈다.

영안북도永安北道로 부임하는 절도사節度使 조숙기曺淑綺를 보내는 시축의 서문
送曺節度使淑綺赴永安北道[1]詩序

손님 중에 장려자長慮子란 사람이 무우선생無憂先生에게 물었다. "무릇 국가의 안위는 장수와 정승의 잘잘못에 달려있습니다. 지금의 장수와 정승은 마땅히 어떻게 해야 합니까?" 선생이 말했다. "아, 그대는 어찌 이런 것을 묻는가? 우리 국가는 성스러운 분들께옵서 면면히 이어오시면서 쉬게 하시고 먹여주시고 낳아주시고 길러주신 지 지금 백여 년이 되었다. 그래서 무성하게 솟아나오고 빛나고 환하네. 나 또한 태평성대에 사는 사람 중 하나로서 여유가 있어 굶주리고 춥고 가난하고 고달픈 걱정이 없네. 세상의 걱정근심이 한 번도 마음속에 들어온 적이 없기 때문에 스스로 '무우無憂'로 호를 삼았으니 그대는 어찌 이런 것을 묻는가?"

客有長慮子, 問於無憂先生曰: "凡國家安危, 係將相得失. 今之將相, 宜如何爲計?" 先生曰: "噫! 子何此之問耶? 我國家聖聖繩繩, 休養生育, 百餘年于茲, 林林元元, 熙熙皞皞. 余亦大平人物之一, 優哉游哉! 無有飢寒窮苦之虞. 世間憂愁思慮, 未嘗入于懷, 故自以無憂爲號, 子何此之問耶?"

장려자가 근심하며 말했다. "아 선생께서는 실수를 하신 듯합니다. 존재하는 것은 멸망하는 것의 근본이 되고 편안한 것은 위태로운 것의 바탕이 되며 다스려지는 것은 혼란스러워질 조짐이 됩니다. 이런 까닭에 천하와 국가를 위한 좋은 계책을 세우는 사람은 존재할

---

1 永安北道: 영안도는 조선 시대에 함경도를 이르던 말로, 永吉道를 고친 것이다.

때 멸망하는 것을 잊지 않고 편안할 때 위태로운 것을 잊지 않고 다스려질 때 혼란스러워지는 것을 잊지 않는 것입니다. 이와 같이 할 수 있는 까닭에 존재하고 편안하여 오래도록 다스려질 수 있고 하루아침에 갑자기 닥치는 재앙이 없을 것입니다. 지금 다스림의 도가 융성하여 진정 선생의 말씀과 같으니 한다면 어찌 아름답지 않겠습니까? 그러나 저의 생각으로는 혹 그렇지 않은 점이 있습니다. 오늘의 시대에 인심은 반드시 올바르게 된 것이 아니고 선비들의 습속도 반드시 순정醇正하게 된 것도 아닙니다. 교묘한 속임수로 서로 속이고 사치를 서로 숭상하며, 괴이한 현상이 자주 보이고 상서로운 징조는 나타나지 않으며, 홀아비·과부·고아·독거노인이 제대로 보호 받지 못하니 어찌 정승된 사람의 책임이 아니겠습니까? 남쪽의 왜놈들은 제멋대로 부릅떠보면서 아무 때나 노략질을 하고, 북쪽 오랑캐놈들은 교활하여 순종했다가 배반하는 것이 일정치 않습니다. 이때에 지휘부에 꼭 맞는 그 사람을 얻게 되면 변경은 편안해질 테고 그렇지 못하면 비록 백만의 군대로 날마다 토벌한다 하더라도 아기같이 연약한 우리 백성들을 구제할 수 없을 것입니다. 그러니 어떻게 하는 것이 마땅합니까?

長慮子瞿然曰: "吁! 先生殆失之矣. 存者亡之本也, 安者危之基也, 治者亂之兆也. 是故, 善爲天下國家計者, 存而不忘亡, 安而不忘危, 治而不忘亂. 夫如是, 故能存安長治, 而無一朝之患也. "當今治道之隆, 正如先生之說, 豈不美乎? 然以余觀之, 或有不然者. 屬今人心未必正, 士習未必醇, 巧僞相欺, 奢侈相尙, 災異屢現, 休祥莫臻, 鰥寡孤獨, 未盡得其養, 豈非爲相者之責也? 南倭恣睢, 剽掠無時, 北虜桀黠, 順逆不常. 當是時, 閫寄得其人則邊境安, 否則雖用百萬之師, 日事征討, 無救於赤子矣. 然則宜如何?

윗자리에 있으면 사람을 잘 선택해 그에게 맡기고 아랫자리에 있으면 마음과 힘을 다할 뿐입니다. 정승이 된 사람은, '나는 임금님의 심복이다. 조정의 정치가 제대로 되는가 그렇지 않은가, 백성들 살림살이가 좋은가 아닌가, 풍속이 두터운가 박한가, 음양의 조짐이 길 한가 흉 한가 등 모든 일이 나의 책임이다. 항상 걱정하고 허둥거리며 나라일 뿐이고 내 집안은 잊고, 백성들을 상서롭고 조화로운 세상에 살게 하여 태평세상을 만드는 것이 바로 정승이 하는 일이다.'라고 합니다. 장수된 자는, '나는 임금님의 방패이자 성채이다. 명령을 받은 날로부터 즉시 나의 집안은 잊고 변방을 굳게 하고 국가를 편안하게 하는 것만을 마음에 둔다. 낮이고 밤이고 생각하는 것은 우리 군대의 실정과 오랑캐와 형세이다. 은혜와 신망을 힘써 간직하고 아울러 신령스러운 위엄을 기른다. 경솔하게 행동하여 중요한 것을 잃지 말고 겁을 먹어 약하여 예리한 기세를 꺾지 않는다. 기미를 살피고 때를 살펴보아 나아가고 들어오는 데 만전을 기하여 오랑캐놈들은 자취를 감추고 멀리 피하고 조정에서는 편히 누워 걱정이 없게 하는 것, 이것이 바로 장수가 하는 일이다.'라고 합니다. 이렇게 된 뒤라야 구중궁궐에서는 남쪽을 향해 앉으시어 무위無爲의 정치를 펴실 것입니다. 만약 이렇게 된다면 비록 그 사이에서 여유롭게 있으면서 스스로 걱정 없다고 말씀하셔도 좋을 것입니다. 금상께옵서 왕위에 오르신 처음에 한창 보좌할 정승을 구하여 함께 다스림을 도모하려 하셨으니, 다스림이 이루어졌다고는 말할 수 없을 것입니다. 그런데 선생께서는 홀로 근심걱정 없이 무사태평한 태도이시니 또한 잘못이 아니겠습니까?"

曰在上焉擇人而任之, 下焉竭盡心力爾. 爲相者曰: '余則王之心腹, 凡朝廷得失, 民生休戚, 風俗厚薄, 陰陽休咎, 皆我之司也. 恤恤乎遑遑乎, 國爾忘家, 要使納民休和, 措世昇平, 玆乃相而已矣.' 爲將者曰: '余則王之干城, 受命之日, 便忘其家, 要以固邊圉安國家爲心. 晝思夜度, 軍情虜勢, 務存恩信, 兼養威靈. 勿輕佻以損重, 勿怯弱以挫銳. 觀機相時, 出入萬全, 使戎狄遁迹而遠避, 朝廷高枕而無虞, 是乃將而已矣.' 夫然後, 九重可以南面無爲矣. 若然則雖優游於其間, 自謂無憂, 可也. 今上踐祚之初, 方且求輔佐, 與之圖治, 未可便謂之治有成矣. 子獨無思無慮, 處無事之地, 不亦謬乎!"

무우선생이 사과하며 말했다. "진정 나에게 훌륭한 가르침을 주었네. 나는 장수나 정승의 그릇이 아니므로 편안히 혼자 걱정 없이 있으려 했네. 이제 자네의 말씀을 들으니 느끼는 것이 있네. 재주 없는 내가 비록 알맞은 사람은 아니지만 감히 옳은 말씀에 복종하지 않겠는가." 장려자는 '예예'하며 물러나왔다.

先生謝曰: "甚善教我. 余非將相之器, 故寧自許無憂矣. 今聞子之言, 有所感矣. 不才雖非其人, 敢不佩服至言." 長慮子唯唯而退.

내 과거 동년同年 급제자 조문위曺文緯는 머리를 묶은 나이 때부터 글을 읽어 글 잘한다는 명성이 있었다. 여사餘事로 닦은 말 타고 활 쏘는 것도 잘 한다고 칭찬받아 이 사람은 후일 유장儒將이 될 거라 지목받았다. 과거에 급제한 뒤에 청현직淸顯職의 반열에 있었다. 성종께 크게 인정받아 중앙에서는 예원藝苑을 거치고 지방에서는 병부兵符를 차니 한 몸에 문인과 무인이 하는 일을 겸하였다. 일찍이 정서대장군征西大將軍 좌의정 윤필상尹弼商공을 따라 건주위建州衛를 토벌하였다. 뒤에 의주 목사를 지내 변방의 일을 매우 자세하게 알았다. 뒤에 또 호서와 영남의 군대에 나아가 진수鎭守하여 모두 명성과 실적이 있었다. 중앙으로 예조에 들어와 예악을 관장한 지 또 해를 넘겼다.

吾同年曺侯文緯, 結髮讀書, 有文名, 餘事弓馬之能稱是人, 指爲異時儒將. 旣科第, 列通顯. 大遇知於成廟, 入踐藝苑, 出佩兵符, 身都文武之用. 嘗從征西大將軍左相尹公[2], 討建州衛[3]. 後牧義州, 知邊事甚悉. 後又出鎭湖西 · 嶺南軍, 皆有聲實. 入爲儀曹, 領南宮禮樂, 且踰年也.

홍치 정사년(1497) 가을, 마침 영안절도사永安節度使의 임기가 다 찾는데 조정에서 후임자를 찾기 어려워하여 세 번이나 바꾸어 조후를 얻었다. 조후의 재주와 그릇은 굳이 말할 필요도 없다. 조후는 신장이 8척이고 수염이 아름다우며 담론을 잘하며 기상이 넉넉하였다. 준비 없이 만나면 말 잘하는 소진蘇秦과 장의張儀도 그들의 변설을 잊을 것이고, 힘이 센 맹분孟賁과 하육何育도 그들의 용맹을 잃을 것이니, 하물며 하찮은 오랑캐 추장 따위이겠는가?

弘治丁巳秋, 適及永安節度使瓜期, 朝廷難其代, 凡三易而得侯. 侯之才器, 不必言也. 侯身長八尺, 美鬚髥, 善談論, 氣像可掬. 猝然遇之, 雖儀秦 · 賁育, 亦默其辯, 失其勇矣, 況區區戎醜乎!

국가에서는 변방의 장수를 중시하는데 동북 변방을 더욱 중시한다. 이는 그곳을 개척한 지 오래되지 않았고, 서울에서 가장 멀리 떨어져 있어서 임금님의 덕화가 미치지 못하는 곳이며, 또한 여러 종류의 야인들이 빈틈을 엿보고 있는 요충지이기 때문이다. 그래서 '어렵다'고 하는 것이다. 나는 전에 양천陽川 허상공의 막료가 되어 이시애李

---

2 尹公: 尹弼商. 1427~1504. 본관 坡平. 자 陽佐. 조선전기 대표적인 훈구대신. 특히 이시애의 난, 건주여진의 토벌 등에 공을 세웠다. 1484년 영의정에 오르고 府院君에 봉하여져 耆老所에 들어가 연산군 2년(1496) 几杖을 하사받았다. 1504년 갑자사화 때 앞서 성종 때 연산군의 생모윤씨의 폐위를 막지 못했다는 죄로 珍島에 유배, 사약을 받았다.

3 建州衛: 중국 명나라의 成祖 永樂帝가 만주 남쪽에 살고 있는 여진족을 누르기 위하여 설치한 衛이다.

施愛를 정벌하느라 그 지역을 두루 돌아볼 수 있었다. 이제 이미 삼십 여년이 되었지만 일찍이 꿈속에든 생시이든 잊어본 적이 없으니, 조후가 가는 행차에 벗들이 모두 한마디씩 하니, 하물며 내가 입을 닫고 가만히 있겠는가. 그러므로 장려자長慮子가 말한 장수의 경계를 조용히 읊어 주어 조후가 공업을 이루고 정승으로 들어오는 날을 기다린다. 그날 동문 밖에서 기다려 술 한 잔을 서로 권하고 정승의 도리에 대한 말을 마저 하리라. 장려자는 당시 나라를 위해 걱정한 사람이고 무우선생은 나 자신을 말한 것이다.

國家重邊將, 尤重於東北陲. 蓋其開拓未久, 去京師最遠, 王化所未覃, 且當諸種野人窺覘之衝, 故曰難也. 兼善昔充陽川許相公[4]幕客, 征李施愛[5], 得遊歷其地. 今已三十餘年矣, 未嘗不夢寐焉. 侯之行, 其舊咸有言, 況兼善而默默乎! 故竊誦長慮子爲將之戒以爲贈, 待得侯功成入相之日, 候上東門外, 一杯相屬, 當畢爲相之說. 長慮子, 蓋當時謀國者也. 無憂先生, 兼善自謂也.

4 許相公: 許琮. 세종 16년(1434)~성종 25년(1494). 본관 陽川. 자 宗卿·宗之. 호 尙友堂. 군수 蓀의 아들이며, 좌의정 琛의 형이다. 세조·성종조의 대표적인 훈구 대신. 특히 문무를 겸전하였고 이시애의 난, 건주위, 우디거 등 여진족의 침입 등에서 공을 세웠다. 문집으로는 『상우당집』이 있고, 편서에는 『醫方類聚』를 요약한 『醫門精要』가 있다. 시호는 忠貞이다.

5 李施愛: ?~세조 13년(1467). 본관 吉州. 할아버지는 檢校門下府事 原京이며, 아버지는 咸吉道僉節制使 仁和이다. 대대로 길주에서 살아온 지방 호족 출신이다. 길주 출생인 그는 경흥진병마절제사를 거쳐 첨지중추부사, 판회령부사를 역임했다. 이징옥의 난 이후 위협을 느껴 반란을 일으켰다가 결국 구성군 준 등에 의해 생포되어 참수되었다.

합천으로 부임하는 유호인兪好仁을 전송하는 시축의 서문
送兪侯好仁[1]赴任陜川詩序

군자는 자기가 소유한 것이 큰 까닭에 그 시대에 베푸는 것이 옳지 않은 곳이 없다. 임금을 섬기면 임금이 그의 충성을 훌륭하다 여기고, 어버이를 섬기면 어버이가 그의 효도에 기뻐하시고, 백성을 다스리면 백성들이 그의 어짐을 은혜로 여긴다. 사람들로 하여금 그가 오는 것을 바라보고는 기뻐하고 그가 가는 것을 보고는 안타까워하게 하니 이것이 어찌 우연히 그렇게 된 것이겠는가?

> 夫君子有諸己者大，故施於時者，無地不可．事君則君嘉其忠，事親則親悅其孝，臨民則民德其仁．使人望其來而喜，見其去而惜，是豈偶然哉?

유극기兪克已씨는 문장으로 세상에 이름이 났다. 경연經筵의 자리에 오래 참여해 국정을 논하는 데 보탬이 많았다. 성화成化 연간에 홍문관에서 나와 문소현聞韶縣의 수령이 되니 어버이 봉양 때문에 출세길을 접은 것이다. 성상께서 그가 떠나는 것을 애석해 하고 그의 재주를 사랑하시어 매년 세밑이 되면 그가 지은 시와 문장을 베껴 올리게 하시고 때때로 다시 그의 어버이에게 곡식을 내려주시어 총애하셨다. 그 고을 사람들은 그가 부임해 오는 것을 기뻐하고 그의 어짊을 기뻐하였다. 그래서 부모처럼 사랑하여 한 번도 그의 명령을

1 好仁: 兪好仁. 세종 27년(1445)~성종 25년(1494). 본관 高靈. 자 克己. 호 林溪·뇌계. 蔭의 아들이며, 金宗直의 문인이다. 문장으로 이름이 높았다. 1490년 『兪好仁詩藁』를 편찬하여 왕으로부터 表裏를 하사받았다. 본래 글을 좋아하는 성종의 지극한 총애를 받았다. 성종 25년(1494) 장령을 거쳐 합천군수로 재직 중 병사하였다.

어긴 적이 없었고 신명神明과 같이 공경하여 일찍이 간사한 짓을 하지 못했다. 그곳 정치가 잘 되어 중앙으로 불렀을 때는 백성들이 또 그가 떠남을 안타까워하였고 조정에서는 그가 다시 오는 것을 기뻐하였다.

兪侯克已氏, 以文名於世, 在經幄日久, 多論思之益. 成化[2]中, 以弘文館出而爲聞韶[3]令, 爲親屈也. 上惜其去, 愛其才, 每歲終, 令寫進所著詩文, 時復廩其親, 以寵異之. 邑人喜其來 , 悅其仁, 愛之如父母, 未嘗違其令, 敬之如神明, 未嘗售其姦. 及其政成而召還也, 民又惜其去, 而朝中喜其復來也.

홍치 7년(1494) 봄, 시어사侍御史로 있다가 다시 외직에 나가기를 요청하니 상께서 또 그가 떠남을 안타까워하여 처음에는 곤란하게 여기는 듯 하더니 끝내는 허락하셨다. 이에 낙안군樂安郡의 수령으로 나가게 되었다. 유후는 글을 올려 아뢰었다. “부모님이 영남에 계시는데 낙안은 다른 도이고 길도 머니 부모님 봉양이 어려울 듯합니다.” 상께서 친히 그 옆 가까운 여러 군을 짚어보시고 합천이 가장 가깝기에 특별히 명하여 바꾸어 제수하시었다. 사람들이 말했다. “유후가 처음 나갈 때는 조정에서 그가 떠나는 것을 안타까워하고 낙안 백성들은 그가 오는 것을 기다렸다. 유후가 다시 바뀌게 되자 낙안 백성들은 젖을 잃은 격이요 합천 백성들은 보호를 받게 되었다.” 한 번 오고가는 사이에 조정과 재야의 득실이 이와 같으니 그의 사람됨이 과연 어떠하겠는가.

---

2 成化: 중국 명나라 헌종 때의 연호로, 1465~1487이다.

3 聞韶: 경상북도 의성지역의 옛 지명이다. 원래 이 지방 북쪽에 召文國이 있었는데, 신라가 2세기 말에 이를 병합하였다. 경덕왕 16년(757) 문소군으로 개칭되고 후삼국 때 이 지방의 호족 洪儒가 왕건의 편을 들었다고 하여 義城府가 설치되었다.

弘治七年春，由侍御史[4]復乞外．上又惜其去，初若難之，而竟許之．於是，出守樂安郡[5]．侯上書曰："親在嶺南，樂安，他道而路遠，恐妨往省．" 上親點其旁近諸郡，以陝川最近，特命換授．人曰："侯之始出，而朝廷惜其去，樂安之民傒其來．侯之再轉，而樂安之民失其乳，陝川之民得其養．" 一去就之間，而關於朝野得失如此，其爲人果何如哉？

떠나려 하니 홍문관에서 함께 근무하던 벗들이 모두 전별의 작품을 주었다. 유후가 나에게 "그대가 서문을 써주시오" 하였다. 아, 나는 비록 글재주는 없지만 유후와 사귐이 가장 오래되었고 또 두터우니 한마디 하지 않을 수 있겠는가. 이에 말한다. "지금은 순임금과 문왕 같은 분께서 위에 계시어 효성으로써 다스리시어 조정을 바르게 하여 사방 만민에게 이릅니다. 아래로 증자曾子와 민자건閔子騫같은 우리 유후의 무리들이 여러 주와 군에 두루 열을 지어 있습니다. 백성을 대하는 법도는 내 어버이를 어버이로 섬기는 도리로 다른 사람의 어버이에게 미치고 내 집안 노인을 노인으로 대접하는 도리로 다른 집안 노인에게 미치는 것입니다. 저들 눈을 흘기는 자들도 누군들 바른 도리를 지니는 천성이 없겠습니까. 장차 한 고을이 교화되어 사방이 모두 거짓이 없는 효도의 풍속을 이루는 것이 우리 유후에게서 시작되는 것을 볼 것입니다. 이러하니 어찌 합천을 위하여 축하하고 다스림의 도에 대해 축하하면서 다시 전별연 자리에서 한잔하지 않을 수 있겠습니까."

將行，玉堂遊從之舊，皆有贐行之編．侯謂余曰："子其序之．" 嗚呼！吾雖不文，與侯交最久且厚，可無言乎！乃言曰："今舜・文在上，以孝爲治，正朝廷以及乎四方萬民．下有曾・閔[6]如吾侯輩，布列州郡．爲民

4 侍御史: 고려 시대 御史臺의 관직으로, 종5품이고 정원은 2인이다.
5 樂安郡: 전라남도 昇州郡 낙안면을 중심으로 하는 옛 행정 구역이다.

之儀, 親吾親以及人之親, 老其老以及人之老. 彼橫目者, 夫孰無秉彝之天乎? 將見一邑化, 而四方皆成純孝之俗, 其自吾侯始矣. 用是, 安得不爲陜川賀爲治道賀, 更酌一盞於東門祖席乎?”

6 曾閔: 중국 춘추 시대 공자의 제자 曾子와 閔子騫으로, 효행이 뛰어났다.

목사 송요년을 전송하며[1]

送宋牧使遙年[2]赴尙州詩序

벼슬살이에는 두 갈래 길이 있다. 경세제민經世濟民의 재주와 원대한 뜻을 품고 구만리 창공에 솟구치는 재주를 지녀 힘들이지 않고도 저절로 성취하는 자가 최상이다. 한미한 집안을 생각하고 부모와 처자를 봉양하기 위해 분발하여 뜻을 세우고 열심히 자기 일에 종사하는 자가 그 다음이다. 내가 보니 최상인 자들이 조정에 나아가서는 대부분 요직을 밟아 승진한다. 그런데 간혹 외직으로 나아가는 경우도 있는데, 그리 되면 그들 스스로는 귀양을 가는 것으로 여기고, 주위 사람들도 모두들 놀라며 수군거린다.

仕之道有二焉. 蘊經濟之才, 懷遠大之志, 又挿以扶搖之翼, 不力而自致者, 上也. 爲其門戶之寒也, 父母妻子之養也, 奮發而有立, 黽勉而從事者, 其次也. 余觀夫上焉者之位乎朝也, 率多踐華要而陞, 其或出而吏于外者, 則自以爲謫宦, 而人且群駭而竊議之矣.

송후 같은 경우는 때를 잘 만나 힘들이지 않고 성취하는 자라고 할 수 있다. 송후는 좋은 가문에서 태어나 대대로 내려온 가산家産을 바탕으로 추위나 배고픔 따위의 고달픔을 몰랐다. 또한 시서詩書와

---

1 이 글은 상주목사로 나가는 송요년에게 준 送序이다. 송요년은 오십이 넘은 늦은 나이에 문과에 급제했는데도 외직으로 나가는 것을 조금도 꺼려하지 않고 있음을 칭송하고 있다. 송요년이 상주목사로 있을 때 김종직은 그를 방문하고서 「題尙州西軒」이라는 시를 지었다.

2 遙年: 宋遙年. 세종 11년(1429)~연산군 5년(1499). 자 期叟. 본관 은진. 아버지는 宋繼祀, 어머니는 金宗興의 딸. 17세기의 도학자 宋浚吉의 玄祖가 됨. 단종 1년(1453) 사마시에 합격하여 의금부도사·청주판관 등을 역임하였고, 성종 10년(1479) 문과별시에 급제하여 사옹원정·홍주목사 등을 역임. 그의 딸은 私淑齋 姜希孟의 아들인 姜龜孫과 결혼하였다.

육예六藝를 배워 학식이 넉넉한데도 공부를 그치지 않았고, 소과小科에 합격했지만 뜻은 더욱 원대하여 오래도록 경험을 쌓고 연마한 뒤에 과거에 급제하였으니, 앞으로 진보하는 데에 어찌 끝이 있겠는가. 기해년(1479, 성종 10) 가을 사옹원 정司饔院正으로서 상주尙州 목사로 나가게 되니 이는 조정의 인선人選에 따른 것이다. 송후는 일찍이 서원西原(청주)에서 통판通判을 맡아 선정善政의 명성이 있었고, 그 부친 송계사宋繼祀는 상주에서 또한 통판을 맡은 적이 있었는데 백성을 사랑하였던 은택이 아직까지 남아 있다. 그래서 상주 사람들 가운데 서원의 일에 대해 들었거나 그 부친의 은택을 받았던 자들은 모두 환호하며 목을 늘이고서 목사를 기다리며 오로지 그가 늦게 도착하지나 않을까 걱정하고 있다.

若宋侯, 遇於世, 其不力而自致者歟! 侯生華門, 藉世業, 不知其身有飢寒窮苦之虞. 又被之以詩書六藝之文, 學富而功不替, 身立而志愈遠, 以踐歷磨礱之久, 而益之以科第,[3] 進就地步, 其有旣耶. 歲己亥秋, 由司饔院正, 出牧于尙州, 膺朝選也. 侯嘗通判[4]于西原, 有政聲, 其先君諱, 亦曾通判于尙州, 有遺愛, 於是尙人之夙聞西原之政與沐先君之澤者, 莫不懽呼引領, 唯恐不疾其驅.

조정의 벗들 가운데 송후의 포부를 아는 자들은 '송후는 지방관에 그칠 재목이 아니다. 문과에 급제하자마자 창공으로 솟아올라 구만리 하늘을 하루 사이에 날아가서 구름을 일으키고 비를 내리는 은택을 베풀기를 모든 사람들이 바랬건만, 지금 다만 그 재주를 거두어 한 고을에 가두니 이는 천리마를 마당에서 달리도록 함과 같으니,

3 身立~科第: 송요년은 25세에 사마시에 합격하고 26년이 지난 51세에 문과에 급제하였다.

4 通判: 큰 고을의 수령을 보좌하던 종5품인 判官을 달리 이르는 말이다.

그 다리를 펼 수나 있겠는가?'라고 하였다. 송후는 이 말을 듣고 화를 내며 말하였다. "아니다. 이는 나를 모르는 것이다. 상주는 큰 고을이요, 목사는 높은 관직이다. 나는 재주 있는 자가 아니니 오직 감당치 못할까 두려워하고 있는데 감히 하찮게 여기겠는가? 게다가 그곳의 높은 고개에 오르면 곧 부모님 계신 곳이 눈에 들어와 계절 따라 찾아뵙는 일도 하룻밤이면 곧 다녀올 수 있으니, 이번 인사는 조정의 명령에서 나온 것이지만 실상은 나의 뜻이다. 또한 어찌 감히 불만을 품을 수 있겠는가? 나는 장차 서둘러 짐을 꾸려 떠나려 한다. 나를 아는 자들은 한마디 말을 해주어 내가 경계로 삼을 수 있게 해주기를 바라노라." 이에 여러 공들이 모두 시를 지어 상주 백성들이 사모하는 마음과 송후가 펼치고자 하는 뜻을 노래하였으니, 모두 아름다운 시편이었다. 나는 일찍이 승정원의 도승지都承旨를 맡은 적이 있어 사옹원 정과는 동료의 친분이 있다. 어느 날 송후가 그 시편들을 소매에 넣어 가지고 와서 보여주고는 서문을 지어 달라고 하였다. 아, 문장을 내가 어찌 잘 짓겠는가. 그렇지만 나는 함창咸昌 사람이니 상주의 이웃사람이라 할 수 있고, 상주는 또한 나의 처가가 있는 고을이니 상주의 일이라면 내가 말할 수도 있겠다. 더구나 동료로서 평소부터 알고 지냈으니 말이 없을 수 있겠는가.

朝中朋舊之知侯之抱負者, 則以爲宋侯非百里才, 正當鵾化之初, 扶搖九萬, 朝夕且至, 萬目想望興雲吐雨之澤, 今直斂而施于一州, 是猶騁麒驥于中庭, 能展其足乎. 侯聞之, 咈然曰:"否. 是不知我者. 尙, 大州也, 牧, 高官也. 余則非才, 惟恐不堪耳, 敢少之耶! 況登高嶺而望, 白雲在眼, 時節覲省, 一宿便通, 是行也, 雖出於朝廷之命, 實吾志也. 又安敢懷不滿之意耶? 吾且促裝將行, 知我者, 幸一言爲吾戒."群公咸有詩, 以詠尙民慕悅之心. 宋侯展布之略, 皆佳什也. 以余嘗忝政院之長, 於司饔, 有同僚之分, 一日, 侯袖其什來示之, 且求爲文以冠其顚. 噫, 文吾何能? 雖然, 僕咸昌人也, 於尙爲隣, 尙又吾之姻鄕[5], 則尙之事, 吾亦可得而言矣, 況有同僚之分, 相知之素, 其有不言乎?

영남은 우리 동방의 여러 지방 가운데 으뜸이고, 상주는 영남에서도 형승形勝의 땅에 자리 잡고 있어 공무가 집중되고 빈객들의 번다함이 다른 고을의 몇 배나 되므로 이곳에서 벼슬살이 하는 자들은 그 덕행과 재능이 모든 지방에서 으뜸이어야 그 일을 감당할 수 있다. 송후는 포부가 크고 뜻이 원대한데다가 또한 웅비하는 날개를 지니고 있으면서도 사방 백리 땅에 웅크리고 있는 것을 조금도 개의치 않고, 흔쾌히 길을 나서기를 마치 굶주린 자가 먹을 것을 만나면 무엇을 먹더라도 토해내지 않는 것처럼 하였다. 그러니 그 국량이 어찌 얕다 할 수 있겠는가. 그가 서원 땅에서 썼던 방법은 바뀌지 않았고, 선군이 보인 모범이 어제 일처럼 남아 있으니, 송후가 옛 수단을 쓰고 모범을 제대로 지켜 두 통판通判의 아름다운 정사를 합하여 한 명의 목사로서 큰 성취를 이루어낸다면 어찌 보통 사람들보다 억만 배나 뛰어나지 않겠는가. 옛날 한漢나라의 충직한 관리는 군郡의 태수太守를 거쳐 조정에 들어가 국사國事를 도운 자들이 줄지어 나왔다. 만일 당시에 영천潁川과 발해渤海에서의 치적治績이 없었다면, 공수龔遂와 황패黃霸의 명성과 업적이 과연 어떠했을지 알 수 없다. 나는 우리 송후의 비상하는 날개가 상주의 낙동가 가에서부터 다시 더욱 세차게 솟구칠 것을 알고 있다. 상주 사람들은 얼굴을 들어 그것을 바라보시라.

嶺南, 吾東方諸路之最, 尙, 居嶺南之上游, 事務之叢 · 賓客之繁, 倍蓰于諸州. 爲吏者必須賢能冠諸州之吏, 乃可以宜. 宋侯以抱負之富 · 遠大之志, 又傅以鵾鵬之翼, 而能降屈於百里之寄, 曾不以介于懷,

5 吾之姻鄕: 『文科榜目』에 따르면 洪貴達의 妻父는 金淑貞으로 상주에 거주하였다.

欣然上途, 如飢者之遇食, 無所黜吐, 其量豈淺淺云哉! 而又西原之手段不改, 先君之典刑如昨, 侯能用舊手, 守典刑, 集兩通判之美政, 爲一刺史之大成, 則豈不出於尋常萬萬也? 昔漢之循吏, 由郡太守, 入而補相者, 相望也. 使當時無潁川渤海之治, 龔 · 黃之聲名事業, 不知果何如也.[6] 吾知吾侯扶搖之翼, 當自商山洛水之濱, 復增擊矣. 州人, 請仰面看之.

6 龔黃~如也: 공수와 황패는 모두 한나라의 循吏로 유명하였는데, 각각 발해태수와 영천태수를 맡아 치적이 높았다.

정조사로 연경에 가는 권경희 공을 전송하며
送權公景禧[1]朝正[2]赴京師序[3]

하늘에 매서운 바람이 사라지고 바다에 거친 파도가 잦아들자 월상씨越裳氏는 중국中國에 성인聖人이 난 것을 알았고, 천자天子의 사신이 와서 수레를 요구하고 금金을 요구하자 노魯나라 사관史官은 천자가 천자답지 못하다고 기록한 일도 있다. 지금 천자께서 황제의 자리에 오르신 지 7년이 되었다. 사방에는 전쟁의 병장기 소리가 없으며, 먼 곳에서 나는 물품들을 귀하게 여기지 않고, 만민들로부터 정세正稅만을 받으시니 어떠한 완호품玩好品도 다른 나라에 요구한 일도 없다. 이 때문에 온 천하가 천자의 현명하고 성스러움을 알게 되어, 조회와 공물을 올리는 일을 예전에 비해 더욱 정성스럽게 하고 있다.

天無烈風, 海不揚波, 越裳氏, 於是知中國有聖人.[4] 王人來, 求車求金, 魯史有以紀天王之不君.[5] 今天子御宇內, 七年于茲, 四方無鬪爭

---

1 景禧: 權景禧. 문종 1년(1451)~연산군 3년(1497). 자 子盛. 본관 안동. 성종 9년(1479) 문과에 급제하여, 벼슬이 전라도관찰사·예조참판에 이름. 연산군 1년(1495)에 正朝使로 중국에 다녀왔다.

2 朝正: 해마다 정월 초하룻날 새해를 축하하러 중국으로 가는 것이고, 이 임무를 띠고 가는 사람을 正朝使라 한다.

3 이 글은 正朝使로 명나라에 가는 권경희에게 준 送序이다. 홍귀달은 자신의 연행 경험을 떠올리며, 명나라의 선진문물에 대해 많이 배워오라는 당부를 하고 있다. 김종직은 권경희에게 「送黃海道權都事景禧」라는 시를 준 바 있으며, 권경희에 대한 묘지명인 「禮曹參判權公墓碑銘幷序」도 홍귀달이 지었다.

4 天無~聖人: 『後漢書』156 「南蠻西南夷傳」에 나오는 내용이다. 周公이 섭정을 한 지 6년이 되던 해에 交阯 남쪽의 越裳國에서 사신을 보내 조회하며 이 같은 말을 전하였다.

5 王人~不君: 『春秋穀梁傳』4 莊公 四年 春二月 조항의 기사이다. 이때 천자가 제후들에게 수레를 요구하였는데, 이에 대해 『곡량전』에서는 '천자는 사양을 할지언정 요구해서는 안 되니, 수레를 요구하는 것은 禮가 아니요, 금을 요구하는 것은 더욱

金革之聲, 不寶遠物, 以萬民惟正之供, 凡百玩好之求, 未嘗及於外國. 天下是以知皇上爲明聖, 朝聘貢獻, 比舊愈謹.

우리나라는 실로 동방에 있는 공자·맹자의 나라이다. 시서예악詩書禮樂의 가르침에 성대하게 중화中華의 풍모가 있다. 우리 임금님께서는 제후의 법도를 삼가 지켜, 예물을 갖춘 어진 대부들의 발걸음이 압록강과 연경燕京의 길에 이어지고 있다. 중국 조정에서는 우리 임금님께서 사대事大하는 정성을 가상히 여기고, 사신들의 외교능력을 기특하게 여겨, 다른 나라에 비해 우리나라를 더욱 우대하고 하사품을 빈번히 내리고 있다. 이는 『주역周易』에서 '천지天地가 사귐에 그 기운이 통하고, 상하가 사귐에 그 뜻이 같아진다'고 한 것으로, 바로 지금을 말하는 것이 아니겠는가.

我國實東方之鄒 · 魯[6], 詩書禮樂之教, 藹然有中華之風. 我殿下恪謹侯度, 賢大夫之執玉帛者, 接迹於鴨水 · 燕山之路. 朝廷嘉我上事大之誠, 悅使者專對之才, 待之視諸國有加, 錫賚便蕃, 易所謂'天地交而其氣通, 上下交而其志同'[7]者, 其今之謂歟!

황제께서는 황태자의 지위에 계실 때부터 천하사방의 칭송하는 노랫소리를 들으셨다. 나는 재주가 없건만 또한 일찍이 천추절千秋節 진하사進賀使에 충원充員된 일이 있었기 때문에 중국 산하의 높고 깊음, 성곽의 장대하고 견고함, 인물의 번화함, 예악문장의 성대한 아름다움에 대하여 조금은 구경할 수 있어 뿌듯하게 터득함이 있는 듯하였다. 돌아오는 길에 객사에 같이 든 사람들은 감히 나와 자리를 다투려

심하다'고 논평하였다.

6 鄒 · 魯: 魯와 鄒는 각각 공자와 맹자의 고향으로, 예절을 알고 학문이 왕성한 곳을 이르는 말이다.

7 天地~志同: 『周易』 泰卦 彖傳에 있는 말이다.

하지 않았고, 지난날 나를 우습게 여겼던 사람들도 모두 눈을 비비고서 나를 바라보았으니, 마치 이전의 무식쟁이가 아니라는 듯이 대하였다. 지금 외람되이 성은을 입어 육경六卿의 반열에 끼게 된 것도 또한 그때 거기서 얻은 것이 도움이 되었다고 할 수 있을 것이다.

> 皇帝在儲位[8], 受四方之謳歌. 貴達不才, 亦嘗充千秋節[9]進賀使,[10] 於中國山河之高深 · 城郭之壯固 · 人物之繁華 · 禮樂文章之盛麗, 得以窺其一斑, 充然若有所得. 其反也, 舍者未敢與之爭席,[11] 向之相輕者, 擧皆刮目相對, 似未復前日阿蒙.[12] 至今誤聖恩, 廁六卿之列者, 未必非前日有得於彼者, 爲之助也.

홍치弘治 8년(1495, 연산군 1) 새해 사절단의 진하사進賀使는 변종인卞宗仁이요, 부사副使는 권경희權景禧이니 문무를 겸비한 우리나라의 재상이다. 권 재상은 뱃속에 오경五經을 품어 과거에 일등으로 합격하여 한림원翰林院과 홍문관을 출입하며 고굉지신股肱之臣이 되고 승정원을 맡았으니 화요직華要職을 역임함에 못하는 일이 없었다. 평소에도 일을 잘 하는 것이 이미 다른 사람보다 월등하였는데, 지금 보검을 차고 먼 길을 떠나게 되었다. 곧장 용만龍灣에 이르러 학야鶴野를

---

8 儲位: 황태자의 지위를 이르는 말이다.

9 千秋節: 황태자나 황후의 생일이다.

10 貴達~賀使: 홍귀달은 성종 12년(1481)에 중국을 다녀왔다.

11 舍者句: 홍귀달이 중국에서 귀국하게 되었을 때 사람됨이 더욱 진중해졌기 때문에 함께 객사에 머무는 사람들이 감히 가까이 다가오지 못했다는 뜻이다. 양주가 처음에는 매우 거만한 모습이었기에 사람들이 그를 피했는데, 노자의 가르침을 받고서 대단히 소탈해 졌다. 그렇게 되자 "여관에 함께 있던 사람들이 그와 함께 자리를 다툴 정도로 친근하게 되었다.《莊子 寓言》

12 向之~阿蒙: 학문과 인격에 큰 진보가 있음을 뜻한다. '阿蒙'은 중국 삼국시대 吳나라의 장수 呂蒙을 가리킨다. 여몽은 무장이었으면서도 孫權의 가르침을 따라 언제나 학문에 힘썼다. 어느 날 여몽의 옛 친구 魯肅이 여몽의 학문이 크게 진보함을 보고 깜짝 놀라 "지난 날 오 땅의 아몽이 아니다." 하였다.《三國志 卷9 呂蒙傳》

거치고, 요하遼河를 건너 서쪽으로 나아가 의무려산醫無閭山을 우러러 보고, 산해관山海關에서 새벽에 출발하여 어양교漁陽橋에서 옛일을 조문하고, 노하潞河에서 배를 타고 동주同州에서 수레를 달려 황성皇城에 들어갈 것이다. 그곳에서 종묘백관의 성대함을 보고, 옥하玉河의 맑은 물로 흉금胸襟을 씻어내고, 중국 관리들의 의복衣服 제도를 본받을 것이다. 정월 초하루에는 황제의 조정에서 새벽 일찍 조회가 열려, 해 뜨는 곳으로부터 달 뜨는 곳까지의 사람들이 모여 모든 나라들의 회동을 경하慶賀하며, 금수레와 옥수레가 하늘에 제사 지내는 성대한 예를 호위할 것이니, 거기서 얻는 견문이 또한 이전보다 만만배나 클 것이다. 겨우 일부분만을 보아 잗다란 나 같은 사람과는 얼마나 거리가 멀 것인가.

弘治八年正朝, 其進賀使曰卞, 副曰權, 吾東方文武宰相也. 權相, 腹五經, 頭一牓, 出入金馬[13]·玉堂[14], 作股肱, 司喉舌[15], 歷揚華要, 無所不可. 平日之得, 固已多於人, 而今且袖青蛇, 賦遠遊. 直將亂龍灣[16], 徑鶴野[17], 度遼河[18]而西邁, 仰醫無閭[19]之山, 聞雞山海關[20], 弔古漁陽橋[21], 舟于潞河[22], 車于同州[23], 入皇城, 見宗廟百官之富, 濯胸襟以玉

13 金馬: 본래는 漢代 궁궐문의 이름인데, 學士들이 모여 왕명을 수납하는 翰林院의 별칭으로 쓰였다.

14 玉堂: 弘文館의 별칭이다.

15 喉舌: 목구멍과 혀라는 뜻으로, 왕명의 출납을 담당하는 승정원의 승지를 일컫는 말이다.

16 龍灣: 평안북도 義州의 옛 이름이다.

17 鶴野: 遼東 지방을 일컫는 말이다. 요동 사람인 丁令威가 神仙術을 배워서 천년 뒤에 학이 되어 되돌아 왔다고 한다.

18 遼河: 중국 동북지방의 남쪽을 흐르는 강으로, 서해바다 遼東灣으로 흘러 들어간다.

19 醫無閭: 요하 서쪽 북방에 있는 산이다.

20 山海關: 만리장성이 황해 바다와 만나는 지점에 있는 關門이다.

21 漁陽: 북경 서쪽의 薊州城에 들어가는 길목에 있던 다리이다.

22 潞河: 북경 인근을 흐르는 通州江이다.

河[24]清水, 襲衣冠於縉紳先生. 月正元日, 明庭早朝, 日域月窟, 慶率土之會同, 金根玉輅, 陪祀天之盛禮, 其所得, 又當萬萬於前矣. 槩諸齷齪如余, 僅窺一斑者, 一何遼哉?

안타깝구나. 나는 전에 얻은 것이 이미 적은데다가 근래에는 또한 쇠약함이 심해져 얻었던 것도 잃어버리고 말았으니 지금 남아 있는 것이 얼마나 되겠는가. 오래전부터 다시 중원을 유람하여 전에 얻지 못한 것을 얻어 내 평생의 소원을 이루고 싶었지만, 작년에 정조사正朝使의 명을 받았을 때도 병 때문에 떠나지 못했고, 금년에도 또 그와 같이 되었다. 나이는 날로 늙어가고 기력은 날로 쇠약해지니 다시 가지 못할 것이 분명하다. 아, 나는 이제 가능성이 없다. 원컨대 국량을 크게 늘리고 많이 받아들여 견식을 가득 싣고 돌아와서 우리 성스런 임금님을 보좌하는 일은 그대에게 부탁하니, 그대는 힘쓸지어다.

惜乎! 貴達, 前之所得旣少, 比又衰耗甚, 并與其所得而亡之, 今存者幾何? 嘗欲再遊中原, 庶幾得前所未得者, 以畢吾平生志願. 而去年有命朝正, 病而不果行,[25] 今年亦如之. 年日以老, 氣日以衰, 其不可復得也, 明矣. 噫! 吾已矣. 願大其量, 多其受, 稛載而還, 以黼黻我聖明, 惟子是托焉, 子其勉之.

---

23 同州: 북경 인근의 지명인 듯하나 확실하지 않다. 혹시 通州의 오기일 수도 있는데, 통주에서 북경까지는 돌길이 깔려 있고 인마의 행렬이 이어졌다고 한다.

24 玉河: 북경 시내를 흐르는 강으로, 玉河橋 부근의 玉河館은 조선의 사신들이 묵는 곳이었다.

25 去年~果行: 홍귀달 연보에 의하면 성종 24년(1493) 사신을 가라는 명이 내렸으나 홍귀달이 병을 이유로 면해줄 것을 청하자 대간에서 탄핵하였다.

하동河東의 수령으로 나가는 강혼姜渾을 전송하며
送姜侯渾[1]出宰河東序[2]

홍치 8년(1495, 연산군 1) 정월 홍문관 수찬 강혼이 글을 올려 "신의 부모가 영남에 있는데 늙고 병들었기에 신이 감히 조정에서 벼슬을 맡을 수 없습니다. 청컨대 돌아가 부모를 봉양하겠습니다."라고 하였다. 임금께서는 그가 떠남을 애석히 여겼지만 그 뜻을 꺾을 수 없어 "부모 봉양은 소홀히 할 수 없고, 인재는 한지閑地에 둘 수 없으니, 영남 고을 가운데 빈자리에 보임한다." 고 하셨다. 그래서 강후는 하동河東 수령으로 나가게 되었다. 하동은 작은 고을이지만 그곳이 부모님 계신 곳과 가까워 철마다 문안드리기에 편리하였으므로 강후는 매우 기뻐 다행으로 여기고, 한림원이나 홍문관에서 근무하는 영광 따위는 한 번도 마음에 두지 않았던 것이다.

弘治八年正月, 弘文館修撰姜侯渾上章云: "臣父母在嶺南, 老且病, 臣不敢仕于朝, 請歸養."上惜其去, 顧不可奪其志, 則教曰: "親不可闕其養, 才不可置之閑地, 其以補本道守宰之缺."姜侯於是得河東焉. 河東, 小縣也. 以其近於庭闈, 時節省問之便, 故侯甚喜幸焉. 金馬 · 玉堂之榮, 曾不以介于懷.

서둘러서 짐을 꾸리고 길을 나서려 할 때, 조정의 사대부들 가운데 강후가 떠나기를 바라지 않는 자들은 다음과 같이 말하였다. "천구天球와 이옥夷玉은 왕의 창고에 있어야할 보물이며, 대려大呂와 황종黃

---

1 姜渾: 세조 10년(1464)~중종 14년(1519). 자 士浩. 호 木溪. 본관 진주. 金宗直의 문인으로서 1498년 무오사화 때 투옥되었으나 곧 풀려나 연산군 대에도 관직생활을 하였다. 이후 중종반정에 참여하여 공신에 올랐다.

2 하동 고을의 수령으로 나가는 강혼을 전송하는 送序이다. 이 글에서 홍귀달은 강혼이 자청하여 지방관으로 나선 것을 '孝'의 관점에서 높이 평가하고 있다.

鐘은 종묘宗廟에서 합주되어야 한다. 강후는 나라의 인재이니 문서나 다루고 쌀과 소금을 걷는 일에 매어두어서는 안 된다. 게다가 부모는 자식에 대해 때에 맞추어 씩씩하게 나아가 이 세상에서 출세하여 가문을 번성시키기를 바라는 법이니, 사람이라면 모두 이런 마음을 지니고 있다. 구구하게 맛난 음식의 봉양을 효孝라고 생각하지는 않을 것이니, 어찌하여 이처럼 결단코 떠나려고만 하는가?"

方且促裝取途, 朝之士大夫其不欲侯之去者曰: "天球 · 夷玉[3], 王府之珍也, 大呂 · 黃鍾[4], 合奏之淸廟. 侯, 國器, 不宜置於簿書米鹽之間. 況父母之於子, 欲其及時飛步, 得志於斯世, 以大其門戶, 人皆有是心也. 區區瀡瀡之奉, 未嘗受以爲孝, 何決去乃爾?"

강후의 뜻을 가상히 여기고, 그가 떠나는 것을 축하하는 자들은 다음과 같이 말하였다. "아버님은 낳아주고 임금은 길러주시니, 임금과 어버이는 그 은혜가 같다. 그런데 이 몸이 살아있기만 하다면 관棺에 들어가기 전까지는 언제나 임금을 섬길 수 있다. 하지만 어버이를 섬기는 날은 너무도 짧으니 고인들의 풍수지탄風樹之嘆이 어찌 서글프지 아니한가. 부모님께서 돌아가시고 나면 비록 엄청나게 많은 봉록과 상다리가 휠 정도의 많은 음식이 있다한들 무슨 소용이 있겠는가. 강후가 떠나는 것은 마음이 급하기 때문이다." 이에 각기 시를 지어 그의 행차를 노래하였는데, 그 말이 이처럼 서로 달랐다.

其嘉侯之志, 慶侯之去者以爲: "父生之, 君養之, 君之與親, 其恩等. 然此身苟存焉, 蓋棺以前, 皆事君之日月也. 若夫事親之日苦短, 古人風樹之喩, 豈不悲哉? 親苟不待, 雖有萬鍾之祿 · 五鼎[5]之需, 何用哉?

---

3 天球夷玉: 周나라 成王의 궁궐 창고에 보관되어 있던 옥으로 만든 보물들이다.
4 大呂 · 黃鐘: 동양 음악의 十二律을 대표하는 음이다.

侯之去, 所以汲汲也歟!" 於是, 各爲詩, 以詠其行, 而其言有彼此焉.

함허자涵虛子(작자)가 그 시를 읽고 말한다. 아, 저 둘이 모두 옳다. 떠나기를 바라지 않는 자는 부모를 잊은 것이 아니라 임금을 중시하는 것이요, 떠남을 축하하는 자는 임금을 잊은 것이 아니라 어버이를 중시하는 것이다. 이는 모두 의로움에 귀결되니 어찌 잘못이겠는가. 그렇지만 강후는 남쪽으로 가서 어버이께는 좋은 음식을 올리고 백성들에게는 그 고통스러워하는 점을 물으며, 자주 북쪽을 바라보며 그리운 마음을 품고 꿈속에서 대궐에 이를 것이다. 어버이를 봉양하는 마음을 옮겨 백성을 기르고 임금을 사랑하는 마음으로 백성을 사랑하여, 온 고을에 제 살 바를 얻지 못한 사람이 없도록 한다면 강후의 이 결정이 어찌 두 가지를 모두 충족시키는 일이 아니겠는가. 저 은총을 탐하여 이리저리 구차하게 살면서 어버이도 봉양하지 못하고 백성도 그 은택을 입지 못하도록 하는 자들과 견준다면 과연 어떠하겠는가. 지금 성상께서 처음 즉위하여 국상國喪(성종의 장례)을 치르매 순舜임금과 문왕文王의 효심을 추구하시니, 이를 듣는 자들이 모두 기뻐하고 있다. 강후가 신하의 자리에 있으면서 또한 증삼曾參과 민자건閔子騫의 행실을 몸소 행하여 자신의 어버이를 어버이로서 잘 모시고, 자신의 노인을 노인으로서 잘 모시고, 그로부터 다른 사람의 부모와 노인에까지 미친다면 우리나라가 순임금과 문왕의 나라가 되지 않겠는가. 이 때문에 나 역시 그가 떠남을 축하하지 않을 수 없는 것이다.

涵虛子讀其詩, 且曰: "噫! 之二者皆是也. 不欲其去者, 非忘親也, 重在

5 五鼎: 많은 음식을 뜻한다. 大夫의 신분에서 제사를 지낼 때 五鼎을 쓸 수 있고, 士는 三鼎을 쓸 수 있었다. 다섯 개의 솥에는 각각 羊·豕·膚·魚·腊를 담았다.

君也. 慶其去者, 非忘君也, 重在親也. 此皆歸於義爾, 庸何傷? 雖然, 侯南去, 上堂具甘旨, 下車問疾苦, 時復北望興懷, 夢魂城闕. 移養親之心養人, 以愛君之心愛民, 使闔境之內, 無有一物不得其所者, 則侯之一擧, 豈不兼得而兩全哉? 其視貪恩冒寵, 遷延苟且, 親不得其養, 民不被其澤者, 果何如也? 今聖上初卽位, 諒陰哀慕, 追舜 · 文之孝, 聞者大悅. 吾侯在下, 又能身曾 · 閔[6]之行, 親吾親, 老吾老, 以及人之親與老, 幾如是爲, 而其國不虞 · 周者乎? 用是吾亦安得不慶其去乎?"

6 曾·閔: 曾參과 閔子騫. 孔子 문하의 대표적 제자들로, 모두 효심이 높았던 것으로 인물들이다.

북경으로 가는 안자진安子珍 공을 전송하며
送安公子珍[1]赴京序

좋은 물건이 모두 중국에서 나는 것은 아니지만 모두 중국에서 쓰인다. 하늘이 낸 만물은 내외와 원근의 구별이 없으므로 좋은 물건이 중국의 기冀·연兗·청青·서徐·형荊·양揚·예豫·량梁에서만 나는 것이 아니요, 또한 멀고 먼 땅에서도 많이 난다. 그것이 중국에 들어가 쓰이게 되면 그 우수함에 대해서는 비록 중국 땅에서 직접 난 것이라 하여도 뒤지지 않을 수 없는 경우도 있다. 예를 들어 대완大宛의 말, 교지交趾의 물소와 코끼리, 숙신씨肅愼氏의 쇠뇌와 활 등은 외국에서 나는 진귀한 물건들이다. 그런데 그곳에서만 독점되지 않고 중국에서 실제 쓰이는 것들은 일일이 다 헤아릴 수도 없다. 물건도 오히려 이와 같거늘 하물며 물건 가운데서도 가장 신령神靈한 존재인 사람에 있어서는 어떠하겠는가?

物之良者, 不必皆産於中國, 而皆爲中國之用. 蓋天之生物, 無內外遠近之殊. 故其物之良者, 不獨冀·兗·青·徐·荊·揚·豫·梁[2]之産, 而亦多出於遐荒絶域之中. 及其入而爲中國用, 則雖中國之産, 或不能不讓其良焉. 若大宛之馬·交趾之犀象·肅愼氏之砮矢,[3] 凡外國珍異之物, 其地不能擅其有, 而來爲漢庭之實者, 有不可枚數. 物猶然爾, 況其靈於物者乎?

---

1 子珍: 安琛의 자. 세종 27년(1445)~중종 10년(1515). 호 竹窓. 본관 順興. 1466년 高城別試文科에 급제하였으며, 중종반정 이후 공조판서에 특별히 제수되었으나 바로 病死하였다.

2 冀~梁: 九州로, 고대에 중국 전역을 아홉 구역으로 나눈 것이다.

3 大宛~砮矢: 大宛은 중앙아시아에 있던 고대 國名으로 좋은 말이 많이 났고, 交趾는 베트남 북부에 있던 나라로 코끼리와 물소가 많이 났고, 肅愼氏는 중국 동북지방의 고대 민족으로서 활을 잘 만들었다.

나의 벗 안자진씨는 어진 대부이다. 뱃속에 시서詩書를 품고, 창자에 금수錦繡의 문채를 담아 실제 일에 펼치면 못하는 것이 없다. 물건에 비유하자면, 대완大宛이나 교지交趾 등에서 나는 특출한 물산이라 할 수 있을 것이다. 안군이 지난 해에 관압사管押使에 충당되어 북경에 가서 천자天子의 광채를 가까이서 뵈었는데, 금년에도 조정의 선발로 또다시 천추절千秋節의 진하사進賀使에 충원되어 길일吉日을 골라 길을 떠나게 되었다.

吾友安君子珍氏, 大夫之良也. 詩書之腹, 錦繡之腸, 施諸事業, 無所不可. 比諸物, 其大宛 · 交趾等之異產乎! 安君往年, 充管押使[4]赴京師, 近天子耿光. 今年, 特膺朝選, 又充千秋節進賀使, 吉日于邁.

안군의 맑고 우뚝한 도량, 공교로운 문장, 우아한 몸가짐, 자상한 말씨를 중국인들이 한번 접해보아 진실로 이미 사랑하고 있는데, 하물며 두 번 접하면 어떠하겠는가. 중국의 산하, 성곽과 궁궐의 장엄함, 예악문물의 번화繁華를 안군이 한번 보아서 진실로 이미 터득함이 있는데, 하물며 두 번 보게 되었으니 어떠하겠는가. 이곳에서 얻은 것을 가져가 중국에서 쓰고, 그곳에서 얻은 것을 담아 와서 우리나라에서 쓰면, 한번 가고 한번 오는 사이에 군의 포부는 장차 더욱 커지고, 우리나라의 치도治道는 장차 더욱 빛날 것이다. 아, 안군은 참으로 어진 대부로다.

夫以君之淸標雅量 · 藻詞工文 · 擧止之閑適 · 言語之安詳, 而華人一接之, 固已欲之矣, 況再接乎? 皇朝之山河 · 城闕之壯麗 · 禮樂文物之繁華, 而吾君一見之, 固已有得矣, 況再見乎? 携其得於此者, 去而

---

4 管押使: 女眞이나 倭에 사로잡혔다가 도망쳐 오는 중국 사람들을 중국으로 데려가서 풀어 주던 使臣이다.

爲中國用, 斂其得於彼者, 返而爲東國用, 一往一來之頃, 而吾君之懷抱將益大, 而吾東方之治道將益光矣. 嗚呼! 君眞良大夫歟!

그런데 나는 대체 어떤 사람이란 말인가. 일찍이 서쪽으로 연경燕京에 들어갔지만 아무런 소득 없이 돌아 왔으니, '빈손으로 갔다가 빈손으로 돌아왔다'고 할 수 있다. 그런데도 태평한 시절을 만나 아무런 일도 하지 않으면서 날마다 나라의 곡식만을 소모하고 있으니 안군을 대하고서 부끄럽지 않을 수 있겠는가. 그렇지만 안군이 지금의 성취에서 멈출 수가 있겠는가. 그의 행차에 임해 함께 술을 마시며 또한 당부하노라. "좋은 말은 아침에 곤륜산을 떠나 저녁이면 오월吳越에 당도하도록 달리기를 멈추지 않는다. 어진 대부라면 어찌 그렇게 하지 않을 수 있겠는가? 원컨대 더욱 분발하라."

若兼善, 何如者? 嘗西入燕, 無所得而還, 所謂空行空返也. 猶且竊吹明時, 日費大倉粟, 對君能不赧赧然乎? 雖然, 君亦豈宜止於是者耶? 於其行, 與之飮酒, 又從而規之曰: "馬之良者, 朝崑崙, 暮吳越, 而蹄不歇, 良大夫何獨不然? 願更力焉."

벼슬을 버리고 귀향하는 교관敎官 이미견李彌堅을 전송하는 글
送李敎官[1]彌堅辭歸序[2]

모든 사물에는 각기 본연의 천성이 있는데, 그 사물이 사람에게 쓰이게 되면 그 천성을 해치게 된다. 나무를 예로 들면 그 굽고 곧음, 크고 작음, 길고 짧음, 단단하고 무름이 일정하지 않아 높은 산과 깊은 숲속에서 제 각각 모양을 이루고 있는 것이 그 천성이다. 그러므로 그 천성을 온전히 하는 길은 산과 숲에서 생명을 유지하다가 죽는 것이다. 대들보, 서까래, 두공, 동자기둥, 지도리, 문설주 같은 집과 누대의 부속물이 되는 것이 바로 나무의 용도이다. 이렇게 되려면 반드시 도끼로 베고 톱으로 자르며, 자와 먹줄로 재단하고, 갖가지 색깔로 그림을 그리고 단청을 해야 한다. 이는 그 천성을 해치고, 본래 모습을 바꾸어야만 볼만하게 되기 때문이다. 그 천성을 해치지 않으면 사람에게 쓰일 수 없으며, 중요하게 쓰일수록 그 천성을 해침도 더욱 심해진다.

凡物各有本然之天, 而其見用者, 皆破其天而爲也. 觀於木, 其曲直 · 巨細 · 長短 · 剛柔之不齊, 而各自其形於高山 · 深林之中者, 其天也. 全其天者, 終於山林而已. 其樑棟 · 榱桷 · 欂櫨 · 株檽 · 棖闑 · 居楔, 而爲宮室樓觀者, 其用也, 是必斧斤以伐之, 刀鉅以截之, 規矩準繩以方圓平直之, 靑黃赤白以藻繪粉餙之, 喪其性, 易其眞, 乃可觀也已. 不破其天, 無所用於人, 其見用重者, 其天之破者尤甚.

---

1 教官: 서울의 四學 및 지방 각 고을의 鄕校에서 교육을 담당하였던 教授·訓導 등이다.

2 벼슬을 버리고 고향으로 돌아가는 교관 이미견을 전송하는 송서이다. 이미견이 어떤 인물인지 자세히 알 수 없다. 글의 구성과 주제의식에 있어 『莊子』를 크게 활용하고 있다.

나는 예전에 한림원과 홍문관을 출입하며 승명려承明廬에서 숙직도 하고, 공경대부의 저택을 두루 다녀보기도 하였다. 그런데 그곳의 재목들은 굵고 곧은 것이 참으로 아름다웠지만, 그것은 깎고 다듬는 분식粉飾을 통해 공교롭고 고운 것이었으며, 그 본래 모습은 모두 훼손되고 칠해져서 찾아볼 수 없었다. 나는 이 일로 인하여 사람들에게 귀중하게 여겨지는 것들은 그 천성을 해침이 심하다는 것을 알았다. 이윽고 관직에서 물러나 우리 고향으로 돌아왔는데 다리를 펴고 쉴만한 곳이 없었다. 띠풀과 가시나무를 베어내고 거친 산의 기슭에 서너 칸 집을 지었는데, 땅에 나무를 꽂아 기둥을 삼고 그 위에 나무를 가로대어 대들보로 삼은 채 깎지도 다듬지도 않았다. 자와 먹줄을 쓰지 않아 그 본래 모습을 살려내고, 그림을 그리거나 색을 칠하지 않아 그 천진함을 드러내었다. 비록 사람의 눈을 즐겁게 할 수는 없었지만, 그래도 비바람을 가리고 처자식을 보호하기에는 충분하였다.

吾嘗出入乎金馬 · 玉堂[3], 直宿承明之廬[4], 游遍公卿大夫之第. 潭潭乎渠渠乎信美, 夫剝斲粉餙之工且麗也, 其眞因皆磨損染汚, 而不可見矣. 吾以是知取貴於人重者, 破其天甚也. 旣又退, 還吾鄕里, 居無容膝之安. 乃誅茅斬棘, 屋數間于荒山之根, 揷木於地而柱, 橫木於上而棟, 不削不琢. 謝規矩準繩而用其全, 不藻繪粉餙而仍其眞, 雖無以悅人目, 亦足以蔽風雨, 庇妻子也.

어떤 객이 와서 웃으며 “저것들은 참으로 평범한 재목들인데, 그대는

---

3 出入~玉堂: 홍귀달은 세조 12년(1466)에 예문관 대교, 세조 14년(1468)에 예문관 응교, 예종 원년(1469)에 예문관 교리, 성종 원년(1470)에 예문관 학사, 성종 2년(1471)에 예문관 전한, 성종 23년(1492)에 예문관 대제학에 임명되었다.

4 承明之廬: 承明廬로, 대궐에서 숙직하는 관리들이 머무르던 건물이다.

어째서 저런 나무들을 썼는가?" 묻기에, 나는 "아름답게 하고 싶지 않은 것은 아니지만, 힘이 부족할 따름이다."라고 대답했다. 나는 이 일로 인하여 천성이 온전한 것이 반드시 사람들에게 소중히 여겨지는 것은 아님을 알았다. 그렇지만, 지난날 내가 한림원과 홍문관에 있으며 승명려에서 숙직하고 저택을 유람하던 그 시절에는 잠을 자도 제대로 잘 수 없고 밥을 먹어도 제대로 맛을 몰랐다. 언제나 일을 그르치지나 않을까, 함정에 빠지지나 않을까 걱정을 품고 있었지만, 그래도 결국은 일을 그르치고 함정에 빠지고 말았다. 그러니 요즘 내가 손쉽게 다리를 펴서 편히 쉬며 아무 근심이 없는 것과 어찌 견줄 수 있겠는가. 객은 비록 나의 누추함을 비웃겠지만, 이것을 저것과 바꾸고 싶지는 않다. 아, 어찌 사는 집만 그러하겠는가. 지난날 나와 함께 어울리던 고관 귀족들 가운데 그 천성을 해치고 본모습을 바꾸며 얼굴에 분칠하지 않은 자가 있었던가. 일을 그르치지나 않을까, 함정에 빠지지나 않을까 걱정하는 그들의 삶을 오늘날 내가 소탈하면서도 편안하게 사는 것과 견준다면 또한 어떠하겠는가.

> 客來笑且問: "彼與彼誠凡材也, 君胡爲哉?" 余應之曰: "非不欲美, 力不足爾." 吾以是知天之全者, 未必取貴於人也. 雖然, 嚮吾在金馬 · 玉堂, 直承明, 游甲第, 于斯時也, 則寢不暖席, 食不甘味, 常懷覆餗觸機之憂, 猶且不免覆而觸也. 豈若今吾容膝之易且安, 而終無憂哉? 客雖笑吾之陋, 不肯以此易彼也. 噫! 豈獨居室然哉? 向之所與游從冠蓋 · 縉紳之士, 其有不喪其天, 易其眞, 而粉飾其面目者乎? 其覆餗觸機之憂, 比吾今日易且安, 又何如也?

이씨 가문의 이미견李彌堅은 뱃속에 시서詩書를 품어 있어 일찍부터 유림들 사이에 이름이 알려졌으니 나무로 치면 곧고, 크고, 길고, 단단한 나무라 할 수 있다. 큰 집을 짓기 위하여 대들보와 문설주의 재목을 구하는 사람이라면 반드시 여기에서 재목 하나는 얻을 수 있을 것이다. 이미견은 늦은 나이에 비로소 조그만 고을의 교관이 되었다. 글공부를 가르쳐 쌀말이나 바꾸어 먹으며, 그 고을을 지나는 손님들에게 허리를 굽히고 지내니 얼마나 겸손한가. 일찍이 오가는 길에 나를 자주 방문하여 그 사람됨을 속속들이 알고 있다. 그는 조탁하거나 분식하는 화려함이 없어 그 천성이 온전하고 그 참됨이 드러나니, 우리 집 재목의 깎고 다듬지 않음과 거의 같았다. 술잔을 만나면 즉시 기울이고 기한을 맞추어야 하는 문서 따위는 가슴에 담아두지 않으니 또한 통이 큰 사람이다. 머리에 모자를 쓰거나 허리에 띠 두르는 것이 참됨을 해친다하여 늘 꺼려하더니 이에 모든 것을 내버리고 고향으로 돌아가겠다고 한다. 참으로 깊구나, 그대의 천진天眞을 애호함이여! 그 고을에서 가까이 지내던 사람들이 모두 시를 지어주었으니 그가 떠남이 아쉬웠기 때문이다.

李氏子, 腹有詩書, 早知名於儒林間, 其木之直而巨而長而剛者歟! 爲巨室者, 求棟樑 · 居楔之用, 其必得一於此矣. 年旣晩, 始得師席於十室之邑, 携章句, 易斗米而食, 折腰於過客車塵之下, 何其屈也? 嘗往來訪我之勤, 因獲悉其爲人, 無雕琢粉餙之華, 其天全, 其眞露, 殆亦吾材之不削不斵者乎! 當盃則倒, 又無簿書期會關其胸, 亦閑人也. 尙憚頭帽腰帶爲碍眞也, 乃欲謝而歸其家, 甚矣, 吾子之愛其天眞也. 鄕之人苟相能者, 咸有詩, 蓋惜其去也.

나는 지금 시골에 은거하며 세상일에 무심하게 지내고 있는 처지이니 자못 그대와 같은 처지이다. 그러므로 떠남에 임박하여 다만 천성을 온전히 간직하고서 귀향하게 됨을 축하할 따름이다. 그대가 돌아가 고향 옛 숲에 누워 그 굽고 곧고 굳세고 부드러운 천성에 내맡겨 살아간다면 산의 나무와 사람의 마음이 다르지 않음을 더욱 실감하게 될 것이니, 그러면 천성을 온전히 함이 다시 어떠한 경지에 오를 것인가. 그런데 성상께서 널리 재목을 구해 명당明堂을 크게 짓기 위하여 썩은 나무 조각조차 버려두지 않으신다 하니, 그대 같이 재주 있는 자가 어찌 산림에서 삶을 마칠 수 있겠는가.

余時謝事于田里, 無心於世事, 頗與吾子相類者. 故於其行, 但賀其全其天而歸耳. 子歸而臥故山 · 舊林之下, 任其曲直剛柔之性, 益信山木之與人心未嘗有異也, 則其天之全, 復如何哉? 雖然, 吾聞聖明方鳩材, 大其明堂[5], 寸朽不遺, 若吾子者, 寧終於山林耶?

---

5 明堂: 고대 제왕들이 政教를 반포하고 조회를 받던 건물이다.

대마도로 사신 가는 응교應敎 권주權柱를 전송하는 글

送權應敎柱[1]奉使對馬島序[2]

어떤 손님이 함허자涵虛子(작자)에게 “가장 어려운 일은 무엇인가?” 묻길래, 나는 “사신의 임무가 어렵다. 공자께서 ‘『시경詩經』 삼백 편을 외워 외국에 사신으로 가서 능수능란하게 대응하지 못한다면 비록 많이 외우기는 하였으나 또한 무엇에 쓰겠는가?’ 하셨다. 『시경』 삼백 편을 외울 수 있다면 이미 많이 외울 수 있는 것이니, 어떤 일이 불가능하겠는가. 그런데도 이렇게 말씀하셨으니, 이는 사신의 임무가 중요하고 그 임무를 제대로 수행할 사람이 많지 않기 때문이다.” 대답하였다. 또, “어떠해야 제대로 된 사신이라 할 수 있는가?” 묻길래, 나는 “학식이 풍부하고, 지기志氣가 굳세고, 국량이 넓어야만 외국에 사신으로 가서 임금의 명령을 욕되게 하지 않을 수 있다. 학식이 부족하면 일을 처리하는 데 정신이 산란하여 다른 사람에게 실언을 하게 되고, 지기가 약하면 의심이 많아져 다른 사람에게 체면을 잃게 되고, 국량이 좁으면 감정이 쉽게 드러나 중요한 사항을 망치게 된다. 이 때문에 사신의 일이 어려운 것이다.” 대다하였다. 또, “옛날 사람 가운데 어떤 사람처럼 되어야 하는가?” 묻길래, 나는 “흉노에 사신으로 갔던 한나라의 소무蘇武, 거란에 사신으로 갔던

---

1 柱: 權柱. 세조 3년(1457)~연산군 11년(1505). 본관 안동. 자 支卿. 호 花山. 성종 11년(1480) 문과 급제, 성종 24년(1493) 敬差官이 되어 대마도를 내왕하였으며 연산군 8년(1502) 冬至使로 명나라를 다녀오는 등 외교에 힘을 썼다. 벼슬은 경상도관찰사에 이르렀다. 갑자사화 때 사약을 받았으며, 이듬해 중종반정이 일어나 신원되었다. 문집으로 『화산선생일고』가 있다.

2 이 글은 갑자사화의 피화자인 권주權柱가 대마도에 사신으로 가는 것을 전송한 글이다. 홍귀달과 권주는 매우 절친했던 사이로서 주고받은 글이 문집에 여러 편 보인다.

송나라의 부필富弼 같아야 한다. 그들의 태도와 언어를 보면 그들이 마음에 무엇을 간직하고 있었는지 알 수 있다. 그러므로 그들은 오랑캐에게 굴욕을 당하지 않을 수 있었다. 또한 그들이 무사히 귀환하였을 때, 한나라의 정절旌節을 여전히 손에 쥐고 있었으며, 송나라가 지급하는 세폐歲幣도 전보다 늘지 않았으니, 이야말로 진정한 사신이었다 할 수 있다. 춘추전국시대의 사신들은 사방을 종횡무진하며 각 나라를 잇달아 방문하여 뇌물을 상납하기도 하고 얕은꾀로 속이기도 하다가 자신이 먼저 길을 잃었다. 그러므로 그들을 대하는 자들은 그들의 용모와 행동거지를 통해 길흉과 성패를 점치는 데에까지 이르고, 또한 그들은 자신을 깔보고 모욕했다는 이유로 나라 간의 틈을 조장하여 전쟁을 일으키기도 하였으니 또한 볼만한 것이 무어 있겠는가?" 대답하였다. 또, "그대의 말이 옳다면 그대 또한 훌륭한 사신이 되었을 법도 하건만, 어찌하여 그대는 지난날 조천사朝天使가 되었을 때에 중국의 예부禮部에 문서를 잘못 넣는 실수를 저질러 동료들 사이에서 비웃음을 받았는가?" 묻길래, 나는 빙긋 웃음 짓고 대답하지 앉으니 손님도 웃으면서 돌아갔다.

或問於涵虛子曰: "事孰難?" 曰: "使事難. 孔子曰: '誦詩三百, 使於四方, 不能專對, 雖多亦奚以爲?'[3] 夫詩三百, 而苟能誦之, 其得固已多矣, 亦何所爲而不可哉? 猶且云爾者, 蓋重其事而難其人也." 曰: "如何, 斯可謂使乎?" 曰: "學識富, 而氣節毅, 而局量弘, 夫如是然後, 庶可使於四方, 不辱君命者矣. 蓋識少則眩於事體, 而或失言於人, 氣乏則有所疑懼, 而或失己於人, 量俠則易生喜怒, 而幾事害成. 所以使事難也." 曰: "如古之何人然後, 可乎?" 曰: "使匈奴者, 漢有蘇子卿[4],

---

3 孔子曰句: 『論語』「子路」에 나오는 말이다. 공자는 평소 제자들에게 시경을 공부하면 언변에 능하게 된다고 가르쳤다.

4 蘇子卿: 前漢의 蘇武(B.C.140–B.C.80)를 이르니, 자경은 그의 字이다. 소무는

使契丹者，宋有富彦國[5]. 觀其動作言語之間，而其中之所存可知，故能不受屈於虜庭. 及其無事且還，漢節猶在手也，宋幣不加前也，斯眞使乎! 若春秋列國之使，交午於四方，接迹於王朝，或以貨賂，或以智詐，先自失其道. 故其所以待遇之者，至以容貌擧止高低俯仰之間，而擬其吉凶成敗，或以調笑戲侮之故，而構釁興兵，亦何足觀也?" 或曰: "如子之言，子亦可以爲良使矣. 何子之昔充朝天使，而謬投文字于禮部，貽譏笑於朋儕[6]乎?" 涵虛子哂而不答，客亦笑而去.

홍치 6년(1493, 성종 24) 우리나라 변경에 들어와 사는 대마도 사람들이 그곳 백성들과 작은 이익을 다투는 일이 일어났는데 그 태도가 자못 불손하였다. 형세상 반드시 대마도주에게 하유下諭하여 그 잘못을 알고 그 죄를 인정하게 한 뒤에야 진정될 일인데, 조정에서는 사신을 선발하는 데 어려움을 겪고 있었다. 성상께서 "반드시 문신 가운데 지식과 경험을 갖추어 국가의 대체大體가 무엇인지 아는 자를 뽑아 파견토록 하라." 하교하셨다. 이에 홍문관 부응교인 영가永嘉 권주 공이 선발되니, 군자들은 '알맞은 사람이다' 하였다. 공은 함허자와 일찍부터 양가兩家의 우호가 있었다 하며 한 마디 말을 받아 가겠다고 한다. 아, 나는 사신으로 갔다가 견책을 받은 자이니 나를 구원할 틈도 없거늘 어느 겨를에 남에게 글을 줄 수 있겠는가. 그렇

흉노로 사신 갔다가 붙잡혀 19년 동안 유폐되어 있었지만 끝내 한나라에 대한 절개를 잃지 않았다.

5 富彦國: 北宋의 富弼(1004~1083)을 이르니, 언국은 그의 자이다. 당시 거란은 송나라에 대하여 歲幣를 더욱 늘릴 것과 그 형식에 대해서도 '獻納'이라 표시할 것을 요구하였는데, 부필이 사신으로 가서 그러한 요구에 대하여 강경하게 항의하자, 거란은 부필과의 교섭이 쉽지 않음을 간파하고 부필을 그대로 돌려보내었다.

6 謬投~朋儕: 『成宗實錄』 12년 10월10일 기사에 명나라 예부에 정문한 일로 홍귀달을 추구하라는 명이 내렸던 기사가 있다. 실록의 내용을 검토해 보면, 홍귀달은 사신으로 가는 도중에 식량이 떨어지자 명나라 예부에 도움을 요청하는 咨文을 넣었는데, 이것이 국가의 체모를 손상하는 일이라 하여 논란이 벌어졌던 것이다.

지만 간절한 바람을 저버릴 수 없기에 혹자와 문답하는 말을 써서 전별하는 바이다.

粤弘治六年, 島夷之來居我邊者, 有與邊氓爭小利, 頗不遜. 勢須下諭島酋, 使知其非服其辜然後止,[7] 而朝廷難其使. 上敎若曰: "必擇文臣之有識量知國家大體者, 遣之." 於是弘文館副應教永嘉[8]權公支卿, 實膺其選. 君子曰稱也. 以涵虛子夙有通家之好, 求一言以行. 噫! 余則奉使獲譴者也. 將自救不暇, 何暇贈人言乎? 雖然, 厚望不可孤, 姑書或人問答之辭, 以贐之.

7 島夷~後止: 『成宗實錄』 24년 11월 23일 기사에 왜인들이 우리 어민들의 어선과 막사를 부순 일이 발생하여 이에 대해 조정에서는 島主에게 下諭하여 엄하게 다스리도록 하자는 논의가 있다.

8 永嘉: 權柱의 본관인 安東의 옛 이름이다.

제천提川으로 부임하는 권경유權景裕를 전송하는 글
送權君景裕[1]赴任提川序[2]

다른 사람들이 다 같이 좋아하는 것을 홀로 좋아하지 않고, 다른 사람들이 다 같이 싫어하는 것을 홀로 싫어하지 않는 자는 필시 그 마음이 다른 사람과는 다를 것이며, 끝내는 다른 사람이 하지 못하는 일을 할 수 있을 것이다. 지금 길을 다니는 저 사람들은 모두 돌아서 가기를 싫어하고 지름길로 가기를 좋아하며, 먼 길을 싫어하고 가까운 길을 좋아하니 이것이 인지상정이다. 그렇지만 지름길로 가다가 험난한 곳을 만나면 돌아가는 자가 먼저 당도하기도 하며, 먼 길을 가더라도 부지런히 가면 가까운 길로 가는 자가 도리어 늦기도 한다. 돌아서 가든 지름길로 가든, 가까이 가든 멀리 가든 간에 이것을 마음에 두지 않고 끊임없이 나아가는 자만이 천리를 갈 수 있다.

衆人之所同好焉而獨不好, 衆人之所同惡焉而獨不惡者, 是必其中異於人, 而終能爲人所不能爲者矣. 今夫行路者, 率皆厭枉而好捷, 惡遠而喜近, 此人情也. 雖然, 捷而艱阻, 則枉者或先, 遠且疾行, 則近者反後. 惟無心於枉捷 · 近遠, 而行不輟者, 是乃能千里者也.

우리나라 제도에 중앙 관리로서 삼품三品 이하는 대략 삼십 개월 근무를 하면 자리를 옮기는데, 간혹 순서를 뛰어넘는 은혜가 내리는 것은 벼슬하는 자들에게 있어서는 가장 빠른 지름길이다. 지방관인

---

1 景裕: 權景裕. ?~연산군 4년(1498). 자 君饒·子汎. 호 痴軒. 權景禧의 아우. 김종직의 문인으로 1485년 별시문과에 병과로 급제. 사관으로 있을 때 스승 김종직의 「弔義帝文」을 사초에 실어 후일 무오사화 때 죽임을 당하였다.

2 이 글은 김종직의 「弔義帝文」을 사초에 실었던 권경유가 연산군 1년(1495) 제천현감으로 나가게 되었을 때 지어 준 송서이다. 홍귀달은 권경유의 형인 權景禧의 묘지명도 지었다.

주부군현州府郡縣의 수령은 그 근무 개월 수가 중앙 관리의 배가 되고 또 처리하는 일도 많은데다가 생각지도 못한 근심거리가 닥치기도 한다. 그러므로 외직을 나가고자 하는 자들은 부모 봉양을 위한 것이 아니면 자신이 먹고 살기 위해서일 뿐이다. 그렇지 않으면 외직을 원하지 않고, 외직을 원하지 않는 자들은 비록 조정에서 선발하여 외직을 제수하더라도 대개는 회피하여 나가지 않는다. 그러므로 요즘 세상에서는 충직한 지방 관리가 있다는 말을 듣지 못하였는데, 지금 권씨 가문의 권경유가 바로 순리라는 말을 듣게 되었다.

國制, 京官三品以下, 率三十月而遷, 間或有不次之恩, 固仕宦者之捷徑也. 若州・府・郡・縣之吏, 其月數倍京官, 又其綜理事多, 或有不虞之患, 故欲吏外者, 非爲親, 則自奉之計耳. 不然者, 不願也, 不願者, 雖朝廷選授之, 率多避不就. 故今之世, 鮮聞有循吏者, 今於權氏子得焉.

나는 일찍이 유생들을 다스린 적이 있어 이 사람의 문장이 넉넉함을 알았으며, 또 내가 이조 판서가 되었을 때 이 사람을 보좌관으로 삼아 오래도록 함께 일하였기에 이 사람의 국량은 크게 쓸 수 있을지언정 작게 쓸 수 없음을 알았다. 지금 교서관校書館 교리校理의 직책을 맡고 있다가 외직으로 나가 제천提川 고을을 맡게 되었다. 처음 이 소식을 듣고는 속으로 놀랐는데, 그에게 물어보니 이는 바로 그가 원한 것이었다. 이에 이 사람의 호오好惡는 보통 사람과 다르며, 갈림길에서 머뭇거리며 돌아가는 길은 피하고 빠른 길로만 가려고 하지 않음도 알게 되었다.

吾嘗職管儒林[3], 知吾子富於文辭. 又忝天官卿[4], 得吾子爲僚佐, 與之相料理久, 於是又知吾子之器可大受而不可少受也. 今自校書校理, 出而監于提川. 初聞之, 竊駭焉, 問之則乃其意也. 於是乃知吾子之好惡異於人, 而不規規於歧路枉捷有所趨避也.

어느 날 그가 나를 찾아와 하직 인사를 하면서 내가 일찍이 경주를 다스린 적이 있다는 이유로 백성을 다스리는 방도를 물었다. 나는 대답하였다. "나는 그대에게 알려줄 방도란 것이 따로 없다. 다만 그대 가슴속에는 성현의 글이 담겨 있으니 이것이 바로 그 방도라 하겠다. 이 방도를 써서 백성을 다스리라. 이 백성들은 곧 삼대三代 때에 곧은 도를 행하던 자들과 같다. 백성은 삼대의 착한 백성과 같은데 목민관 자신은 한나라의 충직한 지방관처럼 될 수 없다면, 나는 그것을 믿을 수 없다. 한나라의 공경대부는 순리에서 선발된 경우가 많았다고 하니, 지금 돌아가는 자와 지름길로 가는 자 중에서 과연 누가 먼저 앞설지는 알 수 없는 것이다. 그대는 가서 힘쓸지어다."

一日過途辭焉, 以余嘗蒞雞林[5], 因問蒞民之方. 余曰: "吾無可以贈子術焉. 顧子之胸中, 自有聖賢書, 是其方也. 用是方以臨民, 斯民, 卽三代所以直道而行者[6]. 民, 三代之民, 而身不作漢循吏, 吾不信也. 嘗聞漢公卿多以循吏補, 今又安知枉捷者之果孰先後乎? 子去而勉焉."

---

3 職管儒林: 홍귀달은 성종 2년(1471) 성균관 司藝에 임명되었다.

4 忝天官卿: 홍귀달은 성종 23년(1492) 이조판서에 제수되었다.

5 蒞雞林: 홍귀달은 성종 17년(1486) 경주부윤에 임명되었다.

6 斯民~行者: '삼대'는 夏殷周 시대를 가리키는데 이때는 聖君이 나와 선정을 펼쳤기에 백성들이 정직하게 살 수 있었던 시대로 생각되어 왔다. 공자는 "이 백성들은 삼대 때 정직한 도를 실천하며 살았다. [斯民也, 三代之所以直道而行也.]" 했다. 《論語 衛靈公》

『황화집皇華集』 서문

『皇華集』[1]序[2]

황제[弘治帝]께서 즉위하신 5년(1492, 성종 23) 봄에 태자를 책봉하여 황통皇統을 명확히 하고 천하에 널리 포고하셨다. 우리 동방은 천자의 교화를 가장 먼저 입는 곳이고 또 대대로 충성을 다해왔으며 예禮를 어긴 일도 없었다. 그래서 중국 조정에서 병부 낭중兵部郎中 애박艾璞 공과 행인사 행인行人司行人 고윤선高胤先 공을 선발하여 사신으로 보내 조칙詔勅을 반포케 하시니, 이는 은택恩澤을 널리 펴려는 뜻이었다. 우리 임금님께서는 천자의 명을 공경히 받들어 태자께서 자리에 오르심을 경하하고, 또한 중국 사신의 높은 명망을 존중하여 온 나라 백성들과 함께 사신이 오기를 고대하셨다.

> 皇帝龍飛五年春, 建太子以定國本, 大誥于天下. 以我東方, 爲聲教首漸之地, 又能世篤忠貞, 式禮莫愆. 選於朝, 擧兵部郎中艾公, 行人司行人高公, 充其使, 來頒 詔勅, 蓋因以布恩澤也. 我殿下欽天子之命, 慶前星之輝, 又重使華之令望也, 與一國臣民, 瞻望佇企.

비록 사신을 영접하고 대접하는 예禮는 정해진 의식절차가 있기에 감히 마음대로 더할 수가 없지만, 그들을 대하는 마음은 그보다 컸기에 사신들이 이르는 곳마다 조용하고 편안히 쉬면서 먼 길의 피로를

---

1 皇華集: 중국 사신과 조선의 접반사들이 주고받은 시문을 모은 책으로, 조선시대에 총 23회 간행되었다. '皇華'라는 말은 『詩經』의 「小雅·皇皇者華」편에서 나온 것으로, 먼 길을 다니는 사신의 노고를 왕이 위로하는 내용이다. 그 첫 구절에 "환하게 빛나는 꽃이여, 저 언덕과 습지에 피어있네. 저기 달려가는 사신이여, 왕명에 충실하지 못할까 걱정하네. [皇皇者華, 于彼原隰. 駪駪征夫, 每懷靡及]" 했다.

2 이 글은 성종 23년(1492) 頒冊立皇太子詔使의 자격으로 조선에 왔던 명나라 사신 艾璞과 수창한 시들을 모아 『황화집』을 간행하게 되었던 경위를 보여주고 있다.

풀기를 바랐다. 그런데 두 사신은 "우리 사신의 임무가 급하기에 조금도 머무를 수 없다." 하면서 이틀 일정을 하루에 달려 조선 경내에 들어온 지 7일 만에 서울에 도착하고, 하룻밤 묵고는 곧바로 수레를 돌려 아스라이 선학仙鶴이 바람을 타고 내려왔다가 문득 몸을 뒤집어 구름 속으로 날아올라가는 듯하였다.

雖其迓勞館待之禮, 自有儀式, 未敢逾越, 情則有加, 凡所至止, 冀得從容燕息, 以紓行役之勤. 而兩使曰: "吾使事急, 不可少稽." 乃倍道而馳, 旣入境七日, 而抵國都, 一宿便回車, 飄飄乎如仙鶴隨風而下, 倏翩飛而雲霄.

이윽고 여러 사람들이 황망히 바라보다 보이지 않게 되자 말하였다. "우리나라가 비록 누추하기는 하나 공자가 살고자 했던 곳이고, 기자箕子가 봉해진 곳이며, 또한 황조皇朝에서 늘 마음을 써온 곳이다. 그래서 이전에는 조선에 왔던 중국 사신이 모두 비루하게 여기지 않고 조선 사람들과 얼굴을 맞대었던 것이다. 청하면 머무르고, 권하면 마셨으며 누대에 올라 부賦를 짓고 누대 벽에 시를 남겼으니, 이는 그들 스스로 먼 타향에 있는 줄을 느끼지 못했기 때문이다. 그런데 어찌하여 이번에 온 분들은 머무르지도 않고 함께 노닐지도 않는가. 순식간에 왔다가 홀연 가버리니 자신들이 더럽혀질까 염려하는 것처럼 보인다. 먼저 왔던 이나 나중에 왔던 이나 모두 훌륭한 분들인데 어찌하여 행동이 판연히 다른가."

旣相與悵望而不可及則曰: "吾邦雖陋, 然仲尼之所欲居, 箕子之所受封, 亦皇朝之所眷注. 故前乎此, 皇華大夫之來遊者, 皆不鄙夷之, 賜以顏色, 請之而留, 勸之而飮, 登樓有賦, 棲壁有詩, 自以爲不知身之在他鄕也. 何先生之不留不處, 匪遊匪遨, 倏而來, 忽而逝, 若泥塗之將浼已也? 何前後之皆賢達, 而所履之殊也."

내가 말하였다. “그렇지 않다. 군자들의 도道가 어찌 반드시 서로 똑같겠는가마는 또한 어찌 완전히 다르겠는가. 처음에는 비록 다르더라도 끝내는 같지 않음이 없다. 저 옛날 백이伯夷는 청렴했고, 유하혜柳下惠는 화합을 잘하였고, 이윤伊尹은 사명감이 있었는데 이 세 사람의 도가 서로 같지 않았지만, 그것이 합쳐져서 공자에게서 크게 하나가 되는 데에 지장이 없었다. 전후로 우리나라에 사신으로 온 자들이 비록 그 기상은 서로 다르지만 모두 천자와 공경을 함께하고 힘을 합쳐 태평성대를 열었으니, 이는 같지 않음이 없다. 게다가 「황황자화皇皇者華」는 천자가 사신을 보내며 불렀던 노래이니, 지금 저 두 사신이 황급히 길을 떠나는 것은 바로 「황황자화」에서 ‘왕명에 충실하지 못할까 걱정하네.’라고 읊은 내용과 부합하니 어찌 잘못이겠는가?” 여러 사람들이 “맞는 말이다.” 하였다.

余曰: “不然. 君子之道, 何必同也, 何嘗異也? 始雖不同, 而終未嘗未同. 昔伯夷清, 柳下惠和, 伊尹任, 三子者之道, 雖不同, 而合而之於孔子, 則不害其爲一大成.[3] 前後奉使于我者, 雖其氣象不同, 皆天子所與同寅協恭, 致大平者也, 是則固未嘗不同也. 況皇皇者華, 乃天子遣使臣之詩, 若今兩使行李之不遑, 正所謂每懷靡及者也, 庸何傷?”衆曰: “然.”

이윽고 원접사遠接使 노공필盧公弼이 국경으로부터 돌아왔는데, 소매에서 두 사신의 시와 문장을 꺼내어 바쳤다. 전하께서 기뻐 감탄하며

---

3 伯夷~大成: 聖人으로서 각각 한 가지 장점이 있는데, 그것이 공자에게서 종합되었다는 뜻이다. 伯夷는 周나라 武王이 은나라를 정벌하는 것을 반대하여 首陽山에 들어가 은거하다가 굶어 죽을 정도로 청렴하였고, 柳下惠는 공자와 동시대를 살았던 魯나라의 현인인데 惡人들과 어울리는 것을 꺼려하지 않을 정도로 화합을 잘하였고, 伊尹은 殷나라 湯王을 도와 폭군 桀을 쫓아냈으니 천하의 평정을 자신의 책무로 여겼다.《孟子 萬章 下》

말씀하셨다. “두 사신의 부지런하고 고결함은 비유컨대 푸른 하늘에 환한 태양과 같으니 어리석은 자라도 모두 그들의 청명함을 알 수 있을 것이다. 그렇지만 마음속에 깊이 자리잡고 있는 그 재주는 누가 그 한량을 짐작할 수 있겠는가. 이 글들이 없었다면 나 또한 그러한 속마음을 알지 못하였을 것이다. 두 사신을 내가 비록 하루도 머물게 하지 못하였지만, 다행히 이 원고가 남아 있으니 어찌 큰 선물을 받은 것이 아니겠는가.” 이어서 그 글을 판각하여 영원히 전하도록 하시고, 나에게 서문을 쓰라고 명하셨다.

> 未幾, 遠接使盧公弼[4], 回自境上, 袖携兩使詩若文以進. 殿下嘉歎之曰: “兩使之勤簡高潔, 譬如靑天白日. 雖愚者, 皆知其淸明矣. 若其才之蘊於內者, 則孰能窺其涯涘哉? 不有此作, 吾亦幾乎失其內矣. 兩使, 吾雖不得一日留之, 尙幸此藁之留, 豈非爲賜之大者乎?” 乃使鋟諸梓, 以永其傳, 仍命臣序之.

내가 생각건대, 현군賢君과 양신良臣이 번갈아 노래하는 것으로부터 시도詩道가 세상에 행해져 주周나라에 이르러 크게 갖추어졌으니, 천자의 나라만 그러한 것이 아니라 제후국들도 모두 풍요風謠를 지니게 되었다. 공자가 논했던 바 사신이 갖추어야할 재능이란 것도 시詩로 귀결되었다. 그때에 사방에 사신으로 간 천자의 사신은 제후국의 대부들과 서로 시를 지음으로써 생각을 소통하고, 그렇게 함으로써 천지의 조화에 부응하고, 세상이 모두 동일한 문명권이라는 것을 확인하였으니, 아, 훌륭하구나. 이제 저 사신들이 돌아가면 천자께

---

4 盧公弼: 세종 27년(1445)~중종 11년(1516). 본관 파주. 자 希亮. 호 菊逸齋. 부친은 영의정 思愼이다. 세조 12년(1466)년 문과에 급제하여 벼슬은 공조 판서, 경기도 관찰사 등을 역임하였다. 갑자사화 때 茂長으로 杖配되었다가 2년 뒤 중종반정으로 다시 관계로 나올 수 있었다.

서는 필시 「사모四牡」의 시로 위로하시고, 사신들은 우리나라에서 얻은 내용으로 화답할 것이다. 이는 『주역周易』에서 "상하가 사귐에 그 뜻이 같아진다."고 한 경우이니, 바로 지금을 말하는 것이다. 이처럼 상하가 조화로운 시대를 맞이하여 천지 사이에 함께 살고 있으니, 그 다행스러움이 과연 어떠한가. 신이 삼가 임금의 명을 받아 찬술하였다.

臣竊惟自明良賡載之歌[5]作, 而詩之道始行於世, 至周大備焉. 非特天子之國, 至於列國, 皆有風謠. 孔子論使才, 亦歸之於詩.[6] 當時王人之使於四方者, 與列國大夫, 相與賦詩, 以通其志, 于以應天地之和, 而驗文軌之同[7], 吁盛矣哉! 今其使還也, 吾知天子必勞之以「四牡」[8]之詩, 而公必賡之以東行所得, 『易』所謂'上下交而其志同[9]'者, 其今之謂歟! 際交泰之時, 得並生於覆載間者, 其爲幸, 果何如也? 臣奉敎撰.

---

5 明良~之歌: 현명한 임금과 어진 신하가 서로 경계하는 내용을 노래하는 것이다. 舜임금이 노래하기를 "신하들이 기쁜 마음으로 일에 임하면 임금의 다스림이 흥기되어 백관의 일이 잘 되어 가리라.[股肱喜哉, 元首起哉, 百工熙哉.]" 하자, 신하 皐陶가 이어 노래를 지어 부르기를 "왕이 밝으시면 신하들이 어질어 모든 일이 편안하게 될 것입니다.[元首明哉, 股肱良哉, 庶事康哉.] 하였다.《書經 益稷》

6 孔子~於詩: 시를 잘 외워 외교 임무를 잘 처리하는 것이 사신의 기본이라는 뜻이다. 공자가 "시 삼백 편을 외웠는데, 정사를 맡겨도 잘 처리하지 못하고, 사방의 나라에 사신을 보내어도 혼자 일을 잘 처리하지 못하면 비록 많은 시편을 외웠다 한 들 무슨 소용인가?[子曰, 誦詩三百, 授之以政不達, 使於四方, 不能專對, 雖多亦奚以爲.]" 하였다.《論語 子路》

7 文軌之同: 천하가 동일한 문명권이 되었음을 뜻한다. 『中庸』에 "지금 천하가 수레바퀴 폭을 똑같게 하고, 글은 같은 문자를 쓴다.[今天下, 車同軌, 書同文, 行同倫.]" 하였다.

8 四牡: 『詩經』「小雅」에 있는 시의 제목으로, 임금이 사신으로 갔다가 돌아온 신하를 위하여 잔치를 베풀고 위로해 준다는 내용이다. '사모'는 네 마리의 수말로써, 왕명을 봉행하는 사신이 타는 말을 가리킨다.

9 上下~志同: 『周易』 泰卦 彖傳의 내용이다.

『구급이해방救急易解方』 서문

『救急易解方』[1]序

신농씨神農氏가 세상을 다스린 때부터 오늘날에 이르기까지 시대마다 명의名醫가 출현하고, 의서醫書는 한없이 많고 치료법도 만 갈래로 다르며 약은 그 수를 헤아릴 수조차 없다. 훌륭한 의사라 하더라도 그 모든 것을 결코 알 수 없거늘, 하물며 글자를 모르는 어리석은 백성들은 어떠하겠는가. 세상에는 약이 주머니에 들어있고 처방이 머리맡에 있어도 이를 알지 못한 채 죽고 마는 사람들이 즐비하니, 불쌍하지 않은가.

自神農氏[2]之有天下, 以迄于今, 代各有名醫, 其書汗漫, 方有萬殊, 而藥不可數計. 雖良醫, 固不能盡識, 況凡夫愚婦之目不知書者乎! 世之枕方囊藥溘死而不自知者, 相望, 豈不哀哉?

우리 성상께서는 효성으로 소혜왕후昭惠王后와 정현왕후貞顯王后 두 어른을 받들고, 백성을 자식처럼 사랑하시니, 요컨대 모두 어질고 오래 살기를 바라시는 것이다. 의약醫藥이 죽는 사람을 살리고 산 사람을 윤택하게 하는 도구가 됨을 생각하시어 특별히 마음을 많이 쓰신다. 어느 날 성상께서 내의원 도제조 윤필상尹弼商, 제조 홍귀달洪貴達, 부제조 정미수鄭眉壽 및 내의內醫 김흥수金興壽 등에게 명하여 긴급한 병에 잘 듣는 처방, 구하기 쉬운 약재를 망라하여 별도의

1 救急易解方: 연산군 5년(1499)에 간행된 醫書로, 민간에서 쉽게 구할 수 있는 약재와 간단한 약방문을 소개하고 있다. 그 서문을 홍귀달이 썼으며, 權健이 발문을 썼다.

2 神農氏: 전설상 제왕의 이름이다. 나무로 쟁기를 만들어 백성에게 농사를 가르쳤으며, 온갖 풀을 맛보아서 약재를 찾아내어 질병을 치료하였다 한다.

의서로 묶고 그것을 언문으로 번역하여 올리라고 하셨다. 책이 완성된 뒤에는 『구급이해방救急易解方』이라는 명칭을 하사하고 나에게 서문을 쓰라고 명하셨다.

> 聖上孝奉兩殿[3], 子惠萬民, 要皆躋之仁壽之域, 念醫藥爲救死濟生之資, 特軫睿思. 嘗一日, 敎內醫院都提調臣尹弼商[4]·提調臣貴達·副提調臣鄭眉壽[5], 及內醫臣金興壽, 撮諸方中病之最急, 藥之易得者, 編成別方, 飜以諺字以進. 旣乃賜名曰『救急易解方』, 命臣序之.

나는 엎드려 명을 받들고서 삼가 절을 하고 소리 높여 아뢴다. "의술은 인술仁術이니, 인仁이라는 것은 천지가 만물을 낳고 길러주는 마음입니다. 천지는 만물을 낳고 기르는 것으로 마음을 삼기 때문에 하늘과 땅 사이에 크든 작든, 높이 있든 아래에 있든, 하늘을 날든 물에서 헤엄치든, 동물이든 식물이든 간에 혈기가 있는 모든 것은 그 성품을 이루지 못하는 것이 없습니다. 성인聖人께서는 천지의 마음을 자신의 마음으로 삼아 혼자서는 살 수 없는 몹쓸 병에 걸린 자들도 모두 깊은 사랑과 두터운 은택 속에서 함께 살아갈 수 있습니다. 이 책이 찬술된 것은 곧 천지가 만물을 낳는 마음이 발현된 것입니다. 이제 장차 인쇄하여 성상께 올리고 널리 반포하여, 안으로는 궁궐에서부터 밖으로 일반 고을에 이르기까지 퍼져 아낙네와 어린 아이라도 모두 눈으로 책을 보기만 하면 그 처방을 깨달아 증세에

---

3 兩殿: 德宗의 비 昭惠王后와 成宗의 계비 貞顯王后이다.

4 尹弼商: 세종 9년(1427)~연산군 10년(1504). 본관 坡平. 자 湯佐·陽卿. 坰의 아들이며 모친은 李霂의 딸이다. 1450년 문과에 급제하였고, 벼슬은 영의정에 올랐다. 1504년 갑자사화 때 죽음을 당하였다.

5 鄭眉壽: 세조 2년(1456)~중종 7년(1512). 본관 해주. 자 耆叟, 호 愚齋, 부친은 悰이며, 모친은 문종의 딸 敬惠公主이다. 중종반정 때 靖國功臣에 올랐으며, 海平府院君에 봉해졌다.

따라 약을 써서 수고롭게 의원을 찾아 멀리 가지 않아도 될 것입니다. 각자의 손에 위급한 상황을 해결하고 생명을 살리는 비결을 지니게 될 것이니, 온 나라에 자신의 목숨을 구하지 못하는 자가 사라질 것입니다. 홍귀달이 삼가 씁니다."

臣俯伏承命, 謹拜手颺言曰: "醫乃仁術也. 仁者, 天地生物之心也. 天地以生物爲心, 故覆載之間, 洪纖高下 · 飛潛動植, 凡有血氣者, 莫不遂其性. 聖人體天地之心, 以爲心, 故疲癃殘疾之不能自存者, 亦皆生育於深仁厚澤之中. 此書之作, 其天地生物之心之發見乎! 今且印而進之, 廣行流布, 內自宮壼, 外及閭巷, 雖婦人小子, 皆得目其書而曉其方, 對證用藥, 不勞尋醫之遠, 而手有拯急活命之訣, 四境之內, 其有不遂其生者乎? 臣謹序."

『역대명감歷代明鑑』 서문

『歷代明鑑』序

성상聖上께서는 나라의 큰 기틀을 이어받으시고서, 제왕이 마음을 다스리고 정치를 펴는 요점과 역대 치란과 흥망의 자취가 경전經典과 역사서에 갖추어져 있음을 염두에 두시어, 무엇보다 먼저 경연을 열어 부지런히 참석하여 몸을 닦고 남을 다스리는 도道를 강구하지 않음이 없으셨다. 예로부터 총명함을 넓히고 지혜를 늘려 지극한 다스림에 이르고자 한 현명한 임금과 의로운 군왕들은 대부분 이러한 방법을 사용했으니, 대단히 훌륭하지 않은가.

聖上嗣守丕基, 念惟帝王澄心出治之要 · 歷代治亂興亡之迹, 具于經史. 乃首開經筵, 孜孜臨御, 凡所以修己治人之道, 靡不講究. 古昔明君誼辟, 所以開廣聰明, 增益智慮, 圖臻至治者, 率用是道, 豈不甚善也哉?

홍치 12년(1497, 연산군 3) 겨울 십이월 모일 성상께서 공조 판서 성현成俔, 병조 판서 권건權健 및 홍귀달洪貴達을 부르시고는 다음과 같이 말씀하셨다. "역대 군신들의 행적 가운데에는 본받을만한 것과 경계할만한 것이 매우 많다. 그러나 모두 여기저기에 흩어져 있어 나의 마음과 눈이 미치지 못하니 몹시 안타깝게 생각하고 있다. 권계로 삼을 만한 선행과 악행을 분류하여 찬진하라." 우리는 명을 듣고 물러나와 중국에서 펴낸 『역대군신감歷代君臣鑑』과 조선에서 편찬한 『제왕후비명감帝王后妃明鑑』을 찾아내어 "이러한 책들이 있으니 다시 편찬하지 않아도 되겠습니다. 다만 그 가운데 권계와 그다지 관계없는 것도 있고, 권계할만한 내용인데 빠진 것도 있으며, 또한 문장이 번거로워 줄여야할 부분도 있으니, 이는 그대로 둘 수 없습니다."라고 아뢰자, 성상께서 "너희들이 다시 찬집하라."고 전교하셨다. 우리는 앞서 언급한 두어 권 책을 기본으로 하여 역대의 정사正史를 참고하되, 요점만 모으고 번다한 것들은 깎아내어 기사 전체를 버리기도 하고 새로운 단락을 첨가하기도 하였으니, 요컨대 권계로 삼을 만한 것만 모은 것이다. 이를 27권으로 추려 『역대명감歷代明鑑』이라 이름 지어 올리니 성상께서 내게 서문을 쓰라고 명하셨다.

> 粤弘治十二年冬十有二月日, 命召工曹判書臣成俔 · 兵曹參判臣權健, 暨臣貴達, 若曰: "歷代君臣可法可戒者, 多矣. 然皆散見諸事, 心目有所不逮, 予甚病焉. 其類撰善惡之堪爲勸戒者以進." 臣等聞命而退, 搜得皇朝出來『歷代君臣鑑』, 與夫本朝所撰『帝王后妃明鑑』. 啓曰: "有是焉, 雖無別撰, 可也. 但其中或有不甚關於勸戒者, 亦有堪爲勸戒而脫漏者, 且有文繁語滯, 宜加筆削者, 是則不容已也." 敎曰: "汝其更撰." 臣等將前項數本, 參考歷代本史, 撮其切要, 刪其繁蕪, 或去其全條, 或添入新段, 要爲勸戒而止. 釐爲二十七卷, 名之曰『歷代明鑑』. 旣奉進, 命臣序之.

내가 가만히 생각해보니 옛날은 오늘날의 거울이며 앞선 일은 뒷일의 규범이니 선善도 나의 스승이며, 악惡도 나의 스승이다. 은殷나라가 거울삼아야 할 것은 하夏나라였으니, 주周나라가 마땅히 거울로 삼을 것도 또한 다른 데에 있지 않았다. 은나라와 주나라의 자손들이 대대로 그것을 거울로 삼을 수 있었다면 그 역사가 단지 육백년과 팔백년에 그치지는 않았을 것이다. 주나라를 이은 것은 진秦나라인데 진나라는 말할 것이 못되거니와, 한漢나라도 진나라를 거울삼지 않았고, 진晉나라도 한나라를 거울삼지 않았다. 송宋나라와 원元나라에 이르도록 잘못된 길을 계속 따라가면서 깨달을 줄 몰랐으니 아, 서글플 따름이다.

臣竊惟古者今之鑑，前者後之規，善吾師也，惡亦吾師也．殷鑑在夏后之世，周之所當鑑者，亦不在乎他．殷·周之子孫，若能世世鑑之，則其歷年當不止六百·八百而已．繼周者秦，秦不足道也．漢不鑑秦，晉不鑑漢，以迄于宋·元，覆轍相尋而莫之悟，吁可悲也已．

『맹자』에 "임금이 되고 싶으면 임금의 도리를 다하고, 신하가 되고 싶으면 신하의 도리를 다하라." 한 것은 군신君臣이 마땅히 각기 그 도리를 다해야 함을 말한 것이고, 『주역』에서 "집안사람들이 바르게 되면 천하가 안정된다." 한 것은 집이 나라와 천하의 근본임을 말한 것이다. 안과 밖, 위와 아래가 모두 옛일을 거울삼아 선을 보면 따르고 악을 들으면 조심하여 서로 경계하여 각각 그 도리를 다한다면 고금 천하에 어찌 수레가 뒤집어지듯 나라가 망하는 일이 있겠는가?

傳曰："欲爲君，盡君道，欲爲臣，盡臣道."[1] 言君臣當各盡其道也．『易』曰："家人正而天下定."[2] 言家者國與天下之本也．苟能內外上下，以古爲鑑，見善從之，聞惡而懲，交相戒勅，各盡其道，則古今天下，安有覆車之轍乎?

성상께서 정사에 임하여 잘 다스려지는 것을 원하신 지 지금 7년이 되어 다스림이 이미 훌륭하시다. 그런데도 오히려 스스로 만족하지 않으시고 바야흐로 일은 반드시 옛일을 본받고자 하여 훌륭했던 요순堯舜시대와 삼대三代시대에 도달하기를 기약하고 계신다. 이는 이른바 '고대의 훌륭한 정치와 그 도道를 함께 한다'는 것이다. 그렇지만 사람 마음이란 들고남이 일정치 않아 시작을 잘 했다고 해서 반드시 끝도 좋은 것은 아니니 두려워하지 않을 수 있겠는가. 옛날 송나

1 傳曰句: 『孟子』「離婁上」에 있는 내용이다.
2 易曰句: 『周易』 家人卦 彖辭에 있는 내용이다.

라 태종太宗은 『태평어람』(太平御覽) 등의 서적을 편찬케 하고서 날마다 2권씩 읽었는데, 만일 일이 있어 읽지 못하게 되면 따로 날을 잡아 읽으면서 "책을 펼치기만 하면 유익함이 있으니 나는 힘들게 생각하지 않는다." 하셨다. 자고로 훌륭한 군주들은 도道를 추구하는 절박함이 이와 같았다.

殿下臨政願治, 七年于茲, 治已隆矣. 而猶不自滿, 方且事必師古, 期底于唐虞 · 三代之盛, 所謂與治同道[3]者, 其斯之謂歟! 雖然, 人心操舍之無常, 善始者未必有終, 可不懼哉? 昔宋太宗詔修『大平御覽』[4]等書, 日覽二卷, 若因事或廢, 則暇日追補曰: "開卷有益, 朕不爲勞." 自古有爲之君, 其求道之急如此.

우리가 편찬한 이 책이 어찌 임금님께 보일만한 것이 되겠는가마는, 그 내용은 권선징악 하는 데에 보탬이 없지는 않을 것이다. 엎드려 바라건대 성상께서는 태종 황제가 날마다 읽고 또 뒤미처 보충하기도 했던 부지런함을 본받아 오로지 이를 생각하시어 훌륭한 점을 보면 그와 같아지려고 노력하고 나쁜 점에 대해서는 제거하여, 깊숙한 궁중과 수많은 신료들이 그런 성상을 보고 감동받아 자신들도 각자 스스로 성찰하게 된다면, 어찌 치도治道에 크나큰 도움이 되지 않겠는가. 자손들 또한 대대로 이런 방식을 따르고 변경하지 않는다면 우리 동방은 억만년토록 받을 백성들의 복을 이루 말할 수가 있겠는가. 신이 삼가 서문을 쓴다.

---

3 與治同道: 『書經』「太甲下」에 있는 내용이다.

4 太平御覽: 宋나라 때 李昉 등이 편찬한 방대한 類書이다. 太宗의 명령으로 977년에 착수하여 983년에 완성되었는데, 태종이 매일 읽어 1년 만에 독파하였다고 한다.

臣等所撰，豈足仰塵睿覽，然其事則未必無補於勸懲. 伏願聖上服太宗日覽追補之勤，念玆在玆，見其善者而思齊焉，於不善則去之，至令宮壼之深 · 臣僚之衆，莫不有所觀感，而各自修省，則豈不有裨於治道萬萬哉? 子孫世世，亦能踵而不替，則我東方億萬年生民之福，可勝道哉? 臣謹序.

풍천위 임광재任光載의 『영남록』 서문
豐川尉[1]『嶺南錄』序

영남은 예로부터 산수山水의 고장으로 일컬어져 왔으니 가는 곳마다 특이하고 아름다운 경관이 많다. 함허자涵虛子(작자)는 바로 이곳에서 살아 왔지만 젊어서는 시서詩書에 몰두하고 장성해서는 벼슬자리에 매여 풍광 좋은 고향에 족적을 남기지 못하였다. 그러다가 경주 부윤이 된 삼년 동안 공무로 경승지를 두루 지나게 되었다. 아름다운 강산과 누대들이 모두 그 자태를 드러내고 나와 마음을 통하자고 하였으나 나는 그곳에서 노닐지 못하였다. 그렇지만 내 눈을 스쳐간 천태만상은 본뜨거나 흉내 내는 병통이 없이 모두 그 천연 그대로의 모습을 보전하고 있었다.

嶺南, 古稱山水之府, 所之多奇偉絶特之觀. 涵虛子家于其地, 而少也, 有詩書癖, 長又有簪紳之縛, 足跡未嘗印於雲水之鄕. 及尹于鷄林[2]三年, 因公事出入河山者殆遍, 凡山海·樓臺之勝, 皆呈身露面, 欲與吾謀, 而吾不暇應接, 則過眼千態萬狀, 無模畫奪眞之患, 而皆得全其天矣.

임자년(1492, 성종 23) 겨울 나는 사직하고 함창咸昌의 선영을 돌보고, 조령鳥嶺에 올라 잠시 둘러보았다. 이때 낙엽은 지고 물소리는 격렬

---

1 豐川尉: 任光載. ?~연산군 1년(1495). 임광재는 예종의 딸인 顯肅公主의 남편으로 성종 6년(1475) 崇德大夫 儀賓府儀賓이 되었으며, 1492년 풍천위로 봉해졌다. 부친인 임사홍이 정치적 위기에 빠질 때마다 여러 차례 상언을 통하여 임사홍을 옹호하였다. 문장을 좋아하여 성종으로부터 토지와 米布, 편지가 자주 하사되는 등 총애를 많이 받았으나, 여자 문제로 공주와 사이가 좋지 않았고, 그 문제로 인해 말년에 유배를 받고 이듬해 죽었다.

2 尹于鷄林: 홍귀달은 성종 17년(1486) 慶州府尹에 제수되었다.

하여 물상들이 무언가 상실한 듯 쓸쓸하였다. 이날 밤은 문경聞慶 객관客館에서 유숙했는데 꿈에 어떤 이가 내게 읍揖을 하며 이렇게 말하였다. "그대는 전임 경주 부윤이 아닌가. 그 당시 백성에게 수취하는 데 법도가 있어 옳지 않은 것이면 한 터럭이라도 사사로이 취하지 않았기 때문에 온 고을이 되살아났다. 그대가 경주부에 속한 고을을 지날 때면 무릇 내가 지니고 있는 것을 모두 펼쳐 놓아 마음대로 취하도록 하였지만 그대는 취하지 않았다. 그래서 영남의 빼어난 경승景勝이 지난날과 다름없이 오늘날까지 그대로 보존될 수 있었으니, 이는 모두 그대의 공로이다. 그런데 지난 달 어느 날 어떤 나그네가 화려하게 장식한 말을 타고 구슬로 꾸민 옷을 입고서 아침에 서울을 출발하여 저녁에 영남에 도착해서는 스스로 옥황상제의 사신이라고 하였다. 그 자가 한강 이남으로부터 바다 북쪽 사이의 빼어난 산수, 풍광과 달빛, 누대와 구름 등 눈에 들어오는 것들을 모두 취하여 싸가지고 갔기 때문에 지난날 모습 그대로 온전히 남아 있는 것이 하나도 없게 되었다. 어찌하여 그대는 이토록 청렴하거늘 이 사람은 이토록 욕심이 많은가?"

> 歲壬子冬, 請告歸, 掃先塋于咸昌, 登鳥嶺, 少夷猶焉. 于時木葉脫水聲激, 物象蕭條, 若有所失然者. 是夜, 抵宿于聞慶客館, 夢有揖余而語者曰: "子非疇昔鷄林尹耶? 當時取於民有藝, 非其義, 一毫不以私, 故闔境得以蘇. 至於遊歷州郡, 凡我所有, 我皆陳列, 聽其自取, 而子不取. 故嶺之南, 奇形勝像, 至今完如舊, 皆子之賜也. 前月有日, 客有跨珂馬, 擁珠衣, 朝發乎閶闔, 夕落乎天南, 自稱玉皇使者. 自漢以南, 由海而北, 山奇水珍, 風光月彩, 樓臺 · 雲物之勝, 凡寓於目者, 俱收並取, 包羅而去, 無有一物如前之完. 何子之廉而彼之黷也?"

내가 말하였다. "아, 그대의 말이 사실이라면 그 사람은 과연 옥황상제의 사자이니, 그는 상제께 바치려는 것이었지 사사로이 취하려는 것이 아니었다. 아랫사람이 소유하고 있는 것을 윗사람에게 바치는 것이 예禮이다. 땅에서 생산되는 구림球琳·낭간琅玕·유철鏐鐵·은루銀鏤와 같이 귀중한 물건은 생산량이 한정되어 있지만, 또한 아랫사람으로부터 취하지 않을 수 없는 법이다. 하물며 모양이 있지만 소리가 없거나, 소리는 있으나 모양이 없어 아무리 취해도 다함이 없고 아무리 써도 고갈되지 않는 것들이라면 자기만 취하고 윗사람에게 바치기를 인색하게 해서야 되겠는가?" 말하던 자는 그렇다 그렇다 하며 물러갔다. 나는 꿈에서 깨어 속으로 혼자 생각하였다. "누구일까? 꿈에 나와 이야기하던 자는 영남 산천의 주인이 아닐까? 그런데 그 사신이라는 자는 누구인지 알 수가 없구나."

余曰: "噫, 如君言, 果是玉皇使者, 彼固欲獻于上, 非私之也. 凡下之所有, 貢于上, 禮也. 雖球琳琅玕鏐鐵銀鏤[3]產於地者有數, 且不得不取於下. 況有象無聲, 有聲無象, 取之無盡, 用之不竭者, 亦欲執以爲己有, 靳于上供, 其可乎?" 語者唯唯而退. 旣夢覺, 心自語曰: "誰歟? 夢與語者, 其無奈嶺南湖山主耶? 抑不知所謂使者誰某也."

지금 풍천위豐川尉 임광재任光載 공이 『영남기행록嶺南紀行錄』을 소매에 넣어 가지고 와서 내게 보여주었다. 내가 두 번 절하고 읽어보고는 마침내 지난 밤 내 꿈속에 나왔던 자가 정말로 영남 산수의 산신령이고, 임광재 공은 과연 그것을 사사로이 취하지 않았음을 깨달을 수 있었다. 아, 나를 청렴하다 하고 그를 욕심 많다고 했으니, 세상에는 정말로 뜻하지 않던 칭찬도 있고 예기치 못한 비난도 있구나. 이 또한 우습지 아니한가. 이에 이러한 말을 써서 서문으로 삼는다.

3 球琳~銀鏤: '球琳'과 '琅玕'은 아름다운 옥이고, '鏐鐵'과 '銀鏤'는 질이 좋은 쇠로, 이것들은 모두 값비싼 보물을 뜻한다.

今有豐川尉任公, 袖携『嶺南紀行錄』來示余. 余乃再拜讀之, 竟始知前夜吾所夢者, 乃眞嶺南山水府君, 而任公之果不以爲私有也. 嗚呼! 謂余爲廉, 謂彼爲黷, 世固有不虞之譽 · 無妄之毁, 不亦可笑矣夫? 於是, 書其言以爲序.

상주 목사로 부임하는 유문통柳文通을 전송하는 글

送柳牧使文通[1]赴任尙州序

옛 사람들은 도道를 행하기 위해 벼슬을 하였다. 그러나 어버이를 위해서 벼슬한 경우도 있고, 가난 때문에 벼슬한 경우도 있으니, 도道와는 관계가 없는 것 같기도 하지만 그 사이에 도가 행해지지 않은 때가 없었다. 나의 벗 목사 유관지柳貫之는 어떠한 경우인가? 관지貫之의 집안은 대대로 벼슬을 하였고 가문이 성대하여 가난을 걱정하지 않았다. 그는 어린 나이에 문과에 급제하고 시문의 능력에 의해 승진하였다. 위로 하늘의 별자리에 호응하여 사뿐사뿐 육조의 낭관이 되고, 사헌부와 사간원에서 근무하여 명성이 사람들 사이에 파다하였다. 그 형세는 장차 곧바로 경재卿宰의 자리에 오를 듯하여 모든 사람들이 아득히 높이 나는 기러기를 보게 되리라 기대하였다. 그런데 이러한 것에는 마음을 두지 않고 다만 부모님 계신 곳을 바라보고 탄식하며 작은 고을의 수령이 되기를 원하여 이에 예산禮山 군수가 되고 괴산槐山 군수가 되었다. 전후로 두 번 수령을 맡은 기간이 십여 년이었는데, 지난날 함께 벼슬에 나아갔던 동료들은 모두 앞서 나아가서 지위가 높아졌다. 그러나 유후는 스스로 다행으로 여겼으니, 이는 다만 원하는 것이 여기에 있을 뿐 거기에 있지 않았기 때문이다. 유후가 오래도록 중앙에서 출세하지 못한 것 같지만, 그 부모님께서 자식 봉양을 받으셨고 가는 곳마다 홀아비·과부·고아·독거노인이 은혜를 입었으니 도가 펼쳐지지 않은 적이 없었다. 제 육신을

---

1 文通: 柳文通. 세종 20년(1438)~연산군 4년(1498). 본관 晉州. 자 貫之. 호 槐亭. 문통에게는 仁貴와 仁淑의 두 아들이 있었고 인귀에게는 아들 希齡이 있었는데, 이들이 모두 문과에 급제하여 藝文館 翰林직을 거쳤기 때문에 당시에 '柳家四翰林'이라는 말이 있었다. 인숙은 을사사화 때 목숨을 잃었다.

비단과 고량진미로 떠받들면서도 부모님께는 거친 밥과 성근 베옷을 드리고, 나라의 곡식을 허비하면서도 한 고을의 굶주림도 해결하지 못하는 자들에 견준다면 또한 그 차이가 크지 않은가.

古之人, 其仕也, 蓋欲行其道也. 然或有爲親者也, 亦有爲貧者也. 似未嘗事道也, 而道未嘗不行乎其間也. 若吾友柳侯貫之, 其何如者? 貫之, 家世簪紳, 門戶旣大, 不患貧者也. 彼其少年捷科第, 由文地而陞, 上應列宿[2], 飄飄然爲六曹郎官, 出入乎臺省, 聲名播人口, 勢將直上乎雲衢, 萬目佇見冥飛之鴻矣. 不此之爲懷, 顧乃望白雲而興歎, 求爲下邑守宰, 割鷄於禮山, 鳴琴於槐郡.[3] 前後再屈者, 十餘年, 而向來一時齊驅者, 擧皆超邁, 而軒冕其身矣. 然侯之所自以爲幸者, 則顧在此而不在彼也. 侯雖若久屈焉, 而其親享其養, 所之之鰥寡孤獨受其賜, 其道固未嘗不伸也. 比諸紈袴粱肉其身, 而疏食縕袍其親, 縻費大倉之粟, 而不以惠一方之餓莩者, 不亦大有逕廷乎?

홍치 5년(1492, 성종 23) 가을 유후는 다시 사간원 사간의 자리에서 외직으로 나아가 상주 목사가 되었다. 임금의 근시近侍라는 높은 자리를 버리고 일이 번다한 수령으로 돌아가고, 임금께 간언하는 청요직을 벗어던지고 복잡한 문서를 처리하는 수고로움을 맡게 되었으니, 유후의 도가 다시 굽혀졌다고 할 만 하다. 그러나 그는 바야흐로 기쁘게 명을 받들어 식솔을 거느리고 서둘러 남쪽으로 내려가기를

---

2 上應列宿: 중요한 지위인 郎官이 되었음을 뜻한다. 館陶公主가 자신의 아들을 낭관에 써줄 것을 청하자 명제가 "낭관은 위로는 별자리에 대응되고 나아가면 사방 백리의 땅을 다스려야 한다. 마땅한 사람이 아니면 백성들이 재앙을 입게 된다." 했다.《漢書 卷2 明帝紀》

3 割鷄~槐郡: 지방관을 맡았다는 뜻이다. '割鷄'는 작은 武城 고을에 예악을 가르치는 子游에게 孔子가 "닭을 잡는 데에 어찌 소 잡는 칼을 쓰는가."라고 농담한 것이다.《論語 陽貨》
'鳴琴'은 單父 땅을 다스리는 宓子賤이 無爲의 다스림을 펴서 자신은 거문고를 타기만 하고 堂 아래로 내려가지도 않았다는 것이다.《呂氏春秋 察賢》

예산과 괴산으로 처음 부임하던 때와 같이 하였으니, 상주 백성들 또한 앞선 두 고을의 백성처럼 은혜를 받으리라는 것은 의심의 여지가 없다. 나는 상주 사람이다. 나는 예전에 부모님 봉양을 위하여 외직을 청하여 경주 부윤 자리에 삼년 동안 있었으니, 바로 유후의 이번 행차와 같다. 이제 나의 부모님은 이미 돌아가셨으니 내가 비록 유후와 같이 하려 해도 그렇게 할 수 있겠는가. 이별에 임박하여 한편으로는 기쁘고 한편으로는 슬프구나.

弘治五年秋, 侯復自司諫院司諫, 出而爲尙州牧使. 去侍從之尊, 而歸吏民之宂, 脫諫諍之淸, 而換簿書之勞, 侯之道亦可謂復屈矣. 而方且欣然奉檄, 肩魚軒[4], 汲汲乎南行, 如禮與槐之初任時然, 尙之民, 其亦有養如二邑也, 無疑矣. 吾, 尙之人也. 吾嘗爲吾親, 乞郡尹鷄林三年, 正如侯之此行也. 今吾親已沒, 吾雖欲復爲侯之行, 得乎? 於其別, 一喜一悲焉.

4 魚軒: 부인이 타는 수레로, 가족을 거느리고 임지로 내려갔음을 뜻한다.

경주 판관으로 부임하는 기저奇褚를 전송하는 글
送奇判官[1]褚[2]赴任慶州序

우리 동방의 여러 도道 가운데 가장 큰 것이 경상도이고, 여러 읍邑 가운데 가장 넓은 것이 경주이니, 이곳은 신라의 옛 도읍이다. 땅이 넓고 인민이 많기로 경상도에서 으뜸이니 일이 얼마나 많을지 다스리기가 얼마나 어려울지 알 수 있다. 국법에 경주 부윤은 2품 관원을 임명하게 되어 있으니, 임무를 중시하기 때문이다. 그러한 부윤을 보좌하는 것이 판관인데, 이 판관 자리는 보통의 재주를 가진 자가 감당할 수 있는 것이 아니다. 그러므로 판관을 교체할 때마다 인사를 담당하는 이조에서는 반드시 인망이 두터운 조정의 신하를 뽑아서 추천한다. 그러나 또한 그 소임을 온전히 다한 자는 많지 않다. 그동안 내가 보아온 바, 임기를 채우지 못하고 중도에 파직된 자가 줄을 이었으니 이것이 어찌 그 사람의 잘못이기만 하겠는가? 위로는 지위가 높은 상관을 섬김에 조금이라도 실수하면 곧 화를 내고, 아래로는 수많은 아전과 백성들을 다스림에 조금이라도 잘못하면 곧 원망을 하니, 혹시 이러한 점 때문일 수도 있다. 아니면 무늬만 옥인 돌멩이와 호랑이 거죽을 쓴 양을 제대로 판별하지 못한, 조정의 인선에 잘못이 있었기 때문일 수도 있다.

吾東方諸路之最大者曰慶尙, 諸邑之最巨者曰慶州, 是乃新羅之舊都. 土地之廣, 人民之衆, 甲于一道, 事之繁簡, 治之難易, 可知也. 國制,

---

1 判官: 종5품 관직으로, 소속 관아의 행정실무를 지휘·담당하거나, 지방관을 도와 행정·군정에 참여하였다.

2 褚: 奇褚. 자 遂良. 본관 幸州. 成宗 14년에 生員이 되었고, 1490년에 문과에 합격하였다. 부친은 奇軸으로 豊儲倉을 지냈으며, 조부는 세종 때 포의로 발탁되어 단종을 위해 절개를 지켰던 奇虔이다

州之尹，用二品員，蓋重其任也．其佐則判官，判官，非尋常才器之所能堪也．故每當替授也，銓曹必選朝中之負衆望者，注擬[3]之．然且全安者少，邇來目所覩，官未滿而徑罷者，肩相磨，豈皆非其人歟？蓋上而長官位尊，事之失其道則忿，下而吏民衆多，御之乖其方則怨，或者坐是歟？抑無乃珉中玉表・羊質虎皮之莫辨，而朝廷之選，有未至乎？

홍치12년(1499, 연산군 5) 경주의 통판 자리가 비어 기수량奇遂良을 보임하였다. 그는 참으로 작은 고을 수령으로만 쓰기에는 아까운 인재였기에 사람들은 모두 너무 심한 좌천이라고 여겼으니, 앞서 말한 것들이 어찌 우리 기후에 대한 걱정거리가 되겠는가. 기후는 흔쾌히 명을 받아 자신의 직분으로 여겼다. 짐을 꾸려 장차 떠나는 길에 나를 찾아와 업무를 볼 때 지켜야 할 법도에 관해 한 마디 해 달라고 하였다. 아, 기후에게 어찌 내 말이 필요하겠는가. 그러나 나는 일찍이 옛 사람의 글을 읽어 사군자가 몸을 다스리고 관직 생활을 하는 방법을 알 수 있었다. 몇 조목이 있는데 괜찮다면 이 말을 하고자 한다. 그 가르침에 "관직을 담당할 때의 법도는 세 가지가 있으니, 청렴·신중·근면이다." 하였고, "부형처럼 상관을 섬기고 노복처럼 아전을 대하며, 처자처럼 백성을 사랑하고 집안 일처럼 공무를 처리하라." 하였다. 나는 항상 이 말을 간직하고서 사십 여 년 동안 실천하고자 하였으나 하나도 제대로 해낸 것이 없다. 지금 이 말을 우리 기후에게 주기는 하지만, 기후가 어찌 내 말을 필요로 하겠는가. 그렇지만 다만 실천하기를 바란다.

弘治十有二年，州通判缺，補以奇侯遂良．良非百里才，人皆以爲降屈之甚，向所云者，何足爲吾侯虞乎？侯方且欣然受，以爲自分．騰裝將

---

3 注擬: 관원을 임명할 때 후보자 세 사람을 추천하여 임금에게 올리는 것이다. 이를 三望이라고도 한다.

取道, 過余乞一言, 爲守官規. 噫! 侯豈待人言而爲者? 然吾嘗讀古人書, 有以知士君子律身居官之道, 其說有數段, 無已則以是乎! 訓[4]有之曰: "當官之法, 唯有三事, 曰淸, 曰愼, 曰勤." 又曰: "事官長如父兄, 待吏卒如奴僕, 愛百姓如妻子, 處官事如家事." 愚常佩服此言, 行之四十餘年, 而未能一焉. 今以付之吾侯, 侯則何待余言? 雖然, 第行之.

4 訓: 송나라 呂本中「官箴」의 내용이다.

『빙옥난고氷玉亂稿』 서문
『氷玉亂稿』序

시는 성정性情에 근본하니 마음의 뜻을 표현하는 것이 귀중하다. 과장되게 꾸며 말하고 분칠하고 아로새겨서 남의 이목을 즐겁게 하려는 시는 다만 말세의 폐단일 뿐이다. 그런 시들은 성정의 바름에 거리가 매우 멀 것이다. 나는 세상에서 시를 말하는 자들이 대개 표현의 아름다움만 취하여 실질을 버리고 고깃점을 쪼아 고기 맛을 알지는 못하는 것을 안타깝게 여겼다. 이런 시는 처음에는 비록 눈을 즐겁게 하지만 오래 씹다보면 참맛이 적다. 아, 시의 본질은 끝내 올바른 옛 모습을 회복하지 못하는가.

詩本乎性情, 貴言志[1]耳. 若夸言艷辭, 粉繪刻畫, 取悅於人目者之爲詩也, 此特末流之失耳. 其於性情之正[2], 不亦遠乎? 余病世之言詩者, 率採其華, 而遺其實, 觜其肉, 不嚌其胾. 所以始雖悅於目, 而咀嚼之久, 則少眞味焉. 嗚呼! 詩之道, 其終不能復古乎?

나는 율재栗齋와 퇴촌退村 두 선생에게서 시도詩道의 올바름을 취한다. 집현전 제학提學 율재 진陳 선생은 성함이 의귀義貴, 자가 수지守之이고, 형조도관 좌랑佐郎 김金 선생은 성함이 열閱, 자가 자득子得이

---

1 言志: 마음이 가는 바를 언어로 표현한다는 뜻이다. 이는 형식적인 조탁보다는 내용을 중시하는 문학관을 드러낸 것이다. 『書經』「舜典」에 "시는 자신의 뜻을 읊은 것이요, 노래는 읊은 그 말을 길게 표현한 것이다. [詩言志, 歌永言.]" 하였다.

2 性情之正: 사람이 태어날 때 받는 완전무결한 마음을 이른다. 이는 성리학자들의 詩觀을 담은 말로, 시는 사람의 성정이 자연히 발로된 것으로 보았다. 특히 사림파들은 윤리적으로 성정지정만을 노래해야 한다고 주장하고, 그 구체적인 방향은 기교주의를 반대하고, 外物에 집착하지 않는 초연한 자세를 추구하며, 人慾을 씻고 淸澄한 정신을 찾는 것이다.

다. 현재 동지중추부사 김석려金礪石 공이 그 후예인데, 두 공이 평생토록 읊조린 시를 모아 『빙옥난고氷玉亂藁』라고 이름 지었다. 율재는 퇴촌의 장인이고, 김석려는 율재의 외현손이면서 퇴촌의 증손자이다. 악광樂廣과 위개衛玠를 두고 '온윤한 옥[玉潤]'과 '맑은 얼음[氷淸]'으로 비유하였던 일을 취하여, 얼음을 율재에게 견주고 옥을 퇴촌에게 견준 것이니 조상을 존숭하려는 뜻일 것이다.

吾於栗齋 · 退村兩先生, 差有取焉. 集賢殿提學栗齋陳先生, 諱義貴, 字守之; 刑曹都官佐郎退村金先生, 諱閱, 字子得. 今同知中樞府事金公殷卿[3], 其裔也. 裒集兩公平生雜詠, 目之曰氷玉亂藁. 蓋栗齋, 退村之婦翁, 而殷卿, 栗齋之外玄孫, 退村之曾孫也. 取樂廣 · 衛玠玉潤氷淸[4]之喩, 擬氷於栗齋, 擬玉於退村, 其尊崇祖先之意乎!

석려가 강원도 관찰사를 지낼 때 삼척에서 『빙옥난고』를 간행토록 하였으니, 이는 삼척이 율재의 고향이라 인쇄하는 일을 쉽게 할 수 있기 때문이었다. 어느 날 인본印本 한 부를 내게 보내고 아울러 편지를 써서 "책 머리에 실을 한 마디 말을 원한다" 하였다. 아, 내가 어찌 시를 아는 자이겠는가. 그러나 평소에 고금의 사람들이 지은 시를 취사하고 품평하면서 앞에서 했던 말을 기준으로 삼았다. 지금 두 선생의 시를 읽어 보니, 뼈는 있고 고기는 적으며 열매는 있고 꽃은 없어 대갱大羹이나 현주玄酒, 토고土鼓나 괴부蕢桴와 같았다. 비록 속인들의 입과 귀에는 맞지 않겠지만 그 담박한 맛과 순박한 음에

3 殷卿: 金礪石의 자. 세종 27년(1445)~성종 24년(1493). 본관 光山. 1465년에 진사, 그 해 가을 별시문과에 을과로 급제하였다. 관직은 1491년 대사헌이 되었고, 1493년 형조판서를 역임하였다. 시호는 忠穆.

4 樂廣~氷淸: 樂廣과 衛玠는 남북조시대 晉나라의 명사로, 장인과 사위의 관계였다. 이 두 사람을 두고 당시 사람들이 "장인은 얼음처럼 청결하고, 사위는 옥처럼 온윤하다.[婦公氷淸, 女婿玉潤.]" 했다.《晉書 卷36 衛玠列傳》

는 절로 참됨이 담겨 있다. 만일 옛것을 좋아하고 참됨을 즐기는 자가 있어 이를 본다면 이는 정말로 후파侯芭가 『태현경太玄經』을 좋아했던 것과 같은 경우가 될 것이다. 게다가 나와 석려는 일조일석에 얼굴을 익힌 친구가 아니어서 그의 포부를 나는 평소부터 알고 있었다. 백성의 풍속을 살피고 시를 채집할 때에 그가 중시하는 바가 이와 같으니, 그의 취사선택이 나와 거의 같은 것이다. 이에 내가 평소에 시를 취하는 기준을 적어 보내니, 석려 그대는 어떻게 생각하는가?

殷卿嘗觀察江原, 命刊氷玉蒿於三陟, 以三陟栗齋之桑鄕, 而鋟梓之功易就也. 一日以印本一部來致余, 幷抵書曰: "願一言弁其首" 噫, 余豈知詩者歟? 然平日去就品題古今人之詩, 竊自以前言爲的. 今讀兩先生詩, 骨而少肉, 實而無華, 如大羹玄酒, 土鼓蕢桴.[5] 雖不適於俗人之口耳, 而其淡泊之味, 淳古之音, 自有其眞. 苟有嗜古耽眞者, 正是侯芭之『太玄』也[6]. 況余與殷卿, 非面目一朝之友也, 其所抱負, 吾知之有素. 當觀風採詩, 而其所尙如此, 其所取舍, 與余異者, 幾何耶? 於是, 書吾平日取詩梗槩, 以歸之, 子以爲何如?

5 大羹~蕢桴: 大羹은 양념으로 조미하지 않은 고깃국, 玄酒는 맑은 물, 蕢桴는 흙덩이를 풀로 묶어 만든 북채, 土鼓는 흙을 구워 틀을 만들고 가죽을 댄 북으로, 질박하고 기본이 되는 것들이다.

6 侯芭之太玄: 侯芭는 西漢 巨鹿출신의 인물로, 한나라의 저명한 학자 揚雄으로부터 『太玄經』과 『法言』을 전수받아 그 가르침을 대단히 소중히 받들었다.《漢書 揚雄傳》

『박효자시권朴孝子詩卷』 후서後序

『朴孝子詩卷[1]』後序

충추 서편에 개현介峴이란 곳이 있는데, 나의 벗 참판 권건權健이 일찍이 그곳에서 모친상을 당해 시묘살이를 하였다. 어느 날 나는 여주驪州에서 출발하여 음성陰城으로 가는 길에 그곳에 들렀다. 앉아 이야기 한 지 얼마 되지 않아 상관喪冠을 쓴 어떤 사람이 홀연 뜰에 나타나 인사를 하는데, 그 형색은 여위고 슬픔에 겨워 수척해진 모습이었다. 주인은 효자라고 소개한 후에 앞의 서문에 쓰여진 그의 행적을 말해 주었다. 그의 집안에 대해 물으니 천출賤出이라 하였다. 그의 부친은 어떤 절에서 부역을 했는데, 부친이 죽자 그 역을 아들이 맡게 되었으나 집이 가난하여 그 역을 감당할 수 없었다. 나는 진실로 그의 행실을 높이 평가하면서 그가 비천하고 빈궁한 것을 슬퍼하였다.

中原西面, 其地曰介峴[2], 吾友權參判叔强[3], 嘗哭母守墓于其中. 一日, 余自驪江[4]向雪城[5], 道過焉. 坐語未幾, 一喪冠者, 忽庭禮焉, 其形癯,

---

1 朴孝子詩卷: 성이 박씨인 효자를 칭송하여 사대부들이 지은 시를 모은 책자로 추정된다. 박 효자는 연산군 시대 충청도 어느 절에 속한 노비였는데, 어려운 처지에서도 부친상을 정성껏 치러 그 미담이 임금에게까지 알려졌다. 홍귀달의 「孝子朴末山來謁……」가 『허백정집』1에 실려 있고, 楊熙止의 「贈朴孝子末山幷小序」가 『大峯集』1에 실려 있다.

2 介峴: 어디인지 상세하지는 않으나, 楊熙止의 「贈朴孝子末山幷小序」에 의하면 박효자는 忠州의 遠村에 살았다고 하였다.

3 叔强: 權健의 자. 세조 4년(1458)~연산군 7년(1501). 본관 安東. 부친은 우의정을 지낸 擥이다. 1472년 진사가 되고, 1476년 별시문과에 을과로 급제하였고, 벼슬은 병조참판에 이르렀다. 1500년 成俔등과 함께 『歷代明鑑』을 편찬하였다. 文名이 높아 『동문선』에 시문이 10여 편 수록되어 있다. 문집으로 『權忠愍公集』이 있다. 시호는 忠愍.

4 驪江: 경기도 驪州의 별칭이다.

5 雪城: 충청도 陰城의 옛 이름이다.

有毁慼狀. 主人云是孝子也, 因說其所行, 如上詩序所云. 問其系, 曰賤也. 其父役于某寺, 身沒而傳之子, 家貧不能支. 吾固高其行, 而悲其身之卑且窮也.

오랜 시일이 지나 권건이 탈상脫喪을 하고 조정으로 돌아왔다. 내가 그와 함께 경연에 입시했을 때 마침 말이 백성들의 풍속에 미쳐서 그 효자의 사적을 언급하게 되었다. 짧게 말하느라 상세히 아뢰지 못하자 권건이 일어나 그 효행의 본말을 자세히 아뢰니 성상께서 가상히 여기시고 특별히 명하여 그의 신역身役을 없애라고 하셨다. 지금까지도 그곳을 지나는 사람들은 효자라고 부르고 이름을 부르지 않는다. 세상에 박 효자처럼 천하고 박 효자처럼 궁핍한 사람이 몇 천만 명인지 알 수 없지만, 박 효자처럼 성상께 은혜를 입어 마을에서 면천될 수 있는 자가 몇이나 되겠는가. 박 효자의 풍모를 듣고는 두려워하면서 마음속으로 부끄러워하여 효심이 솟구쳐서 박 효자와 같지 않은 점을 버리고 박 효자와 비슷한 점을 이루는 사람이라면 박 효자처럼 성상의 은혜를 입을 것이다. 박 효자가 특별히 일삼은 것은 없으나 아무 일도 하지 않은 것은 아니라 하겠다.

久之, 叔强服闋還朝, 吾與之入侍經筵, 適語及民風, 因啓孝子事[6], 語短不能詳. 叔强作而對, 頗盡孝行本末, 上嘉之, 特命蠲其身役, 于今人有過之者, 稱孝子而不名焉. 世之賤如孝子, 窮如孝子者, 不知幾千萬也. 能如孝子之蒙上之賜, 身得自由於田里間者, 有幾? 聞孝子之風, 必惕然內愧, 勃然興起, 去其不如孝子, 就其如孝子者, 有其人矣. 是則孝子雖身無所事, 而未爲無所事也.

---

6 啓孝子事: 홍귀달과 권건이 경연에서 박효자에 대해 언급하였다.《燕山君日記 4년 2월 25일》

아, 박 효자는 일개 비천한 신분의 남자 일뿐이다. 의지할 벗이나 스승도 없고 본받을 만한 부형이나 백숙부도 없었다. 다만 하늘이 자신에게 부여해 준 천성을 없애지 않고 그 천성을 스스로 확충하였던 것이다. 저 성현의 글을 읽었으면서도 짐승처럼 행동하고, 임금의 녹봉을 받으면서도 부모에게 근심을 끼치는 자들은 도대체 어떤 사람인가. 저들만 유독 하늘이 천성을 부여해주지 않았단 말인가. 그렇지만 나 또한 평생을 돌이켜 보니 부모님을 봉양함에 박 효자에게 부끄러운 점이 실로 많다. 지금에는 부모님이 세상을 떠나셔서 제대로 봉양하려고 해도 할 수 없으니, 뒤미처 사모한들 무슨 소용이 있겠는가. 여러 공들의 아름다운 작품에 개꼬리 같은 내 시로써 잇고는 스스로 반성한다. 효자는 성이 박朴이고, 이름이 말산末山이다.

嗚呼! 孝子, 一賤夫耳. 無師友之資, 無父兄伯叔之有所矜式, 特其天之所以與我者, 不汨, 而能自擴充之耳. 彼其讀聖賢書, 爲禽獸行, 食君之祿, 而令父母愁者, 獨何人哉! 彼獨無天與之者乎? 雖然, 吾亦自顧平生, 菽水於具慶, 有愧孝子者實多, 至今廢「蓼莪」之詩[7], 追慕何及? 諸公有佳什, 狗尾續, 因以自訟云. 孝子, 朴其姓, 末山其名.

7 廢蓼莪之詩: 부모가 돌아가셔서 자식노릇을 할 수 없다는 뜻이다. 『詩經』「蓼莪」에 “기다란 좋은 나물인 줄 알았더니, 나물이 아니라 쑥이로다. 슬프구나 우리 부모님이여, 나를 낳아 기르느라 고생하셨네. [蓼蓼者莪, 匪莪伊蒿. 哀哀父母, 生我劬勞.]” 했다.

연경에 가는 조 태허曹太虛를 전송하는 글
送曹太虛[1]赴京詩序

가을 7월 3일은 현재 천자[명나라 효종孝宗]의 탄신일이다. 홍치 11년(1498, 연산군 4) 여름에 우리 전하께서 조정 신하 가운데 예를 잘 알고 삼감에 돈독한 자를 선발하였는데, 조태후曹太虛씨가 뽑혀 진하사가 되었다. 출발에 임박하여 어떤 사람이 함허자涵虛子(작자)에게 물었다. "몸소 태산에 오른 자가 어찌 다시 산에 오를 것이며, 눈으로 넓은 바다를 본 자가 또한 어찌 물을 구경할 것이며, 가슴에 하늘과 땅을 품고 있는 자가 어찌 멀리 유람하겠는가? 우리 조후曹侯로 말하자면 도량이 넓고 식견이 풍부하며 문장이 아름다우니 비록 문밖을 나서지 않더라도 진실로 이미 태산과 창해처럼 높고 깊으며, 중국과 이민족의 영토처럼 광대하니, 어찌 굳이 굴원屈原처럼 부賦를 지으며 사마천司馬遷처럼 유람할 필요가 있겠는가?"

秋七月朏, 今天子萬壽節[2]也. 粤弘治十一年夏, 我殿下簡廷臣好禮而篤敬者, 得曹侯太虛氏, 爲進賀使. 將行, 或有問於涵虛子曰: "身泰山之登者, 何更登山? 目滄海之觀者, 又何觀水? 胸天地之呑者, 何事遠遊? 今夫器宇之廓大, 識量之洪涵, 文章之富艷, 如曹侯者, 雖不出戶庭, 固已泰山·滄海其高深, 九州·四隩[3]其廣大, 又何必屈子之賦·

1 太虛: 曺偉의 자. 단종 2년(1454)~연산군 9년(1503). 본관 昌寧. 호 梅溪. 부친은 울진현령을 지낸 繼門이다. 성종 5년(1474) 식년문과에 병과로 급제, 호조참판·충청도관찰사등을 역임했다. 연산군 4년(1498)에 성절사로 명나라에 다녀오던 중, 무오사화가 일어나 김종직의 시고를 수찬한 장본인이라 하여 오랫동안 의주에 유배되었다. 이후 순천으로 옮겨진 뒤, 그곳에서 죽었다. 문집으로 『매계집』이 있다. 시호는 文莊.

2 萬壽節: 천자의 탄신일을 이른다.

3 九州四隩: 광대한 지역을 이른다. '구주'는 중국 고대 禹임금이 중국 전역을 冀·豫·青·徐·揚·荊·燕·梁·雍의 아홉 개의 주로 나눈 것을 이르고, '사오'는 구주

司馬子長之遊[4]乎?"

내가 말하였다. "아, 그렇지 않다. 군자의 도道는 가깝게는 지척의 거리로부터 멀리는 무궁한 천지에 이르며, 작게는 쪼갤 수 없을 정도로 작고 크게는 바깥이 없을 정도로 크니, 얕은 식견과 고루한 견문으로는 억측할 수 없다. 조후의 국량이 지극히 크고 멀어 더 더할 것이 없다는 것에 대해서는 누구나 알고 있다. 그러나 조후의 뜻은 그렇지 않아 바야흐로 나아가고 나아가 그치지 않는다. 문장을 지을 때는 삼대의 경전과 양한의 고문이 아니면 짓지 않고, 도리를 행할 때는 고대의 현신 고요皐陶·기夔·직稷·설契을 모범으로 삼고 이 이외의 인물은 생각하지 않으며, 모시는 임금을 반드시 요순 같은 성군으로 만들려 하고 무력을 앞세운 오패五覇를 언급하는 것조차 부끄러워했으니, 지극한 데에 이르지 못하면 그치지 않아 오직 죽은 뒤에나 그칠 사람이다. 그가 어찌 한 곳에 국한되어 우물 안 개구리 신세를 마음 편히 여기겠는가. 게다가 우리 전하께서는 성심으로 중국을 섬기시고, 황조皇朝는 우리를 넉넉히 돌보아주시니 문안하러 가는 사신에 어찌 평범한 인물을 쓸 수 있겠는가? 그러니 조후가 가지 않고자 하더라도 그렇게 되겠는가.

余曰: "噫, 是不然. 君子之道, 近自咫尺尋丈之間, 遠而至於天地之無窮, 其小無內, 其大無外, 固不可以淺識謏聞而臆料之也. 曹侯之器, 人皆知其極大以遠, 無復有加. 然侯之志則不然, 方且進進不已. 爲文

이외의 지역으로, 이민족이 살고 있는 곳을 이른다.

4 屈子~之遊: 屈原은 간신배들에 의해 참소를 당하자 신선과 함께 먼 곳을 유람하는 내용의 「遠遊賦」를 지었다.《楚辭 遠遊》
司馬遷은 20세에 남쪽으로 가서 江淮의 會稽山을 유람하고 북쪽으로 汶泗에서 공자의 유적을 탐방하였다.《漢書 司馬遷傳》

章, 非三代 · 兩漢,[5] 不居, 其相道, 以皐 · 夔 · 稷 · 契[6]爲準, 餘子有不數, 致君必堯 · 舜, 五伯[7]羞稱, 蓋其不至不止, 直斃而後已者也. 其肯局於一方, 安於坐井乎? 況我殿下事大之誠, 皇朝眷遇之隆, 而朝聘使節, 詎容尋常行輩爲乎? 則侯雖欲不行, 得乎?

연경은 곧 「우공禹貢」의 9주 가운데 기주夔州 지역으로 요순이 도읍했던 곳이다. 역대 어느 시대보다 뛰어난 명나라의 성대한 예악과 문물이 남아 있는 곳으로, 요순시대의 군신이 토론하고 절하며 사양했던 기상이 아직도 남아 있다. 그곳에서 사귀는 인물들은 고대의 훌륭한 신하인 기夔·용龍·팔원八元·팔개八凱 같은 사람일 것이니, 춘추시대 제후국의 대부들이 구차스럽게 주나라 조정에 들어가던 것과 견주어 보면 그 소득은 어느 쪽이 많겠는가. 또 연燕나라 소왕昭王의 황금대黃金臺, 주周나라 선왕宣王의 석고石鼓, 태산북두 같은 한유韓愈의 사당, 맑은 바람 같은 백이와 숙제의 사당에 이르면 배회하고 어루만지면서 우러러 보고 탄식하지 않을 수 없을 것이다. 안록산安祿山과 관련된 어양교漁陽橋, 정령위丁令威가 학이 되어 내려 앉았다던 화표주華表柱에서는 또한 옛일을 슬퍼하고 감상에 젖어 아름다운 시문이 성정性情에서 드러나 노래로 표현될 것이니, 그 소득이 또한 얼마나 풍성하겠는가. 그렇게 지은 시문을 가지고 귀국하여 임금님께 바친다면, 이어서 명군과 현신이 하늘의 명을 삼가 받드는 노래를

---

5 爲文~兩漢: 성인의 경전인 『詩經』·『書經』 등과 훌륭한 고문인 『史記』·『漢書』를 기본으로 글을 짓는다는 것이다. '三代'는 夏·殷·周이고, '兩漢'은 前漢·後漢을 이른다.

6 皐夔稷契: 순임금을 섬겼던 훌륭한 신하들이다. '皐陶'는 법의 집행을, '夔'는 교육과 음악, '稷'은 농업을, '契'은 백성들의 풍속을 담당하였다.

7 五霸: 춘추시대 무력으로 패권을 다투던 다섯 나라의 패자로, 보통 晉文公·齊桓公·楚莊王·越句踐·吳闔閭를 이르는데, 월·오 대신 秦穆公·宋襄公을 거론하기도 한다.

이어 부를 것이니 요순시대의 성대한 다스림을 이루어내는 것은 분명 이 일에 달려 있는 것이다. 그런데도 그대는 어찌 조후가 가지 않기를 바라는가?"

燕京, 卽「禹貢」冀州[8]之域, 唐堯 · 虞舜氏之舊都. 而皇明禮樂文物之盛, 超軼百王, 當時都兪 · 揖遜氣象猶存. 人物交際之間, 想當與夔 · 龍 · 元 · 凱[9]之接武, 比諸春秋列國大夫規規入周之庭者, 所得孰多孰少? 至如燕昭之金臺[10] · 周宣之石鼓[11] · 昌黎之山斗[12] · 孤竹之淸風[13], 莫不徙倚摩挲, 瞻仰咨嗟. 乃若祿山之橋[14] · 丁仙之表[15], 亦皆弔古興懷, 發於性情, 形於諷詠, 其所得, 又豈不萬萬哉? 挈而東歸, 有以

---

8 禹貢夔州: '禹貢'은 九州의 地理와 物産에 대해 기록한 『書經』의 편명이다. '夔州'는 구주 가운데 가장 중심지역으로서 상고시대부터 계속 천자의 도읍이었다.

9 夔龍元凱: '夔'와 '龍'은 순임금의 賢臣으로, 기는 樂官이었고, 용은 諫官이었다. '元'은 '八元'으로, 전설상의 황제 高辛氏의 신하인데 伯奮·仲堪·叔獻·季仲·伯虎·仲熊·叔豹·季貍이고, '凱'는 '八凱'로, 고대 전설상의 황제 高陽氏의 신하인데 蒼舒·隤敳·檮戭·大臨·尨降·庭堅·仲容·叔達이다.

10 燕昭之金臺: 河北省 易縣의 易水 가에 있는 누대이다. 전국시대 燕나라 昭王이 齊나라에 원수를 갚기 위해 천금을 들여 이곳에 누대를 짓고 사방의 어진 사람을 불러들였다. 황금대부터 아래의 華表柱까지는 사신이 북경에 갈 때 방문하는 유적지들이었다.

11 周宣之石鼓: 東周시대 史籒가 선왕을 칭송하는 글을 지어서 새긴 북처럼 생긴 돌이다. 현재 北京故宮博物院에 소장되어 있는데, 韓愈는 周宣王의 석고라 하고, 韋應物은 周文王의 석고라 하는 등 異說이 많다.

12 昌黎之山斗: '昌黎'는 韓愈의 호로, 한유의 출신지이자 한유의 사당이 있는 곳이다. '山斗'는 '泰山北斗'의 줄임말로, 『唐書』「韓愈傳」에서 한유의 문장을 '태산북두'라고 칭송하였다.

13 孤竹之淸風: '孤竹'은 伯夷와 叔齊의 조국 '고죽국'으로, 하북성에 있었다. 이곳에 夷齊廟가 있고, 그 북쪽에 淸風臺가 있다. '淸風'은 그들의 절개를 표현한 말이다.

14 祿山之橋: 山海關 너머 薊州 부근에 있던 漁陽橋를 이른다. 이 다리 왼편에 楊貴妃廟가 있고, 산꼭대기에는 安祿山廟가 있다. 조선 사신들이 이곳을 지날 때면 으레 회고의 정서를 표출하곤 하였다.

15 丁仙之表: 漢나라 때 遼東의 丁令威란 사람이 靈虛山에서 신선을 배워 학으로 변하여 자기 고향에 돌아와 華表柱[묘문 앞에 세운 기둥]에 앉았다고 하는데, 그 화표주의 흔적이 瀋陽에 미치기 전 新遼東에 있었다고 한다.

奉前席之對, 賡明良勅天之歌, 陶鑄唐 · 虞之盛治, 端在此擧矣, 而子之不願行, 何也?"

그 사람은 웃으며 "그대의 말이 옳다" 하였다. 함께 술을 마시면서 잘 다녀오라고 격려하고, 마침내 이 말을 적어 서문으로 삼아 아름다운 시편들의 앞에 둔다.

或者笑曰: "子之言, 是也." 相與飮之酒而侑其行. 遂書其言以爲序, 弁于群玉之顚.

북경으로 가는 진원군晉原君 강귀손姜龜孫을 전송하는 글
送姜晉原龜孫[1]赴京師序

황제께서 천하를 다스리신 지 15년 된 임술년(1502, 연산군 8)은 우리 임금께서 재위에 오르신 지 9년이 되고 원자께서 6세가 된 때이다. 원자는 6세의 어린 나이에도 총명하고 의젓하여 벌써 배움에 뜻을 두셨다. 성상께서 기뻐하시며 조정 신하들에게 "나라의 근본을 일찍 정하는 것은 고금에 중요한 일이었다. 나는 천자께 아뢰어 원자를 세자로 책봉하려 한다. 2품 이상으로 능력과 식견을 갖추어 사리를 잘 아는 자 두 사람을 뽑아 주청사奏請使에 임명하도록 하라." 하셨다. 이조에서 진원군晉原君 강귀손姜龜孫을 정사로, 호조 판서 김봉金崶을 부사로 천거하니 모두들 "제대로 뽑았다" 하였다. 성상께서 특명으로 품계를 한 등급 올려주니, 그만큼 이 일을 중시하시기 때문이다. 일관日官이 출발 날짜를 가려 7월 모일을 출발일로 잡았다.

皇帝臨御天下十五年壬戌, 是我上在位之九年, 而元子[2]生六歲于玆矣. 岐嶷溫文, 已志于學. 上悅, 謂庭臣曰: "早定國本, 古今大計. 予欲聞于天子, 冊立元子某爲世子. 其擇二品以上, 有幹局識量, 通知事體者二員, 充奏請使." 銓曹薦晉原君臣姜龜孫爲使, 以戶曹參判臣金崶[3]

---

1 龜孫: 姜龜孫. 세종 32년(1450)~연산군 11년(1505). 본관 진주. 자 用休, 시호 肅憲. 아버지는 좌찬성 姜希孟, 어머니는 忠淸道都觀察黜陟使 安崇孝의 딸. 門蔭으로 군기시주부가 됨. 1498년 무오사화가 일어나자 대사헌으로서 추국에 참여하여 김일손 등 사림파의 처벌을 가벼이 할 것을 주장하였다. 1502년 晉元君에 봉해졌으며, 벼슬은 우의정에 이르렀다.

2 元子: 원자 顗을 세자에 책봉했지만, 연산군이 폐위됨에 따라 이 세자는 왕위에 오르지 못하였다.《燕山君日記》

3 金崶: ?~중종 7년(1512). 자 山龍, 시호 恭簡. 본관 연안. 아버지는 舜臣. 성종 13년(1482) 문과에 급제함. 1504년 경상도관찰사로 재임 중에 갑자사화로 파직되었다가 1506년 중종반정 때 다시 기용되어 중종 5년(1510)에 다시 예조참

副之, 咸曰: "是得人矣." 上特命加使 一品階, 重其事也. 日官[4]卜得是年七月日爲行期.

출발에 임박하여 진원군이 내게 편지를 보내 "나의 부친 사숙재私淑齋(강희맹)께서는 유고를 남기셨는데, 대부분 중국으로 사신가는 이에게 지어준 글입니다. 상국上國의 성대한 문화를 구경하는 것은 사대부들이 모두 영광으로 여기는 것이지만, 떠나는 사람에게 글을 주는 것도 옛날의 훌륭한 도리입니다. 그대가 어찌 한 마디 말이 없을 수 있겠습니까?" 하였다.

將行, 晉原授簡于兼善曰: "我先君私淑齋[5]有遺藁, 其文多贈行朝天之作. 蓋觀光[6]上國, 士大夫之所共榮, 而行者以贐, 亦古之道也, 子盍有一言乎?"

나는 사숙재私淑齋의 문객이며 진원군과 동료이니, 의리상 사양할 수 없어 다음과 같이 말한다. 진원군은 대대로 문장이 뛰어난 집안의 자손이다. 멀리로는 공목공恭穆公 강시姜蓍와 통정通亭 강유백姜淮伯이 남긴 은택을 계승하고, 가까이로는 완역재玩易齋 강석덕姜碩德의 정화精華를 입었으며 또 일찍이 부친께 시례詩禮를 배웠다. 학문이 쌓인 것이 많으므로 밖으로 표출할 때 넉넉하고, 무슨 일에 능력을 쓰더라도 안 될 것이 없으므로 어디를 가더라도 여유가 있었다. 들어

판이 됨.

4 日官: 觀象監에 속하여 吉日을 가리는 일을 맡아보던 관직이다.

5 私淑齋: 姜希孟의 호. 세종 6년(1424)~성종 14년(1483). 자 景醇. 지돈녕부사 碩德의 아들로, 그림으로 유명한 希顏의 동생이다. 세종 29년(1447) 문과 장원. 좌찬성을 지냈다. 문집으로 『私淑齋集』이 있으며 소화집 『村談解頤』가 널리 알려져 있다.

6 觀光: 『周易』 觀卦의 '觀國之光'의 줄임말로, 국가의 성대한 문화를 살펴본다는 뜻이다.

가면 부모님을 기쁘게 해드리고, 밖에 나오면 벗들에게 믿음을 주며, 아래로는 백성들을 인仁으로 대하고, 위로는 임금께 충성한다. 이러한 도는 안자顔子·증자曾子·자사子思·맹자孟子·이윤伊尹·부열傅說·주공周公·소공召公이 자신을 수양하고 임금을 섬겼던 도리이니 집안에서부터 국가로, 나아가 천하에 이르기까지 그 법은 일관된 것이다.

> 兼善, 私淑齋之門客, 而晉原之同列也. 義不可辭則曰: 晉原, 文獻世家之胄也. 遠承恭穆[7]之遺風·通亭[8]之餘波, 近襲玩易齋[9]之精華, 又嘗聞詩禮於獨立之下. 積之旣多, 故其發也有餘, 無所施而不可, 故無所往而不自得. 入則悅乎親, 出則信乎友, 下以仁乎民, 上以忠乎君. 是道也, 顔·曾·思·孟·伊·傅·周·召之所以修己致君之道, 而由家而國, 達于天下, 其揆一也.

이제 장차 천자의 조정에서 임금의 뜻을 진달하게 될 터이니 그 회포는 진실로 따로 있는 데가 있을 것이다. 아래의 뜻을 위에 올려 황제의 은혜를 인도해 펼치는 것은 사신의 한 가지 일일 따름이니 어찌 나의 말을 쓸 것이 있겠는가. 천천히 머물며 성곽과 조정의 성대함을 두루 보고, 예악과 문물의 터전을 거닐며, 듣지 못하던 것을 듣고 보지 못하던 것을 보면 그 얻음이 더욱 많아질 것이다. 돌아올 때에는 함께 묵었던 사람들이 감히 자리를 다투지 못하고, 국경에 들어오

---

7 恭穆公: 姜蓍의 시호. 충숙왕복위 8년(1339)~정종 2(1400). 아들 淮季는 공양왕의 부마였다. 공민왕 6년(1537) 급제. 문하찬성사를 역임하고 推忠輔祚功臣이 되었으며 菁城君에 봉해졌다. 조선의 건국에 협조하지 않아 유배를 당하였다.

8 通亭: 姜淮伯의 호. 공민왕 6년(1357)~태종 2년(1402). 자 伯父. 강시의 아들로 우왕 2년(1376) 문과 급제, 정당문학 겸 사헌부대사헌을 지냈다. 조선이 건국된 뒤 태조 7년(1398) 東北面巡問使가 되었다.

9 玩易齋: 姜碩德의 호. 태조 4년(1395)~세조 5년(1459). 자 子明. 시호 戴敏. 강회백의 아들로, 강희맹의 부친이다. 태종 초에 蔭仕로 啓聖殿直이 되었다. 문종 원년(1450) 동지중추원사, 지돈녕부사를 지냈다.

면 도로의 사람들이 눈을 씻고 볼 것이며, 서울에 들어오면 도성 사람들이 다투어 바라볼 것이며, 조정에 들어오면 온 궁중이 기뻐하고 백관들이 축하할 것이다. 우리나라는 그로 인해 윤택이 나고 세자께서는 그로 인해 빛이 날 것이니, 우리 동방의 억만년 무궁한 경사가 실로 이번 행차에서 비롯될 것이다. 또한 어찌 말이 없을 수 있겠는가.

今將對揚于 天子之庭, 其懷抱固在也, 則所以用下達上, 導霈 皇恩, 此特使者一事耳, 何用吾言爲? 若乃棲遲燕息, 流觀城郭朝廷之大, 容與乎禮樂文物之場, 聞所未聞, 見所未見, 其所得益多矣, 則其反也, 舍者必不敢與之爭席. 入境則道路刮目, 入國則都人聳觀, 入朝則 九重慶抃, 百僚展賀, 少海爲之增潤, 前星爲之揚輝, 吾東方億萬年無疆之休, 實自此行始矣, 又烏得無言哉!

선영에 분황焚黃 하러 가는 참판 조위曹偉를 전송하는 글
送曹參判偉焚黃[1]先塋序

아비 된 자라면 누군들 자기가 낳은 자식이 재주가 있어 밝은 임금의 지우를 입어 세상에 입신양명하기를 바라지 않겠는가. 자식 된 자라면 누군들 작록을 성취하여 부모를 영예롭고 유명하게 하고 싶지 않겠는가. 그러나 또한 운명이란 것이 있는 까닭에 그렇게 할 수 있는 자는 드믄 법이다.

爲人父者, 孰不欲生子而才, 結明主之知, 立揚於世? 爲人子者, 孰不欲爵祿其身, 以榮顯其父母? 然亦有命焉, 所以人鮮能也.

창녕 조씨 가문은 대대로 유명한 사람이 있었는데, 더욱 우뚝하여 특출 난 자는 지금의 호조판서 태허공大虛公이 바로 그런 사람이다. 공은 어려서 민첩하고 드높은 재주를 타고나서 사람들은 모두 천리마의 자식이요, 봉황의 새끼라 여겼다. 그가 궁궐에서 부賦를 지어 올리고 책문策文을 제출함에 이르러서는 임금께서 가상히 여기시어 그를 불러 홍문관에 두고서 추양鄒陽·매승枚乘·가의賈誼·동중서董仲舒를 대하듯 하셨다.

昌寧曺氏, 世有聞人, 尤其挺然而獨出者, 則今戶曹參判大虛公是已. 公少時, 負七步八斗之才, 人皆謂驥子鳳雛. 及其獻賦于明光, 對策于大庭, 上嘉之, 召置金馬玉堂, 以鄒·枚·賈·董[2]之間, 待之.

---

1 焚黃: 죽은 사람에게 벼슬이 추증되면 조정에서 추증된 관직의 사령장과 황색종이에 쓴 副本을 주는데, 이를 받은 자손은 추증된 선조의 무덤에 고하고, 그 부본을 그 자리에서 태우는 의식을 올렸는데 이를 '분황'이라 하였다.

2 鄒枚賈董: 추양(鄒陽)·매승(枚乘)·가의(賈誼)·동중서(董仲舒) 이 네 사람은 모두 漢나라 때의 유명한 학자 문인으로서 자신의 주군으로부터 지극한 대우를 받았

이때에 공의 부친은 이미 은퇴하여 김릉金陵에서 살고 있었는데 그 이름이 더욱 유명해진 것은 공 때문이다. 공은 부모 봉양을 위해 지방관을 자청하였다. 먹고 입는 것을 봉양함에는 이미 의당 부족한 것이 없었지만 그래도 임금께서는 본도本道에 가도록 명하여 때때로 부모를 돌보도록 하셨다. 얼마 지나지 않아 그 부친이 세상을 떠나자 임금께서는 또한 부의賻儀를 명하셨으니 모두 특별한 은혜였다. 그 부친은 살아서는 영광스럽고 죽어서는 슬퍼할 정도의 위치를 갖추었다 하겠다.

時, 公之嚴君已退, 而家居金陵, 而名益顯, 以公故也. 公乞郡歸養, 口體之奉, 宜無所不至, 而 上命本道, 時致稟焉. 未幾, 嚴君沒, 又命賻焉, 皆特恩也. 其存沒, 可謂備哀榮[3]矣.

상복을 벗게 되자 임금께서는 한 달도 안 되어 부르시어 가까운 시종처럼 대하셨고, 일 년도 못 되어 높이 발탁하여 승지의 임무를 맡기셨고, 몇 년이 못 되어 황금빛이 허리에 비치어 그 지위가 호조 참판이 되었으니 사람들은 젊은 재상이라 불렀다. 국전國典을 써서 그 선대를 추증하였는데, 삼대에 차등이 있었다. 공의 부친은 본래 5품 관이었는데 하루아침에 공과 같아졌으니 아, 영예롭도다.

던 인물들이다. '추양'은 臨淄 사람으로 문장과 언변으로 유명하여 梁孝王의 상객이 되었다. '매승'은 淮陰 사람으로 자는 叔이며 추양과 함께 양효왕을 섬겼고, 「七發」 등 賦작품을 지었다. '가의'는 洛陽 사람으로 長沙王과 梁懷王의 태부를 지냈으며, 「弔屈原賦」, 「鵩鳥賦」 등을 지었다. '동중서'는 廣川 사람으로 호는 桂巖子이며 景帝 때 박사가 되어 유교 발전에 큰 기여를 하였다.

3 哀榮: 살아서는 사람들이 영예롭게 여기고, 죽어서는 사람들이 진심으로 슬퍼한다는 뜻이다. 공자의 제자 子貢이 공자를 칭송하며 "그가 살아계시면 영광스럽게 여기고, 그가 돌아가시면 슬퍼한다. [其生也榮, 其死也哀.]" 하였다.《論語 子張》

既服闋，未月而召之，處以侍從之聯，未年而超遷之，委以喉舌之任，未數年而黃金映腰，位亞於判度支，人謂黑頭宰相. 用國典，追爵其先代，三世有差，公之嚴君，本五品官，一朝與公等，吁榮矣哉!

때는 9월, 공은 말미를 얻어 남쪽으로 가서 선영에 분황을 하려하니, 조정 사대부들은 서로 어울려 강가로 전송을 나왔다. 술병이 기울자 공은 나의 손을 잡고서 '어찌 한마디 작별의 말이 없는가?' 말했다. 나는 일어나 탄식하였다. "무릇 자식이 부모에 대해 능히 봉양만 잘하여도 충분한 법이다. 임금께서 명을 내려 지하에 계신 영혼들에게 작위를 내려 그 이름을 후세에 드날리도록 함이 어찌 쉽게 얻을 수 있는 것이겠는가. 공처럼 성스럽고 명철한 임금을 만나지 못했다면 가능하였겠는가. 이러하니 공이 어찌 더욱 충성을 다하여 영원히 훌륭한 말을 드리우고자 하지 않을 수 있겠는가."

歲之九月，公謁告南行，將焚黃于其先塋. 朝之士大夫，相率而送之江之滸，酒壺旣傾，握余手曰: "盍一言爲別?"余乃作而嘆曰: "凡人子於其親，能養足矣. 若乃自天有命，追爵其地下之魂，顯其名於後世，豈易得歟? 非公之際遇聖明，能然乎? 用是公安得不益輸忠款，以圖有辭于永世?"

또 말하였다. "임금께서 공에게 융숭한 사랑을 기울이고 계시니, 지금부터 더 높은 벼슬로 오를 날이 얼마나 될지 알 수 없다. 공의 지위가 높아갈수록 공의 선조들은 그때마다 함께 올라갈 것이다. 공의 이러한 행차가 오늘에 그치겠는가. 오늘의 행차가 진실로 영광스럽지만 뒷날 행차는 더욱 볼만할 것이다. 공의 고향 어르신들에게 고하노니, 청컨대 잠시 죽지 말고 기다렸다가 뒷날의 행차를 구경하시오." 자리를 채우고 있던 이들이 듣고서 모두 내 말이 맞다고 하였다. 이에 글로 써서 전별하는 서문으로 삼노라.

又曰:“上待公方眷注之隆, 自今至公孤之日月, 又未知幾何也. 公之位愈高, 而公之先, 輒與之俱崇, 公之此行, 盡於今乎? 今日之行, 固光矣, 後日行當改觀. 寄語故鄉父老, 請少須臾無死, 以爲後日觀.” 滿座聞之, 皆以余言爲是, 於是乎書, 以爲送行序.

충청도 관찰사로 나가는 태허太虛 상공을 전송하는 시축의 서문
送大虛相公觀察湖西詩序

지금 저 하늘은 툭 트이고 막힌 데가 없으며 그 몸체는 비어 있다. 그러므로 해와 달을 걸어두고 뭇 별들을 펼치며, 만물을 덮고 대지를 감싸고도 남음이 있다. 어찌 하늘만 그러하겠는가. 그릇은 비었기에 소리가 날 수 있고, 방도 비었기에 빛이 날 수 있으며, 배도 비었기에 뒤집어 지지 않는다. 만물이 모두 그러하니, 하물며 사람이야 더 말할 것이 있겠는가.

> 今夫天寥廓而無閡, 其體虛, 故懸兩曜, 羅衆星, 覆萬物, 包大地而有餘, 豈惟是哉? 器虛故有聲, 室虛故生明, 舟虛故不敗, 物皆然, 況於人乎?

조 상공曹相公은 한 시대의 걸출한 인물이다. 그 마음은 관대하고 그 국량은 넉넉하다. 빈 방과 같기에 언제나 밝아서 흐릿하거나 컴컴한 때가 없고, 빈 배와 같기에 능히 강호江湖의 온갖 것들을 싣고도 뒤집어 지지 않으며, 큰 종이 둥근 것과 같아서 두드리면 웅웅거리며 지축을 흔드니, 세상에 울리되 그 소리가 헌원씨轅軒氏의 음률에 합치된다. 이 모든 것은 텅 빈 데서 나온 것이다. 그래서 그의 벗들은 그를 '태허大虛'라고 부른다.

> 曹相, 一世之偉人也. 休休乎其心也, 恢恢乎其量也, 虛室然尋常皓白, 無黯黮晦盲時, 虛舟然能容載江湖之萬像而不覆敗, 如洪鍾之穹窿其腹也, 扣之舂容然搖撼地軸, 鳴於世, 其聲合於轅軒氏之律呂, 皆虛之出也. 故其友字之曰大虛.

나는 일찍이 태허와 노닐며 그의 국량을 살펴보았다. 위로는 요堯

·순舜·우禹·탕湯·문文·무武 황제가 천하를 다스렸던 훌륭하고 위대한 법과 주공周公·공자孔子·안자顔子·증자曾子·자사子思·맹자孟子가 후세에게 가르쳤던 아름답고 훌륭한 언행으로부터 아래로는 노자老子·굴원屈原·사마천司馬遷·양웅揚雄의 문장에 이르고, 그 밖의 제자백가의 학설까지 그 숱한 서적들을 모두 모아 축적하되 잃어버리는 일이 없고 능히 정사에 응용하였다. 이렇게 할 수 있는 것이 크게 비지 않았다면 가능하겠는가.

吾嘗與大虛遊, 窺其器, 上自堯·舜·禹·湯·文·武治天下之大經大法, 周公·孔子·顏·曾·思·孟垂世立教之嘉言善行, 下逮漆園·三閭·司馬·楊雄之文, 其他百家衆流之說, 其書汗漫, 咸匯而瀦之無所失, 能施於有政, 非虛之大者, 能之乎?

이제 장차 이것을 가지고 충청도 50고을의 산천과 백성들에게 베풀 것이니, 그 은택을 입지 못하는 자가 있겠는가. 그런데 내가 들으니 그곳은 후백제의 옛 땅으로써 그 풍습이 아직까지 남아 있어 분노로 흘겨보다가 사람들을 죽이는 데에까지 이르기도 하고, 혹 조금이라도 자기 마음에 맞지 않으면 곧 수령의 허물을 들추어내다가 죽음에 이르는 자도 있다고 하니, 이는 작은 일이 아니다. 또 그 남쪽 땅은 바다와 접해있어 사나운 파도가 자주 일어나 변경 백성들은 왕왕 간뇌肝腦의 피로 칼날을 물들인다. 그러니 윗사람으로서 능히 마음이 흔들리지 않을 수 있겠는가. 태허가 평소 온축한 것은 반드시 이런 일에 소용되는 바가 있을 것이다. 장차 떠나려 할 때에 훌륭한 말을 하는 자들이 모두 글을 지어주니 유독 나만 한마디 말이 없을 수 없어 위와 같이 쓰고서 떠나는 자를 전송하는 시축詩軸의 서문으로 삼는다.

今將持是而加於湖西五十餘州山川民物之上, 其有不被覆冒者乎? 雖然, 吾聞後百濟之墟, 餘風尙在, 睚眦之忿, 至殺人民, 或少不快己, 則輒發其守宰之過, 抵死者有之, 非細故也. 其南陲際海, 驚濤屢起, 邊民往往肝腦血鋒刃, 爲其上者, 能不動念乎? 大虛之素蘊畜, 其必有設施於此者矣. 將行, 能言者皆有贈, 獨不可無言, 故書如上, 以爲送行詩序云.

강원도 관찰사로 부임하는 평성군 박원종 공을 전송하는 글
送平城朴公元宗[1]觀察江原序

홍치弘治 임술년(1502, 연산군 8) 여름 강원도 관찰사 자리가 비자 이조에서는 그 후임자를 천거하였는데 어서御書가 내려와 특별히 평성군 박공을 임명하시니 조정에 함께 있던 자들은 이 일을 영광으로 여겼다. 공이 날을 잡아 떠나려 할 때 성상께서 "관찰사 자리가 비어 있으니 경은 지체하지 말고 가라." 하교하고, 다음날 근신들로 하여금 예조에서 전별연을 베풀어주도록 하셨다. 또 그 다음날에는 조정의 사대부들이 흥인문 밖에 자리를 마련하여 전송하였다. 나는 늙고 병이 들어 술을 마련하여 멀리 가서 전송할 수 없었다. 그렇지만 벙어리처럼 아무 말도 주지 않을 수는 없었다. 그래서 머리가 글을 써서 교외로 보내 다음과 같이 말을 전하도록 하였다.

弘治壬戌夏, 江原道觀察使缺, 銓曹薦其代, 御書下, 特授平城朴公, 同朝榮其賜. 公卜日將行, 上敎曰: "本道空, 卿行勿遲." 越翼日, 遣近臣禮餞于南宮. 又明日, 朝之士大夫席興仁門外, 祖送之, 虛白翁老且病, 不能載酒遠于將之, 則不可瘖無一言以贐行. 故命尖奴, 追而及諸郊, 語之曰.

공은 아는가, 성상께서 특별이 그대를 보내는 까닭을. 감사는 한 도道의 주인이니 수령이 근실한가 소흘한가에 따라 백성들의 기쁨과 고통이 결정된다. 조정의 천거가 신중하지 않음이 없지만, 때때로 임금의 의중에서 직접 나온 바에 대해서는 그 까닭을 어찌 몰라서야

---

1 元宗: 朴元宗. 세조 13년(1467)~중종 5년(1510). 본관 순천. 자 伯胤. 시호 武烈. 무신의 가문에서 태어나 음보로 宣傳官이 되고, 성종 17년(1486) 무과에 급제, 1509년 영의정에 올랐으며 平城府院君에 봉해졌다.

되겠는가. 옛말에 '신하를 알기로는 임금만한 이가 없다.' 하였다. 우리 임금께서 공을 알아줌이 분명하셨기에 공에게 지금의 행차가 있게 된 것이다. 공이 어떻게 하여야 막중한 임금의 믿음에 보답할 수 있겠는가. 나도 일찍이 결원을 보충하여 영동과 영서의 관찰사를 지낸 일이 있었다. 그곳 땅은 메마르고 척박하며, 그곳 백성들은 산에서 풀을 먹고 살았기에 흉년이라도 들면 도토밤으로 주린 배를 채웠다. 그 삶은 너무도 간고한 것이었다. 도의 주인이 어질면 간고함이 수월함으로 바뀌나니 그렇지 않다면 누구를 통해 하소연이라도 할 수 있겠는가. 강원도의 주인 된 자가 어찌 걱정하지 않을 수 있겠는가.

公知夫聖上所以特遣公者乎? 監司, 一道主也, 守令謹忽, 民生休戚由之. 朝廷之薦, 非不愼且重也, 然而有時或出於 宸衷者, 豈可不知其所以乎? 古語有之曰: '知臣莫如君.' 上知公之審, 故公今有此行, 公何脩而可以答 九重委寄之重乎? 愚嘗承乏, 節鉞乎嶺東西矣, 其地墝以瘠, 其民山居而草食, 歲不收則橡栗以充其飢, 其生也厥惟艱哉. 道主仁則艱或爲易, 否則誰因而控乎? 主是道者, 寧不動念乎?

공은 장수 집안 출신이니 이는 곧 '인의仁義의 장수'라 할 수 있다. 또 능히 독서를 좋아하고 시詩와 예禮를 도타이 공부하여 실천하고 있으니, 한 지방을 거느리고 뭇 백성들을 살려냄에 무슨 어려움이 있겠는가. 성상께서 반드시 공을 보내고자 하심에 어찌 아무런 까닭이 없겠는가. 공은 힘쓰고 힘쓸지어다. 영동은 천하의 특출난 경관을 지니고 있다. 옛 말에 삼신산三神山이 동방에 있다고 했는데 이는 아마도 이곳을 말하는 것이리라. 그래서 관리가 왕명을 받들고 관동에 가면 이를 일러 '선경에 노닌다[仙遊]' 하면서 전송하는 자들이 주는 글도 대체로 화려한 말들이 많았다. 만일 이번에 잔을 잡고 작별을 하면서 그 말들이 또다시 그와 같다면 이는 성상께서 공을 보내는 뜻이라 할 수 없다. 또한 이 어찌 공의 뜻이라 할 수 있겠는가. 내 말은 여기서 그치노라. 공은 떠나라.

公出自將門, 此所謂仁義之將也. 又能好讀書, 方且敦詩說禮爲其守, 於總方岳活群生, 何有? 聖上所以必遣公者, 豈無謂歟? 公其勉哉勉哉! 嶺東, 天下之奇觀也. 古云三神山[2]在東方, 豈謂是歟. 故使華之之關東者, 謂之仙遊, 送行者, 其贈之, 率多綺語. 若今執盞言別者, 其言亦復云爾, 則是非聖上遣公之意, 亦豈公之意哉? 吾言止此, 公其行矣哉.

2 三神山: 신선이 살았다는 전설상의 蓬萊山·方丈山·瀛洲山이다. 이 산들은 東海에 있었다고 하는데 이에 대한 기록이 『列子』에 보인다. 진시황이 불사약을 구하기 위해 삼신산이 있다고 알려진 조선 땅으로 사람을 보냈다고 한다.

절도사의 평사로 부임하는 이장곤을 전송하는 시축의 서문
送李評事[1]長坤[2]赴節鎭詩序

변방에서 대군을 통솔하였던 고대의 명장들은 반드시 뛰어난 문장가들을 참모로 두어 문서를 처리하고 군무軍務를 담당케 했다. 삼군三軍에 명령을 하달하고 임금에게 올리는 글들이 모두 그들의 손에서 나왔으니 그 책무가 대단히 중요하지 않은가. 한나라와 당나라 이래로 이러한 직책을 맡았던 자들을 살펴보면 그 가운데 가장 유명한 인물로 두헌竇憲을 보좌한 반고班固, 엄무嚴武를 보좌한 두보杜甫, 장건봉張建封을 보좌한 한유韓愈, 우승유牛僧孺를 보좌한 두목杜牧을 들 수 있고, 신라의 최치원崔致遠 또한 당나라에 들어가 고변高駢의 보좌관이 되었다. 이 다섯 군자들은 그 문장이 모두 한 시대에 높이 뛰어났고 후세에 모범이 되었다.

古之名將, 總大兵于外者, 必有高文大手爲之佐, 以掌書記, 任軍政. 凡號令于三軍[3], 奏達于九重, 其文辭一出於其手, 不旣重乎? 漢唐以來, 職此者可數也, 其最著者, 曰班固[4]之於竇憲, 杜甫[5]之於嚴武, 退

---

1 評事: 병영의 행정과 속한 군사를 감독하던 정6품 무관 벼슬로, 兵馬評事·北評事라고도 불렀다.

2 長坤: 李長坤. 성종 5년(1474)~중종 14년(1519). 자 希剛. 호 鶴皐·琴軒·寓灣. 본관 碧珍. 시호 貞度. 金宏弼의 문인으로 1502년 문과에 급제, 甲子士禍에 연루되어 거제로 귀양갔으나, 함흥으로 도주하여 楊水尺의 무리에 섞여 살면서 목숨을 유지했다. 1506년 중종반정 이후 박원종의 추천으로 관직에 다시 임명되어 교리·장령·동부승지 등을 역임하였으며, 학문과 무예를 겸비한 인물로 중종의 신임을 받았다. 사후에 충신의 전형으로 추숭되었는데, 허균 같은 인물은 그가 기묘사화에 애매한 태도를 취했던 점을 들어 비판하기도 하였다. 문집으로 『금헌집』이 있다.

3 三軍: 한 나라의 군대 전체를 이른다. 1군은 12,500명으로, 천자의 군대는 六軍, 제후의 군대는 三軍이었다. 후에는 우익·중앙·좌익의 각 군 또는 선봉·중군·후위의 각 군을 총칭하였다.

4 班固: 『漢書』의 편찬자로 유명한 반고는 竇太后의 오빠인 두헌의 흉노 원정을

之[6]之於張建封，牧之[7]之於牛僧儒是已，新羅崔致遠[8]，亦入唐爲高駢幕客．五君子者，其文章固皆高出一時，垂範後世．

그러나 이분들은 모두 문장에만 능했으니, 어느 누가 나라 안에 견줄 자가 없는 우리 이장곤처럼 한 몸에 문무를 겸비하였던가. 이장곤은 나면서부터 빼어난 기상이 있어 시서와 육예에 대해서는 하늘이 능력을 내려주어 힘쓰지 않고도 능했다. 약관도 안 되어 활을 쏘면 이[蝨]를 맞추고, 글을 지으면 찬란함을 토해내었다. 학교에 입학하자 당시 학생들이 모두 그의 원대한 국량에 감복하였다. 유사有司에게 발탁되어 소과에서 수석을 차지하였다. 그 후 얼마 되지 않아 대과에 합격하여 승문원에 선발되었다. 임금께서는 활솜씨가 뛰어난 문무의 선비들에게 그 기량을 겨루게 하셨는데 이후가 일등을 차지하였으니, 다시 겨루어도 처음과 같았다. 그러자 당시 무재武才로 이름이 났던 자들이 모두 아랫자리로 물러나게 되었다. 한 정승이 임금께 "아무개는 크게 쓸 수 있습니다. 평범한 사람처럼 대해서는 안 됩니다." 하였다. 이에 권지부정자權知副正字 자리에서 특별히 함경북도 평사로 임명하였다. 사람들은 모두 "이것이야말로 이른바 '꼭 맞는다'는 것이다." 고하였다.

然此皆專乎文者也，孰有一身文武，國士無雙，如吾李氏子者乎? 李氏

수행하였다.

5 杜甫: 詩聖 두보는 절도사 嚴武의 보좌관이 되어 工部員外郎을 역임하였다.

6 韓愈: 당나라 고문운동을 창도하였던 한유는 서주절도사 張建封에게 의탁하였다.

7 杜牧: 晩唐시기의 대표적 시인이었던 두목은 젊은 시절 방탕한 생활을 하였는데, 이때 牛僧孺의 도움을 많이 입었고, 후에 이 둘은 李德裕 일파에 맞서 정치적 입장을 함께하였다.

8 崔致遠: 최치원은 12세에 당나라에 유학을 떠났다가 高駢의 종사관으로서 「討黃巢檄文」을 지어 文名을 떨쳤다.

子生而有奇氣, 詩書六藝, 皆天之授, 不勞力而能. 年未弱冠, 射能貫蝨, 文能吐鳳, 遊於庠序[9], 一時衿佩, 咸服其遠大之器, 擧於有司[10], 魁司馬試. 未幾, 擢高第, 選入承文院. 上命文武之士有射藝者角其能, 侯特居其首, 再試又如初, 一時名武才者, 皆出下風. 國相言於上曰: "某也可大受, 不可以常流畜之." 於是由權知副正字[11], 超授咸鏡北道評事, 人皆曰: "是所謂稱也."

함경도는 어느 지역보다도 먼데, 북도는 더욱 멀다. 그래서 이곳으로 가게 된 자들은 가족들 때문에 걱정하지 않는 이가 드물고, 벗들과 작별하면서는 암담한 심정을 벗어나지 못했다. 그런데 평사는 임명되자마자 얼마 안 되어 곧 사은숙배 하고 떠나니 마치 고향으로 가는 사람처럼 조금도 미련을 두지 않았다. 허리춤에 백우전白羽箭을 차고 나는 듯 떠나니 잡을 수도 없었다. 조정에서 함께 하던 벗들이 동대문 밖에서 전별연을 베풀어 그의 뜻을 장하게 여기며 한마디씩 주니 모두 합해 약간 편이 되었다. 나는 늙어 시를 지을 수 없기에 문을 지어 그 앞의 서문으로 두며 다음과 같이 말한다. 국가의 삼면에 모두 근심이 있어 언제나 임금께 근심을 끼치고 있다. 정승들 또한 나라를 걱정하여 조정에서 이 인재를 천거하니, 변경에 나가 있는 장수는 이에 문무를 겸한 선비를 막하에 두게 되었다. 변방의 장성이 이로 인해 더욱 견고해졌으니 누가 감히 우리를 모욕할 수 있겠는가. 무릇 재상이 근실하게 추천하고 조정에서 특별히 높이

---

9 庠序: 상과 서는 모두 중국 고대의 학교 명칭이다.

10 有司: 어떤 일의 실무 담당자를 가리키는데, 여기서는 과거시험의 담당관을 이른 듯하다.

11 權知副正字: '권지'는 관직을 어떤 기간 동안 임시로 맡을 때 그 관직 이름 앞에 붙이는 호칭이다. 조선시대에는 과거 합격자를 권지로 임명하고 각 관청에 보내 일정 기간이 경과하면 실직을 주었다. '부정자'는 승문원에서 외교문서를 작성에 참여하는 종9품 관직이다.

쓰며, 장수가 무겁게 의지하고 벗들이 깊이 기대하니, 그대는 의당 어떻게 마음을 먹어야 하겠는가. 술 한 잔 따라주며 보낸다. 육진六鎭의 군민軍民들에게 고하니, "훗날 대장군의 깃발을 높이 세울 자가 지금 간다. 한번 눈을 씻고 바라보라."

咸鏡譬諸路最遠, 北則尤懸, 人之之於是者, 鮮不以家累爲念, 與朋友別, 未免有黯然之懷. 侯拜恩未幾, 輒拜辭而行, 如返于故鄕, 曾不留難, 腰間白羽, 翩翩不可攀矣. 朝中遊從之良, 設祖席東門外, 壯其志而贈之言, 凡若干篇. 兼善老不能詩, 則乃文之, 弁于其顚曰, 國家三面皆有虞, 每貽宵旰之憂, 相又憂國, 薦人於朝廷, 將在邊行, 且得文武士於幕下, 塞外長城, 於是乎益固矣, 則孰敢有侮予者乎? 夫以宰相薦進之勤, 朝廷擢用之優, 主將倚望之重, 朋友期待之遠, 而李氏子宜何如爲心也? 旣酌之酒而侑其行. 語與六鎭[12]軍民曰: "異日樹大纛高牙者, 今且至矣, 試刮目看之."

12 六鎭: 세종이 金宗瑞에게 명하여 여진족을 몰아내고 개척한 두만강 하류 남안 일대, 즉 鍾城·穩城·會寧·慶源·慶興·富寧이다.

황해도 도사로 부임하는 한훈을 전송하는 시축의 서문
送黃海都事[1]韓訓[2]詩序

나는 몇해전 성균관 대사성을 맡은 일이 있었다. 그때 나는 한씨 집안 자제가 진사에 이름을 올린 지 사오년이 되었음을 알았다. 성종께서는 많은 선비들을 시험하여 걸출한 인재를 선발하셨는데, 한씨 집안 자제의 책문策文이 일등이어서 으뜸으로 뽑혔다. 모두들 "나라가 인재를 얻었다." 말하였다. 성상[연산군]께서 백성들을 다스리게 되자 바른말 하는 신하를 구하여 보조자로 삼으셨는데, 한씨 집안 자제가 으뜸으로 뽑혀 정언正言에 제수되었다. 또다시 모두들 "조정이 간관諫官을 얻었다." 말하였다. 내가 한번은 경연에 입시하였는데 대간들도 모두 참석하였다. 한씨 집안 자제는 옛일을 끌어와 오늘날 상황을 설명하며 당시 재상들에 관한 일을 남김없이 논구하였는데 조금도 위축되지 않았다. 그의 말을 살펴보니 그의 마음속에 보존된 것이 무엇인지를 알 수 있었다. 이에 또한 '사람을 얻었다'느니 '간관을 얻었다'느니 했던 지난날의 말들이 거짓이 아님을 알게 되었다.

不才壓成均師席者嘗有年, 於是乎知韓氏子爲名進士旣四五年. 宣廟策多士, 收英髦, 韓氏子對第一, 爲擧首, 皆曰: "國家得人焉." 聖上臨黎庶, 求諍臣爲之輔翼, 而韓氏子膺首選, 拜正言[3], 又皆曰: "朝廷得諫官焉." 余嘗入侍經筵, 臺諫與之俱, 韓子引古證今, 極論當時宰相

---

1 都事: 관찰사를 보좌하여 지방을 순력하고 규찰하는 임무를 맡았던 종5품 관직으로, 관찰사 유고시에 그 직을 대행하므로 亞使 혹은 亞監司로도 불렸다.

2 韓訓: ?~연산군 10년(1504). 자 師古, 본관 청주. 수군절도사 韓忠仁의 아들이며, 어머니는 金仲淹의 딸이다. 도승지 愼守勤의 처남이기도 하다. 성종 25년(1494) 문과에 장원. 연산군 10년(1504) 갑자사화 때 부관능지되었다.

3 正言: 사간원에 속한 정6품 관직으로, 封駁과 諫諍을 맡았고, 諫官·言官·臺官이라고도 한다.

事, 無少屈撓. 卽其言, 有以卜其中之所存. 於是, 又知前之曰得人得諫官者, 其言不我誣矣.

그 후 대간들이 함께 간언 올리기를 서너 번씩 하여도 성상께서는 신중한 태도로 쉽게 허락하지 않으셨고, 언관들이 대궐 앞에 엎드려 물러나지 않는 것이 몇 달이 되어야 겨우 한 가지 일에 윤허를 내리셨다. 이런 일이 두세 번이었는데 필경은 모두 그 말들을 따라주셨으니, 성상께서 간언을 받아들이시는 아량과 언관들이 책무를 다하는 근실함을 모두 알만하다. 그리고 한씨 집안 자제도 실로 거기에 일조를 하였으니 어찌 훌륭하지 않다 하겠는가. 아, 조정에 한 명의 개결한 신하가 있으면 사방에서 그 덕을 보는 법이거늘 하물며 친히 그곳에 함께 있었던 자는 어떠하겠는가.

爾後, 臺諫共言事, 其事數三, 上鄭重之, 不卽頷肯, 言者伏閤不去, 累月乃允一事, 如是者再三, 至竟皆從其言. 聖上納諫之量, 藎臣言責之勤, 可知,[4] 而韓氏子實一助也, 豈不可尙也哉! 噫, 朝廷有一介臣, 四方受其賜, 而況親履其地者乎?

병진년(1496, 연산군 2) 한씨 집안 자제는 정언의 임무를 벗고 외직으로 나아가 황해도 도사가 되었다. 그 땅은 오래도록 염병이 창궐하고 백성들이 많이 죽어 나가는 곳이었다. 역대로 베푸는 생육의 사랑을 입어 비록 조금 살만해지긴 하였으나 다른 도에 비하면 여전히 어렵다. 그래서 그곳 관찰사가 되고 도사가 되는 자들은 반드시 그 현명함이 모든 도에서 으뜸이어야만 다스림을 기대할 수 있다. 그런데

4 聖上~可知: 『朝鮮王朝實錄』의 기록에 근거하면 韓訓은 연산군 1년(1495) 8월에 정언으로 임명되어 대신 盧思愼을 탄핵하고, 鄭崇祖를 사신으로 정하였던 결정을 비판하는 등 언관으로서 대단히 활발하게 활동하였다. 그러나 1496년 2월 한훈은 임금이 자신의 주장을 '거절하고 윤허하지 않는다'는 이유로 사직하였다.

이제 황해도는 거의 다스려진 것이라 하겠다. 관찰사 이공李公은 현명함과 능력으로 이름이 나 있고, 한씨 집안 자제가 그 막료가 되었는데 그도 또한 현명하다. 두 재주가 합쳐졌으니 과연 성공은 의심할 것이 없겠다. 경내 수십 고을의 땅과 필부필부 가운데 성상의 은택을 입지 못할 자가 있겠는가. 또한 구중궁궐에서 서쪽 변방을 돌아보는 근심을 풀게 되었으니 그의 행차에 대하여 어찌 말이 없을 수 있겠는가. 사헌부와 사간원의 옛 동료들과 예문관과 홍문관의 벗들이 모두 전송하는 시를 지어주었는데 모두 읊조릴만했다. 나 또한 서로 아는 사이이므로 서문을 쓴다.

丙辰春, 韓子由正言, 出而爲黃海都事. 其地癘疫興行, 民多死亡, 爲日久矣. 賴 列聖生育之仁, 雖少蘇息, 然比諸它道則病矣. 故秉節鉞佐幕府者, 必其賢甲於他道監司都事者然後, 其治效可冀矣, 若今之黃海道, 庶幾乎! 方伯李公, 以賢能聞, 韓氏子爲佐, 韓又賢也, 兩美之合, 其果有成也無疑矣. 一路數十州之地, 匹夫匹婦其有不被 聖明之澤者乎? 而 九重有以寬西顧之憂矣, 則於其行也, 烏可以無言乎? 柏府薇垣之舊, 金閨玉堂之彦, 咸有贐行什, 皆可誦也. 秉善又有相知之分, 故爲之序.

『빙허루제』 서문

『憑虛樓題』序

처음 내가 학문에 뜻을 두고서는 족숙 남파南坡 김 거사金居士에게서 배웠다. 거사가 하루는 그의 조부 김이소金履素의 율시 한수를 읊조렸다. "관직에서 물러나 푸른 산을 마주하고, 취했다 깼다 하는 사이 세월은 쉬이 가네. 어찌 영리로 마음속을 얽매랴, 뜬 구름 아직도 떠다님을 비웃네. [官罷歸來對碧山, 跳丸日月醉醒間. 肯將榮利關心曲, 却笑浮雲尙未閑.]" 나는 김이소의 외증손이니 거사가 이 시를 읊조려 알려준 것은 대개 그 조상을 걱정해 잊지 못하여 나도 그 발자취를 잇게 하고자 함이었으니, 내가 감히 잊을 수 있었겠는가. 이윽고 학문이 조금 트이어 바야흐로 시율을 헤아리게 되자 비로소 이 시가 평범한 작품이 아니라는 것을 알 수 있었다. 벼슬길에 나아가게 되어 세상일을 실컷 맛보게 되어 언제나 강산과 풍월을 사랑하는 마음을 품었지만 돌아갈 수는 없었다. 그때마다 나는 이 시를 자주 외우며 그때 강산에 살던 인물들의 넉넉하고 한가로운 정취를 상상하며 내가 능히 그렇게 하지 못함을 한탄하였다. 그러나 이 시가 과연 누구를 위해 지은 것이며, 이른바 취했다 깼다하며 세상을 비웃은 자가 어떤 사람인지 알지는 못하였다.

始余志于學, 從族叔南坡金居士遊. 居士一日, 誦其祖履素詩一律云: "官罷歸來對碧山, 跳丸日月醉醒間. 肯將榮利關心曲, 却笑浮雲尙未閑." 余履素之外曾孫也, 居士之誦而授之, 蓋念其祖不能忘, 而欲余之踵其武也. 余敢忘諸? 旣而, 學稍通, 方且解詩律, 始知此詩之非凡作, 及登宦途, 飽更世味, 長懷湖山風月之戀, 而歸不可得, 則輒三復此詩, 想像當時江山人物優游閑適之趣, 恨余之不能如也. 然不知是詩果爲誰作, 而所謂醉醒笑傲者何許人也.

임인년(1482, 성종 13) 봄, 나는 상복을 입고 산속 여막에 거처하고 있었다. 족형 박소보朴蘇甫는 유학자였는데 손에 『빙허루제憑虛樓題』 한 권을 들고 와서 보여주며 말했다. "이는 나의 선조께서 은퇴하여 노년을 보내던 곳에서 여러 현자들과 주고받은 시들이다. 빙허루는 안동의 자연 속에 있었는데 지금도 그 터가 남아있다. 나는 부모님을 그리워하고 전 왕조를 잊지 못하는 그 마음이 느꺼워 이 시들을 수집한 것인데 지난날 직접 얼굴을 마주하고 시를 배우던 날 같았다. 또한 선조들께서 몸을 기르던 고상함과 덕을 쌓던 기반을 자손들에게 보이고자 하니, 그대는 서문을 써서 나의 뜻을 펼쳐줄 수 있겠는가?"

> 歲壬寅春, 余持服居廬[1]于山中, 有族兄朴蘇甫者, 儒家也, 手執『憑虛樓題』一卷, 來示曰: "是吾先祖退居送老之地, 往還諸賢之詠也. 樓在永嘉山水間, 今有遺址猶存. 余惟不堪霜露黍離之感, 是以收集其詩, 以擬當日面墻過庭之對. 且示子孫以祖先養身之高, 積德之自, 子其序之, 以發揮吾意可乎?"

나는 이에 절하고 받아 읽었다. 그 첫머리에 나오는 '전前 소윤小尹 김사고金師古'라는 분이 박소보의 선조로서 빙허루의 주인이었다. 그 끝에 한 칸을 내려 쓴 시는 곧 박소보가 추모하여 이어서 화운한 것이고, 또 그 끝을 이어 문을 짓고 시를 지은 것은 이심원李深源 공의 발문이었다. 그런데 그 책에서 '관직에서 물러나 푸른 산을 마주하고……' 시를 발견하였다. 이에 거사가 읊조렸던 시가 빙허를 위해 지은 것이며 내가 평소에 마음에 그리며 흠모했던 분이 바로 소윤 선생이었음을 알게 되었다. 아, 나는 소윤 선생에 대해 비록 이름도 몰랐지만 마음과 정신이 통하였으며 흠모하기를 그만두지

1 持服居廬: 이때 홍귀달은 모친상을 지냈다.

못했는데 하물며 지금 이름을 알게 되니 마음이 어떠하겠는가. 게다가 박소보가 이 시를 수록한 것은 조상을 높이고 추모하는 정성에서 나온 것인데, 이심원이 또한 이로 인하여 부모님을 그리워하는 슬픔을 일으켜 시문을 지어 발문을 지었으니, 내가 '관직에서 물러나……' 시를 대함에 박소보의 감회를 느끼지 않을 수 있겠는가, 이심원의 발문을 보며 또한 부모님을 그리워하는 슬픔을 느끼지 않을 수 있겠는가.

> 余乃拜受而讀之, 其首曰'前少尹金師古'者, 所謂蘇甫之先, 而憑虛之主也. 尾有低其行而詩者, 卽蘇甫追慕而續和者也, 又續其尾而文且詩者, 李公深源跋也. 於其中 得所謂官罷對山之詩, 乃知居士所誦者爲憑虛作, 而吾平生想像而歆慕者, 卽少尹先生也. 嗚呼! 吾於少尹先生, 雖未知名, 猶且冥會神交, 歆慕之不置, 況今已知之乎? 況蘇甫之錄此詩, 出於尊祖追遠之誠, 而深源亦因而起風樹之悲, 至詩文以跋之, 余於官罷對山之題, 能不懷蘇甫之感, 而觀深源之跋, 又能無風樹之念乎?

이에 사양하지 않고서 '빙허'에 대해 한마디 한다. 만물은 허에서 나와 허로 돌아가니 허라는 것은 만물의 근원이다. 허와 실의 관계는 정靜과 동動의 관계와 같아서 동은 정을 주主로 삼고 실은 허를 상常으로 삼는다. 증자曾子는 "있어도 없는 듯이 하며, 꽉 차도 빈 듯이 한다." 하였으니, 이는 유有를 잡거나 실實에 의지할 수 없음을 말한 것이다. 수레와 관복이 뜻밖에 이른다한들 만종의 녹봉이 나와 무슨 관계가 있겠는가. 이를 미루어 나의 소유에 대해 생각해봐도 내 몸 또한 나의 소유가 아니다. 그렇다면 천지 사이에 어떤 물건이 과연 실實이 될 것인가? 저 뜻밖에 온 것에 얽매여 항상 그러하기를 바라고, 소유할 수 없는 물건을 잡고서 자기 것으로 만들고자 하는 자들이 끝끝내 그것을 소유하고 항상 그러할 수 있겠는가. 빙허자 같은 분은 이 점에 대해 깨달음이 있었던 것이다. 녹봉을 사양하고 뱃속을 비우며, 허에 의지해 거처하며, 안으로는 마음이 비고 밖으로는 사는 곳이 비어 넓고 넓게 호기灝氣와 함께 태허 가운데에서 노닐었으니, 또한 어찌 인간 세상의 슬픔과 기쁨 궁핍과 현달 따위에 관심을 두었겠는가. 무릇 배가 비면 부딪혀도 손상되지 않고, 그릇이 비면 칠 때 소리가 나는 법이니, 여러 현인들이 날마다 모여 종유할 때에 중화中和의 기운이 시로 발현된 것은 당연한 일이었다고 하겠다. 나처럼 잔달아서 강산과 풍월을 사모하면서도 반평생 동안 티끌세상에 골몰한 자와는 정말 얼마나 그 거리가 먼가. 그러나 다행히 아직 나의 치아와 터럭이 모두 빠지지 않았으니 지금이라도 오히려 후일을 기약할 수 있을 것이다. 책머리에 써서 돌려보내며 또한 나의 뼈에도 새긴다. 거사의 휘諱는 온교溫嶠이며 남파南坡에 살았기에 그렇게 자호한 것이다.

乃不辭而爲憑虛之說曰, 萬物, 生於虛歸於虛, 虛者, 萬物之祖也, 虛之於實, 猶靜之於動. 動以靜爲主, 實以虛爲常. 曾子曰: "有若無, 實若虛." 言不可執有而倚實也. 軒冕儻來耳, 萬鍾何有於我哉? 推而至於吾之有, 身亦非吾之有也. 然則天地間何物果爲實耶? 彼其拘儻來之寄以爲常, 執不可有之物以爲私, 其終爲有且常乎? 若憑虛子者, 其有見乎此者哉! 辭其祿而虛其腹, 憑乎虛而爲其居, 以內則心虛, 以外則境虛, 恢恢乎與灝氣遊於大虛中矣. 又焉知人間有悲歡窮達之屬哉? 夫舟虛者, 觸不傷, 器虛者, 擊有聲. 宜夫群賢之日相游從, 而中和之發於聲詩也, 槩諸齷齪如余者有江山風月之戀而半生汨沒於紅塵者, 一何遼哉? 然幸齒髮之未彫, 及今猶可冀也. 題其卷首以還, 且以銘吾骨. 居士諱, 溫嶠也, 居南坡, 故自號焉.

정조사正朝使로 북경에 가는 이국이 공을 전송하는 글
送李公國耳[1]赴京師朝正序

혹자가 내게 극암克庵 선생에 대해 "선생은 어떤 사람인가?" 물어, 내가 "공자를 배운 사람이다." 하였다. 혹자가 "그러한지 어떻게 아는가?" 물어, 내가 "옛날에 안자顏子가 배우기를 좋아하여 한가지 선善을 배우면 근실하게 마음에 새겨서, 그 수준이 같은 잘못을 두 번 하지 않고 다른 사람에게 화풀이 하지 않는 데까지 이르렀다. 그 자신은 이미 허물이 없는 지경에까지 올라섰는데도 부족하다고 생각하여 공자에게 인仁을 물어 종신토록 따를 길로 삼았으며, 극기복례克己復禮의 조목을 질문하고는 그것을 자신의 책무로 삼아 곧바로 '이 말씀을 실천하겠습니다'라고 말했다. 아, 안자는 이러한 점 때문에 성인의 경지에 나아갔던 것이다. 이제 선생은 자신의 거처에 자호하기를 '극암'이라고 하였으니 대개 인욕의 사사로움을 제거하고 유유히 하늘과 함께 무리가 되어 만물을 초월하여 소요하고자 하였으니 이는 공자를 배운 자가 아니겠는가?" 하였다.

或問克庵先生於余曰: "先生何如人?" 曰: "學孔子者也." 曰: "何以知其然也?" 曰: "昔者, 顏子好學, 得一善則拳拳服膺, 其功至於不二過不遷怒. 身已立於無過之地, 猶以爲未也, 方且問仁於孔子, 爲終身之由, 及問克己復禮之目, 則受以爲己任, 立應之曰 請事斯語.[2] 嗚呼! 所以進於聖人也. 今先生自號其居曰克庵, 蓋欲克去人欲之私, 悠悠

---

1 國耳: 李昌臣의 자. 세종 31년(1449)~?. 호 克庵. 본관 全義. 성종 5년(1474) 문과에 급제하였고, 벼슬은 예조참의에 올랐으며 갑자사화 때 유배를 당하였다.

2 克己~斯語: 『論語』「顏淵」에 나오는 기록으로, 원문은 다음과 같다. 顏淵問仁. 子曰, "克己復禮爲仁. 一日克己復禮, 天下歸仁焉. 爲仁, 由己, 而由人乎哉?" 顏淵曰, "請問其目." 子曰, "非禮勿視, 非禮勿聽, 非禮勿言, 非禮勿動." 顏淵曰, "回雖不敏, 請事斯語矣."

乎與天爲徒, 而逍遙乎萬物之先也, 是非學孔子者歟?"

혹자가 또 말했다. "극克에는 두 가지 뜻이 있는데 그대는 그 하나밖에 모르는가. 『설문해자說文解字』에 '극克은 능能이다' 하였으니 능能이라는 것은 재능을 말하는 것이다. 선생은 시서육예의 문장을 풍부히 지녔고 겸하여 백가의 학설에도 능통하였다. 그래서 선생은 자유子游·자하子夏의 글재주, 자공子貢·재여宰予의 말재주, 염구冉求·자로子路의 정치 능력을 겸비하였다. 이는 그 재주가 오늘의 세상과는 나란히 할 수 없는 것이거늘 어찌 이런 점을 버려두는가?" 내가 말했다. "그렇다. 그렇지만 재주라고 하는 것은 다만 우리 도 가운데 작은 부분일 뿐이다. 덕행德行·언어言語·정사政事·문학文學 이 사과四科에서 덕행이 가장 중요하다. 그래서 공자께서 말씀하시길 '비록 주공의 재주와 아름다움을 지니고 있더라도 교만하고 인색하다면 그 나머지는 볼 것도 없다' 하신 것이다. 선생은 내면에 간직하고 있는 자이니 그 외면은 굳이 말할 필요가 없다."

或又曰: "克有二義, 子無乃知其一乎? 說文曰克, 能也, 能者, 才之謂也.[3] 先生富有詩書六藝之文, 兼通百家之說, 游夏之文學 · 賜予之言語 · 求路之政事,[4] 先生蓋兼之, 是其才無與爲伍於今之世矣. 何是之遺歟?" 余曰: "然. 雖然, 才特吾道中細事耳. 四科之目, 德行爲先, 孔子又曰 '雖有周公之才之美, 使驕且吝, 其餘不足觀也.' 先生有乎內者也, 外不必道也."

홍치14년(1501, 연산군 7) 겨울 극암은 정조사正朝使 정사正使가 되어

3 說文曰句: 이 내용은 許愼의 『說文解字』에 보이지 않고, 『爾雅』 「釋言」에 보인다.
4 游夏~政事: 공자는 학문의 분야를 德行·言語·政事·文學의 네 가지로 나누어 자신의 제자들의 성향을 기록했는데, 이를 四科라 한다.《論語 先進》

북경으로 떠나며 나를 찾아와 한 마디 말로 전송해주기를 청했다. 나는 그와 종유하는 가운데 서로 아는 것이 오래고 또 자세하였다. 그래서 다만 혹자와 문답했던 말들을 기록하여 전별한다. 참으로 이 도에 능하기만 하다면 비록 오랑캐 나라라도 갈 수 있거늘 하물며 천자의 조정에 있어서랴.

弘治十四年冬, 克庵充賀正使赴京師, 從余求一言以行. 余於遊從中, 相知久且悉, 故特記或人問答之說, 以爲贐. 果能此道, 雖蠻貊之邦, 行矣, 況於 聖天子之庭乎?

정조사正朝使로 북경에 가는 하남군 정숭조 공을 전송하는 글
送河南君鄭公崇祖[1]朝正赴京師序

옛 사람 중에는 문밖을 나서지 않고 천하를 알았던 자도 있었다. 이는 자신을 수고롭게 하지 않고도 견식이 이미 넓었던 것이니, 또한 본인에게는 편리하지 않았겠는가. 그런데 굴원이 「원유遠遊」를 짓고 사마천의 발자취가 천하의 절반에 두루 미친 뒤에 재주와 기개가 크게 진보하여 지금까지도 인구에 회자되는 것은 무엇 때문인가. 내가 생각건대 집안에 앉아서 사해를 궁구하는 것은 들어서 아는 자이고, 산천을 걸어서 천하를 두루 꿰는 것은 보아서 아는 자이다. 둘 다 훌륭하다 하겠으나 둘 다 아울러 성취하지 못한다면 어찌 직접 보는 것만이야 하겠는가.

> 昔之人, 有不出戶而知天下者, 是乃身不勞而見已周, 不亦便於己乎? 若屈子賦「遠遊」, 司馬子長足跡半天下, 才氣大進, 至今膾炙人口, 是又何也? 余以謂坐一室而窮四海者, 聞而知者也, 履山川而遍天下者, 見而知者也, 之二者皆可尙也, 然而不可得兼, 則豈若親見之爲愈也?

하남군河南君 정효숙鄭孝叔은 하동공河東公 정인지鄭麟趾의 후예이다. 하동공은 지식이 고금을 꿰뚫고 안목이 하늘과 땅을 두루 살펴 천하를 한 몸에 받아들였으니, 비유컨대 부자집이 온갖 것을 창고에 지니고 있는 것과 같다 하겠다. 그런데 또 일찍이 중국의 사신을 응접한

---

1 崇祖: 정숭조. 세종 24년(1442)~연산군 9년(1503). 자 孝叔. 호 三省齋. 본관 河東. 시호 莊靖. 집현전 학사로 유명한 鄭麟趾의 아들이며, 어머니는 판한성부사 李擕의 딸이다. 세조 4년(1458) 음보로 通禮門奉禮郎이 되었다. 1489년 하남부원군에 진봉되었다. 연산군 1년(1495) 正朝使로 명나라에 다녀왔다. 1500년 崇政大夫에 올라 奉朝賀가 되었다.

일이 있어, 교제하고 문답하는 사이에 듣지 못하던 것을 들은 것이 또 얼마나 되는지 알 수가 없다. 이른바 '부익부富益富'인 것이다. 하남공은 그러한 가문에서 생장하면서 부친으로부터 시례詩禮를 배웠으니 풍부한 식견이 거의 그 아버지와 방불하였다. 게다가 타고난 자품이 아름다워 스스로 자득한 바까지 있었으니, 이는 또한 부잣집 자식이 집안에 내려온 재산을 소유하고서 자신이 그것을 경영하여 불린 것과 같은 것이다. 그 재산이 어찌 수만 배가 되지 않겠는가. 비록 다시 만 리 떨어진 먼데까지 가서 장사를 하지 않더라도 자손들의 의식衣食은 진실로 여유가 있을 것이다. 이러하니 하남공이 비록 여기서 그친다 하더라도 괜찮거늘 지금 다시 북경으로 조정사正朝使로 가게 되어 굴원처럼 「원유」를 짓고, 사마천처럼 산천을 밟게 되었다. 이는 바로 '둘 다 아울러 갖는다'는 것이 아니겠는가.

河南君鄭孝叔, 河東公之世也. 河東公[2]識貫古今, 眼閱乾坤, 都天下於一身, 比如富人之家叢萬有於府藏者, 而又嘗儐于皇華大人, 聞所未聞於交際答問之間者, 又不知其幾, 所謂富益富也. 河南公生長於其門, 聞詩禮於獨立之下, 其識見之富, 殆埒於乃翁, 況其天資之美, 又有所自得者耶? 又如富人之子, 自有家傳之貲, 益之以私營, 其有豈不萬萬哉! 則雖不復行販於萬里之遠, 子孫衣食, 固有餘矣, 若是者, 河南公雖如此而止, 可也, 今復朝正于京師, 賦屈子之遠遊, 履子長之山川, 非所謂兼得者乎?

장차 떠날 때가 되어 내가 웃으며 "공은 무슨 물건을 가지고 가는가?"

---

2 河東公: 鄭麟趾. 태조 5년(1396)~성종 9년(1478). 자 伯睢. 호 學易齋. 본관 河東. 시호 文成. 아버지는 石城縣監 贈領議政府事 興仁이며, 어머니는 陳千義의 딸이다. 1414년 문과에 장원으로 급제하였고, 벼슬은 영의정(1455, 세조원년)에 올랐다. 왕의 신임을 받으면서 文翰을 관장하고 역사·천문·역법·아악을 정리하였고, 한글창제에도 참여하는 등 문풍육성과 제도정비에 기여하였다.

하자, 그는 "나는 부친으로부터 받은 것을 가지고 간다. 다른 물건은 없다." 하였다. 내가 " 그럼 되었다. 이것을 연경의 시장에서 팔면 크게 이득을 볼 수 있다. 연경 남쪽에 황금대黃金臺가 있는데 옛날 연나라 사람이 준마를 샀던 곳이다. 그대와 같은 준마를 판다면 황금이 만일萬鎰 뿐이겠는가. 공은 장차 크게 얻음이 있을 것이다. 중국 조정은 육부六部로 이루어져 있는데 사방에서 오는 사신을 응접하는 곳이 예부禮部이다. 예부상서 예악倪岳공의 선친이 한림 선생 예겸倪謙인데, 앞서 말했던 그 중국 사신으로 하동군이 실로 접대를 맡았었다. 내가 일찍이 예 선생의 『황화집皇華集』을 읽고서 한림 선생이 하동공과 깊은 교분이 있음을 알았다. 이제 공이 가서 상서를 만나면 상서는 과연 어떤 마음이겠는가. 반드시 주는 바가 있고 공 또한 얻음이 있을 것은 의심의 여지가 없다. 공의 이번 행차를 고인들이 멀리 노닐었던 일과 견주어 본다면 어느 쪽이 얻은 것이 더 많다고 하겠는가?"

將行, 秉善笑而謂曰: "公行所齎何物?" 公曰: "吾有所受於先公者, 無他物焉." 余曰: "足矣. 是可以售之燕市而大有得也. 燕之南, 有臺曰黃金[3], 昔燕人以市駿, 子之駿而賈, 黃金奚啻萬鎰, 公將大有得也. 朝廷設六部, 其接遇四方賓客者曰禮部, 其尙書倪公[4]之先曰翰林先生諱謙[5], 是所謂昔日皇華大人, 而河東公實儐焉. 余嘗讀倪先生『皇華集』[6],

3 黃金: 燕昭王이 제나라에 맞서기 위해 인재를 구하고자 하니, 郭隗가 천리마를 구하기 위해 죽은 천리마의 뼈를 샀다는 고사를 인용하여 자신을 먼저 중용해 줄 것을 건의하였다. 이에 연소왕이 곽외를 극진히 모신 것은 물론, 그를 위해 易水 강변에 높은 누각을 지어 황금을 쌓아놓고 천하의 인재를 모았다. 이 누각의 이름이 招賢臺였는데 후에 黃金臺로 고쳐 불렀다.

4 倪公: 倪岳(1444~1501)이다. 그는 자 舜咨로 錢塘 출신인데, 조선에 사신으로 왔던 倪謙의 아들이다. 천순 8년(1464)에 진사시험에 합격, 『英宗實錄』 찬수에 참가하고, 홍치 6년(1493)에 예부상서를 지냈다. 시호는 文毅이고, 저서로 『青溪漫稿』·『文毅公集』 등이 있다.

知翰林甚有分於河東公也. 今公之去謁尙書, 尙書果何心哉? 其必別有所贈, 而公又有所得也無疑, 則公之此行, 其與昔之遠遊者, 其所得孰多孰少耶?"

나 역시 일찍이 사신 행렬에 끼어 북경에 다녀온 일이 있다. 그러나 하동공과 같이 가르침을 전수해 주는 선친이 없고 하남공과 같은 자질이 내게 없으며 교분을 나눌 상서도 없었으니, 가지고 간 것도 없고 얻어 온 것도 없었다. 마치 가난한 사람이 주머니에 동전 한 닢도 없이 하릴없이 저자거리에서 날을 보내다가 빈손으로 돌아오는 것과 같았다. 멀리 노닌들 무슨 보탬이 있었겠는가. 공이 떠남에 축하를 하면서 또한 스스로를 비웃노라.

不才亦嘗承乏, 朝京師矣. 然先無河東公之傳, 身無河南公之資, 又無尙書交接之分, 故行無所齎, 歸無所得, 如貧人囊無一錢, 徒終日於市肆, 垂手而還也, 遠遊有何益乎? 於公之行, 旣以賀, 又自笑焉.

---

5 謙: 倪謙으로, 자는 克讓, 호는 經鋤後人, 시호는 文僖이다. 正統 3년(1438) 지방관의 추천을 받아 이듬해 진사에 합격, 세종 32년(1450) 景宗의 즉위를 알리는 조칙을 가지고 사신으로 조선에 왔다. 벼슬은 南禮部尙書를 지냈고 「朝鮮紀事」를 저술하였다.

6 皇華集: 중국 사신과 조선의 접반사들이 주고받은 시문을 모은 책으로, 조선시대에 총 23회 간행되었다. '皇華'라는 말은 『詩經』의 「皇皇者華」라는 시편에서 나온 것인데, 임금이 먼 길을 다니는 사신의 노고를 위로한 내용이다. 그 첫 구절에 "환하게 빛나는 꽃이여, 저 언덕과 습지에 피어있네. 저기 달려가는 征夫 왕명에 충실하지 못할까 걱정하도다. [皇皇者華, 于彼原隰. 駪駪征夫, 每懷靡及]" 하였다.

철원 부사로 부임하는 한증을 전송하는 글
送鐵原府使韓曾序

나의 벗 한후는 자가 효백孝伯이다. 이는 증자曾子가 증석曾晳을 봉양하던 뜻을 취한 것이니, 이를 보면 그의 행실이 어떠한지 가히 알 수 있을 것이다. 내가 지난날 경주 부윤을 맡았을 적에 효백은 흥해興海 군수였다. 서로 가까이 지내며 그 사람됨을 소상히 알게 되었는데, 실로 어진 관리였다. 지난 을묘년(1495, 연산군 1)에는 내가 세 명의 중국 사신을 응접하느라 평안도를 두 번 왕복하였는데 효백은 그때 숙천肅川 부사를 맡고 있으면서 도차사원都差使員에게 필요한 물품을 대주었다. 이에 또한 효백이 일을 잘 처리하는 능력도 갖추었음을 알게 되었다. 이제 효백이 철원 부사에 제수되었는데 그에게는 그다지 영광이라 하기 어려운 자리다. 그러나 이는 그의 부친이 생존해 계시기에 조정에서 부모 봉양에 편리한 가까운 곳으로 임명한 것이다. 그래서 효백은 섭섭하게 여기지 않고 큰 벼슬을 받은 듯 급급히 길에 올랐다.

吾友韓侯曾, 字孝伯, 蓋取曾子養曾晳之義,[1] 其行可知已. 我昔尹鷄林, 孝伯爲興海守, 與相親善, 審知其爲人, 實吏之良也. 去乙卯歲, 僕接三天使, 往還平安道者再, 孝伯時以肅川府使, 爲支應都差使員[2], 於是又知孝伯有應物之能. 今除鐵原, 於孝伯未爲多也. 其尊翁在, 朝以其地之近, 便於省問, 故孝伯不以爲屈, 如得大受, 汲汲然登途.

---

1 曾子~之義: 증자는 효행이 높기로 이름이 높았던 공자의 제자이며, 증석은 증자의 부친이다. 증자는 먹고 마시고 입는 것은 물론 부모의 마음도 잘 헤아려 봉양하였다. 한증은 그 이름의 '증'이 '증자'의 '증'과 같으므로 증자의 '효'를 字로 가져온 것이다.

2 都差使員: '차사원'은 중요한 임무를 위하여 파견하던 임시 벼슬이고, 도차사원은 그러한 차사원 가운데 책임자이다.

떠나려 할 때 나에게 경계로 삼을 한 마디 말을 해줄 것을 요구하였다. 아, 내가 어떻게 그대를 경계할 수 있겠는가. 그대의 재주와 행실로써 지금까지 두 고을에서 펼쳤던 것과 같은 정사를 이 한 고장의 백성에게 베푼다면 마치 만전萬錢의 비용을 들여 한 사람의 빈객을 접대하는 것과 같으리니 다시 무슨 힘쓸 일이 있겠는가. 이를 견지한다면 한나라의 순리循吏가 되고도 남음이 있을 것이다. 내가 어찌 그대를 경계할 수 있겠는가. 그렇지만, 처음에는 날카롭다가도 나중에 무디어지고, 복잡한 일은 신중히 하지만 간단한 일은 소홀히 하는 것이 세상 사람들이 많이 저지르는 실수이다. 내가 들으니, 철원은 옛 동주東州의 서쪽 지역으로 지세가 막히고 일은 간단하다고 하니, 종을 자르던 칼날이 담금질하기를 게을리 하여 처음의 날카로움을 잃게 될까 두렵다. 그대는 경계하라.

將行, 從余求一言爲之戒. 嗚呼, 吾何可戒君? 以君之才之行, 移前二邑之政, 加之一區之民, 如以萬錢之費, 供一賓矣, 復何用力之有? 持此做得漢朝循吏, 尙有餘資矣, 吾何可戒君? 雖然, 始銳而竟鈍, 愼繁而忽簡, 世之人坐此失之者多. 吾聞鐵原在古東州[3]之西, 地幽而事簡, 恐劃鍾之刃, 磨淬之或慵, 而失其初矣, 君其戒哉.

3 東州: 철원 지역의 옛 지명이다.

진주 목사로 부임하는 김선을 전송하는 글
送晉州牧使金瑄赴任序

홍치 경신년(1500, 연산군 6) 말에 영흥 부사 자리가 비어 이조에서 목사 김대가金待價로 대신하도록 천거하자, 특별히 통정대부로 올리라는 성은이 내려왔다. 통정은 재상의 반열이다. 온 조정이 김대가를 위해 축하하고, 영흥 백성들을 위해 축하하였다. 그런데 부임하기도 전에 진주 목사로 옮기게 되었다. 김대가는 집안사정을 들어 물러나기를 청하니 다른 고을로 바꾸어 주라는 명이 내렸다. 진주는 땅이 넓고 백성이 많아 적임자가 아니면 맡을 수가 없기 때문에 사람들은 진주 백성들을 동정하며 그가 물러남을 애석하게 여기지 않음이 없었다. 그러자 재상은 백성들의 소망을 따라 다시 진주 목사 제수를 청하였고 김대가도 명을 따랐다.

弘治庚申末, 永興府使缺, 銓曹薦金侯待價[1]代之, 聖恩特許陞通政, 通政, 宰相行也. 同朝爲待價賀, 爲永民賀. 未赴, 遷爲晉州牧, 待價因家故, 引嫌請辭, 命換他邑. 晉, 地廣民稠, 非其人莫宜, 人莫不爲晉民惜其去, 宰相從民望, 請仍授, 從之.

아, 영흥이나 진주나 그곳 백성들은 모두 우리나라의 백성이다. 진주를 떠나 다른 곳으로 가더라도 그곳 백성들 또한 이와 같을 것인데, 여기에서 뺏어 저기에 주니 하늘이 무슨 마음이란 말인가. 처음에는 영흥 사람들이 기뻐하였고, 중간에는 진주 사람들이 기뻐하고 영흥 사람들은 근심하였으며, 마지막에는 진주 사람들은 근심하고

1 待價: 金瑄의 자. 김선의 본간은 함창이며, 金遇賢이다. 세조 14년(1468) 문과에 급제하였다.

다른 고을 사람들이 어진 군수를 만나 그 은택을 입게 되기를 바랐지만 또한 그렇게 되지 못하여 풀이 죽어 무언가를 상실한듯하였다. 그런데 한 달도 못되어 인사가 이렇듯 뒤바뀌어 인심의 희비가 정해지지 않았으니 우스운 일이다. 그러나 김대가는 더욱 자중하라. 대가는 나와 소과에 함께 급제하여 깊이 교유하였다. 이에 그 일을 기록하고 시를 덧붙인다. "철령엔 구름이 막히고 초령이 열리어, 용흥 사람 데려다가 봉명 고을로 데려왔네. 온 고을 사람들 서로 축하함을 멀리서도 알았는데, 하늘이 공수龔遂와 황패黃霸를 보내더니 다시 데려가 버렸네. [鐵嶺雲遮草嶺開, 龍興人換鳳鳴來. 遙知闔境重相賀, 天遣龔黃去却回.]"

嗚呼, 永與晉, 其民皆吾民也, 去晉而之他, 其民亦猶是也. 奪此與彼, 天何心哉? 始焉永人喜, 中焉晉人喜而永人愁, 終焉晉人愁而列邑冀得二天而蒙其澤, 亦旣不得, 則無聊焉如失其所有. 然未匝月而人事之變遷如是, 人心之悲喜不定, 可笑也已. 然待價則益重焉. 待價, 吾同年[2]也, 交又深, 於是敍其事, 繼以詩. 鐵嶺[3]雲遮草嶺[4]開, 龍興[5]人換鳳鳴[6]來. 遙知闔境重相賀, 天遣龔黃[7]去却回.

---

2 同年: 함께 급제한 사람을 이르는 말이다. 『文科榜目』에 의하면 홍귀달은 1461년에 문과에 급제하였고 김선은 1468년에 급제하였다. 여기서 동년은 사마시의 동년을 말하는 듯한데 『司馬榜目』에는 두 사람의 진사 합격 사실이 나와 있지 않다.

3 鐵嶺: 함경남도 안변군과 강원 회양군 경계에 있는 고개로, 685미터의 교통·군사상 중요한 곳이다. 이 고개의 북쪽을 관북지방, 동쪽을 관동지방이라고 부르며, 지금도 石城의 터가 남아 있고, 서쪽에 솟은 風流山과 동쪽의 將帥峰이 천하의 난관을 이루며, 녹음과 단풍의 경승지로도 널리 알려져 있다.

4 草嶺: 『新增東國輿地勝覽』 예천군 조항을 보면 竹嶺과 마주하였던 고개로 草嶺을 소개하고 있다. 또 홍귀달의 시 가운데 「送韓公堰奉安胎室大丘」를 보면 태실을 영남으로 봉안하러 가는 길목에 초령을 지난다고 하였다.

5 龍興: 영흥 지방에는 龍興江이 흐른다.

6 鳳鳴: 진주에는 飛鳳山이 있고 그 앞에 鳳鳴樓가 있었다.

7 龔黃: 龔遂와 黃霸로, 이 두 사람은 漢나라의 지방관으로 유명하였는데, 각각 발해

태수와 영천태수를 맡아 치적이 높았다.

함열 태수로 부임하는 양지손을 전송하는 글
送梁太守芝孫[1]赴任咸悅[2]序

세상에서 벼슬하는 자들은 대부분 중앙 조정에서 관직을 맡고 싶어하고 외직을 원하지 않는다. 그래서 내직은 소중히 여겨 서둘러 부임하고, 외직은 하찮게 여겨 늦장을 부리며 나아간다. 소중한 것을 버린 채 하찮게 여기는 곳으로 나아가고, 서둘러 나가는 곳을 버린 채 늦장을 부리는 곳으로 가는 것이 어찌 인지상정이겠는가. 그런데 양지손은 과거에 급제하자마자 바로 6품에 올랐는데도 곧바로 외직에 나아가기를 원하였다. 곡성을 맡아 60개월이 되어 체직되었으니 또한 이미 벼슬길이 한번 움츠렸다고 할 수 있다. 이윽고 조정으로 돌아와 장차 현직顯職을 제수 받으려는 즈음에 도리어 급급히 외직을 요구하였다. 그에게 물으니 "부모님 때문이다." 하였다. 조정에서는 그의 뜻을 따라 함열 현감으로 나아갈 것을 다시 허락하였다.

世之仕者, 率欲官于朝, 而不願吏于外. 蓋內之與外, 有輕重遲速之不同, 舍重而之輕, 去速而就遲, 豈人情哉? 而梁氏子取科第, 纔陞六品, 旋求補于外, 宰谷城六十月而遞, 亦旣屈矣, 旣還朝, 將顯授矣, 顧乃汲汲然求去, 問之則曰: "親故也." 朝廷如其志, 復許監于咸悅縣.

무릇 함열은 작은 고을이요, 양지손은 큰 그릇이기에 사람들은 모두 걸맞지 않는다고 하였다. 그런데도 그는 지금 서둘러 짐을 꾸려 떠나려 하니, 소중한 곳을 버리고 사람들이 가기 싫어하는 곳으로 나아간

1 芝孫; 양지손. 자는 伯英, 본관은 南原, 아버지는 汀이고, 조부는 湛이다. 성종 14년(1483) 문과에 급제하여 벼슬은 禮曹參議를 지냈으며, 중종 때 청백리로 천거되었다.
2 咸悅: 전라북도 익산군 함열읍이다.

다는 기색이 조금도 없었다. 현인이 아니고서야 이럴 수 있겠는가. 성상께서는 바야흐로 순임금과 문왕의 정치를 융성하게 일으켜 백성들을 효성으로 이끌고 계신다. 그대가 또한 증자曾子와 민자閔子의 행실을 가지고서 이미 곡성 백성들을 교화시키더니, 지금 다시 함열에서 고요히 예악으로써 훌륭한 정사를 펼치려 한다. 부모를 사랑하는 마음으로 백성을 사랑하면 함열 사람들이 모두 기뻐하여 교화될 것임을 나는 알고 있다. 떠남에 즈음하여 민생을 위하여 축하하며, 치도治道를 위하여 기뻐하노라.

夫咸悅, 小邑也, 梁則大器也, 人皆謂不相宜, 而方且促裝取途, 略無舍重就遲之容色, 不賢而能之乎? 聖上方隆舜文之治, 孝以帥萬姓, 吾君又以曾閔之行, 旣化谷城民, 今又鳴琴于咸悅, 割鷄以牛刀,[3] 吾知以愛親之心愛人, 咸悅之人皆悅而化矣. 於其行, 爲民生賀, 爲治道賀.

3 鳴琴~牛刀: 지방관이 선정을 베푼다는 뜻이다. '割鷄'는 작은 武城 고을에 예악을 가르치는 子游에게 "닭을 잡는 데에 어찌 소 잡는 칼을 쓰는가." 농담한 것이다. 《論語 陽貨》
'鳴琴'은 單父 땅을 다스리는 宓子賤이 無爲의 다스림을 펴서 자신은 거문고를 타기만 하고 堂 아래로 내려가지도 않았다는 것이다.《呂氏春秋 察賢》

고성 삼일포에 대한 글

高城三日浦[1]序

내가 삼일포에 대해서 들은 지 오래 되었다. 항상 속으로 동경했지만 한번 가 볼 기회가 없었다. 갑진년(1484, 성종 15) 겨울, 성은을 입어 강원도 관찰사가 되어 고성에 두 차례나 들렀지만, 또한 유람할 여가는 없었다. 그 이듬해 가을 다행히 공무에 틈이 생겨 도사都事 신공申公 모某와 함께 흡곡歙谷에서부터 바다를 따라 내려가며 경승지를 모두 탐방하였다. 그 이듬해 8월 16일 갑오일에 발길이 고성에 닿았고 저 삼일포 사선정四仙亭을 드디어 보게 되었다.

吾聞三日浦久矣, 常懷, 無因而一至. 歲甲辰冬, 荷 聖恩, 得持節鉞關東, 巡至高城者再, 又不暇遊賞焉. 越明年秋, 幸務歇, 與都事申公某, 自歙谷[2]遵海濱而南, 將窮勝探, 越八月十六日甲午, 路指高城, 得見所謂三日浦四仙亭者.

이르고 보니 고성 군수 조공趙公이 벌써 삼일포에 배를 대고 정자에는 휘장을 쳐놓고 육지에서 북을 치며 기다리고 있었다. 정자는 물 한가운데에 있었는데 옛날 영랑令郎의 무리가 삼일 동안 놀았다고 해서 오늘날과 같은 이름을 얻은 것이다. 이에 함께 말안장에서 내려 배에 오르고, 다시 배를 버리고 정자에 올라 '삼일포사선정' 여섯

---

1 三日浦: 강원도 고성군 북측 지역에 있는 호수로, 관동팔경의 하나이다. 신라시대에 永郎·述郎·南石郎·安祥郎 등 四國仙이 뱃놀이를 하다가 절경에 매료되어 3일 동안 돌아가는 것을 잊었기 때문에 삼일포라는 이름을 얻었다고 한다.

2 歙谷: 본래 고구려의 習比谷 또는 習比呑인데 신라 경덕왕 때 習溪로 개칭되어 金壤郡의 속현이 되었다. 고려시대에 흡곡으로 개칭되었으며, 1248년(고려 고종 35) 현령을 두고, 1596년(조선 선조 29) 通川에 병합되었다가 1598년(선조 31) 복구되어 현이 되었다. 1895년(고종 32) 군이 되었으나 1910년 통천군에 병합되었다.

글자를 어루만지며 저 옛 일을 마음속에 그리다 보니 바람이 일고 파도가 거세어지는 것이 마치 신선이 파도를 치며 날아오는 것 같았다. 이윽고 암석에 줄지어 앉아서 술잔을 주고받으니 주흥이 오르고 객들은 취하였다. 해는 지고 달은 떠서 잔잔한 물은 반짝이는데 물고기 뛰는 소리가 들려 또한 가만히 있어도 감회가 일고 유연하여 무언가 깨달음이 있었다.

至則郡倅趙公, 已舟楫于浦, 帷帳于亭, 候鼓于陸以候之. 亭在水中央, 昔有永郎徒游三日, 故得今名. 乃相與卸鞍而舟, 舍舟而亭, 摩挲六字, 追懷往昔, 風起浪湧, 若有羽仙凌波而來者. 旣又列坐巖石, 觥籌交錯, 酒闌客酣, 日落月出, 水明無波, 魚擲有聲, 蓋亦有所默然而感, 悠然而得者矣.

도사가 일어나 잔을 잡고 말했다. "이번 유람은 잊을 수가 없습니다. 그런데 사선이 붉은 글씨를 남기지 않았다면 오늘 어떻게 그들의 자취를 알 수 있었겠습니까. 우리도 한 마디 남겨 그들을 계승해야 하지 않겠습니까?" 나는 농담 삼아 말했다. "자고로 신선은 죽지 않는다. 혹 이름과 모습을 바꾸어 다시 수천 년 뒤에 노닐어도 사람들은 알지 못한다. 영랑의 무리가 오늘 이 좌중에 있지 않다고 어찌 장담할 수 있겠는가. 고금에 있어 인물들은 변화가 없을 수 없지만 그 정신의 신령함은 죽지 않고 길이 이어지는 점이 있다. 어느 겨를에 기록하겠는가마는 유람한 날짜는 후세에 전하지 않을 수 없다." 이에 전현前賢들이 남긴 시의 운자를 따라 시를 지어 돌에 새겼다. 뒷사람들이 오늘 우리를 상상해 본다면 아마도 지금의 나와 같은 생각을 하게 되리라. 나와 함께 노닌 사람은 좌랑佐郎 권인손權仁孫, 상례相禮 노길번盧吉蕃, 참봉參奉 이령李苓이니 모두 풍류인이다. 신공의 이름은 종옥從沃이고 조공의 이름은 수무秀武이다.

都事起而執盞言曰: "斯遊不可忘. 雖然, 四仙不有丹書[3], 今日何以知遺跡? 盍留一言續之?" 余戲之曰: "自古神仙不死, 或有變名易形, 復遊於數千載之後而人不知者, 永郎徒安知今日不在坐中耶? 古今人物, 雖不能不變, 而其英靈固有不死而長存者, 何暇記爲? 然來遊日月, 不可無傳." 乃步前賢遺韻, 以入于石. 後之視今, 想當如我云爾. 從吾遊者, 佐郎權仁孫[4], 相禮盧吉蕃[5], 參奉李苓, 皆風流人也. 申公諱從沃, 趙公諱秀武.

---

3 丹書: 삼일포 부근 절벽에 붉게 새겨져 있던 글씨로 현재는 전하지 않는다. 기록에 따르면 '永郎徒南石行'이라고 씌어 있었다고도 하고, '述郎徒南石行'이라 쓰여 있었다고도 한다. 鄭澈(1536~1593)의 「關東別曲」에 "고성을 뒤로 하고 삼일포를 찾아가니 단서는 완연한데 사선은 어디 갔나." 하였다.

4 權仁孫: 본관 安東. 아버지는 致中, 조부는 永善, 외조부가 讓寧大君 李禔이다. 성종 6년(1475) 문과에 급제. 持平을 거쳐 호조참의에 이르렀다.

5 盧吉蕃: 『성종실록』 성종 6년 2월 8일 기사를 보면 훈련원 첨정 노길번에게 위원 군수의 일을 대행하도록 유시하였다는 기록이 보이는데, 노길번이 어떤 인물인지는 미상.

묘향산으로 유람 가는 승려 희칙을 전송하는 글
送僧希則遊香山序

승려 연감淵鑑이 소매에 시축을 넣어가지고 와서 내게 청하기를, “동료 승려인 희칙希則이 장차 묘향산으로 떠나려 하는데, 그 여행에 대한 한마디 말을 얻어 경계로 삼고 싶어 합니다.” 하였다.

> 佛者淵鑑, 袖詩軸來請余曰: “友僧號希則, 將遊香山, 願得一言道其行, 持以爲戒.”

나는 말하였다. “아, 이른바 ‘희칙希則’의 ‘칙則’은 어떠한 것을 말하는가? 장차 산과 숲을 성품으로 삼고 구름과 물을 마음으로 삼아 인간세상을 하찮게 여기어 고상하게 행동하는 것인가? 아니면, 하늘이 그에게 재주를 부여하였으나 명命은 주지 않아 우리 성스런 조정에 의탁하지 않고 저쪽으로 감을 뜻하는 것인가? 장차 공空을 담론하고 현玄을 이야기하며 마음은 죽고 도는 보존되는 것을 스스로 보배로 여기는 것인가? 아니면 문장과 역사에 정신을 쏟고 시문학에 뜻을 기울여 유가와 묵가 사이에서 이름을 훔치는 것인가? 장차 산을 찾고 물을 바라보며 길에서 늙어 가면서 굶주림과 추위를 개의치 않아 죽어도 아무 회한이 없는 것인가? 아니면 유람한다는 명분을 빌어 이리저리 오고가다가 떨어지는 꽃잎이나 나부끼는 버들개지처럼 바람결을 따라 미친 듯 유랑하는 것인가? 이 몇 가지 가운데 그것은 필시 하나에 해당될 것이다. 만약 자신이 그것을 좋아해서 하려는 것이라면 괜찮겠지만, 그렇지 않다면 내가 비록 그의 여행에 대해 말한다 해도 그것은 귀를 스치는 봄새의 지저귐이나 가을벌레의 울음에 불과할 따름이다. 내가 그에 대해 어떻게 할 수 있겠는가. 그렇지만 사람을 잘 보는 자는 그 사람이 사귀는 벗들을 살펴보고서 사람됨의 고하를 정하는 법이다. 내가 비록 희칙을 보지는 못하였으나 연감을 보니 온화하고 순수하며 고요하고 과묵하며, 근엄하고 공경하며 도탑고 관대하니 그가 취하는 벗도 필시 단정할 것이다. 이로써 희칙이 또한 잔단 사람이 아닐 것으로 생각한다. 나는 이러한 까닭으로 그의 여행에 대하여 한마디 말을 하고 인하여 묘향산의 장로에게 고한다. '시를 짓는 승려가 장차 이를 것이니 눈을 비비고 바라보지 않을 수 있겠는가?'"

余曰: "噫, 夫所謂則者何如者? 將山林其性, 雲水其情, 不屑人間, 眇然高擧者乎? 抑天賦其才, 不與之命, 無所托於 聖朝而之彼者歟? 將談空說玄, 心死道存, 以自珍者乎? 抑游神文史, 役志詩騷, 賭名字儒墨間者歟? 將尋山望水, 卒老于行, 不恤飢寒, 死而無悔者歟? 抑假名遊覽, 紛紛往來, 如落花飛絮隨風輕狂者乎? 之數者, 必居一焉. 如其善者而蹈之則可矣, 否則余雖欲道其行, 不過如春禽之鳴, 秋蟲之聲過耳而已. 吾如彼, 何哉? 雖然, 善觀人者, 觀其所與友者, 而其人之高下定. 余雖不見希則, 而見淵鑑, 鑑師和粹而靜默, 莊敬而敦大, 其取友也必端. 以是知則也亦非幺麽子也. 余故道其行, 因寄語于香山長老曰, '韻釋將至, 得不刮目相對乎!'"

서울로 돌아가는 김 헌납을 전송하는 글
送金獻納歸京序

선성宣城 노희량盧希亮 공이 호조 판서가 되었을 때 성상께서 관원의 인사를 담당하는 일이 더 중하다 하시며 이조 판서로 옮기도록 공에게 명하셨다. 얼마 지나지 않아 사간원의 헌납 자리에 결원이 생기자 공은 간관은 막중한 자리인데 적임자를 찾기 어렵다고 생각하고 조정에서 알고 지내는 사람에게 '누가 좋은가' 물었다. 어떤 사람이 성균관 전적典籍 김수문金秀文을 추천하며 말하였다. "김후는 일찍이 함창과 지례 두 고을에서 수령을 맡았었는데 두 고을 백성들이 그 당시에는 신명神明처럼 공경하였고 떠난 뒤에는 부모처럼 그리워하였으니 이른바 '옛사람의 풍모를 지녔다[古之遺愛]'는 경우이다. 또한 그 심지가 강직하여 이익과 손해에 마음이 흔들리지 않으니 공이 적임자를 얻고자 한다면 김후를 버리고는 더 나은 사람이 없을 것이다." 공은 기뻐하여 의망하였고 성상께서는 '좋다' 하셨다. 명이 이미 내리자 듣는 자들이 모두 조정에서 제대로 된 간관을 얻었다고 여겼다.

宣城盧公希亮[1]之判戶曹也, 上謂銓選之重, 而命公移判吏曹. 未幾, 司諫院獻納缺, 公謂諫官之重而難其人, 問於朝之相識者曰: "誰可者?" 人有薦成均典籍金侯秀文者曰: "侯嘗宰于咸昌知禮兩縣, 兩縣之民, 當時敬之如神明, 去後思之如父母, 所謂古之遺愛也.[2] 又其中剛介,

---

1 希亮: 盧公弼. 세종 27년(1445)~중종 11년(1516). 자 希亮. 호 菊逸齋. 본관 파주. 영의정 思愼의 큰아들이다. 경기도 交河縣(지금의 파주) 출신으로 선성은 곧 파주의 고호이다. 세조 12년(1466) 문과 급제, 성종 14년(1483) 대사헌이 되고, 1489년에 공조판서가 된 데 이어 6조의 판서를 두루 역임하였으며, 외직으로는 경기도관찰사를 지냈다. 갑자사화에 연좌되어 무장으로 장배 되었다가 중종반정으로 풀려나와 중종 2년(1507) 영돈녕부사에 올랐다. 이때 명나라에 가서 중종 즉위의 경위를 설명하고 명나라로부터 칙지를 받아 귀국하였다.

不爲利疚威惕, 公欲得其人, 舍侯莫有尤者."公悅, 注擬之, 上曰: "善." 命旣下, 聞之者, 咸以爲朝廷得諫官矣.

현 성균관 사예司藝 표소유表少游가 명을 받들고 남쪽으로 가며 함창을 지나게 되었는데 시골집으로 나를 찾아왔다. 안부를 묻는 외에 다른 말을 할 겨를도 없이 대뜸 '아무개가 헌납이 되었다, 아무개가 헌납이 되었다' 말하는데 희색이 있는 듯하였다. 내가 일어나 감탄하며 말했다. "정말로 사람을 얻었다. 내가 일찍이 이조 참판으로 있을 때 김후가 그때 함창에 있다가 부친상을 당해 고향으로 갔다. 거상이 끝났을 때 새로 관직을 제수 받지 못하였는데 함창의 당시 수령이 마침 임기가 차서 갈리게 되었다. 그러자 함창의 부로들이 의견을 모아 내게 편지로 보내어 '고을 사람들이 오로지 옛 수령께서 다시 오시기를 바라고 있으니 힘써주시기 바랍니다.' 하였다. 좌우에 그 일을 물어보니 그러한 전례가 없어 불가능하다고 하므로 비록 그 고을 사람들의 소망에 부응하지는 못했지만 당시에 후가 펼쳤던 정사가 어떠했는지 가히 알만하며 다른 일들도 또한 그것에 근거하면 짐작할 수 있다." 표소유가 의기양양히 말하였다. "나 역시 김후를 노상盧相에게 천거하였으니 과연 잘못된 추천이 아니었도다."

今成均司藝表少游[3], 奉使南來, 過咸昌, 訪余于田舍, 敍寒暄外, 不暇及他語, 首稱某爲獻納, 某爲獻納, 若有喜色然. 余作而歎曰: "正得人

---

2 所謂句: 『左傳』 昭公20년 기사에 의하면 鄭나라의 어진 대부였던 子產이 죽자 공자가 그 소식을 듣고 눈물을 흘리며, "옛사람의 어진 풍모를 지닌 사람이었다[古之遺愛]." 하면서 슬퍼하였다.

3 表少游: 表沿沫의 자. 세종 31년(1449)~연산군 4년(1498). 호 藍溪. 본관 新昌. 함양 출신. 감찰 繼의 아들로, 김종직의 문인이다. 김굉필, 정여창 등과 함께 문명이 높았다. 무오사화 때 경원으로 유배 가던 중 객사하였으며 갑자사화 때 부관참시를 당하였다. 『남계문집』 4권 2책이 전한다.

焉. 僕嘗忝銓曹亞卿, 侯時自咸昌, 遭父喪而去, 服闋, 未有新除, 咸之時宰, 適官滿將代, 父老合辭馳書來示余曰: '邑人惟願舊侯重臨耳, 請圖之.' 余以語諸左右, 以無例不果, 雖未副邑人之望, 當時侯之政跡可知也, 其他設施, 亦因可卜也."少游有矜色曰: "余亦薦侯於盧相者, 果未爲失擧也."

며칠이 지나 김후가 고향을 떠나 서울로 가는 길에 함창을 지나게 되니, 그 또한 시골집으로 나를 찾아왔다. 푸른 머리의 어린 하인이 붉은 옷을 입고 앞서 인도하는데 광채가 번쩍거렸다. 산천도 기쁜 낯빛으로 다투어 말머리에서 영접하였으니 백성과 부로들 가운데 일찍이 아름다운 은택을 받았던 자들은 어떠하였겠는가. 나는 동향 사람 중에서도 다소 친분이 깊은 자였으므로 그와 더불어 앉아 축하하였다. "성상께서 나라를 위하여 이조 판서로 노상盧相을 발탁하고, 노상은 조정을 위하여 여러 사람 중에서 그대를 간관으로 발탁하였다. 이렇게 해나가니 나라가 다스려지지 않을래야 그럴 수 없다." 또 일어나서 권면하였다. "선비가 이 세상에 태어나 간관이 되지 못한다면 비록 포부가 있더라도 장차 어디에 펼치겠는가. 김후는 가시라. 성상께서 바야흐로 새벽같이 일어나 도道를 구하실 것이다."

旣數日, 侯自鄕赴京師, 道過咸昌, 亦訪我于田舍, 青頭朱衣[4], 導前以行, 曄乎其光哉! 山川動色, 爭迎于馬首, 況人民父老之嘗蒙休澤者乎? 余, 鄕人中之稍有宿分者也, 乃與之坐而爲之賀曰: "上爲一國, 擇相於銓曹, 相爲朝廷, 擇諫官於衆, 如是而求, 國無治, 不可得也." 又起而勉之曰: "士生斯世, 不爲諫官, 雖有抱負, 將安施乎? 侯其行矣, 聖上方宵衣求道."

---

4 青頭朱衣: '青頭'는 검은 머리를 뜻하는 말로 젊다는 의미이고 '朱'衣는 붉은 옷을 입고 길을 인도하는 하급관리를 이르는 말이다.

소疏

간언을 물리치지 말도록 청하는 상소

拒諫[1]

신이 듣건대 몸을 망치는 일이 한두 가지가 아니지만 여색을 좋아하면 반드시 망치며, 나라를 망치는 일도 한두 가지가 아니지만 간언을 물리치면 반드시 망한다고 합니다. 나라를 다스리는 것은 몸을 다스리는 것과 같아 혈기가 하루라도 돌지 않으면 몸이 위험해지고, 언로가 하루라도 막히면 나라가 위태로워지니 이는 이치상 필연입니다. 신이 작록과 상을 내리는 것이 문란하다는 등의 일로 전하의 심중을 어지럽힌 것은 간절한 마음이 너무도 절실했기 때문입니다. 몇 달 동안이나 대궐 앞에 엎드려있던 것인데 아직도 윤허를 받지 못하였습니다.

臣聞亡身之事非一，而好色者必亡，亡國之事非一，而拒諫者必亡．治國家，猶治身也，血氣一日不運則身危，言路一日不通則國殆，此理之必然也．臣將爵賞僭濫等事，仰瀆天聽，懇惻切至，伏閤累月，迄未蒙允．

인군의 한 몸은 그 형세가 대단히 위태롭다는 점을 신은 안타깝게 여깁니다. 천명을 믿을 수 있다고 여기나 천명이 끊어지면 한 사람의 지지도 받지 못하는 일개 사내가 되고, 인심을 믿을 수 있다고 여기나 인심이 떠나가면 필부가 됩니다. 막강하기로 진秦과 같은 나라가 없었으니 믿을 만한 것 같았지만 하루아침에 산이 무너지는 환난을 어쩌지 못하였으며, 부유하기로 수隋와 같은 나라가 없었으니 믿을

1 이 글은 연산군 5년에 지은 것이다.

만한 것 같았지만 하루아침에 지붕이 무너지는 형세를 어쩌지 못했습니다. 무릇 이와 같은 것은 어째서이겠습니까? 이는 참으로 간언을 물리쳐 스스로 현명하다 여기고 욕심껏 제 마음대로 하며 믿을 만하다고 여긴 것을 믿었기 때문입니다. 이런 까닭으로 근심할 만한 것이 있어야 근심이 없어지고, 두려울 만한 것이 있어야 두려움이 없어집니다.

臣竊痛惜人君一身, 其勢甚危. 以天命爲可恃, 而天命已絶則爲獨夫, 以人心爲可恃, 而人心已離則爲匹夫. 强莫如秦, 爲可恃矣, 然一朝莫救土崩之患, 富莫如隋, 爲可恃矣, 一朝莫救瓦解之勢, 凡若此者, 何也? 誠以愎諫自賢, 縱欲自恣, 恃其所可恃也. 是故, 有可憂, 然後可以無憂, 有可畏, 然後可以無畏.

억조창생의 윗자리에 처하여 생살여탈의 권리를 쥐고서 주고 싶은 자에게는 주고 뺏고 싶은 자에게는 빼앗으며, 벌하고 싶은 자에게는 벌주고 상주고 싶은 자에게는 상을 주되, 오로지 하고 싶은 대로 하며 아무런 거리낌이 없으니 일견 즐겁고 두려울 것이 없을 듯하기도 합니다. 그러나 즐거움을 근심으로 여기고 두려울 것이 없음을 두려움으로 여겨 소심하게 삼가고 경계하면서 감히 욕심을 따르는 일이 없어야 그 즐겁고 영원히 두려울 것 없는 지위를 보전할 수 있습니다. 이런 까닭으로 명철한 임금은 위로는 천명을 두려워하고 아래로는 인심을 두려워하며 가운데로는 대간의 말을 두려워합니다.

處億兆之上, 操予奪之權, 所欲予者予之, 所欲奪者奪之, 罰者罰之, 賞者賞之, 惟欲之從, 無所違忤, 若可樂而無畏也. 然以可樂爲可憂, 無畏爲可畏, 小心戒懼, 無敢縱欲, 然後可以保其可樂而永無畏也. 是以, 明哲之君, 上畏天命, 下畏人心, 中畏臺諫之言.

엎드려 살펴보건대 전하께서는 천품이 고명하시어 세자 시절부터 인자하고 효성스럽다고 널리 알려졌기에 온 나라 신민들이 기뻐하면서 맞이하여 섬기고, 눈을 비비며 성군의 정치를 기다린 지 이제 5년이 되었습니다. 그런데 어찌하여 즉위하신 이래로 실정은 자못 많고 개인적인 호오에 따라 편당을 지으며, 상과 벌이 뒤집히고 억지로 강변하여 잘못을 분식하여 간언을 막고 마음대로 하여 온 나라 신민의 바람을 저버리십니까.

伏覩殿下天資高明, 自在儲副, 仁孝著聞, 一國臣民, 懽欣仰載, 拭目望治, 于今五載矣. 奈何卽位以來, 失政頗多, 好惡偏黨, 賞罰顚倒, 强辭餙非, 拒諫自用, 以負一國臣民之望乎?

성종대왕을 부묘祔廟한 뒤에 작록과 상벌이 어지럽게 내리자 하늘이 견책과 이변을 보여주어 비로소 그만두고 바꾸기를 허락하시더니 이제 다시 앞의 잘못을 따라가고 있습니다. 새로운 명이 내려와서 형벌을 받아 노비가 된 천한 자, 간사하게 이익을 좇는 무리, 혹 광탕하고 사나운 자들, 혹 보잘 것 없는 하찮은 무리, 혹 함부로 행동하는 외척, 혹 의원이나 천한 기술을 쓰는 자들이 지위와 서열을 초월하여 고관들과 나란하게 되었고, 인륜을 어지럽힌 사람 또한 사면을 받았으니 신민들은 두려워하고 온갖 말이 자자합니다. 유독 전하께서만 안색에 변화가 없이 태연하한 채 괴이하게 여기지 않으십니다. 하늘이 보여준 변괴가 저와 같은데도 두려워하지 않고 인심의 흉흉함이 이와 같은데도 무서워하지 않으시며, 대간의 말이 또한 경계할만한데도 깨닫지 못하시니 어째서입니까?

祔廟[2]之後, 爵賞猥濫, 天示譴異, 始許停改, 今乃復蹈前失, 且降新命, 刀鋸奴隷之賤, 奸邪射利之徒, 或狂蕩暴戾, 或瑣屑庸流, 或戚里無狀,或醫師賤技, 超資越序, 並躋崇班, 敗常亂倫之人, 亦命許通, 臣民惶惶, 口語藉藉, 獨 殿下顔不動, 色不變, 恬然莫之怪. 上天之示變如彼而不畏, 人心之洶洶如此而不懼, 臺諫之言亦可戒也, 不悟, 何也?

장차 전하께서 조종祖宗의 업적에 의지하여 태평성대의 형세를 타신다면 설사 한두 가지 잘못된 정사가 있다한들 큰 정치에 무슨 해가 되겠습니까. 신이 생각건대 시대가 이미 태평성대의 단계인데도 아직 태평성대라고 하지 않는 것은 태평성대의 시절에 혼란할 때 발생하는 위험을 미리 경계하지 않았기 때문입니다. 정의로운 도리가 이미 회복되는 단계인데도 아직 그렇게 되지 않았다고 여기는 것은 정의로운 시대에 훌륭한 도리를 잘 보존해야만 혼란한 시대가 되지 않기 때문입니다. 군자는 미연에 방지하는 것을 귀하게 여기기 때문에 명주明主를 위태롭게 생각하고 치세治世를 두려워하는데, 하물며 지금은 위망의 조짐이 벌써 드러났으니 더 말할 것이 있겠습니까.

將殿下席祖宗之業, 乘治安之勢, 雖有一二疵政, 何害盛治云爾耶? 臣以爲時已泰矣, 而猶謂不泰者, 否之來, 未有不根於泰之不戒[3]也. 道已復矣, 而猶謂不復者, 剝之至, 未有不自於復之將盡[4]也. 君子貴防於未然, 故危明主而懼治世, 況今危亡之兆已現乎?

---

2 祔廟: 전왕에 대한 삼년상이 끝나 그 위패를 종묘에 모시는 예식을 말하는데, 여기서는 구체적으로 연산군 3년(1497) 2월 11일 성종 임금의 위패를 종묘에 모신 것을 가리킨다.

3 否之來不戒: 泰卦는 하늘과 땅이 사귀는 평화로운 시기를 상징하고, 否卦는 하늘과 땅이 서로 사귀지 못하는 위태로운 시대를 상징한다. 여기서는 평화로운 시기에 더욱 조심을 해야 위태로움을 당하지 않는다는 뜻이다.

4 剝之~將盡: 復卦는 혼란기가 지나 양이 다시 차츰 회복되어 태평한 시기로 나아가는 것을 상징하고, 剝卦는 혼란이 극에 달하여 양이 위태롭게 남아있는 시기를 상징한다. 여기서는 차츰 양이 회복되어 가는 복괘의 단계에서 양을 보존하지 않으면 박괘의 단계로 나아가게 된다는 뜻이다.

이것을 어떻게 알 수 있겠습니까? 전하께서 간언을 거부하는 한 가지 일로 미루어 알 수 있는 것입니다. 선유先儒가 "임금의 한 몸은 결코 고립되어서는 안 된다. 요순堯舜은 사방의 눈을 밝히고 사방의 귀를 열어 놓아 온 세상을 한 몸으로 삼았지만 폭군 주紂는 아무도 도와주지 않는 독부獨夫였다." 하였습니다. 군신을 몸에 비유하면 임금은 머리이고, 삼공三公은 심장과 배이며, 육경六卿은 팔다리이며, 대간臺諫은 귀와 눈입니다. 사체가 각각 맡은 바를 다하여야 몸을 움직일 수 있습니다. 사체가 해이하면 마비가 오게 되니 머리인들 홀로 편안할 수 있겠습니까.

何以知之? 以殿下拒諫一事卜之也. 先儒曰: "人主一身, 尤不可孤立. 堯舜, 明四目, 達四聰, 通天下爲一身, 若紂則爲獨夫."[5] 君臣比諸一身, 人主, 元首也, 三公, 心腹也, 六卿, 股肱也, 臺諫, 耳目也. 四體各盡其職, 乃能運身. 四體解弛, 痿痺不仁, 則元首獨能自安耶?

5 先儒曰句: '선유'는 南宋시대 南軒 張栻이고, 이 말은 明나라 胡廣 등이 편찬한 『性理大全書』 卷65 「君道」에 보인다.

간언을 따를 것을 요청하는 상소

請從諫疏

신이 다시 아뢰니 언로는 하루라도 막혀서는 안 됩니다. 신이 생각건대 임금의 존귀함은 하늘과 같고 위엄은 천둥벼락과 같기에 신하 중에서 임금과 시비를 다툴 수 있는 자는 오직 대간뿐입니다. 임금은 굽히는 바가 없지만 오직 대간에게만은 굽혀 그 말을 따라야 하니 그 굽힘은 굽힘이 아닙니다. 간언이 행해지고 말을 들어주면 그 정치의 도가 모든 왕들보다 훨씬 훌륭해지니, 이른바 '잠시 굽혀 영원히 편다'는 것입니다. 그러므로 임금의 덕 가운데 간언을 받아들이는 것보다 중요한 것이 없습니다. 게다가 지금은 정치를 펴기 시작한 처음이기에 모든 사람이 태평시대의 다스림을 기대하고 있거늘 대간과 근신이 열흘이 넘도록 뜰에서 간언을 올려도 임금께서 들어주지 않으십니다. 그러니 언로가 이로부터 막히어 이후로는 큰일이 있더라도 모두 장차 입에 재갈을 물리고 혀를 묶어 감히 말하지 못할까 두렵습니다. 일이 앞으로 어떻게 될까하는 바가 바로 오늘에 달려 있으니, 이것이 신이 먹어도 맛을 모르고 잠을 자도 편치 않아 누차 임금의 귀를 더럽히면서도 그만두지 못하는 까닭입니다. 성상께서 기필코 중론을 거부하시는 것이 무슨 유익이 있는 것인지 알지 못하겠습니다. 언로가 통하느냐 막히느냐에 따라 정치의 성공과 실패, 백성들의 기쁨과 슬픔이 결정됩니다. 엎드려 바라건대 속히 성상의 진노를 거두시어 언로를 크게 여신다면 치도治道에 매우 다행일 것입니다.

臣更啓, 言路不可一日閉塞. 臣謂人主之尊如天, 其威如雷霆, 人臣與人主爭是非者, 惟臺諫耳. 人主無所於屈, 惟於臺諫, 屈而從其言, 其屈也非屈, 諫行言聽, 其治道高出百王之上, 則所謂暫屈而永伸也. 故人君之德, 莫納諫之爲大, 況今卽政之初, 萬目想望大平之治, 而臺諫近臣, 庭諍十餘日, 天聽不回, 恐言路自此塞, 而後雖有大事, 皆將箝口結舌而不敢言, 其幾正在今日, 此臣所以食不甘, 寢不安, 而累瀆 天聽, 不能自已者也. 未知 聖上必拒衆論, 有何益哉? 言路通塞, 政治之休否, 生民之休戚係焉. 伏望亟霽天威, 大開言路, 治道幸甚.

사냥을 중지할 것을 청하는 상소
諫打圍疏

신이 삼가 아룁니다. 오랑캐가 중국을 어지럽힌 것은 고대에도 면할 수 없던 일이지만 근래와 같이 심한 적은 없었습니다. 작년과 올해에 평안도·함경도의 변경 백성들이 살해되거나 잡혀가지 않는 달이 없어 혹은 한 달에 두 번도 있었으니, 그 망실은 하나 둘로 셀 수 없습니다. 그 중에도 더욱 참혹한 것은 근일 산양회山羊會에 들어온 도둑이 한 번에 백여 명을 엄습하여 잡아갔는데, 마치 무인지경에 들어와 양 떼를 몰아 달아나듯 하여 한쪽 고을이 이로 인해 텅 비게 되었습니다. 어찌 당당한 성조盛朝에 이런 일이 있으리라 생각이나 했겠습니까.

> 臣謹啓, 戎狄猾夏, 古所不免. 然未有如近來之甚者. 去今年間, 平安 · 咸鏡兩邊之民, 被殺擄者, 無月無之, 或一月而再, 其失亡, 不可以一二計. 尤其慘然者, 則近日山羊會[1]之寇, 一擧掩襲百餘人而去, 如入無人之境, 驅群羊而走之, 一面爲之空虛, 豈料堂堂聖朝, 乃有如此事乎?

이는 변장邊將이 적임자가 아니어서 방비를 잘못한 소치이기는 하지만, 실은 국운이 태평하지 못하여 재앙과 우환이 닥쳐 마침 그러한 일을 만나 변방 백성들이 그 재앙을 입게 된 것입니다. 지어미가 지아비를 업신여기고 이적이 중국을 침노하는 것은 모두 비정상적인 변고입니다. 이러한 변고가 생기는 것은 하늘이 임금에게 경계하고 두려워하도록 하여 마음을 움직이고 생각을 조심하도록 하여 부

---

1 山羊會: 평안북도 초산군 초산면에 있던 지명으로, 堡가 설치되어 있었다.

족한 바를 보충하도록 하기 위한 것입니다. 근자에 안으로는 우뢰와 번개가 재변을 보이고 밖으로는 오랑캐가 변고를 일으키니, 하늘이 우리 전하를 아끼고 사랑하여 경계할 줄 알도록 함이 지극하다 하겠습니다.

此雖邊將非其人, 隄備失策之致, 實是國運之未泰, 禍患之至, 適有所値, 而邊民受其殃爾. 大抵妾婦乘其夫, 夷狄侵中國, 皆非常之變也, 災變之生, 天所以警懼乎人君, 而使之動心惕慮, 增益其所不能也. 近者內則雷雹示災, 外則戎狄駕禍, 天之仁愛我殿下, 而使之知戒者至矣.

그렇다면 지금은 의당 어찌해야 하겠습니까? 군신 상하가 서로 경계하고 조심하며 덕을 쌓고 정사를 행하여 재변과 우환을 해소하는 데 힘써야 합니다. 쓸데없는 일이나 급하지 않은 일은 할 겨를이 없습니다. 선왕들께서 사계절을 따라 사냥하셨던 것은 무사武事를 강습하고 새와 짐승을 종묘에 올리기 위한 것이었으니 본래 폐지할 수 없습니다. 그러나 어찌 이것을 항상 하는 일로 삼을 수 있겠습니까. 변방 지역이 편안하고 사방에 근심이 없을 때 안일함에 익숙해져서는 안 되니 이런 시기에는 무사를 강습하고 군사를 다스리는 행사와 삼면으로 사냥감을 몰아서 제수를 올리는 예를 거행합니다. 그러나 만일 코앞에 재난이 닥치고 목전에 우환이 생긴다면 어찌 반드시 전례에 얽매여 이처럼 급하지 않은 일을 구태여 하겠습니까.

今宜何如? 君臣上下交相戒敕, 修德行政, 要以弭災消患爲務耳. 若夫無用之爲, 不急之擧, 在所不暇爲也. 先王四時之田, 所以講武事, 薦禽于宗廟, 固不可廢也. 然豈可例以爲常乎? 邊陲晏然, 四方無虞, 不可狃於安逸, 則於是乎有講武詰兵之擧 · 三驅[2]血薦之禮. 若有剝床之災[3], 目前之患, 則何必局於例事, 而苟爲是不急之擧哉?

지금 이산군理山郡의 군사와 백성이 잡혀간 자가 백여 명이요 살해된 자 또한 많으며, 내금위內禁衛 두 명도 하나는 잡혀 가고 하나는 죽었습니다. 군사와 백성은 우리의 적자赤子요 금군은 우리의 손톱과 어금니 같은 존재인데, 하루아침에 몸뚱이가 초원의 기름이 되기도 하고 혹은 오랑캐 가운데서 종노릇을 하게 되었습니다. 그 부모 된 자가 이 말을 듣고서는 애통해 할 겨를도 없으리니 어찌 차마 다른 일을 하겠습니까. 전에도 오랑캐가 우리나라 땅에서 이익을 가져간 것이 한두 번이 아니지만, 지금은 그 이익이 전의 만 배나 됩니다. 저들은 이렇기 때문에 반드시 앞으로 서로 독려하여 일어날 것이니 우리 변경의 걱정거리가 여기에서 그치지 않을 것입니다. 군사와 백성 가운데 오랑캐에게 잡혀간 자들은 우선 살기를 도모하여 구차히 지내는 것만도 다행으로 여길 것이니, 어느 겨를에 예의를 돌아보겠습니까. 그 백여 사람 중에 반드시 우리를 배반한 역적 한세충韓世忠과 아이산阿伊山 같은 자가 있어 그들의 인솔자가 되어 우리 땅에 우환을 끼칠 자가 앞으로 몇 사람이나 나올 지 알 수 없습니다. 생각이 여기에 이르니, 앞날에 대한 근심을 어찌 이루 다 말할 수 있겠습니까. 참으로 와신상담하여 힘을 비축하고 정예병을 양성하여 때를 살펴 움직여 분함과 수치의 만분의 일이라도 씻어야 할 것인데, 이제 전례에 얽매여 도성으로부터 몇 날을 쉬어 가야 하는 먼 곳에서 며칠이나 말 달려 사냥하는 것이 어찌 대책이 되겠습니까?

今也理山[4]軍民, 被擄者百餘, 被殺者亦多, 而內禁衛二人, 一擄一死.

---

2 三驅: 제왕이 사냥하는 것을 이른다. 사냥을 할 때에 세 쪽만 포위하고 한 쪽은 열어 주어 도망갈 수 있는 길을 터주었다.

3 剝床之災: '박상'은 『周易』 剝卦의 '剝床以足'에서 나온 말이다. 상의 다리를 깎을 때 아래로부터 시작되기 때문에 점차로 正道가 허물어져 간다는 뜻이다.

軍民, 吾赤子也, 禁旅, 吾爪牙也. 一朝或身膏草野, 或奴役虜中, 爲父母者, 聞而哀痛之不暇, 何忍他爲? 前此戎虜之得利於我境者非一度, 而今則其利萬倍於前. 彼惟其若是也, 必將相率而起, 爲我邊患, 當不止於此. 軍民之降虜庭者, 姑且偸生苟且之爲幸, 何暇顧禮義哉? 百餘人之中, 必有如韓世忠 · 阿伊山[5]者出, 而爲鄕導, 爲患於我境, 將不知其幾人. 念至於此, 將來之患, 可勝言哉? 正宜臥薪嘗膽, 畜力養銳, 相時而動, 以雪憤恥之萬一, 而且區區於例事, 累日馳獵於都城數息之遠, 豈其策乎?

혹자는 "강무講武는 군사를 조련하는 것이니, 변방을 방비하는 일에 득이 되지 않겠는가." 말하는데, 신의 생각으로는 그렇지 않습니다. 만일 굳세고 날랜 군사들을 대대적으로 사열하며, 나아가고 물러나며 치고 찌르는 용맹을 가르친다면 이는 거의 그렇다고 할 것입니다. 그러나 갈증이 나서야 우물을 판다면 갈증을 푸는데 무슨 도움이 되겠습니까. 지금은 다만 서울의 군사만을 쓰고, 품급에 따라 차출된 심부름꾼과 가까운 곳의 재인才人과 백정白丁들로 우익羽翼을 삼았으니 이름은 강무라 하지만 실은 사냥입니다. 그러니 위급할 때에 무슨 보탬이 되겠습니까. 혹자는 "'사냥하여 잡는 것은 종묘에 제사드리고 여러 대비전大妃殿을 봉양하기 위함이다. 어찌 폐할 것이랴." 합니다만, 신의 생각으로는 그렇지 않습니다. 지금 살해되고 잡혀간 사람들은 모두 선왕 선후先后의 적자赤子입니다. 적자들이 모조리 적

---

4 理山: 평안북도 초산군의 옛 명칭이다. 태종 2년(1402)에 山羊會·都乙漢·烽火臺·等伊彦 등지를 합쳐 理州라 칭했는데 태종 13년(1413)에 이산군으로 고쳤다. 1776년(정조 1) 이산이 왕의 이름과 음이 같다는 이유로 초산군으로 개명하였다.

5 韓世忠·阿伊山: 연산군 당시에 여진족으로 넘어갔던 인물들이다. 『朝鮮王朝實錄』에 근거하면, 연산군 5년(1499) 4월 3일 "韓世忠은 胡地를 가리켜 樂土라고 하여 적의 길잡이가 되었으니, 邊民이 무역에 고달픔을 알 수 있습니다." 하였고, 연산군 4년(1498) 4월 21일 "碧團 사람 阿伊山과 末應山이 저쪽 땅으로 도망해 들어가서 結黨하여 도둑질을 하고 있으니 이는 실로 叛賊입니다." 하였다.

에게 살해되고 잡혀가고 있어 자제들을 구휼할 겨를도 없는데 도리어 사냥을 하여 효성을 다하고자 한다면 선왕들께서 어찌 이를 마음 편히 흠향하겠습니까.

或曰: "講武, 所以鍊兵也. 此於備邊, 無乃有得乎?" 臣意以爲不然. 大閱熊羆之士, 敎以進退擊刺之勇, 此則庶幾矣. 然或臨渴掘井, 則何裨於救渴? 今則只用京軍士, 翼以品從伴人近道才白丁, 名雖講武, 其實獲獵耳, 何有於緩急? 或曰: 獵獲, 所以享宗廟. 奉諸殿, 何足廢乎?" 臣以爲今之被殺擄者, 固皆先王先后之赤子也. 赤子擧其類爲賊殺擄, 而子弟不暇恤, 顧欲以獵獲致孝, 則其肯安心享之乎?

옛날 한나라의 문제文帝는 선왕의 법도를 지켜 태평을 이룬 임금으로, 당시에 흉노가 감히 함곡관函谷關 이내로 들어오지 못하였습니다. 그때는 천하가 다스려져 평안하다 할 만한데도 가의賈誼는 오히려 미리 대비해야 한다고 통곡하며 눈물을 흘렸습니다. 가의가 지금에 태어나면 눈앞의 일들을 보고서 어떠한 마음일지 알 수 없습니다. 신의 생각으로는 이야말로 조정의 군신이 통곡하고 눈물을 흘리며 보다 더 덕정德政을 닦아야 할 때이니 어느 겨를에 다른 일을 하겠습니까. 게다가 전하께서는 성종께서 승하하시던 그 때에 슬퍼 몸을 상함이 정도를 지나치고 조섭에 방도를 잃어 이 때문에 풍한風寒에 감촉感觸되시어 그 후로 오륙년 동안 약을 드시는 날이 많았습니다. 지금 또 밖에서 여러 날을 보내어 밤낮으로 힘들게 서리와 이슬을 맞다가는 만에 하나 병이 나실 수 있습니다. 어찌 염려되지 않겠습니까?

昔漢文帝, 守文大平之主也. 當是時也, 匈奴不敢入關, 天下可謂治安, 賈誼猶且痛哭流涕[6], 使誼生今之世, 目今之事, 不知何如爲心也.

---

6 賈誼~流涕: 가의(B.C.200~168)는 한나라 문제 때 문인으로 나라를 위한 여러

臣以爲此正朝廷上下所當痛哭流涕, 增修德政時也, 何暇他爲? 況殿下於成廟賓天之初, 哀毁過制, 調攝失度, 因有風寒之感, 邇來五六年間, 進藥之日居多, 今且累日于外, 晨夜勞動, 蒙犯霜露, 萬有所感, 豈不可慮哉?

신의 생각으로는, 당금의 할 일은 먼저 유서諭書를 내려 변장에게 방어의 계책이 없음을 꾸짖어 그로 하여금 분발해서 새로운 공적을 세우도록 권하는 것이 최상이고, 그 다음으로는 애통한 마음을 담은 교서를 내리시어 살해되고 붙잡혀간 사람들의 처자들을 조문하고 위문하셔야 합니다. 또 자신을 돌아보아 스스로 책망하시고 신하들과 함께 각자가 공경하고 두려워하면서 정치와 교화를 닦아 밝혀야 합니다. 그래서 이렇게 유지하기를 오래하고 행하기를 쉬지 않는다면 자연 내치가 잘 이루어지고 오랑캐 침입을 막는 공적이 이루어질 것입니다. 만일 사계절의 사냥을 폐할 수 없다면, 다만 성 밖의 가까운 곳에 나가 하루 동안 사냥하여 종묘에 바치고 대전大殿을 봉양하고 돌아온다면 거의 둘 다 제대로 되었다고 할 수 있습니다. 신의 직책이 외람되게도 경연관의 자리에 있기에 생각이 있으면서도 말을 않는 것은 성은을 저버리는 일이므로 감히 죽기를 무릅쓰고 번거롭게 진달하오니 처분을 기다립니다.

臣意以爲當今之務, 莫如先下諭書, 責邊將以備禦無策, 使感激奮發, 勉立新功, 次下哀痛之敎, 弔慰殺擄者之妻子. 又須反躬自飭, 兼及臣僚, 各自寅畏, 修明政敎, 持之悠久, 行之不息, 自然內修之政行, 而外攘之功擧矣. 若猶以爲四時之田不可廢也, 則只於出城而近, 一日打

가지 방안을 강경하게 개진하다가 반대파에 의해 長沙王 太傅로 좌천된 인물이다. 그는 「治安策」에서 나라가 안정된 것 같지만 그 속에 반란의 기미가 싹트고 있으니 미리미리 대비해야 한다는 주장을 폈다.

圍, 供宗廟, 奉上殿而還, 庶幾兩得矣. 臣職忝論思之地, 有懷不言, 是孤聖恩, 敢昧死陳瀆, 取進止.

오랑캐 정벌의 폐단에 대한 의정부의 상소
議政府陳弊疏[1]

신이 가만히 생각건대, 일전에 '금년에는 서쪽으로 정벌함이 마땅치 않다'는 의견으로 어람御覽을 더럽혔다가, '흉포한 오랑캐들은 불가불 즉시 정벌해야 한다'는 성상의 뜻을 엎드려 받들었습니다. 신이 물러나 반복해서 헤아려 보니 저 오랑캐들의 죄는 참으로 덮어 둔 채 죄를 묻지 않을 수는 없습니다. 그러나 금년에 정벌하는 데에는 일곱 가지 불가함이 있습니다. 차마 입을 다물 수 없어 감히 다시 아뢲니다.

臣竊以日者將今年西征不便事[2], 仰塵睿鑑, 伏蒙聖諭, 桀驁之虜, 不可不及時征之, 臣退而反覆籌之, 彼虜之罪, 固不可置而不問. 然今年入征, 其不可者有七, 不忍含默, 敢復陳瀆.

군대는 신출귀몰함을 귀중히 여기고 군무軍務는 기밀을 숭상합니다. 그동안 오랑캐에게 잡혀갔던 서북의 백성들이 무려 수백이니 우리의 동정은 아마도 벌써 저들에게 누설되었을 것입니다. 게다가 오진五鎭의 성벽 아래에 사는 야인들은 서적西賊들과 통혼관계에 있으므로 무릇 보고 듣는 것이 있으면 곧바로 서로 알려주니 이는 형세상 반드시 그럴 수밖에 없습니다. 그리고 지금은 조회 오는 야인들이 또한 많으니 서쪽 정벌의 일자를 반드시 상세히 탐지하여 저들에게 말했을 것입니다. 우리의 대군이 장차 가면 저들은 필시 그 소굴을 비우고 깊숙이 숨을 것입니다. 괜히 갔다가 아무 소득도 없이 돌아온

1 이 상소문의 일부가 『연산군일기』 연산군 5년 8월 1일 기사에 실려 있다.
2 西征不便事: 『朝鮮王朝實錄』 연산군 5년(1499) 6월 27일 기사에 근거하면, 洪貴達은 북쪽 정벌의 불가함을 주장하였으나 받아들여지지 않았다.

다면 이는 옛말에 이른 '무익하다'는 것입니다. 이것이 첫 번째 불가합입니다.

大抵兵貴如神, 機事尙密, 西鄙之民, 前後被虜者, 無慮數百, 我之動靜, 想已盡洩於彼. 況五鎭[3]城底野人, 與西賊互相婚媾, 凡所見聞, 輒相告報, 勢所必然. 今有野人來朝者亦多, 西征之期, 必詳知之, 傳說於彼, 大兵且至, 彼必空其巢穴, 竄伏深阻. 空行空返, 古謂無益, 此一不可也.

오랑캐들은 흉악하고 교활하기 짝이 없어 우리의 군대가 이르기 전에 요로要路에 함정을 파두어 우리를 몰살하고자 할 것입니다. 대군이 이미 들어가면 저들은 필시 흉악한 무리를 많이 모아 험요한 곳에 올라가리니 앞뒤에서 괴롭히면 진퇴양난에 빠지게 되어 또한 어찌 될지 알 수 없습니다. 이것이 두 번째 불가함입니다.

虜人凶狡有餘, 先師之至, 設險要路, 以圖覆敗. 大兵旣入, 彼必厚聚兇徒, 乘其阨塞, 前後邀截, 進退惟谷, 亦未可知, 此二不可也.

서쪽으로 정벌하는 군대는 그 수가 2만이요 여러 장수 또한 수백에다가 물자를 옮기는 하인들까지 합하면 응당 육칠만 보다 적지는 않을 것입니다. 들어가서 정벌하고 돌아올 때 사람들은 양식을 가져가야 하니 수십 년 치 식량이 하루아침에 없어질 것입니다. 정벌한 뒤에는 저들과 원수가 더욱 깊어져 십여 년간 싸움이 끊이지 않을 것이니, 그들을 막는 급박함이 전보다 만 배는 더할 것입니다. 군수품을 어디서 충당할 것이며 군사와 말은 무엇을 먹일이지 알 수 없습니다. 이것이 세 번째 불가함입니다.

---

3 五鎭: 조선 초기 북방 수비의 요충지인 종성·회령·경원·경흥·온성이다.

西征軍數二萬, 諸將亦且數百, 幷輜重僕從, 當不下六七萬, 入征往返, 人齎口糧, 則數十年之食, 一朝盡矣, 旣征之後, 則彼之售怨益深, 十餘年間, 邊塵不霽, 隄防之緊, 倍萬於舊, 不知軍需出何地, 而士馬食何物乎? 此三不可也.

들어가 정벌할 때 선봉대와 인솔자는 반드시 본도(本道)의 군사를 써야 합니다. 그런데 본도의 백성들은 겨울과 여름에 모두 모여 방어하게 하고, 또 일 년에 세 차례는 북경으로 가는 행차를 번갈아 보내고 맞아야 하기에 잠시라도 쉴 틈이 없습니다. 그런데 다시 내지內地의 군량 2만 4천여 석을 국경 지대로 옮기자면 험하고 먼 도로에 나귀에 싣고 어깨에 메야 하니, 그 노고가 막심합니다. 이러한 고단한 백성들로 선봉대와 인솔자를 삼아 적을 베는 일을 맡긴다면 또한 어렵지 않겠습니까. 이것이 네 번째 불가함입니다.

入征時先鋒嚮道, 必用本道軍士, 本道之民, 冬夏合防[4], 且一歲三次赴京之行, 更迭迎送, 曾不得息肩. 今又內地軍糧二萬四千餘石, 轉輸邊郡, 道路險遠, 馱載擔負, 勞憊莫甚, 用如此困頑之民, 爲先鋒嚮道, 責其有斬獲之功, 不亦難乎? 此四不可也.

작년에는 팔도에 모두 흉년이 들었는데 전라·경상·충청도 더욱 심하여 지금 굶주리는 자가 즐비하여 나라에서는 구황책을 논의하고 있습니다. 그런데 군사를 뽑는 종사관들이 각기 군관을 거느리고 어지러이 사방으로 흩어져 갔습니다. 경상도가 육십여 고을이요, 충청과 전라 또한 오십여 고을이니 비록 날마다 한 고을을 돌아본다 해도 반드시 몇 달은 지나야 끝낼 수 있습니다. 각 고을의 수령들은 군사軍事의 기일을 맞추려고 필시 미리부터 모집해 두고 문에 서서

---

4 合防: 여러 지역의 군사들을 한 곳으로 모아 방어하는 것이다.

기다릴 것입니다. 군사들이 있는 집에서 때에 맞추어 밭 갈고 씨 뿌리는 자가 몇이나 되겠습니다. 이것이 다섯 번째 불가함입니다.

> 前年失農, 八道皆然, 下三道尤甚, 卽今餓殍相望, 國家方議救荒之政, 而抄兵從事官, 各帶軍官, 旁午四方, 慶尙道六十餘官, 忠淸全羅, 亦皆五十餘官, 雖日閱一邑, 必經數朔乃了. 各官守令, 愼重軍期, 必先期招聚, 立門候之, 軍士之戶, 其能趁時耕種者, 幾何? 此五不可也.

들어가 정벌하는 것이 만약 11월이면 먼 지방 군사들은 응당 9중에는 출발해야 하고, 10월이라면 8월 중에는 출발해야 합니다. 금년 농사가 만일 풍년이 든다 해도 반드시 햇곡식을 가져갈 수는 없을 것입니다. 봄부터 굶주린 백성들인데 가을이 되어도 햇곡식을 주지 못한다면 먼 길을 가는 군사와 말들에게 무슨 물건인들 갖추어 줄 수 있겠습니까. 이것이 여섯 번째 불가함입니다.

> 入征若在十一月, 則遠道軍士, 當於九月中發行, 在十月, 則八月中發行. 今年之農, 假使登稔, 必不及收齎新穀, 春飢之民而秋又不能齎其新穀, 則士馬道途之備以何物乎? 此六不可也.

오랑캐 땅은 눈이 일찍 내리고 몹시 추워 들어가 정벌하다 보면 반드시 겨울철을 만날 것입니다. 비록 적을 베는 공을 세운다 하더라도 군사와 말이 동상에 걸려 쓰러지는 자가 필시 많을 것입니다. 얻는 것이 잃는 것보다 적을 것이니 무슨 유익함이 있겠습니까. 게다가 전승의 공적도 기필할 수만은 없지 않습니까. 이것이 일곱 번째 불가함입니다.

> 虜地早雪多寒, 入征必犯冬月. 雖或有斬獲之功, 士馬凍傷, 自斃者必多, 得不償亡, 有何益乎? 況功不可必乎. 此七不可也.

서쪽으로의 정발이 불가함은 위와 같거니와 지금 행할만한 계책이 하나 있습니다. 『서경』에서 "생각을 선하게 하여 움직이되, 움직임은 때에 맞추소서." 하였고, 『시경』에서 "크게 밝아진 뒤에야 큰 갑옷을 쓴다." 하였습니다. 왕의 군대는 만전을 기해야 하니 요컨대 반드시 때를 살펴 움직이고 움직이면 공을 세워 후회를 남기지 말아야 합니다. 오랑캐들은 지금 우리가 들어가 정벌할 것을 알고 있으므로 대비함에 반드시 온 힘을 기울일 것입니다. 그러니 허장성세로 마치 들어가 정벌할 것처럼 하여 저들로 하여금 소굴에서 편히 살며 생업에 종사하지 못하도록 만들었다가 기일에 닥쳐서는 중지하는 것보다 좋은 계책이 없습니다.

西征之擧, 其不可者如上所云, 若今可行之策, 則有一焉. 書曰: "慮善以動, 動惟厥時."[5] 詩曰: "時純熙矣, 是用大介."[6] 王者之師, 貴在萬全, 要必相時而動, 動則有功, 無貽後悔也. 虜今知我入征, 備之必盡心力, 宜莫如張其聲勢, 若將入征然者, 使彼不得安於窟穴, 營其生業, 臨期而止.

금년에 이렇게 하고 명년에도 이렇게 하여 몇 년 동안 지속하게 되면 저들은 필시 우리가 끝내 움직이지 않을 것으로 알아 마음 놓고 방비하기를 잊게 될 것입니다. 그 동안 우리는 힘을 기르고 있다가 그들이 생각지 못한 틈을 타서 곧바로 그들의 소굴을 쳐서 한번 성내어 여러 무리를 섬멸하는 것입니다. 이는 이른바 '정벌함이 이롭다.' '가면 공이 있다.'는 것입니다. 이 방법이 얼마나 좋습니까. 군대가 도달하기도 전에 저들이 만일 허물을 뉘우치고 죄를 회개하여 잡아갔던 이들을 돌려주고 성심으로 귀순한다면, 옛일은 잊고 새 마음을

5 書曰句: 『書經』「商書·說命」에 나오는 말로, 은나라 傅說이 高宗에게 올린 말이다.
6 詩曰句: 『詩經』「周頌·酌」에 나오는 말로, 武王의 武功을 칭송하는 내용이다.

인정하여 함께 천자의 교화에 참여하게 합니다. 이는 성대한 덕을 가진 제왕의 일입니다. 엎드려 생각건대, 밝은 살핌을 크게 내려주시어 일곱 가지 불가함을 깊이 유념하사 때를 살피고 기회를 타서 만전의 공을 이루신다면 더 큰 다행은 없을 것입니다. 고인이 이르기를, "일시적인 분노로 일어난 군대를 쓰지 말라. 그런 군대는 일을 그르친다." 하였습니다. 지금 이번 일은 이른바 '분노로 일어나는 군대'입니다. 원컨대 성상께서는 만전의 계책을 쓰시고, 그런 군대를 써서 후회를 끼치지 마소서. 그러면 국가도 크게 다행이고, 군사와 백성도 크게 다행일 것입니다.

今年如是, 明年如是, 持之數年, 則彼必謂我終必不動, 放意忘備. 我則畜力養銳, 乘其不虞, 直擣其穴, 一怒殲群醜, 所謂利用侵伐[7], 往有功[8]也, 不亦善乎? 兵未及也, 彼若懲咎悔罪, 還其虜獲, 誠心歸順, 則舍舊許新, 咸與同仁之化, 此帝王盛德事也. 伏惟廓垂明照, 深惟七不可之說, 相時乘機, 以收萬全之功, 不勝幸甚. 古人云: "勿用憤兵[9], 兵憤者敗." 今玆之擧, 所謂憤兵也. 願聖上用萬全之策, 勿用憤兵, 以貽後悔, 國家幸甚, 軍民幸甚.

신이 거듭 생각건대, 고인이 이르기를 싸우면 이기고 공격하면 빼앗는 것이 싸우지도 않고 공격하지도 않고서 남의 군대를 굴복시키는 것만 못하다고 하였습니다. 『주역』에 말하기를 "왕공이 험함을 베풀어 그로써 국가를 지킨다." 하였는데, 우리의 동북 변방에 있는 후문後門의 장성長城이 험함을 베푼 것이라 할 수 있습니다. 그래서 후문

---

7 利用侵伐: 『周易』 謙卦 六五 爻辭에 나오는 말로, 군왕이 겸손하면 정벌해도 이롭다는 내용이다.

8 往有功: 『주역』 需卦 彖辭에 나오는 말로, 성실함이 있으면 어려움을 만나더라도 공을 세우게 된다는 내용이다.

9 憤兵: 일시적 분노를 참지 못해 일어난 군대를 이른다.

밖에 사는 적들이 감히 돌입하여 노략질을 못합니다. 이제 서쪽 정벌에 2만 명이 가는데 그들을 깊숙이 적진에 들여보낸다면 승패를 기필하기 어렵습니다. 그들을 나누어 운용하여 점진적으로 장성을 쌓으면 5,6년이 못되어 공적을 이룰 수 있습니다. 이것이 영원한 이익이니 지극히 위험한 땅을 밟으면서 기필하기 어려운 공적을 기약하는 것과 어느 것이 더 낫습니까? 또 2만의 병력을 나누어 매해 방비를 더욱 삼엄하게 하면 적들이 우리에게 들이닥치더라도 대응함에 여유가 있어 자연히 국경의 소요가 사라질 것입니다. 이것이 만세에 걱정이 없는 계책입니다. 깊이 생각하시기를 엎드려 바라옵니다.

臣重惟古人云, 戰而勝, 攻而取, 不如不戰攻而屈人兵, 易曰: "王公設險, 以守其國."[10] 我後門[11]長城, 卽所謂設險也. 故賊之在後門之外者, 不敢突入而侵掠, 今之西征二萬兵, 以之深入敵境, 則勝敗難必. 以之分運, 漸築長城, 則不五六年, 而其功可就, 此永世之利, 孰與蹈至危之地, 期難必之功哉! 且分二萬兵力, 每歲益嚴防守, 敵加於已, 應之而有餘, 則自然邊警稍息, 此萬世無虞之策, 伏惟三思焉.

10 易曰句: 『周易』坎卦 彖辭에 나오는 말이다.
11 後門: 우리나라 東北面으로 女眞지역과 통하던 관문이다.

유생의 구원을 요청하는 상소[1]
救儒生疏

신은 아룁니다. 신이 이전에 성준成俊 등과 함께 대간의 말을 따라주시기를 청하였으나 윤허를 받지 못하였습니다. 성상의 위엄이 엄중하거늘 누차 번거로움을 끼치게 됨이 두렵습니다. 그러나 염려하는 바는 신이 선조先朝께 두터운 은혜를 받아 외람된 은총이 여기에까지 이르렀습니다마는 일찍이 그 만분의 일도 갚지 못한 채 문득 선조께서 승하하시고 말았기에 구구한 제 마음은 성상의 조정에 조금이라도 보탬이 되고 싶다는 것입니다. 이러한 까닭에 명을 듣고 물러나서도 두려운 마음으로 서성이다가 저절로 우러나오는 마음을 억제하지 못하고 다시 죽을죄를 무릅쓰게 되었습니다.

臣啓, 臣前日與成俊[2]等, 請從臺諫之言, 未蒙允可. 天威嚴重, 實恐累瀆, 第念臣受先朝厚恩, 誤寵至此, 未嘗報效萬一, 奄抱弓劍, 區區之

1 이 상소문은 『연산군일기』 연산군 1년(1495) 2월 2일 조에 축약되어 수록되어 있다. 이에 앞서 1월 30 홍귀달은 성준成俊 등과 함께 상소를 올려 하옥된 유생 조유형趙有亨을 풀어줄 것을 요청하기도 하였다. 조유형은 승하한 성종 임금을 위하여 열렸던 불교식 재를 금지하라는 상소를 올렸다가 연산군의 노여움을 사서 옥에 갇혔던 것인데, 이에 대해 연산군의 조처를 비판하는 상소가 꼬리를 물고 이어졌다. 결국에는 조유형을 정거停擧(과거 응시를 제한함)시키는 선에서 사건이 마무리 되었다.

2 成俊: 세종 18년(1436)~연산군 10년(1504). 字 時佐. 시호 明肅. 본관 昌寧. 참판 順祖의 아들이다. 세조 4년(1458) 문과급제, 예종 1년(1469) 대사간이 되었다. 성종 16년(1485) 사헌부 장령, 대사헌, 이조판서를 지내고 우참찬을 지낼 때 聖節使로 명나라에 다녀왔다. 연산군 4년(1498) 우의정에 오르고, 연산군 6년(1500) 좌의정이 되어 時弊十條를 주청, 연산군의 亂政을 바로잡으려 했으나 뜻을 이루지 못했다. 연산군 9년(1503) 영의정에 올라 世子師를 겸했으며 연산군 10년(1504) 갑자사화 때 성종 비의 폐위와 賜死에 관여한 죄로 직산에 유배되었다가 교살 당했다. 중종 때 복관되었다.

心，願欲少報於聖明之朝．是故聞命而退，惶悚逡巡，情由中發，不能遂已，復干鐵鉞之誅．

신이 가만히 생각하건대, 간언을 받아들이는 것은 인군의 대덕이요, 초반의 정사는 훗날 정사의 기반이 되는 법입니다. 저 옛날 은나라 사관이 탕임금을 찬양하며 "간언을 따르며 거스르지 않으셨네." 하였고, 부열傅說은 고종高宗에게 진언하기를 "임금이 간언을 따르면 성스러워집니다." 하였으며, 이윤伊尹은 태갑太甲에게 "이제 왕께서 그 덕을 이으려 하신다면 즉위하는 초기에 달려 있습니다." 하였고, 소공召公은 성왕成王을 경계하며 "지금 우리가 처음 정사를 어떻게 하느냐에 따라 알 수 있습니다." 하였습니다. 고대 제왕들이 그 정치를 옳게 하였던 것은 그 기틀이 이에 있었으니, 삼가지 않을 수 있겠습니까.

臣竊謂納諫，人君之大德，初政，後日之權輿．昔殷史贊成湯之德曰："從諫弗咈[3]．" 傅說納誨於高宗曰："后從諫則聖[4]．" 伊尹之告太甲曰："今王嗣厥德，罔不在初．"[5] 召公之戒成王曰："知今我初服．"[6] 古昔帝王所以善其治者，其機在此，可不愼歟？

옛날에는 간언을 올리는 관직이 따로 있지 않아 사람마다 누구나

---

3 從諫弗咈: 『書經』「商書·伊訓」에 나오는 말이다. 탕왕의 아들 太甲이 왕위를 잇자 탕왕의 재상이었던 伊尹이 글을 지어 인도하였던 내용을 사관이 기록한 것이다.

4 后從諫則聖: 『書經』「商書·說命上」에 나오는 말이다. 高宗은 왕위에 오른 후 꿈에 傅說을 보고서, 신하들로 하여금 부열 찾아오게 한 뒤 재상을 맡겼다. 열명편은 고종이 부열에게 명한 내용이 기록되어 있다.

5 今王~在初: 『書經』「商書·伊訓」에 나오는 말이다. 탕왕의 재상이었던 伊尹이 탕왕의 아들 太甲을 훈계한 내용이다.

6 知今我初服: 『書經』「周書·召誥」에 나오는 말이다. 召公은 周公과 함께 성왕을 도와 주나라가 기틀을 세우는데 크게 기여하였다.

간언을 할 수 있었습니다. 그러므로 임금은 보고 듣는 것이 넓었습니다. 후세에는 관원들이 각기 맡은 바가 있어 모든 옳고 그름에 대해서는 오직 대간만이 말하게 되었습니다. 대간이 말하지 않으면 임금의 이목이 막히게 되고, 이목이 막히면 아래의 실정을 위로 전달할 수가 없고, 임금이 듣고자 해도 아래의 소리를 들을 수 없어 상하가 격절되고 모든 일이 그에 따라 그릇되며 나라는 나라꼴을 하지 못하게 되었습니다. 그러므로 다스림을 펴고자 하는 군주는 언제나 허심탄회한 마음으로 널리 간언을 받아들입니다. 오로지 두려워하는 것은 사람들이 말하지 아니하는 것이요, 말이 비록 옳지 않더라도 죄를 주지 아니하니, 이는 바로 언로를 넓히기 위한 까닭입니다.

古者, 諫無官, 人無不言. 故人主之視聽廣. 後世, 官各有守, 凡有得失, 惟臺諫言之. 臺諫不言, 則人主之耳目塞, 耳目塞, 則下情無由上達, 上聰不得聽卑, 上下隔絶, 百度隨以訛, 而國非其國矣. 故願治之主, 常虛懷廣納, 惟恐人之不言, 言雖不中, 不加之罪, 所以廣言路也.

그렇지만 한 사람만의 말이고 그 말조차도 옳지 않은 것이라면 꼭 따를 필요는 없습니다. 그러나 한 관청 전체가 상의하고 논의하여 말한 것은 그 말이 반드시 틀리지는 않을 것입니다. 또한 양사兩司와 삼사三司가 말함에 이른다면 이는 온 조정이 말하는 것입니다. 말하는 사람도 많고 말하는 내용도 같다면 이는 공론公論이지 사론私論이 아닙니다. 공론이 모이는 곳은 하늘도 거스르지 않거늘 하물며 처음 정사를 펴는 임금은 어떠해야 하겠습니까.

雖然, 一人之言, 而其言不中者, 不必從. 若夫擧司商論而言之者, 其言未必不中也. 至於兩司三司言之, 則是擧朝言之也, 其口衆而其言同, 則是公也, 非私也. 公論所在, 天且不違之, 況人君初政乎?

유생에 대한 일은 대관도 말하고 간관도 말하였으며, 홍문관도 말하고 승정원 또한 말했습니다. 한 사람의 말이라도 믿을 수 있는 법인데 하물며 한 사람이 아니니 어떠해야 하겠습니까. 한 관청이라도 또한 공론이라 할 수 있는데 하물며 한 관청만이 아니니 어떠해야 하겠습니까. 유생은 죄를 받음이 진실로 마땅합니다. 그런데도 저들이 또한 말하기를 그만두지 않는 것은, 그가 죄받음이 비록 당연하나 일의 처음 발단은 우리 유교를 위하려는 생각에 지나지 않았고 그가 잘못한 것은 말실수일 뿐이기 때문입니다. 멀리 있어 죄목이 무엇인지 알지 못하는 자들은 필시 아무아무 유생이 불도佛道를 내치려다 죄를 받았다 여길 터인즉, 이것으로 성상의 초반 정사의 향배를 가늠하지 않겠습니까. 이러한 까닭으로 계속해서 애써 시끄럽게 하고 있는 것입니다. 어찌 다른 까닭이 있겠습니까. 그런데도 며칠이고 조정에서 간쟁을 올려도 끝내 윤허를 받지 못하였습니다.

> 儒生事, 臺官言之, 諫官亦言之, 弘文館言之, 承政院亦言之. 其言一人, 固足以取信, 況非一人乎? 一司亦可謂公論, 況非一司乎? 儒生受罪固當矣, 彼且言之不置者, 其意蓋謂其罪雖當, 事之始發, 則不過爲斯道之計, 所坐則言語之失耳, 而遠方之人, 不審知罪之節目者, 必謂某某儒, 因闢佛受罪, 則得無以是窺聖上初政之趨舍耶? 所以縷縷强聒耳, 豈有他哉? 而累日庭諍, 訖未蒙允.

신은 두렵습니다. 대소신료들은 성상께서 간언을 받아들이지 않으시는가 의심할 것이고, 뜻있는 선비들은 이 일로 그들 마음속의 칼날을 꺾을 것이고, 처음 배우는 선비들은 성상께서 유학을 좋아하지 않으시어 갈고닦으며 성취하는 공부를 저지하신다고 망령되이 생각할 것입니다. 만백성이 빽빽이 서서 눈을 닦고 정사를 바라보고 있으니 초반 정사의 조치는 참으로 마땅히 잘 살펴서 조처해야 합니다.

좌우의 사관들이 임금의 거동을 모두 기록하고 있습니다. 성상께서 저 몇몇 어리석은 유생들 때문에 간언을 거부했다는 오명을 백대에 받으실까 두렵습니다.

> 臣恐大小臣僚, 竊疑聖上不喜納諫, 有志之士, 從而摧折其心鋒矣, 初學之士, 妄意聖上不喜儒術, 沮其琢磨成就之功矣. 萬姓林立, 拭目望治, 初政擧措, 正宜熟量而審處. 左右有史, 君擧必書, 正恐聖上以數箇豎儒之故, 受拒諫之名於千百載之下矣.

지금 유생은 이미 죄를 자복하였고 이미 스스로 뉘우치고 있습니다. 그런데도 대간이 거듭 청해도 허락을 받지 못하고 있으니 기가 꺾이고 스스로 저상되어 언로가 이로부터 막힐까 두렵습니다. 엎드려 바라건대 성상께서는 허심으로 널리 살피시고 초반 정사에 관계되는 사안의 중대함을 깊이 생각하시어 대간의 청을 특별히 허락하시고, 그들을 위무하고 보내시어 물러나 그들의 직분에 더욱 분발하도록 하소서. 겸하여 다시 사방에 하교하시어 유생이 죄를 얻은 까닭과 성상께서 관대히 용서하신 아량을 알게 하신다면 일거에 몇 가지 좋은 일들이 함께 생기게 될 것입니다.

> 今儒生旣服其辜, 亦旣自艾矣. 臺諫累請不得命, 恐抱屈自沮, 言路從此塞矣. 伏望聖上, 虛心曠照, 熟念初政關係之重, 特許臺諫之請, 慰諭而遣之, 使退而益勵乃職, 兼又下敎四方, 使共知儒生坐罪之由, 聖上寬容之量, 庶一擧而數善並矣.

신은 학식이 천박하여 보탬이 될 만한 것이 아무 것도 없는데다가 나이가 많아 분주히 일할 힘도 없습니다. 다만 한 조각 충심만이 남아 말을 하지 않을 수 없다는 것만은 알아 스스로 성덕聖德에 조금이라도 보탬이 되기를 기약하고 있습니다. 말을 해도 써주지 않으신다면 신은 선왕께 받은 은혜를 성상의 조정에 갚지 못하게 되는 것입니다. 근래에 또한 간언을 구한다는 교시를 내리셨는데 무릇 간언을 구함은 그 말을 쓰고자 하는 것인데, 말을 해도 써주지 않으신다면 애초에 어찌하여 구할 필요가 있었습니까. 신의 말은 신의 사사로운 말이 아니라 일국 신민들의 말입니다. 엎드려 다시 생각해보니 신은 격절하여 죽고 싶은 마음을 이길 수 없습니다. 처분을 내리소서.

臣學識淺薄無術可以裨補, 年齒衰暮, 無力可以趨走, 惟有一寸丹心, 知無不言, 自期少助聖德. 言且無用, 則臣無以報先王之德於聖明朝矣. 近又下求言之敎, 夫求言, 正欲用其言, 言且不用, 初何必求爲? 臣之言非臣之私言, 乃一國臣民之言. 伏惟更加省念. 臣無任激切隕越之至, 取進止.

의정부에서 올리는 상소
政府疏

신이 엎드려 아뢰니, 신은 용렬한 상소를 올려 의정부에 대죄합니다. 신은 직책이 크나 사람이 변변치 못해 언제나 그 책임을 다하지 못할까 두렵습니다만 말을 하지 않을 수 없다는 것만은 알고 있으니 이로써 성은의 만분의 일이라도 갚을 수 있기를 바라고 있습니다. 삼가 열개 조목의 어리석은 생각을 진술하오니 한가한 때 살펴보소서. 말이 비록 거칠고 졸렬하나 그 일은 모두 긴요하고 중대하니, 혹 하찮은 말이지만 내쳐지지 않아 특별히 거두어주신다면 필시 작은 보탬이 없지는 않을 것입니다. 유념해 주시기를 엎드려 바라옵니다.

臣伏以, 臣以庸疏, 待罪政府. 職巨人微, 常懼不足以塞責, 惟有知無不言, 庶幾少酬聖恩萬一. 謹述管見凡十條, 仰備淸燕之覽. 言雖蕪拙, 事皆緊關, 倘蒙不遺菅[1]蒯, 特賜採納, 未必無涓埃[2]之補, 伏惟留心焉.

하나. 임금의 한 몸은 만물의 으뜸이요, 임금의 한 마음은 만화萬化의 근원입니다. 맹자는 "천하의 근본은 국가에 있고, 국가의 근본은 집안에 있으며, 집안의 근본은 몸에 있다." 했고, 동중서董仲舒는 "임금은 마음을 바르게 하여 조정을 바르게 하고, 조정을 바르게 하여 백관을 바르게 하고, 백관을 바르게 하여 만민을 바르게 한다." 하였습니다. 마음이 바르지 않고 몸이 닦이지 않았는데도 천하와 국가가 다스려지고 백관과 만민이 바르게 되는 경우는 없습니다. 『대학』에서는 "그 몸을 닦고자 하는 자는 먼저 그 마음을 바르게 하고, 그

1 菅: 저본에는 管으로 되어 있으나 문맥을 고려하여 바로잡았다.
2 埃: 저본에는 涘로 되어 있으나 문맥을 고려하여 바로잡았다.

마음을 바르게 하고자 하면 먼저 그 뜻을 성실히 하고, 그 뜻을 성실히 하고자 하면 먼저 그 앎을 지극히 하여야 하니 앎을 지극히 하는 것은 사물의 이치를 궁구하는 데에 달려 있다." 하였습니다. 격물치지라는 것은 널리 배우고 깊이 생각하여 모르는 것이 없음을 말합니다. 학문의 도가 무엇이겠습니까? 그것은 열심히 하는 것일 뿐입니다. 옛날 부열傅說이 고종高宗에게 "처음부터 끝까지 배움에 생각을 집중해야 합니다." 하였으니, 이는 처음부터 끝까지 일념이 언제나 배움에 있어야 함을 말한 것입니다. 시인은 성왕成王을 송축하며 "배움이 계속 밝혀져 광명에 이른다." 하였으니, 이는 끊임없이 밝혀 조금도 쉬지 않음을 말합니다. 이러한 까닭으로 고종은 상나라의 현명한 천자가 되었고, 성왕은 주나라를 수성守成한 현명한 군주가 되었으니, 학문의 공효를 어찌 소홀히 할 수 있겠습니까. 그렇지만 제왕의 학문은 보통사람들이 하는 것과는 같지 않습니다. 무릇 장구를 나누고 동이를 고증하고 비교하는 것은 강론을 일삼는 학자들이 하는 일이고, 은미하고 깊숙한 뜻을 밝혀내고 공교로운 대구를 찾아내는 것은 조탁을 일삼는 문인들이 하는 일이니, 이는 모두 임금이 할 바가 못 됩니다. 임금이 귀중히 여기는 학문은 고대 성현들의 마음씀과 역대 치란흥망의 자취, 정치와 공업을 세우는 요점, 백성과 만물을 이롭게 하는 방법을 살펴서 그것을 마음에 체득하여 정사에 펼치는 것이니, 이러한 것일 따름입니다. 그런데 만일 도道를 바라는 마음이 성실하지 못하고 다스림을 구함이 혹 간절하지 못하면 중도에 그만두지 않는 자가 없으니, 어찌 애석하지 않겠습니까. 전하께서는 천품이 총명하시고 또 큰일을 이루고자 하는 뜻도 지니고 있으니, 옛날 성왕들이 하신 일에 대해 무엇인들 이루지 못하겠습니까. 그러나 춘추가 아직 어리시고 학문이 아직 넓지 않으셔서 경서와 역사서에 기록된 성현의 마음공부와 본성함양의 요체, 역대의 치란흥망의 자취에 대해 혹 통달하지 못하시는 부분도 있을 수 있습니다. 그러니 지금은 바로 일신하고 또 일신하여 시간이 부족하다고 느낄 때입니다. 옛사람이 "오늘 배우지 아니하고 내일이 있다 말하지 말며, 금년에 배우지 아니하고 내년이 있다 말하지 말라" 하였습니다. 공부의 시급함이 이와 같거늘 하물며 임금의 학문은 어떠하겠습니까. 엎드려 바라건대 전하께서는 부지런히 경연에 나가시어 자잘한 일들 때문에 거르지 마시고, 내일 하고 내년에 하면 된다고 말하지 마소서. 하루 하고 다시 하루 공부하며 밤을 이어 조금도 그만두지 않아 몇 년이 흐르면 자연히 견문이 넓어지고 지혜가 더욱 밝아질 것입니다. 또한 모름지기 정학(正學)을 숭상하여 이제삼왕二帝三王이 마음을 간직하고 정치를 하였던 법을 스승 삼으며, 경사經史 이외에 제자백가의 부류나 부화하고 내실이 없는 문장은 귀와 눈에 접하지 말아 총명을 가리지 않게 해야 하니, 그러면 자연히 성상의 학문이 더욱 높아지고 치도治道는 더욱 융성해질 것입니다.

一. 人主一身, 萬物之宗, 人主一心, 萬化之源. 孟子曰: "天下之本在國, 國之本在家, 家之本在身."[3] 董子曰: "人君, 正心以正朝廷, 正朝廷以正百官, 正百官以正萬民."[4] 未有心不正, 身不脩, 而天下國家之理, 百官萬民之正者也. 傳曰: "欲脩其身, 先正其心, 欲正其心, 先誠其意, 欲誠其意, 先致其知, 致知在格物."[5] 夫格物致知云者, 博學審而無所不知之謂也. 學問之道, 伊何? 事在勉强而已矣. 昔傅說之告高宗曰: "念終始, 典于學."[6] 言一念終始, 常在於學也. 詩人之頌成王曰: "學有緝熙于光明" 言繼續而光明之, 無時間斷也. 夫然故高宗爲商令王[7], 成

3 孟子曰句: 『孟子』 「離婁上」에 나오는 말이다.
4 董子曰: 『漢書』 卷56 「董仲舒傳」에 나오는 말로, 동중서가 賢良으로서 올린 對策文의 일부이다.
5 傳曰句: 『大學』 經文에 나오는 말이다.
6 高宗曰句: 『書經』 「商書·說命下」에 나오는 말이다.

王爲周守成之賢主. 學問之功, 庸可易乎? 雖然, 帝王之學, 與凡庶不同. 夫分章折句, 考較同異, 此儒者之以講說爲事者也. 鉤玄討奇, 抽黃亂白, 此儒者之以雕篆爲事者也, 皆非人君所當爲也. 所貴乎人君之學者, 觀古聖賢之所用心, 歷代治亂興亡之跡, 與夫立政立事之要, 澤民利物之術, 得之於心, 施於有政, 如斯而已. 然若望道有不誠, 求治或不急, 未有不半途而廢者, 豈不可惜哉? 殿下天資商明, 又有大有爲之志, 仰視古昔聖王, 何所往而不可及哉? 然春秋尙少, 學問未遍, 其於經史所存聖賢治心養性之要, 歷代治亂興亡之跡, 或者有所未至, 此正日新又新, 惟日不足之時也. 古人云: "勿謂今日不學而有來日, 勿謂今年不學而有來年."[8] 凡爲學功夫, 其急也如此, 況人君之學乎? 伏願殿下勤御經筵, 勿以細事小故而或廢, 勿謂來日明年之有餘, 日復一日, 繼之以夜, 無少作輟, 積之以年, 則自然聞見博而智益明. 又須崇尙正學, 以二帝三王[9]存心出治之法爲師, 外經史, 凡百家衆技之流, 浮華無實之文, 不接於耳目, 不留於聰明, 則自然聖學益高, 治道益隆矣.

하나. '처음이 있지 않은 것은 아니지만 능히 끝을 맺는 경우는 드물다' 하였으니, 이것이 인지상정입니다. 그렇지만 천하의 일은 그 시작이 좋으면 그 끝도 좋으니, 시작은 있으되 끝이 없는 경우도 있기는 하지만 시작이 없는데 끝이 있는 경우는 없습니다. 그러므로 옛사람들은 일의 시작을 매우 중요시했습니다. 역사를 되돌아보면 중훼仲虺가 성탕成湯에게 "그 끝을 삼가려면 시작을 잘해야 합니다." 했으며, 이윤伊尹은 태갑太甲에게 "끝을 삼가되 처음에 하소서." 했으며, 소공召公은 성왕成王에게 "이제 하늘이 밝음을 명할 것인가, 길흉을 명할 것인가? 이는 우리가 처음의 정치를 어떻게 하는가에 따라 알 수 있습니다." 했으니, 처음을 마땅히 삼가야 함을 말하고 있습니다.

---

7 令王: 현명한 천자를 이른다.

8 古人云句: 朱熹의 「勸學問」에 나오는 내용이다.

9 二帝三王: '이제'는 堯임금과 舜임금이고, '삼왕'은 禹임금, 湯임금, 文王이다.

정월은 일 년의 시작이고 초하루는 한 달의 시작이며 초정初政은 국가國家 천 백년의 시작입니다. 천문을 잘 보는 자는 대개 정월 초하루의 기후로써 그 해 섣달의 기상을 점칠 수 있고, 임금의 정치를 잘 살피는 자는 초정을 통해 천 백년의 안위를 엿볼 수 있습니다. 그러니 처음을 소홀히 할 수 없는 것이 이처럼 중요하다 하겠습니다. 전하께서 백성들에게 임하신 지 6년이 되었습니다마는 앞으로 아직도 백년의 오랜 세월이 남아 있으니 지금은 실질적으로 초정이라 할 수 있습니다. 국가 천 백년의 치란과 안위의 조짐이 실로 오늘 드러나는 것이니 삼가지 않을 수 있겠습니까. 원컨대 전하께서는 '끝을 맺는 경우가 드물다'는 경계를 거울삼고 '시작을 삼가야 한다'는 도리를 명심하시어 출입하거나 기거하실 때 혹 공경치 않음이 없고 명령을 내실 때 선하지 않음이 없도록 하소서. 현인에게 맡길 때는 두 마음을 품지 마시고, 사악한 이를 내칠 때 의심치 마소서. 도를 어기면서 백성들로부터 명예를 구하지 마시고, 백성의 뜻을 어기어 자신의 욕심을 따르지 마소서. 작은 선이라 하여 행하지 않는 일이 없도록 하시고, 작은 허물이라 하여 고치지 않는 일이 없도록 하소서. 귀에 거슬리는 말이 들리면 반드시 도에 합치되는 말인가 살피시고, 뜻에 맞는 말이 들리면 도에 어긋난 것이 아닌가 살피소서. 옳은 사람이 아니면 가까이 하지 마시고, 옳은 길이 아니면 가지 마소서. 교화를 돈독히 하시고 풍속을 두터이 하시며, 절검을 숭상하고 안일함을 경계하시며, 하늘의 경계를 삼가시고 백성들의 아픔을 구휼하소서. 일상생활 속에 모름지기 현명한 사대부와 접하는 시간을 많이 하시고, 환관과 궁첩을 가까이 하시는 날이 적도록 하소서. 매사에 삼가하여 편안히 즐기는 때가 없고, 거처함에 언제나 백성들이란 험한 존재라는 사실을 돌아보고 두려워하여 마치 적국의 외환外患이 장차 목전에 닥친 것처럼 해야 합니다. 자손들이 만세토록 뽕나무 뿌리나 반석처럼 견고하게 이어지는 방도가 여기에 있습니다. 여기에 유념하시기를 엎드려 바라옵니다.

一. 靡不有初, 鮮克有終,[10] 此人情之常也. 雖然, 天下之事, 其始善者, 其終亦善, 有其始而無其終者有矣, 未有無其始而有其終者也, 故古之人, 重謹始也. 若稽古昔, 仲虺之告成湯曰: "愼厥終, 惟其始." [11]伊尹之告太甲曰: "愼終于始."[12] 召公之告成王曰: "今天, 命哲, 命吉凶, 知今我初服."[13] 言始之當謹也. 今夫正月, 一年之始也, 朔日, 一月之始也, 初政, 國家千百年之始也. 善觀天者, 凡以首月朔日之候, 卜一年終月之氣, 善觀人主之治者, 於初政, 有以窺千百年之安危, 甚矣, 始之不可忽也. 殿下臨黎庶六年于玆. 然未來尙有百年之久, 此實初政耳. 國家千百年之治亂安危, 實兆於今日, 可不謹乎? 願殿下, 鑑鮮終之戒, 敦謹始之道, 出入起居, 罔或不欽, 發號施令, 罔或不臧. 任賢勿貳, 去邪勿疑. 罔違道以干百姓之譽, 罔咈百姓以從己之欲. 勿以善小而不爲, 勿以過小而不改. 有言逆于耳, 必求諸道, 有言遜于志, 必求諸非道. 非其人勿近, 非其道不由. 敦教化, 厚風俗, 崇節儉, 戒安逸, 謹天戒, 恤民隱. 日用之間, 要須接賢士大夫之時多, 親宦官宮妾之日少. 敬以作所, 無時豫怠, 居常顧畏于民岩, 若有敵國外患將至于前. 子孫萬世苞桑之固, 盤石之安, 其道在此, 伏惟留心焉.

하나. 언로라고 하는 것은 다스림으로 나아가는 길입니다. 언로가 넓으면 천하의 훌륭함이 모두 언로를 따라 와서 나의 것이 되며, 천하의 입이 모두 나의 과실을 말하게 되면 선이 다른 사람에게만 머물러 있지 않고 악이 내게만 머물러 있지 않습니다. 이와 같은데도

---

10 靡不~有終: 『詩經』「大雅·蕩」에 나오는 말로, 시작을 하기는 쉬우는 끝을 맺기는 어렵다는 의미이다.

11 成湯曰句: 『書經』「商書·仲虺之誥」에 나오는 말이다. 중훼는 탕 임금의 左相이었던 中藟를 지칭한다.

12 太甲曰句: 『書經』「商書·太甲下」에 나오는 말이다.

13 成王曰句: 『書經』「周書·召誥」에 나오는 말이다.

그 나라가 다스려지지 않는 경우는 없습니다. 언로가 막히면 상하가 격절되어 임금은 귀머거리와 같아 들리는 것이 없고, 장님과 같아 보이는 것이 없게 됩니다. 선이 다른 사람에게 있어서 취할 줄 모르고, 악이 자기에게 있어도 버릴 줄 모르니 비록 다스리고자 한들 그렇게 되겠습니까. 옛날에는 백관들이 서로 바로잡고 백공들도 기예의 일을 잡아 간언하였습니다. 언로가 이처럼 넓었는데도 오히려 미진하다고 여겨 간고諫鼓(신문고)를 진설하고 방목謗木(간언을 적는 나무)을 설치하였고, 오히려 사람들이 자신의 허물을 말해주지 않을까 두려워하여 도로와 여관에서 말을 구걸하고 나무꾼에게도 자문을 구하였습니다. 그래도 오히려 하나의 선이라도 놓칠까 두려워하였습니다. 순임금 우임금 탕임금은 대성인이니 의당 다른 사람에게 도움 받을 일이 없을 듯 하지만 보통사람의 말을 살피기 좋아했고, 좋은 말을 들으면 절하였으며, 간언을 따르고 거스르지 않았으니 화락하고 태평한 다스림을 이루었던 데에 어찌 다른 까닭이 있는 것이겠습니까. 후대에 간언을 좋아하였던 군주로는 당나라 태종太宗만한 경우가 없었지만 정관貞觀의 치세에도 처음과 같지 않게 침체되자 위징魏徵의 상소를 불러왔으니, 마음을 간직하고 잃어버림의 무상함을 거울삼을 수 있습니다. 우리 조종조 열성列聖들의 융성했던 치도治道는 진실로 고대의 성왕들보다 못한 점이 없습니다만, 성종께서 간언을 받아들이셨던 아름다움만큼은 근래에 없던 것으로서, 자손들의 영원한 귀감입니다. 전하께서는 조종의 위대한 기반을 밝게 계승하시고 조정이 쌓아온 업적을 실추시키지 않을 생각을 하셔야 하니 의당 어떻게 하셔야 하겠습니까. 언로를 열고 널리 간언을 받아들이시고 여러 선을 합하여 자신의 선으로 만들어야 하는 것일 뿐입니다. 대저 언로가 넓지 못하면 그 폐단이 세 가지가 있으니, 스스로를 믿는 것과 자신의 위세에 의지하는 것과 의심을 품는 것입니다. 임금이 고명한 자질을 믿고서 스스로를 옳다 여기고 남들이 자신만 못하다고 생각하면 아첨하는 말들이 날마다 이르고 충직한 말은 귀에 들리지 않게 됩니다. 지존의 위세에 의지하여 자신이 한 말을 어기지 못하게 되면 아랫사람들은 시키는 대로만 하게 되어 의견을 주고받는 일이 없게 됩니다. 여우처럼 의심하는 단서를 지녀 다른 사람의 말을 믿지 못하면 사람들은 모두 두 마음을 지녀 다시는 마음을 다해 끝까지 말하는 사람이 없게 됩니다. 이렇게 되면 언로가 막혀 상하의 마음이 통하지 않게 됩니다. 엎드려 바라건대 전하께서 멀리로는 순임금과 우임금께서 선을 좋아하셨던 점과 성탕께서 간언을 따르시던 점을 본받으시고, 중간으로는 당태종을 거울삼으시고, 가까이로는 성종을 계승하시어 세 가지 폐단을 힘써 버리시고 여러 사람들의 말을 널리 취하소서. 그 말이 쓸 만한 것이라면 곧 시행하시고 쓸 만한 것이 아니더라도 또한 넉넉히 받아들이셔야 합니다. 비록 금기를 저촉하고 분수를 넘어서며 실정에 맞지 않더라도 또한 특별히 관대하게 용서하시어 곧은 선비들의 기를 펴주소서. 상소문이 치도와 관계가 있어 감계로 삼을 만한 것이라면 다만 보시는 것으로 그치지 마시고 마음속에 간직하여 항상 살피고 성찰해야 합니다. 조정의 모든 신하들은 또한 구례에 따라 날을 정해 면대하시어 각각 마음속 생각을 펴게 하신다면 아마도 사람들이 온 힘을 다 기울이고 아래의 실정이 모두 위로 도달될 수 있어 치도에 매우 다행일 것입니다.

一. 言路所由, 適於治之道也. 言路廣, 則天下之善, 皆由之而來, 爲我之有, 天下之口, 皆得以言已之過失, 善不滞于人, 惡不留于已, 如此而其國不治者, 未之有也. 言路塞, 則上下隔絶, 人主如聾之無所聞, 如瞽之無所見. 善在人, 而不知取, 惡在已, 而不知去, 雖欲治, 得乎? 古者, 官師相規, 工執藝事以諫,[14] 言路豁如也, 猶以爲未也, 陳諫鼓, 設謗木, 猶恐人不言已之過, 乞言於路於旅也, 語詢于蒭蕘, 猶恐一善之或遺. 舜禹湯, 大聖也, 宜若無所資於人, 然且好察邇言, 聞善言而拜, 從諫弗咈, 其所以成雍熙泰和之治者, 豈有他哉? 後世好諫之主, 莫如唐太宗, 然貞觀之治, 寖不如初, 有以來魏徵之疏,[15] 人心操舍之無常, 可鑑也已. 我祖宗列聖治道之隆, 誠無讓於古昔聖王, 然成廟納諫之美, 近古所無, 子孫永世之龜鑑也. 殿下光紹祖宗丕基, 思不墜祖宗積累之業, 宜如之何? 曰開言路, 廣聽納, 合衆善, 爲已之善而已. 大抵言路之不廣, 其弊有三, 曰自是也, 有挾也, 懷疑也. 人主恃高明之資, 自以爲是, 而謂人莫已若, 則諂諛日進, 而忠直之言, 不聞於耳. 挾至尊之勢, 惟其言而莫予違, 則[16]群下唯所令之, 而無復有往還復逆者. 持狐疑之端, 而不信人言, 則人皆携貳而無復有盡心極言者. 於是言路塞, 而上下之情不通矣. 伏願殿下, 上師舜禹之好善, 成湯之從諫, 中鑑唐宗, 近述成廟, 務祛三者之弊, 兼取衆人之言[17]. 其言可用. 當卽施行, 如不可用, 亦宜優容. 雖或觸忌犯分, 事若無情, 亦特寬貸, 以伸直士之氣. 凡章奏之有關治道, 可爲鑑戒者, 勿但過眼而已, 留置于中, 常加省覽. 外朝之臣, 亦依舊例, 輪日面對, 各陳所懷, 庶幾人獲自盡, 下情皆得上達, 治道幸甚.

하나. 임금의 기호는 삼가지 않을 수 없으니, 공자께서 "임금이 좋아하는 것이 있으면 아랫사람들은 그보다 심함이 있다." 말씀하셨습니다. 옛날 상나라 폭군 주紂가 술에 탐닉하자 수도 조가朝歌 사람들이 모두 취하였고, 초영왕楚靈王이 가느다란 허리를 좋아하자 궁중에는 굶어죽는 자가 생기기까지 하였으니, 임금이 좋아하는 바를 아래에서 더욱 심하게 좋아하는 것은 대개 이러한 예가 매우 많습니다. 또 노래 잘 하는 왕표王豹가 기淇에 거처하자 하서河西 땅 전체가 노래

---

14 官師~以諫: 『書經』 「夏書·胤征」에 나오는 말이다.

15 貞觀~之疏: 太宗은 唐나라 2대 황제로서 훌륭한 치적을 세웠던 황제이며, '정관'은 당시의 연호이다. 태종에게는 위징이라고 하는 諫議大夫가 있어 수시로 直諫을 올렸다.

16 則: 저본에는 '則'자가 중첩되어 있으나 「연보」에 의거해 삭제하였다.

17 言: 저본에는 없으나 「연보」에 의거해 보충하였다.

를 잘하게 되었으며, 면구綿駒가 고당高唐에 거처하자 제나라 서쪽 땅이 노래를 잘하게 되었으며, 화주華周와 기량杞梁의 아내들이 그 남편의 상喪에 곡哭을 잘하자 나라의 풍속이 변화하였으니, 저들은 모두 평범한 사람들이었는데도 오히려 사람들을 이처럼 변화시킬 수 있었으니 하물며 임금은 어떠하겠습니까. 임금이 전쟁을 좋아하면 갑옷 입는 군사들은 그들의 용맹을 팔고 싶어 하며, 재물을 좋아하면 세금 걷는 신하들이 계책을 올리고 싶어 하며, 토목공사를 좋아하면 궁실을 잘 짓는 자들이 그들의 기술을 팔고 싶어 하며, 사냥을 좋아하면 몰이를 잘하는 자들이 그 민첩함을 바치고 싶어 하며, 화려한 문장을 좋아하면 경박한 무리들이 다투어 모여들고, 아첨을 좋아하면 아첨꾼들이 답지하게 됩니다. 아랫사람이 윗사람의 기호를 따라감이 이와 같으니 삼가지 않을 수 있겠습니까. 공자께서는 "나는 옛것을 좋아하여 급급히 그것을 구하는 자이다." 하셨고, 『대학』에는 "윗사람이 인仁을 좋아하는데 아랫사람이 의義를 좋아하지 않는 경우는 없다." 하였으며, 또 "윗사람이 노인을 노인으로 대접하면 백성들은 효에 감발되고, 윗사람이 어른을 어른으로 대접하면 백성들은 공손함에 감발되며, 윗사람이 외로운 이들을 구휼하면 백성들은 배반하지 않는다." 하였습니다. 성현들이 좋아하신 바는 이와 같은 것이었고 이를 따라 교화되었던 자들도 또한 이와 같았습니다. 전하께서는 새로 명을 받으시어 바야흐로 요순과 삼대의 다스림에 뜻을 두고 계시므로 의당 이를 따라야 하니 어찌 다른 것을 좋아할 수 있겠습니까. 원컨대 전하께서는 좋아하는 바를 삼가시어 이제삼왕二帝三王이 천하를 다스리던 도道를 표준으로 삼으시고 인의와 충서와 효제를 우선하시어 재물이나 전쟁 등과 같은 기호로 신하와 백성들을 이끌지 마시고 그들로 하여금 정도로 돌아가게 하신다면 나라를 다스리는 강령에 매우 다행일 것입니다.

一. 人主好尙, 不可不愼也. 孔子曰: "上有好者, 下必有甚焉者."[18] 昔商受酗酒, 而朝歌[19]之人皆酗, 楚王好細腰, 而宮中至有餓死[20]者, 上之所好, 而下之甚焉者, 率多類此. 且如王豹處於淇, 而河西善謳, 綿駒處於高唐, 而齊右善歌, 華周 · 祀梁之妻, 善哭其夫, 而國俗化,[21] 彼皆尋常人爾, 而尙能使人變化之如此, 況人主乎? 人主好兵革, 則介胄之士, 思欲賈其勇, 好貨財, 則聚斂之臣, 思欲獻其計, 好土功, 則善宮室者, 思售其巧, 好田獵, 則善驅馳者, 思效其捷, 好詞華, 則浮躁之流競進, 好諂諛, 則佞佧之徒沓至. 下之人從上之好如此, 可不愼乎? 孔子曰: "我好古敏以求之者."[22] 大學曰: "未有上好仁而下不好義者也."[23] 又曰: "上老老而民興孝, 上長長而民興悌, 上恤孤而民不倍." 聖賢之所好尙, 則如是爾, 從而化之者又如此. 殿下新服厥命, 方且有意唐虞三代之治, 宜爲此, 豈爲彼也? 願殿下, 愼厥攸好, 以二帝三王所以治天下之道爲準, 以仁義忠恕孝悌爲先, 而勿爲財利兵革等項之好, 以表率臣民, 使之皆歸於正道, 治體幸甚.

하나. 상벌은 임금의 큰 권력입니다. 상으로써 선을 권면하고 벌로써 악을 징계하는 것은 하늘이 봄에 만물을 낳고 가을에 숙살하는 것과 같습니다. 하늘과 땅에 생살이 없다면 일 년의 순서를 이룰 수 없고 임금에게 상벌이 없다면 한 시대를 다스릴 수 없으니, 상주고 벌주는 것 중에 어느 하나도 없앨 수 없습니다. 이제 공경대부의 지위에 있는 자들에게는 값비싼 거마와 금백金帛이 상을 주는 도구이

18 孔子曰: 『孟子』「滕文公」에 나오는 말로, 맹자가 공자를 인용하는 대목이다.
19 朝歌: 폭군 紂가 도읍한 곳이다.
20 楚王~餓死: 『韓非子』「二柄」에 나오는 말로, 초왕은 楚靈王이다.
21 王豹~國俗化: 『孟子』「告子下」에 나오는 말이다. '왕표'는 노래를 잘 불렀던 위나라 사람이고, '綿駒'는 노래를 잘 불렀던 제나라 사람이다. '華周'와 '祀梁'은 제나라의 신하였는데, 그들이 전사하자 그 아내들이 애달프게 곡을 하여 나라 전체의 풍속이 변했다고 한다.
22 孔子曰句: 『論語』「述而」에 나오는 말이다.
23 大學曰句: 『大學』 10장에 나오는 말이다.

고, 유배를 보내고 매를 치며 강등시키는 조처가 벌을 주는 도구입니다. 공적의 대소를 살펴 상을 줌에는 가감이 있고, 죄의 경중에 따라 벌을 줌에는 고하가 있습니다. 벌이 죄에 합당하지 않음을 '지나치다' 하고 상이 공에 합당하지 않음을 '참람되다' 합니다. 지나치면 벌을 주어도 악을 징치할 수 없고, 참람되면 상을 주어도 선을 권면할 수 없습니다. 상벌이 권징을 하지 못하면 임금은 무엇을 가지고 세상을 경영하겠습니까. 전하께서 즉위하신 이래로 형벌 쓰는 일을 밝게 살피시고 삼가시어 옥에는 억울하게 잡혀 있는 사람이 없습니다. 근자에는 다시 형벌을 삼가라는 교지를 내려 혹시라도 무고하게 잡혀가는 일과 가벼운 죄를 지었는데 오랫동안 잡혀있는 일이 있을까 우려하셨습니다. 게다가 죄적罪籍에 이름이 올라온 자들 가운데 현명하고 능력이 있어 다시 따져볼 만한 자들을 특별히 은혜롭게 용서해주시니 생명을 아끼시는 덕에 더 더할 것이 없습니다. 그러나 상을 내리는 한 가지 일에 있어서는 혹 논할 만한 점이 있습니다. 옛날 주공周公에게 위대한 공훈과 노고가 있다 하여 천자의 예악을 하사한 일이 있었습니다. 선유先儒가 논하기를 '어버이 섬기기를 증자曾子와 같이 한다면 효성스럽다고 말할 수 있다'고 하였지만 맹자는 단지 그런대로 괜찮다고 말하였을 뿐, 일찍이 증자의 효도에 부족함이 없다고 여기지는 않았습니다. 그 의미는 대개 '자식이 몸소 할 수 있는 바는 모두 마땅히 해야 한다. 주공의 공로가 비록 크나 모두 신하의 직분상 마땅히 해야 할 바였고, 직분상 마땅히 해야 할 일을 하였다면 비록 작은 공로가 있더라도 상을 주어서는 안 된다'는 것입니다. 얼마 전에는 법에 저촉되어 복주伏誅된 무리들이 있었습니다. 그때 국문을 맡았던 관원들은 모두 무거운 상을 받아 몇 달 사이에 높은 벼슬로 오른 자들이 여럿이었습니다. 양도兩道의 감사 같은 경우는 단지 장계를 올린 공로로써 또한 품계가 올랐습니다. 명을 받들어 죄인을 국문하는 일에 무슨 노고가 있으며, 문서를 통해 보고하는 일에 무슨 노고가 있단 말입니까. 이는 다만 직분 가운데의 작은 일일 뿐인데도 이처럼 상을 내리시니, 후일 비록 나라를 보위하고 백성을 안정시킨 훈업이 있고, 적장을 베고 적의 깃발을 뽑아온 공로가 있다 한들 장차 무엇으로 상을 내리시겠습니까. 그렇지만 지나간 일은 어찌할 수 없으니 원컨대 전하께서는 지금부터 품계를 아끼시고 공로를 참작하여 상은 함부로 더하시지 말고 은혜를 헛되이 베풀지 마소서. 형벌 또한 모름지기 상세히 살피셔야 하니, 만일 벌 받을 만한 실정을 알게 되면 그들을 불쌍히 여기시어 기뻐하지 말며, 차라리 원칙대로 하지 않았다고 비판을 받을지언정 감히 함부로 벌주지 마소서. 요컨대 상벌이 중도를 얻고 권징에 도가 있도록 해야 합니다. 지난날 제왕들이 다스림을 이룬 것도 이런 길을 말미암은 것일 뿐입니다. 엎드려 바라건대 굽어 살피소서.

一. 賞罰, 人主之大柄也, 賞以勸善, 罰以懲惡, 猶天之春以生物, 秋以肅殺也. 天地無生殺, 不可以成歲功, 人君無賞罰, 不可以馭一世, 賞之與罰, 不可以偏廢也. 今夫公卿大夫之位, 車馬金帛之珍, 賞之具也, 流放竄逐鞭笞貶黜之差, 罰之具也. 視其功之大小, 而賞有隆殺, 因其罪之輕重, 而罰有高下. 罰不當罪, 謂之濫, 賞不當功, 謂之僭, 濫則罰無以懲惡, 僭則賞無以勸善, 賞刑不足以勸懲, 則人君以何者而駕馭一世乎? 殿下卽位以來, 明愼用刑, 獄無冤枉. 近者, 又下恤刑之旨, 慮或無辜橫罹, 輕繫久滯. 又於罪籍中賢能之可議者, 特施恩宥, 好生之德, 何以加之? 但賞賚一事, 或有可議者. 昔周公有大勳勞, 賜之天子禮樂.[24] 先儒論之曰: "事親得如曾子, 可謂孝矣."然孟子只

24 周公~禮樂: 주공은 본래 천자의 예악을 받을 수 없는 지위였는데, 그의 조카인 주나라 成王이 숙부를 예우하는 뜻에서 魯나라에 천자의 예악을 하사하였다. 주공의 아들 伯禽은 아버지를 높이는 뜻에서 천자의 예악을 받았는데 이에 대해 공자와 맹자 등의 유가는 부정적으로 평가하였다.

曰: '可也.'[25] 未嘗以曾子之孝爲有餘也. 其意蓋曰: '子之身所能爲者, 皆所當爲也. 周公之功雖大, 然皆臣職之所當爲耳, 職分所當爲者, 雖有微功, 在所不賞.' 頃者, 觸法伏誅者有徒,[26] 其時鞫官, 皆受重賞, 數月之間, 超陞峻級者多矣. 至如兩道監司, 只以馳啓之功, 亦加資秩. 承命鞫囚, 何勞之有? 據牒申聞, 何勞之有? 此特職分中之小事耳, 而賞賚如此, 後雖有衛國安民之勳, 斬敵搴旗之功, 將何以賞之乎? 雖然, 往者不可追, 願殿下, 繼自今愛惜名器, 斟酌功勞, 賞勿濫加, 恩勿虛施. 其刑其罰, 又須審察, 如得其情, 哀矜而勿喜, 寧失不經[27], 毋敢或濫. 要使賞罰得中, 勸懲有道. 古昔帝王成治, 不過由此而已, 伏惟垂省焉.

하나. 세종世宗조에 최윤덕崔潤德에게 명하여 건주위建州衛를 정벌한 일이 있었는데 그때 평안도의 병액兵額이 3만6천 남짓에 이르렀습니다. 그로부터 60여 년이 흐르는 동안 국가에서는 백성들을 편히 쉬게 하고 길렀으니 병액이 의당 지난 날 보다 몇 갑절은 되어야 합니다만 지금 다만 1만8천9백6십일뿐입니다. 평안도는 나라의 서쪽 관문입니다. 고려 말기 원나라가 쇠약할 때 홍건적의 잔당들이 동쪽으로 마구 들이닥치니 평안도가 먼저 그 예봉을 맞아 강물이 갈라지듯 물고기가 썩어 문드러지듯 무너져 감당해 낼 수 없었습니다. 이는 적의 세력이 강성해서가 아니요, 당시 병력이 얼마 안 되고 미약하여 스스로 떨치지 못해서 그렇게 된 것이었습니다. 바야흐로 지금은 중국이 무사하므로 결코 이런 걱정은 없을 것입니다만 말세의 일이란 미리 알 수가 없는 법입니다. 게다가 지금 야인(野人)들이 우리

---

25 孟子只曰句: 『孟子』「離婁上」에 나오는 말이다. '어버이 섬기기를 증자(曾子)와 같이 한다면 효성스럽다고 말할 수 있다'는 맹자의 말이고, 그 이하는 朱熹의 주석이다.

26 觸法~有徒: 전 해의 戊午士禍를 말하는 것으로 보인다.

27 寧失不經: 『書經』「虞書·大禹謨」에 나오는 말로서, 죄인을 원칙대로 엄중히 처벌하지 않는다고 비판을 받을지라도 죄인을 가혹하게 처벌하지 말라는 뜻이다.

변경의 근심이 되어 방비가 매우 시급한데도 현재의 병액이 다만 이러한 수에 그치고 있으니 어찌 몸에 절박한 병이 아니겠습니까. 신이 밤낮으로 생각하며 그 까닭을 찾아보니 대개 까닭이 있었습니다. 본도 국경지대의 각 진鎭에서는 겨울과 여름철 방비로 인해 진실로 이미 민력을 고갈시키고 있습니다. 거기다가 한 해에 세 차례 북경으로 가는 행차를 보내고 맞이하느라 노고가 막심합니다. 그런데 재행在行이니 통사通事니 여러 직급의 관원들이 공무역의 물품과 포목 이외로 사사로이 가져가는 물화가 심지어 7,8천여 필에 이릅니다. 심지어 무역 금지 품목으로 지정된, 우리나라에서 나지 않는 금은과 같은 물품도 몰래 가져가는 일이 또한 많으니, 그 외 몰래 가져가는 잡다한 물품들이야 이루 셀 수도 없는데다가 모두 호송하는 군인들을 시켜 운반하게 합니다. 이로 말미암아 백성들이 명령을 따르지 못하고 고된 부역에서 도망칠 틈을 엿보다가 몰래 요동 동팔참東八站으로 투항하는 자들이 연달아 나오고 있습니다. 더군다나 지금 신설된 탕참湯站과 봉황성鳳凰城은 의주와 하룻길을 사이에 두고 있기에 백성들이 도망가고자 하면 그 형세가 매우 쉽습니다. 어찌 근심하지 않을 수 있겠습니까. 가만히 살펴보니 역대 조정에서 북경으로 사신 행차를 보낼 때는 별도로 대관臺官을 파견하여 정해진 수 이외로 몰래 가져가는 물화를 단속하여 그 죄를 다스리고 물건을 압수하였습니다. 이는 한 때의 필요를 따라 폐단을 시정했던 한 가지 일이지만, 지금 의당 옛 규례를 다시 시행한다면 민력을 회복시키고 병액을 증진시키는 데에 일조할 것입니다. 또 몇 해 동안 상의원尙衣院·제용감濟用監·약원藥院에서 무역하였던 베가 총 4천8백3십여 필이었습니다. 서울에서부터 압록강에 이르기까지 이고 지고 옮기니 역로가 피폐해지는 것은 이 때문입니다. 신은 또한 바라나니 이제부터는 일상생활에 소용되는 것 이외에 그다지 긴요치 않는 물품은 무역을 금지하여 민력을 소생시키소서. 그리고 평안도의 각 진에서 수자리를 지키는 자들을 보면, 다른 도의 군사들은 자기들끼리 돌아가면서 쉬는데 그곳 병사들은 사계절 동안 서로 지키느라 한 번도 쉴 틈이 없어 그 고통이 배나 되니 도망치고 흩어지는 것은 형세상 필연입니다. 백성들을 소생시키는 몇 가지 조치들을 해당 부서에 마련토록 명하여 시행하소서.

一. 世宗朝, 命崔潤德征建州衛,[28] 爾時平安道兵額, 至三萬六千有奇. 距今六十餘年, 國家休養生息, 兵額宜倍蓰於昔, 而今僅有萬八千九百六十. 平安一道, 國之西門, 在前朝末, 值元衰季, 紅巾餘賊, 奔突而東, 此道先受其鋒, 如河決魚爛, 莫之能支, 非惟賊勢强盛, 當時兵力寡弱, 不自振而然也. 方今中國無事, 萬無此慮, 然末世之事, 未敢逆料. 況今野人, 爲我邊患, 防備甚緊, 見在兵額, 只有此數, 豈非切身之病乎? 臣日夜思慮, 求其所以然, 蓋有由矣. 本道沿邊各鎭, 冬夏防戍, 固已殫民力矣. 又有一年三次赴京之行, 送迎騎載, 勞憊莫甚, 而在行通事等項諸官, 於公貿易品布外, 私齎物貨, 多至七八千餘疋. 至如金銀, 我國所不産, 載在禁章, 而亦多潛持, 其他濫齎雜物, 不可勝數, 皆責護送軍人運輸, 由是, 民不堪命, 規免苦役, 潛投遼東東八站[29]者, 比比有之. 況今新設湯站鳳凰城, 距義州相望一日之程, 民之投竄, 其勢甚易, 豈不可慮哉? 切見祖宗朝赴京使臣之行, 別遣臺官, 搜檢數外濫持物貨者, 治其罪而沒入其物, 此一時權宜救弊一事也, 今宜復行故事, 亦蘇復民力, 增益兵額之一助也. 且年前尙衣院濟用監及醫司貿易布, 摠四千八百三十餘疋. 自京抵江上, 載馱轉輸, 驛路殘弊, 職

---

28 命崔~州衛: 최윤덕(1376~1445)은 1433년 평안도도절제사가 되어 군사 1만 5천 명을 이끌고 압록강 유역의 閭延에 침입한 여진족 李滿住를 물리쳤다. 그 후 閭延·慈城·茂昌·虞芮에 4군을 설치하였다. 건주위는 명나라에서 여진족을 회유하기 위해 내린 벼슬이자 군대를 가리킨다.

29 東八站: 조선시대 중국에 파견된 사신의 행로 중 중국과 경계라 할 수 있는 九連城에서 湯站·柵門·鳳凰城·鎭東堡·鎭夷堡·連山關·甛水站·遼東·十里堡·瀋陽까지 가는 길에 설치된 여덟 군데의 驛站이다.

此之由. 臣亦願自今服御所用外, 其他不甚緊要之物, 禁絶貿易, 以蘇民力. 且平安道各鎭防戍者, 他道軍士則自相番休, 若土兵, 四時相防, 曾無休歇時, 其苦倍他, 流離逃散, 勢所必至. 其蘇復條件, 請令該曹, 磨鍊施行.

하나. 백성들의 기쁨과 슬픔은 수령에게 달려 있으니 그 수령이 마땅한 사람이 아니라면 백성들은 어디에 수족을 두겠습니까. 지금 변경 지대에 보임되는 자들로는 대부분 무인을 쓰고 있는데, 그들이 어찌 품어주고 사랑으로 길러주는 도리를 알겠습니까. 변경의 가난하고 고단한 백성들을 혹독한 무인 관리로 다스리게 하니 어찌 작당하여 도망가지 않겠습니까. 신은 바라건대 변방의 수령으로는 반드시 문무를 겸비한 사람을 써서, 유사시에는 몸소 탁약橐籥과 동개를 차고 적군과 맞서고, 일이 없으면 백성들에게 힘써 농사를 짓도록 권면하여 항산恒産이 있게 한다면 아마도 백성들의 도망이 저절로 중지되고 병액도 또한 날로 증가될 수 있을 것입니다.

一. 民之休戚, 係於守令, 守令非其人, 則民安所措手足乎? 今之補邊郡者, 率用武人, 彼豈知懷綏字牧之道哉? 關塞窮苦之民, 而馭之以酷暴武吏, 幾何不胥而流亡哉? 臣願邊方守令, 必用文武兼資之人, 使有事則身佩櫜鞬, 以與敵從事, 無事則勸民力穡, 使有恒產, 庶幾流亡自止, 兵額亦可以日增矣.

하나. 의주의 관노官奴와 군민軍民 등은 서울이나 개성의 부상들로부터 포물布物을 많이 받고서 매번 북경으로 가는 행렬에 정원 외로 끼어들어 몰래 요동까지 가서는 중국 물품과 바꾸어 오는 자들이 속출하고 있습니다. 이런 일이 그치지 않는다면 모리배들이 어지럽게 왕래하며 사기치고 다툼을 일으키다가 중국 측에 사단을 일으키는 일이 반드시 생겨날 것입니다. 어찌 작은 일이라 하겠습니까.

이후로 이전처럼 경거망동하는 일을 검속하지 못한다면 의주의 관리 및 행렬을 이끈 단련사團練使·서장관書狀官 등을 모두 정죄하여 함부로 사람을 쓰는 폐단을 막아야 합니다. 그렇게 하면 국체에 다행함이 클 것입니다.

一. 義州官奴軍民等, 多受京中及開城府富賈布物, 每於赴京之行, 數外牽連, 潛往遼東, 換易唐物者相屬, 若此不已, 則謀利之徒, 紛紜往來, 欺詐爭鬪, 生事於上國者, 必有之矣, 豈細故哉? 今後似前冒行, 而不能檢擧, 義州官吏及領去團練使書狀官等 率皆科罪, 以杜冒濫之弊, 國體幸甚.

하나. 역대 조정에서는 팽배彭排 5천, 대졸隊卒 3천을 5번番으로 나누어 편제하여 월급을 지급하며 토목공사에 복역토록 하였기에, 정규 보병이 병기를 가지고 왕궁을 호위하고 수군은 배를 타고서 해구海寇를 방비만 하면 되었습니다. 근년 이래로 궁궐과 관청을 수리하고 여러 대군大君들의 저택을 건축하느라 공사가 크게 증가하자 팽배와 대졸만으로는 인원이 부족하게 되었고, 부득이 번을 서는 보병과 수군들로 공역에 충당하게 되었습니다. 그런데 일을 독촉함이 급박하니 아무리 애를 써도 감당할 수 없게 되어 대개 사람을 사서 공역을 대신하게 되는데, 그 품값이 너무 비싸서 보병의 경우에는 두 달치의 면포가 17·8필에 이르고, 수군은 20여필입니다. 가산을 모두 쏟아 부어 파산을 하더라도 감당할 수 없어 도망가는 자들이 줄을 잇고 있습니다. 게다가 여러 포구에서 삭망朔望 때나 별도의 예에 따라 공물을 진공하는 일과 또 수시로 일어나는 고관대작의 예장禮葬과 해마다 압도鴨島의 풀이나 억새를 베는 일들에 모두 수군을 동원하니 한 번도 쉴 수 없어 날마다 도망치고 있습니다. 신은 바라노니 『경국대전』에 의거하여 팽배와 대졸은 각각 그 수대로 충원하고 공사할 일이 생기면 급료를 주어 부리기를 한결같이 역대 조정의 전례를 따르고, 수군과 보병들도 각기 본래의 역에만 동원해야 합니다. 그렇게 되면 공역이 폐지되는 일도 없고 도망가 흩어지는 근심도 없어질 것입니다.

一. 祖宗朝, 設彭排[30]五千, 隊卒[31]三千, 分五番, 給月廩, 使服工木之役, 步正兵[32]持兵衛王宮, 水軍, 乘舡備海寇而已. 近年以來, 宮闕公廨修葺, 諸君第宅造成, 功役繁興, 而彭排隊卒數少, 不得已以番上步兵[33] · 當領水軍[34], 充其役. 程督甚迫, 力不能堪, 率皆賃人代其役, 役價甚重, 步兵二朔綿布, 至十七八疋, 水軍則二十餘疋, 傾財破產, 猶不能償, 逃散者相繼. 加以諸浦朔望及別例進供物膳, 又有無時禮葬[35], 每歲鴨島[36]草薍刈取, 皆役水軍, 曾不得息肩, 日就耗散. 臣願依大典, 彭排隊卒, 各充其數, 如遇營繕等事, 給料役之, 一如祖宗朝故事, 令水軍步兵, 各供本役, 庶幾功役不廢, 而無逃散流離之虞矣.

하나. 몇 해 동안 흉년이 들었는데 작년에는 더욱 심해서 겨울부터 곡식이 귀하더니 지금은 굶어죽는 자들이 즐비할 정도로 민생이 지극이 곤란합니다. 비록 지금부터 급하지 않은 일들은 제쳐 두고서 백성을 구휼하는 일에 전념하더라도 오히려 구제하지 못할까 두렵거늘 하물며 토목공사를 일으켜 민력을 이중으로 어렵게 해서야 되

30 彭排: 五衛의 하나인 虎賁衛에 속한 잡종의 軍職으로, 주로 방패를 무기로 썼다.
31 隊卒: 五衛의 하나인 龍驤衛에 속한 중앙군으로, 총인원 3,000명이 600명씩 나뉘어 5교대로 4개월간 광화문을 경비하였다.
32 步正兵: 정규 보병이다.
33 番上步兵: '번상'은 번을 돌 차례가 되어 번소에 들어가는 것으로, 보병 가운데 번을 서고 있는 병력을 이른다.
34 當領水軍: 番上의 차례를 당하여 근무 중에 있는 수군이다.
35 禮葬: 예식을 갖추어 치르는 장례로, 여기서는 세력가들의 장례를 의미한다.
36 鴨島: 지금의 蘭芝島이다. 오리가 물에 떠 있는 모습과 비슷하여 오리섬 또는 鴨島라고 하였다.

겠습니까. 근래에 듣자니 진성대군晉城大君의 집을 조성하고 벽제역 내응방內鷹房을 수리하며, 또 감악산紺岳山 신당神堂의 제청祭廳을 다시 짓느라고 수군이 140일 동안 부역을 하였고, 마니산磨尼山 재궁齋宮의 전사청典祀廳을 다시 짓느라고 수군들이 100일 동안 부역을 하였다 합니다. 전항前項의 군인들로서는 그 몸의 괴로움이야 말할 것도 없고 무엇보다 어려운 일은 식량 운반입니다. 대군大君들의 집은 진실로 지어야 하겠습니다만 지금 지을 수는 없으니 가을이 되어 만들기 시작하여도 늦지는 않을 것입니다. 벽제역 같은 경우는 당시에도 아주 무너지지는 않았고 내응방도 본래 좌우의 방이 있으니 어찌 반드시 급급히 증축할 것이 있겠습니까. 시절이 어려운데 사치스런 일을 벌이는 것을 『춘추』에서는 비판하였습니다. 엎드려 바라건대 이미 내린 분부를 속히 거두시었다가 때를 기다려 거행하시어 민력을 넉넉하게 하신다면 나라에 큰 다행일 것입니다.

一. 比來連年不稔, 去年尤甚, 自冬穀貴, 今則餓莩相望, 民生極艱矣. 雖自今蠲除不急之務, 專意恤民之政, 猶懼不濟, 況興土木之役, 重困民力乎? 近聞, 晉城大君[37]第造成, 碧蹄驛內鷹房[38]修繕, 又有紺岳山神堂祭廳改造, 水軍一百四十日之役, 磨尼山齋宮典祀廳改造, 水軍一百一朔之役. 前項軍人, 其身之苦, 不暇論也, 尤其所難者, 贏糧也. 夫大君茅, 固所當營, 然在今日則不可, 自秋成爲之未晚, 至於碧蹄驛, 當時不至頹毁, 內鷹房, 本有左右房, 何必汲汲增營乎? 時屈擧贏, 春秋譏之, 伏願亟收成命, 待時而擧, 以紓民力, 於國幸甚.

하나. 사복시司僕寺의 망패網牌들이 사냥을 나갈 때면 좌패와 우패가

37 城大君: 中宗 임금이 왕위에 오르기 전의 호칭이다.
38 內鷹房: 매 사육과 매사냥을 위해 조선시대 궁중에 두었던 기관으로, 고려의 응방과 같다.

각각 30명이고 겸관兼官들이 타는 말과 그물을 싣고 가는 말들이 도합 34필인데 이들이 여러 도道로 나누어 다닙니다. 몰이군 60명은 그곳의 관원들에게 조발토록 하며 재인才人과 백정이 부족하면 연호군煙戶軍을 충당합니다. 경기·강원·황해 등 이르는 곳마다 떠들썩하여 군현의 경비만 축내는 것이 아니라 민간을 출입하며 침해함이 또한 자심합니다. 심지어는 사람과 말의 양식을 마련하도록 책임지우기까지 하는데, 조금이라도 뜻에 맞지 않으면 곧바로 채찍을 가하기에 백성들이 원망하고 한탄하니 그 폐단을 이루 헤아릴 수 없습니다. 한 달에 잡는 수를 세어보면 여섯 일곱 마리에 지나지 않습니다. 번거롭고 소요를 일으킴이 이토록 심한데도 잡는 것은 정말로 얼마 안 됩니다. 신은 바라건대 문소전文昭殿과 연은전延恩殿의 제사에 쓸 고기를 잡는 사냥과 어린 노루와 사슴을 천신薦新으로 올리는 것 외에 망패를 동원한 사냥은 즉시 그만두도록 명하소서. 필요한 짐승의 숫자를 경기·강원·황해도의 주군州郡에 할당하면 바치는 일이 중단되지 않으면서도 백성들의 폐해는 제거될 것입니다.

一. 司僕寺網牌[39]出獵, 左右牌諸員各三十, 兼官所騎及網子載持馬, 幷三十四疋, 分行諸道, 驅獸軍六十名, 令所在官調發, 才白丁不足, 則以煙戶軍[40]充之, 京畿江原黃海, 所至騷然, 不徒煩費郡縣, 出入民間, 侵刻亦甚, 以至責辦人馬糧料, 少不如意, 輒加鞭撻, 民興怨咨, 其弊不貲. 計其一朔所獲, 不過六七口, 煩擾甚多, 獵獲至少. 臣願文昭殿延恩殿祭肉山行及兒獐鹿薦新進上外, 網牌等獵, 亟命停罷, 移定獸數於右三道州郡, 供進不闕, 而民弊祛矣.

---

39 網牌: 사냥할 때 그물을 가지고 짐승을 잡던 군사이다.

40 煙戶軍: 고려 말기 왜구의 침입에 대비하기 위해 설치한 지방군이다. 조선시대에 들어와서는 대규모의 노동 공사에 연호군을 동원하였는데, 역시 호적에 의한 인정의 동원이었으므로, 軍籍을 통한 군역 부과와는 별도의 차원에서 이루어졌다.

허백정집 권3

비지碑誌

함종 현령 권이 묘지석
咸從縣令權邇[1]誌石

공의 휘는 모某이고 자는 모某로서 안동의 세족이다. 사람됨이 질박하고 속되지 않으며 온화하면서 청렴하여 집에서는 효도하고 우애 있었으며, 백성들에게 임해서는 인자하고 관대하였다. 일찍이 홍문관과 예문관의 주부主簿를 지냈고, 두 도道의 찰방察訪을 지냈으며, 세 개의 사司에서 영令을 지냈고, 두 고을에서 현감縣監을 지냈는데 어디에 있든 마음을 다하였기에 이름이 널리 알려졌다. 공의 나이 아무 세인 홍치 3년(1490) 1월 21일 강건하였음에도 세상을 떠났으니 애석하다.

公諱某, 字某, 永嘉世族也. 爲人質而不俚, 和易以廉, 在家惟孝友, 臨民以仁恕. 嘗主簿兩官[2], 察訪兩道, 令于三司, 監于二縣, 所在盡其心, 皆著稱. 年幾以弘治三年正月二十一日, 康强卽世, 惜哉.

공은 덕산德山 송씨의 따님과 혼인하였다. 부인은 대단히 부덕婦德이 있었는데 아들 하나와 딸을 낳고 먼저 세상을 떠났다. 아들의 이름은 주柱로, 문과에 급제하여 관직이 현재 사헌부 지평인데, 어질고도 재주가 있어 장차 원대하게 될 것이다. 공은 비록 죽었으나 집안은 대대로 영원히 번창하리라. 이 해 12월 13일 아내 송씨의 묘소 남쪽에 부장하니, 그 마을의 이름은 아무개요 언덕은 아무개 좌坐인데 앞뒤로 묘를 쓴 것은 죽어서도 한 곳에 있고자 하는 바람을 이루기 위해서이다.

---

1 權邇: 退溪 李滉의 妻曾祖.
2 兩館: 弘文館과 藝文館을 이른다.

公娶德山宋氏[3]女, 甚有婦道, 生一男與女而先沒, 男曰柱, 擢高第, 官今司憲持平, 賢而才, 將遠且大. 公雖歿, 家世其永昌矣乎. 用是年十二月十三日, 祔葬于宋氏墓道南, 里曰某, 原曰某, 纍纍隴, 蓋遂同穴[4]之願.

3 宋氏: 『文科榜目』에 근거하면, 권이의 아들 權柱의 외조부가 宋元昌이다.

4 同穴: '同穴'은 부부가 죽은 뒤에 같은 무덤에 묻히는 것으로, 부부의 애정이 깊음을 이른다.

와서 별좌 심후 묘지명

瓦署別坐[1]沈侯墓誌銘

심후의 휘는 견肩, 자는 필직弼直이며, 본관은 풍산豐山이다. 증자헌대부 삼사우사三司右使 지의정부사知議政府事 승경承慶의 증손이며, 추충익대좌명공신推忠翊戴佐命功臣 자헌대부 풍산군豐山君 시호 정양공靖襄公 구령龜齡의 손자이며, 증정헌대부 호조판서 행가선대부 상주목사 치寘의 아들이다. 동래 정씨와 먼저 결혼하였고, 의령 남씨와 나중에 결혼하여 아들 넷을 두었으니, 극효克孝와 극충克忠은 정씨 소생이고, 극인克仁 극례克禮는 남씨 소생이다. 나이 68세 때인 홍치 계축년(1493, 성종 24) 모월 모일에 세상을 떠나 모월 모일에 장례를 지냈다.

侯諱肩, 字弼直, 豐山人. 贈資憲大夫三司右使知議政府事承慶之曾孫, 推忠翊戴佐命功臣正憲大夫豐山君諡靖襄公龜齡之孫, 贈正憲大夫戶曹判書行嘉善大夫尙州牧使寘之子. 先娶東萊鄭氏, 後娶宜寧南氏, 有四子, 曰克孝 · 克忠, 鄭出, 曰克仁 · 克禮, 南出也. 年六十八, 弘治癸丑某月日歿, 某月日葬.

심후는 성품이 순박하고 질박하여 평생토록 다른 사람과 싸우는 일이 없었고, 이익을 꾀하는 마음이 없어 일찌감치 벼슬을 그만두고는 나무를 심고 정원을 가꾸는 것으로 소일했다. 언제나 술을 즐기고 손님을 좋아하여 가난한 살림에도 술 빚는 것을 그만두지 않았으며, 방문 앞에는 손님의 신발이 놓여 있고 대문 앞에는 자주 손님의 말이 매어 있었다. 숨을 거둘 때에 이르러 이웃 친구들이 모두 슬퍼하였

---

1 瓦署別坐: '와서'는 조선시대 왕실에서 쓰던 기와와 벽돌을 만들어 바치던 관아이고, '별좌'는 5품관직의 명칭이다.

다. 장차 장례를 지내려 할 때 그 아들 극효가 내게 묘지명을 청하며 "선공께서는 부모를 여의신 뒤로 지금까지 매월 삭망이면 언제나 제사를 지냈습니다. 한번은 가물었을 때 제상을 차리려하자 우물이 말랐습니다. 공께서 우물에 임하여 곡을 하자 홀연히 물이 나왔으니 이는 효성이 감응한 것이었습니다." 하였다. 나는 묘지墓誌를 짓고 다음과 같이 명銘을 썼다. "부모께 효도하고 벗들로부터 인정받았네. 집이 가난했지만 부인은 술을 빚었네. 몸에 병이 없어 스스로 장수하리라 여겼었지. 손님은 떠나지 않았는데 신이 지켜주지 못하네. 인간사, 결국 무엇이 있단 말인가?"

侯性稟醇質, 平生與物無忤, 無心於營利, 早休官, 種樹灌園以爲事. 常嗜酒好客, 家貧不廢釀, 戶外有屨, 門前頻繫馬, 及卒, 隣舊皆傷之. 將葬, 其孤克孝請余誌其墓, 且曰: "先公自喪父母, 至今每月朔望必祭. 嘗旱, 欲設奠, 井渴, 公臨井哭, 忽水, 是孝感也."余乃誌而銘之曰: "孝于親, 悅于友. 家雖貧, 婦有酒. 身無病, 自擬壽. 客未散, 神無守. 人間事, 竟何有."

증 정부인 유씨 묘지명
贈貞夫人柳氏墓誌銘

부인의 성은 유씨柳氏로 본관은 문화文化이다. 먼 조상 차달車達은 고려 태조를 도와 삼한공신三韓功臣에 책훈策勳되었고 관직은 대승大丞에 이르렀다. 그 후손 공권公權과 택澤은 고려 중엽에 벼슬하여 국정에 참여하며 외교문서를 맡아 지었으니 모두 명성과 실질이 있었다. 택澤의 후예인 문정공文正公 경璥은 최충헌崔忠獻의 손자 의竩를 죽이고 왕실王室을 본래 상태로 되돌려 위사공신衛社功臣에 봉해졌다. 문정공의 아들은 승陞이고 승의 아들은 돈墩이니 모두 고관대작을 지냈다. 본조에 들어와 돈의 아들 양亮이 우리 태조를 도와 공을 세워 관직이 좌의정에 이르렀다. 양의 형 신信 또한 높은 벼슬을 하였는데, 부인에게 증조부가 되며 흡洽을 낳았다. 흡은 의정부 우찬성에 증직되었다. 흡은 문汶을 낳았는데, 이 분이 행주 기씨奇氏와 혼인해 부인을 낳았다. 부인은 증이조참판 창녕 조씨曹氏 아무개와 혼인하여 아들 하나를 낳으니 위偉이다. 조위는 문장을 잘하여 일찍 과거에 급제하여 성종대왕의 커다란 지우를 입었고 현재 관직이 전라도 관찰사이다.

夫人姓柳氏, 文化人, 遠祖有車達, 佐高麗太祖, 策勳爲三韓功臣, 官至大丞. 其後, 有諱公權[1] · 諱澤[2], 仕中葉, 參大政, 掌詞命, 皆有聲實. 澤之胤曰文正公璥[3], 是誅崔忠獻之孫竩, 反政王室, 受封衛社功臣.

---

1 公權: 유공권. 인종 10년(1132)~명종 26년(1196). 자 正平. 시호 文簡. 유차달의 6대손. 벼슬은 정당문학·참지정사·예부판사에 이르렀다.

2 澤: 유공권의 아들. 벼슬은 翰林學士承旨에 이르렀으며, 무신정권의 실권자였던 崔忠獻을 비방하는 내용의 상소를 올렸다 하여 참소를 받기도 하였다.

3 璥: 희종 7년(1211)~충렬왕 15년(1289). 유택의 아들. 최충헌의 손자 崔竩가

文正有嗣曰陞, 陞之世曰墩, 皆大官. 入本朝, 墩之裔亮, 佐我太宗有功, 官至左議政, 亮之兄信亦大官, 於夫人爲曾祖, 生諱洽, 贈議政府右贊成. 贊成生諱汶, 是娶幸州奇氏, 生夫人, 夫人適贈吏曹參判昌寧曹氏諱某[4], 生一男曰偉[5], 能文章, 早歲擢第, 大遇知成宗朝, 今官至全羅道觀察使.

부인은 69세의 나이로 홍치8년(1495, 연산군 1) 10월 모일 김산金山의 구택에서 세상을 떠나셨다. 이 해 모월 모일에 황간黃澗 이조 참판의 묘소에 합장하려 하면서 서울에 있는 내게로 편지를 보내왔다. "이제는 그만입니다. 제가 다시는 어머니를 뵐 수 없게 되었습니다. 어머니께서는 평생 부덕婦德이 넘치셨는데 이를 후세에 알리지도 못하고 허무하게 땅에 묻히게 될까 두렵습니다. 감추어진 덕을 드러내어 영원토록 알리는 것은 문장이 아니면 불가능합니다. 생각건대 우리 집안의 일을 자세히 알기로는 공만한 분이 없으니, 공께서 지어주셔야겠습니다."

夫人年六十九, 弘治八年十月日, 卒于金山舊宅, 將以是年某月日, 祔葬于黃澗吏曹塋域, 緘書走京師, 謂貴達曰: "已矣. 吾無復以見吾母, 吾母平生多婦德, 恐空埋沒無傳, 將發揮幽潛詔永世, 非文莫可. 念惟悉吾家門戶事者無如公, 公其宜爲."

국정을 농단하자 고종 45년(1258) 金俊 등과 모의하여 최의를 죽이고 왕실의 권위를 회복하였다. 최씨무신정권을 타도한 공으로 推誠衛社功臣에 봉하여졌다. 安珦 등의 유생이 그의 門生이며 시호는 文正.

4 某: 曺繼門.

5 偉: 曺偉. 단종 2년(1454)~연산군 9년(1503). 자 太虛. 호 梅溪. 1474년 식년문과에 급제하여 승문원정자·예문관검열을 역임하고 賜暇讀書를 하였다. 벼슬은 함양군수, 호조참판, 충청도관찰사, 동지중추부사에 이르렀다. 무오사화가 일어나자 김종직의 詩稿를 정리한 장본인이라 하여 의주에 유배되었다가 순천으로 옮겨진 뒤, 그곳에서 죽었다. 문집으로 『매계집』이 있다.

내가 읽고 슬퍼하며 말하였다. "정말로 그러하다. 부인은 따스하고 자애로워 일가 사람을 만나면 친소와 원근을 두지 않고 한결같이 은혜와 믿음으로 대하였다. 첩들을 대할 때는 터럭만큼도 사사로운 혐의를 두지 않았으며 서출들을 양육함에 자신이 낳은 것처럼 하여 은애와 사랑이 조금도 뒤쳐지지 않았다. 평소 거처하실 때 화려하고 사치스러운 것을 좋아하지 않아 입고 먹는 것을 검소하게 하셨고, 베풀기를 즐겨 집안에는 남는 것이 없었다. 제사를 받듦에는 반드시 몸소 하여 정갈하고 빠짐없이 갖추어 그 성의와 공경을 지극히 하셨다. 노복들은 그 어짊에 감복하여 비록 주인의 귀와 눈이 미치지 못하는 데서도 감히 속이지 아니하였고, 이웃들도 그 은혜에 감격하여 먹을 것을 얻기라도 하면 비록 하찮은 것이어도 반드시 부인께 바치고서야 먹었다. 부인이 어질지 않았다면 이럴 수가 있었겠는가. 이는 그 대략만을 말한 것으로 내가 평소에 듣고 본 바이다." 의당 명銘이 있어야 하니 명은 다음과 같다. "문화는 유씨의 본관, 창녕은 조씨의 본관이지. 두 성의 미덕이 합해지니 아들 하나 명성이 높도다. 지위와 호칭이 높고 가문을 창성시키네. 조상을 빛내며 관찰사가 되었네. 감추어진 덕을 드러내고 맑은 절개를 선양하네. 오랜 세월 흘러도 보존될 터이지만 또한 나의 글을 요구하네. 금릉은 생전의 옛집이고 황간은 사후의 새 무덤이지. 천년 만년토록 광휘가 사라지지 않으리라."

乃讀而哀之曰: 誠是也. 夫人溫懿慈仁, 遇宗族, 無親疏遠近, 一以恩信. 御妾媵, 無纖芥嫌私, 撫育諸孼息如己出, 恩愛未嘗少衰. 平居不喜華靡, 凡衣服飮食, 率儉素, 喜施與, 室中無留儲. 奉祭祀, 必親淨辦, 極其誠敬. 奴僕感其仁, 雖耳目所不及, 不敢欺. 隣里德其惠, 得饌物, 雖薄必獻乃食, 非賢而能之乎? 此其大略, 而吾平昔所耳目者, 是宜銘, 銘曰: "文化則柳, 昌寧云曺. 二姓美俱, 一子聲高. 以大位號,以昌門閥. 以光厥先, 則有觀察. 發揮潛德, 播揚淸介. 悠久猶存, 亦有吾文. 金陵舊宅, 黃澗新阡. 光輝不滅, 於千萬年."

제용감 부정 안공 묘지
濟用監副正安公墓誌

공의 휘는 선璿으로 자는 국진國珍이며 본관은 순흥順興이다. 원조遠祖 문성공文成公 향珦은 고려 원종元宗조에 벼슬하여 도학을 자신의 임무로 삼았다. 학교가 퇴락한 것을 보고 학전學錢을 넉넉히 두어야 한다고 건의하였고, 또 사재를 털어 사람을 사서 학궁의 노비로 삼았으니, 지금 성균관의 복예僕隸들이 모두 그 후손들이다. 문성공은 문묘에 배향되어 지금까지 제사를 받고 있다. 문성공의 아들 찬성사贊成事 우기于器는 목牧을 낳았고, 목은 원숭元崇을 낳았는데, 벼슬이 모두 정당문학政堂文學에 이르렀다. 원숭의 아들 원瑗은 본조에 들어와 개성 유후開城留後가 되었으니 곧 공의 고조이다. 증조 종약從約은 해주 목사를 지냈고, 조부 구玖는 판군자감사判軍資監事를 지냈다. 부친 지귀知歸는 전주 부윤을 지냈는데, 형조참판 박이창朴以昌의 따님과 혼인하여 경태景泰 경신년(1440, 세종 22)에 공을 낳았다.

公諱璿, 字國珍, 順興人. 遠祖文成公珦, 仕高麗元宗朝, 道學爲己任, 見學校敝, 建議置贍學錢, 又捐私臧獲, 爲學宮奴婢, 今成均館僕隸皆是. 文成配享文宣王廟, 至今血食焉. 其子贊成事于器生牧, 牧生元崇, 竝官至政堂文學. 元崇之子瑗, 入本朝, 爲開城留後, 卽公之高祖也. 曾祖從約, 海州牧使, 祖玖, 判軍資監事, 考知歸, 全州府尹, 娶刑曹參判朴以昌女, 以景泰[1]庚申生公.

공은 독서와 문장 공부를 하여 여러 차례 과거에 나아갔으나 뜻을 실현하지 못하다가 성화成化 1년(1465, 세조 11)에 비로소 중부 녹사中部

---

1 景泰: 명나라 景帝의 연호(1450~1456)로, 경신년은 세종 22년(1440)인데, 안선이 태어난 경신년은 正統5년이다. 홍귀달이 착오를 일으킨 것으로 보인다.

錄事에 제수되고, 영릉 참봉英陵參奉·풍저창 부봉사豐儲倉副奉事·상서원 직장尙瑞院直長·전생서 봉사典牲署奉事 등을 역임한 뒤에 통례원 인의通禮院引儀·사헌부 감찰司憲府監察·공조 좌랑·형조 좌랑 등으로 승진하고 사헌부 지평으로 옮겼다. 기풍의 규찰에 힘써 일이 있으면 과감히 말을 하니 조정의 의론이 훌륭하다고 여겼다. 외직으로 나가 통천 군수通川郡守가 되고 내직으로 들어와 사헌부 장령이 되었으며 평양 서윤으로 옮겨 보임되었다. 일이 있어 파직되었다가 오랜 뒤에 특별히 다시 서용됨을 허락받아 전옥서 주부에 배수되고 이윽고 만경 현령萬頃縣令이 되었다. 임기가 찼을 때 고과가 우수함이 알려져 장악원 첨정에 배수되고 한성부 서윤으로 옮겼다가 제용감 부정에 올랐다. 홍치弘治 11년(1498, 연산군 4) 윤11월 어느 날 집에서 병으로 세상을 뜨니 향년 59세였다.

> 公讀書爲文, 累擧不得志. 成化元年, 始授中部錄事, 遷英陵參奉豐儲倉副奉事尙瑞院直長典牲署奉事, 陞通禮院引儀司憲監察工刑兩曹佐郎, 轉司憲持平, 力持風憲, 遇事敢言, 朝論多之. 出爲通川郡守, 入爲司憲掌令, 旋補平壤庶尹. 因事罷, 久之, 特許還敍, 拜典獄主簿, 尋爲萬頃縣. 秩滿, 以最聞, 拜掌樂院僉正, 遷漢城庶尹, 陞濟用監副正. 弘治十一年閏十一月某甲, 病卒于家, 年五十九.

공은 화락하면서도 반듯하였고 부모님께 효도하고 형제간에 우애가 있어 늘 기뻐하는 듯하였다. 사귐을 좋아하고 담론을 즐겨 한 시절의 명사들이 모두 그의 벗이었다. 평생토록 살림에 얽매이지 않아 집안은 비록 가난하였으나 또한 그것을 개의치 않았으니 참된 군자였다. 아내는 사복시 직장 성구成懼의 따님인데 2남 4녀를 낳았다. 맏아들은 처직處直이고 둘째는 처관處寬이다. 맏딸은 참봉 김옥견金玉堅에게 시집을 가서 아들 혼渾을 낳았다. 둘째 딸은 생원 설충회薛忠誨에게 시집을 갔으나 공보다 먼저 죽었고 후사가 없다. 셋째 딸은 장사랑 유호인柳好仁에게 시집을 갔으나 후사가 없다. 막내딸은 권지훈련원 참봉 유희정柳希汀에게 시집을 갔다. 공이 세상을 떠난 이듬해 2월 어느 날 광주廣州 모면某面 대탄리大灘里 언덕에 장사를 지냈다. 벗 의정부 좌참찬 홍귀달이 묘지를 짓고 다음과 같이 명을 쓴다. "뜻은 가히 큰일을 도모할 수 있고 계책은 가히 시대에 쓰일 수 있었지. 벼슬자리 구함을 이롭게 여기지 않고 경륜의 펼침도 대수로이 여기지 않았네. 관직이 이에 그치고 수명이 이에 그치니 남은 사람들이 슬퍼하는도다."

公和易而正, 孝於親, 友于兄弟, 怡愉如也. 好交遊, 善談論, 一時名士皆其友. 平生不區區產業, 家雖屢空, 亦不以爲意, 君子哉. 配曰司僕直長成懼之女, 生二子四女. 子長處直, 次處寬, 女長適參奉金玉堅, 有子渾. 次適生員薛忠誨, 先公死, 無後. 次適將仕郎柳好仁, 無後. 次適權知訓錬參奉柳希汀. 公沒之明年二日某甲, 葬于廣州某面大灘里之原, 友人議政府左參贊洪貴達誌且銘曰: "志可以有爲, 策可以干時. 不利於求, 不大其施. 官止於斯壽止於斯, 令人悲."

행부사과 강공 묘갈명
行副司果姜公墓碣銘

공의 휘는 원범元範이고 자는 자형子衡이며 본관은 진주이다. 진주에는 대성大姓이 많지만 강씨는 그중에서도 큰 성씨이다. 고려 말기 문하찬성사 공목공恭穆公 시蓍가 공의 고조이다. 공목공의 아들은 회백淮伯이니 신우辛禑 때에 급제하여 관직이 밀직제학에 이르렀고 본조에 들어서는 정헌대부 동북면도순문사가 되었으며 문집 『통정집通亭集』이 세상에 유통되고 있다. 통정공이 증의정부좌의정 진산부원군晉山府院君 우덕友德을 낳았고, 부원군은 군기감정軍器監正 숙경叔卿을 낳았으며, 숙경은 현감 김철성金哲誠의 따님과 혼인하여 공을 낳았다.

公諱元範[1], 字子衡, 晉州人. 晉多大姓, 姜其尤也. 在麗季, 有門下贊成事恭穆公蓍, 是公高祖. 恭穆有子曰淮伯, 辛禑朝登第, 官至密直提學, 入本朝, 爲正憲大夫東北面都巡問使, 有『通亭集』行于世. 通亭生贈議政府左議政晉山府院君友德, 府院君生軍器監正叔卿, 監正娶縣監金哲誠女, 生公.

공은 독서를 하고 문장 공부를 하여 성화 갑오년(1474, 성종 5)에 사마시 초시와 복시에 합격하였는데, 재주는 있었으나 현달하지는 못했다. 집정자가 그의 그릇을 애석히 여겨 와서 별제瓦署別提에 천거하고 부사과副司果의 녹봉을 주었다. 아, 어찌 공이 이러한 벼슬을 받을 것으로 생각이나 하였던가. 55세에 서울 집에서 세상을 떠나시니, 이때는 홍치 14년(1501, 연산군 7) 4월이었다. 그해 10월 모일 진주의

1 元範: 『文科榜目』에 근거하면, 姜渾의 부친 이름은 姜仁範이다.

반성현班城縣 반야동盤野洞 언덕에 장사지냈다. 공은 행부사직 여인보呂仁甫의 따님과 혼인하여 1남 2녀를 낳았다. 아들은 혼渾으로 과거에 급제하여 홍문관에 선발되어 들어갔고 관직이 옮겨져 교리에 이르렀으며 지금은 이조 정랑이 되었다. 큰딸은 유학幼學 하호河濩에게 시집갔고, 둘째는 승정원 주서 어득강魚得江에게 시집갔다.

公讀書爲文辭, 捷成化甲午司馬兩試, 抱才不得志. 執政惜其器, 薦爲瓦署別提, 祿之以副司果. 噫, 豈料公而膺此授耶? 年五十五, 卒于京第, 是弘治十四年四月也. 以本年十月日, 返葬于晉之班城縣盤野洞之原. 公娶行副司直呂仁甫之女, 生一男二女, 男曰渾, 魁司馬試, 擢科第, 選入弘文館, 歷官至校理, 今爲吏曹正郎. 女長適幼學河濩, 次適承政院注書魚得江.

장례를 치르고 난 뒤에 정랑 강혼이 우리 아이의 벗이 되므로 내게 부탁을 하였다. "선친께서는 생전에 마음속에 온축된 바를 펼치시지도 못하였으며, 사후에는 아무런 기록도 없습니다. 그러나 선친께서는 순수한 효자셨습니다. 감정공께서 벼슬에서 물러나 진주의 시골집에 거처하실 때 공께서 좌우에서 봉양하였는데 감정공의 마음을 기쁘게 해드리지 않음이 없었습니다. 병환이 나면 곧 증상에 따라 약방문을 검토하여 손수 약을 지어 드렸는데 언제나 효험이 있었고, 혹시 회복되지 못하기라도 하면 공은 허리띠를 풀지도 않고 눈을 부치지도 않은 채 밤낮 지켰습니다. 감정공은 성품이 엄하여 자제들을 대하심에 허여하고 인정하는 일이 적었지만 공의 효성만은 자주 칭찬하셨습니다. 감정공에게는 일찍 과부가 된 누이가 있어 한 마을에서 한가히 지내고 있었는데 공께서는 감정공을 섬기는 것과 똑같이 봉양하시되 돌아가실 때까지 변함이 없었으니, 사람들은 어려운 일이라고 하였습니다. 이는 다만 그 대략일 뿐이고, 다른 세세한 행적들이야 사람들이 알지 못하는 것이 많습니다. 생전에 별다른 지위도 없으셨던 데다가 그 참된 덕도 인멸될 것을 생각하면 자식된 마음에 참을 수 없는 바가 있습니다. 혹시 불후의 문장을 얻어 묘갈에 새겨둔다면 우리 선친께서 영원히 잊히지 않을 것입니다." 나는 이에 탄식을 하고서 다음과 같이 명을 지었다. "세상의 큰 비석에 새겨진 과장된 말들은 참됨이 적으니 모두가 아부하는 말들이다. 이 비석은 돌은 비록 작고 문장은 비록 졸렬하지만 그 내용은 참되니 나는 거짓을 하는 죄에서 벗어나노라."

既葬, 正郎因吾兒之爲其友者, 語余云: "先君生不得展其所蘊, 沒無有可紀者. 然先君純孝人也. 監正謝事而歸, 居于晉之野, 公左右奉養, 無不得其歡心. 遇有疾, 輒隨證撿方, 手合藥以進, 皆效, 苟未復元, 衣不解帶, 目不交睫, 夙夜焉. 監正性嚴, 遇子弟少許可, 亟稱公孝. 監正有妹早寡, 同里閑居, 公一以事監正者事之, 終其身不衰, 人曰難. 此特大略耳, 其他細行, 人所不及者多, 謂無位而沒其實德, 人子所不忍也. 倘得不朽之言, 勒于碣, 則吾先君爲不死矣."余乃嘆息而爲之銘曰: "世之大其碑夸其辭, 而少實者, 皆其諛也. 惟玆之碣兮, 石雖短, 文雖拙, 言則實, 吾知免夫."

군자감정 신공 묘갈명
軍資監正申公墓碣銘

공의 휘는 윤원允元이며 자는 숙인叔仁으로 본관은 평산이다. 홍치 갑인년(1494, 성종 25) 10월 11일 세상을 떠나시니 향년 64세였다. 이듬해 을묘년(1495)에 양근군楊根郡 치소 서쪽 율목리栗木里 언덕에 장례를 치렀다. 비석을 세운 뒤에 그 손자 엄儼이 공의 평생 사적을 적어 가지고 와서 묘비 뒷면에 기록해 주기를 청하며 말하였다. "제 조부께서는 성품이 근엄하시어 평소 거처하실 때 아무리 덥더라도 옷을 벗는 일이 없었고, 또 노름·바둑·음주를 좋아하지 않으셨습니다. 매양 정좌하여 고인들의 글을 읽으셨고 살림을 도모하지 않으시어 집에 계실 때 언제나 초탈한 모습이셨습니다. 출입하실 때마다 반드시 가묘에 절하셨고, 멀리 있을 때면 부모님의 신위를 써서 벽에 붙여두고 예를 다하셨습니다. 세 차례 수령을 맡으셨는데 그곳을 떠나오면 백성들이 그리워하였고, 여러 관직을 역임하매 동료들이 모두 경애하였습니다. 이것이 그 대략입니다. 이를 장차 영원히 알리고자 하니 공이 아니면 누구에게 부탁하겠습니까?"

公諱允元, 字叔仁, 平山人. 弘治甲寅十月十一日卒, 年六十四, 越明年乙卯, 葬于楊根治西栗木里之原. 旣立石, 其孫儼, 持公平生事, 請誌其陰曰: "吾祖性謹嚴, 平居, 雖盛暑, 衣不去體, 又不好博奕飮酒. 每靜坐讀古人書, 不營產業, 居室常翛然. 出入, 必拜家廟, 苟在外, 寫考妣位, 貼璧(壁)禮之. 三爲州縣, 去後有遺思. 踐歷諸司, 僚友皆愛敬之, 此其大略也. 將垂之永久, 非公誰托?"

삼가 살펴보니 고려 태조가 대업을 이룰 때 네 명의 공신이 있었는데 공의 선조인 장절백壯節伯 신숭겸申崇謙 공이 그 한 분이었고 그 뒤 수백 년이 흐르는 동안 세대마다 인물이 나왔다. 공의 증조 증호조참판 수璲는 고려 말기에 출사하지 않고 세상을 마쳤다. 공의 조부 제정공齊靖公 효창孝昌은 관직이 자헌대부 도총제都摠制에 이르렀다. 부친 자수自守는 의정부 좌의정에 증직되었다. 모친 윤씨는 소도공昭度公 향向의 따님이다. 공은 학문이 넉넉하여 일찍이 왕자의 사부가 되었다. 예종 대왕이 어려서 공에게서 배우시고 즉위한 뒤에 특별히 품계를 높여주도록 명하셨고, 성종조에 이르러서는 원종공신이 내렸다. 사람들은 모두 "원대한 인물이 급작스레 단명하고 말았다. 어찌 운명이 아니겠는가." 하였다.

謹按高麗太祖創大業, 時則有四功臣, 公之先有曰壯節伯申公崇謙[1], 其一也. 延延數百載, 世各有人, 至公之曾祖贈戶曹參判諱璲, 當麗季, 不仕而終. 祖齊靖公諱孝昌, 官至資憲大夫, 都摠制. 父諱自守, 贈議政府左議政. 母尹氏, 昭度公向之女. 公學問優, 嘗爲王子師傅, 睿宗大王少從公學, 及卽位, 特命加階. 至成宗朝, 策授原從功臣. 人皆曰: "遠大器也, 卒止於斷而已, 豈非命也?"

공은 현감 안영安永의 따님과 혼인하여 아들 둘을 두니 승준承濬과 승연承演이다. 승준은 생원시에 2등으로 합격하였으나 공보다 먼저 죽었다. 그는 통찬通贊 박문손朴文孫의 딸과 혼인하여 3남 2녀를 낳으니 맏아들 엄儼은 기유년에(1489, 성종 20) 생원이 되었고, 둘째는 간侃이고, 세째는 탁倬이다. 맏딸은 생원 곽진郭瑨에게 시집갔고, 둘째 딸은 유학幼學 정희검鄭希儉에게 시집갔다. 승연은 조지서 별제로 군수 이예순李禮順의 딸과 혼인하여 1남 1녀를 낳았는데, 아들은 질礩이고 딸은 유학 이수정李守貞에게 시집갔다. 장차 신씨 가문을 다시

1 崇謙: 申崇謙. ?~927. 초명은 能山. 시호 壯節. 平山申氏의 시조로 고려조의 개국공신이다. 태조 10년(927) 公山에서 甄萱의 군대에게 태조가 포위되자 金樂 등과 함께 이를 구출하고 전사하였다.

일으킬 사람이 반드시 이 몇 아들 중에 있을 것이니, 하늘이 공을 크게 쓰지 않은 것에 어찌 까닭이 없다 하겠는가.

公娶縣監安永之女, 生二子, 曰承濬·承演. 承濬, 中生員第二名, 先公卒, 娶通贊朴文孫女, 生三男二女, 曰儼, 己酉生員, 其次曰侃, 曰倬, 一女, 適生員郭瑋, 次適幼學鄭希儉. 承演, 造紙署別提, 娶郡守李禮順女, 生一男一女, 男曰碩, 女適幼學李守貞. 將復振申之門戶者, 必出此數子中, 天之所以不大于公者, 豈無謂歟?

양재도 찰방 신공 묘갈명
良才道[1]察訪辛公墓碣銘

공의 휘는 수담壽聃으로 본관은 영산靈山이다. 증조 유정有定은 정헌대부로 평안도 도 안무사를 지냈고 시호는 무절武節이다. 조부 인손引孫은 자헌대부로 형조 판서·보문각 대제학을 지냈으며 시호는 공숙恭肅이다. 부친 석조碩祖는 자헌대부로 개성 유수를 지냈으며 시호는 문희文僖이다. 문희공은 지죽산현사知竹山縣事 나경손羅慶孫의 따님과 혼인하여 선덕宣德 경술년(1430, 세종 12)에 공을 낳았다. 공은 처음에 제릉齊陵 직장直長에 보임되었다가 군기시 녹사軍器寺錄事에 올라 예빈시 직장·종부시 주부·사헌부 감찰·평시서 영을 역임하였고, 외직으로 나가 연천 현감漣川縣監·수군 판관水軍判官·양재도 찰방良才道察訪을 맡았는데 가는 곳마다 마땅한 도道를 얻었다. 성화 병신년(1476, 성종 7) 세상을 떠나시니 향년 47세였다. 파주 남면南面 화산리花山里 모향某向 언덕에 장사를 지냈다. 공은 사헌부 감찰 김맹렴金孟廉의 따님과 혼인하였으니 바로 영의정 하연河演의 후손으로 크게 부덕婦德이 있었다. 홍치 기미년(1499, 연산군 5)에 졸하니 향년 70세였으며, 공의 묘 왼편에 합장하였다.

公諱壽聃, 靈山人. 曾祖諱有定[2], 正憲大夫, 平安道都安撫使, 諡武節. 祖諱引孫[3], 資憲大夫, 刑曹判書 · 寶文閣大提學, 諡恭肅. 考諱碩

---

1 良才道: 良才驛을 가리킨다. 여기서 '道'는 몇 개의 역을 묶어 한 명의 찰방이 관할하던 단위이다. 양재도에는 樂生驛·駒興驛·金嶺驛·佐贊驛·分行驛·阿川驛·吾川驛·留春驛·無極驛 등이 소속되어 있었다.

2 有定: 고려 충목왕 3년(1347)~조선 세종 8년(1426). 고려말기 왜구 토벌로 용맹을 떨쳤고, 이성계를 도와 조선 건국의 공신이 되었다.

3 引孫: 고려 우왕 10년(1384)~조선 세종 27년(1445). 태종 8년(1408) 식년문과에

祖[4], 資憲大夫, 開城留守, 諡文僖. 文僖娶知竹山縣事羅慶孫之女, 以宣德庚戌生公. 公初補齊陵直, 陞軍器錄事, 歷禮賓直長 · 宗簿主簿 · 司憲監察 · 平市署令, 出爲漣川縣監 · 水軍判官 · 良才道察訪, 所之皆得其道. 成化丙申卒, 年四十七, 葬于坡州南面花山里某向之原. 公娶司憲監察金孟廉女, 是領議政河演[5]之孫也, 甚有婦道. 弘治己未卒, 年七十, 附葬于公墓之左.

부인은 모두 2남 6녀를 두었다. 맏아들 영희永僖는 성균관 진사로 아들 하나를 두었다. 둘째 영인永仁은 무과 초시와 중시에 합격하여 지금은 선전관이 되었다. 맏딸은 별제別提 황징黃徵에게 시집을 갔는데 후사가 없다. 둘째 딸은 정랑 권계희權季禧에게 시집갔는데 후사가 없다. 셋째 딸은 현감 곽경의郭敬儀에게 시집가서 5남 3녀를 낳았다. 넷째 딸은 별제 이인공李仁恭에게 시집가서 1남 1녀를 낳았다. 다섯째 딸은 주부 정유경鄭有慶에게 시집갔는데 후사가 없다. 막내딸은 참봉 이의손李義孫에게 시집가서 3남3 녀를 낳았다. 장례를 치르고 나서 그 아들이 비석에 새길 명銘을 청하여 다음과 같이 명을 지었다. "두 성씨가 합하여 백년을 기약하네. 봉새와 황새처럼 하늘을 날더니 앞서며 뒤서며 세상을 떠나셨네. 처음엔 비록 어긋났지만 그 끝에선 함께 돌아가누나. 옛 무덤에 새로운 무덤길, 곁에 있어 헤어지는 일 없으리라. 흡사 살아생전처럼 서로 의지하고 있네. 이에 복을 주어 후손들 넉넉히 하네. 영원토록 자손들 번창해 여기에 제수를 올리리라."

급제하여 벼슬이 병조판서·대제학에까지 올랐다.

4 碩祖: 태종 7년(1407)~세조 5년(1459). 처음 이름은 石堅. 자 贊之. 호 淵氷堂. 세종 8년(1426) 감시문과에 급제하여 벼슬은 이조참판, 경기도관찰사 등에 올랐다. 문집으로 『연빙당집』이 있다.

5 河演: 우왕 2년(1376)~단종 2년(1453). 세종대에 영의정에까지 올랐던 인물이다. 김맹렴이 그의 사위였다.

夫人凡生二男六女，男長曰永僖[6]，成均進士，生一男．次曰永仁，中武科初重試，今爲宣傳官．女長適別提黃徵，無後，次適正郎權季禧，無後．次適縣監郭敬儀，生五男三女，次適別提李仁恭，生一男一女．次適主簿鄭有慶，無後．次適參奉李義孫，生三男三女．旣葬，其孤請銘于碣，銘之曰："二姓之合，百年之期．鳳凰于飛，先後參差．始雖參差，其卒同歸．舊隴新阡，咫尺莫違．宛如平生，居止相依．于以毓慶，而裕後昆．綿綿雲仍，薦此蘋蘩．"

6 永僖: 辛永禧, 자는 德優 호는 安亭이다. 김종직의 문인이다. 李荇의『容齋集』9권의「安亭記」는 신영희의 정자에 대한 기록이다.

우부승지 홍공 묘지명
右副承旨洪公墓誌銘

홍치13년(1500, 연산군 6) 11월 모일 통정대부 승정원우부승지 겸경연참찬관 춘추관편수관 홍공이 세상을 떠나시니 향년 55세였다. 이듬해 2월 모일에 남양南陽 홍범사洪範寺 남쪽 모향 언덕에 장사지냈다. 벗 홍귀달이 그 묘지를 짓는다. 공의 휘는 형泂이며, 자는 자연子淵이다. 성화 기축년(1469, 예종 1)에 사마시에 합격하였고, 정유년(1477, 성종 8)에 문과에 급제하여 예문관 검열·승정원 주서에 보임되었고, 사헌부 감찰·예조 좌랑·교서관 교리 등을 두루 거쳤다. 성종이 문무신하들을 모아 활쏘기를 시험하니, 공이 가장 우수하였다. 특명으로 경원 판관慶源判官으로 명하였으니, 변방의 임무를 중시한 것이다. 내직으로 들어와 예빈시 첨정·사헌부 장령을 지냈으며, 성균관 사예를 거쳐 사복시 부정에 올랐고, 옮겨 사간·봉상시 부정·제용감정 등을 두루 거쳤다. 조금 있다가 통례원 좌·우통례로 옮겼고, 장예원 판결사·홍문관 부제학에 올라 승정원에 들어갔다. 이는 옛날 순임금 때의 납언納言인데 왕명의 출납이 자못 공명하고 진실했다. 조금만 더 있었으면 장차 재상이 되었을 터인데 한번 병이 들어 일어나지 못하고 말았으니 애석한 일이다.

弘治十三年十一月日, 通政大夫, 承政院右副承旨 · 兼經筵參贊官 · 春秋館編修官洪公卒, 年五十五. 以明年二月日, 葬于南陽洪範寺之南某向之原. 舊人洪貴達誌其墓曰, 公諱泂[1], 字子淵, 中成化己丑司馬試, 擢丁酉科, 選補藝文檢閱承政院注書, 轉司憲監察 · 禮曹佐郎 ·

---

1 泂: 세종 28년(1446)~연산군 6년(1500). 본관 여흥. 문신으로서 무예에도 조예가 있고 직언을 잘하였다. 갑자사화 때 사형을 당하고 부관참시까지 당했다.

校書校理. 成宗試射文武臣, 公最優, 特命爲慶源判官, 重邊務也. 入爲禮賓僉正 · 司憲掌令 · 遷成均司藝, 陞司僕副正, 尋拜司諫 · 奉常副正 · 濟用正, 俄遷通禮院左右通禮, 陞掌隷院判決事 · 弘文館副提學. 及登銀臺, 是古納言[2]也. 出納頗明允. 朝夕且爲公輔, 一疾忽不起, 惜哉!

공의 본관은 남양南陽이다. 증조 자경子璥은 가정대부로 공조 전서를 지냈고, 조부 익생益生은 가정대부로 동지중추부사를 지냈다. 부친 귀해貴海는 절충장군折衝將軍으로 경상좌도 절도사를 지냈으며, 동지돈녕부사 민효열閔孝悅의 따님과 결혼하여 공을 낳았다. 공은 성균관 사예 조충손趙衷孫의 따님과 결혼하여 아들 셋을 낳았으니, 사필士弼은 공보다 먼저 죽었고, 언필彦弼은 성균관 진사이며, 언광彦光은 이제 나이 열다섯이다. 공은 비록 죽었으나 그 후손은 끊이지 않고 있다. 명銘은 다음과 같다. "천성은 평온하고 고요하였고 용모는 단정하고 중후했네. 패옥을 차고 조정에 서면 옷매무새도 가지런했네. 옷깃을 여미고 어디로 갔나. 이렇게 무덤만이 남았네. 내가 묘지墓誌를 짓고 내가 명銘을 지어서 아름다운 빛을 천추에 드리우노라."

公南陽人, 曾祖子璥, 嘉靖大夫, 工曹典書. 祖益生, 嘉靖大夫, 同知中樞府事. 考貴海, 折衝將軍, 慶尙左道節度使, 是娶同知敦寧閔孝悅之女, 生公. 公娶成均司藝趙衷孫之女, 生三男, 曰士弼, 先公歿, 曰彦弼, 成均進士, 曰彦光, 方志學. 公雖歿, 餘緖蓋未艾也. 銘曰, "恬靜其天, 端重其儀. 環佩雲衢, 襜如其衣. 斂而何之, 成此一丘. 我誌我銘, 垂耀千秋."

---

2 納言: 중국 고대의 관직명으로 왕명의 출납을 담당하였다.

전라우도 수군절도사 이공 묘표명
全羅右道水軍節度使李公墓表銘

공의 휘는 소昭, 자는 회옹晦翁이다. 나면서부터 자질이 남달랐고, 조금 자라자 능히 말을 타고 활을 쏠 수 있었으며, 이십 세가 되기도 전에 무과에 합격하였다. 세조가 어린 나이에도 불구하고 재주가 뛰어난 것을 사랑하여 선전관으로 삼았다. 군령 출납에 관한 모든 일을 반드시 공에게 명령하였는데 공은 그때마다 즉시 명에 응하여 임금이 지시하거나 대강 고갯짓만 하여도 알아차리지 못함이 없었다. 하루는 임금이 임영대군臨瀛大君 구璆를 불러오라는 명을 내렸는데 내시가 잘못 전하여 공이 임금에게 나아갔다. 그러자 임금은 곧 어서御書를 내려 지금의 이름으로 고치게 하였으니, 이는 '밝게 드러낸다[昭明]'는 의미를 취하여 더욱 그를 면려한 것이다. 성화 정해년(1467, 세조 13)에 이시애李施愛가 반란을 일으키자 공은 대장군 어유소魚有沼를 따라 정벌에 나서 공적을 세워 당상관에 올랐고, 그해에 또 서쪽 건주위建州衛를 쳤다. 홍치 신해년(1491, 성종 22)에는 비장裨將으로서 동여진東女眞의 죄를 물어 누차 공적을 세웠다. 네 임금을 섬기면서 안팎으로 있는 힘을 다한 것이 40여 년이었다. 조정에 들어와서는 첨지중추부사·훈련원 도정, 각 위衛의 장將을 지냈고, 외지로 나가서는 우후虞候·절도사·목사·부사 등을 역임했으니 또한 노고가 많았다 하겠다.

公諱昭, 字晦翁. 生而有異質. 稍長, 能馬弓, 年未弱冠, 捷武科. 世祖愛其年少而才俊, 擢爲宣傳官. 凡于軍令出納, 必命公, 公應唯如響, 上率頷之, 無不可意者. 一日上命召臨瀛大君璆, 中官誤傳, 至則公也. 卽御書改今名, 蓋取昭明之義, 益勉勵之也. 成化丁亥, 李施愛[1]反, 公從大將魚有沼[2]往征, 以功陞堂上官. 其年, 又西擊建州衛.

弘治辛亥, 以裨將問罪東女眞, 累有功. 凡歷事四朝, 出入宣力者四十餘年. 內而僉知中樞 · 訓鍊都正 · 各衛將, 外而虞候 · 節度使 · 牧使 · 府使, 皆公所歷任也, 亦勞矣哉!

공은 우뚝한 장부의 기개가 있었으며, 또 경서와 역사서를 섭렵하여 고금인의 현부와 득실을 자못 알고 있었으니, 진실로 그저 보통의 무인이 아니었다. 그런데도 벼슬이 이에 그친 것은 어찌 운명이 아니겠는가. 홍치 기미년(1499, 연산군 5) 5월 집에서 세상을 떠나셨으니 향년 59세였다. 이해 팔월 모일에 광주廣州 어느 면 무갑리無甲里 언덕에 장사지냈다. 공은 본관이 광주廣州로, 죽어서 고향으로 돌아간 것인데 이는 또한 사람들이 원하는 바라 하겠다.

公倜儻有丈夫氣槪, 又涉獵書史, 頗知古今人賢否得失, 固非尋常武人也. 官止於斯, 豈非命歟! 弘治己未五月, 卒于第, 年五十九. 是年八月某甲, 葬于廣州某面無甲里之原. 公廣人也, 死而歸于鄕, 亦人所願也.

공의 부친 수철守哲은 평안도 절도부사 겸 정주 목사를 지냈으며 모친은 증형조판서 이맹상李孟常의 따님이다. 공의 조부 우생遇生은 증호조참의이고, 증조 양중養仲은 형조 좌참의이다. 공은 여흥백驪興伯 민건閔騫의 손자 삼森의 따님과 결혼하여 1남 1녀를 낳았다. 아들 창언昌彦은 성균관 생원인데 아들 하나를 두었다. 딸은 관찰사 정경조鄭敬祖의 아들 승희承禧에게 시집가서 딸 둘을 낳았다. 다음과 같이

---

1 李施愛: ?~세조 13년(1467). 대대로 吉州에서 살아온 지방호족 출신으로, 세조의 북방민 등용 억제 정책 등에 반발하여 1467년 반란을 일으켰다. 한 때 함흥 이북의 여러 고을을 점령하였으나, 魚有沼 · 南怡 등에 의해 진압되어 효수되었다.

2 魚有沼: 세종 16년(1434)~성종 20년(1489). 자 子游. 본관 충주. 1456년 무과에 장원으로 급제하였고 벼슬은 의정부우찬성에 이르렀다. 이시애의 난을 평정할 때 큰 공을 세웠고, 野人들이 토벌에도 공을 세웠다.

명銘을 지었다. "청년 시절에 말에 올라타 성군의 알아줌을 입었네. 일생토록 나라에 보답하였으니 어찌 사사로이 자신을 돌아보았겠는가. 그 옛날 이광李廣도 책봉되지 못한 채 꿋꿋하게 앉아 험한 운수를 견뎌내었네. 공은 아마도 이광 짝인 듯하구나, 지위가 여기에 그쳤으니."

公之考曰守哲, 平安道節度副使兼定州牧使, 妣贈刑曹判書李孟常之女, 祖曰遇生, 贈戶曹參議. 曾祖曰養仲, 刑曹左參議. 公娶驪興伯閔霽之孫森之女, 生一男一女, 男曰昌彥, 成均生員, 有一男. 女適觀察使鄭敬祖之子承禧, 有二女. 銘曰, "青年躍馬, 遇聖主知. 一生報國, 寧顧其私. 廣[3]昔不封, 正坐數奇. 公豈其儔, 位止於斯."

---

3 廣: 중국 西漢의 장수 李廣이다. 40여 년간 북방의 전쟁터에서 큰 공을 세웠으나 끝내 封侯가 되지 못하였다.

양양부사 문후 묘지

襄陽府使文侯墓誌

문후의 휘는 걸傑이며, 본관은 안동부安東府 감천현甘泉縣이다. 증조 아무개는 모관某官이며, 조부 아무개는 모관某官이다. 부친의 휘는 숭질崇質이며, 글을 익혔으나 공부를 이루지 못하고 향리에서 일생을 마쳤다. 모친은 안강 노씨安康盧氏인데 부덕을 갖추었다. 문후는 태어나면서부터 골격이 보통 아이들과 달랐고 어려서부터 학문에 뜻이 있어서, 장인 사성司成 이문흥李文興을 좇아 성현의 경전을 배웠는데 대의를 꿰뚫었으며, 또 글을 짓는 데도 능했다. 한번 만에 생원·진사 시험에 모두 합격하였으며, 이어서 문과에 급제하였다. 관직館職에 제수되었다가 의정부 사록에 뽑혀 보임되었고, 외직으로 나가서는 회덕懷德·영동永同 현감을 지냈으니 어버이 봉양을 위하여 자신을 굽힌 것이었다.

> 侯諱傑[1], 安東府甘泉縣人. 曾祖某, 某官, 祖某, 某官.[2] 考諱崇質, 學書不成, 終于鄕. 妣安康盧氏, 有婦德. 侯生而骨骼異凡兒, 幼有志于學, 從婦翁李司成文興[3], 受聖賢經傳, 通大義, 又能爲文辭. 一擧連捷生員·進士試, 尋擢科第, 授館職[4], 選補議政府司錄, 出爲懷德永同縣監, 蓋爲親屈也.

벼슬에서 물러나 떨치지 못한 것이 수십 년이 되자 집정자가 그의

1 傑: ?~연산군 6년(1500). 자 彦章.
2 曾祖~某官: 『文科榜目』에 의하면 문걸의 조부는 文孫武이고, 증조부는 文淑器이다.
3 文興: 李文興. 세종 13년(1415)~연산군 1년(1495). 자 質甫. 호 蘿菴. 본관 성주. 유생교육에 최적임자라 하여 40년간 성균관사성으로 있었다.
4 館職: 홍문관과 성균관의 관원을 지칭하는 말이다.

막힘을 안타깝게 생각하여 사간원 헌납, 사섬시·종부시·예빈시·사옹원司饔院 첨정에 천거하였고, 또 외직으로 나가 양양 도호부사가 되었으니 우리 임금[연산군]께서 즉위하신 지 6년이 되는 홍치 기미년(1499)이었다. 다음해 모월에 병이 들어 임지에서 세상을 떠나시니 온 고을이 슬퍼하였다. 이듬해 모월 모일에 모읍某邑 모면某面 모원某原에 이장하였다.

棲遲不振者數十年, 執政憐其滯, 薦爲司諫院獻納 · 司贍宗簿禮賓寺司饔院僉正, 又出爲襄陽都護府使, 我上卽位之六年, 弘治己未也. 翼年某月, 病卒于任所, 闔境哀之. 明年某月日, 返葬于某邑某面某原.

문후의 초명은 빈彬이었는데, 역신과 이름이 혼동되는 것을 싫어하여 임금께서 지금의 이름을 써서 하사하였다. 문후는 천성이 온화하고 부드러웠으며, 효성과 우애는 천성에서 우러나온 것이었다. 관직에 있을 때는 청렴하고 신중하였으며, 집에 있을 때는 담박하였다. 평생토록 즐겨 좋아하는 것이 없었지만 술잔을 대하면 천진한 본성을 드러내었으니 진실로 군자다운 사람이었다. 아들 둘과 딸 둘을 두었는데, 아들들이 모두 가업을 이었다. 맏아들 근瑾은 문과에 급제하여 지금 승정원 주서로 있고, 둘째 아들 관瓘은 성균관 생원이며, 딸들은 모두 시집을 갔다. 문후의 어머니는 나의 어머니와 자매이다. 그의 장례에 내가 글을 지어 묘지墓誌로 삼는다. 명銘을 짓지 않는 것은 슬픔이 너무 커서 글을 지을 겨를이 없기 때문이다.

侯初名彬, 嫌與逆臣姓字混[5], 御書賜今名. 侯天資和夷, 孝友出於性.

---

5 逆臣姓字混: '역신'은 연산군 4년(1498) 裵目仁과 함께 모반을 꾀했던 文彬을 지칭하는 것으로 보인다. 배목인과 문빈은 구례에서 참언을 만들어 백성들을 선동하였다는 죄목으로 각각 능지처참과 교수형을 당하였다.

居官淸愼, 處家淡然. 平生無嗜好, 遇杯酒, 露天機, 眞君子人也. 有二子二女, 子皆襲箕裘. 長曰瑾[6], 捷科, 今爲承政院注書. 次曰瓘[7], 成均生員, 女皆有家. 侯之妣, 與吾母同出[8]也. 其葬也, 吾爲文以誌之, 不銘, 哀之至, 未暇也.

6 瑾: 성종 2년(1471)~? 자 士輝. 호 雙槐. 연산군 2년(1496) 문과에 급제하여 벼슬은 경상도관찰사, 병조참판 등에 이르렀다. 기묘사화 때 조광조의 처형을 반대하다가 파직을 당하였다.

7 瓘: 성종 6년(1475)~중종 14년(1519). 자 伯玉. 호 竹溪·民章. 중종 2년(1507) 문과에 급제하여 벼슬은 안음현감, 사헌부장령 등에 이르렀다.

8 與吾母同出: 문걸과 홍귀달은 모두 盧緝의 외손이다.

창녕현감 곽군 묘지
昌寧縣監郭君墓誌

곽군의 휘는 규規, 자는 가범可範이며 본관은 현풍玄風이다. 조상은 모두 고려의 명신이었으니, 고조 부郛는 추성익대공신推誠翊戴功臣·삼중대광三重大匡·포산군苞山君이며, 증조 유례游禮는 가선대부嘉善大夫·공조전서工曹典書이고, 조부는 승사랑承仕郎 장흥고 직장長興庫直長사師이다. 부친은 청주 판관 득하得賀인데, 가선대부 공조 참판 김상안金尙安의 따님과 혼인하여 곽군을 낳았다.

君諱規, 字可範, 玄風人. 其上世皆高麗名宦, 高祖郛, 推誠翊戴功臣, 三重大匡, 苞山君. 曾祖游禮, 嘉善大夫, 工曹典書. 祖承仕郎 · 長興庫直長師. 考淸州判官得賀, 是娶嘉善大夫 · 工曹參判金尙安女, 生君.

곽군은 성화 갑오년(1474, 성종 5) 사마시에 합격하였으며, 병신년(1476) 태일전 참봉太一殿參奉에 배수되었다가 헌릉 참봉獻陵參奉으로 올랐고, 사온서 봉사司醞署奉事로 옮겨 상의원·내섬시 직장, 장예원·사도시 주부 등을 역임하고, 사헌부 감찰이 되었다. 외직으로 나가 문경 현감이 되었으며, 조정으로 들어와 예빈시 주부가 되었다가 사헌부 감찰로 돌아왔다. 또 외직으로 나아가 창녕 현감이 되었으며 홍치 신유년(1501, 연산군 7) 5월 관직에 있으면서 세상을 떠나시니 향년 57세였다. 이해 12월 16일에 장례를 지냈다.

君捷成化甲午司馬試, 丙申, 拜太一殿參奉, 遷獻陵參奉. 轉司醞奉事, 歷尙衣院 · 內贍寺直長 · 掌隷院司導寺主簿, 拜司憲監察. 出爲聞慶縣監, 入爲禮賓主簿, 還拜司憲監察. 又出爲昌寧縣監, 弘治辛酉五月, 卒于官, 年五十七. 是年十二月十六日葬.

곽군은 현령 김숙춘金叔春의 딸과 결혼하여 6남 2녀를 낳았다. 맏아들은 숭인崇仁, 다음이 숭의崇義, 다음이 숭례崇禮, 다음이 숭지崇智, 다음이 숭신崇信, 다음이 숭문崇文이다. 딸들은 모두 시집을 갔다. 후에 현감 김권金權의 딸과 혼인하여 2남 2녀를 낳았는데 모두 어리다. 곽군은 천성이 효성스럽고 우애가 있었다. 부친 청주 판관은 일찍 돌아가셨지만 모친 김씨는 연세 팔십으로 아직도 정정하다. 곽군은 관직에 나아간 이래로 녹봉을 받으면 반드시 맛있는 음식을 올렸고, 임지로 갈 때마다 반드시 가마와 수레로 모셔 갔으며, 몸을 편안히 봉양하는 일에 극진하였다. 아우 세 명이 있었는데 우애 또한 지극하였다. 정직하고 성실하게 자신을 단속하였으며, 관직에 있을 때는 오직 삼갔고, 남들과 사귈 때는 미덥게 하였다. 내가 군을 봄에 진실로 마땅히 더욱 나아가서 그치지 않아야 하거늘 애석하게도 여기에서 그치고 말았다.

君娶縣令金叔春女, 生六男二女. 男曰崇仁, 次崇義, 次崇禮, 次崇智, 次崇信, 次崇文, 女皆適人. 後娶縣監金權女, 生二男二女, 皆幼. 君孝友出天性. 淸州早世, 金氏年八十餘, 尙康强. 君自筮仕來, 祿食必以供甘旨, 每於仕所, 必以板輿奉行, 極口體之養. 有弟三人, 友愛亦至. 端慤律身, 居官惟謹, 與人交而信. 以余觀君, 固當愈進而不已, 惜乎止於斯而已也.

동지중추부사 조공 묘지명
同知中樞府事曺公墓誌銘

조공의 휘는 위偉, 자는 태허大虛이며 본관은 창녕昌寧이다. 부친 계문繼門은 울진 현령을 지냈고 이조 참판에 증직되었으며, 조부 심深은 병조 참의에 증직되었다. 증조 경수敬修는 단성좌명공신端誠佐命功臣 밀직부사를 지냈고 의정부 좌찬성에 증직되었다. 부친 울진 현령은 문화文化 유씨柳氏 문汶의 따님과 결혼하여 경태景泰 갑술년(1454, 단종 2) 7월 경신일에 공을 낳았다. 공은 7세 때 시에 능하다는 명성을 떨쳤으니 신묘한 기상이 보통 사람보다 뛰어났다. 족부 충간공忠簡公 조석문曺錫門이 그를 보고 남다르게 여겨 가숙家塾에 머물면서 글을 읽도록 명하였다. 재주가 날로 진보하여 임진년(1472, 성종 3) 사마시의 초시와 복시에 합격하였고, 갑오년(1474) 문과에 급제하여 승문원 정자에 올랐다가, 예문관 검열로 자리를 옮겼다.

公諱偉, 字大虛, 昌寧人. 考諱繼門, 蔚珍縣令, 贈吏曹參判. 祖諱深, 贈兵曹參議. 曾祖諱敬修, 端誠佐命功臣 · 密直司使, 贈議政府左贊成. 蔚珍娶文化柳汶女, 景泰甲戌七月庚申, 生公. 七歲, 有能詩聲, 神氣出人. 族父曺忠簡公錫門[1], 見而異之, 命留家塾讀書. 才日以進, 中壬辰司馬兩試, 甲午, 擢文科, 拜承文正字, 遷藝文檢閱.

성종 임금께서 특별히 젊은 유신을 뽑아 사가독서를 시켜 훗날의 터전으로 삼도록 하였는데 공이 가장 먼저 뽑혔다. 홍문관 정자·저작·박사·수찬, 사헌부 지평, 시강원 문학, 홍문관 교리·응교 등

1 錫門: 曺錫門. 태종 13년(1413)~성종 8년(1477). 자 順甫. 세종 16년(1434) 문과에 급제하여 벼슬은 영의정에 이르렀다. 세조의 등극에 협력하여 공신이 되었다. 시호는 忠簡.

을 역임하였다. 부모가 연로하다는 이유로 외직을 자청하여 함양 군수에 배수되었다. 의정부 검상이 되었다가 사헌부 장령으로 옮겼다. 얼마 지나지 않아 승정원 동부승지로 단계를 뛰어넘는 승진을 하여 도승지에까지 올랐으며, 호조 참판·충청도 관찰사·한성부 좌윤·성균관 대사성·전라 감사·동지중추부사 등을 두루 역임하였다.

成廟別選年少儒臣, 賜暇讀書, 以爲後日地, 公爲其首. 歷弘文正字·著作·博士·修撰, 司憲持平, 侍講院文學, 弘文校理·應教. 以親老乞郡, 出守咸陽. 拜議政府檢詳, 遷司憲府掌令. 未幾, 超陞承政院同副承旨, 遷至都承旨, 轉戶曹參判·忠淸道觀察使·漢城左尹·成均大司成·全羅監司·同知中樞府事. 弘治戊午, 朝京賀聖節. 及還, 坐金宗直詩文撰集, 流義州. 久之, 移配順天, 遂病卒. 是弘治十六年十一月日也.

공은 재주가 굉장하고 학식이 풍부한데다가 문장이 아름답고 빛나 한 시대의 문사들이 모두 그의 아래에 있었다. 성종 임금의 지우를 가장 크게 입어, 함양 군수로 있을 때는 매달 지은 시를 바치게 하셨는데 언제나 칭찬하며 찬미하였고, 임기가 차서 돌아오자 파격적으로 등용하셨다. 조금만 있으면 재상이 되었을 터인데 한번 귀양을 가서 돌아오지 못하고 말았으니 애석하도다. 공은 현감 신윤범申允範의 딸과 결혼하였는데 후사가 없었다. 운명할 때 신씨申氏만이 홀로 곁에서 곡을 하였다. 서제庶弟 신伸이 병환이 위급하다는 소식을 듣고 달려갔으나 도착해 보니 이미 염이 끝난 뒤였다. 신씨에게 말하여 관을 수레에 싣고 돌아와 이듬해 3월 모일 황간현黃澗縣 마장동馬藏洞 선영先塋 곁에 장사지냈다. 내가 일찍부터 친분이 있다는 이유로 글을 지어 묘지墓誌를 쓰라 청하기에 다음과 같이 명(銘)을 짓는다. "그 정신은 규옥圭璧과 같고 그 자태는 난봉鸞鳳과 같았네. 온 세상이 상서롭게 여기었으니 아름다운 비단 같은 문장이었네. 구름을 내뿜고 무지개를 토해내니 그 광채 만 길이나 뻗었네. 서쪽 의주로 유배 갔다가 남쪽 순천으로 이배되었지. 결국 머나먼 변경에서 죽으니 곁에는 처와 첩뿐. 아들도 없고 딸도 없으니 누가 상주 노릇을 할까. 장사는 아우가 맡고 부조는 친구가 맡았네. 묘지는 내가 짓노니 천추만세에 전하기를. 높은 절벽 깊은 골짜기에 맑은 향기 그치지 않기를."

公宏材博識, 爲文章偉麗, 一時文士, 皆出下風. 最遇知成宗朝, 其守咸陽也, 有敎月進所製詩, 每加褒美. 及遞還, 不次遷擢. 朝夕且至公輔, 一斥竟不返, 惜哉! 公娶縣監申允範女, 無後. 卒時, 獨申氏哭于傍. 庶弟伸, 聞病革馳赴, 至則已斂矣. 白于申, 輿其柩歸, 用明年三月某甲, 窆于黃澗縣馬藏洞先塋之側. 以余有夙分, 請爲文誌之, 銘曰, "圭璧其精, 鸞鳳其姿. 爲世之祥, 錦心繡腸. 噓雲吐虹, 萬丈文光. 西謫龍灣, 南遷順天. 竟死遐荒, 有妻與妾. 無子與女, 孰主其喪. 襄事有弟, 賻弔有朋. 誌則吾文, 千秋萬歲. 高岸深谷, 不堙淸芬."

형조참판 김공 묘명
刑曹參判金公墓銘

공의 휘는 승경升卿이며 자는 현보賢甫이다. 본관은 경주慶州로 신라 경순왕敬順王 부溥의 후손이다. 공의 증조 제숙공齊肅公 곤稇은 우리 태조의 개국공신으로 벼슬은 숭록대부에 이르렀고 계림군雞林君에 봉해졌다. 조부 중성仲誠은 판봉상시사判奉常寺事를 지냈으며, 병조판서兵曹判書에 증직되었다. 부친 신민新民은 자헌대부 지중추부사를 지냈는데, 남양南陽의 대성大姓 홍수명洪守命의 따님과 결혼하여 선덕 5년 경술년(1430, 세조 12)에 공을 낳았다.

> 公諱升卿, 字賢甫, 慶州人, 新羅敬順王溥之裔. 至公曾祖齊肅公諱稇, 我太祖開國功臣, 官至崇祿大夫, 雞林君. 祖仲誠, 判奉常寺事, 贈兵曹判書. 考新民, 資憲大夫, 知中樞府事, 是娶南陽大姓洪守命之女, 生公於宣德五年庚戌.

공은 경태 계유년(1453, 단종 1) 사마시에 합격하였고, 병자년(1456, 세조 2) 문과에 급제하였다. 급제하기 전에는 재주로 명성이 났었고, 벼슬길에 들어서서는 어질다는 명성이 있었다. 그의 이력 중에서 가장 드러난 것으로, 아래로는 형조·호조의 낭관, 종부시·봉상시의 정, 사헌부 집의 등이며, 위로는 병조 참지를 들 수 있다. 병조를 거쳐서 승정원에 들어가 부승지가 되었으며 여러 번 자리를 옮겨 좌승지에 이르렀다. 도승지를 두 차례 맡으니 왕명의 출납이 왕의 뜻과 부합하였으며, 대사헌을 세 번 지내니 조정의 기강이 엄숙해졌다. 외직으로 나가 경기도 관찰사를 지냈으며, 조정으로 들어와서는 호조·예조·공조·형조의 참판을 지냈는데 모두 명성과 실질이 있었다. 성종이 특별히 두터이 대우하여, 공이 승정원에 있을 때 제공諸公이 의례

적으로 은으로 된 띠를 둘렀는데 특별히 공에게는 금으로 만든 띠를 하사하였다. 사헌부의 으뜸벼슬이 되었을 때 임금이 그 직책을 수행함을 가상히 여겨 손수 편지를 써서 위로하여 "경은 나의 마음을 알고, 나는 경의 뜻을 안다." 하셨다. 아, 서로 얻는 것이 어찌 그리 넉넉한가. 그러나 또 한 등급을 더 나아가지 못했으니 어찌 운명이 아니겠는가?

公中景泰癸酉司馬試, 丙子擢科第. 其未第也, 有才名, 旣仕而有賢名. 其踐歷之最顯者, 下而曰刑戶兩曹郎 · 宗簿奉常寺正 · 司憲府執義, 上而曰兵曹參知. 由兵曹入銀臺, 爲同副承旨, 累遷至左承旨. 再爲都承旨, 出納允, 三爲大司憲, 朝綱肅. 出而觀察畿甸, 入爲戶 · 禮 · 工 · 刑四曹亞卿, 皆有聲實. 宣陵眷遇之, 其在政院也, 諸公例帶銀, 特賜公金帶. 及長憲府, 上嘉其擧職, 賜手札慰之曰: "卿知予心, 予知卿意." 吁何其相得之殷也, 而且階不進一級, 豈非命也.

공은 부모를 섬김에 효성스럽고 친족을 대우함에 인자하였으며, 친구와 사귐에 미더웠고 인간의 도리를 행함에 두터웠다. 임금을 위해 충성을 다하였고, 일에 임해서는 삼갔다. 관리로서의 재능도 뛰어났는데 소송 사건을 판결하는 데에 더욱 뛰어났다. 그래서 무릇 죄수를 심리하다 의심스러운 점이 있으면 반드시 공에게 판단을 맡겼기에 공은 평생토록 수고로웠다. 자字를 현賢이라 한 것이 또한 마땅하지 아니한가. 공은 64년을 살다가 홍치 계축년(1493, 성종 24) 3월 18일 세상을 떠나셨다. 장례를 치를 날을 점치니 같은 해 5월 27일이 길일이라 하여 인천仁川 주안리朱岸里 해좌사향亥坐巳向의 언덕에 장사지냈으니, 예禮에 맞았다.

公事親孝, 遇宗族仁, 與朋友信, 於人倫厚矣, 爲上忠, 臨事謹. 吏才長, 尤長於折獄, 故凡議囚而疑者, 必委公聽瑩, 其平生亦勞矣. 字之曰賢, 不亦宜乎? 公在世六十有四年, 而卒於弘治癸丑三月十八日. 卜日, 得是年五月二十七日吉, 葬于仁川朱岸里亥坐巳向之原, 禮也.

공은 밀양密陽 박씨 준嶟의 따님과 결혼하여 3남 1녀를 낳았다. 맏아들 전琠은 벼슬이 세자보덕世子輔德에 이르렀는데 공보다 먼저 죽었고, 둘째 아들 영瑩은 사옹원 봉사이며, 셋째 아들 서瑞는 상서원 부직장이니, 공의 법도가 그래도 남아있다. 딸은 참봉 이숭우李崇禹에게 시집가서 4남 2녀를 낳았다. 세자보덕인 맏아들은 1남 1녀를 낳았는데, 아들은 현조顯祖이며, 딸은 송여려宋汝礪에게 시집갔다. 사옹원 봉사인 둘째 아들은 2남 1녀를 낳았는데, 모두 어리다. 상서원 부직장인 셋째 아들은 1남 2녀를 낳았는데 모두 어리다. 장례를 치른 지 4년 후인 병진년(1496, 연산군 2)에 셋째 아들이 공의 평생을 기록해가지고 와서 말하기를 "묘도 옆에 비석을 세우고자 하는데, 공은 부친의 벗이시니 글을 지어 주시기 바랍니다." 하여, 곧 서문을 쓰고 다음과 같이 명銘을 지었다. "땅은 진실로 무정하니 공의 덕을 묻어 버렸고 공의 광채를 묻어버렸다. 산은 영험이 있으니 공의 후손에게 복을 내려 좋은 일이 넘쳐나리라. 내가 비석에 글을 쓰니 그 빛이 끝이 없으리라."

公娶密陽朴嶟之女, 生三男一女. 男長曰琠, 官至世子輔德, 先公歿, 次曰瑩, 司饔院奉事, 次曰瑞, 尙瑞院副直長, 公之典刑猶存. 女適參奉李崇禹, 生四男二女. 輔德生一男一女, 男曰顯祖, 女適生員宋汝礪. 奉事生二男一女, 皆幼. 直長生一男二女, 皆幼. 旣葬四年丙辰, 直長列公平生事, 來抵余曰, "欲立石墓道傍, 公父執也. 請文之." 乃序而銘之曰: "地固無情兮, 瘞公之德, 埋公之光. 山之有靈兮, 福公之後, 穰穰吉祥. 我文于石兮, 其耀無疆."

호조 판서 전의군 이공 신도비명 병서
戶曹判書全義君李公神道碑銘 幷序

공의 휘는 덕량德良, 자는 군거君擧이며 본관은 전성全城(全義)이다. 먼 선조인 고려태사 삼중대광高麗太師三重大匡을 지낸 도棹는 고려 왕조를 도와 공을 세웠다. 조선조에 들어와서는 자헌대부 중추원사를 지낸 정간貞幹이 있으니 이 분이 공의 증조부이다. 이분이 가선대부 한성부윤을 지내고 순충적덕보조공신純忠積德補祚功臣 대광보국숭록대부 의정부영의정을 지낸 사관士寬을 낳았다. 이분은 무공랑務功郞 승정원주서를 지내고 순충적덕보조공신純忠積德補祚功臣 숭록대부 의정부좌찬성 겸 예문관대제학 지춘추관사에 증직된 지장智長을 낳았으며, 이분이 이조참판에 증직된 이승李昇의 따님과 결혼하여 공을 낳았다.

公諱德良[1], 字君擧, 全城人也. 遠祖高麗太師三重大匡諱棹, 佐麗祖有功. 入我朝, 有資憲大夫中樞院使諱貞幹[2], 是公之皇曾祖, 是生嘉善大夫漢城府尹贈純忠積德補祚功臣大匡輔國崇祿大夫議政府領議政諱士寬, 是生務功郞承政院注書贈純忠積德補祚功臣崇祿大夫議政府左贊成兼藝文館大提學知春秋館事諱智長, 是娶贈吏曹參判李昇女, 生公.

공은 어릴 적에도 특출나게 두각을 나타내어 원대한 기상이 있었다. 우의정 성봉조成奉祖가 보고 기특하게 여겨 "아! 바로 천리마로다." 하고는 그의 외손녀와 결혼시켰다. 장성하게 되자 그 풍모가 비범하

---

1 德良: 세종 17년(1435)~성종 18년(1487). 세조비 貞熹王后의 조카사위인 관계로 세조의 총애를 받았으며, 벼슬은 형조판서에 올랐다.

2 貞幹: 1360(공민왕9)~1439(세종 21). 자 固夫. 부친은 丘直.

였으며 글씨와 말 타기에 능하였다. 23세에 무과에 급제하였다. 세조가 불러 보고 크게 대견하게 여겼다. 처음에 선전관을 맡았고, 사복시 직장·종친부 전첨·호조 정랑·사복시 소윤·훈련원 부정 등을 역임하였다. 모두 잠시 시험하여 그의 능력을 보고자 한 것일 따름이었기에 한 번도 정체되어 있지 않았다.

公幼而幼[3], 嶄然出頭角, 有遠到氣象. 右議政成公奉祖[4], 見而奇之曰: "噫, 是所謂千里駒!" 乃妻以外孫女. 及長, 器度不群, 善射[5]御. 年二十三. 擢武科, 世祖召見, 深器之, 初試宣傳官, 歷司僕寺直長 · 宗親府典籤 · 戶曹正郎 · 司僕寺少尹 · 訓鍊院副正, 皆令暫試而觀其能耳, 未嘗有所淹.

호조 정랑으로 있을 때, 판서 조석문(曹錫文)이 처음에는 나이가 어리다는 이유로 쉽게 대하다가 그의 능력을 시험해보고는 심히 가상히 여기고 탄복하였다. 어가의 행차가 있을 때마다 임금은 반드시 공을 대장으로 삼았다. 한번은 공을 보고 "그대가 대장이지만 나이가 어리고 지위가 낮아 벼슬이 높은 자들이 많이들 하찮게 여기니 그대는 두렵지 않은가?" 하자, "신이 비록 비천하지만 이미 명을 받아 장군이 되었습니다. 무슨 두려움이 있겠습니까?" 하였다. 임금이 웃으면서 "나중에 그대는 반드시 훌륭한 장군이 될 것이다." 하였다. 공이 한 번은 내전에 입시하였는데, 임금이 야인들을 위무할 유서諭書의 초안을 올리라고 명하였다. 공이 사양하여 "신은 무인입니다. 감히 그렇게 할 수 없습니다." 하자, 임금이 "일단 해보라" 했다. 지어서

---

3 幼: 이 글자는 衍文인 듯하다.

4 奉祖: 成奉祖. 태종 1년(1401)~성종 5년(1474). 자 孝夫. 본관 창녕. 부친은 成抃이고, 모친은 세조비 貞熹王后의 동생이기에 성봉조와 세조는 동서지간이 된다. 성종조에 우의정에 올랐다.

5 射: 저본에는 '寫'로 되어 있는데 문맥상 오자로 판단되어 '射'로 고침.

올리자, 임금은 가상히 여겨 "비록 문사라고 해도 여기에 무엇을 더 보태겠느냐?" 하면서 마침내 그것을 썼다.

爲正郎, 判書曹公錫文[6], 初以年少易之, 及試其能, 甚嘉歎. 凡有駕幸, 上必以公爲大將, 嘗謂公曰: "汝爲大將, 年少位卑, 官高者多隷焉, 汝得無嚴憚耶?" 對曰: "臣雖卑, 旣受命爲將, 何敬憚之有?" 上笑曰: "異日汝必爲良將." 公嘗入侍于內, 上命草招撫野人諭書以進. 公謝曰: "臣武人, 不敢." 上曰: "第爲之." 及製進, 上嘉之曰: "雖文士, 何以加此?" 遂用之.

얼마 되지 않아 경원 도호부사 자리가 비어 공으로 대신하게 하고 품계를 통정대부로 높였다. 장차 크게 등용하려고 시험 삼아 백성을 다스리고 적을 제압하게 하여 그 품계를 높여준 것이다. 정해년(1467, 세조 13) 이시애李施愛가 반란을 일으키자, 공에게 명을 내려 회령 부사로 삼아 제장諸將과 더불어 그를 토벌하도록 하였다. 이시애를 주살하자 공훈을 인정하여 정충출기적개공신精忠出氣敵愾功臣의 칭호를 내렸으며 가정대부를 가자하고 전의군全義君에 봉하였으며 나머지 벼슬은 예전과 같았다. 회령 땅이 난리를 겪은 후, 인심이 흉흉하여 진무하고 안정시키기가 실로 어려웠다. 공은 능히 날카로움을 드러내지 않고도 조처가 마땅함을 얻으니 인심이 저절로 안정되고 화락하였다.

居無何, 慶源都護府使缺, 代以公, 階加通政. 蓋將欲大授, 故試使之臨民制敵, 而高其秩也. 丁亥, 李施愛反, 命公爲會寧府使, 與諸將討之, 旣施愛誅, 策功賜精忠出氣敵愾功臣號, 加嘉靖大夫, 封全義君,

---

6 錫文: 曹錫文. 태종 13년(1413)~성종 8년(1477). 홍귀달이 그의 묘지명을 지었다(「同知中樞府事曹公墓誌銘」).

餘如舊. 會寧乘亂離後, 人心洶洶然, 鎭寧之實難, 公能不露崖角, 處之得其宜, 人情自安肆.

본래 공은 나가면 장수가 되고 들어오면 재상이 되어 안팎으로 힘을 떨침에 허송세월함이 없었다. 나가서 관찰사를 지낸 것이 네 번으로 충청·경기·강원·영안도 등이었는데, 무능한 관리는 내쫓고 폐단을 고쳐 백성을 편안하게 하였다는 명성이 있었다. 조정으로 들어와서 삼조三曹의 참판參判을 지냈으니, 병조·형조·공조 등이며, 이조二曹의 판서를 지냈으니 형조·호조 등이었는데, 군사를 조련하고 공역을 감독하며 재물을 다스하고 간사한 자를 꾸짖는 것으로 명성을 얻었다. 대사헌이 되자 조정의 기강이 숙연하였으며, 의금부에 자리를 잡자 옥사의 논의가 공평해졌으니, 군자들은 어려운 일이라고들 하였다.

自是出入將相, 宣力中外無虛歲, 出而爲觀察使者四, 曰忠淸, 曰京畿, 曰江原, 曰永安道, 有黜幽陟明革弊安民之聲, 入而爲參判者三, 曹曰兵 · 刑 · 工, 爲判書者二, 曹曰刑與戶, 有鍊卒董工理財詰奸之名, 爲大司憲, 朝綱肅, 坐義禁府, 議獄平, 君子曰難.

공은 세조와 예종을 거쳐 우리 임금 성종을 섬긴 삼조三朝의 신하이다. 능히 처음과 끝이 한결같은 마음이었으며 가는 곳마다 명성이 있어 자신을 빛내고 그 영광이 부모에까지 미쳤으니, 그의 모습은 세조의 묘정에 배향되고 은혜가 저승의 부모에까지 두루 미쳤으니, 아, 진정 어려운 일이었다 할 만하다. 공의 나이 53세에도 부모님에 대한 사랑은 줄어들지 않아, 대부인의 병을 치료하고 약을 달이느라 옷의 띠를 풀지도 못한 것이 오래였다. 마침에 병이 들어 결국 일어나지 못하고 말았는데 대부인은 아직 살아 계셨다. 하늘이여, 어찌 이런 일이 생긴단 말인가. 공은 키가 팔 척이었으며 물수리처럼 조정에 우뚝 서면 빼어난 대장부였다. 마음도 용모와 같아서 크고 넓은 것이 범상하지 않았다. 평생 재물과 이익을 하찮게 보았으며, 음악과 여색에도 마음을 두지 않았다. 다만 술은 좋아해서 손님을 마주하고 마실 때마다 천진한 모습을 드러내어야 자리를 마쳤다.

> 公歷事世祖 · 睿宗及我聖上, 蓋三朝臣也, 能終始一心, 所之有聲, 顯其身, 及於親, 圖形凌煙[7], 恩洽九泉, 嗚呼, 可謂難也已. 公年五十三, 愛猶不衰於親, 醫藥大夫人之疾, 衣不解帶者久, 遂病竟不起. 大夫人尚在堂, 天乎有是事耶? 公身長八尺, 鶚立朝端, 嶷然大丈夫, 心如其貌, 俊偉不常, 平生不屑屑於財利, 亦無心於聲色, 但愛酒, 每對客飮, 見天眞乃已.

공은 아들이 없이 딸만 둘을 두어 당질堂姪 연손連孫으로 후사를 삼았다. 장녀는 참판 권건權健에게 시집갔고, 차녀는 정랑 정미수鄭眉壽에게 시집갔는데 모두 명신名臣이다. 공은 선덕宣德 을묘년(1435, 세종 17)에 태어나서 성화成化 정미년(1487, 성종 18) 7월 모일에 세상을 떠나셨다. 이 해 9월 초6일 임인일에 과천현果川縣 자좌오향子坐午向의 언덕에 장사지냈다. 그리고 몇 년이 지난 뒤에 참판 권건이 소매 속에 공의 행장을 넣어 가지고 와서 내게 보여주며 "이제 묘도墓道 남쪽에 비를 세우려고 하니, 명銘을 지어주시기를 청합니다." 하여 다음과 같이 명銘을 지었다. "하늘과 땅의 기운은 굳세고도 넓어서, 흩어지면 바람과 천둥이 되고 뭉치면 큰 산이 되네. 공은 이 기운을 품부 받고 태어나 훌륭한 기상이 남달라, 나가면 장군이 되고 들어오면 재상이 되었네. 그 기운 거두어 참된 세계로 돌아갔으나 정신만은 길이길이 왕성하리라. 비록 몸은 땅 속에 묻혀도 그 정신은 항상

---

7 凌煙: 당나라 태종이 功臣 24인의 얼굴을 그려 걸어 두었던 凌煙閣인데, 여기서는 세조의 묘정에 배향됨을 이른다.

세상에 떠다니리라."

公無子, 有二女, 取堂姪曰連孫, 爲之後, 女長適參判權健, 次適正郎鄭眉壽, 皆名臣. 公生於宣德乙卯, 以成化丁未七月日卒, 以本年九月初六日壬寅, 葬于果川縣子坐午向之原, 旣又幾年, 而參判袖公行狀來示余曰, 今欲碑于墓道南, 請銘之, 乃銘之曰: "乾坤之氣, 剛大渾噩. 散而爲風霆, 凝而爲山嶽. 公稟之而生, 奇氣異狀. 出而爲將, 入焉則相. 斂而歸于眞, 精神張旺. 雖體魄淪於地, 其魂氣蓋常浮游乎世上."

형조 판서 겸 동지성균관사 문간 김공 신도비명 병서
刑曹判書兼同知成均館事謚文簡金公神道碑銘 幷序

덕행과 문학과 정사는 공자의 수준 높은 제자도 동시에 갖추었던 자가 없었는데 하물며 그 밖의 사람임에랴. 재주가 뛰어난 자는 행동에 흠이 있고, 천성이 소탈한 자는 다스림이 졸렬하니 이는 항상 보는 일이다. 그런데 우리 문간공文簡公은 그렇지 않다. 행동은 다른 사람의 모범이 되고 학문은 다른 사람의 스승이 되며, 나라를 빛내는 문장의 광채가 만 길이나 뻗고 백성을 다스리면 떠나간 뒤에도 백성들은 그를 사모하였다. 살아서는 임금의 지우를 입었고 죽어서는 모든 사람이 슬퍼하고 그리워하였으니, 어찌 공의 한 몸으로 나라의 온갖 가볍고 무거운 일에 관계됨이 이와 같았단 말인가.

德行 · 文學 · 政事, 自孔門高弟, 未有騈之者, 況其外乎? 是故, 才優者行缺, 性素者治拙, 此恒狀也. 若吾文簡公則不然, 行爲人表, 學爲人師, 華國有萬丈文光, 臨民有去後遺愛. 生而上眷遇, 歿而衆哀慕, 何公之一身, 關輕重也乃爾?

공의 휘諱는 종직宗直, 자는 계온季昷, 본관은 숭선嵩善(善山)이며 점필재佔畢齋라 자호自號하였다. 공은 타고난 성품과 자질이 보통 사람과 달랐으며, 머리를 땋고 있던 시절부터 시에 능하다는 명성이 있었다. 매일 수만 자를 썼으며 온축된 학문을 문장으로 드러내어, 나이가 약관이 못되어 크게 이름을 얻었다. 처음에 경태景泰 계유년(1453, 단종 1)에 진사에 합격하였고, 다음 천순天順 기묘년(1459, 세조 5)에 문과에 급제하여, 드디어 승문원 정자에 보임되었다. 그 때 함종군咸從君 어자익魚子益과 아성군牙城君 어자경魚子敬이 모두 당시의 명망을 얻고 있었으며 승문원의 선임자였다. 자익이 공의 시를 보고 크게 탄식하여 "나로 하여금 채찍을 잡고 종이 되게 하여도 마땅히 달게 받을 것이다." 하였다. 공은 사람이 키가 작고 체구도 조그마했는데, 자경이 놀리면서 "계온은 다른 사람이 만약 그의 재주를 빼앗아 가면 그저 어리석은 아이에 해당할 뿐이다." 하여, 듣는 사람들이 껄껄 웃었다. 자리를 옮겨 승문원 부교리가 되었다가 감찰 전중監察殿中으로 옮겼는데 마침 들어가 임금을 대하다가 임금의 뜻을 거슬러 파직되었다. 다시 기용되어 영남 병마평사가 되었다가 교서관 교리로 옮겼다. 당시 성종께서 처음 즉위하여 경연을 열었는데 특별히 예문관을 설치하여 문학하는 선비를 초청하였는데, 동시에 선발된 십수 명 중에서 공이 가장 뛰어났다.

公諱宗直, 字季昷, 嵩善人, 自號佔畢齋. 公天分絶人, 總角有能詩聲, 日記數萬言, 積學以爲文. 年未弱冠, 業然有大名. 初中景泰癸酉榜進士, 次捷天順己卯科, 遂選補承文院正字. 時咸從君魚子益[1] · 牙城君魚子敬[2], 皆有時名, 爲本院先進. 子益見公詩, 大歎曰: "使我執鞭爲奴隷, 當甘受之矣." 爲人短小, 子敬戲之曰: "季昷, 人若劫奪其才思, 則直一童蒙耳." 聞者胡蘆. 歷遷至本院副校理, 轉監察殿中, 適入對, 忤旨罷. 起爲嶺南兵馬評事, 遷校書校理. 時上初卽位, 開經筵, 特設藝文館, 招文學之士, 同時被選者凡十數人而公其尤也.

얼마 지나지 않아 다시 함양 군수로 나갔는데, 학교를 일으키고 인재를 육성하는 것을 다스림의 근본으로 삼았으며, 이익을 증진하고

---

1 魚子益: 魚世謙의 자. 세종 12년(1430)~연산군 6년(1500). 호 西川. 본관 함종. 부친은 孝瞻이다. 세조 2년(1456) 문과에 급제하여 성종 대에는 문형을 맡았고, 연산군대에 좌의정에 올랐다.

2 魚子敬: 魚世恭. 세종 14년(1432)~성종 17년(1486). 어세겸의 동생으로 자경은 그의 자. 형과 동반으로 문과에 급제하여 벼슬은 우참찬에 이르렀다. 이시애의 난을 평정하매 공을 인정받아 아성군에 봉해졌다.

병폐를 제거하며 백성을 안정시키고 화목하게 만드는 것에 힘써 정사가 완비되자 영남 제일의 고을이 되었다. 관직의 임기가 차서 체직될 무렵 임금이, “아무개가 치군治郡에 명성이 있으니 높은 자리로 옮기라.” 하였다. 이에 승문원 참교로 승진하였다. 이 해에 마침 식년중시가 있었는데, 공이 “중시는 글하는 선비가 급히 승진하는 계단이다. 나는 그렇게 하기를 바라지 않는다.” 하고는 끝내 나아가지 않으니, 많은 사람들이 높이 여겼다. 얼마 지나지 않아 다시 외직으로 나가 선산 부사가 되었는데, 그 다스림이 함양에서와 똑같았다. 이에 앞서 모두 세 차례 외직으로 나갔으니 모두 어머니를 위해서였는데, 이에 이르러 모친께서 돌아가시자 시묘 살이 3년을 지냈으며, 상례喪禮를 한결같이 주문공朱文公(朱子)의 법도를 따랐다. 삼년상을 마치자 김산金山 황악산黃嶽山 아래에 서당을 짓고 그 곁에 못을 파서 연꽃을 심고서 당호堂號를 ‘경렴景濂’이라 편액하였으니 무극옹無極翁(周敦頤)을 사모한다는 뜻이었다. 매일 그 곳에서 시를 읊으며 세상일에는 뜻을 두지 않았다. 이윽고 홍문관 응교로 부름을 받았으나 병을 핑계로 사양하였다. 임금이 허락하지 않아서 어쩔 수없이 나아갔다.

未幾, 復出爲咸陽郡守, 其治以興學校育人才爲本, 興除利病安民和衆爲務, 政成爲嶺南第一. 旣官滿當遞, 上曰: “某治郡有聲, 其優遷.” 於是陞拜承文院參校. 是歲適當重試式年, 公曰: “重試是文士驟進之階耳, 吾不願爲.” 竟不赴, 物論高之. 未幾, 又出爲善山府使, 其治一如咸陽焉. 先是, 凡三出外, 皆爲母也, 至是母卒, 廬於墓三年, 喪禮一遵朱文公儀. 服闋, 築書堂于金山黃嶽下也, 池其旁而種之蓮, 扁其堂曰景濂, 蓋竊慕無極翁[3]也. 日吟哦其中, 無意人世事. 尋以弘文館應

3 無極翁: 북송의 송리학자 周敦頤의 별칭. ‘濂溪’라는 호로 유명한데, 김종직이 ‘景濂’이라고 당호를 지은 것은 ‘염계를 경모한다’는 뜻을 담은 것이다. 주돈이는 「太極圖說」에서 ‘無極’을 통해 ‘太極’을 설명하였던바, 여기에서 ‘무극옹’이란 호칭이

敎徵, 辭以疾, 不許, 不得已而起.

공이 경연에 입시할 때 말은 길지 않았으나 뜻은 통창하였고 강독이 매우 훌륭하여 임금께서 총애하셨다. 응교에서 승정원 좌부승지에 이르기까지 막힘이 없었다. 당시 도승지 자리가 비자 특명으로 불러서 제수하였다. 공이 감당할 수 없다며 사양하자, 교지를 내려 "경의 문장과 정사는 그 직책을 감당하기에 충분하니 사양하지 말라." 하였다. 얼마 지나지 않아 이조 참판 동지경연사로 승진하였는데, 관례에 의하면 동지경연사는 진강하지 못하고 조강에 참여하여 모실 뿐이었는데, 이때에 이르러 특별히 공에게 진강하도록 명하고 주강에도 참여하라 하였으니, 임금으로부터 받은 남다른 대우가 이와 같았다. 후에 호남 관찰사가 되었는데, 말소리를 크게 하거나 얼굴빛을 바꾸지 않아도 온 고을이 공손하였다. 조정에 들어가 한성부 우윤이 되었다가 공조 참판으로 자리를 옮겼으며, 이어서 형조 판서로 승진하였다.

公入侍經筵, 語不長而意暢, 講讀甚善, 故眷注偏傾. 自應敎至承政院左副承旨, 足不停輟. 時都承旨缺, 特命超授, 公辭不敢當. 敎曰: "卿文章政事, 足以堪之, 勿辭." 未幾, 陞吏曹參判 · 同知經筵事. 舊例, 同知事不進讀, 且侍朝講而已. 至是, 特命公進讀, 兼侍晝講, 其見待之殊如此. 後觀察湖南, 不動聲色, 一路肅然. 入拜漢城右尹, 轉工曹參判, 尋特陞刑曹判書.

홍치 기유년(1489, 성종 20) 가을 병으로 사직하였는데, 다시 지중추부사에 제수되자 사직하고 병을 핑계로 낙향하고자 하였으나 오래도록 감히 실행하지 못하였다. 어느 날 동래東萊 온천에서 목욕하기를

유래하였다.

청하였는데, 임금이 허락하자 그 길로 밀양密陽의 고향에 머물면서 돌아가지 않았다. 성상께서 은혜롭게 특별히 허락하여 이전의 직책에서 체직되지 않았는데, 세 번이나 사직했으나 윤허하지 않았고 임금께서 친히 적은 비답을 내려 보내는 일도 있었으며 병세가 심해지자 내의內醫를 보내 약을 하사하였다. 임자년(1492, 성종 23) 8월 19일 세상을 떠나시니 향년 62세였다. 부음이 이르자 조정은 이틀 동안 조회를 철하였으며, 본도本道에 명하여 상사喪事를 주관하도록 하였다. 모년 모월 모일, 모원某原에 장사지냈다. 태상시에서 의논하여 시호를 문간文簡이라 정하니 군자들은 걸맞다고 하였다. 예관禮官으로 하여금 제사에 참석하게 하고 이조 판서로 하여금 시호를 내리게 하였으니 예禮에 맞았다.

弘治己酉秋, 以病辭, 移授知中樞府事, 欲謝病歸, 久未敢. 一日, 請浴東萊溫井, 許之, 因臥密陽田莊不還, 聖恩特許, 勿遞前職, 三辭不允, 至親製批答賜之, 疾革, 遣內醫賜藥, 壬子八月十九日卒, 年六十二, 訃聞, 輟朝二日, 命本道它喪事. 用某年某月日, 葬某原, 太常議謚曰文簡, 君子曰稱, 命禮官賜祭, 天官賜謚, 禮也.

공의 부친은 숙자叔滋로 성균관 사예를 지냈으며 호조 판서에 증직되었다. 조부는 관琯으로 공조 참판에 증직되었다. 증조는 은유恩宥로 병조 참의에 증직되었다. 모친은 박씨이다. 모두들 차등 있게 봉작과 증직이 있었으니, 이는 공이 귀하게 되었기 때문이다. 공은 처음에 현령 조모曺某의 따님과 결혼하여 2남 2녀를 두었으나 아들은 모두 요절하였고 딸은 시집을 갔다. 후에 남평 문씨南平文氏와 혼인하여 아들을 하나 두었으나 어리다.

公之考曰叔滋, 成均館司藝, 贈戶曹判書. 祖曰琯, 贈工曹參判. 曾祖曰恩宥, 贈兵曹參議. 妣朴氏, 皆封贈有差, 公貴故也. 公先娶縣令曺某女, 生二男二女, 男皆早夭, 女皆適人. 後娶南平文氏, 生一男, 幼.

공이 어렸을 적에 부친이 병이 들어 수척해지자, 공은 근심하고 슬퍼하며 「유천부籲天賦」를 지은 일이 있다. 대부인이 살아 계실 때 공은 조정에 편안히 있지 못하고 항상 모친 봉양을 위해 지방 수령직을 원했다. 형님이 서울에서 객사하자 공은 영구를 받들어 와서 고향 마을에 장사 지냈고, 조카를 자기의 소생처럼 보살폈고 가르치고 깨우쳐서 성장하여 자립할 수 있도록 하였다. 형님이 종기를 앓을 때, 지렁이를 즙으로 먹으면 좋다고 하자 공이 먼저 맛을 보고 올렸더니 과연 효험이 있었다. 그의 천성에서 우러난 효성과 우애가 이와 같았다. 관직에 있으면서 백성을 다스릴 때는 간결하게 처신하여 번다한 일을 다루었으며, 가만히 있으면서 움직이는 일을 제어하였다. 그래서 어디에 있든 형적이 드러나지는 않았으나 일은 다스려지고 백성들은 백성들을 법을 어기지 않았다. 평상시 사람들을 대할 때는 질박하고 온화하였다. 흉악한 사람을 보았을 경우에도 일찍이 조금도 원망하지 않았고, 여러 사람들이 있는 곳에서 공적인 말로 꾸짖었다. 성품이 청렴하여 의리에 맞지 않으면 조금도 남의 것을 취하지 않았다.

公少時, 戶曹病且瘦, 公憂傷, 作「籲天賦[4]」. 大夫人在, 公未嘗安于朝, 常乞郡奉養. 伯氏客京師死, 公奉柩歸葬故里, 撫其孤如已出, 敎誨使成立. 伯氏又病癰疽, 云餌蚯蚓汁良, 公先嘗以進, 果效. 其孝友天至如此. 凡居官莅民, 居簡以御煩, 主靜以制動, 故所在不露形跡, 而事理而民不犯法. 平時待人接物, 渾然和氣, 至如見凶人, 未嘗少恕, 於稠人中公言詆之. 性廉, 非其義, 不以一箇取諸人.

---

4 籲天賦: '유천'은 하늘에 호소한다는 뜻이다. 김종직이 부친의 쾌유를 하늘에 호소하는 내용의 賦를 지었던 것으로 보이는데 현존 『점필재집』에는 보이지 않는다.

오직 경서와 역사서를 탐독하여 늙어서도 게을리 할 줄 몰랐기에 평생 얻은 것이 크고 넓었다. 사방에서 찾아와 배우는 자들은 각기 그릇의 크기에 따라 자신이 원하는 바를 채워서 돌아갔는데, 진실로 한번 공의 가르침을 받고 나면 곧 훌륭한 선비가 되었다. 오늘날 문장으로 세상에 이름을 떨치는 자들 태반이 모두 이러하다. 지금 저 호조 참판 태허大虛 조위曺偉, 자진子眞 조전曺佺, 숙분叔奮 조신曺伸 등은 모두 공의 처남이며, 함안 군수 강백진康伯珍은 공의 외조카이다. 어찌 그리 공의 문하에는 이름난 자들이 모여 있단 말인가. 세상에서는 이를 더욱 대단하게 여겼다.

> 唯耽於書史, 至老忘倦, 故平生所得浩溥. 四方來學者, 隨其器之大小, 各盈其求而歸焉, 苟經品題, 便成佳士, 今之以文鳴于世者, 太半皆是. 至若今戶曹參判曺公大虛及曺佺子眞 · 曺伸叔奮, 皆公之婦弟[5]也. 康咸安伯珍[6], 公之外甥也, 一何公之門之萃聞人耶! 世以此益奇之.

공이 편찬한 『청구풍아青丘風雅』·『동문수東文粹』·『여지승람輿地勝覽』은 세상에 유통되고 있다. 공이 돌아가시자 그가 지은 시문은 더욱 귀하게 여겨졌다. 태허공이 공의 문집을 순서대로 편집하여 책을 완성하자마자 임금께서 가져오라 명하셨기에 바깥사람들 중에는 그 때 보지 못한 자들이 많았다. 앞으로 간행하라는 명이 내릴 것이다. 내가 공과 오랜 사귐이 있다는 이유로 태허공이 글을 지어 비석에 새기기를 청하니, 내가 글재주 없음을 이유로 사양할 수만은 없어 다음과 같이 명을 짓는다. "금오산 높디높고 낙동강 물 넘실넘실.

---

5 婦弟: 曺偉·曺佺·曺伸은 모두 曺繼門의 아들로서 김종직의 처남이다.

6 伯珍: 康伯珍. ?~연산군 10년(1504). 자 子韞. 호 無名齋. 본관 信川. 부친은 康惕이다. 1477년 문과에 급제하여 벼슬은 함안 군수를 지냈으며 1498년 무오사화 때 귀양을 갔다가 1504년 결국 능지처참을 당하였다.

빼어난 기운 여기에 모이고 해와 달도 밝게 비추는 곳. 규벽奎璧의 빛이 스며들자 이에 대문장가 태어났네. 온갖 서적 통달하고 그 시문 기이하고 고아하지. 우뚝 서서 향기를 드날리며 당堂에 올라 의심난 곳 강론하네. 문을 지나는 자 그 기특함을 묻고 후학들은 귀감으로 삼았네. 부모님께 효도하고 형제간에 우애 있네. 가정이 화목하고 백성을 사랑으로 다스리네. 떠난 뒤에도 백성들은 그리워하여 그곳엔 사당이 세워졌네. 경연에서 강론하고 의논하며 임금을 마주 하니 나날이 두각을 나타내네. 유독 우악한 은총을 입어 높다란 반열에 오르니, 계단을 밟아 오르듯 하여 사람들 바라보며 합당하다 하였네. 하늘은 어찌 그리 빨리 빼앗아 갔나, 백성들 실로 복도 없어라. 대궐도 슬픔을 머금으나 공을 머물게 하지는 못하네. 그 이름 천추에 남으리니 남긴 글이 한우충동이로다. 공의 훌륭한 명성과 실상을 어찌 민멸케 하리오. 이제 내가 붓을 들어 쓰노라."

公所纂『青丘風雅』[7] · 『東文粹』[8] · 『輿地勝覽』[9], 行於世, 公歿而其所著詩文尤見貴. 大虛公撰次本集, 纔成卷帙, 上命入內. 故外人時未得見者多, 行當有命刊行矣. 以余與公有舊, 大虛公請爲文勒于石, 故余不以文拙辭, 乃銘之曰: "烏山崇崇, 洛水溶溶. 秀氣斯鍾, 日月委明. 圭璧[10]淪精, 文人乃生. 博洽丘墳, 奇古詩文. 傑立揚芬, 登堂講疑. 過門問奇, 後學蓍龜. 父焉孝乎, 兄焉友于. 家庭怡愉, 臨民以慈. 去後餘思, 鄉有遺祠. 論思經幄, 面對日角. 獨膺寵渥, 崇班峻級. 如階而躡,

---

7 青丘風雅: 김종직이 편찬한 7권 1책의 詩選集으로, 신라 말에서 조선 초까지 125명의 시 503수를 수록하였다.

8 東文粹: 김종직인 편찬한 10권 3책의 文章選集으로, 신라 이래 역대 문장가의 글을 가려 뽑았는데, 주로 온화한 글들을 선하였다는 평가가 있다.

9 輿地勝覽: 조선전기의 대표적 지리지인 『東國輿地勝覽』을 가리킨다. 이 책은 이후 중종대에 증보 되어 『新增東國輿地勝覽』으로 개찬되었다.

10 奎璧: 文章을 주관한다는 奎星과 壁星의 합칭이다.

人望允協. 天奪何速, 民實無祿. 九重含慼, 公不可留. 名留千秋, 遺蒿汗牛. 公多名實, 其令泯沒. 我今載筆."

연원군 지경연사 이공 묘비명 병서
延原君知經筵事李公墓碑銘 幷序

세상에는 진실로 식견은 우매한데 그 몸은 현달하고, 덕은 보잘것 없으나 지위가 높은 자들이 있다. 이와 같은 자는 살아도 시대에 유익함이 없고 죽어도 후세에 이름을 남기는 것이 없으니, 어찌 말할 것이 있겠는가. 나는 연원군延原君이 참된 재상이라는 것을 분명히 알게 되었다. 내 벗 이숙함李淑瑊은 공의 종형제인데, 공이 돌아가신 다음 달에 공의 평생 사적을 두루 적어 와서 내게 보여 주며 "그의 아들이 모월 모일에 장례를 치른다. 불후不朽의 말을 얻어 돌에 새기려 하는데 장차 그대에게 맡기고자 한다. 사양하지 말라." 하였다.

世固有識闇而身顯, 德虧而位隆者. 如是者, 生無益於時, 死無聞於後, 何足道哉. 余於是益知延原爲眞宰相也. 吾友李公淑瑊[1]氏, 公之從兄弟也. 公卒之後月, 歷撰公之平生事來示余曰: "其孤將以月日葬, 欲得不朽之言刊之石, 將惟子是托, 其無辭."

나는 말한다. 아, 나는 후배이니 어찌 연원군을 아는 자라 할 수 있겠는가. 그렇지만 내가 젊었을 적에 일찍이 좌윤左尹 성사원成士元과 종유하였는데, 성사원이 다음과 말하였다. "오늘날 세상에서는 성인이 되기를 바라는 사람이 있다는 말을 들을 수 없다. 그러나 그만두지 않고 반드시 그런 사람을 보고자 한다면 연원군이 바로 그런 사람이 아니겠는가!" 나는 마음속으로 이 말을 가슴에 담아두고 항상 연원군을 경모하였다. 그 후 나는 이조 참판이 되었는데 연원군

1 淑瑊: 李淑瑊. 자 次公. 호 夢菴·楊原. 본관 연안. 延城府院君에 추증된 末丁의 아들. 세조가 즉위를 도와 佐翼原從功臣이 되었고, 1457년 문과중시에 급제하여 벼슬은 이조참판에 이르렀다.

이 바로 이조 판서였다. 나는 매일 모시고 따랐는데, 비로소 성사원의 말이 거짓이 아님을 알게 되었다. 이제 이숙함씨의 청을 받았으니, 문장이 졸렬하다는 핑계로 감히 사양할 수 있겠는가.

余曰, 噫, 僕後生也, 豈能知延原者? 雖然, 余少也, 嘗與成左尹士元[2]遊, 成之言曰: "今之世, 不聞有希聖者, 然無已而必欲目其人, 則如延原無乃是歟!" 余竊識之, 而常欽重焉. 厥後, 余忝天曹亞卿, 延原則判書也. 於是日與之陪從, 始知成之言爲不失也. 今承淑瑊氏之請, 敢以文拙辭乎.

삼가 살피건대, 공의 휘는 숭원崇元, 자는 중인仲仁, 본관은 연안延安이다. 원조遠祖 무茂는 고려 말 공민왕조에 벼슬살이를 했고, 우리 태조의 인월역引月驛 전투에 참전하여 공적을 세운 적이 있다. 그 후손 중에 호조 참의에 증직된 량亮이 있으니 공의 증조부이며, 병조 참판에 증직된 백겸伯謙은 공의 조부이다. 이 분이 예조 참판을 지낸 보정補丁을 낳았고, 이 분이 의정부 찬성 이숙李淑의 따님과 결혼하여 공을 낳았다. 공이 귀하게 되자 부친은 예조 참판에 증직되고 순충보조공신純忠補祚功臣 정헌대부 병조 판서 연천군延川君이 되었다. 영예와 효성이 구천에까지 미쳤으니, 연원군은 유능한 아들이라고 이를 만하다.

謹按公諱崇元, 字仲仁, 其先延安人. 遠祖諱茂[3], 在高麗之季, 仕恭愍朝, 從我太祖引月之戰[4], 與有功焉. 其裔有贈戶曹參議曰亮, 公之曾

2 士元: 成俶의 자. 본관 창녕. 부친은 成順祖이며, 외조부는 李蘭이다. 벼슬은 호조 참의, 경상도 관찰사에 이르렀다. 갑자사화 때 동생 成俊이 교살되었고 그는 연루되어 귀양을 갔다.

3 茂: ?~태종 9년(1409). 자 敦夫. 고려 공민왕 때 출사하였으나 파직되었다가 조선 왕조가 건국되자 다시 등용되어 왜구를 격퇴하는 데에 큰 공을 세웠다.

祖也. 贈兵曹參判曰伯謙, 公之祖也. 兵曹生禮曹參判曰補丁, 禮曹娶議政府贊成李淑[5]女, 生公. 公貴, 追贈禮曹曰純忠補祚功臣, 正憲大夫, 兵曹判書, 延川君. 榮孝及於九泉, 若延原, 可謂能子矣.

공은 선덕 무신년(1428, 세조 10)에 태어나 홍치 4년(1491, 성종 22)에 세상을 떠나셨으니 향년 64세였다. 그 사이의 자세한 행적은 진실로 하나하나 길게 말하기 어렵다. 그 중 큰 것만 말하면 다음과 같다. 공은 처음에 경태 경오년(1450, 세종 32) 생원시에 합격하여 생원의 이름을 얻었고, 이어 계유년(1453, 단종 1) 문과에 합격하였는데 일등이었다. 처음에는 사재감 주부가 되었다가, 이윽고 감찰어사로 옮겼고, 이어 차례로 사간원 정언, 사헌부 지평, 이조 정랑, 세자문학世子文學, 성균관 사예, 중서사인, 사헌부 집의가 되었다. 장예원 판결사로 승진하였다가 승정원으로 들어가서 동부승지가 되었고, 자리를 옮겨 좌승지가 되었다. 이 해는 성화 기축년(1469)으로 성종께서 즉위하셨다. 성상께서는 자신을 보필한 자들의 공을 논의하여 신료들에게 좌리공신佐理功臣의 호를 하사하셨는데 공도 여기에 포함되었고, 가선대부를 가자하였으며 연원군延原君에 봉해졌다. 얼마 지나지 않아 도승지에 올랐다. 승정원에 근무한 6년 동안 시종 형방승지를 맡았는데 옥사를 출납함에 있어 털끝만큼도 실수가 없었기에 당시에 명석하다고 일컬어졌다. 이윽고 자헌대부 형조판서로 특진하였으며, 사헌부 대사헌으로 자리를 옮겼다가 한성부 판윤이 되었다. 외직으로 나가 평안도 관찰사가 되었으며, 조정에 들어와서는 이조판서가 되었고, 의정부우참찬 지경연사·의금부사로 옮겼다. 곧 좌

---

4 引月之戰: 이성계가 고려 禑王 6년(1380) 왜구를 크게 물리친 雲峰 싸움을 이른다. '인월'은 전남 남원 부근 운봉현에 있던 驛이다.

5 李淑: 고려 공민왕 22년(1373)~태종 6년(1406). 부친은 태조의 庶弟 義安大君이며, 어머니는 교하노씨 慶原君 旹의 딸.

참찬으로 옮겼고 곧 정헌대부로 승진하였으며 다시 형조 판서가 되었다. 홍치 신해년(1491, 성종 22)에 병조 판서로 옮겼으나 병으로 사직하니 군君으로 봉하라는 명이 내렸다.

公生於宣德戊申, 卒於弘治四年, 壽凡六十四. 其間細行, 固難覼縷. 其大者曰, 公初中景泰庚午榜生員, 爲名上舍. 次捷癸酉年文科試, 爲第一人. 始拜司宰主簿, 尋遷監察御史, 次司諫院正言, 次司憲府持平, 次吏曹正郎, 次世子文學, 次成均館司藝, 次中書舍人, 次司憲府執義, 陞爲掌隷院判決事, 入銀臺, 爲同副承旨, 轉至左承旨. 是年成化己丑, 今上卽位, 論輔弼功, 賜臣僚佐理功臣號. 公與焉, 加嘉善大夫, 封延原君. 未幾, 陞都承旨, 在政院凡六年, 終始任刑房[6], 凡出納獄辭, 毫釐無所失, 時稱明光. 旣而, 超拜資憲大夫刑曹判書, 遷司憲府大司憲, 遷漢城府判尹. 出爲平安道觀察使, 入爲吏曹判書, 遷議政府右參贊 · 知經筵義禁府事. 俄遷左參贊, 已而, 進正憲大夫, 復爲刑曹判書. 至成化辛亥[7], 遷兵曹判書, 以疾辭. 命封君.

12월 26일에 본가에서 세상을 떠나셨다. 공이 병들었을 때 임금은 특별히 내의內醫를 보내 진찰하도록 하며 동정을 반드시 알리라고 명하고 진귀한 음식과 별미를 끊임없이 하사하셨으니 그 총애와 지우를 입음이 이와 같았다. 부음을 듣자 임금께서 심히 애도하며 조회와 시장을 열지 않고 부의를 내려주고 관원을 파견하여 치제致祭토록 하셨다. 이듬해 3월 20일 양근楊根 땅 선영 곁에 예를 갖추어 장례를 지냈다. 시호는 충간忠簡이다. 살아서는 영예를 누리고 죽어서는 애도를 받았으니 모든 것을 갖추었다고 할 만하다.

---

6 刑房: 승정원의 직무분담 가운데 하나로 형벌의 집행과 관련된 업무를 말한다.
7 成化辛亥: 이승원의 졸년인 1491년은 홍치 4년이다. 성화연간으로 되어 있는 것은 착오인 듯하다.

十二月廿六日，卒于正寢. 公之疾也，上特遣內醫診視，命動靜必以聞，內賜珍羞異味無絶時，其見寵遇如此. 訃聞，上震悼甚，輟朝市，賻贈有加，遣官致祭. 以翼年三月二十日，禮葬于楊根之地先塋之側，諡曰忠簡，哀榮終始，可謂備極矣.

공은 총명하고 정밀하였으며, 단아하고 후덕하였으니 이는 천성이었다. 경술經術에 근본하여 관리로서의 능력을 발휘하였는데, 처리해야 할 일이 있으면 일처리가 여유로우면서도 잠깐 동안에 하나도 남김이 없었으니 이는 그의 능력이었다. 어버이에게 효도하고 형제에게 우애가 있었다. 일찍이 친동생이 함께 살다가 죽었는데 고아로 남은 아이들이 모두 어려서 의탁할 곳이 없었다. 공은 모두 거두어 길러서 결혼시키고 시집보내어, 집안을 이루게 하고 생계를 보살폈다. 아, 어질도다. 평생토록 즐기는 것이 없었고, 가산을 늘리는 일을 좋아하지 않았다. 비록 권세 있는 지위에 있었지만 집안은 텅빈듯하였고, 단출하여 마치 아무런 지위도 없는 사람 같았다. 문 앞에는 청탁하는 자가 없었고 항상 단정히 앉아 편안하였다. 아는 사람이 오면 반드시 즐거운 표정으로 서로 평소의 일을 이야기하였는데 지극한 마음에서 나온 것이었으므로 한 번도 마주 할 때 웃다가 뒤에서 배신하는 일이 없었다. 그 천진스러움이 이와 같았다. 아, 공의 어진 덕에도 불구하고 삼공의 반열에 오르지 못했으며, 수명은 장수를 누리지 못했으니 하늘의 뜻이 아니겠는가.

公聰明粹精，粹雅和厚，其天性也. 本之以經術，緣飭以吏治，有所裁決，游刃恢恢. 須臾一空，其才能也. 惟孝于親，友于兄弟. 嘗有同母弟偕室而逝，其孤男女，皆幼無所托，公皆收鞠而昏嫁之，得以有家室遂其生，吁仁矣哉! 平生無嗜好，不喜生產作業. 雖處權勢之地，室如懸磬，蕭然若無位者. 門無干謁，常端坐晏如. 相識至，必欣然面目，相與說平生，出於至情. 未嘗面悅而背違，其天眞如是. 嗚呼，公之賢德，而位不到三公, 壽不到遐齡, 非天也耶.

공의 부인은 염씨廉氏이며, 아들 둘을 두었다. 맏아들 만령萬齡은 한성부 판관이며 차자 구령九齡은 사헌부 감찰이다. 딸은 충훈부 도사 한희韓曦에게 시집갔다. 내외손이 모두 10여 명이다. 고인이 이르기를, "하늘은 덕 있는 이에게 복을 내리니, 그 후손이 반드시 크게 된다." 하였으니, 공의 후손은 반드시 번성하고 크게 될 것이다. 이 말을 믿지 못하겠거든 나의 명銘을 살펴 확인하라. 명은 다음과 같다. "높다란 공의 가문에 공 또한 걸출하게 태어났도다. 잉태되어 태중에서 가르침을 받아 총명함을 타고났네. 경서를 익히고 역사도 익혀 넓고도 정밀하였네. 궁궐에서 임금님 홀로 대하고, 글씨의 형세는 종횡무진 거침없었네. 의정부의 걸출한 인재로서 크게 이름을 드날렸네. 이에 아름다운 문장으로 우리의 임금님을 빛내었으니 지극한 다스림을 도와 태평성대를 이루었네. 공적은 높고 지위도 높으며 복록도 아울러 많거늘 겸손히 스스로를 다스려 총애를 받으면서도 궁핍한 듯하였네. 자신이 받는 봉양을 줄여 친척에게 사랑을 베풀었으니, 가엾은 친척 아이들이 공에게서 입고 먹었네. 집안은 비록 넉넉하지 않으나 도리를 빠짐없이 지켰네. 의당 오래살고 강녕하여 온갖 복을 길이 누려야 하거늘, 예순 네 해에 생을 마치니 아, 어찌 그리 빠른가. 그 모습 영원히 감추어질 터이나 사라지지 않는 것이 있으니, 내가 비석에 글을 새겨 자손에게 남기노라."

公之夫人曰廉氏, 有二子, 曰萬齡, 漢城府判官, 曰九齡, 司憲府監察. 女適忠勳府都事韓曦, 內外孫摠十餘人. 古人有言曰: "天祚有德, 其後必大." 公之裔必將盛且大矣. 有如不信, 請徵吾銘. 銘曰: "公門之崇, 公又挺生. 孕而胎教, 生則聰明. 旣經旣史, 旣博以精. 丹墀獨對, 字勢縱橫. 斗南[8]一人, 是擅大名. 于以黼黻, 于我聖明. 贊成至治, 登茲大平. 功高位尊, 福祿兼崇. 謙謙自牧, 居寵若窮. 捐其自奉, 仁其三族. 哀哀孤幼, 於公衣食. 家雖不贍, 周于道德. 宜壽而康, 永享諸福. 六十四終, 于何其速. 儀形永祕, 不死者存. 我銘于石, 貽厥子孫."

8 斗南: '북두성 남쪽'은 재상을 뜻한다. 여기서는 이승원이 의정부에서 좌참찬을 역임하였던 것을 이른다.

의정부 좌참찬 윤공 묘지명
議政府左參贊尹公墓誌銘

홍치 16년(1503, 연산군 9) 5월 병술일에 의정부 좌참찬 윤공尹公이 졸하니 향년 73세였다. 이 해 모월에 남원南原으로 옮겨서 장사지내기로 하고 날짜를 정했는데, 아들 계형繼衡이 공의 평생 행적을 적어 나에게 가지고 와서 말하였다. "돌아가신 저의 아버님을 아시는 분으로 공과 같은 분이 없으니, 청컨대 글을 지어 영원히 남기고자 합니다." 나는 눈물을 흘리며 말하였다. "그렇다. 선대인은 과연 나의 벗이다. 내가 비록 글재주가 없지만, 감히 사양할 수 있겠는가."

弘治十六年五月丙戌, 議政府左參贊尹公卒, 年七十三. 是年某月, 將返葬于南原, 旣卜行, 其孤繼衡以公平生行與事, 抵余言曰: "知吾先君者無如公, 請爲文垂不朽." 余泣而曰: "然. 先大人, 果吾友也. 吾雖不文, 敢辭諸乎."

삼가 살피건대 공의 휘는 효손孝孫이고 자는 모某이며, 본관은 대방帶方(남원)이다. 고조 신을莘乙은 대구 현령을 지냈고, 증조 언재彦材는 호조 참의에 증직되었다. 조부 희希는 병조 참판에 증직되었고, 부친 처관處寬은 순창 군수를 지냈으며 이조 판서에 증직되었다. 모친은 광산 정씨光山鄭氏이다. 선덕 신해년(1431, 세종 13)에 공이 태어났다. 10세에 집을 떠나 스승을 찾아갈 나이에 이르러 성균관에서 공부하였는데, 우의정 문헌공文憲公 박원형朴元亨이 보고는 기특하게 여기고 자신의 딸과 결혼시켰다. 약관의 나이에 사마시에 합격하였으며, 23세에 문과에 급제하였다. 28세에 중시重試에 뽑혀 화요직華要職을 두루 거쳐 열 번을 옮긴 끝에 의정부 사인이 되었다.

謹按公諱孝孫, 字某, 帶方人. 高祖諱莘乙, 大丘縣令. 曾祖諱彦材, 贈戶曹參議. 祖諱希, 贈兵曹參判. 考諱處寬, 淳昌郡守, 贈吏曹判書. 妣光山鄭氏. 宣德辛亥, 公生. 及出就傅, 遊太學, 朴議政文憲公元亨, 見而異之, 妻以女. 弱冠, 捷司馬試, 廿三, 登文科. 廿八, 擢重試, 累歷踐華要, 凡十遷, 至議政府舍人.

순창공淳昌公은 남원南原에 살고 있었는데 병이 들자, 공이 글을 올려 부친의 약 수발을 할 수 있도록 해달라고 요청하였다. 그러자 임금께서 명을 내려 특별히 장흥 부사長興府使를 제수하여 부친 봉양에 편리하게 하셨다. 성화 9년(1473, 예종 4) 정씨鄭氏의 나이 70이 되자 공이 또 글을 올려 귀향하여 봉양하기를 청했더니, 예조 참의禮曹參議로 있다가 전주 부윤全州府尹에 제수되었다. 공은 훌륭한 정사를 펼쳤고, 백성들은 글을 올려 더 머물러 있기를 원하였다. 성종께서 옥새가 찍힌 문서로 칭찬하고 아울러 옷감의 표리表裏 1습을 하사하셨다. 뒤에 대사헌大司憲이 되었을 때 또다시 어버이가 늙었다는 이유로 사직하고, 외직으로 나가 나주 목사羅州牧使가 되었는데 나주 사람들이 공을 사모하고 받드는 것이 전주 사람들이 공에게 했던 것과 같았다. 공은 세 번 지방 수령을 하였는데 모두 어버이를 위해 몸을 굽힌 것이었다. 처음에는 조정의 의론이 그가 떠나는 것을 아쉬워했지만, 사람들은 "공이 고을을 다스리면 그 백성들이 받는 은택은 일일이 말할 수도 없다." 하였다.

淳昌公家于南原, 有疾, 公上書請侍藥. 命特授長興府使, 便就養. 成化九年, 鄭氏年七十, 公又上書請歸養, 由禮曹參議, 授全州府尹. 有異政, 民上書願借. 成宗璽書褒嘉之, 幷賜表裏[1]一襲. 後爲大司憲, 又以

1 表裏: 恩賜 또는 獻上하는 옷감의 안팎 감이다. 여기서는 구체적으로 '璽書表裏' 즉 璽寶를 찍은 諭書와 함께 하사하는, 관복을 만들 겉감과 속감을 가리킨다.

親老辭, 出牧于羅州. 羅之人, 愛戴如全民之於公. 公凡三出守, 皆爲親屈. 始也朝論惜其去, 人曰: "公之治邑也, 民被其澤, 固不可一一言."

공이 풍속을 교화시켰던 연유에 대해서는 할 말이 있다. 그가 장흥長興에 있을 때는 양친이 모두 생존해 계셨다. 공은 매일 문안 받드는 일을 그만 두지 않았으며 때때로 손수 맛있는 음식을 올렸다. 전주와 나주에 있을 때는 부친 순창공이 이미 돌아가신 때였다. 공은 친히 수레를 받들어 모친을 모시고 가서 관아의 정갈한 방에 모셨다. 별도로 부엌을 지어 부인과 함께 친히 좋은 음식을 만들어 올렸다. 비록 손님이 오더라도 반드시 모친께 연유를 말씀드리고 끼니를 올린 다음에 나가서 맞았는데 언제나 이렇게 하였다. 백성을 만나면 고을의 연로한 자들을 물어서 장부에 기록해 두었다가 매월 술과 고기를 보냈다. 그러니 백성 가운데 보고 느껴서 분발하는 사람을 이루 헤아릴 수 있었겠는가. 집안에 거처할 때면 자제들을 데리고 몸소 물고기 잡고 밭을 갈아 조석의 양식에 충당하였으며, 남는 것이 있으면 반드시 모친께 나누어 주고 싶은 사람이 있는가를 물어 그 사람에게 주었다. 아우 한 명이 재산이 부족하여 모친 정씨가 항상 마음에 두고 있었다. 공이 곡식 백 석과 종 한 명을 주니 정씨가 기뻐 그의 등을 어루만지며 "내 효자로다"라고 하였다. 상례와 제례는 슬픔과 공경을 다하였으며 여묘살이 삼년 동안 집안일을 묻지 않았다. 아침저녁으로 사당에 고하고, 초하루와 보름날이면 반드시 제사를 지냈다. 새로 난 음식은 반드시 제상에 먼저 올렸으니, 올리지 않으면 감히 먹지 않았다. 제사 때는 반드시 곡을 하였으며, 때를 가리지 않고 종종 눈물을 흘렸다.

然其化俗之由, 蓋有說. 其在長興也, 時則具慶矣. 日奉問不絶, 時手以甘旨. 於全於羅, 淳昌已逝, 親扶板輿, 捧慈親, 安于衙之淨室. 置別廚, 與夫人親甘旨. 雖賓客至, 必告由, 入進饌, 然後出待, 如是以爲常. 遇其民, 問境內年邁者, 籍記之, 月致酒肉, 民之觀感而興起者, 可數之乎? 其家居也, 率子弟, 躬漁田, 以充朝夕滋味, 有餘, 必請所與以與之. 有一弟資產歉, 鄭常以爲念, 公與之粟一百弁一奴. 鄭悅, 撫其背曰: "吾孝子." 喪祭盡哀敬, 居廬三年, 不問家. 朝夕謁祠堂, 朔望必祭. 得新物必薦, 不薦不敢嘗, 祭必哭, 尋常涕泣無時.

집에 있을 때는 항상 의관을 정제하고 엄숙히 앉아 자손들을 충효忠孝와 성신誠信으로 가르쳤다. 사람을 접할 때는 필요 없는 말은 한 마디도 하지 않았으며 한결같이 온화하였다. 몸소 다섯 임금을 섬기매 충성과 정성스러움이 더욱 독실하였다. 성종成宗 임금과 우리 성상[연산군]에 이르러서는 지우知遇를 입음이 더욱 높아서 양조兩曹의 참판參判을 지내고 황해도 관찰사黃海道觀察使, 사헌부 대사헌司憲府大司憲, 형조 판서刑曹判書, 의금부 지사義禁府知事, 의정부 좌우참찬議政府左右參贊을 두루 거쳤으며 품계는 숭정대부崇政大夫에 이르렀다. 삼정승의 지위를 지척에 두고 끝내 도달하지 못하고 말았으니 애석하다.

居家, 常整冠危坐, 教子孫以忠孝誠信. 接人, 無一宂語, 一是溫溫也. 身事五朝, 忠款愈篤, 至成廟 · 我聖上, 眷注彌隆, 凡兩曹參判, 歷黃海道觀察使 · 司憲府大司憲 · 刑曹判書 · 義禁府知事 · 議政府左右參贊, 階至崇政, 三台咫尺, 而竟不到, 惜哉!

도량과 식견이 정밀하고 세밀하여 『경국대전經國大典』과 『오례의五禮儀』 주석 편찬에 참여하였다. 당시 전고典故를 익숙하게 알기로 공에게 견줄 자가 없었다. 당시 관습에 문묘에서 석전제釋奠祭를 지낼 때면 자리를 펴고서 그 찬물饌物들은 올렸다. 공은 일찍이 북경에 가서 중국 조정의 예를 보고 왔기에 찬탁饌卓을 설치하기를 청했더니 그대로 따랐다. 왕세자의 관복冠服이 전에는 조정의 신하들과 같았는데, 계啓를 올려 "세자가 조복을 입게 되면, 귀한 분을 귀하게 여기는 뜻이 없게 됩니다. 청컨대 칠량원유관七梁遠遊冠과 강사포絳紗袍를 갖추십시오." 하였다. 임금이 그에 관한 의논을 아래로 내려 보냈더니 모두 옳다고 하여 마침내 법식이 되었다. 무릇 공이 도모하여 실제로 행해진 것들 중에 이런 경우가 매우 많았다. 병이 위독해지자 일어나 앉아서 관冠과 띠를 가져오라 명하고는 손수 관을 바로 하였는데 띠에는 미치지 못한 채 죽고 말았다. 이른바 '올바름을 얻고 죽는다.'는 것은 공을 두고 이른 말이 아니겠는가.

器識精審詳密, 預撰經國大典五禮儀注, 當時諳練典故無比. 故事文廟釋奠, 其饌物, 設席而奠. 公嘗赴京, 見中朝禮, 請設饌卓, 從之. 王世子冠服, 往時與朝臣同, 啓曰, "世子服朝服, 無貴貴之義, 請具七梁遠遊冠絳紗袍." 下其議, 皆曰可, 遂以爲式. 凡公謀議見於施設者, 率多類此. 疾革, 起而坐, 命取冠帶來, 手整冠, 未及帶而卒. 所謂得正而斃者, 其公謂乎?

공은 7남 1녀를 낳았다. 아들 계형繼衡은 군수郡守이며, 승형承衡은 직장直長이며, 복형復衡은 봉사奉事며, 세형世衡은 진사進士며, 함형函衡은 종사랑從仕郎이며, 지형止衡은 세마洗馬며, 완형完衡은 장사랑將仕郎이다. 딸은 참봉參奉 허형許衡에게 시집가서 아들을 낳았다. 손자 손녀가 모두 20여 명이다. 다음과 같이 명을 짓는다. "순舜임금과 문왕文王이 이미 멀어 졌고, 증자曾子와 민자閔子 또한 아득하여라. 효孝로 다스린다는 말 듣지 못했고, 훌륭한 아들도 보기 어렵네. 아 아름다운 우리 성조聖朝여, 주周나라인가 우虞나라인가. 성대한 윤씨여 공자의 문도로다. 능히 민자가 되고 능히 증자가 되니 지극한 효자였으며 이윤伊尹과 같고 여상呂尙과 같아 임금께는 충성을 다하였네. 충효를 온전히 다 하였으니 인도人道를 남김없이 실천하였네.

오호라 선생이여 오늘날 그 누가 선생을 닮을 수 있나. 임금의 은총이 융성했던 것 요행이 아니었음 분명하도다. 향촌을 교화하고 풍속을 바꾼 것 어찌 그저 당세에 그칠 손가. 야박한 자 두터워지고, 게으른 자 일어나니 백세의 스승이 되었네. 자녀들 온 집안에 가득하고 자손들은 뜰을 채우는구나. 비록 노성한 사람은 없어도 오히려 전해오는 법도가 있네. 문장으로 그 덕을 기록하여 돌에 명銘을 새기네. 선생의 풍모는 천 년이 지나도 영원하리라."

公生七男一女. 男曰繼衡, 郡守, 曰承衡, 直長, 曰復衡, 奉事, 曰世衡, 進士, 曰函衡, 從仕郎, 曰止衡, 洗馬, 曰完衡, 將仕郎. 女適參奉許衡, 有子. 子女共二十餘. 銘曰: "舜文旣遠, 曾閔又緬. 孝治無聞, 能子罕見. 於皇聖朝, 亦周亦虞. 憲憲尹氏, 孔氏之徒. 能損能參, 孝子之至. 如伊如呂, 盡心所事. 忠孝之全, 人道無餘. 嗚呼先生, 今世誰如. 宸眷之隆, 非幸也宜. 鄕化俗變, 奚啻當時. 薄敦懶立, 百世爲師. 子女滿堂, 兒孫盈庭. 雖無老成, 尙有典刑. 有文紀德, 有石勒銘. 先生之風, 其永千齡."

의정부 좌의정 겸 영경연춘추관사 정공 비명 병서
議政府左議政兼領經筵春秋館事鄭公碑銘 幷序

홍치 7년(1494, 성종 25) 겨울 성종께서 승하하고 금상이 즉위하였는데 당시 삼정승의 자리가 비어 있었다. 임금이 적임자를 찾기 어려워 조정에 "누가 좋겠는가?" 묻자, 모두들 "정모鄭某보다 나은 자가 없습니다." 하여 곧 공을 발탁하였으니, 평안도 관찰사에서 의정부 우의정에 배수하였다. 황제께서 고명誥命과 관복冠服을 우리 전하께 하사하시니, 이 해 여름에 공이 명을 받들어 북경으로 가서 사은謝恩하였다. 미처 돌아오기도 전에 병에 걸리고 말아 10월 8일 칠가령七家嶺에 이르러 여관에서 졸하였다.

> 弘治七年冬, 宣陵禮陟, 今上卽位, 時三公缺. 上難其人, 問在廷曰: "疇可者." 僉曰: "無踰鄭某.", 卽擢公, 由平安道觀察使, 拜議政府右議政. 皇帝欽賜誥命冠服于殿下, 是年夏, 公奉命赴京師謝恩. 未還, 嬰身疾, 十月八日, 到七家嶺[1], 卒于傳舍.

그의 아들 종보宗輔가 공을 따르는 행렬에 있었는데, 관을 받들고 돌아와서 모월 모일 모지某地에 장사지냈다. 이윽고 파리한 모습으로 상복을 입고 와서 곡하면서 말하였다. "아버지께서 졸할 즈음에 저에게 유언하시기를, '나는 기록할 만한 공덕이 없다. 죽으면 곧 관에 넣어 돌아가서 고향 산에 묻을 것이며, 절대로 묘도墓道에 비석을 세워 공허한 미사여구를 늘어놓아 나의 수치가 되는 일이 없도록 하거라.' 하셨습니다. 아, 어찌 차마 그 말씀을 어기겠습니까. 그러나 비록 선비가 지위가 낮아도 죽으면 묘갈墓碣을 두는 것이 옛날의

1 七家嶺: 북경과 산해관 사이에 있는 지명으로, 조선사행단이 머물던 여관이 있었다.

법도입니다. 제 부친과 같은 분이 묘지에 표석이 없다면 누가 저를 보고 사람의 아들이라 하겠습니까. 감히 아뢰옵니다." 이에 내가 그 행장을 읽어보고 또 감탄하며 말하였다. "이러한 점이 있는데도 널리 드러내지 않는다면 어찌 빠뜨리는 것이 아니겠는가."

其孤宗輔實從之行, 奉柩還, 用某月日, 葬于某地. 既又欒然服喪來, 哭且言曰: "先公臨卒, 遺言與孤曰: '吾無功德可紀, 死便棺之, 歸瘞故山爾, 愼勿立碑墓道, 張虛美爲吾羞.' 嗚呼, 忍違之乎? 顧惟雖士之卑, 死有碣, 古也. 如吾先公而墓無表, 則誰謂我人子乎? 敢告." 乃讀其行狀, 且嘆之曰: "有此矣, 而不以章, 庸非闕歟."

살펴보건대 공의 휘는 괄佸, 자는 경회慶會이며 본관은 동래東萊이다. 한성 부윤을 지내고 의정부 좌찬성에 증직된 부지符之의 증손이며, 중추원사中樞院使를 지내고 의정부 영의정에 증직되고 문경文景의 시호를 받은 흠지欽之의 손자이며, 수충경절좌익정난익대순성명량경제좌리공신輸忠勁節佐翼定難翊戴純誠明亮經濟佐理功臣 봉원부원군蓬原府院君 시호諡號 충정공忠貞公 창손昌孫의 아들이다. 어머니는 승녕부소윤承寧府少尹 청풍淸風 정지鄭持의 따님이다. 공은 선덕 을묘년(1435, 세종 17)에 태어나, 경태 병자년(1456, 세조 2)에 생원시에 합격하였고, 성화 을유년(1465, 세조 11)에 문과에 급제하였다.

按公諱佸, 字慶會, 東萊人也. 漢城府尹, 贈議政府左贊成諱符之曾孫, 中樞院使, 贈議政府領議政, 諡文景公諱欽之之孫. 輸忠勁節佐翼定難翊戴純誠明亮經濟佐理功臣, 蓬原府院君, 諡忠貞公諱昌孫之子. 妣承寧府少尹淸風鄭持之女. 公生宣德乙卯, 中景泰丙子生員, 捷成化乙酉文科.

관직에 나아가서는 여러 자리를 거쳤다. 세조 때 이미 명성이 자자하여, 사림이 그를 지목하여 재상감이라고 하였다. 성종이 처음 등극하여 요순과 같은 다스림을 넓히자 여러 신하들이 다투어 훌륭한 계책을 올렸다. 공이 대사간大司諫이 되어 경연에서 『통감강목通鑑綱目』을 강講하여 고금의 치란흥망의 자취를 일찌감치 상세히 아셔야 한다고 청하자 임금이 가납嘉納하였다. 대사헌大司憲이 되어 늠름하게 위엄을 떨치자 백관들이 엄정해졌다. 이에 임금께 "정전正殿에서 여악女樂을 쓰는 것은 고례古禮가 아닙니다. 원하옵건대 쓰지 마옵소서." 하였다. 매우 옳은 말이었기에 듣는 사람들이 모두 훌륭하게 여겼다. 나라의 풍속이 무속을 숭상하여 온 서울이 모두 다투어 무당에게 달려갔는데, 공이 임금께 아뢰어 모두 성 밖으로 내보내자 도성이 맑아졌다.

旣筮仕, 多踐歷, 在世祖朝, 已藉籍有聲名, 士林指以爲公輔器. 宣陵初臨御, 恢堯舜之治, 群臣競進嘉謀猷. 公爲大司諫, 請於經筵, 講通鑑綱目, 早悉古今治亂興亡之跡, 上嘉納之. 爲大司憲, 凜凜振風威, 百僚肅然. 乃言於上曰, "正殿用女樂, 非古也, 願勿焉." 言甚正, 聞者偉之. 國俗尙巫風, 傾都率奔趨, 公白而盡出之城外, 都中淸.

이조 참판에 제수되고 얼마 되지 않아 판서로 승진하였으니 이는 성상께서 공의 정직함을 알았기 때문에 이 자리에 제수한 것이었다. 인사고과를 매기는 이조 판서를 맡은 것이 3년인데, 뇌물로 접근하는 사람이 없었다. 그 후로 이조 판서가 된 자들의 여론이 모두 공을 제일로 쳤다. 병조 판서로 옮겼다가 곧 의정부 좌찬성으로 올랐다. 당시 황해도黃海道에서는 재령군載寧郡 전탄제箭灘堤를 축조하고 있었는데, 부역하는 백성들은 많으나 좀처럼 완성에 이르지 못하여 백성들이 심히 괴로워하였다. 성상께서 공에게 명하여 사정을 살펴보도록 하였다. 공이 돌아와서 끝내 완성되지 못할 것이라고 아뢰자 곧 공사를 파하도록 하여 온 도道의 백성들이 그 은혜를 받았다.

拜吏曹參判, 未幾, 陞爲判書, 上知公正直, 故有此除. 掌銓衡[2]凡三年, 關節不到. 邇來判吏曹者, 物論推公爲第一. 轉判兵, 俄陞議政府左贊成. 時黃海道築載寧郡箭灘堤, 役民多而功不就, 民甚苦之. 上命公往審便否. 公還白以爲終不可成, 卽罷之. 一道之民受其賜.

부친 충정공의 상을 당하여 상례喪禮를 치르매 애통한 마음을 표현하기만 할 뿐이었고 불교의 의식을 따르지 않았다. 형조 판서로 있을 때는 모든 옥사가 공평하였다. 외직으로 나가 경상도 관찰사가 되었는데 이 경상도는 지역이 넓어서 장부와 문서가 구름처럼 쌓여있었다. 다른 도道의 경우는 소송을 처리하는 데에 시간이 부족하여 밤으로 낮을 이어도 오히려 부족했지만, 공은 물이 흐르는 것처럼 일을 처리하여 책상에 문서를 남겨 두는 일이 없었으며 아침저녁으로 그저 앉아 시를 읊조릴 뿐이었다. 국법에 의하면 관찰사는 본래 종2품직이었는데, 성종 임금께서 공에게 낮은 벼슬을 제수한 것이 마음에 걸려 특명으로 지중추부사知中樞府事를 겸하게 하였으니, 관찰사가 겸직하는 것이 여기에서 비롯되었다. 명나라 조정에서 태자太子를 세우자, 공은 진하사進賀使에 임명되어 북경으로 갔다. 명나라 예부낭중禮部郎中 이담李曇이 공의 위엄 있는 용모를 보고 서반序班 이상李常에게 "내가 조선에서 온 사신을 많이 보았지만, 정 재상만한 사람은 없었다." 하였다. 그 후로 사신을 만날 때마다 공의 안부를 물었다.

丁忠貞憂, 治喪止乎哀, 不用浮屠法. 判刑曹, 庶獄平. 出按慶尙道, 本道地大, 簿牒雲積, 在他則聽斷日不給, 繼以夜猶未了, 公剖決如流, 案無留牘, 日夕但坐嘯爾. 國制, 觀察使本從二品職, 宣陵念公降

2 銓衡: 관리들의 임용과 인사고과를 매기는 것이다.

授, 特命兼知中樞府事, 觀察使有兼銜始此. 皇朝封太子, 公充進賀使如京師. 禮部郎中李曇, 見公儀容, 謂序班李常曰: "吾見朝鮮使多矣, 無如鄭宰相." 後每見行人, 必問公起居.

다시 병조 판서를 맡고 지경연사知經筵事를 겸하였다. 당시 평안도 관찰사가 체직되었는데, 성종께서 특별히 공에게 "이 도道가 피폐하다. 이제 경을 보내는 것은 부득이한 것이다." 하였다. 평안도에 내려가 일 년도 못되어 조정으로 들어와 재상이 되었다. 공이 서쪽에서 돌아올 때 도성 사람들은 이마에 손을 얹고서 "어찌하여 행차가 더딘가?" 말하지 않는 자가 없었다. 이보다 앞서 태학생太學生 이목李穆이 성종께서 재齋를 올리는 것은 불가하다고 항론抗論하였는데, 일이 대신과 관련이 있고 언사가 자못 불손하였기에 외방에 찬배하라는 명이 내렸다. 조정의 신하들은 구원하려는 논의를 하지 못하고 있었는데 공이 재상이 되자 처음으로 방면시키자는 청을 올렸다. 그러자 여론이 더욱 그를 무겁게 보았다. 공이 중국에 있을 때, 좌의정으로 옮겨 제수되었는데 그 때를 상고해보면 바로 죽기 6일 전이었다. 공이 죽음에 임해서 부사副使에게 사신의 일을 부탁하여 "누대의 성상으로부터 각별한 은혜를 입었으나 일찍이 만 분의 일도 보답하지 못했다. 전하께 몸을 바쳐 보답하고 싶지만 이제 그럴 수가 없으니, 운명이로다." 하였다. 부음이 도착하자 조야는 실망하여 명당明堂이 동량棟樑을 잃었다고 여겼다. 성상께서 놀라고 슬퍼하며 그 때문에 사흘 동안 조회를 열지 않으셨다. 예관禮官에게 명하여 제문祭文을 내리고 부의賻儀와 증여贈與를 더했다. 태상시太常寺에서 의논하여 공숙恭肅이라 하니 군자들은 그 사람과 걸맞다고 하였다. 수명이 61세에 그쳤으니 어찌 그리 짧았던가.

復判兵曹兼知經筵事, 時平安道觀察使遞, 宣陵特命公曰: "此道疲弊,今遣卿, 不得已爾." 在本道未一周而入爲相. 公之西來也, 都人莫不擧手加額曰: "胡爲乎行遲?" 初, 大學生李穆等, 抗論[3]爲宣陵設齋不可, 事涉大臣, 言頗不遜, 命竄于外, 廷臣論救不得, 公爲相, 首請放還, 物論益重之. 公在中原, 轉拜左相, 考其時日, 則未卒六箇日矣. 公臨絶, 囑副介以使事, 乃曰: "蒙累朝殊恩, 曾未報效萬一, 思欲鞠躬報之於殿下, 今不果, 命也." 訃至, 朝野失望, 以爲明堂失棟樑. 上震悼, 爲之不御者三日, 命禮官賜祭, 賻贈有加. 太常議之曰某公[4], 君子曰稱也. 壽止六十一, 何其短也.

공은 천성이 지극히 효성스러웠다. 충정공은 나이가 80이 넘어서도 오히려 건강하였다. 그때 공의 지위가 이미 1품이었는데, 매우 춥거나 아주 더운 날에도 매일 아침 조회하러 가는 틈에 반드시 침소에 나아가 문안을 올려 평안하신가 물은 뒤에 물러나왔다. 충정공이 영의정이었을 때 공은 이조 판서였다. 어느 날 조회의 반열에 들어가는데 충정공이 갑자기 쓰러지자 공이 곧 등에 업고 나왔다. 사람들은 모두 눈으로 전송하며 감탄하였다. 공은 키가 팔 척인데 마음은 몸보다 더욱 커서 너그러우면서도 엄숙하고 대범하면서도 올바르게 처신하였다. 외면을 보면 그의 드높음을 넘볼 수 없고, 내면을 보면 그가 가진 것을 모두 알 수 없었다.

公性至孝. 忠貞公年踰八袠, 尙强康. 公位已一品, 雖隆寒盛暑, 每朝謁之暇, 必就寢問安, 曰安然後乃退. 忠貞爲領議政, 公判吏曹. 一日, 入班行, 忠貞忽仆地, 公卽背負而出. 人皆目送而歆賞之. 公身長八尺, 心長於身. 寬而栗, 大而正. 望其外, 不可淩其高, 窺其內, 不可旣其有.

---

3 抗論: 『朝鮮王朝實錄』 성종 23년 12월 기사에 근거하면, 성균관 생원이었던 이목 등은 궁중에 승려를 끌어들여 設齋를 벌이는 것과 당시 영의정이었던 尹弼商을 탄핵하였다.

4 某公: 정괄에게는 恭肅이라는 시호가 내려졌다.

외직에 나가면 어리석은 관리는 내쫓고 훌륭한 관리는 승진시키며 외적을 막고 백성을 편안히 하는 계책을 시행했으며, 내직으로 들어오면 금군禁軍을 총괄하고, 임금의 명령으로 옥사를 처리하고, 육조六曹를 두루 거치고, 삼정승 자리를 지내어 공의 한 몸에 모든 책임이 모여 있었으니 이른바 '어떠한 일을 해도 못하는 것이 없다'는 말은 공을 두고 한 것이 아니겠는가. 충정공은 13년 동안 재상으로 있으면서 이룬 공적이 역사책에 기록되어 있다. 공은 그 아름다운 가풍을 계승하였는데도 유독 누린 수壽가 짧아 은택을 베풀 겨를이 없었다. 백성들이 복이 없음을 말로 다 할 수 있겠는가. 공은 모某의 딸과 혼인하여 자녀 몇 명을 낳았다. 착한 사람은 의당 후손이 많아야 한다. 돌아보건대 그렇지 아니한가. 이미 서문을 쓰고서 또 명을 짓는다. "우리나라의 번성한 집안 동래 정씨라네. 면면히 계승하여 공적을 쌓고 업적을 남겼네. 문경공의 손자며 충정공의 아들이로다. 성대히 빛나는 좌의정이여 그 조상들과 지극히 닮았도다. 붕새가 구름 하늘을 박차고 날아올라 홀연 구만리 창공에 날아올랐네. 삼정승 자리에서 광채를 드리우니 백관들 우러러 바라보도다. 성상께서 만기萬機를 맡은 처음에 바야흐로 융성히 믿고 의지하셨네. 천자의 조정에 조회할 적에 위의가 너무도 훌륭하여 보는 이가 담장처럼 둘러싸서 이 사람이 진정한 사신이라 말들 하였네. 조물주가 시기하였나, 하늘이 혼백을 빼앗아 갔네. 해동의 백성들 무슨 허물 있기에 그 은택을 입지 못하는가. 울면서 명정銘旌을 바라보는 온 도성의 사람들. 공이 죽었다고 말하지 말라 영혼은 죽지 않았으니 장차 아래로는 강물과 산악이 되고 위로는 또한 이슬과 비, 번개와 우박 되리라. 은연중 쓰임이 있어 세상에 유익함 있으리라. 어찌 범속한 무리들처럼 초목과 함께 썩어 가리오. 내가 돌에 새기어 영원무궁토록 보여주노라."

出而有黜幽陟明禦侮安民之策，入則摠禁旅，詰詔獄．歷六曹，履三台，一身而百責萃，所謂左右之無不宜之者，其不謂公耶．忠貞公爲相三十年，厥有成績，紀于簡策，公能世其美，而獨享年嗇，故施澤有不暇焉，民之無祿，可言耶．公娶某之女，生子女幾，善人宜有後，顧不然耶?
旣敍之，又銘之曰："我東茂族，東萊鄭氏．繼繼綿綿，旣積旣留．文景之孫，忠貞之子．憲憲左相，克類克似．鵬摶雲霄，倏九萬里．三台垂耀，百僚仰視，萬幾云初，方隆恃倚．朝天子庭，威儀多只．觀者堵墻，曰此眞使．造物猜歟，天奪魄矣．東民何辜，澤不衣被．哭望銘旌，滿都人士．無謂公亡，精靈不死．蓋將下作，江河喬嶽．上則亦爲，雨露電雹．隱然功用，爲世利益．豈如凡庸，同腐草木．我銘于石，以示無極."

예조참판 권공 묘비명 병서
禮曹參判權公墓碑銘 幷序

공의 휘는 경희景禧, 자는 자번子繁이며 본관은 안동安東이다. 처음에 신라 왕족인 김행金幸이 고려 태조를 도와 큰 공을 세우고 권씨 성을 하사받았으니, 안동 권씨는 이로써 비롯되었다. 오륙백 년의 긴 세월이 흘러 우리 왕조에 들어서서는 판예빈시사判禮賓寺事를 지낸 집지執智가 공의 증조부이니, 집지가 안악 군수安岳郡守를 지낸 영화永和를 낳았고, 영화가 광주 판관光州判官을 지낸 질耋을 낳았다. 질이 의정부 좌찬성 이승손李承孫의 따님과 결혼하여, 경태 신미년(1451, 문종 1) 공을 낳았다.

> 公諱景禧, 字子繁, 安東人也. 初, 新羅宗姓有金幸, 佐高麗太祖有大功, 賜姓權. 安東權氏此其始. 延延五六百載, 入我朝, 判禮賓寺事諱執智, 於公爲曾祖, 禮賓生安岳郡守諱永和, 安岳生光州判官諱耋. 光州娶議政府左贊成李承孫之女, 以景泰辛未生公.

공은 태어나서 이를 갈 무렵부터 그릇이 보통 사람과 달랐으며, 글을 읽어 문사文詞에 능하여, 성화 무자년(1468, 성종 1) 진사시에 합격하였고 무술년(1478, 성종 9) 갑과甲科에서 1등을 차지하였다. 처음에는 홍문관 부수찬에 제수되었는데, 대간이 공의 처 김씨의 집안이 한미하다는 이유로 공박하였다. 당시 공의 부친은 이미 돌아가셨고, 조부는 연로하여 지평현砥平縣에 있었다. 공이 파직당했다는 소식을 듣고 병든 몸을 수레에 싣고 성으로 들어와서는 공에게 처를 버리라고 강요하였다. 공이 사양하며 "어찌 차마 이런 일을 하겠습니까. 함께 거친 음식을 먹으며 살아온 지 이미 십 년이 넘었으니, 제가 오늘날과 같이 되기를 밤낮으로 바랐습니다. 이제 그 사람을 버린다는 것은 정녕코 차마 못할 짓입니다. 비록 현달하지 못한다 하더라도 포의布衣로 있을 때보다는 낫지 않겠습니까." 하면서 끝내 따르지 않았다. 조부가 그것을 의롭게 여기고 또한 강요하지 않았다. 후에 공조 좌랑이 되자 대간이 또 전처럼 공박하였다. 성종 임금께서 전교를 내려 "모某가 공명을 위해 그의 처를 버리지 않았다 하니, 훌륭한 선비로다. 윤허하지 않는다." 하였다. 후에 김씨 가문이 조정에서 현달하여 낮고 미천한 집안이 아니라는 것이 분명해지자 드디어 공은 청현淸顯직에 오를 수 있었다.

生自齠齔, 器局異常, 讀書能文詞, 中成化戊子進士試, 擢戊戌甲科第一名. 初授弘文副修撰, 臺諫以其室金氏其先微駁之,[1] 時判官已沒, 安岳老于砥平縣, 聞公罷, 輿疾入城來, 逼令棄其妻 公辭曰: "何忍爲此耶? 一與共糟糠, 今已十餘年, 日夜冀我有今日, 今而棄之, 正所不忍, 雖不得通顯, 不猶愈於布衣時乎?" 竟不從. 安岳義之, 亦不强也. 後拜工曹佐郎, 臺諫又駁之如初, 成宗傳曰: "某不爲功名棄其妻, 是善士也. 不允." 後金氏家申于朝, 明其不卑微, 遂通焉.

외직으로 나가 황해도 감사의 막료幕僚가 되어 보좌하였고, 조정에 들어와서는 호조와 병조의 정랑正郎을 거쳐 사헌부 장령司憲府掌令에 올랐는데 신분이 귀한 자나 친분이 가까운 자를 가리지 않고, 누구에 대해서든 말이 대단히 바르고 곧았다. 언젠가 대궐문에 엎드려 진언을 하였는데 열흘이 넘도록 받아들여지지 않았다. 하루는 임금이 그 말을 훌륭하게 여겨 술을 하사하고 "취할 때까지 마시라." 명하였다. 마침 날이 저물자 백련촉白蓮燭을 친히 내주어 집으로 돌아가는 길을 비추도록 하셨다. 이를 본 사람들은 대단한 영광이라 여겨 금련

1 臺諫~駁之: 권경희의 장인은 金致運인데 김치운은 河玖(河崙의 아들)의 얼자였던 河福生의 사위였다. 권경희의 처 김씨의 모친이 얼자의 소생이었던 것이다.

촉金蓮燭에 비유하였다. 홍치 기유년(1489, 성종 20) 충청도에 도적의 소요騷擾가 심하였다. 가서 잡아오라는 명이 내렸는데 양민을 잡아들이고 지나친 형벌과 옥사가 이루어져 이로 인해 백성들의 원성이 자자하였다. 성상께서 공을 보내 추국하게 하니 공은 많은 곳에서 억울한 옥사를 풀어주어 목숨을 구한 자들이 수백을 헤아렸다. 신해년(1491, 성종 22)에 홍문관 부응교에서 승정원 동부승지로 발탁되었으며 자리를 옮겨 좌승지에 이르렀다. 진술하여 아뢰는 것이 분명하고 합당하여 다스림에 보탬이 많았다.

出佐黃海監司幕府, 入爲戶兵曹正郎, 陞拜司憲府掌令. 不避貴近, 言甚正直. 嘗伏閤言事, 逾旬不見納. 一日, 上善其言, 賜酒敎曰: "醉爲度." 會日暮, 內出白蓮燭照歸家, 觀者榮之, 比之金蓮燭[2]. 弘治己酉間, 忠淸道盜多梗, 命將往捕之, 逮繫良民, 濫刑成獄, 民多怨焉. 上遣公鞫之, 公多所平反, 得全活者以百計. 辛亥, 由弘文副應敎, 擢拜承政院同副承旨, 轉至左承旨, 敷奏明允, 裨益多.

당시 평안도 의주義州의 피폐가 심하였다. 성종께서 문신 중에서 선발하여 목사로 삼고자 하니, 조정에서는 공의 형인 경우景祐를 천거하였다. 공이 우연히 간원諫員을 만나 이야기하다가 의주에 관한 일에 미치자, 공은 "우리 형이 어찌 변진邊鎭에 합당한 자이리오." 말하였다. 간원은 청탁이라 여겨 공을 탄핵하였고, 공은 홍주洪州로 귀양을 가게 되었다. 사람들은 '그 사람의 허물을 보면 그 사람의 어짊을 알 수 있다.'고 하였다. 얼마 지나지 않아 소환되어 전라도 감사에 제수되었다. 어리석은 관리는 내쫓고 훌륭한 관리는 승진시키는 것

---

2 金蓮燭: 금으로 장식된 연꽃 모양의 등촉이다. 『宋史』「蘇軾傳」에 근거하면, 어느 날 소식이 밤늦게 황제에게 불려가서 차를 마신 일이 있었는데, 소식이 돌아갈 때 황제는 금련촉을 내려주어 돌아가는 길을 비추도록 하였다.

이 분명하여 임금이 기뻐하며 특별히 한 품계를 높여주었다. 내직으로 불러 동지중추부사를 제수하였다가, 한성부 우윤으로 자리를 옮기니, 간사하고 교활한 사람이 두려워서 숨었다. 하정사賀正使에 임명되어 천자의 조정에 들어가서 중국의 예악과 문물을 보고 얻은 것이 많았다. 그가 돌아오자 모두가 눈을 비비고 쳐다보았다. 사헌부를 맡자 조정의 기강이 진작되었고, 이조와 예조의 참판參判을 거쳤는데 모두 명성을 얻었다. 정사년(1497, 연산군 3) 2월에 세상을 떠나시니 향년 47세였다. 이해 모월 모일에 지평현砥平縣 북쪽 파고암리破鼓巖里 언덕에 장사지냈는데 예에 맞았다.

時平安道義州彫弊甚, 成宗欲擇文臣爲其牧. 朝廷薦公之兄景祐, 公偶見諫員, 語及義州事曰: "吾兄豈合邊鎭者?" 諫院以爲請囑劾之, 謫洪州, 人謂觀過知仁[3]. 未幾召還, 尋拜全羅道監司, 黜陟明, 上嘉之, 特加一級. 召拜同知中樞府事, 遷爲漢城右尹, 姦猾脅息. 充賀正使, 入天子庭, 見皇朝禮樂文物, 多有所得. 其返也, 皆刮目相對. 及長憲臺, 朝綱振, 歷春官·秋官亞卿, 皆有聲. 丁巳二月卒, 年四十七. 用是年某月日, 葬于砥平縣北破鼓巖里之原, 禮也.

공은 천성이 관후寬厚하였으며 기운과 도량이 침착하고 의연하였다. 웃음과 말수가 적었고, 선을 좋아하고 악을 미워하였다. 관청의 일을 집의 일처럼 여겨 일찍이 조금도 게으르지 않았고, 친구들과 사귈 때에는 진실하고 미더움을 독실하게 하였다. 형제들과 지낼 때도 화기애애하였다. 누이가 있었는데 어릴 적에 병이 들었다. 그의 조부는 필시 후사가 없을 것이라는 것을 알고 모든 노비들에 대한 문서를 만들어 공에게 주었다. 그러자 공이 형과 아우들에게 "조부께서 비록

3 觀過知仁: 『論語』「里仁」에 나오는 말이다. 어떤 잘못을 범하였는가를 살펴보면 그 사람의 仁不仁을 알 수 있다는 뜻이다.

나를 불쌍히 여겨 내게 주었지만, 내가 무슨 이유로 혼자 받겠는가. 만약 이 문서를 갖는다면 이는 그것을 욕심내는 것이다." 하면서 곧 태워 버렸다. 그 사양하고 받고 취하고 주는 것이 모두 이와 같았다.

公性寬厚, 氣度沈毅, 寡笑與言, 好善而疾惡, 處官事如家事, 未嘗少懈, 與朋友交, 篤於誠信. 處兄弟怡怡如也, 有妹少嬰疾. 安岳知必無後, 將其臧獲, 盡成券與公. 公謂兄與弟曰, "祖父雖憐我予我, 我何義獨受之, 若守此券, 是欲之也." 卽焚去. 其辭受取與率類此.

공은 먼저 봉상시 정奉常寺正 김치운金致運의 따님과 결혼하여 1남 1녀를 낳았다. 아들 기綺는 어리며, 딸은 진사 정굉鄭鍠에게 시집갔다. 나중에 이수봉李秀蓬의 따님과 결혼하여 아들 둘을 낳았는데 모두 어리다. 공의 세 아들은 아직 상례를 받들 줄도 알지 못하니 또한 슬프다. 공의 아우 제천 현감 경유景裕가 그의 행장을 기록하여, 사람을 보내 나에게 돌에 새길 명을 청하였다. 내가 읽어 보고 슬퍼하며 말했다. "공과 같은 이가 이런 정도에 그쳤으니 하늘을 믿을 수 있겠는가." 다음과 같이 명을 짓는다. "하늘에 무슨 덕을 쌓았나, 공에게 두터운 덕과 재주를 내려주었네. 하늘에 무슨 잘못을 지었나, 공에게만 유독 그 수명 짧게 하였네. 하늘이여, 물을 수도 없어라, 보응報應을 기약하지 못함 오래되었네. 죽어도 죽지 않는 것이 있으니 그 덕德을 돌에 새겨 후세에 드리우네."

公先娶奉常寺正金致運女, 生一男一女. 男曰綺, 幼, 女適進士鄭鍠. 後娶李秀蓬女, 生二男, 皆幼. 公三不解執喪, 亦哀哉. 公之弟提川縣監景裕, 錄其行狀, 伻來請余銘于石, 余讀而悲之曰, :"如公而止於是而已, 則天可恃乎?" 乃銘之曰: "何德于天兮, 畀公才器之厚. 何負于天兮, 於公獨嗇其壽. 天乎不可問兮, 報應難必之蓋久. 死而不死者存, 紀德勒石兮垂于後."

도총부경력 겸사헌부 집의 김공 숙인이씨 부장 묘비명 병서
都摠府經歷兼司憲府執義金公·淑人李氏祔葬墓道碑銘 幷序

김씨는 가락駕洛의 귀성貴姓이다. 시조始祖 수로왕首露王이 태어날 적에 금으로 된 알에서 나오는 이변이 있어서 그것으로 성을 삼은 것이다. 후에 나라가 망했어도 그 후예들은 대부분 그 땅에 살고 있는데, 경력공經歷公은 바로 그 후손이다. 공의 휘는 맹孟, 자는 자진子進이다. 증조 항伉은 고려 왕조에 출사하여 도제고 판관都制庫判官을 지냈다. 조부 서湑는 조선조에 들어와 의흥 현감義興縣監을 지냈으며 비로소 청도군淸道郡으로 옮겨와 살기 시작하였다. 부친 극일克一은 벼슬하지 않고 집에서 일생을 마쳤는데, 효성으로 이름이 나서 정려旌閭의 명이 있었다. 후에 점필재佔畢齋 김공金公이 '처사문處士門'이라고 이름을 붙였다. 모친 이씨李氏는 한성부윤漢城府尹 간暕의 따님이다.

金, 駕洛貴姓也. 始祖首露王之生也, 有金卵之異, 故仍姓焉. 後國滅, 其裔多居其地, 經歷公最裔也. 公諱孟, 字子進. 曾祖伉, 仕高麗, 爲都[1]制庫判官. 祖湑, 入本朝, 爲義興縣監, 始移居淸道郡. 考克一, 不仕終于家, 以孝聞, 命旌門. 後佔畢齋金公題曰處士門. 妣李氏, 漢城府尹暕之女.

공은 어려서부터 글을 읽고 문장을 짓고 서울로 유학하여 영예로운 이름이 있었다. 생원시 진사시에 합격하고 또 문과에 급제하였다. 선배들이 크게 중시하였는데, 집현전 직전集賢殿直殿 남수문南秀文이 공을 불러 함께 시사詩史를 논하고 깊이 인정하고는 집안에 소장하고 있던 서적을 주면서 "더욱 힘쓰라. 가히 문형을 담당할 만하다."라고

---

1 都: 저본에는 '諸'로 되어 있는데, 김종직의 「金處士孝門銘」(『점필재집』 권2)을 참고하여 '都'로 고침.

하였다.

公幼, 讀書爲文, 北學有譽名. 捷生員進士試, 又擢文科. 大爲先輩所重, 集賢直殿南秀文[2], 引與論詩史, 深許之, 以家藏書籍付之曰: "更勉, 可典文衡."

공은 형제가 다섯 명이었으니 건健·용勇·순順·인韌·현弦으로 공은 건健의 다음이었다. 부친이 병이 들어 오랫동안 낫지 않고 있었는데 인韌과 현弦이 아직 결혼하지 않고 있었기에 걱정을 그치지 못하고 있었다. 공은 자기의 재산을 내어 장신구를 장만하여 각각 결혼하도록 하였다. 현弦은 가장 어린데다가 병도 있어 부친이 더욱 가엾이 여겼다. 공은 죽을 때까지 각별히 우애 있게 현을 대하였고 언제나 등을 어루만지면서 반드시 남몰래 눈물을 흘렸다.

公之兄弟五, 曰健 · 勇 · 順 · 韌 · 弦, 公健之亞也. 處士病彌留, 以韌與弦未婚, 念不置. 公捐已財辦粧具, 令各取室. 弦最少, 且有疾, 處士尤憐之, 公終身特友愛, 每撫背, 必潸然涕.

사헌부 감찰이 되었다. 지방 아전들과 창고 아전들이 백성들을 침탈하다가 공이 엄정하고 명백하다는 이야기를 듣고 몰래 분대分臺에 뇌물을 썼다. 공이 외직으로 나가 금천도 찰방金泉道察訪이 되자 무릇 역로驛路의 오랜 폐단들을 즉시 보고하여 근절시켰다. 그래서 왕명을 받들고서 그 길로 나서는 자들은 공을 두려워하여 말 한 마리도 함부로 하지 못하였다. 성주의 어떤 집에 딸이 셋 있는데 부모를

2 南秀文: 태종 8년(1408)~세종 24년(1442). 자 景質·景素, 호 敬齋. 본관 固城. 南琴의 아들. 세종 8년(1426)에 문과에 급제하여 줄곧 줄곧 집현전과 예문관 등의 文苑을 떠나지 않아 문장가로 추앙받았다.

일찍 여의어 혼기를 넘기고도 시집을 가지 못하고 있다는 말을 들었다. 공은 감사監司와 목사牧使에게 혼인 밑천을 주도록 청하여 한 달 남짓 만에 모두 시집을 보냈다. 경술經術에 통달하였으나 연로하도록 성취하지 못한 어떤 유생을 만났다. 공은 그를 딱히 여겨 첩미帖米 10곡斛을 주었다. 유생은 절을 하며 사례하고는 말하기를 "저에게 누이가 한 명 있는데 집안이 가난하여 다 컸는데도 결혼을 하지 못했습니다." 하였다. 공이 가엾게 여겨 한 곡을 더 주었다. 유생이 자신의 누이를 결혼시킨 후에 서울로 와서는 공에게 다시 사례하였다. 공은 자신의 집에 머무르게 하다가 이윽고 이조吏曹에 천거하여 훈도訓導를 제수하여 보냈다. 무릇 이와 같이 급한 일을 도와주고 가난한 이를 구제해준 일이 매우 많았다.

爲司憲府監察, 外吏若倉庫吏侵漁, 聞公嚴明, 私於分臺吏債, 公去爲金泉道察訪, 凡驛路積弊, 立啓罷, 凡使命出於其途者憚公, 莫敢如一騎. 聞星州有一家, 三女早孤哀, 愆期不嫁, 公叩監司與州牧給資粧, 指旬月皆嫁之. 遇一儒生, 通經術, 年老無成, 公悶之, 帖米十斛與之. 生拜謝, 且曰: "生有一妹, 家貧壯未嫁." 公哀之, 又與之十斛. 生旣嫁其妹, 追謝公於京師, 公館於共第, 尋薦于銓曹, 除訓導以送. 凡周急濟窮, 此類多.

고령 현감高靈縣監이 되었다. 당시 찬성贊成 허후許詡 공이 죄를 지어 해도海島에 안치되게 되었다. 허후 공이 지나는 곳마다 문생들과 옛 부하관원들이 있었건만 모두 피하여 나와 보지 않았다. 그러나 공만은 길에 나와 절을 올리고 술과 안주를 성대히 마련하여 가는 길을 위로하였다. 허공은 울면서 "옛 친구를 생각해주는 이는 다만 우리 좌랑 밖에 없구나." 하였다. 이는 대개 허후가 일찍이 예조 판서였을 때 공이 좌랑이었기 때문에 한 말이었다. 안평대군安平大君 용瑢이 문사文士를 좋아하여, 한 가지라도 재주로 이름난 사람은 모두 이끌어 문객으로 삼았다. 공이 전서篆書에 뛰어나나는 말을 듣고 두 번이나 사람을 보냈는데, 공은 문지기에게 거절하여 들이지 말라고 하였다. 부인이 그 까닭을 따져 묻자 "한미한 선비가 고귀한 자에게 의탁하는 것은 무엇을 위해서 그러겠소?" 하며 끝내 만나보지 않았다. 안평대군이 죽음을 당하자 문객이 모두 연루되었다.

監高靈縣, 時贊成許公詡[3], 以罪安置海島. 所過門生故吏, 皆避不出, 公出拜于途, 盛酒饌慰送. 許泣曰: "戀故人者, 獨吾佐郎耳."蓋許嘗判禮曹, 公爲郎故云. 匪懈堂瑢喜文雅, 名一藝者, 皆引爲門客. 聞公工篆文, 再枉問, 公令門者麾不納. 夫人詰其故, 曰: "寒士援高貴, 欲何爲耶?" 終不見. 及瑢誅, 門客皆及焉.

도총부 경력都摠府經歷이 되어서는, 십 년 동안 자리를 옮기지 않았는데도 마음속으로 개의치 않았다. 당시 남이南怡 장군이 빠르게 현달하여 도총관이 되자, 속관屬官들은 으레 모두 그 문에 명함을 넣었지만 공만은 유독 그렇게 하지 않았다. 남이 장군이 사형을 당하게 되어, 그의 집을 뒤져 명자를 남긴 사람들도 모두 주륙했다. 오직 공만이 그 화를 면하였다. 공은 평소 성품이 청렴하고 겸손하여 형세 있는 데에 붙좇지 않았기 때문에 다섯 임금을 섬기며 누차에 위태로운 일을 겪었지만 모두 관여되지 않을 수 있었다. 오직 술을 좋아하여 날마다 술을 마시며 다른 일은 돌아보지 않았다. 비록 벼슬이 낮아 집안에 자주 양식이 떨어졌지만 태연하였다. 만년에 청도로 낙향하였다. 형님 한 분과 세 명의 아우가 무탈하여 시절에 맞추어 서로 회합을 하니, 다섯 노인이 머리가 허옇게 되어 서로 뺨을 부비

3 詡: 許詡 ?~단종 1년(1453). 본관 河陽. 좌의정 許稠의 아들이며, 어머니는 대사헌 朴經의 딸. 세종 8년(1426) 문과에 급제, 벼슬은 예조판서에 이르렀다. 왕위를 찬탈한 세조에게 적극협력하지 않아 거제도에 안치되었다가 죽임을 당하였다.

고 목을 마주 대면서 마치 아이들처럼 놀았다. 온 고을 사람들이 아름다운 이야기로 여겼다. 이조吏曹에서 공을 불러 "공이 오면 큰 벼슬을 주겠다." 하여도 가지 않았다. 성화 계묘년(1483, 성종 14) 9월 11일에 생을 마치니 향년 74세였다. 그 해 11월 11일 군의 서북쪽 수묵리水墨里 언덕에 장사지냈다.

爲都摠府經歷, 十年不遷, 亦不以介于懷. 時南怡驟顯, 爲都摠管, 僚屬例皆投刺於其門, 公獨否. 及怡誅, 搜其家, 得留刺者皆誅之, 公獨脫. 公雅性廉退, 不超附勢利, 故身歷五朝, 屢經禍機, 皆不與. 唯嗜酒, 日飮無何. 官雖卑, 家雖屢空, 晏如也. 晩年, 大歸淸道, 一兄三弟尙無恙. 時節會合, 五老皤皤, 相與磨顋交頸若兒戲然. 一鄕以爲美談. 詮曹要之曰: "公來, 可大授." 猶不起. 成化癸卯九月十一日, 終, 年七十四. 其年十一月十一日, 葬于郡之西北水墨里之原.

공은 처음에 정중건鄭仲虔의 따님과 결혼하여 딸을 하나 낳았는데 부인이 공보다 먼저 세상을 떠났다. 용인 이씨를 계실繼室로 삼아 2남 3녀를 낳았다. 공이 일찍이 용마龍馬가 나오는 특이한 꿈을 꾼 일이 있어 아들의 이름을 모두 '마馬'가 들어있는 글자로 지었다. 장남은 준손駿孫, 차남은 기손驥孫, 그 다음은 일손馹孫으로 모두 문명文名이 있었다. 준손과 기손은 나란히 임진년(1472, 성종 3) 갑과甲科로 급제하였고, 4년 뒤에 준손은 또다시 급제하였다. 일손도 갑과에서 세 번을 잇달아 합격하니 사람들이 모두 어려운 일이라 하였다. 부인은 성품과 행실이 아름답고 맑았다. 시부모를 섬김에 순종하였으며 종과 첩을 대함에 인자하였다. 자식을 가르치는 데는 분명한 법도가 있어 항상 세 아들을 훈계하여 "언행을 삼가고 신의를 독실하게 하여라. 삼가 다른 사람들에 대해 사사로운 원한을 품지 말고, 다른 사람이 혹시 원망하고 욕하면 너는 부드러운 낯빛으로 대할 것이며 똑같이 대하지 말라." 하였다. 세 아들은 부인을 위하여 번갈아 가며 외직을 청하였다. 매번 임지로 갈 때마다 부인은 경계하여 "삼가 늙은 어미에게 누가 되지 않도록 하라." 하였다. 공의 서자가 여덟 명이었으니 원元·형亨·이利·정貞·흠欽·명明·문文·사思였다. 부인은 모두 친자식처럼 여겨 생업을 잃지 않도록 하였으며, 그 가운데 천출인 자는 자기의 노비로 바꾸어서 양민으로 만들었다. 병이 들자 준손이 함양 군수로 있다가 와서 곁에서 모셨다. 준손은 약을 지으려고 본군에서 철연鐵硯을 가지고 왔다. 이 소식을 들은 부인은 좋아하는 기색이 없이 "어찌 관가의 물건을 사가에 두겠느냐?"라고 하여 급히 돌려주었다. 임종할 무렵에 두 아들에게 "태어남이 있으면 반드시 죽음도 있다. 내가 죽는 것은 운명이니 나를 위하여 산 사람들에게 해를 끼치지 마라." 하였다. 향년 73세였으며 이 날은 홍치 병진년(1496, 연산군 2) 윤3월 29일 이었다. 5월 27일에 공의 묘 왼쪽에 나란히 장사지내어 쌍총雙塚을 만들었는데 예에 맞았다.

公初娶鄭仲虔女, 生一女, 先逝. 繼室以龍仁李氏, 生二女三男. 公嘗夢龍馬之異, 名其子皆從馬. 長曰駿孫, 次驥孫, 次馹孫, 皆有文名. 駿與驥, 同登壬寅甲科, 後四年, 駿重捷科. 馹亦連甲三榜, 人皆曰難也. 夫人性行懿淑, 事舅姑順, 御僕妾仁. 教誨子孫, 甚有法度. 常戒三子曰: "謹言行, 篤信義, 愼勿置私怨於人. 人或怨詈, 汝報以和顔, 無相猶也." 三子者爲夫人, 迭相乞外, 每之官, 輒戒之曰: "愼無使累及老母爲也." 公之庶子有八, 曰元·亨·利·貞·欽·明·文·思, 夫人皆子之, 使不失生業, 其賤出者, 贖以己奴而良之. 旣疾病, 駿自咸陽郡守來侍側, 駿要劑藥, 取鐵硏於本郡來. 夫人聞之不悅曰: "豈有留官物私第者乎."其亟還之. 臨絶, 語二子曰: "有生必有死. 吾死, 命也. 勿爲我傷生." 卒年七十三, 是弘治丙辰閏三月二十九日也. 用五月二十七日, 祔葬公之墓左, 成雙塚, 禮也.

기손이 먼저 죽었는데 벼슬은 형조 좌랑에 이르렀고 자식이 없다. 정씨鄭氏 소생의 딸 하나는 생원生員 김진경金震卿에게 시집갔다. 부인이 낳은 딸 중 첫째는 사직司直 윤기분尹起汾에게 시집가서 아들 둘을 낳았는데 수燧와 돈焞이다. 둘째는 사과司果 조건趙鍵에게 시집가서 아들 둘을 낳았는데 여우如愚와 여회如晦이다. 준손駿孫은 3남 1녀를 낳았는데 아들은 대유大有·대장大壯·대축大畜이며 딸은 진사進士 이공권李公權에게 시집갔다. 일손馹孫은 자식이 없다. 이듬해 정사년(1497, 연산군 3) 준손과 일손이 돌아가신 부모님의 행장을 써서 사람을 시켜 내게 보내서 비문을 청하기에, 이에 비문을 짓고 다음과 같이 명을 짓는다. "가야는 옛 나라, 수로왕이 처음 일으켰네. 그 시작이 기이하더니 업적도 쌓였어라. 면면히 이어져 자손들 번성했네. 처사공은 효자였고 경력공은 선사善士였으니, 아버지와 아들 문장에 뛰어나 서로 매우 닮았네. 한 몸에 재주와 도량 갖추어 다섯 임금을 내리 섬겼네. 흰머리 되도록 한직에 머무르나 현명하여 개의치 않았고, 한가로이 취향醉鄕에 노닐며 만사를 돌보지 않았네. 남몰래 덕을 쌓으니 성대한 복을 받는 것이 마땅하거늘, 그 보답을 받지 못하였으니 얼마나 상심했을까. 하늘이 어진 배필을 내리니 용인 이씨라네. 두 사람의 미덕으로 세 아들을 낳아 맹자의 모친처럼 집을 옮기고 공자처럼 훈도하니, 용들이 다투어 오르듯 서로 의지하며 과거에 급제했네. 궁궐에서 영광을 내려주고 온 고을은 그 아름다움 구경했네. 지방 수령으로 명을 받들어 어머니를 가까이서 모시니 죽순 따고 생선을 삶아 손수 맛난 음식 올렸으나, 천명이 다하니 슬프고 슬프다 부모님 돌아가셨네. 청도 관아 서쪽 산수가 아름다운 명당에 묘를 쓰니, 선경仙境 같은 언덕에 쌍으로 솟아있네. 내가 비석에 글을 새겨 산자락에 세우니, 세월이 아무리 흘러도 명성과 영광은 죽지 않으리."

驥先歿, 官至刑曹佐郎, 無子. 鄭之一女, 適生員金震卿. 夫人之出女,長適司直尹起汾, 生二子, 燧 · 焞. 次適司果趙鍵, 生二子, 如愚 · 如晦. 駿生三男一女, 男曰大有 · 大壯 · 大畜, 女適進士李公權. 駬不育. 越翌年丁巳, 駿與駬列考妣行狀, 伻來示余請碑文, 乃文而銘之曰: “伽倻古國, 首露初起. 其開也異, 其積亦累. 綿綿延延, 爲仍爲耳. 處士孝子, 經歷善士. 父子聯芳, 克類克似. 一身才器, 五朝終始. 白首郎署, 賢不必以. 優游醉鄉, 萬事不理. 積有陰德, 宜介繁祉. 不食其報, 云如何里. 天錫賢配, 龍仁之李. 惟玆兩美, 乃生三子. 遷坊倣孟, 過庭訓鯉. 群龍競騰, 象桂相倚. 九重賜榮, 一鄉觀美. 分符奉檄, 北堂伊邇. 折筍烹魚, 躬親甘旨. 大運已矣, 哀哀考妣. 清道治西, 佳山秀水. 牛眠[4]馬鬣, 仙隴雙峙. 我銘于石, 于山之址. 人世易遷, 聲光不死.”

4 牛眠: 명당자리를 뜻한다. 晉나라 陶侃이 仙人의 말에 따라 소가 잠들어 있는 앞 언덕에 자기 부친을 장사지내어 후일 현달하였다고 한다.

형조 판서 겸 세자좌빈객 성공 묘비명 병서
刑曹判書兼世子左賓客成公墓碑銘 幷序

공의 휘는 건健, 자는 자강子强, 시호는 문혜文惠이며 본관은 창녕이다. 형조 판서 청평공靖平公 석연石珚이 증조부이고, 지중추원사 공도공恭度公 엄揜이 조부이며, 형조 참판 수조順祖가 부친이다. 모친은 전주 이씨이니 우리 도조대왕度祖大王의 현손이다. 안팎으로 덕을 합하였으니 남보다 특출난 자식을 낳는 것은 당연한 일이었다. 공에게는 두 형이 있었으니 숙俶과 준俊으로 모두 당시의 유명한 재상이었다.

公諱健, 字子强, 謚曰文惠, 昌寧人. 禮曹判書靖平公諱石珚其曾祖, 知中樞院事恭度公諱揜其祖, 刑曹參判諱順祖其考也. 妣完山李氏, 我度祖大王之玄孫. 內外合德, 宜其出異於人. 公有二兄曰俶·曰俊, 皆時名宰相.

공은 천순 임오년(1462, 세조 8) 사마시에 합격하였고, 성화 무자년(1468, 세조 14) 문과에 합격하였다. 재주가 온전히 갖추어졌기에 두루 관직을 맡았고, 도량이 컸기에 넓게 인정을 받았다. 성균관에 들어가 전적典籍이 되고 직강直講이 되니 제생諸生들이 모범으로 삼았다. 태복시太僕寺 판관判官·부정副正으로 뽑혀 보임되니 모두들 '사복시의 신하가 바르다' 하였다. 홍문관에서 글을 짓자 빼어나게 아름다운 화려함이 있었고, 경연經筵에서 시강관侍講官이 되자 학문을 토론하고 풍간하는 유익이 있었다. 사헌부에도 출입하여 지평持平·장령掌令·집의執義·대사헌大司憲이 모두 그가 맡았던 지위였는데 조정의 기강이 엄숙해졌다. 승정원에 오르자 동부승지同副承旨부터 시작하여 도승지都承旨에 이르기까지 왕명의 출납을 맡은 것이 오랜 기간이었는데, 임금께 올리는 보고가 분명하였다. 외직으로 나가 경기도 관찰사가 되니 무능한 관리는 내치고 현명한 관리를 등용하는 조치가 시행되었다. 조정으로 들어와 병조·예조의 참판, 이조·형조·공조의 판서, 의정부 우참찬이 되었는데 가는 곳마다 마음을 다하였다. 성종임금께서 가장 아끼셨으니 이는 성상께서 부마였을 때 공이 좌우빈객左右賓客으로 있으면서 보익補益한 바가 많았기 때문이었다.

> 公中天順壬午司馬試, 擢成化戊子文科. 才全故歷任, 器大故廣受. 入成均, 爲典籍, 爲直講, 諸生矜式焉. 選補大僕寺判官 · 副正, 皆曰僕臣正. 縯綸弘文, 有圭藻黼黻之華, 侍講經幄, 多論思規諷之益. 出入柏府, 曰持平, 曰掌令, 曰執義, 曰大司憲, 皆所踐歷 而朝綱肅. 及登銀臺, 自同副至都承旨, 司喉舌者久, 敷奏惟明. 出而觀察畿甸, 黜幽陟明之典擧. 入爲兵 · 禮兩曹參判, 吏 · 刑 · 工三曹判書, 議政府右參贊, 所之盡心焉. 成宗最眷遇之, 上在儲副, 公爲左右賓客, 多所補益.

조정의 여론은 공이 조만간 정승의 자리에 오를 것이라고 여겼는데, 공이 나라의 일을 걱정하다가 일찍 몸이 쇠약해져 버리고 말았기에 벗들은 애석하게 여겼다. 홍치 8년(1495) 성종께서 갑자기 군신群臣들을 버리고 하늘로 가셨다. 공은 병든 몸을 부축하고 가서 통곡하며 국상에 임하니 병이 더 커져 다시는 조반朝班의 행렬을 따르지 못하게 되었다. 홍치 9년(1496, 연산군 2) 2월 어느 날 집에서 세상을 떠나시니 향년 58세였다. 공은 효성스럽고 우애 있고 충성스럽고 신의가 있었으며, 넉넉하고 올바르고 당당하였으니 세상에서 말하는 '대인군자大人君子'는 공을 두고 하는 말이 아니겠는가. 국가에 대해서나 집안에 대해서나 백성들에 대해서나 합당하게 처신하지 않음이 없었으니 복을 받음이 의당 커야 하거늘 관직이 여기에서 그치고, 수명이 여기에서 그치고 말았으니 운명이 아니겠는가. 공은 호조 참의 한전韓碩의 따님에게 장가드니 또한 현숙한 부인이었으므로 참으로 두 아름다움이 합했다 할 수 있거늘 후사後嗣가 없으니 천도天道에

앎이 있다고 말할 수 있겠는가.

朝論擬公朝夕上台座, 緣憂時, 早衰朽, 親朋竊惜之. 弘治八年冬, 成宗奄棄群臣, 公扶病哭臨哀, 疾轉增, 不復隨班行. 至九年二月日, 卒于第, 年五十八. 公孝友忠信, 寬裕正大, 世所謂大人君子者, 非公謂歟? 於國於家, 于民于人, 無不宜之, 其受報宜大, 官止於斯, 壽止於斯, 非命也歟? 公娶戶曹參議韓磌女, 亦賢婦人, 正所謂兩美合也, 而無後, 可謂天道有知乎?

뒤에 둘째 형의 아들 경온景溫이 공의 상제喪祭를 받들었는데 그 예를 다하였다. 3월 20일 계유일에 양주 관아 남쪽 도봉산의 남쪽 해촌리海村里 언덕에 장례 지내었다. 이듬해 가을 그 후사가 와서 내게 묘도墓道의 비문을 청하였다. 나는 공과 평생 벗이었으니 나는 실로 공을 알고 있으므로 문장을 잘하지 못한다는 이유로 거절하지 못하였다. 이에 그의 행적을 간략히 쓰고 이어 사詞를 짓는다. "하늘이 내린 그릇이라 그 뜻 확고하였네. 그 덕이 갖추어지고 헌걸차게 키도 크니 엄연히 사람들 바라보도다. 위의가 씩씩하고 정대正大하고 관평寬平하며 경중輕重을 짐작하니 국가의 저울이었네. 임금께서 중히 여기고 여망輿望이 융성하였네. 정승의 지위가 지척이었거늘 나라를 걱정하다 일찍 쇠약해졌네. 임금을 곡하매 너무도 애통하여 나라의 동량이 갑자기 꺾였네. 공이 이룬 공명과 사업이 울음 속에 사라졌네. 이 봉분에 묻혔으니 나는 비석에 새기노라 이 산의 기슭에 그 명성의 자취 영원하리라."

後以次兄之子景溫, 奉喪祭, 盡其禮, 旣三月二十日癸酉, 葬于楊州治之南道峯山之陽海村里之原. 越明年秋, 其後者來請余墓道碑文. 余惟公之平生友, 我實知公, 不可以不文辭. 乃略敍其行事, 而系以詞曰: "天然其器, 確然其志. 其德之備. 頎然身長, 儼然人望. 威儀之莊,正大寬平. 斟酌重輕, 邦國之衡. 宸眷之重, 物論之隆. 咫尺三公, 憂國早衰. 哭君過哀, 樑棟遽摧. 功名事業, 付之於悒. 封此馬鬣, 我銘于石. 于山之麓, 其永聲跡."

지중추부사 김공 묘비명 병서
知中樞府事謚某金公墓碑銘 幷序

고려高麗 공민왕恭愍王 때 김도金濤라는 명유名儒가 있었는데 본관은 연안延安이다. 중국 조정에 들어가 과거에 합격하여 구현위丘縣尉에 제수되었으나 부모님이 연로하다는 이유로 사양하였다. 우리나라로 돌아와서 각별한 임금의 지우를 입어, 임금이 친필로 써서 '나복산인蘿葍山人'이라는 호를 내리시니 조정에 함께 있던 사람들이 영예롭게 여겼다. 나복공은 문정공文靖公 자지自知를 낳고, 문정공은 참판參判에 증직된 해侅를 낳고, 참판공은 첨지사僉知事를 지낸 우신友臣을 낳았다. 이 분이 우리 성종成宗 임금의 지난날 스승이니 평생 성종의 지우知遇를 입은 것이 자못 융숭하였다. 첨지공이 지군사知郡事 이계충李繼忠의 따님과 결혼하여 아들 셋을 낳았는데, 첫째가 심諶으로 지중추부사 김공이 바로 이 분이고, 둘째가 흔訢, 셋째가 전詮이다. 중씨仲氏가 먼저 갑과甲科에 일등으로 합격하였고, 백씨도 이어서 성화 갑오년(1474, 성종 5) 문과에 급제하고 기해년(1479, 성종 10) 중시重試에 합격하였다. 얼마 지나지 않아 계씨도 중씨처럼 어렵지 않게 급제하였다. 한 시대에 과거를 통해 진출한 자 가운데 이 세 분보다 뛰어난 자가 없었다.

高麗恭愍朝, 有名儒曰金濤, 延安人. 入天朝, 登科制, 授丘縣尉, 以親老辭. 旣東還, 蒙眷遇異常, 御翰賜號曰蘿葍山人, 同朝榮之. 蘿葍生文靖公諱自知, 文靖生贈參判諱侅, 參判生僉知事諱友臣. 是我成宗舊時甘盤, 故平生受宣陵眷注頗隆. 僉知聘知郡事李繼忠女, 生三子, 伯曰諶, 知中樞是已, 仲曰訢, 季曰詮. 仲先擢甲科第一名, 伯繼登成化甲午科, 捷己亥重試. 未幾, 季亦摘髭如仲焉, 一時由科目而進者, 無有出此三人右.

공은 자가 군량君諒이다. 환로宦路에 나아가 화려하고 중요한 직책을 두루 거쳤으니, 마치 계단을 밟고 오르는 듯, 천리마를 타고 탄탄대로를 달리는 듯, 솜씨 좋은 대장장이가 재료에 따라 그릇을 만드는 것과 같았다. 어디를 가든 합당하지 않은 곳이 없었다. 춘추관春秋館에 들어가서는 직필直筆을 떨쳤으며, 서사庶司를 거치면서 뛰어난 재주를 드날렸고, 어전御前에서 경전을 강론하니 토론하고 생각하는 유익이 있었다. 사헌부司憲府를 출입할 때는 강개한 풍모가 많았으며 사람을 뽑는 것은 공정하고 형벌을 쓰는 것은 공평하였다. 납언納言이 되자 왕명의 출납이 밝고 공정하였으며, 호조戶曹를 맡자 회계가 합당하였다. 외직으로 나가 남방의 관찰사가 되자 풍속이 흥기하였으며, 조정으로 들어와 금병禁兵을 총괄하자 군령이 엄숙하였다. 황제의 궁궐로 사신을 간 것이 두 번인데 사람들이 참다운 사신이라고 일컬었다. 두 임금에게 몸을 바쳤으며, 만 리 길 여정에서 괴롭게 힘을 써서, 피로가 쌓여 병이 났다. 홍치 15년(1502, 연산군 8) 2월 임술일에 졸하니, 향년 58세였다.

中樞字君諒, 旣釋褐, 備歷華要, 如階而升, 如乘騏驥, 馳長路, 如巧冶隨材成其器, 無適不宜. 入史館, 奮直筆, 歷庶司, 售長才, 橫經細氈, 有論思之益. 出入臺閣, 多慷慨之風, 典選而公, 用刑而平. 作納言, 惟明允, 爲度支, 會計當. 出按南方, 風謠興, 入摠禁兵, 軍令肅. 專對帝庭者再, 人稱使乎. 委質兩朝, 辛勤萬里之行. 積勞成疾, 弘治十五年二月壬戌卒, 年五十八.

공은 승지承旨 안질安質의 손녀와 결혼하였으나 후손이 없었다. 중씨仲氏가 공보다 먼저 죽고 계씨季氏만 있었으니 전前 홍문관弘文館 전한典翰이다. 전한이 상사喪事를 주관하여, 4월 신유辛酉일에 교하交河 후율리朽栗里 언덕에 장사지내었는데 중씨와 나란히 무덤을 썼다.

계씨가 내게 와서 말했다. "큰형님은 효성스럽고 우애 있고 충성스럽고 신의 있던 것은 천성이 그러했던 것입니다. 효성스러웠기 때문에 부모에게 순종했고, 우애 있었기 때문에 형제들과 친하였고, 충성스러웠기에 임금에게 쓰였고, 신의가 있었기에 벗들이 좋아하였습니다. 작은형님은 아들이 셋으로 안국安國·안세安世·안로安老인데, 큰형님이 모두 거두어 가르쳐서, 모두 문장으로 이름이 알려졌습니다. 안세安世가 가장 사랑을 받았었기에 돌아가신 뒤의 일을 실지로 주관하고 있습니다. 공은 평소에 급히 말하거나 사나운 기색이 없었고, 하인들에게 매질을 하지 않았으며 항상 온화하여 사람을 대하고 접하는 것이 마치 부인들과 같았습니다. 그렇지만 정색을 하고 조정에 서면, 일을 대하여 과감하게 말하고 권세 있는 자들을 피하지 않았으니, 비록 스스로 강직한 사람이라고 하는 자도 그보다는 못했습니다. 화려하게 꾸미는 것을 좋아하지 않았고, 살림을 도모하지 않았기에, 요직을 누차 맡았었지만 문정門庭이 언제나 한산하였습니다. 문장은 평탄하고 담담하며 간결하고 요점이 있었습니다. 그러나 스스로 만족하게 여기지 않아서, 상자 속에는 남아있는 글이 없었습니다. 부인은 후사가 없는 것을 애통해 하였으며, 다른 사람들도 양자를 들일 것을 권하였으나 공은 '후사를 둔 집안이 반드시 오래도록 제사를 올리는 것은 아니다. 후사가 있고 없고는 하늘의 뜻이다. 내가 하늘의 뜻을 어찌 하겠는가?' 하였습니다. 임종하는 날에도 말투와 안색이 흐트러지지 않았으며, 가까이에서 눈물을 흘리는 사람이 있자, 깨우쳐 말하기를 '죽고 사는 것은 항상 있는 이치이다.' 하며 약을 들지 않았고, 뒷일에 대해 한 마디도 하지 않다가 곧 세상을 떴습니다. 아, 백씨를 제가 다시는 볼 수 없습니다."

公娶承旨安質之孫女, 無嗣. 仲先公歿, 季唯存, 前弘文館典翰, 典翰主辦喪事, 四月辛酉, 葬于交河杇栗里之原, 與仲氏連塋. 旣又來語貴達云: "伯氏孝友忠信, 其天性也. 孝故父母順, 友故兄弟親, 忠以獲乎上, 信以悅乎友. 仲氏有孤三, 曰安國, 曰安世, 曰安老, 伯氏悉收而敎育之, 皆能以文字知名. 安世最鍾愛, 身後事, 實主之. 公平居, 未嘗有疾言遽色, 垂楚不施於僕隷, 尋常溫溫. 待人接物, 若婦人然. 及正色立於朝, 遇事敢言, 不避權貴, 雖自謂剛者, 不如也. 不喜紛華, 不事營產, 累歷機要, 門庭常索然. 爲文章, 平淡簡要, 然不自以爲滿, 箱篋無遺稿. 夫人痛無嗣, 人亦勸立支嗣, 公曰, '有嗣之家, 未必長享孝祀. 有嗣無嗣, 天也. 余於天何.' 卒之日, 言色不亂, 右有垂泣者, 譬曉之曰, '死生常理也.' 不服藥, 亦無一言及後事, 倏然而逝. 噫, 伯氏吾不復見矣."

눈물을 닦고 다시 일어나 청하기를 "망자를 위하여 비석 돌 하나를 갈았는데, 그 일이 이미 끝났습니다. 공께서 의당 써야 합니다." 하였다. 그의 말을 이렇게 옮겨 쓰고 또 다음과 같이 명을 짓는다. "공의 문장은 무리 속에서 우뚝하니 잇달아 과거에 급제하여 그 이름이 향기로웠네. 공의 자질은 큰일을 할 만하여 구만리 창공에 뛰어오름에 많은 시간 걸리지 않았네. 공은 복이 없어, 하늘이 빨리 데려가 버리니 구중궁월도 슬퍼하고 온 집안이 곡을 하였네. 어진 아우가 있고, 조카들 또한 그러하여 봉분을 만듦에 명당자리 지목하였네. 평생의 사적은 시호가 있거니와 돌에 새겨 기록하니 나는 진실을 말하여 부끄럽지 않다네."

攬涕復起而請曰: "爲九原礱一片石, 功已就矣, 公宜文." 旣書其言, 又爲之銘曰: "公之文, 卓不群. 連捷科, 姓字芬. 公之資, 大有爲. 摶九萬, 不多時. 公無祿, 天奪速. 九重悲, 六親哭. 有弟賢, 姪亦然. 封馬鬣, 指牛眠. 平生事, 有賜諡. 紀于石, 吾不愧."

성균관사성 안군 묘갈명
成均館司成安君墓碣銘

홍치 6년(1493, 성종 24) 봄, 홍문관 응교應教 표연말表沿沫이 내게 와서 울며 말하였다. "나의 과거급제 동년同年인 안군安君이 작년 가을 왕명을 받들고 평해平海에 성을 쌓으러 갔다. 강릉江陵에 이르러 밤에 잠자리에 들었는데 새벽에 보니 죽어있었다. 그의 아들이 상구喪柩를 모시고 돌아와 그 해 10월 3일 광주廣州 관아가 있는 도척촌都尺村에 장사지내었다. 아, 그 사람은 이미 죽어 지하로 돌아갔지만 그 평생의 행적과 사업을 돌이켜보니 그 육신을 따라 묻혀서는 안 될 것들이 있다. 장차 글에 의탁하여 영원히 남기고자 하니, 공이 아니면 누가 마땅히 하겠는가?"

弘治六年春, 弘文館應教表少游, 抵余泣且言曰: "吾同年安君, 去歲秋, 承命往城于平海, 行次江陵, 夜就寢, 曉視之, 死矣. 其孤以其喪還, 用本年十月初三日, 葬于廣州治之都尺村. 吁, 其人旣已幽之地下矣, 顧其平生行與事, 有不隨其身而埋沒者存, 將托於辭, 垂之永久, 非公其誰宜爲."

이에 내가 일어나 탄식하며 말하였다. "안군은 나의 벗이다. 예전 내가 예문관藝文館에 있을 때 안군은 한림翰林이 되었고, 안군이 형조刑曹에 있을 때 나는 외람되게 참판參判이었으며, 내가 성균관 좨주祭酒였을 때 안군은 사성司成이었다. 안군은 나의 벗이다. 그의 사람을 나보다 더 잘 아는 이는 없을 것이다. 그 글을 구하는 이가 나로 결정한 것은 마땅한 일이다."

余乃作而嘆曰: "安, 吾之舊也. 昔吾備員藝文館, 安充翰林. 安郎于刑部, 吾忝參判, 吾爲國子祭酒, 安爲司成, 安, 吾之舊也, 知其人無有愈於我者, 宜夫求其辭者之以我爲歸也."

삼가 살피건대, 안군의 휘는 팽명彭命, 자는 덕보德甫이며 본관은 광릉廣陵이다. 판전농시사判典農寺事를 지낸 기器가 증조부이고, 개성부유후開城府留後를 지낸 성省이 조부이며, 사헌부 감찰을 지낸 종생從生이 부친이다. 부친은 이조 정랑吏曹正郞 배소裵素의 따님과 결혼하여 정통 정묘년(1447, 세종 29) 3월에 공을 낳았다. 지금까지 46년을 살았으니, 어찌 그리 짧은가. 군은 어려서 부친을 잃고, 17세가 되어서야 비로소 글을 읽기 시작하여 22세 때 사마시司馬試에 합격하고, 3년 뒤에 문과에 급제하였으니 성공이 어찌 그리 빨랐던가.

謹按君諱彭命, 字德甫, 廣陵人. 有判典農寺事諱器, 其曾祖, 開城府留後諱省, 其祖, 司憲監察諱從生, 其父, 娶吏曹正郎裵素女, 生君於正統丁卯三月日, 迄今得年四十六, 何其短也. 君少孤, 年十七, 始知讀書, 廿有二而占司馬榜. 又三年, 擢科第, 何成功速也.

처음에 군이 성균관에 있을 때, 어떤 무당이 왕비의 명을 칭탁하며 반수泮水 안에서 기도하고 제사를 지냈다. 제생諸生들이 분하게 여기고 미워하였으나 견책을 두려워하여 말하는 자가 아무도 없었지만, 군이 유독 분연히 일어나 쫓아냈다. 그의 뜻과 기상이 그러하였던 것이다. 관직에 들어서서 사헌부와 사간원에 낭관郎官으로 출입하였는데, 가는 곳마다 모두 명성이 높았다. 그가 형조에 있을 때는 옥사를 판결함에 있어 억울한 자들을 풀어주는 데에 힘을 기울였다. 그때 죄수 가운데 법으로는 의당 죽여서는 안 되거늘 옥사가 성립된 자가 있었다. 당시 형조 판서가 엄하여 여러 낭관들이 감히 반박하지 못했는데 군은 홀로 판서와 맞섰다. 그 언사가 매우 정연하니 판서도 깨닫게 되었고 죄수는 죽지 않을 수 있었다. 당시 군 덕분에 목숨을 부지한 자가 많았다. 그러나 인정과 법리상 용서할 수 없는 자들에 대해서는 원칙을 지킬 뿐 조금도 굽히거나 꺾지 않았다.

初, 君在芹宮, 有巫稱內旨[1], 禱祀于泮水內, 諸生皆憤疾. 然畏譴莫有言者, 君獨奮然逐走之, 其志氣然也. 旣入官, 出入臺省郎官, 所之皆有聲, 其在刑部, 折獄務平反. 囚有法不當死而獄成, 時判書嚴, 諸郎莫敢駁, 君獨與之角, 辭甚辨, 判書悟, 囚得不死, 時賴君全活者多, 然而情法所不原者, 執之而已, 無少屈撓.

봉상시 첨정奉常寺僉正이 되어 적전籍田을 관리하였는데, 무릇 제향에 제물을 바칠 때는 반드시 손과 제기를 씻고 직접 올렸다. 일찍이 사헌부 지평이 되었을 때, 어느 날 영돈녕領敦寧 윤호尹壕와 함께 경연에 참여하였다가 물러나와 밥을 먹는데 윤호가 군의 이름을 불렀다. 군은 대답하지 않고서 대궐문에 나아가 계啓를 올려 "신과 윤호는 같은 해에 과거에 급제하여, 본래 서로 아주 친합니다. 그러나 신이 대관臺官이거늘, 공석에서 이름이 불리는 지경에 이르렀으니 이는 신의 명망이 평소 가볍기에 다른 사람으로부터 홀대받고 웃음거리가 된 것입니다. 피혐避嫌을 청합니다." 하였다. 이를 듣는 자들이 두려워하였다. 모든 직책에 당해서는 과감하게 말하였으며, 권세 있는 자를 피하지 않는 것이 대개 이와 같았다.

爲奉常僉正, 職掌籍田[2], 凡祭享之供, 必盥洗, 親自封進. 嘗爲侍御史, 一日, 與領敦寧尹壕, 同入經筵, 退且飯, 尹名呼君, 君不應, 詣閤門啓曰: "臣與尹同年捷科第, 素相親善, 然臣臺官也, 至名呼公座中,

---

1 內旨: 임금의 은밀한 명령, 또는 왕비의 명령을 이르는 말. 여기서는 후자의 뜻으로 쓰였다.

2 籍田: 왕실에서 勸農의 의미로 시범삼아 농사를 짓던 토지로, 여기서 수확한 곡식으로 종묘에 제사지냈다.

是臣名望素輕, 爲人忽慢耳, 請避嫌." 聞者凜然. 凡當官敢言, 不避權勢, 皆此類也.

공은 기질과 성품이 단정하였으며, 학식이 정밀하였고 능히 법도로 자신을 규율할 수 있었으며, 일에 임해서는 근실하여 벗들이 사랑하고 공경하였다. 성품이 겸손하여 평생토록 한 번도 명함을 가지고 공경公卿을 찾아가지 않았다. 또 집안의 살림을 도모하지 않아 집이 언제나 텅 빈듯하였다. 항상 광주에 별장을 마련해두고 늙어 돌아갈 계책으로 삼았으니 사람들에게 "사람이 늙으면 뜻이 약해진다. 그것을 무릅쓰고 관직에 머물면 사람들로부터 기롱譏弄을 받게 되니 나는 이것을 매우 두려워한다." 하였다. 집안이 비록 가난하였으나 다른 사람이 궁핍한 것을 보면 진실로 힘이 미치는 데까지 반드시 도와주었다. 친척들이 찾아오면 원근과 귀천을 가리지 않고 하나같이 진실하게 대하였다. 다른 사람의 선한 점을 보면 좋아하는 것이 마치 자기에게 있는 것처럼 여겼으며, 다른 사람들의 잘못을 들으면 쓴 음식을 입에 머금은 것처럼 얼굴을 찌푸렸다. 그 좋아하고 싫어하는 것이 이와 같았다. 아! 누군들 군이 여기서 끝나고 말 것이라고 생각하였겠는가.

君氣稟端, 學識精, 又能律身以度, 臨事有恪, 朋友愛敬之. 性廉退, 平生未嘗袖刺謁公卿, 又不事家人產業, 居室常懸磬如也. 常於廣州, 置別墅, 爲歸老計. 語人曰: "人老則志衰, 冒居官職, 取譏於人, 吾所甚畏." 家雖貧, 見人窮乏, 苟力所及, 必周之. 親戚到門, 無問遠近貴賤, 待之一以誠. 見人之善則喜, 如已有之. 至於聞人過惡, 嚬蹙如銜苦然. 其好惡如此. 嗚呼, 孰謂君終於此而止耶?

군은 현감 홍계강洪係江의 딸과 결혼하여 2남 4녀를 낳았다. 맏딸은 생원 이자李滋에게 시집갔고, 둘째딸은 종친宗親 학성 군수鶴城郡守

모某에게 시집갔다. 맏아들은 경순景純이며 나머지 자녀는 모두 어리다. 다음과 같이 명을 짓는다. "하늘이 능히 재주와 덕을 사람에게 줄 수 있으나 수명과 복을 그 사람에게 줄 수는 없으며 땅이 능히 그 시신을 감출 수는 있으나 그 정신을 묻을 수는 없네. 선생이 비록 죽었으나 죽지 않은 것이 있도다. 광릉 땅에 자리하니 도척촌이 그곳이라 광휘가 꺼지지 않는 곳 선생이 묻힌 언덕이라네."

君娶縣監洪係江之女, 生二男四女. 女長適生員李滋, 次適宗親鶴城守某, 男長曰景純, 餘子女幼. 銘曰: "天能才德乎人, 不能壽祿其身. 地能藏其體魄, 不能沒其精神. 先生雖死, 不死者存. 廣陵之墟, 都尺之村. 光輝不歇者, 先生之原歟."

군자감 정 이후 묘갈명

軍資監正李侯墓碣銘

이후의 휘는 효독孝篤, 자는 순경舜卿이다. 성화 갑오년(1474, 예종 5) 사마시에 합격하고, 계묘년(1483, 성종 14)에 급제하여 성균관 학유成均館學諭에 보임되었으며, 예문관 검열藝文館檢閱·승정원 주서承政院注書에 뽑혔다. 시강원 사서侍講院司書로 옮겼다가 병조 좌랑兵曹佐郞을 거쳐 사헌부 지평司憲府持平이 되었으며, 호戶·병兵 양조兩曹의 정랑正郞과 사도시 첨정司導寺僉正을 역임하였다. 보성 군수寶城郡守로 옮겼다가 내직으로 들어와 봉상시 첨정奉常寺僉正, 통례원 봉례通禮院奉禮, 사간원 사간司諫院司諫, 군자감정軍資監正을 지냈다.

侯諱孝篤, 字舜卿. 成化甲午中司馬試, 登癸卯科, 補成均學諭, 選授藝文檢閱 · 承政院注書. 遷侍講院司書, 轉兵曹佐郞, 拜司憲持平, 歷戶兵兩曹正郞 · 司導寺僉正. 調寶城郡守, 入爲奉常僉正 · 通禮院奉禮 · 司諫院司諫 · 軍資監正.

군자감정이 된 지 수십일 만에 병이 들었는데, 한 달 남짓 앓다가 세상을 떠났다. 그런 뒤 3개월이 지나 용인군龍仁郡 관아 서쪽 수진리水眞里 언덕에 장사지냈다. 장사를 마치고 나서, 그의 아들이 내게 묘갈명을 청하며 말하였다. "제 부친은 효성과 우애가 지극하였으니, 천성이 그러했습니다. 조모께서 일찍이 종기를 앓으셨습니다. 의원은 지렁이로 즙을 해 먹으면 좋다고 하였으나 조모께서는 그 더러움을 혐오하여 입에 대지 않으려 하셨습니다. 부친께서 먼저 맛을 보시고 더럽지 않다는 것을 보여드리자 이에 드실 수 있었고 종기가 곧 나았습니다. 부친의 아우 효언孝彦이 병을 오래 앓았습니다. 부친께서는 항상 오가며 보살피고, 손수 약을 지어 치료하니 마침내 효험이 있었습니다. 그 정성의 감응이 이와 같았습니다. 관직에 있을 때 일에 임해서는 부지런하고 삼가서 하는 일이 모두 잘 다스려졌습니다. 성품이 온화하고 소탈하여 강퍅한 행동을 하지 않았습니다. 사람을 대하매 한결같이 성실과 신의로 하였으니, 지나온 자리마다 사모하는 이들이 있습니다. 돌아가시자 친척과 벗들이 모두 슬퍼하였습니다. 이것이 제 부친 평생의 대략입니다. 공께 글을 부탁하여 천고에 남기고자 합니다."

爲正數十日而疾, 疾月餘而卒. 卒三月而葬于龍仁治西水眞里之原. 旣襄事, 其孤請余銘其碣, 且曰: "吾翁孝友, 其天性也. 祖母嘗患腫, 醫云, 服蚯蚓汁良. 祖母嫌其穢, 不肯口, 卽先啜, 示不穢, 乃服之, 腫立愈. 弟孝彦病久, 常往來診視, 手調藥療之, 竟效. 其誠感如此. 居官莅職勤謹, 所之事皆理. 性和易, 不爲崖岸斬絶之行. 待人一以誠信, 所歷有遺愛. 身沒, 親朋多悲戀. 此吾父平生大略也, 願托公之文, 圖不朽耳."

아! 나와 이후는 본래 평소 서로 잘 아는 사이였으며, 항상 이후가 원대한 국량을 지녔다고 생각하였으니, 어찌 여기에서 그칠 줄 짐작이나 했겠는가. 공의 나이는 약간이며, 본관은 구성駒城이다. 증조부 백찬伯撰은 지영천군사知永川郡事를 지냈으며, 조부 승충升忠은 자헌대부資憲大夫 상호군上護軍을 지냈다. 부친 봉손奉孫은 임피 현령臨陂縣令을 지냈으며, 모친은 남양 홍씨南陽洪氏로 좌의정左議政 이용利用의 따님이다. 이후의 부인은 어모장군禦侮將軍 최명근崔命根의 따님이다. 3남 3녀를 낳으니 장남 원간元幹은 생원生員이며, 그 밑으로 형간亨幹과 홍간弘幹은 유학儒學을 공부하고 있다. 딸들은 모두 명문 집안으로 시집갔다. 다음과 같이 명을 짓는다. "구성 이씨 집안이 대대로 관직에 오르더니 우리 후에 이르러 날개를 달고 비늘을 달았네. 일찌감치 빠르게 분발하여 혁혁하게 관직에 올랐으나 정승자리를 지척에 두고서 하루저녁에 구천으로 가버렸네. 인간사 모든 것이 부질없어라. 죽은 뒤의 이름이 한 조각 비석에 남으니, 세상이 변해도 그 자취는 묻히지 않으리."

噫, 余與侯有相知之素, 常謂侯爲遠大器, 豈料止於斯乎. 侯年若干, 駒城人. 曾大父曰伯撰, 知永川郡事, 大父曰升忠, 資憲上護軍. 考曰奉孫, 臨陂縣令, 妣曰南陽洪氏, 左議政利用之女. 侯之室曰禦侮將軍崔命根女, 生三男三女. 男長曰元幹, 生員, 次亨幹·弘幹, 皆業儒. 女皆適名家. 銘曰: "駒城李世簪紳, 迄吾侯翼且鱗. 早奮迅赫剔歷, 上九萬間咫尺. 一夕隨九泉中, 人間事盡成空. 身後名一片石, 世雖遷不埋跡."

동지중추부사 홍공 묘표명
同知中樞府事洪公墓表銘

홍씨洪氏 가문은 남양南陽의 대성大姓이다. 그 선대에 은열殷悅이란 분이 계셨는데 고려 태조를 보좌한 명신名臣이었고, 그 후손 중에 이름이 알려진 사람이 많이 있어 오백년 동안 이어졌다. 우리 조선에 들어와 가장 저명한 분은 익성부원군益城府院君 응應인데, 공명功名과 도덕이 한 시대에 으뜸이었다. 공이 그의 아우이다. 공은 휘 흥興이요, 자는 사걸士傑로 어려서부터 독서하여 글을 지을 수 있었고, 20세에 사마시에 합격하였으나 연달아 유사有司에게 뜻을 얻지 못하였다.

洪, 南陽大姓也. 其上世, 有曰殷悅, 佐高麗太祖爲名臣, 其後多聞人, 延延五百載. 入本朝, 其最著者曰益城府院君諱應[1], 其功名道德冠一世. 公其弟也. 公諱興[2], 字士傑. 少讀書綴文辭. 年二十, 中司馬試, 連不得志於有司[3].

드디어 벼슬길로 나아가게 되어 처음에는 세자 세마世子洗馬에 제수되었고, 두 번째는 사헌부 감찰로 옮겼다가 여러 번 자리를 옮겨 평택 현감이 되었다. 내직으로 소환되어 사헌부 지평에 발탁되었고, 형조·호조 정랑을 거쳐 세 번 옮겨 장령이 되었는데 말실수로 인하여 체직되는 일도 있었다. 얼마 뒤에 단계를 뛰어 넘어 형조 참의에

1 應: 세종 10년(1428)~성종 23년(1492). 자 應之. 호 休休堂. 시호 忠貞. 본관 南陽. 한성부윤 深의 아들이며, 어머니는 이조참의 尹珪의 딸. 문종 1년(1451) 증광문과에 장원으로 급제하여 벼슬은 좌의정에 이름.

2 興: 세종 6년(1424)~연산군 7년(1501). 세종 25년(1443) 사마시에 합격하고, 蔭補로 출사함.

3 不得志於有司: 유사는 '담당자'의 의미이다. 사마시에는 합격하였으나 인사 담당자의 눈에 들지 못해 실제 관직에는 나가지 못했다는 뜻이다.

제수되었고, 오래지 않아 승정원 우부승지에 배수되고 좌승지에 이르러 가선대부가 더해졌으며 충청도 관찰사에 배수되었다. 개성부 유수·호조 참판·사헌부 대사헌을 지내고 동지중추부사·한성부 좌윤으로 전임하였다. 78세에 죽었는데, 우리 임금(연산군) 8년 홍치 신유년(1501)이었다. 이 해 8월 계유일 남양 관아 서쪽 어느 마을 언덕에 장례지냈다.

筮仕, 始授世子洗馬, 再轉司憲監察, 累遷爲平澤縣監. 召還, 擢司憲持平, 歷刑·戶兩曹正郎, 三轉爲掌令, 坐言事遞. 未幾, 超拜刑曹參議. 無何, 拜承政院右副承旨, 轉至左承旨, 加嘉善, 拜忠淸道觀察使. 歷開城府留守·戶曹參判·司憲府大司憲, 移同知中樞府事·漢城府左尹. 卒年七十八, 實我上之八年弘治辛酉也. 是年八月癸酉, 葬于南陽治之西某里之原.

공은 기운과 도량이 넓고 깊었으며 말과 행동을 멋대로 가벼이 하지 않아서 사람들이 모두 대기大器로 지목하였다. 조정에 서면 지론持論이 올바르고, 아부하거나 시세를 따라 몸을 굽히거나 펴지 않고, 높은 지조를 가지고 굳게 절개를 지켜서 동렬 배들이 경탄하였다. 가는 곳마다 명성과 공적이 있었으니 평택 현감이 되었을 때는 아전과 백성들이 두려워하고 아꼈고, 그가 떠난 뒤에는 그의 선정을 그리워하였다. 세 차례 사헌부에서 벼슬할 때는 조정의 기강이 진작되었다. 개성 유수가 되자 개성 사람들이 서로 축하하며 "이 땅을 씻을 수 있다면 마땅히 옛 자취를 깨끗이 씻어서 우리 새로운 유수를 앉혀야 한다." 하였으니, 이는 지난 유수를 싫어하고 새 유수를 좋아하여 이렇게들 말한 것이었다. 또 한 농부는 꿩이 우는 소리를 듣고, "꿩아, 꿩아! 너도 사또께서 오심을 기뻐하느냐? 은택이 장차 네게도 미치리라." 하였다.

公氣度宏深, 言動不輕肆, 人皆以大器目之. 立朝, 持論正, 不依阿屈伸, 獨行介立, 同列敬憚之, 所之有聲績. 爲平澤, 吏民畏愛, 去後有遺思. 三爲憲府, 朝綱振, 爲留守, 都人相慶曰: "此地若可濯, 當須淨洗舊跡, 以坐我新留守." 蓋厭舊喜新, 其言如此. 又有一耕夫聞雉雊曰: "雉乎雉乎! 汝亦喜明府來耶? 澤將及汝矣"

목청전穆清殿, 제릉齊陵·후릉厚陵의 제관은 관례적으로 부근 고을의 수령이 맡아왔다. 언젠가는 장단·파주 수령이 병을 핑계대고 가지 않았는데 어떤 재상이 그 고을에 들렀기 때문이었다. 그러자 공은 치계하기를 "두 고을 수령들이 사사로운 이유로 공무를 폐하였습니다. 이래도 되겠습니까?" 하자, 임금께서 모두 파출하라 명하시고, 공에게 상을 내려주고 호조 참판으로 삼았다. 모든 도道에 흉년이 들고 경상도만 조금 풍년이 들었다. 감사는 세금을 더 부과하자고 청하매 임금께서는 수령들에게 명하여 서로 상의하라고 하였다. 공은 홀로 분연히 "백성이 풍족하면 임금이 누구와 더불어 부족하단 말입니까?" 하며 그렇게 할 수 없다고 굳게 주장하였다. 임금께서는 특별히 일분一分을 감하셨다. 평생 일을 처리함에 굽히지 않음이 대개 이와 같았다. 만년에 관직이 내려오면 그때마다 사양하고 물러났는데 임금께서 그것을 허락하지 않으시어 이에 자리에 나아갔다. 병세가 위독해지자 자제들이 약을 드시라 청하였는데 공은 물리치며, "나이는 거의 칠십이요, 임금의 두터운 은혜도 받았다. 무엇 때문에 약을 먹겠느냐?" 하였다. 죽을 때 아들과 사위에게 글을 남기기를 "상사喪事는 간소함을 따르고, 귀신이나 부처를 섬기지 말라." 하였다. 공은 아름다운 수염에 풍채가 있었다. 성종께서 일찍이 당양군唐陽君 홍상洪常에게 말씀하셨다. "내가 너의 숙부를 북경으로 보내려고 한다. 중국 사람들이 그를 보면 반드시 우리나라에 이 같은 재상이 있음을 알게 될 것이다." 그가 임금께 인정을 받음이 이와 같았다.

> 穆淸殿[4] · 齊厚[5]兩陵祭官, 例以近邑守宰. 一日, 長湍 · 坡州守謝病不行, 因有宰相過其境也, 公馳啓曰: "兩邑守爲私廢公, 可乎?" 命皆罷黜, 賞賜公, 爲戶曹. 諸道皆歉, 獨慶尙道稍稔, 監司請加賦, 下宰相議. 公獨奮然曰 "百姓足, 君誰與不足?" 固執不可, 上特減一分. 平生遇事不撓, 率類此. 晩年, 凡有除拜, 輒辭遜. 不許, 乃就職. 病革, 子弟請進藥, 却之曰: "年幾七十, 上恩已重, 服藥更何求?" 臨卒, 遺書子壻曰: "喪事從簡易, 無事神佛." 公美鬚髥, 有風儀. 成宗嘗謂唐陽君洪常[6]曰: "予欲遣汝叔父朝京師. 中朝人見之, 必以爲東國有如許宰相." 其見許君上如此.

공의 증조 유룡有龍은 의정부 좌찬성에 증직되었고, 조부 덕보德輔는 영중추부사에 증직되었으며, 부친 심深은 의정부 영의정에 증직된 익산부원군이다. 어머니 윤씨는 의정부 좌의정에 증직된 파평부원군 규珪의 따님이다. 공은 형조 참의 이예손李禮孫의 딸에게 장가들어 3남 4녀를 낳았다. 장남 사위士韋는 사옹원 참봉이고, 차남 사부士俯는 성균관 진사이며 셋째는 사우士偶이다. 맏딸은 직장 이옹李顒에게 시집갔고, 차녀는 참봉 이윤광李允光에게 시집갔고 셋째 딸은 생원 이윤문李允文에게 시집갔고, 그 다음은 사용司勇 정인호鄭仁豪에게 시집갔다. 다음과 같이 명을 짓는다. "홍후의 뜻, 굳세고도 확고하며 홍후의 기상, 의연하고 엄숙하였네. 뜻은 장수요 기운은 병졸이니

---

4 穆淸殿: 개성에 있던 이성계 사당으로, 본래 이곳은 이성계가 왕이 되기 전에 살던 집이었다.

5 齊厚: '제릉'은 태조의 비 神懿王后의 묘이고, '후릉'은 정종 임금의 무덤이다.

6 洪常 : 세조 3년(1457)~중종 8년(1513). 자 子剛. 시호 昭夷. 應의 아들. 세조 12년(1466) 덕종의 딸 明淑公主와 혼인하여 唐陽尉에 봉하여지고 세조의 사랑을 받아 도총관이 됨. 갑자사화에 연루되어 유배되었다가 1506년 중종반정으로 풀려남.

어디로 향하든 굽히지 않았네. 강하고 강인하니, 그 누가 견줄 수 있으리오. 당시 사람들 어울리기만 좋아하였으나 서로 추어주고 마음대로 몰려다녀도 끝내 이룬 것 없으니 무슨 유익함 있었겠나. 홍후와 같은 사람, 어찌 쉽게 얻으리오. 돌은 마멸되지 않으리니, 이 돌에 의탁하노라."

公之曾祖曰有龍, 贈議政府左贊成, 祖曰德輔, 贈領中樞府事. 考曰深, 贈議政府領議政, 益山府院君, 妣曰尹氏, 贈議政府左議政, 坡平府院君珪之女. 公娶刑曹參議李禮孫女, 生三男四女. 男長曰士章, 司饔院參奉, 次士俯, 成均進士, 次士俁. 女長適直長顒, 次適參奉李允光, 次適生員李允文, 次適司勇鄭仁豪. 銘曰: "侯之志堅以確, 侯之氣毅以肅. 志則帥氣則卒, 惟所向少屈折. 强哉矯誰比侔, 時之人喜同流. 相諾諾謾悠悠, 了無成竟何益? 如有侯豈易得, 名不磨托玆石."

정부인 김씨 묘지명
貞夫人金氏墓誌銘

부인은 김해金海의 명망 있는 집안 자손이다. 금관가야金官伽倻의 시조 수로왕首露王의 먼 후손인 보普는 고려 말에 출사하여 충근양절동덕보리공신忠勤亮節同德輔理功臣에 책훈되고 지위는 문하좌시중門下左侍中에 이르렀으니, 부인의 현조玄祖이다. 시중은 삼사부사三司副使 도문到門을 낳았고, 부사는 봉상대부奉常大夫 호조 총랑戶曹摠郎 근覲을 낳았으며, 총랑은 조산대부朝散大夫 서흥도호부사瑞興都護府使 효분孝芬을 낳았다. 서흥瑞興은 증 가선대부嘉善大夫 병조 참판 겸 예문관제학 진손震孫을 낳았는데, 참판은 사복시司僕寺 소윤少尹 이종인李種仁의 따님에게 장가들어 부인을 낳았다.

> 夫人, 金海望族也. 金官始祖首露王之遠裔曰普, 仕高麗季, 策勳爲忠勤亮節同德輔理功臣, 位至門下左侍中, 於夫人爲玄祖. 侍中生三司副使諱到門, 副使生奉常大夫戶曹摠郎諱覲, 摠郎生朝散大夫瑞興都護府使諱孝芬. 瑞興生贈嘉善大夫兵曹參判兼藝文館提學諱震孫, 參判娶司僕寺少尹李種仁之女, 生夫人.

부인은 나면서부터 정숙하고 단아한 덕행이 있었다. 성년이 되어 아무 공신인 정헌대부正憲大夫 영평군鈴平君 윤계겸尹繼謙에게 시집갔다. 영평군은 외척의 후손으로 부귀 속에서 자라나 그 마음이 방탕할 법 했지만 평생토록 한 번도 바깥에 사심을 두어 부부간의 금슬琴瑟의 정을 느슨하게 한 적이 없었다. 자녀들이 번성하고 가정은 화목하였으니 이는 부인의 복과 덕이 그렇게 만든 것이다. 아쉬운 것은 장가보내고 시집보내는 일을 마치지 못했는데 갑자기 남편을 잃은 것이다. 시집보내지 않은 딸이 있는데 부인이 또한 이에 이를 것이라고 생각이나 하였겠는가. 부인은 나이 75세로 홍치 7년(1494, 성종 25) 모월 모일에 세상을 떠났다. 이 해 모월모일에 양주楊州 남면南面 대곡리代谷里 언덕에 장사냈으니, 아, 인사人事가 끝났도다.

夫人生而有淑德. 既笄, 歸于某功臣, 正憲大夫, 鈴平君尹繼謙[1], 鈴平戚里華冑, 其豢養富貴, 足以蕩其心, 而平生未嘗有私於外, 弛琴瑟之弦. 子女滿前, 家庭雍穆, 蓋夫人福德然也. 所欠, 婚嫁未畢, 遽失所天耳, 孰謂猶有未嫁女, 而夫人又至於是乎? 夫人年七十五, 弘治七年某月日卒. 是年月日, 葬于楊州南面代谷里之原. 嗚呼! 人事畢矣.

아들 다섯을 두었으니, 장남 욱頊은 내자시 판관內資寺判官이고, 차남 선瑄·순珣·림琳은 모두 진사進士이며, 다섯째는 무珷이다. 딸은 넷으로, 장녀는 사도시 직장司導寺直長 안순령安舜齡에게 시집갔고, 차녀는 여절교위勵節校尉 허담許聃에게 시집갔고, 셋째 딸은 충훈부 경력忠勳府經歷 홍지洪祉에게 시집갔으며, 나머지는 어리다. 호조 판서 홍귀달이 묘지를 쓰고 명을 짓는다. "소가 잠자고 호랑이가 엎드린 자리 부인이 잠든 언덕이라네. 이미 편안하고 견고하니 자손에게 경사가 내리리라."

男有五, 長曰頊, 內資判官, 次曰瑄, 次曰珣, 曰琳, 皆進士, 次曰珷. 女四, 長適司導寺直長安舜齡, 次適勵節校尉許聃, 次適忠勳府經歷洪祉, 餘幼. 戶曹判書洪貴達誌而銘之曰: "牛眠虎蹲, 是夫人之原. 既安且固, 以毓慶于子孫."

---

1 尹繼謙: 세종 24년(1442)~성종 14년(1483). 자 益之·弼甫. 시호 恭襄 또는 恭良. 본관은 坡平. 우의정 士昕의 아들. 세조 3년(1457) 음보로 世子右參軍에 처음 제수되고, 예종 즉위년(1468)에 嘉善大夫로 鈴平君에 봉해짐. 연평군으로 개수되었다가 성종 14년(1483) 正憲大夫로 다시 영평군에 봉해짐.

감찰 김극성의 모친 전씨 묘갈명
監察金克成[1]母全氏墓碣銘

전씨의 선조는 나주 안로현安老縣 사람이다. 증조부 모某와 조부 삼달三達은 모두 관직으로는 현달하지 못했으나 덕德은 넉넉하였다. 모친은 선공감 정繕工監正 전식全式의 따님이었으니 또한 유서 깊은 집안이다. 부인은 젖도 떼기 전에 아버지가 돌아가셨다. 성장한 뒤에 여자의 행실을 배웠는데 유모가 힘들어 하지 않았다. 시집갈 나이에 이르러 성균관 진사 김맹권金孟權에게 시집갔다. 부녀자의 도리에 매우 합당하게 하여 시부모님이 효성스럽다고 칭찬하였다. 3남 2녀를 낳았는데, 아들 극신克愼은 홍치 을묘년(1495, 연산군 1) 생원시에 합격하였고, 극성克成은 병진년(1496, 연산군 2)에 생원시에 으뜸으로 뽑혀 무오년(1498, 연산군 4) 별시에 제1등으로 선발되었으며, 극양克讓은 아직 관례를 하지 않았다. 두 딸 모두 사족士族에게 시집갔다.

全氏其先, 羅州安老縣人. 曾祖曰某, 祖曰三達, 皆官未顯而德有餘. 母曰繕工曹正全式之女, 亦世家也. 夫人未乳而父歿. 旣長, 學女行, 姆不勞. 及笄, 適成均進士金孟權, 甚宜婦道, 舅姑稱孝焉. 生三男二女, 男曰克愼, 中弘治乙卯生員, 曰克成, 魁丙辰生員, 擢戊午別試第一人, 曰克讓, 未冠. 二女, 皆歸士族.

남편 진사는 출세를 바라지 않아 보령현保寧縣에 집을 장만하고 살았다. 그 밭을 일궈 먹으며 집안 살림을 잘 도모하여 재산이 고을 수령과 동등하였다. 게다가 자식들을 가르치고 성취시켜 우뚝하게 다른

---

1 金克成: 성종 5년(1474)~중종 35년(1540). 자 成之. 호 靑蘿·憂亭. 시호 忠貞. 본관은 광산. 아버지는 진사 孟權. 연산군 2년(1496) 사마시에 장원하였고 벼슬은 우의정에 이름. 저서로 『憂亭集』이 있음.

사람을 능가하였다. 이것이 어찌 그 부친이 시킨 것이며 모친의 힘이 아니겠는가. 아! 아름답도다. 부인은 타고난 성품이 자애롭고 은혜로워 친척 중에 가난하여 스스로 보존할 수 없는 자가 있으면 친소親疎를 묻지 않고 모두 은혜를 베풀어 대우하였기 때문에 온 집안의 내외가 한결같이 감동하여 따랐고, 불평의 말을 하는 자가 없었으니 또한 어려운 일이었다. 항상 자식들에게 "나에게는 형제자매가 없어서 내가 죽으면 나의 조상님은 장차 사당에서 흠향하시지 못할 것이다. 어찌 애통하지 않겠느냐. 너희들이 만약 제사를 폐하지 않는다면 나는 지하에서 편히 눈을 감을 수 있을 것이다." 하였다. 아, 부인이란 남편과 아들을 따르는 자이니, 전씨 부인과 같이 그 부모를 염려하는 자가 또 있겠는가.

> 進士無求於世, 家于保寧縣, 食其田, 善居室, 其積貯埒州府, 又教子成就, 卓卓出人表, 豈皆父使之, 亦母之力也. 嗚呼休哉! 夫人天性慈惠, 親戚有貧乏不自存者, 無問親疏, 悉恩遇之, 故一門內外靡然感從, 無有以爲言者, 亦難矣哉. 常語諸子曰: "我無兄弟姊妹, 我死, 吾祖宗將不食于廟, 豈不痛哉. 汝若無廢厥祀, 吾得瞑目地下矣." 吁! 婦從人者, 有能念其親如婦人者乎?

부인은 나이 56세 때인 홍치 12년(1499, 연산군 5) 기미일에 세상을 떠났다. 당시 아들 감찰은 북경에 조회를 하고 돌아오다가 길에서 부음을 들었다. 뒤집어지고 넘어지며 미친 듯이 달려와 이르고 보니 염殮을 마친 뒤였기에 그 슬픔이 배나 되었다. 죽은 이듬해 겨울 같은 고을 오서산烏棲山의 마산馬山 언덕에 장사지냈고, 장사지낸 이듬해 여름 또 묘도 남쪽에 비석을 세우고 나의 글을 그 뒷면에 새기기를 청하였다. 나는 감히 사양하지 못하고 다음과 같이 명을 지었다. "울창한 저 마산의 언덕에서 이러한 명당을 만났네. 부인의 묘소를 보니 자손들 영원하리. 하늘이 내린 땅 경사가 길이 이어지리라."

夫人年五十六, 弘治十二年己未沒. 時監察朝京師且還, 路上聞訃, 顚頓狂走, 至則殯矣. 故其哀之也倍. 歿之翼年冬, 葬于同縣烏棲山之馬山原. 葬之翼年夏, 又立石墓道南, 請余文刻其陰, 余不敢辭. 則銘曰: "鬱彼馬山, 見此牛眠[2]. 夫人之阡, 子孫永世. 有隕自天, 餘慶之綿."

2 牛眠: 명당자리를 이른다. 晉나라 陶侃이 仙人의 말에 따라 소가 잠들어 있는 앞 언덕에 자기 부친을 장사지내어 후일 현달하였다 한다.

하남군 부인 묘지
河南君夫人墓誌

정부인 조씨는 그 선조가 평양 사람이었다. 증조부 연捐은 추충협찬개국공신推忠協贊開國功臣 대광보국숭록대부大匡輔國崇祿大夫 평원부원군平原府院君으로 시호는 평간平簡이다. 조부 석산石山은 인순부 부승仁順府副丞이며 부친 충로忠老는 돈녕부 주부敦寧府主簿이고, 모친은 정의대부正義大夫 무생茂生의 따님이시다. 부인은 나면서부터 정숙하고 단아한 덕행이 있었다. 15세에 대족大族으로 시집갔으니 지금의 순정좌리공신純誠佐理功臣 자헌대부 호조 판서 겸 오위도총부 도총관 하남군河南君 정공 정숭조鄭崇祖가 그의 배필이다. 평생토록 금슬이 매우 좋아서 30년간 함께 살았다. 45년을 살다가 홍치 6년(1493, 성종 24) 정월 경인일에 세상을 떠났으니, 슬프구나. 5남 2녀를 두었는데 장남 모某는 성균관 생원이고, 차남 모某는 사맹司猛이며 다음은 모두 어리다. 큰딸은 영일迎日 정씨 정완鄭浣 에게 시집갔고, 둘째딸은 어리다. 아, 슬피 우는 소리를 차마 들을 수 있겠는가. 하남공이 추모하여 통곡하기를 그치지 않다가 이내 몸소 묘 자리를 살펴 인천仁川 모면某面으로 정하니 마을 이름은 모某요, 언덕은 모某 방향이다. 높은 데를 따라서 높이고 북돋아서 마치 당堂처럼 만든 것이 부인의 묘이다.

貞夫人趙氏, 其先平壤人. 曾大父諱捐, 推忠協贊開國功臣, 大匡輔國崇祿大夫, 平原府院君, 謚平簡. 大父諱石山, 仁順府副丞. 考諱忠老, 敦寧府主簿, 妣, 正義大夫諱茂生之女. 夫人生而有淑德, 笄而歸大族, 今純誠佐理功臣資憲大夫戶曹判書兼五衛都摠府都摠管河南君鄭公某[1]其配也. 平生琴瑟甚調, 同住三十年. 壽四十五, 弘治六年正月庚寅卒. 哀哉! 有五男二女, 男長曰某, 成均生員, 次某, 司猛, 次某某某, 皆幼. 女長適迎日鄭浣[2], 次幼. 嗚呼! 忍聽悲啼聲耶? 河南公追慟不已. 乃親行卜宅兆, 得於仁川某面, 里曰某, 原曰某. 因高以爲高而封之若堂者, 夫人墓耶.

1 某: 鄭崇祖. 세종 24년(1442)~연산군 9년(1503). 자 孝叔. 호 三省齋. 시호 莊靖. 본관 河東. 아버지는 영의정 鄭麟趾이며, 어머니는 판한성부사 李攜의 딸. 이조·공조의 참판과 한성부판윤 등을 두루 역임하고, 성종 2년(1471) 佐理功臣 4등으로 河南君에 봉해졌고 1489년 하남부원군에 진봉됨. 1500년 崇政大夫에 올라 奉朝賀가 됨.

2 鄭浣 : 성종 4년(1473)~중종 16년(1521). 자 新之. 호 謙齋. 南部參奉 秦의 아들이며, 어머니는 배천군수 尹遇의 딸. 1519년 賢良科에 병과로 급제, 예조·이조의 정랑을 지내다가 이해 기묘사화로 현풍에 부처되어 그곳에서 죽었음.

함종 현령 권공 묘갈명
咸從縣令權公墓碣銘

권씨權氏는 영가永嘉(안동)의 대성大姓이다. 휘 심深은 벼슬이 강릉부 판관江陵府判官에 이르렀고, 항恒은 유학儒學에 힘써 지위가 성균관 사예成均館司藝에 이르렀으니 모두 알려진 분들이다. 부친은 사예司藝이고 조부는 판관判官이었으나 그 집안의 명성을 이은 자는 바로 함종공이었다. 공의 휘는 심深, 자는 모某이며 어려서 학문에 뜻을 두어 도道로써 깊은 경지에 이르렀으나 세상에 쓰이는 데에는 이롭지 못하였다. 일찍이 여러 번 유사有司에게 나아가 그의 능력을 시험해 보여 답을 얻지 못하면 곧 떠났다. 공은 다른 길을 통해 올라 시험 삼아 사옹원司饔院 주부를 맡았다가 이윽고 진잠鎭岑·곡성谷城 두 현縣의 위尉를 지냈고, 옮겨서 의영고義盈庫·종묘宗廟·평시서平市署의 영令으로 옮겼는데 가는 곳마다 명성과 공적이 있었다. 마침내 함종咸從 고을의 수령이 되어 나갔다. 공이 오랫동안 관리로 지내다가 이에 이르러 결연히 낙향할 뜻을 두었다. 조정에서도 그것을 알고 뜻대로 하도록 하였다. 얼마 뒤에 서울에서 병으로 죽으니 홍치 2년(1489, 성종 20) 정월 21일이었다.

> 權, 永嘉大姓. 有諱曰深, 歷仕至江陵府判官, 曰恒, 起儒術, 位至成均司藝, 皆聞人也. 父司藝, 祖判官, 而能世其家聲者, 咸從公也. 公諱某, 字某, 幼有志於學, 深造之以道, 然不利於求. 嘗屢就有司售其能, 不見答, 乃違之. 由他歧升, 試主簿于司饔. 尋歷鎭岑 · 谷城兩縣尉, 轉而遷義盈庫 · 宗廟 · 平市署令, 所之皆有聲績. 竟出宰于咸從. 公爲吏久, 至是浩然有歸去志, 朝廷知而故如其志焉. 未幾, 病卒于京師, 實弘治二年正月二十一日也.

공의 딸은 나의 아들 언필彦弼에게 시집왔다가 과부가 되었다. 그

때에 우리 집에 있었는데 부고가 이르자 엎드려 슬픔을 호소하며, "이런 일이 있는가. 이미 남편을 잃었는데, 의지 하던 아비마저 하늘로 갔으니 이제 누구를 믿겠는가?" 하였다. 곡소리가 끊이지 않고, 입에 쌀 한 톨을 넘기지 못하였다. 거의 혼절하듯이 여러 날을 지내고서야 비로소 조금 인사人事를 살필 수 있었다. 아, 내가 무슨 마음으로 차마 들을 수 있었겠는가. 내가 무슨 마음으로 차마 들을 수 있었겠는가. 얼마 후 공의 맏아들 사헌부 지평司憲府持平 주柱가 공의 널을 메고서 안동으로 돌아가 이 해 12월 13일에 장사지냈다. 삼년상도 지난 임자년(1492, 성종 23) 2월 어느 날 지평持平이 편지를 내게 보내 알렸다. "이미 장례도 지내고 대상大祥도 마쳤습니다. 그러나 더욱 슬플 뿐입니다. 이제 더 이상 할 일은 없습니다. 다만 원컨대 어르신께 한 말씀을 얻어 돌에 새겨 영구히 드리울 수 있기를 바랍니다. 이것이 저의 뜻이니, 그리 되면 제 부친도 비록 돌아가셨지만 영원토록 없어지지 않을 것입니다."

公之女, 婦于貴達之子彦弼而寡. 時在貴達所, 訃至, 卽頓仆號痛曰: "有是乎, 旣失所天, 倚父爲天, 今何恃?" 哭不絶聲, 口不粒米, 幾絶者累日, 始少省人事. 嗚呼! 吾何心忍聽? 吾何心忍聽? 旣而, 公之胤司憲持平曰柱, 舁公柩歸安東, 以是年十二月十三日葬. 再期而至壬子二月日, 持平以書走京師報貴達曰: "旣葬旣祥, 但益悲戚耳, 更無所事, 願借一言於左右, 刊之石, 垂之永久, 是吾志也. 則吾父雖死, 不朽矣."

나는 편지를 잡고 울면서 말하였다. "나의 아들이 죽어 공의 딸이 과부가 되었다. 공이 또 죽어 공의 딸이 다시 고아가 되었으니, 내가 어찌 차마 눈물을 참을 수 있으리오. 그렇지만 공은 공의 사위와 더불어 아마도 지하에서 함께 지내고 있을 것이다. 공의 아들이 다시 그 누이에게 우애를 돈독히 하고 공에게는 효성을 다하니 또한 장차

이 시대에 큰일을 할 수 있을 것이며, 그 가문을 빛낼 것이다. 그 누가 공이 죽고 나서 세상에 들리는 바가 없다고 말하겠는가." 공의 아내 덕산德山 송씨宋氏는 어진 부인이었다. 송씨가 일찍 세상을 뜨고 나서 공은 오랫동안 이 세상에 머물렀으니 아내의 죽음을 슬퍼한 것이 몇 년이었던가. 이제 서로 무덤에서 의지하여 마치 평소 거처했던 것처럼 할 수 있으리라. 아득하고 아득한 저승의 일이므로 내가 알 수는 없지만, 어찌 공이 편안히 여길 바가 아니겠는가. 이에 명을 짓는다. "뜻은 순정하였고 바탕은 두터웠네. 나라에는 충성과 순종, 집안에는 효도와 우애. 청렴과 공평함으로 관직을 지켰고 화락과 간이함으로 백성과 가까웠네. 진실로 지나기만 하여도 남긴 사랑이 사람들 마음에 남았네. 지위는 낮고 수명에도 인색했으니 하늘이 어찌 이리 어질지 못한가. 하늘이 진실로 뜻한 바 있으니 공은 알고 있는가. 그 몸을 크게 하지 않음은 반드시 그 후손을 크게 하려 함이니, 이는 필연의 이치이며 가까운 앞날을 기약할 수 있네. 말이 오래가지 못할까 두려워 돌에 새겨두노라."

貴達執書泣曰: "吾之子死, 而公之女寡. 公又死而公之女復單, 吾何忍淚? 雖然, 公則與公之壻, 倘相從於地下矣. 公之副, 復能篤友愛於妹, 盡誠孝於公. 又將大有爲於時, 光大其門戶, 孰謂公死滅滅無所聞於世也?" 公之室, 德山宋氏, 賢婦人也. 宋旣早世, 公久人間, 幾年鼓盆而歌乎? 今得相依丘壠, 若平生居處然, 冥冥間事, 吾不知. 雖然, 豈不是公所安乎? 乃銘之曰: "維志之醇, 維質之厚. 國焉忠順, 家焉孝友. 廉平守官, 和易近民. 苟所經過, 遺愛在人. 位卑壽嗇, 天胡不仁. 天固有意, 公知乎不. 不大其身, 必大其後. 是必然理, 期在朝夕. 恐言不固, 以誌于石."

의정부 영의정 청성부원군 한공 묘지명
議政府領議政清城府院君韓公墓誌銘

공의 휘는 치형致亨, 자는 아무개로 본관은 청주이다. 그의 선조들은 고려조에서 오래도록 현달하였다. 원조遠祖 문충공文忠公 강康은 충렬왕 대에 찬성사贊成事였고, 현조玄祖 사숙공思肅公 악偓은 충선왕 대에 좌리공신佐理功臣이었으며, 고조 방신方信은 공민왕 대에 정당문학政堂文學을 지내셨는데, 여러 공들의 사적이 사서史書에 갖추어져 있다. 증조 녕寧은 병조 판서에 추증되었고, 조부 영정永矴은 의정부 영의정에 추증되었으며, 부친 절硃은 공작公爵에 추증되었다. 모친은 중군총제中軍摠制 조서趙敘의 따님이다.

公諱致亨[1], 字某, 淸州人. 其上世, 久顯于高麗. 遠祖文忠公諱康, 忠烈朝贊成事, 玄祖思肅公諱偓, 忠宣朝佐理功臣, 高祖諱方信, 恭愍朝政堂文學, 諸公事業, 具于史. 曾祖諱寧, 贈兵曹判書, 祖諱永矴, 贈議政府領議政, 考諱硃, 贈視公爵. 妣中軍摠制趙敘[2]之女.

공이 18세에 출사하여 세조·예종·성종과 우리 임금[연산군]을 두루 섬김에 아침부터 밤늦게까지 애를 쓴 것이 무릇 52년이었다. 사헌부에 들어가 감찰·장령·대사헌이 되니 조정의 기강이 엄숙해졌고,

1 致亨: 세종 16년(1434)~연산군 8년(1502). 자 通之. 시호 質景. 문종 1년(1451) 18세에 蔭補로 출사를 시작하여 영의정까지 올라감. 연산군의 생모인 尹妃를 폐출시킨 모의에 가담하였다 하여 尹弼商·韓明澮 등과 함께 부관참시 되고 일가가 몰살되었음. 중종반정 후 신원됨. 그의 고모가 명나라 成祖의 妃가 된 관계로 성종 때에 여러 차례 명나라에 다녀왔음.

2 趙敘: 1370(공민왕19)~1429(세종 11). 시호 安靖. 본관 漢陽. 漢山伯 世珍의 손자로, 조선 개국공신 英茂의 아들. 1399년(정종 1) 식년문과에 급제하여 벼슬은 藝文館提學·에 이르렀음.

승정원에 올라 좌부승지·우승지·좌승지가 되자 왕명의 출납이 신실해 졌다. 이조吏曹에 들어가자 관리의 임용이 공정해지고, 호조戶曹에 들어가자 재용이 넉넉해졌다. 양도兩道의 지방관을 지내매 그곳을 떠나와도 백성들은 그리워하였다. 크게 현달하여 공신에 책록되었다. 한성 판윤을 지냈으며, 사구司寇·사마司馬를 역임하자 간교한 무리들은 종식되고 군정이 바로 잡혔다. 중추원中樞院과 도총부都摠府를 맡으매 임금의 의임倚任은 무겁고 백성들의 인망人望은 우뚝하였다. 정승을 역임하여 백관을 총괄하였으니, 사람으로 치면 심장과 척추요, 건물로 치면 기둥과 주춧돌이었기에 백성들은 바야흐로 그의 보살핌을 우러렀다.

> 公生十八而仕, 歷事世廟 · 睿廟 · 成廟及我上, 夙夜凡五十二年. 入柏府, 爲監察 · 掌令 · 大司憲, 廟綱振, 上銀臺, 爲左副 · 左右承旨, 出納允. 典選而用捨公, 度支而財用足, 宣化兩道, 棠陰有遺愛, 勒勳鍾鼎[3], 燐閣[4]煥丹青. 判京兆, 歷司寇 · 司馬, 姦猾息而軍政擧. 典樞密兼摠府, 倚任重而人望巍. 歷三台[5]摠百揆, 心膂一人, 柱石明堂, 民方仰其庇庥.

한 번은 병이 들어오래도록 이어져 일어나 일을 보지 못한 것이 여러 달이었다. 하루는 집안사람이 꿈을 꾸었다. 검은 옷을 입은 수십 명이 화려한 가마를 어깨에 메고 천하를 다니니 앞뒤의 위의威儀가 매우 성대하였다. 그런데 공이 홀연히 수레를 타고 하늘로 올라가는

3 鍾鼎: 고대왕조에서 공훈이나 중요한 사적을 기록해 두던 청동기인데, 여기서는 고위관료로 현달했음을 이른다.

4 燐閣: 麒麟閣으로, 漢나라 宣帝가 공신 11인의 초상을 여기에 걸었다. 여기서는 공신에 책록되는 것을 뜻한다.

5 三台 : 별이름에서 전하여 天子의 三公에 비유되는데, 조선 시대에는 영의정·좌의정·우의정을 이른다.

것이었다. 잠에서 깨자 후는 이미 죽어 있었다. 실로 홍치 임술년(1502, 연산군 8) 10월 임인일이었으니 이 때 공은 향년 69세였다. 이해 12월 병오일에 양주 서산西山 이동梨洞의 언덕에 예장禮葬하였는데 국전國典을 따랐다.

一疾彌留, 不能起視事者累月. 一日, 家人夢見有黑衣數十, 肩綵輿[6]從天下, 前後威儀甚盛, 公忽乘輿, 騰空而去. 寤而侯已卒, 實弘治壬戌十月壬寅也, 於是乎公年六十九矣. 是年十二月丙午, 禮葬于楊州西山梨洞之原, 遵國典也.

공에게 고모 한씨가 있었는데 일찍이 명나라 조정에 들어가 선제先帝의 궁인이 되었다. 여러 대에 걸쳐 사랑을 받아 족성族姓의 내방을 명하는 성지聖旨가 내려왔으니, 이 때문에 한씨 집안 사람들이 여러 번 북경에 갔다. 성화成化 연간에는 공이 주청사에 충원되었는데 황제의 물음에 분명히 답변하고 행동거지가 예에 들어맞아, 황제가 서대犀帶 하나를 특별히 하사하였다. 돌아오자 온 조정이 흠탄하며 우리나라 사람 중에 천자의 총애를 받은 자는 고금에 한 사람일 뿐이라고들 하였다. 공은 천품이 탁월하여 명철하고 분명하였기에, 일을 염려함이 주밀하고 기미를 살핌이 신통하였다. 처음 벼슬한 이후로 맡은 일이 많았지만 한 번의 실수도 없었다. 재상이 되어서는 모든 국가의 일을 밤낮으로 생각하고 생각하여, 각각 써서 벽에 붙여두고는 앉아서나 누워서나 살펴보다가 해결책이 떠오르면 곧바로 주청하여 시행하였다. 그러므로 공이 재상의 자리에 앉고부터는 폐지되었던 정책이 모두 바로 잡히고, 이로움이 크게 일어나 백성들이 매우

---

6 彩輿 : 왕실 의식 때에 귀중품을 실어 옮기던 기구이다. 轎子와 비슷한데, 꽃무늬가 채색되어 있고, 채가 달려 있어 앞뒤에서 두 사람이 멘다.

편히 여겼다.

> 公有族姑韓氏, 嘗入朝, 爲先帝宮人[7], 被累朝眷遇, 有聖旨要族姓來, 以故韓族屢入京[8]. 成化中, 公充奏請使, 奏對明審, 擧措中禮, 皇帝特賜犀帶[9]一腰以還, 滿朝歆嘆, 以爲東人受天子寵眷, 古今一人耳. 公天稟異常, 通明確實, 慮事周, 知幾神. 筮仕來, 踐歷多而無一失. 及爲相, 凡國家事, 晝思夜度, 列書貼諸壁, 坐臥寓目, 有得於心, 輒啓請施行. 故自在相位, 廢無不擧, 利無不興. 民甚便之.

공은 먼저 양녕대군 제禔의 따님에게 장가들어 딸 하나를 두니 사포서 별좌司圃署別座 임유침林有琛에게 시집가서 4남 2녀를 낳았다. 아들은 세창世昌·세방世芳·세분世賁·세世이며 딸들은 어리다. 공은 부사 우정禹珽의 따님을 후실로 들였는데 후사가 없다. 얼자가 있으니 사자獅子이다. 장례를 지내고 나서, 내가 일찍이 공의 말단 부하로서 깊이 인정을 받았기에 묘지명을 쓴다. "세조·예종·성종께서 연이어 성대한 다스림을 이루셨고, 우리 임금께서 이어받아 우리 대동大東을 위무하시네. 열성列聖을 만나 시대마다 영웅이 나왔으니 빛나고 빛나는 우리의 공은 두루 섬김에 충성을 다하여 안위安危와 휴척休戚을 시종 국가와 함께하였네. 우뚝이 명나라의 묘당에 서서 서대犀帶를 하사받으니, 이는 천자께서 주신 것이라 만 사람이 우러러 보았네. 오래 살았더라면 백성들 그 복을 누리었을 터인데 채여彩輿가

---

7 宮人: 한치형의 조부 한영정의 첫째 딸은 태종 17년(1417) 명나라 황제 成祖의 후궁으로 갔다가 殉葬한 일이 있고, 둘째 딸은 세종 11년(1429) 명나라 황제 宣宗의 후궁이 되어 중국으로 들어갔다.

8 入京: 실록을 살펴보면, 명나라 측에서는 한씨와 한씨 집안 인사를 통해 과도한 물품을 조선에 요구하여 이것이 조정의 큰 문제거리였다. 한치형 이전에는 그의 백부 韓確이 주로 이 일을 맡았다.

9 犀帶 : 무소의 뿔로 장식한 허리띠로, 고위관료만이 찰 수 있었다.

내려와 데려가니 하늘은 어찌 그리 빨리도 빼앗아 가는가. 천추만세토록 이 높은 언덕 깊은 계곡에 공을 증언하기 위하여 이 비석을 남기노라."

公先娶讓寧大君禔之女, 有一女, 適司圃別座林有琛, 生四男二女. 男曰 世昌 · 世芳 · 世賁 · 世.[10] 女幼. 繼室以府使禹埏女, 無嗣. 有孼子曰獅子. 旣窆, 貴達以嘗忝末僚受知深, 故誌且銘. "光昌宣[11]陵, 相繼治隆. 我聖繩之, 以撫大東. 際遇列聖, 代有英雄. 憲憲我公, 歷事盡忠. 安危休戚, 帶礪始終. 屹立廟堂, 犀帶有赫. 是天子賜 萬人以目. 庶幾遐齡, 民受其祿. 綵輿下迎, 天奪何遠. 魂無不之, 魄此之宅. 千秋萬歲, 高岸深谷. 有欲徵之, 此其遺躅."

10 世: 제본에도 世 뒤의 글자가 빠져 있다.

11 光昌宣: 각각 世祖, 睿宗, 成宗의 능호이다.

숙인 한씨 묘지명
淑人[1]韓氏墓碣銘

한씨韓氏는 옛날부터 청주淸州의 대성大姓이었다. 고려 말 문경공文敬公 유항柳巷선생 수脩는 당시에 이름난 재상으로, 숙인淑人 한씨의 고조가 된다. 문경공은 의정부 영의정 시호 문간文簡 상경尙敬을 낳았고, 문간공은 증영의정 서원부원군西原府院君 혜惠를 낳았으며, 서원군은 증사헌부장령 계윤繼胤을 낳았는데, 이 분이 대사헌 최문손崔文孫의 따님과 혼인하니 곧 신라 문창후文昌侯 최치원崔致遠의 후예이다. 정통5년(1440, 세종22) 12월 갑술일에 숙인淑人이 태어났다. 시집갈 나이가 되어 내자시 부정內資寺副正 정석년鄭錫年에게 시집가서 정씨 집안의 맏며느리가 되어 집안을 매우 화목하게 하였다. 세 아들을 낳으니 사종嗣宗·창종昌宗·소종紹宗으로 모두 유학을 공부하였는데 창종은 요절하고 말았다. 홍치 병오년(1498, 성종 4) 남편 부정副正이 죽었다. 숙인은 너무도 슬퍼하다가 병이 나서 끝내 오랫동안 앓다가 홍치 병신년(1496, 연산군 2)에 생을 마치니 향년 57세였다. 이듬해 2월 병신일에 양주 풍양豐壤 오농五農의 언덕 장사지냈다.

韓故淸州大姓. 在麗季, 有文敬公柳巷先生諱脩[2], 爲時名相, 是淑人氏高祖. 文敬生議政府領議政諡文簡諱尙敬[3], 文簡生贈領議政西原府

---

1 淑人: 정3품 당하관인 문관의 通訓大夫, 무관 禦侮將軍, 종3품 상위 문관 中直大夫, 하위 中訓大夫 및 종3품 상위 무관 建功將軍, 하위 保功將軍의 嫡妻에게 내린 작호이다.

2 脩: 충숙왕복위 2년(1333)~우왕 10년(1384). 자 孟雲. 柳巷은 호이며 시호는 文敬. 渥의 손자. 충목왕 3년(1347) 15세의 나이로 과거에 합격. 輸忠贊化功臣이 되었으며 上黨君에서 淸城君으로 改封되고 判厚德府事에 이르렀음. 시집 『柳巷集』이 있음.

3 尙敬: 공민왕 9년(1360)~세종 5년(1423). 자 叔敬·敬仲. 호 信齋. 시호 文簡.

院君諱惠[4], 西原生贈司憲掌令諱繼胤, 是娶大司憲崔文孫女, 卽新羅文昌侯致遠之裔. 正統五年十二月甲戌, 淑人生. 旣笄, 適內資副正鄭錫年, 爲鄭氏門冢婦, 甚宜家. 有三子, 曰嗣宗[5]·昌宗·紹宗[6], 皆業儒, 昌宗早世. 弘治丙午, 副正逝, 淑人哀過疾作. 遂彌留, 弘治丙辰十月甲午沒, 年五十七. 翼年二月丙申, 葬于楊州豐壤五農原.

숙인은 총명하고 슬기로우며 온화하고 부드러운 성품으로 부녀자의 일을 잘하였고, 집안을 다스림이 부지런하고 검소하였다. 제사를 받듦에 정성과 공경을 극진히 다하였고, 자식을 가르침에 법도가 있어 항상 자식들에게 경계하기를 "나는 너희들의 영달을 바라지 않는다. 너희들이 언행을 삼가 하여 치욕이 우리집안에 미치지 않기를 바랄 뿐이다." 하였다. 사종嗣宗과 형제들이 모두 진사에 올랐고, 명문가에 장가를 들어 각기 아들을 낳아 그 후손이 장차 끊이지 않을 것이니 숙인의 제사도 길이 폐기되지 않을 것이다. 하늘이 보은을 베풂에 어찌 허술히 하겠는가. 소종紹宗이 나에게 묘갈명을 청하기에 다음과 같이 짓는다. "숙인의 안식처를 보라. 산에는 신령함이 있고, 물에는 근원이 있도다. 상서로운 복을 영원히 빚어내리니 그 자손들 영원히 이롭게 하리라 기약하네."

淑人聰慧溫柔, 善女工, 治家勤儉, 奉祭祀, 極盡誠敬, 教子有方, 常戒之曰: "吾不願汝利達, 但願汝謹言行, 不使辱及我耳." 嗣宗兄弟皆中

한수의 아들로 어머니는 吉昌君 權適의 딸. 우왕 8년(1382) 문과에 급제. 공양왕 4년(1392)에 李成桂를 추대하는 모의에 가담하고 寶璽를 받들어 이성계에게 바친 공으로 개국공신 3등에 추록됨. 개국 후 주요관직을 두루 역임한 뒤에 西原府院君, 영의정에 이름.

4 韓惠: 태종 3년(1403)~세종 13년(1431). 태종 14년(1414) 사마시에 생원으로 합격한 이후 예조 참판, 전라도 및 함경도 관찰사 등을 두루 역임함.

5 嗣宗: 자는 孟籍. 1504년 문과에 급제함.

6 紹宗: 자는 季胄. 형 사종과 함께 1504년 문과에 동반급제함.

進士, 娶名家, 各生子, 其繼將繩繩, 淑人之祀, 其永不隳矣. 天之施報豈虛哉? 紹宗從余求碣銘, 銘曰: "惟是淑人之室, 山有靈兮水有源. 醸瑞毓慶兮無窮, 期永世以利其子孫."

제문祭文

심후 견 제문
祭沈侯肩文

아! 서글프다. 사람이 세상에 태어나면 귀함과 천함, 가난과 부귀 그리고 장수와 요절이 일정하지 않은 법인데 이런 이유로 슬퍼하고 기뻐하며, 걱정하고 즐거워함은 미혹된 일이다. 네 필 말과 높다란 수레가 영화로운 것이라면 그럴 수도 있지만 그에 따른 걱정 또한 큰 법이다. 곡식과 돈이 가득가득 쌓여 있으면, 손으로 셈하고 마음으로 걱정하는 것이 수고롭지 않겠는가. 나이는 일백이나 되어도 자손들이 일찍 죽는다면 또한 홀로 무엇이 즐겁겠는가. 곤궁하나 남의 귀함을 동경하지 아니하고, 가난하나 즐거움이 그 속에 있으며, 장수하지는 않고 요절하지도 않아서 천수天壽를 다한 뒤에 땅에 묻히는 것이 바로 인간의 참된 모습이다.

嗚呼噫噫, 人生於世, 貴賤貧富壽夭之不齊, 而率以是爲悲歡憂樂者, 惑也. 駟馬高車, 榮則有之矣, 其憂亦大矣. 積穀堆錢, 手算而心計, 能勿勞乎? 壽至百歲, 身存而子孫彫喪, 亦獨何樂哉! 若夫窮而無慕乎人之貴, 貧而樂亦在其中, 不壽不夭, 全其天, 沒于地者, 是所謂人之眞也.

우리 심후는 한평생 그 몸에 고관대작의 영화는 없었으나 마음 편히 만족하였으며, 집에는 매달 매일 들어오는 수입은 없었으나 활기차게 지내며 부족하다 생각하지 않았다. 벗들은 금인金印과 자수紫綬를 차되 자신은 포의布衣의 신세를 벗지 못하였지만 조금도 부러워하지 않았으며, 형제들은 좋은 곡식과 고기를 먹되 자신은 거친 밥도 배불리 먹지 못했으나 태연히 처신하였다. 술이 있으면 손님을 불러 맛을 보고, 술이 없으면 남에게 가서 마시되 한가롭게 취향醉鄕에서 노닐며 가난과 추위, 곤궁과 고생이 몸에 닥치는 것을 알지 못하였다.

吾侯平生, 身無軒冕[1]之榮, 而充然自以爲得, 家無日月之入, 而活乎不以爲歉. 故人金紫[2], 已不免韋布, 而無然歆羨, 同産粱肉, 已不厭疏糲而處之夷然, 有酒則喚客嘗, 無酒則投人飮, 優游於醉之鄕, 不自知貧寒窮苦之逼身.

비록 백수에 이르지는 못했으나, 또한 거의 70세를 편안히 살다가 병이 들어 홀연히 떠나버렸다. 아내는 옆에서 울고 자식들은 그 앞에 가득히 모여 있으니, 돌아보건대 무엇이 부족한가. 세상에는 새벽에 출근하고 오후에 퇴근하는 관리 생활 속에서 몸이 묶여 좁디좁은 신세로 살다가 하루아침에 함정에 빠져 촛불에 뛰어든 나방과 같이 타닥타닥 스러져 가면, 아내는 부르짖으며 함께 죽고자 하고 아이들은 아직 어려 도리어 웃는 경우도 있다. 이런 사람의 세상살이는 과연 어떠하다고 할 것인가. 우리 심후는 비록 죽었으나 오히려 죽지 않은 것이다. 술상이 앞에 놓인 것이 흡사 살아생전과 같다. 말을 해도 대답이 없고 불러도 일어나지 않으니 취해서 누워있는 것인가. 평소에는 언제나 우리들을 불러 술을 마시라 권하더니 이제 박주薄酒를 올리는데 영혼은 마시지 아니하는가. 상향.

雖未至於上壽[3], 亦庶幾乎稀年[4], 居然而病, 倏爾而逝. 妻泣在旁, 子

---

1 軒冕: '軒'은 고관들이 타던 수레이고, '冕'은 고관들의 모자이다.

2 金紫: 金印과 紫綬로, 황금 도장과 자주빛 인끈이다. 이는 고관들이 패용하던 것들이다.

3 上壽: 백 살이 넘은 나이를 이르는 말로, 80살은 中壽, 60살은 下壽라 한다.

4 稀年: 70살을 가리키는 말이다. 杜甫가 "사람이 칠십을 사는 것은 예로부터 드물다.[人生七十古來稀]" 하였다.

哭滿前, 顧何事欠乎? 世有縛於卯申, 局促身世, 一朝觸機, 如蛾赴燭, 撲撲而滅, 妻號欲死, 兒癡還笑, 此其偶於世, 何如也? 吾侯雖死, 猶不死也, 酒床在前, 儼然平生. 言而不答, 呼而不起, 其醉臥耶? 平日常呼我輩勸之飮, 今奠薄酒, 靈其不飮歟? 尙饗.

형조판서 성건 공 제문
祭刑曹判書成公健[1]文

아아, 하늘은 여러 가지 선善을 여러 존재에게 부여하여 사람을 만드는데 유독 공에게는 선을 두터이 주었으며, 장수와 복록을 착한 이에게 베풀어 인간에게 보응報應을 내려주는데 유독 공에게만은 인색하였다. 이것은 어째서인가? 하늘이 창창하게 넓고 넓어 의지할 곳이 없는 것인가? 아니면 선善을 주는 것은 하늘이지만 수요壽夭와 사생死生은 별도로 주관하는 존재가 있는 것인가? 그렇지 않다면 어찌하여 공이 여기에서 그쳤단 말인가.

> 噫嘻! 天以衆善賦與萬衆而爲人, 而獨厚於公, 以壽祿施之良善, 以報應乎人, 而獨嗇於公, 是何也? 其蒼蒼茫茫而無所憑歟? 抑與之善者天, 而其壽夭死生, 別有宰之者乎? 不然, 何公而止於斯?

공은 그릇이 크고 도량이 넓었다. 넉넉한 국량을 가지고 공경하지 않음이 없는 마음을 써서 우뚝이 조정에 섰다. 인의仁義가 몸에 배어 그것으로 꾸밈을 삼고, 지론이 정대하여 타인을 대함에 너그러웠다. 사람들이 모두 그를 친애하며 감히 소홀히 대하거나 업신여기지 않았다. 좌우에서 우리 선왕先王(성종)을 보좌하니 사람들이 이간질하지 못하였고, 우리 성상聖上(연산군)을 보도輔導함에 덕성德性으로 훈도하였다. 아, 가상하도다. 나라를 사랑하여 언제나 힘쓰고, 시대를 걱정하느라 일찍 노쇠하였고, 몸 바쳐 뜻을 굳세게 하다가 쌓인 피로로 병이 생겼다. 사람들은 그래도 백세까지 살아서 끝을 잘 맺을

---

1 健: 成健. 세종 21년(1439)~연산군 2년(1496). 자 子强. 본관은 昌寧. 시호는 文惠. 형조참판 成順祖의 아들. 세조 14년(1468) 문과에 급제하여 벼슬은 도승지를 거쳐 경기도관찰사· 대사헌 등을 지냈으며, 성종 19년(1488) 謝恩使로 명나라를 다녀왔음.

것을 도모하기를 바랐으나 하루아침에 문득 죽어 옷을 걷고 위태로운 곳을 밟아 불러도 돌아오지 않게 되었다. 아, 어찌하리오.

惟公枵然其器, 廓爾其宇, 以如有容之量, 行毋不敬之心, 魁然立於朝. 被服仁義以爲餙, 持論正大, 遇物以寬和, 人皆親愛之, 而不敢忽慢. 左右我先王, 人無間然, 輔導我聖上, 薰陶德性, 吁可尙已. 愛國長勤, 憂時早衰, 鞠躬强志, 積勞成疾, 人猶冀其延延百歲, 圖惟厥終, 而一朝奄逝, 卷衣履危, 呼之而不返, 嗚呼奈何?

하늘에는 이미 물을 수 없고, 도道 또한 함께 도모할 수 없게 되었다. 공과 같이 도덕이 높고 그릇이 큰 자가 재상의 지위에 오르지 못하고 백년도 살지 못하고 말았으니, 선을 행하는 자들이 이를 보고 게으르게 될까 나는 두렵다. 우리들이 부족하지만 밝은 시대에 함께 태어나고 임금과 신하가 서로 화합하는 시절을 만난 것이 얼마나 다행이었던가. 함께 죽을힘을 다해 성군명주의 다스림을 영원토록 받들기를 바랐건만, 하늘이 우리를 불쌍히 여기지 않으시어 갑자기 성종께서 승하하셨다. 그런데 어찌 생각이나 했으리오. 피눈물이 마르기도 전에 또다시 공이 세상을 떠나셨구나. 나는 알지 못하겠다, 하늘이 우리 선왕을 염려하여 어진 신하를 뽑아 따라 죽도록 한 것이 아닐까. 그렇다면 공의 죽음이 아무 의미 없는 것이 아니요, 하늘에 계신 선왕의 영혼도 외롭지 않을 것이다. 이와 같다면 내 비록 슬퍼하지 않아도 괜찮을 것이다. 그렇지만 금상께서 처음 보위에 올라 널리 재목을 구하여 명당明堂을 지어 백성들을 크게 보살펴주시려 하는데, 공과 같은 동량의 재목이 어찌 빠질 수 있단 말인가. 이에 대해서는 또한 어찌 애통해하지 않을 수 있겠는가. 이에 변변치 못한 제물祭物을 올리면서 아울러 애통한 마음을 펴노라. 아, 상향.

天旣不可問, 道又不可與謀, 如公德器, 而位不到台鼎, 年不到期頤, 吾恐爲善者怠矣. 吾儕無似, 何幸同生昭代, 共際風雲, 庶幾相與戮力, 永奉聖明之治, 不弔于天, 遽抱攀髥[2]之痛, 豈料血淚未乾, 又悲殄悴[3]之詩? 吾不知之矣. 天其無乃念我先王, 抽其良, 使殉之乎? 則公之逝, 未爲無謂, 而先王在天之靈不孤矣. 若是者, 吾雖不哀之, 可也. 雖然, 嗣聖初登寶位, 方鳩材構明堂, 大庇蒼生, 如公樑棟之材, 豈宜缺乎? 是則又安得不哀乎? 玆奠菲薄, 兼敍哀忱. 嗚呼尙饗.

2 攀髥: 성종의 죽음을 이른다. '반염'은 용의 수염을 잡는다는 뜻으로, 중국 전설상의 黃帝가 승하하여 용을 타고 승천하자 신하 70여 명은 함께 타고 올라갔고, 나머지 신하들은 미처 타지 못하고 용의 수염에 매달렸다가 수염이 뽑혀 떨어졌다고 한다.

3 殄悴: 성건의 죽음을 이른다. 『詩經』「大雅·瞻仰」에 "현인이 죽었으니, 이 나라가 병들었네. [人之云亡, 邦國殄瘁.]" 하였다.

영의정 이극배 공 제문
祭領議政李公克培[1]文

하늘과 땅의 기운, 산악의 정기가 쌓이고 길러 공이 탄생하였네. 준수한 모습과 굉활한 기상에 견문과 식견은 넓고 풍부하고, 공업功業은 크고도 넓었도다. 벼슬길을 활보하매 순풍을 탄 기러기 같고 의복을 단정히 차리고 엄숙한 얼굴로 조정에 섰네. 아무리 맑게 한들 이보다 맑을 수 없고 아무리 휘저어도 탁하게 할 수 없었네. 속에 온축된 것 넓으니 베풂이 능히 넓으니 넓은 공덕은 큰 강물 높은 산과 같았네. 일국의 모범이요 백관의 스승이었으며 병을 고치는 의원이요 점치는 거북이와 같았네. 하늘은 어찌하여 그냥 내버려두지 않아, 갑자기 노인을 데려갔는가. 마당에 하얀 장막 드리우니, 영원히 그 음성 들을 수 없네. 하늘은 그를 위해 비 내려 울고 길손도 눈물을 뿌리네. 세상에 남은 우리 후배들 믿기 어려워 탄식하노니 한 배를 타고 강물을 건너다 노를 잃어버렸구나. 하늘을 부르짖으며 통곡하고 애오라지 한잔 술 올리니 혼령이 있다면 바라건대 강림하소서.

乾坤之氣, 山嶽之精, 儲焉毓焉, 公乃挺生, 姿標之偉, 氣宇之宏, 識博聞多, 業廣功崇, 闊步雲衢, 鴻毛順風, 垂紳端冕, 立朝正色, 澄之不淸, 撓之不濁, 畜之旣富, 施之能博, 功利之普, 大川喬嶽, 一國之表, 百僚之師, 如病之醫, 如卜之龜, 天胡不憖, 遽捐几杖, 素幔在堂, 永隔音響, 天爲雨泣, 路人垂洟, 吾儕下塵, 疑難是咨, 同舟濟河, 奈失楫維, 呼天痛哭, 聊奠一酌, 靈其有知, 庶幾來格

1 克培: 李克培. 세종 4년(1422)~연산군 1년(1495). 자 謙甫. 호 牛峰. 본관 廣州. 仁孫의 아들. 세종 29년(1447) 문과에 급제하여 벼슬은 우의정에 이르렀다. 세조가 즉위하는 데의 공을 세워 佐翼功臣에 녹훈되었다.

좌의정 정괄 공 제문
祭左議政鄭公佸[1]文

사람들이 항상 하는 말이 "하늘은 기필할 수도 있고, 또한 기필할 수도 없다." 한다. 그러면 나는 언제나 "하늘이 어찌 이처럼 일정치 않아 의지할 수 없는 것이겠는가?" 반박하였다. 그런데 지금 살펴보니 그 말이 진실로 나를 속이지 않았다. 보건대, 공은 통달하고 현명하며 활달하고 시원시원하였으며, 굳세고 정대하였으며, 지조를 바꾸지 않아 시속時俗에서 우뚝하였으니 가히 중인衆人의 위에서 뜻을 펼칠 수 있는 사람이었다. 임금과 신하가 바람과 구름, 물고기와 물처럼 서로 화합하는 시대를 맞이하여 공이 떨쳐 솟아올라 삼정승의 자리에서 백관을 통솔하였으니 이는 요행히 그렇게 된 것이 아님이 분명하다. 하늘은 기필할 수 있다는 말이 또한 진실로 그러하지 않은가.

> 人有恒言曰: "天可必, 亦不可必."余常非之曰: "天豈若是搖蕩無憑者?" 以今觀之, 其言信不我欺. 觀夫公之通明疏爽, 剛毅正大, 立不易方, 拔乎流俗者, 是可以伸於衆人之上矣. 其能際遇風雲, 會逢魚水, 奮迅騰踔, 履三台而總百揆者, 非幸也宜也, 其謂之可必也, 不亦信然乎?

공이 아직 재상이 되지 않았을 적에 사람들은 모두 늦다고 여겼다. 공이 재상이 되고 나자 벼슬아치들은 조정에서 축하하였고 백성들

1 佸: 鄭佸. 세종 17년(1435)~연산군 1년(1495). 자 景會. 본관 東萊. 鄭昌孫의 아들. 세조 11년(1465) 문과에 급제, 병조판서·경상도 관찰사 좌의정 등을 역임하였다. 성종 23년(1492) 進賀使로 명나라에 다녀왔으며, 연산군 1년(1495) 謝恩使가 되어 명나라에 갔다가 귀국 도중 객사하였음.

은 들에서 손뼉을 쳤으며, 굶주린 자는 먹여주기를 기다리고 추위에 떨던 자는 따뜻함을 기대하여 참으로 백성들의 바람이 컸거늘 하늘은 어찌 이리도 빨리 빼앗아갔는가. 기필할 수 없다는 말이 정말로 거짓이 아니었다. 아 애통하도다. 날던 새도 고향으로 돌아갈 줄 알고, 여우는 죽을 때 반드시 자기가 살던 곳으로 머리를 향한다. 공자孔子는 스스로 동서남북으로 떠도는 사람이라 생각하였지만 오히려 길에서 죽는 것을 싫어하였다. 공의 집과 수레와 말, 친척과 벗들이 모두 고국에 있거늘 아득히 먼 만리타향에서 병들어도 문병하는 친척이 없고 죽어도 조문하는 벗이 없었으니 어찌 유독 여우나 새의 마음이 없었겠는가. 공이 임종할 때의 말을 들었는데, 비석을 세우고 글을 새겨 세상에 자랑하지 말라고 경계하였다 한다. 어찌 검소한 습관이 관에 들어가는 그 순간에도 풀어지지 않을 수 있었단 말인가. 아, 슬프도다.

方公之未爲相也, 人皆以爲遲, 及公之旣爲相也, 縉紳慶於朝, 黎庶抃於野, 飢者仰其哺, 寒者冀其溫, 正當民望之殷, 奈此天奪之速. 其謂不可必者, 正不誣矣. 嗚呼慟哉! 鳥飛返故鄕, 狐死必首丘, 孔子自謂東西南北之人[2], 猶惡其死於道路[3]. 公之宮室車馬 · 親戚朋友, 皆於故國, 而乃迢迢萬里之遠, 病無親戚問之, 卒無朋友弔之, 其獨無狐鳥之情乎? 聞公臨絶之語, 戒毋得立碑刻文, 誇耀於世, 何其儉約之習蓋棺猶不怠也? 嗚呼哀哉!

---

2 東西南北之人: 『禮記』 「檀弓上」에 "내(공자)가 들으니 고대에는 묘역을 만들되 봉분을 쌓지 않았다고 한다. 지금 나는 동서남북으로 떠도는 사람이므로 무덤에 표시를 하지 않을 수 없다. [吾聞之, 古也墓而不墳. 今丘也東西南北之人也, 不可以弗識也.]" 하였다.

3 惡其死於道路: 『論語』 「子罕」에 공자가 "내가 비록 크게 장례를 지내지는 못하더라도, 길거리에서 죽기야 하겠느냐. [予縱不得大葬, 予死於道路乎?]" 하였다.

우리들은 불초하여 모두 파리가 천리마 꼬리에 붙고 쑥이 삼대에 의지해 자라는 것과 같이하여 스스로 이익을 취하였으니, 공이 정승의 자리에 오르자 그 아래 부하 관리에 충당되어 공의 덕에 훈도되고 남은 광채를 본받는 자들이 많았다. 처음 공의 죽음을 듣고 이는 꿈이지 사실이 아니라고 여겼고 다시 듣고서야 비로소 사실임을 알았다. 아 어찌해야 한단 말인가. 공의 시신이 돌아와 성 밖에 빈소가 차려졌다. 양 옆의 궁궐이 우뚝하고 의정부 건물이 깊숙이 늘어선 가운데에서 일찍이 띠를 드리우고 홀을 바로 하고서 백관을 통솔하여 구중궁궐의 임금에게 예를 다하지 못하고 말았다. 아, 아프도다. 그렇지만 공의 정기와 영령이 어찌 다만 민멸되고 사라져 초목이나 조수의 죽음과 같이 무위에 돌아가겠는가. 지금 성상께서 바야흐로 지극한 다스림을 도모하시니 장차 반드시 경운慶雲·경성慶星·봉황鳳凰·신작神爵이 감응할 것인데, 이것이 공의 정혼精魂이 아님을 어찌 알겠는가. 유명幽明은 비록 다르지만 이치理致는 간극이 없다. 이에 한 잔 술을 올리나니 흠향시기를 바란다. 상향.

吾儕無似, 皆嘗附驥依麻, 以取自益, 及踐台司, 亦充下僚, 薰其德而襲餘光者蓋多矣. 初聞公之亡, 以爲夢也非眞也, 更聞之, 始知爲眞, 嗚呼奈何? 公喪之歸, 殯于城外. 雙闕巍巍, 相府潭潭, 曾不得垂紳正笏, 帥百僚禮於九重璇極. 嗚呼傷哉! 雖然, 公之正氣英靈, 豈但泯滅消沈, 與草木鳥獸之死者, 同歸於無也? 今聖上方圖至理, 將必有慶雲慶星鳳凰神爵出而應矣, 安知非公之精乎? 幽明雖異, 理則無間, 玆奠一酌, 式歆庶幾尙饗.

숙도 이칙 공 제문
祭李公叔度文 名則

무릇 하늘은 광대하고 고명하고 유구하여 만물은 하늘에 힘입어 살아간다. 사람 중에서 하늘을 온전히 얻은 자라면 필시 도량은 광대하고 지혜와 식견은 고명하며, 수명은 장구할 것임은 의심할 것도 없다. 공은 강해와 같이 도도한 국량을 지니고 시서육예의 문장을 널리 공부하였으며, 그릇은 그 광대함을 지극히 하였으며, 식견은 그 고명함을 지극히 하였으니 온전히 얻은 자가 아니겠는가. 비록 공을 들어 백관의 윗자리에 두더라도 거북이나 학과 같이 오래갈 수 있을 것이다. 그런데 나이는 육순에 이르지 못하고, 지위는 2품에 그치고 말았다. 하늘을 기필할 수 있는 것인가. 이것이 굴원屈原이 천도가 실현되지 않는 이유를 하늘에 물었던 까닭이다. 고인이 이르기를 '죽고 삶은 또한 큰 것이다.' 하였으니, 비록 왕희지王羲之와 같은 통달한 식견으로도 일찍이 글에 임해 서글피 탄식하지 않을 수 없었다. 그런데 공은 스스로 자신의 몸을 현실에 존재하지 않는 오유선생烏有先生이나 무시자亡是子로 여겨 언제나 존재하지 않는 세계 속에서 노닐며, 굴욕을 당해도 근심하지 않고 출세에 급급하지도 않았다. 삶을 여관에 머무는 것으로 치부하였으며, 죽음을 고향으로 돌아가는 것으로 여겼기에 병이 들어도 의원의 약이나 무당의 굿을 원하지 않았다. 죽음에 임해서도 처자식이 걱정하는 것을 달갑게 여기지 않았으니 공은 옛날의 달관했던 자들을 크게 능가했던 것이다.

夫天, 廣大也, 高明也, 悠久也, 而萬物資以生焉. 人而得之全者, 其必器宇之廣大, 而智識之高明, 而年壽之久長也, 無疑矣. 惟公滔滔江海之量, 又博之以詩書六藝之文, 器極其廣大, 識極其高明, 非得之全者乎? 雖擧而加諸百僚之上, 與龜鶴同其久, 可也, 而且年不到六旬, 位止於二品，天可必乎？斯屈原所以有問[1]焉也．古人云死生亦大矣．雖達識如逸少，未嘗不臨文嗟悼[2]．惟公自以其身爲烏有·亡是子[3]，常遨遊無何有之鄕[4]，不戚戚於屈辱，不汲汲於登進，視生如寓乎逆旅，視死如歸其故鄕，病不要醫藥卜筮．臨絶，又不屑屑焉妻子之念，其過於古之達觀者遠矣．

공이 죽자 온 나라 사람들이 통곡하고 사림士林들은 태산북두의 바람을 잃어버렸다. 심지어는 방아 찧는 소리도 들리지 않고 거리에서 노래를 부르지 않았으니, 보이고 들리는 것은 비탄의 소리요 슬퍼하는 모습뿐이었다. 하물며 우리는 나이도 같고 지기志氣도 서로 같아, 한 시대를 함께 살며 성스럽고 밝은 군주를 함께 섬겼으니 다른 초목조수들처럼 우연히 함께 태어난 것에 그칠 따름이 아니었다. 공이 죽었단 소식이 들려오니, 내가 죽은 것보다 더 심함이 있어 하인들도 마치 그 주인을 잃은 듯하고 자식들도 마치 그 부형을 잃은 것 같았다. 아, 애통하도다. 어떤 사람이 "사람은 반드시 스스로 애통해한 연후에 사람들이 애통해 한다. 저 공은 무릇 이미 그 몸을 스스로 연연해하지 않았으니 사람들이 그의 죽음을 애통해 하는 것은 또한 잘못된 것이 아닌가?" 하니, 모두들 "그렇지 않다" 하였다.

---

1 屈原~有問: 굴원은 「天問」을 지어 天道가 실현되지 않는데 대한 안타까운 마음을 하늘에 물었다.

2 古人~嗟悼: '고인'은 莊周이니 그는 『莊子』 「德充符」에서 "죽고 사는 것은 큰 것이지만, 그와 더불어 변화할 수는 없다. [死生亦大矣, 而不得與之變.]" 하였다. '逸少'는 王羲之(307~365)의 자로, 왕희지는 「蘭亭集序」에서 장자의 이 말을 언급하며 '일찍이 글에 임해 서글피 탄식하지 않은 적이 없다. [未嘗不臨文嗟悼.]' 하였다.

3 烏有亡是子: '오유'는 烏有先生이다. 이 둘은 모두 司馬相如 「子虛賦」에 등장하는 가공의 인물이다.

4 無何有之鄕: 『莊子』 「逍遙遊」에 나오는 말로, '어디에도 있지 아니한 지역'이란 뜻이다.

公之亡也, 國人歌殄瘁之詩[5], 士林失山斗之望. 至於舂不相, 巷不歌, 凡屬見聞, 莫不有悲嘆之聲, 愁戚之容. 況吾輩年相若, 氣相類, 共生一世, 同事聖明之君, 非他草木鳥獸之偶然竝生而已者乎? 聞公之卒, 不啻如己之亡, 至於僕隸, 如失其主, 子弟如喪其父兄, 嗚呼哀哉! 或曰: '人必自哀, 然後人哀之. 若公, 夫旣其身之不自恤矣, 而人哀其死, 不亦謬乎?' 皆曰: "不然."

공이 스스로 애통해하지 않은 것이 바로 사람들이 모두 애통해 하는 까닭이다. 재물을 아끼는 자에게는 사람들이 재물을 주려하지 않고, 관직을 아끼는 자에게는 나라에서 관직을 주려하지 않는다. 죽고 삶에 있어서도 또한 이와 같다. 사람이 몸을 갖는 것은 사사로운 소유가 아니니 이는 하늘이 정精을 맡긴 것이다. 만일 공이 자신의 몸을 사사로운 소유로 여기어, 살아서는 뛸 듯이 좋아하고 죽을 때는 근심스럽게 슬퍼하며, 가난과 부유함으로 손해와 이익을 삼고, 귀함과 천함으로 영광과 욕됨을 삼는다면 이는 범부일 따름이다. 누가 다시 그 죽음 애통해 하겠는가. 하물며 공이 세상을 떠난 뒤로 거리에는 착한 사람이 없고, 나라에는 어진 신하가 없으며, 큰 집은 동량棟樑을 잃고, 큰 강에 배가 없어졌다. 배고픈 자는 우러러 얻어먹을 곳이 없고, 아픈 자는 치료를 바랄 수 없다. 이러하니 어찌 통곡하며 눈물을 흘리고 이어 피도 흘리지 않을 수 있겠는가. 술잔을 올리고 또 이어 흠향하시기를 바라며 말한다. "공도 지난날 인간세상에 살 때 취향醉鄕에 묻혔었는데, 지금 저승으로 가시니 누구와 술잔을 기울이시는가. 허름한 술 거칠지만 마음만은 곡진하니, 영혼이여 싫지 않으시다면 한번 맛보소서."

---

5 殄瘁之詩: 현인의 죽음을 슬퍼하는 시이다. 『詩經』「大雅·瞻仰」을 이른다. 이 시에 "현인이 죽었으니 이 나라가 병들었네. [人之云亡, 邦國殄瘁.]" 하였다.

夫公之不自哀者, 是所以人皆哀之者也. 愛其財者, 人不肯與之財, 愛其官者, 國不肯與之爵. 其於死生, 亦猶是也. 人之有身, 非私有也, 是天之委精也. 使公而以其身爲其私有, 生則躍躍以喜, 死則戚戚以悲, 貧富爲損益, 貴賤爲榮辱, 是則凡夫耳. 誰復哀其死哉? 而况自公之去, 巷無善人, 國無良弼, 大廈失棟樑, 巨川無舟楫, 飢者無所仰哺, 病者無復望療. 用是烏得不痛哭流涕, 繼之以血乎? 薦之酒, 又從而侑之曰: "公昔人寰兮醉爲鄕, 公今九原兮誰與觴. 魯酒雖薄兮心甚長, 精靈不爽兮庶幾一嘗."

판부사 손경보 제문 이름은 순효舜孝이다
祭判府事孫公敬甫[1]文 名舜孝

음양의 두 기운 솟구쳐 맑고도 깨끗하고, 일월성신의 삼광 휘황하게 빛나도다. 공이 이러한 기운을 얻어 태어났으니, 어쩌면 이리도 재주와 국량이 탁월한가. 성명과 도덕의 근원을 궁구하여, 위로 공자·맹자를 스승으로, 아래로 주돈이·장재를 벗 삼았네. 지은 문장은 순수하고 잡되지 않아, 장자의 황당함을 천시하였네.

二氣扶輿以淸淑兮, 三光焜耀而輝煌, 公得之以生兮, 一何材器之異常, 學究乎性命道德之源兮, 上師孔孟下友周張, 爲文純粹而不雜兮, 奴視漆園之荒唐[2]

원만하고 한결같은 마음, 충서忠恕 두 글자를 품었네. 임금과 나라를 사랑하여 잠잘 때나 먹을 때나 변함이 없었네. 참으로 지극한 정성은 능히 사람 마음을 감동시키니, 성종의 사랑이 유독 컸지. 임금께서 주신 글씨 상자 안에 넣어두고, 주신 의관은 옷 궤 안에 보관했네. 거듭 궁궐로부터 진수성찬 내어 주시니 조용히 감격의 눈물 눈자위에 가득했네. 공은 술 마시기 좋아했으며 영리 따위에는 관심 없었네. 평생토록 하늘과 땅을 우러르고 굽어봄에 부끄럽지 않으니, 의기양양 온 세상이 취향醉鄕이었네.

團團一心兮, 忠恕二字[3], 愛君與國兮, 寢食無二, 諒至誠之能動兮, 宣

---

1 敬甫: 孫舜孝. 세종 9년(1427)~연산군 3년(1497). 자 敬甫. 호 勿齋·七休居士. 본관 平海. 아버지는 군수 密이며, 어머니는 趙溫寶의 딸. 단종 1년(1453) 문과에 급제한 후 벼슬은 형조 판서, 우찬성에 이름.

2 漆園: 莊子를 이른다. 장자가 칠원 땅의 관원으로 있었다.

廟眷遇之獨異, 宸翰兮留箱, 賜衣兮在笥, 重以珍羞之出九重兮, 漢盈眶之感淚, 有孚于飮酒兮, 無心於營利, 平生不愧于俯仰兮, 得得醉鄕之天地

인생 칠십은 예로부터 드문 일이거늘 공은 이를 또한 넘게 살았네. 병 없이 다른 세상으로 갔으니, 죽은 것이 아니요 신선이 된 것이로다. 공의 부인은 아직 살아 있으며 다섯 아들은 앞에 늘어서있네. 내가 세상을 살며 지켜본 사람들 많았으나, 어찌 공과 같은 사람이 있으리오. 아, 나는 감히 공과 일찍부터 교분이 있어, 요행히 그대와 쑥과 삼처럼 서로 의지하였네. 그대가 외람되이 지기知己의 우정으로 허여해주어, 함께 속마음 나누는 벗이 되었지. 술잔과 쟁반이 몇 번이나 모였다 흩어졌던가, 물아物我와 피차彼此의 구분을 잊었도다.

人生七十之自古稀兮, 夫子抑又過焉, 無疾而化兮, 非死而仙, 夫人未亡兮, 五子羅前, 余觀於世閱人多矣, 曷有庶幾乎夫子, 謇余忝夙契兮, 幸蓬麻之相倚, 猥蒙許與以知己兮, 奏高山與流水,[4] 杯盤幾度之聚散兮, 忘物我與彼此

이제 내 마음에 때는 쌓여만 가는데, 누가 다시 시원스레 씻어내줄까. 전에 용을 타고 두류산 구름으로 들어가고자 했으니, 내 지금 머리 들어 멀리 푸른 하늘 바라보네. 멀리 바라보아도 보이지 않아 서글픈 내 마음 말하네. 무릎 꿇고 글을 써서 술을 올리니 영령이여 이내 마음

---

3 忠恕二字: 李肯翊『燃藜室記述』卷6「成宗朝故事本末」에 근거하면, 손순효는 매양 임금의 앞에 '忠·恕' 두 글자를 써서 정성스럽게 아뢰니 임금은 그를 충성스럽고 정직하다고 여겨 드디어 크게 썼다고 한다.

4 奏高句: 속마음 서로 잘 이해한다는 뜻이다. 伯牙가 高山에 뜻을 두고 거문고를 타면 鍾子期는 '좋다, 태산이 높구나.' 알아주고, 백아가 流水에 뜻을 두고 거문고를 타면 종자기는 '좋다, 강물이 넘실거리는구나.' 알아주었다 한다.

헤아려주오.

從今堊墁之徒積兮, 誰復運斤以成風[5], 嘗自擬騎龍入頭流之雲兮, 我今矯首遠望兮蒼穹, 遠望之而不見, 言余心之忡忡, 跪陳辭而薦酒, 靈其諒此深裏

5 堊墁~成風: 서로 굳게 믿음을 뜻한다. 『莊子』「徐無鬼」에 "어떤 郢人이 있었는데 그의 코에 진흙이 달라붙어 파리 날개처럼 되었다. 匠石을 시켜 떼게 하니 장석은 도끼로 바람을 일으키고 편안하게 떼어내어 코에는 상처 하나 없었다." 하였다.

홍문관 전한 권빈 제문

祭弘文館典翰權公璸[1]文

아, 이 사람이 어찌 이러한 일을 당하였는가. 기운은 넓고도 크고 재주는 빼어나고 풍성했지만, 그에 합당한 지위를 얻은 기간이 너무도 짧았다. 하늘의 뜻은 알 수가 없다. 넘쳐서 흐르고 가득차서 발하여 크게 성취하도록 하려는 것이 아니었던가. 벼슬길에 올라서는 과연 성상의 지우知遇를 입어 관冠 옆에 붓을 꽂고 시종의 신하가 되었다. 차례로 화요직華要職에 오르니 당시의 관료들 가운데 누구도 앞지를 수 없어, 장차 한번 뛰어 구만리 하늘에 오를 듯하였다. 명을 받들고 남쪽 고을로 나아가게 됐을 때엔 사람들 모두 좌천이라 말하며 난봉鸞鳳이 가시나무에 깃들었다 한탄하였다. 다시 부름을 받아 돌아왔을 때에는 귀밑털이 이미 하얗게 세어 보는 사람들 안타까워하였지만, 다행스럽게도 공론이 사라지지 않아 재주 있는 자가 버려지지 않게 되었다. 얼마 지나지 않아 사간원을 거쳐 홍문관에 들어 금세 또한 재보宰輔의 반열에 올랐으되, 한 번 병들고서는 끝내 일어나지 못하였으니, 이것이 천명인가. 어찌 이리도 생명을 주고 빼앗는 것이 미덥지 못하단 말인가.

嗚呼! 斯人也何至於斯歟? 氣宏以大, 才駿而茂, 其得之宜早而暮, 天不可知也, 其無乃溢而流, 滿而發, 使其成就之大乎. 及登雲衢, 果能受知於聖明, 珥筆爲香案吏[2]. 歷踐華要, 一時鵷鷺莫之先. 逝將一蹴

---

1 璸: 權璸. 세종 28년(1446)~연산군 6년(1500). 자 叔玉. 본관 안동. 공주 목사 權有順의 아들. 성종 13년(1482)에 문과에 급제하여 예빈시 주부·사헌부 지평 등을 지냄. 대신 尹弼商과 李克墩을 논박하여 파면을 당하였으나 복귀한 일이 있음.

2 香案吏: 임금을 수행하는 관원을 이르는 말이다.

而九萬. 暨分符南郡, 人皆稱屈, 有鸞鳳枳棘[3]之嘆. 其旣召還, 則鬢已皓皓, 見者惜之, 所幸公論不泯, 才不見遺. 無幾時月, 歷薇垣, 入玉堂, 朝夕且陞宰輔之列, 一疾竟不起, 天乎. 何其予奪之不可恃乃爾.

군은 함창 사람으로 나와 같은 고향 사람이다. 혼인으로 인해 타향에서 살더니, 이제 장례를 지냄도 고향에서 하지 못하고 타향에서 하게 되었다. 나는 늙었다. 죽으면 곧 내 고향으로 돌아갈 것이다. 아, 끝내 서로 가까이 할 수 없겠구나. 군은 평생토록 술을 좋아하여 마실수록 천진스런 모습이 더하였다. 옛날에 술 좋아하던 사람 여덟이 있었다고 하더니 군이 아마도 그 중 하나인가. 나는 병이 들어 손을 잡고 묻지 못했는데, 죽어서도 또한 시신을 어루만지며 곡하지도 못하였다. 이것이 어찌 나의 마음이겠는가. 쇠약하고 병이 들어 그렇게 된 것이다. 지금 다시 나를 대신하여 한잔 술을 올리니 나의 자식이 그대의 자제와 다름이 없다. 상향.

君咸昌人也, 於吾鄕族. 昏姻之故, 家于異鄕, 今其返葬也, 不于故鄕而于異鄕. 吾老矣, 死便歸吾土矣. 嗚呼! 其終不得相近也. 君平生嗜酒, 愈飮而天眞愈多, 古有飮中八仙[4], 君豈其一歟. 吾病不得執手而問, 沒又不得撫尸而哭, 夫豈情也, 羸病使之耳. 今復代奠一杯, 吾之子, 猶君之子弟也. 尙饗.

---

3 鸞鳳枳棘: 賢士가 천하고 낮은 지위에 있다는 뜻이다.

4 飮中八仙: 杜甫 「飮中八仙歌」에 唐의 賀知章 등 술을 좋아했던 여덟 인물들을 읊었는데 여기에서는 술 좋아했던 권빈을 팔선의 하나로 비유한 것이다.

좌참찬 윤효손공 제문

祭左參贊尹公孝孫[1]文

하늘이 우리 인간을 낳음에 오상五常을 부여하지 않음이 없도다. 오직 충忠과 효孝 두 덕목은 또한 오상 가운데 큰 벼리이지. 선생이 품부 받은 것은 하늘이 유독 두터이 내려주었네. 처음 성년이 되어 성현들의 책을 읽고, 사람의 성품이 지닌 바를 강론하여 밝혔네.

天生我人兮, 蓋莫不賦與以五常, 惟忠孝之二德, 又五常之宏綱, 先生之稟受兮, 羌天賦之獨厚, 結髮讀聖賢之書兮, 講明吾性之所固有

작록爵祿이 오는 것을 사양하지 않았으니, 과연 손쉽게 과거에 합격하였네. 부모님을 기쁘게 함에도 도가 있어, 부모의 입맛과 뜻을 봉양하여 어김이 없었네. 이미 모든 행실의 근원에 돈독하였으니, 또 어디에 간들 베풀지 못했겠는가. 형제에게 우애롭고 백성에게 올바르게 대하여 성상의 마음을 얻었도다.

爵祿之來不可辭兮, 果然決科如摘頷髭, 悅親之有其道兮, 養口志焉無違, 夫旣敦夫百行之原兮, 又焉往而不可施, 友于兄弟宜人民兮, 獲乎上之在玆

정도正道를 따르고 법대로 행동하니, 어찌 한번이라도 지름길을 말미암았겠는가. 곧은 도로써 마음에 맹세하여 충성을 다하여 열성조列聖朝를 섬겼네. 요순堯舜에 대한 이야기 아니면 감히 진언하지 아니하였

---

1 孝孫: 尹孝孫. 세종 13년(1431)~연산군 9년(1503). 자 有慶. 호 楸溪. 본관 南原. 知淳昌郡事 處寬의 아들이며, 관찰사 止衡의 아버지. 단종 1년(1453) 식년문과에 병과로 급제한 뒤 공조참의, 한성좌·우윤 등 여러 관직을 거쳐 좌참찬을 지내고 崇政大夫에 오름. 시호는 文孝.

고, 아름다운 계책은 반드시 진달하였네. 왕께서 그대를 옥처럼 아끼시어 높은 벼슬 내리셨네.

遵大路範馳驅兮, 曾何由乎捷徑, 直道以矢心兮, 竭忠事乎列聖, 非堯舜不敢陳兮, 嘉謀猷之必達, 王用玉汝[2]兮, 錫之以崇秩

정승의 자리를 지척에서 바라보아 차고 날아올라 구만 리에 닿을 듯하였네. 임금께선 막중한 일 맡기시니 모든 관료들 선생을 본받도다. 바야흐로 사람들의 귀감이 되어 세상을 비추려는데, 어찌하여 하늘은 그리도 빨리 빼앗아 가는가. 거리에는 사람 없고 집안은 적막한데, 방아 소리 들리지 않고 밤은 적적하도다. 아, 우리들 불행하여, 파리가 붙어 갈 천리마를 잃었네.

望三台之咫尺兮, 搏九萬以將薄, 九重托以心膂, 百僚爲之矜式, 方人鑑之照世, 奈天奪之何亟, 巷無人兮室幽幽, 舂不相兮夜寂寂, 嗟吾黨之不幸, 蠅失驥兮奚托

지난날 함께 하던 때를 생각해보니 나의 벗이 아니라 실은 나의 스승이었네. 집에서는 증삼과 민자건처럼 왕래하고 나라에서는 이윤과 여상이 자문하듯 하였네. 듣지 못하던 것 듣고 보지 못하던 것 보았으니 낱낱이 들어 셀 수 없어라. 문득 영원히 유명幽明을 달리하니 누가 나의 슬픈 마음을 알리오. 영거靈車가 장차 떠나감에 슬퍼하니 아득한 하늘 남쪽 얼마나 멀리 가나. 한 사람은 살고 한 사람은 죽는 이별, 세 잔 술 올리고 사흘 밤 지내는 것뿐이네. 아, 슬프도다, 부디

---

2 玉汝: 임금의 은총을 흠뻑 입은 것을 뜻한다. 張載 「西銘」에 "가난하고 천함과 근심 걱정은 너를 옥처럼 갈고 닦아서 훌륭하게 만들기 위한 것이다. [貧賤憂戚, 庸玉汝於成也.]" 하였다.

흠향하소서.

念疇昔之陪從，非吾友而實吾師，家焉曾閔與往來，國而伊呂之相諮，聞未聞而見未見者，蓋不可以枚擧而數之，忽幽明之永隔，誰知我之傷悲，悵靈車之載脂，渺天南之幾里，一生一死之別，三酌三宿而已，嗚呼哀哉，尙冀歆止

거창부원군 신승선공 제문
祭居昌府院君愼公承善[1]文

공은 덕과 지위가 높고 충성과 인애가 돈독하였지. 임금께서 크게 의지하고 백관이 공경하며 모범으로 삼았네. 국구國舅의 존귀함으로도 오히려 겸손하였고, 공훈은 컸으나 자랑하지 않았네. 성내지 않아도 사람들은 스스로 엄숙하였고 웃지 않아도 사람들은 절로 즐거워했지. 그 한 몸에 나라의 안위安危와 휴척休戚이 달려 있었네.

惟公德位之崇，忠愛之篤，九重所倚重，百僚所矜式，國舅尊而愈謙，勳庸大而不伐，不怒而人自肅，不笑而人自悅，一身所係，安危休戚

백년도 오히려 짧거늘 어찌 서둘러 저승으로 데려갔는가. 나는 재주도 없고 보잘 것 없지만 또한 조정의 말석을 차지했지. 공의 포용을 입은 것이 이미 오래이니 돌아가셨다고 감히 잊을 수 있겠는가. 경기도 관찰사가 되어 북망산을 바라보네. 애오라지 무덤가에 눈물만 뿌리며 꿇어앉아 글을 올리고 술잔을 올리네. 제물은 소략하여 부끄럽지만 넋은 살아 계신 듯 성대하도다. 상향.

百年猶短，九原何忙，雖以不才與無狀，亦托末流於朝堂，爲所包容已久，敢以沒世而或忘，節鉞畿甸[2]，仰瞻北邙，聊揮涕以灑墳，跪陳辭而薦觴，物雖愧夫薄薄，神如在之洋洋，尙饗

---

1 承善: 신승선. 세종 18년(1436)~연산군 8년(1502). 자 子繼·元之. 호 仕止堂. 본관은 거창. 아버지는 황해도관찰사 詮이다. 연산군의 장인이다. 벼슬은 영의정에 이르렀으면 居昌府院君에 봉해졌다.

2 節鉞畿甸: 홍귀달은 연산군 9년(1503) 경기도 관찰사에 제수되었다.

전 부장 제문
祭全部將文

아, 전군이여, 어찌 이 지경에 이르렀는가. 예전에 들으니, 하늘이 사람에게 보응하는 것은 반드시 그 사람이 베푼 선악에 따르는 것이라 한다. 전군은 하늘로부터 가장 순수하고 성실한 성품을 타고 나서 평생을 살면서 일찍이 털끝만큼도 하늘을 저버린 일이 없다. 자질은 후덕하여 말은 어눌하며 속은 반듯하고 겉은 엄숙하였다. 그 마음을 보존하고 그 성품을 길렀으니 이는 하늘을 섬긴 것이며, 곤궁함에 처해서도 원망하거나 탓하는 일이 없었으니 이는 하늘의 뜻에 순종한 것이며, 진한 술에 취해 항상 스스로 편안하였으니 이는 그 하늘을 온전히 한 것이다. 그런데도 군은 어찌하여 하늘로부터 버림을 받았는가. 뜻은 족히 설 수 있고 덕은 족히 기를 수 있거늘, 벼슬은 여기에 그치고 수명은 여기에서 그치고 말았다. 아, 어찌하여 하늘은 군에게 이리도 야박한가. 안연顔淵은 요절하고 도척盜跖은 장수하였으며, 원헌原憲은 가난하고 계씨季氏는 부유하였다. 예부터 그러하였으니 군이 다시 어찌 탄식하리오.

嗚呼全君, 何至於斯. 嘗聞, 天之報於人, 必隨人所施之善惡. 全君最得醇慤之性於天, 平生所爲, 未嘗有一毫負於天. 質厚而言訥, 內方而外嚴. 存其心而養其性, 所以事天也. 處窮阨而無怨尤, 所以順乎天也. 醉醇酎[1]而常自然, 所以全其天也, 君何負於天. 志足以有立, 德足以有位, 而官止於斯, 命止於斯, 嗚呼, 何天之薄於君也. 顔子夭而盜蹠壽, 原憲貧而季氏富.[2] 自古然爾, 君復何嗟.

---

1 酎: 저본에는 '肘'로 되어 있으나 문맥을 고려하여 수정하였다.

2 顔子~氏富: 안연과 원헌은 모두 공자의 뛰어난 제자들인데 요절하였다. 도척은 천하를 횡행하는 도적이었고, 계씨는 魯나라의 기강을 어지럽게 만든 大夫였다.

고당高堂에 해가 떨어지자 술잔과 쟁반이 낭자하더니, 동쪽이 밝기도 전에 처자가 통곡하고 말았으니 사람의 일을 믿을 수 없는 것이 이와 같다. 아, 슬프다. 군에게 형제가 있었으나 모두 군보다 먼저 죽었다. 사람들은 이르기를 형제들이 군에게 수명을 늘려줄 것이라고 말했지만 군도 역시 따라 가고 말았다. 아, 어째서인가. 내가 처음에 군과 사귀게 된 것은 박 소보朴蘇甫 공의 소개 때문이었다. 평소 군을 만나면 박공 이야기를 하고 박공을 만나면 군에 대한 이야기를 했으니, 세 사람은 한 마음이 되어 그 날카로움이 쇠를 끊을 정도였다. 지난번에 소보가 갑자기 죽어서 눈물이 아직 마르지 않았는데 군 또한 이에 이르니, 아, 누구를 의지해야하는가. 들으니 군의 상구를 옮겨 처가가 있는 곳에 장사지내느라 온 집안이 허둥대고 상례 도구도 많이 모자랐다고 한다. 나는 병이 들어 나아가 곡을 하지 못하였으니, 부모님 상중에 있으면서도 맹교孟郊의 집안일을 처리해준 번종사樊宗師에게 부끄럽구나. 시를 몇 편 지어 애통한 속마음을 담는다. 다시 조카들을 믿고 애오라지 한 잔 술을 올리노라. 영혼은 아는가. 상향.

落日高堂, 杯盤狼籍, 東方未白, 妻子痛哭. 人事之不可恃有如是. 嗚呼哀哉. 君有兄弟, 先君皆亡. 人謂兄弟輸壽於君, 君亦繼逝. 嗚呼曷其. 我初與君結交, 蓋因朴公蘇甫爲之紹介. 平生見君則言朴, 見朴則言君, 三人同心, 其利斷金. 頃者蘇甫奄爾不天, 淚猶未乾, 君亦至此, 嗚呼疇依. 聞君移柩, 返葬姻鄕, 擧室遑遑, 喪具多闕. 余亦病骨, 不獲臨哭, 經營孟家, 有愧宗師.[3] 詩以題些, 以寓哀忱. 復恃猶子, 聊奠一酌. 靈其知耶? 尙饗.

---

3 經營~宗師: 孟郊와 樊宗師는 모두 韓愈의 절친한 친구들이다. 맹교가 죽자 번종사는 그 자신이 부모상 중이었음에도 맹교의 집안일을 자기 집 일처럼 처리해 주었다고 한다.《與鄭相公書》

김경조 공 제문

祭金公敬祖文

공은 하늘로부터 받은 성품이 맑았으며, 그 성품을 바르게 길렀다. 내면을 수양하고 외면을 단정히 하여 말과 행동이 일치하였다. 일찍 과거에 급제하여 요직을 두루 거치니, 사림士林에서는 그를 가리켜 높은 경지라 하였고, 조정에서는 거동이 빼어나다고 하였다. 하물며 나와 같이 뜻도 같고 도道도 같으며 또한 누차 동료의 친분을 가졌던 자는 어떠하겠는가. 공은 도道를 들은 것이 나보다 앞서고, 명성과 영예 또한 나보다 앞섰다. 마땅히 앞사람이 먼저 오르고 뒷사람이 따라야 하거늘, 도리어 쭉정이들이 앞에 있고 주옥이 뒤에 놓여 마치 장작을 쌓음에 뒤에 온 것이 위에 얹히는 것과 같았다. 하늘을 알 수 없는 것이 이와 같다. 괴이하도다.

惟公稟受之淸, 養成之正. 內修外端, 言與行孚. 早登科第, 歷踐華要. 士林指爲高標, 朝著視以爲儀. 況如貴達, 志同道同, 又疊同僚之分者乎. 公聞道先乎吾, 聲譽亦先乎吾, 宜乎先者先登, 而後者之隨也. 顧乃糠秕在前, 珠玉殿後, 正如積薪之場, 後來者居上. 天之不可知也如此, 可怪也已.

공이 늙고 나 또한 늙었으며, 공이 병들고 나 또한 병이 심해졌다. 늙은 것으로 치면 마땅히 함께 죽어야 하고 병으로 치면 심한 자가 마땅히 먼저 죽어야 하거늘, 어찌하여 공이 홀연 죽고 나는 아직 남았단 말인가. 이 또한 알 수가 없다. 하늘에 물으니, 하늘은 푸르기만 할 뿐 아무 말이 없다. 사람을 시켜 소략한 제수를 올리고 하늘과 사람이 서로 의지할 수 없는 까닭을 말한다. 바라건대 나의 깊은 마음을 살피고 한잔 술을 비우시라.

公老吾亦老, 公疾吾又甚. 以老則死當同逝, 以病則甚者宜先. 胡爲乎公之倏然, 而我尙淹乎. 是又不可知也. 問諸天, 天蒼茫而無謂. 仵奠菲薄, 因敍天人不可憑之故. 冀諒深情, 庶盡一巵.

이봉 공 문
祭李公封[1]文

오호라! 하늘은 공이 성군聖君의 시대에 태어나게 하였고 공에게 탁월한 재주를 부여하였으며, 일찌감치 공을 과거 합격자 명단의 머리에 올려놓았고 즉시 공을 승정원에 앉혔으며, 중추적 지위를 주었고 정사政事를 계획하는 권세 있는 자리로 승진시켰다. 공으로 하여금 우뚝하게 젊은 명재상이 되게 한 것이 누구란 말인가. 이는 하늘이 공에게 두터이 해준 바이다. 다른 사람과 견주어 얼마나 완비되었단 말인가. 얼마나 임금의 은혜가 융성하였으며, 여론이 모아졌던가. 그런데 온축된 바를 다 펼치지도 못하였고 그 덕을 다 갚지도 못하고 말았다. 백년을 기약하더라도 오히려 짧다 할 것인데, 혼을 뺏어감이 빨라도 어찌 그리 빠른가? 하늘을 믿어 의지할 수 없음이여, 거듭 공을 위하여 영원히 애석해 하노라.

嗚呼！天墮公於聖明之時，賦與公以超卓之才，早擢公於金榜[2]之頭，卽置公於銀臺之上，位公以樞機之地，昇公以設施之權，使公巍然作少年名相者誰乎？是則天之厚於公者．視諸人，何其備也．夫何君恩方隆，物望方屬？施未盡其畜，報不滿其德，望期頤以猶邈，奪魂速之何速？惟天之不可恃以爲賴兮，重爲公而永惜．

공이 죽기 한 달 전쯤, 언젠가 나를 위해 수레를 타고 왕림한 일이 있다. 자리를 털고 술잔을 들며 마음속 회포를 나누었는데 해가 서쪽

---

1 封: 세종 23년(1441)~성종 24년(1493). 자 蕃仲. 호 蘇隱. 본관 韓山. 李甸의 아들. 세조 11년(1465)별시문과에 장원급제. 이듬해 문과중시에 합격하고 우승지·좌승지를 거쳐 공조참판·이조참판을 역임하였다. 문장이 뛰어나 이름이 높았다.

2 金榜: 거리에 붙였던 과거 합격자 명단이다.

으로 넘어가는 것도 알지 못했었다. 그로부터 얼마 뒤 공의 죽음을 알려 왔다. 나는 처음에는 믿을 수 없었지만 물어보니 사실이었다. 기린이 다치고 봉황이 죽으매 슬퍼하는 자들이 어찌 공을 아는 자와 모르는 자로 구분될 것이랴. 혜초가 시들고 난초가 불타버리매 가장 슬프게 탄식하는 자는 유독 상강湘江에 빠져 죽은 초나라의 굴원일 것이다.

先公之沒蓋未月兮, 嘗爲我以枉其車轍, 拂席擧觴而談懷, 不知白日之西沒. 爾後未幾, 傳公之卒, 余初不信, 問之乃實. 獜傷而鳳死, 其哀之者, 豈限知與不知? 蕙委蘭焚, 最悲嘆者, 獨楚之湘纍.

나와 공은 기묘년(1459, 세조 5) 사마시의 동년同年이다. 지금까지 36년의 세월이 흘러 동년 가운데 살아남은 자가 거의 드물다. 살아있으면서 관직에 있는 자는 또한 우리 몇 사람 뿐이다. 태어남이 있으면 반드시 죽음이 있다. 누가 능히 죽지 않고 늙지 않을 수 있겠는가. 길고 짧음이 같지 않은 것은 다만 먼저 가고 나중에 가는 다름일 뿐이다. 조물주는 무심하니, 참으로 해와 달이 비추는 바로다. 술 한 잔 붓고 나의 속마음을 아뢰니 어찌 유명幽明이 막혀있다 하는가.

吾與吾公, 是己卯司馬同年, 至今三十六年, 而同年之存者幾希, 其存而身爵位者, 又吾曹數人焉耳. 有生必有死兮, 孰能長生而久視, 其脩短之不齊, 特先後之異耳. 斯眞宰之無所心兮, 諒高明之所燭. 酹一杯而控余衷兮, 詎幽明之有隔?

참판 이육 제문

祭李參判陸[1]文

아, 하늘이여, 어찌하여 우리 공이 여기에서 그치고 말았는가. 공의 그릇은 지극히 컸으며 문장을 지으면 기세가 충만하고 자유로웠다. 궁궐에서 시부詩賦를 지어 올리어 이조 참판으로 발탁되었으며, 조정의 대책對策에 더욱 뛰어나 무리 중에 으뜸이었다. 예문관에서 문장을 드날리고 사헌부에 출입하며, 육조六曹를 보좌하고 여러 도道의 관찰사를 맡음에 이르러서는 기록할만한 명성과 실질이 있었다. 바야흐로 계단을 밟고 올라가 삼정승의 반열에 서서 백관을 총괄하기를 내가 기다린 지 오래였는데, 한 번 병이 들어서는 일어나지 못했으니 나를 반성하게 하는 거울 가운데 하나가 사라져 버리고 말았다. 임금께서도 하늘이 너무 일찍 데려간 것을 슬퍼하고, 백관들도 애통해 하였다. 아, 어찌할거나.

嗚呼天乎, 何吾公之止於斯而已乎? 公之器極其大, 爲文章, 汪洋以肆, 明光奏賦, 擢春亞, 尤對策大庭, 裒然擧首. 至若翱翔藝苑, 出入臺省, 參佐六部, 按察諸道, 厥有聲實之可紀. 方且歷階而陞, 踐三台而摠百僚, 吾傒之久矣, 一疾不起, 三鑑[2]缺一. 九重悼天奪之速, 具僚傷殄瘁之詩. 嗚呼奈何.

우리들이 보잘것없지만 다행히 공과 같은 나이로 태어났다. 비록 품부 받은 자질의 현명함과 어리석음이 서로 다르고, 관등과 품급에

---

1 李陸: 세종 20년(1438)~연산군 4년(1498). 자 放翁. 호 靑坡. 본관 고성. 사간 墀의 아들. 세조 10년(1464) 문과에 장원급제하였고, 벼슬은 병조 참판 등에 올랐다. 문장으로 유명하며 문집으로 『청파집』이 있다.

2 三鑑: 자신을 돌아보는 세 가지 거울, 人·古·鏡이다. 여기서는 이육이 홍귀달 자신을 돌아보게 만드는 거울이었다는 뜻이다.

차이가 나지만, 서로 정답고 친밀한 정은 실로 골육骨肉의 친척과 같았다. 이제부터 누구와 사귀며 누구를 모범으로 삼겠는가. 우리는 모두 이미 노쇠한 얼굴에 백발이지만, 공은 동안童顔에 검은 머리였으며, 우리는 또 이미 몸이 쇠약해졌건만, 공은 오히려 건강하며 탈이 없었다. 누가 공이 일찍 세상을 떠나고 우리가 구차하게 남을 것이라고 짐작이나 하였겠나. 하늘을 믿고 의지하기 어려우며, 이치를 미루어 짐작할 수 없는 것이 대부분 이와 같다. 이 또한 잘못된 것이 아닌가. 처음에 공이 병들었다는 말을 듣고, 의외의 병이니 비록 약을 쓰지 않아도 나을 수 있을 것으로 생각하였다. 어찌 영원히 유명幽明을 달리하게 될 것이라고 미리 알았겠는가. 말을 해도 나에게 화답하지 않고, 잔을 들어도 내게 권하지 못하니, 끝이 나고 말았다. 아, 슬프구나.

吾儕無似, 幸同甲子. 雖稟質賢愚之殊, 班資崇卑之差, 而煦濡相厚之情, 實均骨肉之親. 而今而後, 誰因誰極. 吾儕皆已蒼顔白髮, 而公尙童顔而玄髮. 吾儕亦已支離其形, 而公尙康强無恙. 孰謂公之早世, 而吾儕之苟存乎. 天之不可倚恃, 而理之不可推, 率類此, 不亦謬乎? 初聞公之病, 謂是無妄之疾, 雖勿藥可也, 豈料遂成幽明之永隔乎. 言而莫余和, 觴而不余酬, 已矣其終也已, 嗚呼哀哉!

종제 양양 부사 문걸 제문
祭從弟文襄陽傑文

노씨盧氏의 자매가 있었으니, 나와 그대가 나온 근원이라. 그 선조가 쌓은 덕이 두터워, 하늘이 미미한 말손들에게도 보답하였네. 나는 이미 외람되이 은혜를 입어 과분한 자리에 올랐으며, 그대 또한 손쉽게 과거에 급제하였네. 아름다운 고을을 다스린 것이 두 번이었으니, 백성에게 인자하고 만물을 윤택하게 하였네. 집안 노인을 잘 대접하여 다른 이의 노인에게까지 미쳤으니, 사람들이 교화되어 어버이들 기뻐하였네.

有盧氏之姊妹兮[1], 吾與子之所從出, 蓋其先之積德厚兮天報之于微末[2], 余旣誤恩而濫升兮, 子又決科兮如掇, 分符花縣者再兮, 仁乎民而澤物, 老吾老及人之老兮, 人以化兮親悅

이름과 실질이 감추어지지 않아, 임금께서 아름다운 이름을 내려주었네. 드디어 양양 군수에 제수되어, 내가 설說을 지어 행차를 전송하게 되었지. 동대문에서 버들가지 다정히 꺾어주니, 술잔을 내려놓고 말에 올라 길을 떠났네.

惟名實之不可掩兮, 皇覽錫之以嘉名[3], 遂有襄陽之恩命兮, 余爲說以贈行, 東門折柳兮多情, 擲杯上馬兮登程

---

1 姊妹: 홍귀달과 문걸의 모친은 서로 자매로서 안강 노씨 盧緝의 딸이다.

2 微: 저본에는 '徽'로 되어 있으나 문맥을 고려하여 고침.

3 皇覽句: 문걸의 처음 이름은 '彬'이었는데, 연산군 4년(1498) 裵目仁과 함께 모반을 꾀했던 文彬과 이름이 같은 것을 피하기 위하여 연산군이 '걸'이라는 이름을 하사하였다.

산천이 동서로 막아서고, 해와 달이 서로 쫓아 계절이 바뀌었지. 꿈속의 혼이야 때때로 날아갔지만, 얼굴을 볼 길은 없었네. 다행히 심부름꾼의 발이 빨라, 처마의 까치 소리 들으며 근심을 잊었네. 어찌하나, 중앙 조정으로 돌아오기 전에, 홀연 하늘의 옥루玉樓로 올라가버렸네. 다스리던 고을에 사당이 서둘러 생기고, 그곳 백성들 눈물이 줄줄 흘렀네. 아 슬프구나.

山川之隔東西兮, 烏兎[4]相驅兮換春秋, 魂夢兮有時, 面目兮無由, 幸黃犬[5]之足疾兮, 聞簷鵲以娛憂, 夫何漢札之未徵黃[6]兮, 忽玉樓兮天遊, 桐鄕之祠突起, 峴首之淚雙垂, 嗚呼哀哉

벼슬아치는 조정에서 탄식을 머금고, 친척들은 고향 마을에서 슬픔을 삼켰네. 처자는 통곡하며 객지의 상여를 어루만지고, 비복은 엎어지고 자빠지며 상여를 따랐네. 내려올 때의 길을 그대로 밟아 가건만, 입은 옷이 지난날과 다르네. 죽령 돌길 어찌 그리 길이 험한가, 축산竺山의 집은 텅 비어 적막하였네. 묘소에 황토를 쌓고, 하얀 천막은 청산이 감쌌네. 옛 친구들 와도 말이 없고, 술잔을 올려도 누구와 주고받나. 아, 슬프구나.

縉紳茹嘆兮班行, 親戚含悲兮鄕閭, 妻子慟哭兮撫旅櫬, 婢僕顚頓兮隨轜車, 踏來時之道路, 非昔日之服色, 竹嶺之磴兮何間關, 竺山[7]之

---

4 烏兎: 까마귀는 해, 토끼는 달을 상징한다.

5 黃犬: 소식을 전하는 심부름꾼을 이른다. 晉나라 陸機는 黃耳라는 누런 개를 통해 서신을 주고받았다고 한다.

6 漢札~徵黃: 중앙 조정으로 돌아오지 못했다는 뜻이다. '黃霸'는 한나라 때의 이름난 循吏였다. 황패는 지방을 다스리며 치적을 쌓아 나중에 조정으로 불려들어 갔다. 여기서는 문걸을 황패에 비유한 것이다.

7 竺山: 경상북도 예천군 동쪽 龍宮面의 옛 이름.

宅兮空寂寞, 黃土封兮殯堂, 靑山擁兮素幕, 故人來兮不語言, 酒盞陳兮誰酬酢, 嗚呼哀哉

내게 읍하며 나를 형이라 불렀으나, 나는 실로 형이 되기 어려웠네. 아우는 어른을 잘도 섬겨, 나 섬기기를 신명 섬기듯 하였네. 나는 이미 흰 터럭이 옷깃에 드리웠거늘, 아우는 동안童顔에 터럭도 세지 않았네. 어찌하여 늙은 자는 남고, 건강한 자가 먼저 가버렸나. 세밑엔 사위를 통곡하였더니, 봄이 지나기도 전에 그대를 통곡하네. 몇 달 새에 두 번이나 통곡을 하니, 이러기를 얼마나 해야 내가 죽으려나. 언제 죽을지 모르겠구나, 죽지 않았으니 사사로움이 없을 수 있겠는가. 사람을 시켜 한 잔 술 올리며, 슬픈 글을 거듭 아뢰네. 영혼은 아는가, 모르는가. 아, 슬프구나. 상향.

揖我謂我兄兮, 我實難爲兄也, 惟弟善事長兮, 事我如事神明, 余已素髮垂領兮, 而則童顔而髮未星, 胡爲乎老者而住兮, 康强者之先零也, 歲將闌而哭壻郎, 春未半兮哭君喪, 數箇月而再哭人, 幾如是爲而吾不亡, 然莫知夫何日亡兮, 苟未亡兮能無吾私, 伻奠一酌兮, 重以哀辭, 靈其知歟, 不知歟, 嗚呼哀哉, 尙饗

신중거 공 제문
祭辛公仲琚文

아, 그대가 세상에 태어난 것은 나와 한 해 차이가 난다. 그대는 오십이 못 되어 세상을 떴는데, 나는 나이가 이제 거의 칠십이 되었다. 나와 그대는 마음이 서로 맞았고, 도道도 서로 같았건만, 유독 어찌하여 수명은 같지 아니할까. 나는 그대와 함께 노닌 것이 오래였기에 일찍이 그 기상이 굳은지 약한지를 알았다. 그대는 실로 금석처럼 굳세었고 나는 부들이나 버드나무 같았다. 그런데 금석이 먼저 허물어지고, 부들과 버드나무가 도리어 온전할 줄 어찌 알았으리요.

> 嗚呼, 子之生於世, 與我差一歲. 子未五十而逝, 吾年今幾七十. 吾與子心相符也, 道相同也, 獨何年壽之不同也. 吾與子平生游從久, 夙相知其氣之堅脆. 子實金石之堅, 我則蒲柳耳, 豈料金石先毁, 而蒲柳反全耶?

어릴 적 함께 공부하던 유희명柳希明(柳洵), 김대가金待價(金瑄), 권재지權載之, 유자청柳子淸, 권경양權景暘 등은 지금 모두 살아 있다. 희명은 마침 재상의 지위에 올라 성상聖上을 가까이에서 모시고 있고, 대가는 남쪽 지방에서 고을살이를 하고 있는데 치적治績이 으뜸이다. 자청과 경양도 모두 지방 수령을 하고 있다. 재지는 비록 벼슬을 버리고 집에 머물고 있지만 화락하게 지내고 있다. 보잘것없는 나 또한 재상의 반열을 더럽힌 지 이제 수 십 년이다. 그대만은 어찌하여 홀로 무리를 떠나서 적막한 물가의 무덤이 되었는가. 그대는 처첩이 있으니 족히 음식과 의복을 봉양할 수 있고, 비복이 부리기에 부족하지 않았다. 조정의 관직과 시골의 전원이 모두 그대의 소유이거늘 어찌 즐기지 못하였는가.

少時同業若柳公希明 · 金公待價 · 權侯載之 · 柳侯子淸 · 權侯景暘, 今皆存焉. 希明時登相位, 左右聖明, 待價出尹南州, 治爲第一, 子淸 · 景暘, 皆佩專城斗印, 載之雖謝事家居, 亦寢食衎衎. 以余無似, 亦厠宰相之列, 數十年于玆. 子獨胡爲離群去類, 成此一丘寂寞之濱? 子有妻妾, 足以供飮食衣服, 婢僕非不足於使令, 官府于朝, 田園于野, 皆子之有, 豈不可樂哉?

적막한 한밤중 캄캄한 무덤 속에서 귀신과 이웃이 되어, 만나 이야기 나눌 사람도 없으니 저승에서는 조금도 의탁할 것이 없는데 어찌하여 즐거운 것들을 버리고서 의탁할 데도 없는 곳으로 돌아갔는가. 4척의 무덤은 여우나 토끼의 동산이니 불러도 나오지 않고 예를 표해도 답이 없다. 그만이다, 그만이다. 여기에서 끝이다. 그렇지만 나 역시 어찌 죽지 않고, 늙지 않는 자이겠는가. 그대와 지하에서 만날 날도 얼마 남지 않았다. 아, 팽조彭祖와 상자殤子는 수명이 같지 않고 안연顔淵과 도척盜跖이 다른 길을 갔지만, 각기 천수를 누리다가 끝내는 죽고 말았다. 죽는 것이 또한 어찌 슬픈 일이며, 살아 있는 것이 어찌 자랑할 일이겠는가. 그대는 평소에 술을 마시면 먹는 것도 그만두고 취향醉鄕에서 노닐었다. 이제 이 한 잔 술도 비우지 못하는 것은 어째서인가. 상향.

厚夜沈沈, 重泉黯黯, 鬼之與隣, 無與晤語. 冥間不可以托些子, 胡去其所可樂, 而爲不可托之歸歟? 四尺荒墳, 狐兎之鄕, 呼而不起, 禮而不答, 已乎已乎, 終於此而已矣. 雖然, 吾亦豈能長生久視者? 與子相從於地下, 尙有日矣. 噫! 彭殤不齊, 顔蹠殊途, 各有天數, 終歸於盡. 歿亦何足悲? 存亦何足誇? 子於平日, 飮而廢食, 醉以爲鄕, 今玆一觴, 不能倒寫, 何也? 尙饗.

심후 견 제문
祭沈侯肩文

심후는 세족의 맏아들이며 사대부가의 후예로다. 서울에서 생장하였지만 본래 이익이나 세력에는 마음이 없었네. 머리에 관을 쓰고 입으로 녹봉을 먹었으니, 또한 관례를 따라 음직蔭職에 나아간 것이었네.

維侯世族之胄, 衣冠之裔, 雖生長於朝市, 本無心於利勢, 蓋嘗冠其頭而祿其口兮, 亦承蔭而隨例

만년에 남산 북쪽에 집을 마련하여 여생을 소나무와 계수나무 사이에 의탁하였네. 담박한 음식을 맛있게도 먹었고, 더러운 옷을 거리낌 없이 입었네. 솜씨 좋은 정원사처럼 기른 나무 녹음을 이루고, 노련한 농부처럼 기른 참외 땅에 가득하였네. 이것이 심후의 일이었으니 다른 데는 뜻을 두지 않았네.

晩家于南山陰兮, 托餘生於松桂, 食淡而猶飽, 衣垢而亦曳, 橐駝養樹而成陰兮,[1] 邵平種瓜而滿地,[2] 是其事業兮, 餘不役志

손님을 좋아하는 것은 본래의 성품이었고, 술을 좋아함은 천진天眞이었네. 세상에선 손님 잘 대접한 정당시鄭當時라 불렀는데, 스스로는 술 좋아한 유영劉伶에 견주었네. 집에는 조금의 재산도 없었지만,

---

1 橐駝句: 솜씨 좋은 정원사를 이른다. 곽탁타는 낙타처럼 등이 굽은 사람이었는데 나무를 매우 잘 길렀다 한다. 《柳宗元 種樹郭橐駝傳》

2 邵平句: 秦나라 때의 인물로, 진나라가 망한 뒤에 장안성 동쪽에 은거하여 살면서 참외를 길렀는데 그 참외가 매우 달고 맛이 좋았다 한다.

자리에는 벗들과 빈객이 넘쳤네.

好客兮夙性, 嗜酒兮天眞, 世謂之鄭當時[3], 自比於劉伯倫[4], 家無擔石之儲兮, 座有朋賓

우리는 뜻이 같고 사는 곳도 가까워, 상장喪葬의 일을 서로 돕고 출입할 때 서로 벗이 되었네. 봄에는 함께 꽃을 구경하고, 가을에는 달빛 속에 술을 마셨네. 백 살이 되도록 즐겁게 함께 지내리라 여겼었지. 심후 또한 스스로는 일생토록 병이 없어 약도 먹지 않고 침도 맞지 않아도, 지금도 오히려 굳세다 하였지. 거북이나 학처럼 수명을 누리리라 생각하였네. 어찌하여 한번 병에 걸리어, 갑자기 죽음을 고하고 말았나. 의원을 구한다는 소식을 듣자마자, 숨을 거두었다 알려왔네. 아, 사람 일을 믿을 수 있겠는가, 서글프지 않을 수 있겠는가. 무릎 꿇고 아뢰고서 술을 올리니, 애통한 나의 마음 알아주시오.

我輩志同而居近兮, 死喪相助出入相友, 春與賞花兮, 秋月飮酒, 共擬歡遊兮, 百歲之久, 侯亦自謂, 一生無病, 不藥不灸, 至今猶勁, 庶幾龜鶴, 與享壽命, 如何一疾, 遽爾告竟, 才聞求醫, 已傳屬纊, 嗚呼人事之不可恃兮, 能不悵悵, 跪陳辭而薦酒兮, 冀哀忱之我諒

---

3 鄭當時: 前漢 武帝 때의 인물로, 강직하고 바른 말을 잘하였으나 빈객을 잘 대우하여 그의 집에는 언제나 빈객이 넘쳤다고 한다.

4 劉伯倫: 위진시대 竹林七賢의 한 명인 劉伶으로, 백륜은 그의 字이다. 유영은 특히 술을 좋아하였던 것으로 유명하다.

사제문 어느 재상인지는 모른다
賜祭文 不知某相

아, 경卿이여, 어찌 여기에 이르렀는가. 태허太虛는 공활하고, 창해는 끝이 없구나. 소리가 잦아들고 그림자가 흩어지듯, 그 자취 찾을 수 없도다. 아, 경이여, 영원히 이별인가. 답답한 나의 마음, 허전하고 애통하구나. 경의 사업은 북두성처럼 드높고 굴대처럼 무거웠지. 경의 업적은 영원히 청사에 길이 남아 있도다. 백관의 모범이요, 삼조三朝에 걸친 오랜 은덕恩德이었네.

> 嗚呼卿乎, 其至斯耶, 太虛寥廓, 滄海無涯, 聲淪影散, 罔由追尋, 嗚呼卿乎, 其永訣耶, 疚哉余懷, 惄焉傷怛, 卿之事業, 台衡鈞軸, 卿之勳績, 雲臺獜閣[1], 百僚儀表, 三朝舊德

휘황하고 찬란하여, 실로 말로 일컫기 어렵도다. 과인에 대해 보좌한 유익이 더욱 넓었구나. 그 마음이 다른 데에 있지 않고, 언제나 공변됨에 있었도다. 지금껏 아름다움 남았으니, 경의 공덕 아님이 없도다. 경은 오직 삼가고 삼가서, 충성스런 글을 지어 올렸었지. 나는 훌륭한 임금이 아니니, 그 글에 부끄럽도다.

> 炳炳琅琅, 實難言稱, 其在予侗, 輔益尤弘, 乃心靡他, 夙夜于公, 式至今休, 罔非卿功, 卿惟翊翊, 伊漢壽張, 予非光武, 有愧寵章

병으로 물러남을 허가해주니, 물러나 집에 머물렀지. 세속의 티끌을 털어버리어, 마음이 담담하였겠지. 옛사람들 보양함도, 이 도道를

---

1 雲臺麒麟閣: 중국 고대 궁전의 전각 이름들로서, 모두 지난날의 功臣들을 추념하기 위한 뜻에서 만든 건물들이다.

쓴 것이로다. 소요하며 세월을 보내며, 만년을 지내려 하였지.

> 許卿引疾, 退而家居, 釋去塵機, 心地澹如, 古人頤養, 率用是道, 逍遙度歲, 桑榆可保

이윽고 내가 경을 불러, 내정內廷에서 만나 보니 파리한 얼굴에 그 백발은, 신선의 형상이었네. 걸음걸이 비록 불편하지만, 보고 듣는 것 분명하였네. 내 실로 마음이 기뻐, 오래 살리라 기약했더니 오늘날 갑자기 무덤 문을 닫을 줄 어이 알았으리요. 아, 슬프구나.

> 頃予召卿, 入對內庭, 蒼顔白髮, 僊鶴其形, 趨步雖澁, 視聽明熒, 予實心喜, 期以遐齡, 何知今日, 遽閟玄扃, 嗚呼哀哉

기거起居와 음식이 어찌 절도에 맞지 않았겠는가. 약재를 씀에 어찌 부족함이 있었겠는가. 홀연히 가버리니, 잠시도 잡아둘 수 없었네. 나는 알지 못하겠다, 이것이 천명이란 말인가.

> 起居飮食, 豈云不節, 方藥攻劑, 豈云有缺, 奄忽而逝, 莫之少延, 予不敢知, 是命是天

경을 위해 통곡할 것이라고는 일찍이 생각지도 않았었네. 나는 구중궁월에 거처하기에 형편이 필부와는 달라 안부를 물을 적에도 다만 사자使者에게 의지했지. 병이 위태롭다 들었어도 또한 가서 보지 못하였네. 저승길 멀고멀어, 영원히 어긋났구나. 나라는 노성한 신하를 잃었고 집안에선 높은 어른을 잃었구나. 공적으로나 사적으로나 그 슬픔에 다함이 있겠는가. 나의 제물祭物을 갖추어, 나의 울울한 마음을 펴면서 사람을 시켜 한 잔 술 올리니 영혼은 한번 이르라.

哭卿慟卿, 曾是不虞, 予居九重, 事異匹夫, 寒暄之問, 只憑中使, 雖聞疾革, 亦未臨視, 泉路悠悠, 永矣相負, 國失老成, 家喪尊舅, 以公以私, 情其有極, 躅予凋毛, 敷予愊臆, 伻酹舅前, 冀靈一格.

월성군 이철견 공 제문

祭月城君李公鐵堅[1]文

경주의 이씨여, 화창하고 따스한 꽃피는 시절을 만났네. 땅은 척리戚里의 비옥함을 얻었고, 하늘은 우로雨露로 윤택하게 해주었네. 분분히 화미함을 얻고도, 또 빼어난 능력을 거듭 지녔네. 버들잎 꿰뚫고 이[蝨]를 관통하는 재주 공교롭고, 칼을 놀려 소를 잡는다 일컬어졌네. 호랑이가 날개를 단 격이니, 어찌 기러기가 순풍을 만난 것과 같을 뿐이었겠는가. 천리마가 장도로 내달리고, 붕새가 공중으로 박차고 오르는 것 같았네. 높이 올라 육경의 우두머리가 되었고, 의정부에 들어가 삼공의 버금이었네.

> 維鷄林之有李兮, 值艶陽之芳時, 地得戚里之腴兮, 天又雨露以潤之, 紛旣有此華美兮, 又重之以脩能, 穿楊復貫蝨之工兮, 游刃著屠牛之稱, 所謂虎而又翼, 豈翅鴻毛之遇順風也, 驥奮迅於長途, 鵬扶搖於大空, 歷崇曹而長六卿, 踐台府而貳三公

사조四朝에 충성심이 한결같았으니, 열성列聖에 대한 감사의 마음도 쇠하지 않았네. 우리 동방이 걱정 없지 않음이여, 북쪽에도 오랑캐 남쪽에도 오랑캐. 솥에 다리 하나 부족하니, 훌륭한 인재가 될 자 누구인가. 하늘이 우리에게 복을 주지 않음이여, 공이 갑자기 이렇게 돌아가셨네. 하물며 나는 의금부에서 부하였으니, 그 슬픔이 다른 이에 견줄 바 아니지. 같은 문으로 출입하고 같은 건물에서 기거하였네. 옥사를 다룸도 곧아 그의 바른 뜻을 확실히 보았네. 편안히

---

1 鐵堅: 이철견. 세종 17년(1435)~연산 2년(1496). 자 鍊夫. 본관 慶州. 세조 6년(1460) 武科에 올라 벼슬은 형조 판서, 평안도 관찰사 등을 역임하였다.

가르침 받들기 원하여 지시하는 대로 따랐네.

> 忠四朝而一如兮, 恩列聖之不衰, 惟吾東之未能無虞兮, 北有戎兮南有夷, 鼎鼐又闕一趾兮, 作鹽梅[2]者云誰, 何天之不我祚兮, 公遽至於斯也, 況金吾之下僚兮, 非他縉紳之比, 同門乎出入兮, 同廳乎起居也, 至於議獄而聽直兮, 益見其植志, 願安承教兮, 惟其所指

아, 그만이다, 이제 어이할거나. 한담과 농담을 다시는 공을 대하고서 즐길 수 없고 진수성찬을 다시는 공의 집에서 맛볼 수 없네. 아, 어이할거나, 어찌 마음 아프지 않으리오. 꿇어앉아 아뢰고 술잔을 올리니, 혼이여 와서 맛을 보시라.

> 嗚呼已矣, 今其奈何, 閑談戲語, 無復對公而讙譁, 珍羞異饌, 無復飫公之華堂, 嗚呼曷其, 奈何不傷, 跪陳辭而薦酒, 魂其來兮一嘗

---

2 鹽梅: 짠맛의 소금과 신맛의 매실을 함께 일컫는 말로서, 국가에 필요한 어진 인재를 비유한다.

조부모 증조부모 분황 제문

祖父母曾祖父母焚黃[1]祭文

아, 우리 조상들이여, 그 덕이 잘못되지 않았도다. 훌륭하신 증조모여, 그 아름다움이 훌륭하도다. 적선積善이 끊이지 않아 후손들에게 복을 내려주셨네. 우리의 자손들, 처음에는 구부려도 나중에는 펼쳤구나. 높고 높은 관면冠冕을 하찮은 나에게 씌워주셨네.

於皇我祖, 厥德靡愆, 懿哉王母, 其美齊焉, 積善裒裒, 垂裕後人, 伊我小子, 早屈晩伸, 峨峨冠冕, 得充後塵

임금님 은혜가 많아 유명幽明을 가리지 않는도다. 황지黃紙를 내려주시어 무덤에도 이르렀네. 이에 한 잔 술 올리어 은하수에 따르노라. 바라건대 편안히 흠향하소서, 우리가 올리고 우리가 받드나이다.

天恩至渥, 不限幽明, 黃紙之除, 亦及冢塋, 玆奠泂酌, 是注銀潢, 庶幾居歆, 我享我將

1 焚黃: 죽은 사람에게 벼슬이 추증되면 조정에서 추증된 관직의 사령장과 황색 종이에 쓴 副本을 주는데, 이를 받은 자손은 추증된 선조의 무덤에 고하고, 그 부본을 그 자리에서 태우는 의식을 올렸는데 이를 焚黃이라 하였다.

잡저雜著

작은 딸에게 부친 편지
寄少女子簡

내가 낳은 딸자식 가운데 네가 가장 늦었기에 너에게 사랑이 모였단다. 너 또한 유순하여 어려서부터 부모의 마음을 실망시키지 않았다. 시집을 가서는 금슬이 좋고 또 시부모님께 사랑을 받았기에 나는 네가 필시 복이 없는 사람은 아니라고 여겼는데, 이제 이런 일에 이르렀구나. 아, 어이한단 말이냐. 그러나 안연顔淵도 불행히 일찍 죽고 춘추시대 수절한 공강共姜도 일찍 과부가 되었으니, 이는 모두 하늘이 시킨 것이다. 하늘이 부여한 것을 사람이 어찌 피할 수 있겠느냐. 참으로 순순히 받아들여야 할 뿐이다. 부인婦人은 시집을 가고 나면 시집을 자기 집으로 삼는 법이다. 네가 네 집으로 돌아가면 당상堂上에는 시부모님이 계실 터이다. 이분들이 너의 진짜 부모이시다. 삼가 슬픔을 얼굴에 드러내지 말고, 억지로라도 밥을 먹고서 시부모님을 잘 모시거라. 병이 든 때를 제외하고는 매달 초하루와 보름날 무덤에 친히 제수를 올리기를 삼년간 하여라. 그 후에 틈을 내어 와서 우리 부부에게 인사하거라. 이것이 네가 마땅히 해야할 일이다. 네가 떠난 뒤에 네 어머니의 기침 증세가 크게 호전되었고, 나 역시 조금 편안해졌다. 마음에 담아둘 필요 없다.

余生女子, 汝最後, 所以情鍾於汝. 汝又柔惠, 自少不失我父母心. 旣適人, 有琴瑟之好, 又得獲乎舅姑, 余以爲必不是無福人也. 今直至此, 嗚呼奈何? 然顔子不幸, 共姜[1]早寡, 皆天也. 天之所賦, 人焉逃哉?

---

1 共姜: 중국 춘추시대 衛나라의 세자였던 共伯의 처로, 공백이 일찍 죽자 그녀는 주위의 강요를 물리치고 재가하지 않았다.

正須順受之耳. 婦人以嫁爲歸, 以夫家爲家. 汝歸汝家, 堂上有舅姑, 是眞汝父母也. 愼勿哀形于面, 强飮食, 善事舅姑. 除身病外, 趁朔望, 親奠於墳所, 以畢三年. 其後暫來, 問我夫妻. 是汝當行之宜. 汝去後, 汝母喘證大歇, 吾亦稍安, 不必置諸胸.

『강목』을 보내줌에 대한 감사의 편지
謝人與綱目書

나는 평생토록 예藝에 대해서는 별다른 기호가 없었지만, 유독 서사書史에 대해서는 기갈 든 사람이 먹고 마시는 것 이상으로 좋아하였습니다. 대개 입이 먹을 것을 찾는 것은 본성입니다. 비록 숙맥菽麥을 분별할 줄 모르는 지극히 우매한 사람이라도 먹고 마시는 것을 그만둔 자는 없습니다. 제가 서사에 대해서 참으로 이와 같습니다. 본성이 좋아하기 때문에 비록 능력은 없지만 또한 조금이라도 책을 놓은 적이 있지 않았습니다. 어렸을 적에는 집에 책이 없어 매양 어떤 책이 읽고 싶으면 반드시 남에게 빌려야 했으니, 빌리면 읽고 못 빌리면 그만이었습니다. 또 비록 읽는다 하더라도 곧 주인이 돌려달라고 하면, 전에 읽은 내용을 닦아 익힐 겨를이 없었기에 공부한 것을 금방 잊었습니다. 그래서 어려서는 무지하였고, 장성해서는 견문이 없었으며, 늙어서는 쓸모가 없습니다.

僕平生於藝, 無所嗜好, 獨於書史, 好之不啻如飢渴者之於飲食. 蓋口之於味也, 性也, 雖至愚騃, 不辨菽麥, 而未嘗有廢飲食者也. 僕之於書史, 正類此. 性好之, 故雖無能, 亦未嘗少釋也. 少時, 家無書, 每欲讀一般書, 必從人借, 得則讀, 不得則廢. 雖讀之, 尋被主人責還, 未暇修習舊聞, 旋得旋忘, 所以少無知而長無聞而老無用.

그렇긴 하지만 그래도 성상께 지우를 입고 벗들 사이에 이름이 기억되며, 유자儒者들의 명단에 계속 오르고 예문관을 출입한 것이 대개 수 십 년이었습니다. 그 사이에 외람되이 성은을 입은 것이 어찌 합당한 것이었겠습니까. 그러나 서적을 나누어 줄 때면 제 이름이 언제나 남보다 앞에 있었기에 집은 비록 가난하나 서적은 남들보다 많았습니다. 지난날 외직을 맡거나 또 상喪을 당해 서울을 떠나 있던 기간이 오륙년 됩니다. 돌아와 보니 벽에 가득한 것이 모두 지난날 보지 못하던 책들이었습니다. 물어보니 근일에 새로 받은 것들이었습니다. 이에 절을 하고 감사하며 "외직에 있는 신하도 또한 이런 은혜를 입게 될 줄 어찌 알았으리오." 했습니다. 이윽고 또 다른 사람에게 들으니 "이제 또 새로 주조한 활자로 명나라 『강목綱目』을 인출印出할 터인데 응당 유신儒臣들에게 나누어 줄 것이다. 그대는 비록 외직에 있을 때에도 받지 못한 것이 없었으니 하물며 지금은 어떠하겠는가?" 하는 것이었습니다. 그래서 나는 또한 사사로이 다행이라고 여겼습니다.

蓋因是, 猶且受知於聖明, 見錄於朋儕, 得點綴儒聯, 出入金馬玉堂, 蓋數十年. 其間忝蒙聖恩者, 詎有極乎? 而於頒賜書籍, 則賤姓名每先於人. 故家雖貧, 書籍富於人. 頃因吏于外, 又値喪, 去京師者五六年. 及還則滿壁皆前日所未有之書, 問之則近日所受賜也. 乃拜手謝曰: "吾焉能知在外之臣亦膺此恩乎?" 旋又聞諸人, 曰: "今且新鑄字印發明綱目, 行當頒給儒臣, 如君雖在外時, 亦無所不得, 況於今乎?" 余亦私以爲幸.

그런데 반사기頒賜記가 내려오고 보니, 우리들 대부분은 거기에 이름이 없었습니다. 나는 속으로 웃으며 말했습니다. "전에 멀리 있을 때는 비록 받지 못하더라도 괴이할 것이 없고, 나 또한 얻을 마음이 없었거늘 얻지 못함이 없었다. 지금은 조정에 있으니 받아도 과분한 경우는 아니라 할 수 있고, 나 또한 본래 이 책이 없기에 받고 싶은 마음이 없는 것도 아닌데 도리어 받지 못했다. 이것이 무슨 일인가?" 대개 천도天道는 지공무사至公無私하여 우로雨露를 베풂에 반드시 물물마다 은택을 주고자 기약하는 것은 아니지만, 무릇 혈기 있는 것들은 저절로 그 은택을 입지 않는 것이 없습니다. 그런데 산천에 구름과 비가 없어 물댈 시기를 잃어버리면 대지는 가뭄이 들고 농부들은 어려움을 고합니다. 이때 비록 작은 비가 내리고 얕은 이슬이 내리더라도 어찌 능히 만물을 윤택하게 할 수 있겠습니까. 반드시 두레박틀을 빌려와서 물길을 돌리고, 항아리를 안고 깊은 데서 물을 길어야, 이에 밭두둑에 물을 주어 농사를 지을 수 있고 굶주림을 면할 수 있습니다. 그런즉 두레박틀이나 항아리 또한 천지의 화육을 도와 만물을 낳는 물건이라 하겠습니다.

及下頒賜記[1], 則吾輩行率不得與焉. 余竊笑之曰: "前則遠臣也, 雖不得無足怪, 余亦無心於得也, 則乃無所不得焉. 今則在朝之臣也, 得之未爲過分也, 余又本無此書, 未必無心於得也, 則反不得焉, 是何也?" 蓋天道至公而無私, 雨露之施, 非必期於物物而澤之, 而凡有血氣者, 自無不被其澤. 至於山川, 無雲雨澤愆期, 大地旱暵, 農夫告惻. 于時雖有小雨薄露, 安能潤萬物乎? 必借桔槹以倒其流, 抱瓮以汲其深, 乃可以灌畦而農, 得以免其飢餓矣. 是則桔槹也, 瓮也, 亦贊天地之化育而生物者也.

공은 지위가 높고 능력이 많으십니다. 지위가 높으므로 스스로를 도울 수 있고, 능력이 많으므로 또한 사물에 은택을 끼칠 수 있습니다. 공이 『강목』 한 질을 받아 스스로 간직하고, 개인적으로 또 한 질을 인출印出하여 제게 주시니, 이를 사물에 비유하자면 공의 은택은 밭에 물을 대는 두레박틀이나 항아리가 아니겠습니까. 비록 천지의 화육을 돕는다 말하더라도 진실로 거짓이 아닙니다. 아, 공이 아니었다면 나는 굶주리다가 죽지 않았겠습니까.

公位隆而力有餘, 位隆故有以資於已, 力有餘故又有及物之澤. 公受

1 頒賜記: 나라에서 내려주는 物目과 수량과 받는 사람 명단을 적은 문서이다.

賜綱目一件，既以自資，私印又一件，以之資於我，譬之於物，公之澤，其桔槹與瓮之灌畦者乎？雖謂之贊天地之化育，誠不誣矣。噫！微吾公，吾其不飢而死者乎？

황해도 관찰사에게 내리는 교서
黃海道觀察使敎書

왕은 다음과 같이 이르노라. 내가 보건대 백관百官과 모든 부서는 각자 그 직분이 있어 서로 침해하거나 간섭하지 않는데, 저 감사는 한 몸에 한 도道의 권병權柄을 쥐고서 백관과 모든 부서의 업무를 총괄하고 있으니, 마땅한 사람을 얻으면 한 도의 백성들이 그 혜택을 받게 되고, 그렇지 않다면 내가 비록 자애로운 마음을 지니고 있어도 백성들 중에는 어미에게서 젖을 얻어먹지 못하는 자가 나올 것이다. 또한 막중하지 아니한가. 경은 대대로 벼슬한 유서 깊은 집안의 후예로서 모골毛骨이 범상치 않고, 시서詩書의 가업家業이 전해져 본래부터 익숙함이 있었다. 너그러우면서도 엄격하여 우뚝하게 장자長者의 풍모가 있으며, 요직을 두루 거치는 동안 언제나 아름다운 명망이 있었다. 내가 경을 안 것이 오래되었다. 내가 백성들을 친히 다스리는 직분이 무거움을 걱정하여, 큰 지방의 목민관을 시켰더니 경은 부모가 연로하다는 이유로 사양하였고 나 또한 한 고을만을 편애하는 것은 인仁이 아님을 걱정하여 즉시 그 청을 윤허하였다. 곧이어 승정원에 두고서 심복心腹의 임무를 맡겼다. 경은 능히 나의 삼례三禮를 맡았으며, 출납을 온당하게 처리하였다. 물고기와 물이 만나고 구름과 용이 만난 것과 같았으니 어찌 우연이라 하겠는가. 그러니 또한 어찌 금방 헤어지려 하였겠는가.

王若曰: 余觀百司庶府, 各自其職, 不相侵攝. 若監司則攬一道之權, 摠百司庶府之職于一身. 得其人則一道之民受其賜, 不則余雖有子惠之心, 民有不得乳於其母者矣, 不亦重乎? 卿故家世臣之裔, 毛骨不凡, 詩書箕裘之傳, 習慣有素. 寬和嚴毅, 巍然有長者風度, 歷踐要劇, 動有休聞. 予知卿久矣, 予念親民之職重也, 使牧子大州, 卿以親老辭, 予亦虞偏惠于一邑非仁也, 卽允其請, 旋置喉舌之任, 委以腹心之寄, 卿能典我三禮[1], 出納惟允. 魚水雲龍之會, 豈偶然哉, 而亦詎肯須臾離也?

그런데 내가 생각해 보니 황해도 일대는 풍토가 척박하고 민생이 어렵다. 민풍을 살피는 자가 넉넉하고 조화로운 군자가 아니면 그 메마름을 윤기 나게 할 수 없고, 엄격한 대부가 아니면 그 게으름을 일깨울 수가 없다. 전후좌우의 신하들을 돌아보건대, 경보다 나은 자가 없었다. 그래서 이조吏曹의 의망을 통하지 않고서 특별히 지방관의 고과를 평가하는 관찰사의 임무를 맡긴다. 승정원에 들어온 기간이 비록 짧지만 금대金帶를 허락하고 품계와 녹봉을 높여준다. 아, 말 중에서도 천리마에게는 여물에 한량限量을 두지 않는 법인데, 그릇이 큰 자를 어찌 의당 몇 말 몇 되로 채울 수 있겠는가. 나는 순서를 뛰어넘는 은전恩典으로 경을 대우하였다. 경은 응당 무엇으로 나에게 보답할 것인가? 경이 이번에 가서 출척이 분명해 지고 교화가 행해지며, 농사와 누에치기가 성하고 학교가 일어나고며, 도적이 잦아들고 교활한 자들이 숨어 황해도 일대가 거울처럼 맑아졌다는 소식이 들린다면 어찌 다만 나 한 사람만이 기뻐하겠는가. 경 또한 후대에 영원히 칭송받을 것이다. 할 말이 있을 것이다. 힘쓸지어다. 그러므로이렇게 하유하노라.

念惟黃海一路, 風土蕭條, 民生彫瘵. 觀風者非寬和君子, 無以潤其枯槁, 非嚴毅大夫, 無以起其怠惰. 顧左右前後之臣, 無以踰於卿者, 不因銓曹之擬, 特授黜陟之任[2]. 入銀臺日月雖淺, 許金帶[3], 班資則崇.

---

1 三禮: 天神·人鬼·地祇에게 지내는 제사이다.

2 黜陟之任: 지방 수령을 내치고 승진시키는 임무로, 이는 관찰사의 중요한 업무이다.

3 金帶: 정2품의 벼슬아치가 朝服에 띠던 띠로, 가장자리를 금으로 아로새겨서 꾸몄다.

嗚呼, 馬之驥者, 不可限以芻粟, 器之大者, 豈宜盛以斗升? 予以不次之典待卿, 卿當何以報予? 卿之此去, 如聞黜陟明, 敎化行, 農桑盛, 學校興, 盜賊弭, 姦猾息, 黃海一路澄淸如鏡, 則豈徒予一人以懌? 卿亦有辭於永世. 勖哉! 故諭.

이창신에게 보내는 편지

與李昌臣[1]書

저는 재배하고 국이國耳 족하足下에게 아룁니다. 평소에 외람되게도 하찮지 않게 여김을 입어 「극암기克庵記」를 지어 달라는 명을 받았습니다마는 문장이 졸렬함을 꺼려 지금까지 감히 짓지 못하였습니다. 게으름을 부린 죄를 피할 수 있겠습니까. 지금 천자께 하정賀正을 드려야 하니 사신으로 갈 적임자를 찾기 어려운데 조정에서는 모두들 공을 천거하였습니다. 성은聖恩이 내려 특별히 공의 품급을 올려주고 띠에 황금을 더하라고 명하였습니다. 요동과 하북 사이를 달려 다녀오면 도로에서 구경하는 자들이 반드시 지난날 보던 모습이 아니라고 생각할 것입니다. 이는 다만 공이 중국의 빛나는 문화를 구경하였기 때문만이 아니라, 또한 공의 빛남을 구경하는 자들이 많이 때문일 것이니 얼마나 영광스럽습니까. 송서送序를 지으며 아울러 '극암'이라 이름 지은 뜻을 대략 서술하였습니다. 비록 문사가 졸렬하여 볼만하지 않으나 또한 말할 바 없지는 않을 것입니다. 국이께서는 어떻게 생가하시는지요?

兼善, 再拜白國耳足下. 平日, 伏蒙不鄙夷之, 命作克庵記, 嫌文拙, 至今不敢就, 逋慢之誅可逭? 今玆賀正于天王, 專對難其人, 朝廷咸薦公. 聖恩特命增其秩, 黃金橫帶. 騁乎幽燕[2]之間, 道路觀者, 必以爲非復疇昔儀容. 是不特公之觀國之光, 抑多有觀公之光者矣, 榮矣哉. 作送行序, 兼略敍名庵之義. 雖其文辭蕪拙不足觀, 亦未爲無所言也. 國耳以爲何如?

1 李昌臣: 세종 31년(1449)~?. 자 國耳. 호 克庵. 본관 全義. 성종 5년(1474) 문과에 급제하였고, 벼슬은 예조참의에 올랐으며 갑자사화 때 유배를 당하였다.

2 幽燕: 중국 遼東 및 河北 지역의 옛 명칭이다.

아들 언승 혼서
子彦昇婚書

생각건대 혼인婚姻은 향당에서의 우호를 더욱 펼치는 것입니다. 재물은 논할 것이 없고, 다만 취미臭味가 상통하는가를 살펴야 합니다. 이미 좋은 점괘를 얻어 전안奠雁을 보냅니다. 존가尊家의 따님은 일찍부터 여스승의 가르침을 받아 진실로 가인家人 괘의 두 번째 효爻처럼 부덕婦德이 있습니다. 저희 집안의 두 번째 아들은 처음부터 가정에서의 가르침을 받았고 또한 남용南容처럼 「백규白圭」 시를 하루에 세 번 반복하며 언행을 삼가고 있습니다. 두 성씨가 합함은 만복의 근원입니다. 애오라지 조촐한 성의를 표하여 무궁한 경사를 맞이합니다.

思托昏姻, 益申鄕閭之好. 不論財賄, 只求臭味之同. 旣獲龜從, 合將雁奠[1]. 尊閨家娘, 夙承姆敎, 允符家人之二爻[2]. 寒門次子初過鯉庭, 亦旣南容之三復[3]. 二姓之合, 萬福之源, 聊伸不腆之儀, 以迓無窮之慶.

---

1 奠雁: 혼례 때 신랑이 신부 집에 가지고 가는 기러기로, 기러기는 신의를 잃지 않음을 상징한다.

2 家人之二爻: 『周易』에서 가인괘는 남자와 여자가 제 역할을 하여 집안을 다스린다는 뜻을 담고 있다. 그 가운데 둘째 효는 음효로서 여자를 상징하는데 그 효사에는 “규중에 있으면서 음식을 장만하면 貞하여 吉하리라. [在中饋, 貞吉.]” 하였다.

3 南容之三復: ‘남용’은 言行에 매우 근실하였던 공자의 제자로서, 공자에게 크게 칭찬을 받았던 인물이다. 남용은 언행을 삼가기 위해 “백규의 흠은 오히려 갈아 없앨 수 있으나, 말의 흠은 어찌 할 수 없네. [白圭之玷, 尙可磨也. 斯言之玷, 不可爲也.]”라고 하는 『시경』 「백규」를 하루에 세 번씩 반복했다고 한다.

영가취회 계문
永嘉聚會契文

홍치 원년(1488, 성종 19) 봄 정월에 관찰사 광양군廣陽君 이백언李伯彦 공이 체임되어 장차 서울로 돌아가려 하자, 소관 주부군현州府郡縣에서 일찍이 공으로부터 은택을 입었던 부로父老, 아이들, 홀아비, 과부, 고아, 노인 등이 모두 탄식하고 눈물을 흘리며 속히 떠나기에 잡아둘 수 없음을 한탄하였다. 서로 친분이 있던 관리들은 모두 영가永嘉(안동)에까지 따라와서 전별하였다. 작별에 임해 서로 도모하여 말하였다. "백성들의 마음에 남아 있는 상공의 은택은 진실로 영원히 속일 수 없을 것이다. 우리 같은 무리들은 각자 관잠官箴을 지키느라 언제나 서로 모이지 못함을 걱정하는데, 이제 상공의 행차를 인하여 여기에 함께 모여 술잔을 앞에 놓고 이야기하며 하루의 즐거움을 얻게 되었다. 얼마나 좋은가. 어찌 후일의 만남을 도모하지 않으리오?" 그리고는 한 종이에 성명을 나열하고, 내게 문장을 지어 기념해 줄 것을 부탁하였다.

弘治元年春正月, 觀察使廣陽君李公伯彦[1], 遞任將還京師, 所管州府郡縣父老童稚鰥寡孤獨之嘗蒙公之澤者, 皆嚬咨涕洟, 恨其去之速而留之不得, 其官吏之素相能者, 咸追至于永嘉以餞之. 臨別, 且相與謀

---

1 伯彦: 李世佐의 자. 세종 27년(1445)~연산군 10년(1504). 또 다른 자는 國彦·孟彦. 본관 廣州. 아버지는 廣城君 克堪, 어머니는 崔德老의 딸이다. 성종 8년(1477) 식년문과에 갑과로 급제했고, 이어 이조참판·한성부판윤·호조판서를 거쳤으며 연산군 2년(1496)에는 순변사로 여진족의 귀순처리와 회유책의 강구를 위하여 북방에 파견되기도 했다. 무오사화 때에는 김종직과 제자를 극형에 처해야 한다고 주장하였다. 갑자사화 때 연산군의 생모 尹妃를 폐위할 때 극간하지 않았고, 이어 형방승지로서 윤비에게 사약을 전하였다 하여 다시 거제에 이배되던 중 곤양군 良浦驛에서 자살의 명을 받고 목매어 자결하였다.

曰: "相公遺澤之在民心者, 固永世不可諼也. 若吾儕各守官箴, 常患不能相就, 今因相公之行, 得盍簪于此, 尊俎談話, 獲一日之歡, 豈非幸耶? 盍圖所以後日觀?" 因列敍姓名于一紙, 屬余爲文以志之.

나는 잔을 잡고 말하였다. "한 시대의 선사善士가 되어야 이에 한 시대의 선사를 사귈 수 있는 법이다. 그러나 벼슬길은 먼저하고 나중에 하고, 멀리가고 가까이 감이 한결같지 않아 비록 언제나 만나고 싶어도 만나지 못하는 자들을 이루 헤아릴 수가 없다. 그대들은 얼마나 다행인가. 밝은 시대에 함께 태어나, 성스런 임금을 함께 섬기며, 한 도道를 함께 맡다가 상공의 안목에 인정을 받았다. 상공은 나라의 대들보이다. 이제 조정으로 돌아가면 장자 조정의 기둥을 떠받쳐 군생群生들을 비바람으로부터 보호할 것이다. 들보가 되고 둥근 기둥이 되고, 서까래가 되고 문설주가 되고, 두공이 되고 동자기둥이 되어 한 마음으로 힘을 합쳐 그 대들보를 높여 당세에서 밝은 임금을 받들 자들이 바로 그대들이 아니라고 할 수 있겠는가. 제군들은 힘쓸지어다." 그러자 모두들 '좋다' 하였다. 이에 각자 한 말을 써서 돌려 보냈다.

余乃執盞言曰: "一世之善士, 斯友一世之善士. 然或仕宦先後遠近之不同, 雖恒求而不相得者, 蓋不可以數計. 若吾輩者, 何幸哉! 同生乎昭代, 同事乎聖明, 同任乎一道, 而受印可於相公之藻鑑. 相公, 邦之棟也. 今其還朝也, 其將撑柱明堂, 以庇風雨于群生, 其爲樑爲楹, 爲榱爲槷, 爲欂櫨株檽. 一乃心, 齊其力, 以隆其棟, 而奉明王於當世者, 安知非吾輩耶? 諸君勖哉." 衆曰善, 於是各書其言而歸.

사헌부 계문

驄馬[1]契文

객 가운데 문을 두드리고 함허자涵虛子를 만나고자 하는 자가 있었다. 소매에서 축軸을 하나 꺼내어 읍을 하고는 앞으로 나와 말했다. "사헌부에서 계를 하는 것은 옛 관례입니다. 저는 어사 24명 중 한 명입니다. 이제 옛일을 모방하고자 하는데 모두들 공의 한 말씀을 받아 경계로 삼기를 원합니다. 바라건대 가르쳐주소서." 내가 이에 일어나 말했다. "옛날에는 계가 없었다. 대개 상고시대에는 인심이 순박하였기 때문에 비록 모임이 없어도 스스로 두 마음을 품지 않았다. 순박함이 흩어지고 묽어지니 비록 친척이라도 서로 보호할 수 없는데 하물며 동료들은 어떠하겠는가. 관료들이 계를 갖는 것은 그 충성을 다짐하기 위해서이며, 벗끼리 계를 갖는 것은 그 신의를 다지기 위해서이다. 그렇지만, 내가 보니 세상사람 중에는 함께 관서官署를 출입하면서도 지향이 남과 북처럼 어긋나서 겉으로는 금란지교金蘭之交를 나누는 것 같지만 속으로는 실제 진秦나라와 월越나라 사이 같은 경우도 혹간 있다. 이제 만약 해치관을 쓰고 총마를 타기만 하면 모두 전중어사殿中御史라 하고서 이름을 벽에 쓰며 '영원히 맹세코 잊지 말자' 할 뿐이라면 이는 내가 알 바가 아니다." 객은 재배하고 말했다. "삼가 가르침을 들었습니다. 제가 장차 물러나 제 동료들에게 말하겠습니다." 때는 홍치 임자년(1492, 성종 23) 3월 모일이었다. 객은 감찰 이전李荃이고, 홍겸선洪兼善이 함허자라 자호한 것이다.

---

1 驄馬: 사헌부를 가리킨다. 後漢 때의 강직한 어사 桓典이 항상 총마를 타고 다녔던 데서 나온 말이다.

客有叩門求見涵虛子者, 袖一軸, 揖而前, 且告之曰: "驄馬有契, 舊也. 余乘驄二十四之一也, 今欲倣舊爲, 而咸願受一言以爲戒. 幸敎之." 余乃作而言曰: "古無契. 蓋上古, 人心醇朴, 故雖無要結, 自不能貳也. 朴散醇漓, 雖親戚不相保, 況僚友乎? 官僚之有契, 所以約其忠也, 朋友之有契, 所以固其信也. 雖然, 余觀世之人同出入官曹者, 趣或南北, 外擬金蘭, 而內實秦越者或有之. 今若戴豸[2]乘驄而曰, 一時殿中[3], 題名璧上而曰, 永矢不諼而已, 則非涵虛子所敢知也." 客再拜曰: "謹聞命矣. 吾將退而語諸諸僚." 時弘治壬子三月日也. 客則監察李荃, 洪兼善自號涵虛子云.

---

2 豸: 해치관이다. 해치는 뿔이 하나인 神獸의 이름이다. 해치는 성질이 충직하여 곡직을 잘 분변할 뿐만 아니라 사람들이 서로 싸우는 것을 보면 그중에 사악하고 부정한 자를 뿔로 받아버린다는 전설이 있어 예로부터 어사가 반드시 해치 모양으로 장식한 관을 썼다.

3 殿中: 殿中侍御史로, 사헌부 관원을 이른다.

감찰계축문
監察契軸文

오대烏臺는 우뚝하고 총마驄馬는 달리네. 가던 길도 멈추게 하니 그 위세는 범접할 수 없도다. 대臺에 오르고 대臺에서 내려옴에 꾸짖는 소리 들리네. 사司에서 나오고 사司로 들어감에 간사한 자들 두려워 떠네. 조정의 귀와 눈이요 초목엔 서리와 눈 같은 존재이지. 밤낮으로 삼가하니 명실名實이 상부하도다. 저 스물네 명 감찰이여, 어찌 부덕한 짓을 하겠는가. 원컨대 처음부터 끝까지 지켜 영원히 금석처럼 견고하여라.

烏臺崇崇, 驄馬駸駸, 行行且止, 威不可侵, 上臺下臺, 撝訶聲音, 出司入司, 姦回震慄, 朝廷耳目, 草木霜雪, 寅恭夙夜, 庶符名實, 咨廿有四, 何執非德, 願保終始, 永堅金石

영접도감 계축문
迎接都監契軸文

홍치 8년(1495, 연산군 1) 여름 황제께서 사신을 보내어 우리 성종임금께 시호와 제사를 내려주시고, 우리 전하와 왕비께는 고명誥命과 관복을 내려주셨으니 은총을 밝혀주심이었다. 이에 태감太監 김보金輔와 이진李珍, 행인行人 왕헌신王獻臣 등이 명을 받들고서 왔다. 성상께서는 나를 보내어 국경에서 사신을 원접遠接하도록 하고, 이극돈李克墩·노공필盧公弼 등을 관반사館伴使로 명하고, 이복선李復善 등 약간 명을 불러 요좌僚佐에 충당하여 접대할 물품을 마련하도록 하셨다. 이에 6월 3일 세 사신이 서울에 도착하여 그날 조칙을 반포하고 태평관太平館에 묵었다. 열흘을 머물러 왕헌신 천사天使는 돌아갔고, 8월 18일이 되어 두 태감도 또 돌아갔다.

> 弘治八年夏, 皇帝遣使, 賜諡祭于我成宗, 賜誥命冠服于殿下及王妃, 昭寵章[1]也. 於是金太監輔 · 李太監珍 · 王行人獻臣, 實受命而來. 上遣臣遣達, 遠接于境上, 命李公克墩 · 盧公公弼爲館伴, 辟李復善等若干人充僚佐, 供辦館待之具. 越六月初三日, 三使到京, 卽日頒詔勑, 次于太平館, 留十日而王天使還, 至八月十八日, 兩太監又還.

무릇 사신들이 우리나라에 머무르며 교제한 몇 달 간, 통역이나 기거起居, 음식飮食 등을 도감都監에서 모두 주관하였다. 잠깐의 사이 미세한 일에 잘잘못이 있고 희로喜怒가 생기며 이에 따라 조정의 영욕榮辱이 관련되니 가히 삼가지 않을 수 있었겠는가. 스스로 사체事體를 파악하고 일의 마땅함을 살펴서 마음에 경외를 보존하는 자가 아니

---

1 寵章: 高官이나 顯爵 등 높은 신분을 나타내기 위한 복식이다.

라면 실수를 면하기 어려운데, 이제 여러 낭관들은 실수를 면하였다. 또한 다행스럽지 아니한가. 내가 보니, 중국 사신들이 여러 낭관을 만나면 언제나 더불어 술잔을 기울이며 속마음을 털어 놓았다. 심지어는 낭관의 품계를 높이고 그 노고를 상주라는 청까지 하였다. 그런즉 또한 다만 실수를 하지 않은 것에 그치는 것이겠는가. 나는 알겠다. 여러 낭관들은 사체를 파악하고, 일의 마땅함을 살펴서 경외를 보전하였음이 분명하다.

凡使命之留我國, 數箇月交際之間, 凡言語往復起居飮食之類, 都監悉主之, 造次之頃, 毫釐之細, 有得有失, 有喜有怒, 而朝廷榮辱門焉, 可不愼耶? 自非識事體, 審機宜, 心存敬畏者, 難乎免於有失, 而今諸郎則免矣, 不亦幸哉? 吾見天使之遇諸郎, 每與之危酒, 致殷勤, 至請增秩償其勞, 是則又豈特無所失而已哉? 吾知諸郎識事體, 審機宜, 存敬畏也, 的矣.

사간원 제명축문
司諫院題名軸文

나라에는 간쟁하는 신하가 있어 임금을 바로잡고 시대를 광정匡正하니 이는 장인이 자와 먹줄을 가지고 방원方圓과 평직平直을 그리는 것과 같다. 사간원의 여러 군자들은 우리 조정의 자와 먹줄이니 이 세상에 대해 방원과 평직을 그릴 수 있다. 어찌 하찮다고 말할 수 있겠는가. 그런데 그 공효功效가 사물에 미치는 것이 잘 드러나지 않아 사람들이 그 형태를 보지 못한다. 이것이 그림을 그리고 이름을 써넣어서 축軸을 만든 까닭이다. 우리 성상께서 왕위에 올라 큰 다스림을 펴고자 하시던 처음은 마침 여러 군자들이 분발하여 일을 하고자 의욕을 내던 때였다. 그래서 아는 것은 말하지 아니함이 없고, 말한 것은 실천하지 아니함이 없어, 그 은택이 백성들에게 입혀지고 광휘가 세상에 펼쳐진 것들은 일일이 들어 셀 수도 없다. 이와 같은 것을 내가 또한 어찌 말하지 않을 수 있겠는가. 저 옛날 송나라 사마광司馬光이 「간원제명기諫院題名記」를 지었는데 말단에 중복되는 몇 마디 말은 지금까지도 사람들 입에 회자된다. 이는 또한 여러 군자들이 응당 살피지 않을 수 없는 바이다.

國有諍臣, 以格君匡時, 猶匠氏之有規矩準繩, 爲方圓平直也. 諸君子, 聖朝之規矩準繩也, 所以爲方圓平直乎斯世, 夫豈淺淺云哉? 而其功利之及於物者, 隱然人莫見其形, 此圖形題名之所以有軸也. 我上臨御願治之初, 正當諸君子奮勵有爲之時, 知無不言, 言無不從, 有以澤被乎民, 光加于世者, 蓋不可以枚擧而數計. 若是者, 吾又烏得而無言? 在昔宋司馬公, 作諫院題名記, 重在末段數語, 至今膾炙人口. 此又諸君子之所當省也.

[원주]

아무개는 충성스럽고, 아무개는 거짓을 행하였고, 아무개는 곧고, 아무개는 간특하다

某也忠 某也詐 某也直 某也回[1]

1 某也~也回: 이 구절이 바로 司馬光이 지은 「간원제명기」의 끝부분이다. 돌에 이름을 새겨 놓으면 후세 사람들이 그 사람의 행적에 대해 끊임없이 평가할 것이므로 삼가지 않을 수 없다는 취지를 담고 있다. 司馬光 「諫院題名記」 "……後之人, 將歷指其名而議之曰, 某也忠, 某也詐, 某也直, 某也曲. 嗚呼! 可不懼哉!"

비융사 계문
備戎司契文

홍치 13년(1500, 연산군 6) 봄 의정부에서 "우리나라는 삼면에서 적을 맞이하기 때문에 진실로 무력을 써야 하는 땅입니다. 지금 군사들을 보니 대부분 종이와 가죽으로 갑옷을 만들었으니 이 어찌 능히 몸을 보호하고 적을 막아낼 수 있겠습니까? 별도로 한 국局을 설치하여 철갑옷을 제작하고, 그것을 와서瓦署와 귀후서歸厚署의 예例와 같이 판매할 수 있기를 청합니다." 아뢰니, 임금께서는 '좋다'고 교시하셨다. 이에 국을 설치하고 이름을 '비융사備戎司'라 하였다. 영의정 한치형韓致亨과 병조 판서 이계동李季仝에게 명하여 제조提調로 삼고, 국局을 운영한 경험이 있는 전임 조관朝官을 불러 별좌別坐를 삼아 각각 장인들을 거느리고 공역工役을 감독하도록 하고, 제조는 때때로 왕래하여 그 일을 살피도록 하였다. 관원은 마음을 다하고 장인들을 기능을 다 발휘하여 몇 개월 되지 않아 완성된 갑옷이 모두 약간 부가 되었고, 장차 오래 될수록 더 많아졌다. 사람마다 사서 입고 군대에 갈 수 있게 되니 견고하게 입지 않은 군사가 없게 되었다. 아 묘당의 헤아림이 국가의 군무에 도움 됨이 이와 같으니, 다행이지 않은가. 여러 관원들이 축을 만들어 성명을 거기에 적어 넣어 같은 일을 하며 서로 좋아하는 뜻을 담았다. 나는 말한다. "활을 만드는 자는 사람을 상하지 못할까 근심하고, 방패 만드는 자는 사람을 상하게 할까 근심한다. 비록 기술은 삼가 선택하지 않을 수 없다고 말하지만, 오직 사람을 상할까 걱정하는 것이 인자仁者의 마음이다. 제군들은 띠를 묶고 조정에 섰으니 이른바 남을 다스리는 자들이다. 그 마음이 항상 사람을 상하게 할까 두려워한다면 사물을 이롭게 함이 또한 넓지 아니하겠는가. 힘쓸지어다."

弘治十三年春, 議政府啓曰: "我國三面受敵, 眞用武之地. 今見軍士, 率多紙皮爲甲, 是焉能衛身而禦敵? 乞別設一局, 做鐵甲, 和賣如瓦署[1] · 歸厚署[2]例." 敎曰: "可" 於是設局, 題名曰備戎司. 命領議政韓致亨 · 兵曹判書李季仝爲提調, 辟前御朝官有幹局者四員爲別坐, 各率工匠督其役. 提調時往來, 課其功能, 官盡其心, 工殫其能, 不多月而甲之成者, 摠若干部, 將愈久愈多, 人人得以收買, 而行陣間, 無不被堅之兵矣. 噫! 廟算之有裨於軍國如此, 豈不幸哉! 諸郞作軸, 注姓名其中, 以寓其同事相悅之意. 兼善題曰: "矢人惟恐不傷人, 函人惟恐傷人. 雖曰術不可不愼, 然惟恐傷人, 是仁者之心也. 諸君束帶立於朝, 所謂治人者也. 其心常以傷人爲恐, 則其利物, 豈不博哉? 勖哉!"

1 瓦署: 궁궐을 조성하는 데 소용되는 기와·벽돌을 공급하는 일을 맡은 관서이다.
2 歸厚署: 棺槨 등 禮葬에 필요한 물품을 공급해주는 일을 담당하던 관서이다.

사도시 계축문
司導寺契軸文

같은 소리가 서로 응하고, 같은 기氣가 서로 구하는 것은 사물의 이치에 진실로 그러한 점이 있다. 그러므로 땅이 천리나 멀리 떨어져 있어도 정신으로 사귈 수 있고, 시대가 백년이나 넓게 차이가 나는데도 마음이 부합하는 것이다. 하물며 같은 시대에 태어나서 같은 임금을 함께 섬기며, 같은 문으로 출입하여 기류氣類가 서로 합하는 자는 어떠하겠는가. 지금은 성스런 임금께서 위에 계시고, 여러 어진 신하들이 조정에 가득하다. 어떤 자는 앉아서 도를 논하고, 어떤 자는 일어나서 일을 처리하여 각각 직분을 충실히 하고 있다. 제군 또한 모두 화요직華要職을 두루 밟으며 능히 충성을 다하였다. 임금께서 새벽같이 일어나 걱정하시고 힘써 일하시는 시대를 당하여 공경히 궁궐의 창고를 지켜 임금께서 드실 옥식玉食을 공급한다. 밖에서 달리며 일을 처리하면서 스스로 자득했다고 여기는 자들에게 견준다면 큰 간격이 있다. 하물며 기운이 서로 유사하고, 뜻이 서로 부합하고, 언제나 서로 믿어 처리하지 못할 일이 없는 자들은 어떠하겠는가. 아, 이것이 계를 만든 까닭이로다. 비록 그렇지만, 구름과 비가 뒤바뀌기도 하고, 푸른색과 누런색이 들쭉날쭉하기도 하는 법이다. 처음에는 비록 저 진중陳重과 뇌의雷義처럼 우정이 돈독하다가도 끝에는 혹 진秦나라나 월越나라처럼 원수가 되기도 한다. 두렵지 않을 수 있겠는가. 그래서 내가 부득불 한마디 하지 않을 수 없었다. 제군들은 유념하라.

同聲相應, 同氣相求, 物理有固然矣. 故地或千里之遠而神交, 時或百世之廣而情符, 況同生一世, 同事一君, 出入同門, 而氣類之相合者乎? 厥今聖明在上, 群賢滿朝, 或坐而論道, 或起而趨事, 各恭乃職.

諸君亦皆歷踐華要, 克輸誠款, 正當宵旰憂勤之時, 恪守御廩, 以供玉食之奉. 譬諸趨走服役於外, 自以爲得者, 大有間矣. 又況氣相類, 志相孚, 動而相信, 事無不濟者乎? 噫, 此契之所以作也歟! 雖然, 雲雨飜覆, 蒼黃參差, 始雖陳雷[1], 終或秦越, 世態無常, 可不懼乎? 所以秉善不得不有言也, 諸君念哉!

---

1 陳雷: 陳重과 雷義이다. 이들은 東漢 때의 인물로 같은 고향에 살았는데, 두 사람의 우애가 하도 돈독하여 같은 고을 사람들이 "아교칠이 단단하지만, 진중과 뇌의만 못하다. [膠漆自謂堅, 不如雷與陳.]" 하였다.《後漢書 獨行傳》

사간원 계축문
司諫院契軸文

옛날에는 간언을 함에 관직이 따로 없었다. 그러므로 말하지 아니하는 사람이 없었다. 말하지 않는 사람이 없었으므로 비록 말하지 않는 점이 있더라도 잘못되는 일을 볼 수 없었다. 시대가 내려가서는 그렇지 않아서, 이에 관직이 생기게 되고, 그 임무를 맡은 자만이 말을 할 수 있게 되었다. 그 관원이 직분을 다하지 않으면 임금은 자신의 과실에 대해 들을 길이 없게 되었다. 이에 국가의 원기元氣에 병이 들고 사지四肢와 백해百骸가 따라서 병이 든다. 두렵지 않을 수 있겠는가. 지금 언책言責을 맡은 관리가 다섯이니, 대간大諫, 사간司諫, 헌납獻納과 정언正言 2명이 그들이다. 모두 조정에서 엄선한 자들이니, 언제나 임금을 바르게 하고 나라를 바로잡는 것으로 마음을 쓴다. 그들은 "내가 만일 그 직분을 못한다면 어찌 하루라도 구차하게 여기에 앉아 있을 수 있겠는가?" 한다. 오직 마음에 맹세할 뿐만 아니라, 따라서 흰 비단에 그림을 그리고 이름을 적어 넣고 축軸으로 만들어 벽에 걸어 놓고서는 장차 그 이름을 따라서 그 실질을 다하려고 한다. 그 마음 씀이 이런 데에까지 이르렀으니 생민生民들의 복福이 아니겠는가. 나는 이어 말한다. "나라에 간관諫官이 있음이여, 사직社稷의 복이로다. 그 자리에 적임자를 얻으니, 또한 복이 지극하도다. 내가 성상께 바라노니, 깊은 산과 강물처럼 되소서. 겸허히 받아들이신다면, 이에 유익함이 있을 것이다. 국가의 복이 억만년 지나도록, 반석 위에 굳건하리라."

古者諫無官, 故人無不言. 人無不言也, 雖有不言者, 不見有虧損. 降而不然, 乃有官 必當官者, 然後得言, 官而不職, 則人主無由聽聞過失. 於是國家之元氣病, 而四支百骸隨以廢矣, 可不懼哉? 厥今有言責者其官五, 曰大諫也, 司諫也, 獻納也, 兩正言也, 皆朝廷極選也. 一時皆以正君匡國爲其心. 其言曰: "余所不得其職者, 寧能一日苟居此乎?" 不惟矢諸心, 又從而圖形注名於紈素, 軸而懸諸壁, 將以循其名而副其實, 其用心至此, 豈非生民福耶? 涵虛子係之以辭曰: "國有諫官兮, 社稷之福. 官得其人兮, 又福之極. 我願聖上兮, 山藪川澤. 虛以受之兮, 于以爲益. 國祚億萬年兮, 苞桑盤石."

승정원 계축문
承政院契軸文

후설喉舌(목구멍과 혀)의 관직은 하늘의 북두성과 같다. 북두성은 하늘의 지도리가 되어 원기元氣를 운행하고 계절을 이룬다. 승지承旨는 왕의 목구멍과 혀가 되어 이에 왕명을 출납하고 백공을 다스리어 모든 일을 성사시키니 아, 막중하도다. 우리 성상께서 왕위에 올라 뜻을 굳게 하고 정치를 펴신지 지금까지 7년이 되었으니 이른바 대국을 다스리는 데에 7년이면 된다는 말은 바로 이 때를 두고 한 말이다. 지금 후설의 임무를 맡은 자는 도승지 이세영李世永, 좌승지 권주權柱, 우승지 최한원崔漢源, 좌부승지 김봉金對, 우부승지 이손李蓀, 동부승지 안윤덕安潤德이니 모두 이름 있는 인물들이다. 위로는 북두성에 상응하여 삼대三代를 본받고, 함께 경건하고 공손한 자세로 화합하여 임금님을 보좌 하니, 아, 막중하도다.

喉舌有官, 猶天之有北斗也. 斗爲天之樞, 所以運元氣而成歲功[1]. 承旨爲王喉舌, 於以出納綸命, 釐百工而凝庶績, 吁重矣哉. 我聖上踐祚, 勵志有爲, 七年于玆, 所謂大國七年[2], 此正其時. 而當喉舌之任者, 曰都承旨李公世英 · 左承旨權公柱 · 右承旨崔公漢源 · 左副承旨金公對 · 右副承旨李公蓀 · 同副承旨安公潤德, 皆聞人也. 上應乎北斗, 仰法乎虞周, 同寅協恭, 以輔聖躬, 吁重矣哉!

---

1 歲功: 일년의 차례와 절기를 나타내는 말이다.

2 大國七年: 孟子가 "만약 文王을 본받는다면 大國은 5년, 小國은 7년이면 천하에 정사를 하게 될 것이다.[師文王, 大國五年, 小國七年, 必爲政於天下矣.]"라고 하였다.〈『孟子』「離婁上」〉 홍귀달이 '大國七年'이라고 한 것은 착오인 듯하다.

사헌부 계문

驄馬契文

대관臺官은 총 30명이다. 그 중요한 직책으로 대부大夫, 중승中丞, 시어사侍御史, 잡단雜端을 들 수 있으니 이를 어사御史라 일컫는다. 그 보좌역이 24명이니 감찰監察과 이행裏行이다. 어사는 조정의 원기이고, 감찰은 사헌부의 귀와 눈이니 모두 중요하다. 그러나 사람이 귀와 눈이 없으면 보려 해도 보지 못하고 들으려 해도 들리지 않아 다닐 수가 없어 한 몸을 운용할 수가 없다. 그러니 귀와 눈의 쓰임이 더욱 중요한 것이다. 그 중요함이 이와 같으므로 관직을 주는 것이 신중하고, 주는 것이 신중하므로 서로 권면하여 이루는 것이 지극하다. 아, 이것이 총마계를 만든 까닭인 것이다. 우리 성상께서 모든 정신을 다 써서 다스림을 펴신 지 이제 8년이 되었으니, 공경들과 백관 집사들이 적임자 아님이 없다. 스물 네 사람은 또한 모두 당세의 명류이니, 밤낮으로 서로 면려하고 기강을 세워 국가의 원기를 굳건하게 하는 것이 바로 제군諸君에게 달려 있지 않겠는가? 힘쓸지어다.

臺官總三十, 其長大, 曰大夫 · 中丞 · 侍御史 · 雜端, 是稱御史. 其佐有二十四, 曰監察裏行. 御史爲朝廷元氣, 監察爲耳目於臺長, 其皆重矣乎. 然人無耳目, 則視不明, 聽無聞, 行無所之, 一身無所運用矣. 耳目之用, 其尤重者乎. 其重如此, 故其授之也審, 授之審, 故其相策勵以有成也至. 噫, 此驄馬契之所以作也歟. 我聖上勵精有爲, 八年于玆, 公卿百執事, 靡不惟其人. 惟玆二十有四人, 亦皆當世名流, 相與夙夜以飭勵, 立紀綱以固國家元氣, 其不在諸君歟? 勖哉!

감찰 계문
監察契文

하늘의 운행에는 24절기가 있어 사계절이 운행되듯이 사헌부에는 24명이 있어 백관을 감찰할 수 있다. 절기가 어그러지면 세공歲功이 이루어지지 않고, 사헌부에 인원이 빠지면 조정의 기강이 떨쳐지지 않으니 막중하지 않은가? 그 임무가 무거우므로 선택도 정밀히 한다. 여기에 뽑힌 사람은 장차 무엇으로 여러 사람의 바람에 보답할 것인가? 어찌 비개나 기름처럼 물건을 따라 돌면서 스스로를 지키는 자가 되고 말 것인가? 아니면 쇠나 돌처럼, 시위나 화살처럼 스스로를 지키는 자가 될 것인가? 장차 나아갔다가는 곧 물러나 구차하게 세월만 보내다 다른 자리로 옮기려 하는 자가 되고 말 것인가? 아니면 마음에 새기고 뼈에 새겨 굳세게 행동하여 오로지 공변됨만을 알고 사사로움은 돌보지 않는 자가 될 것인가? 여러 군자들은 이 몇 가지 가운데 반드시 선택할 바가 있을 것이다. 삼갈지어다!

天有二十四氣, 所以行四時, 臺有二十四員, 所以察百司. 節氣戾, 則歲功不成, 臺員缺, 則朝綱不振, 不其重乎? 其任之也重, 故其選之也精, 膺是選者, 將何以答衆望乎? 寧如脂如膏, 隨物轉環, 以自保者乎? 抑如金如石, 如弦如矢, 以自守乎? 將旅進旅退, 苟且歲月, 以求遷者乎? 抑刻志銘骨, 篤行勵爲, 惟知有公, 不恤其私者乎? 於斯數者, 諸君子必有所去就焉, 尙愼旃哉!

감찰 계축문

監察契軸文

우뚝한 오대烏臺여, 높다란 해치관이로다.

감찰과 이행을 청반淸班이라 하지.

품급은 어떠한가, 5품과 7품의 사이

정원은 얼마인가, 24인이로다.

꾀하지 않아도 뜻이 같으니, 이는 기질이 같아서라.

대궐에선 자리를 나란히 하고, 나와서는 항상 고삐를 가지런히

조정의 거동을 규찰하고, 관원의 거짓을 사찰하네.

조정의 귀와 눈, 여론이 모이는 바

백관들의 모범, 작위爵位가 매인 곳

그대들에게 고하노니, 제각기 힘써 보좌하길.

岌嶪烏臺　嵬峨豸冠
監察裏行　是謂淸班
其班伊何　五七之間
厥員幾何　二十又四
不謀志同　玆其氣類
入相聯席　出常竝轡
朝儀是糾　官僞是伺
朝廷耳目　物論之歸
百司準式　爵位之束
我告諸子　其各勵翼

어은당漁隱堂 시축에 쓰다 김후金侯의 이름은 한생漢生이다
題漁隱堂詩軸 金侯名漢生.

내가 서거정徐居正 선생의 「어은기漁隱記」를 읽었는데 고기잡이에 대한 내용이 잘 갖추어져 있었으니 이른바 '말에 능한 자'이다. 어떤 이는 "선생은 물고기가 아닌데도 어떻게 그 내용에 대해 자세히 알 수 있단 말인가?" 한다. 내가 말하기를 "아, 선생은 천지만물을 폐부로 삼고 해와 달을 두 눈으로 삼으며, 조화를 필묵으로 삼아 천지의 사이에 가득하니, 모든 혈기가 있는 것들이 선생의 범위와 교화의 안에서 하나도 도망칠 수 없다. 그러니 설명하는 데에 무슨 어려움이 있겠는가. 그렇지만 선생은 경성京城에서 나고 자라 나가면 관직의 길이고, 들어오면 예문관과 홍문관과 옥당玉堂, 대궐 안의 길, 집무실 사이이니 발자취가 어조魚鳥의 고장에 닿은 적이 없다. 그런데도 오히려 그렇게 할 수 있는데, 더구나 직접 그것들을 가까이 한 사람에 있어서랴.

余讀剛中[1]先生「漁隱記」[2], 爲漁之說備, 所謂能言者也. 或曰: "先生非魚也, 何自而知其說之詳乎?" 余曰: "嘻, 先生以天地萬物爲肺腑, 日月爲兩眼, 造化爲翰墨, 盈天地之間, 凡有血氣者, 無一逃於先生範圍陶甄之內, 於說是乎, 何有? 雖然, 先生生長於輦轂之下, 出則軒冕之途, 入則金馬[3] · 玉堂 · 丹墀[4] · 黃閣[5]之中, 足跡未嘗印於魚鳥之鄕,

1 剛中: 徐居正을 이른다.
2 漁隱記: 『四佳文集』권1에 실려 있다.
3 金馬: 金馬門이다. 漢나라 때 문학의 인사가 근무하던 곳으로, 여기에서는 예문관을 가리킨다.
4 丹墀: 궁정 안의 붉은 벽돌을 깐 길이다.
5 黃閣: 정승이 집무하는 청사로, 漢나라 때 승상의 청사 문을 황색으로 칠하여 궁궐과 구분하였다.

猶且能爾, 況身親之者乎?

김후金侯는 어조魚鳥의 고장에서 태어나 어조와 서로 친하게 지내기를 마치 형제처럼 했다. 재지才智가 있는 사람은 드러나기 마련이어서, 띠를 묶고 조정에 서긴 했지만 어찌 이록利祿의 정에 끌렸겠는가. 그 마음은 본디 이미 어조에게 가 있었다. 그가 벼슬을 그만두고 고향에 돌아와서는 다시 어조와 만나 기뻐하기를 옛 친구처럼 하니, 이것이 어찌 김후가 물고기를 알아서일 뿐이겠는가. 물고기도 우리 김후를 앎이 있는 것이다. 서로 돈독히 믿는 것에 이르러서는 서로 접촉하면서도 서로 시기하지 않으니, 누가 물고기인지 누가 김후인지 스스로 알지 못하며, 아름다운 자연의 공간에서 혼연히 서로를 잊을 정도였다. 이것을 볼 때 선생의 설說이 진실로 빈 말이 아닌 것이다. 나의 집은 함창咸昌이니 또한 어조의 고장이다. 화녕化寧과의 거리가 겨우 한나절 길이고 김후와는 인척이니, 후의 즐거움을 나만큼 소상히 아는 이가 없을 것이다. 더구나 내가 또한 후에게 은거에 대해 배우고자 하는 자 임에랴. 후의 맏아들 근인近仁은 나의 췌형贅兄인데 강중 선생의 이 기문을 가지고 와 나에게 보여주면서 뒷부분에 말을 남기기를 구하니 감히 사양할 수 있으랴." 「어은사漁隱詞」 세 수를 짓는다.

金侯生於魚鳥之鄕, 與魚鳥相親, 若弟兄然. 雖被才智披能之祟, 有時束帶而立於朝, 豈嬰情於利祿者. 其心固已與魚鳥之歸矣. 及其脫屣蟬蛻而還于其鄕也, 復與魚鳥, 逢迎懽好, 若故舊然, 是豈特侯知魚哉. 魚亦有以知吾侯者矣. 至其相信之篤, 則相觸而不相猜, 不自知其孰爲魚也孰爲侯也, 孑然相忘於風煙水月之間矣. 是則先生之說固不虛也. 余家咸昌, 亦魚鳥之鄕也. 距化寧[6]僅半日程, 於金侯爲戚屬, 知侯之樂, 宜莫如余之悉也. 況余又欲學隱於侯者乎. 侯之胤近仁, 吾贅兄也, 持剛中是記來示余, 且求留語其後, 敢辭諸乎." 作「漁隱詞」三疊.

명예의 길, 이익의 문은 제왕의 고장, 수레 몰고 말 달리니 쉴 틈이 없었네.
흐르는 세월, 나를 위해 잠시도 머무르지 않았는데
티끌 세상에 정강이 잠긴 채, 사람의 머리털 허옇게 되었구나.
만나면 모두 귀거래를 말하지만, 임하林下에 있는 이는 나의 김후 뿐

名途利門兮帝王州　　車馳馬走兮無時休
歲月亦如之兮　　曾不爲我少留
紅塵沒脛兮　　白了人頭
相逢盡道兮歸去來　　林下獨見吾侯

집 위의 산 푸르고 문 앞 물은 파란데
밤마다 밝은 달 해마다 짙어가는 풀빛
세상사 마음에 없고, 백구白鷗와의 약속 만 있네.
생애일랑 한 개의 낚싯대 뿐, 부귀는 하늘에 달린 것이니 무엇을 구하랴.
아침에 놀다가 저녁에 오는데 봄이 다시 가을이 되니,
인생살이 얼마나 될 것인가, 이와 같이 쉬리로다.
누추하도다 저들이여, 불평하며 봉후封侯 찾는 것을 보면

屋上兮山青　　門前兮水淥
夜夜兮明月　　年年兮草色
無心於萬事　　有約兮白鷗
生涯兮一竿竹　　富貴在天兮何求
朝遊暮還兮春復秋　　百年幾何兮如此而休

---

6 化寧: 徐居正 「漁隱記」에 김한생이 일찍 벼슬을 그만두고 化嶺의 別墅에 거처했다는 내용이 있는데, 바로 이 化嶺을 말하는 것으로 보인다.

陋哉彼哉　　　　　彈長鋏覔封侯[7]

띠 집이 있는 곳, 그림자가 낚시터에 떨어지네.
평생의 나의 일은 마음과 어긋날 뿐
몸은 여기에 묶여 있지만 몽혼夢魂은 한참을 날아가네.
허연 눈발 귀밑머리에 불어오고, 먼지는 자욱히 옷을 물들이네.
한 해의 끝 무료한 마음, 생각하니 날 알아주는 이 드물어라.
오십 가까운 나이, 지난 시절의 그릇됨을 뼈저리게 알겠거니
파란 삿갓 푸른 도롱이의 생활, 우리 김후가 아니면 누구와 함께 그곳으로 갈까.

亦有茅茨兮　　　　影落漁磯
平生身事兮　　　　與心違
形骸兮此縛　　　　夢魂兮長飛
雪漉漉兮吹鬢　　　塵冥冥兮染衣
歲晏兮不自聊　　　思量知己者云稀
行年近五十兮　　　飽知前非
青蒻笠綠蓑衣　　　微吾侯吾誰與歸

7 彈長鋏句: 곤핍한 환경에 있으면서 자꾸 탐욕을 부림을 이른다. 孟嘗君의 食客이었던 馮諼이라는 사람이 있었는데, 칼을 튕기며 '식사에 생선이 없다, 수레가 없다, 집이 없다.' 계속 노래하자 맹상군이 그것을 들어주었는데, 옆의 사람들이 탐욕을 그칠 줄 모른다고 미워했다.《戰國策 齊策》

영천군수 신후申侯의 시축에 쓰다 後侯의 이름은 윤종允宗이다
題永川倅申侯詩軸 侯名允宗

내가 강원도 관찰사로 있을 때, 빼어난 산천과 누대를 차례로 둘러보며 전현前賢을 방문했는데, 하나하나 모두 손으로 꼽을 수 있을 정도다. 그런데 그 풍물의 여운이 지금에까지 사람들의 입에 남아있기로는 상공 윤향尹向이 특히 그러했다. 경주부윤이 되어서는 때로 이웃 읍의 군수, 읍재와 서로 오가며 종유했는데, 그 풍류와 문아文雅를 좋게 여기며 싫어할 수 없는 이가 있었으니, 영천군수 신윤종申允宗이 바로 그 사람이었다. 그 파계派系를 물으니 윤공이 외조부라고 말했는데, 그러한 뒤에 청류淸流는 절로 한 종種이 있고 다른 데에서 구할 수 없다는 것을 알았다. 윤종이 하루는 나에게 윤공이 강원도 관찰사로 나갈 때 조정의 제공이 준 전송시 한 축軸을 보여주며 "우리 외조부 이후에 관동에 관찰사를 한 분이 또한 공이시니 어찌 시가 없을 수 있겠습니까" 했다. 한 번 제공의 시를 보니 상공相公의 어짊을 칭도한 것이 지금 강원도 백성이 공을 추모하는 것과 마치 한 입에서 나온 듯하였고, 빼어난 누대와 산천을 그려냄이 내가 전에 눈으로 본 것과 똑 같았다. 아, 또한 관동의 한 면목面目이로다. 더구나 윤종이 남쪽의 군郡에서 아름다운 정사政事를 세워 가문의 명예를 떨어뜨리지 않고 있으니, 말이 없을 수 있겠는가. 다음과 같이 시를 쓴다. "전조前朝의 어진 정승 신수莘叟가 있었는데, 지금 신후申侯가 그 후손임을 알겠네. 영천永川 백성들이 받을 은혜를 알려거든 지금까지도 강원도에 남겨진 사랑을 보라."

余嘗按節關東[1], 歷覽山川樓臺之勝, 因訪前賢, 一一皆可數, 其風物餘韻之至今在人口者, 尹相公向其尤也. 及尹東都[2]也, 時復與隣邑守宰, 相往還遊從, 其風流文雅, 可欲而不可惡者, 永川守申公宗之[3]是已.

問其派系, 則謂尹公爲外舅, 然後乃知淸流自有一種, 不可以他求者也. 宗之一日, 示余尹公出按江原時朝中諸公送行一軸云, 後吾舅而按關東者亦公也, 盍詩乎. 試閱諸公詩, 其稱道相公之賢, 與今江原人之追慕公者, 如出一口, 而摹寫樓臺山川之勝, 正如吾前日眼所見者. 噫, 亦關東一面目也. 況宗之樹美政於南郡, 能不墜家聲, 可無言乎. 詩曰: "前朝良相有莘叟, 今見申侯是後昆. 欲識永川民受賜, 至今遺愛在江原."

1 按節關東: 洪貴達은 성종 15년(1484) 10월에 강원도 관찰사가 되어 이듬해 성종 16년(1485)에 사직하고 歸省했다.

2 尹東都: 洪貴達은 성종 17년(1486) 7월에 부친 봉양을 위하여 慶州 府尹이 되었다.

3 宗之: 『新增東國輿地勝覽』 卷22 慶尙道 永川郡 조항에 "임인년 가을에 申允宗이 원으로 나갔는데, 부임한 지 몇 달이 되지 않아 정치가 잘 되고 사람들이 화합하여 까다롭게 하지 않고서도 저절로 엄하게 되었다." 하였다. 壬寅은 성종 13년(1482)으로 추정된다.

박 간보의 시축에 쓰다 시는 위에 보인다
題朴艮甫詩軸 詩見上

나는 함창인咸昌人이다. 부모님이 돌아가시자 두 분 다 읍의 동쪽 전촌리錢村里에 안장을 하고 묘의 곁에서 각각 삼 년씩 여막생활을 하였다. 그로 인해 그 곁에 집을 짓고 있는데, 땅이 외져서 평소에 얼굴을 마주하고 이야기를 나눌 만한 사람이 없었다. 동쪽으로 바라보면 1리쯤 되는 곳은 용궁龍宮 지역으로 인가가 겨우 네다섯인데, 겸산兼山 박간보朴艮甫의 집이 그 중의 하나니, 대개 그 선조의 유택遺宅이다. 나의 선군께서 어렸을 때에 간보의 백부이신 예안 현감禮安縣監 장생長生의 문하에서 배우셨다. 간보가 사는 곳은 동네 어귀쯤에 있었다. 지금 간보와 왕래하면서, 선군께서 옷을 추어올리며 다니시던 자취를 아스라이 생각하니 어릿어릿 눈에 보이는 듯하다. 대개 감개함을 가누지 못해 슬피 눈물을 흘리게 되니 이 때문에 더욱 간보에 대한 정을 잊을 수 없다. 간보는 유자儒者로서 나와 동류이고, 성품이 졸박하면서 정직하니 기운이 비슷하며, 가정이 매우 청빈清貧하니 도가 같으며, 임천林泉에 사는 것을 좋아하며 다른 것을 바라지 않으니 좋아하는 것도 같다. 나와 간보는 서로 같지 않은 것이 거의 없다. 같지 않은 것이라면 나는 요행으로 허명虛名을 훔쳐 성지聖知를 그릇되게 하여 대부의 자리를 채우고 있었고, 간보는 그렇지 않았을 따름이다. 하루는 간보가 나에게 그의 시와 제현諸賢의 작품을 보여주었는데, 내가 그의 불우함을 슬퍼하면서, 또 동류, 동기이며 좋아하는 것이 같음을 기뻐했다. 이에 시를 지어 그 뒤를 잇는다.

兼善, 咸昌人也. 父母沒, 皆卜葬於邑之東錢村里, 居廬於墓側各三年. 因家于其旁, 地僻尋常無可與晤語者. 東望一里許, 卽龍宮[1]地面, 人家僅四五, 朴兼山艮甫之第其一也, 蓋其祖先遺宅. 而吾先君少時,嘗學於艮甫之伯父禮安縣監諱長生[2]之門. 艮甫所居, 其里閈也. 今其與艮甫往還也, 緬想先君摳衣游息之迹, 依稀焉彷彿焉. 蓋有不勝感慨而悲涕者矣, 以此尤不能忘情於艮甫. 艮甫, 儒者, 於余同類也. 性拙以直, 同氣也. 家甚淸貧, 同道也. 愛居林泉而無慕乎他, 好尙亦同也. 余與艮甫, 不相同者無幾, 所不同者, 僕幸竊虛名, 以誤聖知, 備數大夫之列, 而艮甫否耳. 一日, 示余以其詩及諸賢之作, 余旣悲其不遇, 又喜氣類好尙之同也. 於是乎詩以續其尾.

1 龍宮: 지금의 경북 醴泉 지역이다.

2 長生: 생애를 알 수 없으나 順天朴氏 계보를 보면 "朴長生은 資憲大夫 吏曹判書를 역임했다. 開城留守로 있을 때 단종이 양위하고 이어서 死六臣 사건이 일어났는데, 이에 연좌하여 음성에 유배되었다가 거기에서 병을 얻어 죽었다."는 기록이 있으나 이 인물인지는 확실하지 않다.

장의사에서 사가독서하는 그림에 쓰다
題賜假讀書藏義寺[1]圖

성상께서 즉위하시고 문학을 숭상하는 정치를 펴시니 한시대의 호걸지사들이 차츰차츰 과거를 통해 나오게 되었다. 대개 이미 갈옷을 벗고 비단옷을 입으며 곤계가 붕새가 되자, 바야흐로 깃털을 가다듬고 날개를 치며 잠시도 그 힘을 쉰 적이 없었으니, 어찌 그 뜻이 적다 할 수 있겠는가. 팔년八年 병신丙申에 성상聖上께서 교지敎旨를 내려 "뜻을 가진 선비들이 직사職事에 이끌려 학업에 전념할 수 없다. 이로 인해 원대한 뜻을 이루는 데에 지장이 있으니, 이는 미리 인재를 키워 훗날 도움을 구하는 뜻이라고 할 수 없다. 문신文臣 가운데 연소年少하고 민첩하여 장차 원대하게 될 사람 약간 명을 뽑아, 특별히 휴가를 주어 산방山房에 나아가 독서하게 하라"고 하셨다.

上旣卽位, 治尙文, 一時豪傑之士, 稍稍由科目出. 蓋已釋褐而錦, 鵾化而鵬, 而方且刷羽鼓翼, 未嘗少休其力焉, 其志豈近小云哉. 八年丙申, 上敎若曰, 有志之士, 牽於職事, 未能專業, 由是泥於致遠, 甚非予作人求助之意. 其選文臣之年少而敏, 將遠且大者若干人, 特賜假詣山房讀書.

이에 인천仁川 채기지蔡耆之, 영가永嘉 권숙강權叔強, 양천陽川 허헌지許獻之, 고령高靈 유극기兪克己, 중화中和 양가행楊可行, 창녕昌寧 조태허曹大虛가 그 선발에 뽑혔다. 이에 명하여 장의사에 가서, 전에 읽을

---

1 藏義寺: 彰義門 밖에 있는 절이다. 신라 太宗武烈王이 백제를 치기 위한 唐의 請兵에 대해 고심하자, 이미 죽은 신하 長春·罷郎과 비슷한 사람이 홀연 왕 앞에 나타나 皇帝가 蘇定方 등을 보내 백제를 치게 한다는 소식을 미리 알려 주었는데, 왕이 이들의 명복을 빌기 위해 세운 것이 곧 이 절이다. 『三國史記』에는 藏이 莊으로 되어 있다.

여유가 없었던 책을 읽게 하였다. 이어 창고를 맡은 관리를 시켜 양식을 가져다 주고 술 빚는 일을 맡은 관리를 시켜 술을 차리게 하여 모든 거처와 음식이 뜻과 같지 않음이 없게 하였다. 아, 영광이로다. 절은 인왕산과 백악산의 북쪽, 삼각산의 서쪽에 있는데 소쇄瀟灑하고 빼어난 경관이 있으며, 또 현絃의 울림 같은 푸른 시냇물 소리가 처마와 창문의 아래를 돌아 나온다. 산수의 청랭淸冷하고 상쾌한 기운이 모두 절의 소유지만 절이 그것을 가지지 못하고, 지금은 여러 군자의 소유가 되었다. 그러니 아침이며 한낮에 얻는 바가 끝이 있겠는가. 뒷날 공功을 이루고 명예를 성취하여 우뚝이 뭇사람들보다 뛰어나게 된다면 그 근원은 대개 이 절일 것이다. 나 같은 이는 가서 따르고자 하나 늙어 그럴 수 없으니, 이 생애에는 다시 진전이 없을 것이다. 아아.

於是仁川蔡侯耆之[2] · 永嘉權侯叔强[3] · 陽川許侯獻之[4] · 高靈兪侯克己[5] · 中和楊侯可行[6] · 昌寧曹侯大虛, 實膺其選. 乃命往藏義寺, 讀前

---

2 耆之: 蔡壽의 자. 세종 31년(1449)~중종 10년(1515). 본관 仁川. 호 懶齋. 남양부사 蔡申保의 아들. 1469년 문과에 장원한 이래 홍문관교리 · 이조정랑 · 충청도관찰사 등을 지냄. 경상도 咸昌에 快哉亭을 짓고 은거하여 독서와 풍류로 여생을 보냄. 좌찬성에 추증되었고, 시호는 襄靖임.

3 叔强: 權健의 자. 세조 4년(1458)~연산군 7년(1501). 본관 안동. 자 叔强. 아버지는 우의정 擥이며, 중종의 열한 번째 아들인 全城君 邊의 장인. 1476년 별시문과에 을과로 급제하여 직강이 되어 사가독서 하였고, 예조참판 · 대사헌 · 호조참판 등을 지냄. 저서로 『權忠敏公集』이 있고, 시호는 忠敏.

4 獻之: 許琛의 자. 세종 26년(1444)~연산군 11년(1505). 본관 陽川. 자 獻之, 호는 頤軒. 군수 蓀의 아들. 성종 6년(1475) 친시문과에 을과로 급제함. 성종 7년(1476) 蔡壽 등과 함께 사가독서문신에 뽑혀 藏義寺에서 독서를 하였으며 이조판서 우의정, 좌의정 등을 지냄.

5 克己: 兪好仁의 자. 세종 27년(1445)~성종 25년(1494). 본관 高靈. 호 林溪 · 濡溪. 蔭의 아들이며, 金宗直의 문인으로 문장으로 이름이 높았음. 성종 5년(1474)에 식년문과에 병과로 급제한 뒤 奉常寺副奉事를 거쳐 賜暇讀書한 뒤 거창현감을

所不假讀之書, 仍使廩人致饁, 酒人設醴, 凡居處食飮之具, 無不如意. 吁, 榮矣哉. 寺在仁王白嶽之北三角山之西, 有瀟灑絶特之觀, 又有碧澗鳴絃, 遶出於軒窓之下. 凡山水淸冷疏爽之氣, 皆寺之有也, 寺不得有之, 而今爲諸君子有, 其朝晝所得, 可涯耶. 他日功成名遂, 卓然立於衆人之表, 其源蓋此寺也. 若涵虛子者, 欲往從之, 而老不可得, 此生無復有進也, 噫!

지냄. 1494년 장령을 거쳐 합천군수로 재직 중 病死함.

6 可行: 楊熙止의 자. 세종 21년(1439)~연산군 10년(1504). 본관 中和. 호 大峰. 稀枝. 군수 孟淳의 아들. 성종 5년(1474)에 식년문과에 병과로 급제, 왕으로부터 희지라는 이름과 楨父라는 자를 하사받음. 동지성균관사를 거쳐 한성부우윤에 이르렀고, 저서로 『대봉집』이 있음.

성중엄씨의 시권 뒤에 쓰다
題成仲淹[1]氏詩卷後

하늘이 만물에 재능을 부여할 때에 대체로 그 능력을 다 주지는 않는다. 이러한 까닭에 뿔을 준 것은 그 이를 약하게 하고, 날개를 준 것은 발을 두 개만 주었으며, 잘 달리는 말에게는 걸음걸이에 서툴게 하고, 유자儒者로서 문에 능한 이는 시에 약하게 하였다. 만일 뿔이 있는데 또 이가 있으며, 날개가 있는데 또 발이 있으며, 잘 달리는데 걷는 것도 잘하며, 시를 잘하는데 문까지 잘하는 이라면, 이는 사람과 동물 중의 특이한 것이다. 나는 또한 아직 그러한 사람을 보지 못했는데 이 같은 것을 성중엄에게서 보게 되었다. 신해辛亥년(1491, 성종 22) 가을에 내가 국자감의 좨주가 되었는데 그 자리에 오른 지 사흘 만에 나라의 전장제도에 따라 사문斯文의 제로諸老와 함께 유생들의 과시課試를 보게 되었다. 전문箋文으로 명제命題 했는데, 성중엄씨의 작품이 훌륭하여 첫째의 자리를 차지하였으니 사륙문四六文에 솜씨가 있는 자였다. 뒤에 성균관에서 월과月課를 내어 여러 차례 부賦를 짓게 되었는데, 초연하여 모두 구름 위로 치솟는 기운이 있었으니 사부詞賦에 뛰어난 자였다. 그리고 중니仲尼, 안자顔子가 즐긴 바는 어떤 일인가를 논하라는 것에, 남보다 뛰어나 한 등수가 높았으니 문을 짓는데 능한 자였다. 나는 그가 재주를 다 갖춘 것이 참으로 신기했다.

---

1 成重淹: 성종 5년(1474)~연산군 10년(1504). 본관 昌寧. 자 季文. 호 晴湖. 좌찬성 抑의 후손이며 彭老의 아들. 성종 25년(1494) 별시문과에 병과로 급제, 賜暇讀書를 하였고, 홍문관저작·박사·經筵司經·춘추관사관을 겸했음. 1498년 무오사화 때 麟山에 유배되었고, 1504년 갑자사화가 일어나자 陵遲處斬을 당함.

天之賦於物, 率不全其能. 是故, 與之角者, 弱其齒, 傅之翼者, 兩其足, 馬之走者, 劣於步, 儒能文者, 短於詩. 如有角而又齒, 翼而又足, 走又能步, 詩又能文者, 則是人物中之特異者, 而吾又未之見, 試於成氏子得之. 辛亥秋, 余忝祭酒于國子, 旣上官三日, 用國典, 合斯文諸老, 課試儒生. 命題以箋文, 仲淹氏之作, 裒然爲擧首, 工四六者也. 後於館中月課, 累作賦, 飄飄然皆有凌雲之氣, 雄詞賦者也. 作仲尼·顏子所樂何事論, 其第出人加一等, 能作文者也. 余固奇其才之全也.

하루는 나의 아들인 언방彦邦이 소매에 잡영시 한 권을 가지고 와서는 보여주며 "이것은 아무개의 작품입니다."라고 하였다. 이에 등불 아래에서 꼼꼼히 읽어보니 읽을수록 맛이 나 밤이 깊어서야 끝이 났으니, 어찌 그리 양도 많고 짓기도 잘하는가. 이에 성중엄씨가 시에도 뛰어남을 알게 되었다. 아, 문장의 재주 있는 이들이 당唐·송宋보다 성한 때가 없으나, 이백李白과 두보杜甫는 시로만 이름이 났고 한유韓愈와 유종원柳宗元은 문장으로 일컬어졌으며, 사마광司馬光은 스스로 사륙문을 잘하지 못한다고 하였고, 증자고曾子固[2]는 당시에 시는 잘하지 못한다고 알려져 있었다. 세상에 과연 재주를 두루 갖춘 이가 있다면 당연히 이상의 여러 군자가 해당될 것이나, 그 장점이 이 정도에 그쳤으니 인재를 얻는 어려움이 그렇지 않겠는가.

一日, 吾豚犬曰彦邦[3], 袖携雜詠詩一卷來, 示余曰: "是某之作也." 乃懸燈細讀, 愈讀愈味, 夜久乃訖, 何其多且能也. 於是又知仲淹氏又長於詩也. 嗚呼, 文章才子, 莫盛於唐宋, 而李·杜以詩名, 韓·柳以文稱, 司馬光自謂不能爲四六, 曾子固時稱不能詩. 世果有全才, 則宜數君子當之, 而其長止如此, 才難不其然乎?

---

2 曾子固: 宋나라의 문장가 曾鞏(1019~1083)의 자.

3 彦邦: 본관 缶溪. 자 君美. 연산군 8년(1502) 壬戌 別試 三等 1위. 弘文館博士를 역임함.

성중엄씨와 같은 자는 비록 뿔이 있으면서도 이가 있고, 날개가 있으면서도 발이 있고, 잘 걸으면서 또 잘 달린다고 해도 ,그렇다고 할 만하다. 그렇지만 내가 보건대 선비로서 재예才藝에 노니는 자는 마치 백공百工이 그 기능을 하나씩 잘하는 것과 같다. 지금 가죽신 만드는 것을 업으로 삼는 이가 "나는 다른 재주는 없고 단지 이것만 잘할 뿐이다." 할 경우, 그 품질을 시험해보면 모두 볼 만하다. 어떤 사람이 "나는 이와 달라 가죽신도 잘 만들고 나막신도 잘 만들며, 또 안장도 잘 만들고 언치도 잘 만드니, 나의 한 몸에 많은 공인의 솜씨를 갖추고 있다." 할 경우, 그 품질을 시험해보면 대부분 천할 따름이다. 저 아까 말한 모든 것들이 제대로 만들어지지 않은 것은 어째서인가. 저것은 하나에 전심했고 이것은 두루 하려고 했기 때문이다. 그러나 성중엄씨는 나이는 젊고 기상이 순수하며 뜻이 원대하니, 다만 힘써 하기만 한다면 비록 그 재예에 대해 백 가지를 한다 하더라도 또한 어느 것인들 그 지극함에 이르지 않겠는가. 성중엄씨는 힘쓸지어다. 하늘이 만물에 부여하면서 유독 그대에게만 많이 부여했음을 알겠기에 내가 위와 같이 말했을 따름이다.

若仲淹氏者, 雖謂之角而齒, 翼而足, 走而又步, 可也. 雖然, 吾觀之, 士之遊於藝, 如百工之各其技能. 今有業革鞾者曰: "我無他技, 只此能耳." 試其品, 儘可觀. 有人曰: "我則異於是, 能靴能屨, 又能鞍與韉, 吾一身, 卽衆工人也." 試其品, 例凡賤耳. 彼諸向所云者, 曾不能髣髴焉, 何者. 彼專而此泛故也. 然成氏子年富而氣粹, 志大而遠, 但力爲之, 雖百其藝, 亦何所不臻其極哉. 仲淹氏勖哉. 知天之賦於物, 獨厚於君, 故吾所云如上耳.

손 판부사가 소장한 어필의 축에 쓰다
題孫判府事所藏御書軸

금상 24년 홍치 임자년(1492, 성종 23) 12월에 숭정대부 판중추부사 겸 세자빈객 손순효孫舜孝가 노병老病으로 물러가고자 하였다. 상께서 윤허하지 않으시고 도승지 조위에게 명하여 비답批答을 만들게 하시고, 예문검열 정광국鄭光國을 보내 그 집에 가서 전달하게 하셨다. 또 내시 김처선金處善을 보내 법주 한 병과 수라간의 진귀한 음식을 하사하시고 어서御書 하나를 주어 위무하셨는데 그 글이 위와 같다. 옛날 증자曾子가 성인의 도道에 대해 "충서忠恕일 따름이다" 하였고 기자箕子는 삼덕三德을 말하면서 정직正直을 첫 번째에 두었다. 지금 우리 임금과 우리 정승 사이에 격의 없이 말씀이 오가면서 아뢰고 위로하는 것이 이와 같은데 불과하니 당시의 치도를 대개 알만하다. 하루는 공이 나에게 "내가 오늘 입은 은혜를 우리 자손들이 몰라서는 안 된다. 더구나 성상의 문장이 환하게 빛나니 영원토록 보배로 여겨야 한다. 내가 잘 꾸며 축軸으로 만들어 후대에 전하고자 하니 그대는 한 말씀을 하시라." 하였다. 아아. 내가 공과 함께 나란히 승명려承命廬에서 일을 보았으니 공을 안다고 할 만하며 또한 함께 성대盛代를 만났다고 할 만 하다. 이에 절을 하고 아래에 쓴다.

上之二十四年弘治壬子十二月, 崇政大夫判中樞府事兼世子賓客臣孫舜孝[1], 以老病乞骸骨. 上不允, 命都承旨臣曹偉製批答, 遣藝文檢閱

---

1 孫舜孝: 세종 9년(1427)~연산군 3년(1497). 본관 平海. 자 敬甫. 호 勿齋·七休居士. 아버지는 군수 密이며, 어머니는 旌善郡事 趙溫寶의 딸임. 단종 1년(1453) 증광문과에 을과로, 세조 3년(1457)에는 감찰로 문과중시에 정과로 각각 급제하였음. 이어 경창부승에 발탁되고, 병조좌랑·형조정랑·집의·전한 등을 역임하였음. 撰書로는 『食療撰要』가 있음.

臣鄭光國[2], 就其第予之. 又遣內豎金處善[3], 賜法酒一卣幷內廚珍羞, 副以御書一札以慰諭之, 其文如上. 昔曾子語聖道曰: "忠恕而已矣[4]." 箕子之敍三德[5], 正直居其一. 今吾君, 與吾相都兪吁咈之間, 而其所以進戒慰答之者, 不過如斯, 當時治道, 蓋可知也. 一日, 公語余云: "吾今日所蒙, 吾子孫不可不知, 況天章昭回, 宜永世寶之. 吾欲粧而軸之, 傳于後, 子其措一辭." 噫! 余與公嘗聯席待罪于承明, 可謂知公, 亦可謂與際風雲. 乃拜手書于下方.

---

2 鄭光國: 자 彦忠, 본관 東萊, 父는 鄭蘭孫. 성종 20년(1489) 己酉 式年試 丙科 14위. 禮曹參判·翰林·吏曹參議 등을 역임.

3 金處善: ?~연산군 11년(1505). 조선 초기의 환관. 본관은 全義. 세종부터 연산군에 이르기까지 일곱 임금을 시종하였음.

4 忠恕而已矣: 『論語』「里仁」편에 보인다.

5 三德: 『書經』「周書·洪範」에 "여섯 째 三德은, 첫째는 정직함이요, 둘째는 剛으로 다스림이요, 셋째는 柔로 다스림이다. [六三德, 一曰正直, 二曰剛克, 三曰柔克.]" 하였다.

팔사문회도八士文會圖에 쓰다
題八士文會圖

군자가 이택麗澤의 상象을 취하여 붕우 간에 강습하는 것은 옛 도이다. 지금의 세상에 옛 도를 행하는 이가 아래에 펼쳐 있으니 여러 군자가 이들이다. 여러 군자들은 젊어서부터 서로 잘 지내어 정직, 신실, 다문多聞의 보탬이 있었고, 나라에 봉직하게 되어서는 서로 바로잡고 서로 권하는 도가 있었으며, 진퇴의 기상을 보니 요컨대 모두 지극함에 이르지 않으면 그치지 않았다. 아, 기대가 크면 책임이 무겁고, 명예가 성대하면 부응하기 어렵다. 이 그림이 오래도록 전해짐에 필시 지적하며 평론하는 이가 있을 것이니 힘쓰지 않을 수 있겠는가.

君子取麗澤之象, 朋友講習[1], 古也. 行古道於今之世者, 列于下方, 諸君子是已. 諸君子少相善, 有直諒多聞之益. 旣許國, 有相規胥勸之道, 窺其進退氣象, 要皆不至於極不止也. 嗚呼, 望隆則責重, 名盛者難副, 是圖之傳於久也. 而必有指點而評論之者, 可不勉哉.

---

1 朋友講習: 『周易』 兌卦에 "이어있는 澤이 兌이니, 군자가 이를 본받아 벗들과 강습한다.[麗澤兌, 君子以, 朋友講習.]" 하였다.

해랑도에 쓰다
題海浪島圖[1]

해랑도는 멀리 서해의 가운데에 있어 죄를 짓고 도망하는 이들의 소굴이 된지 오래였다. 국가에서 군사를 보내 토벌하고자 했으나 땅이 상국上國의 경계에 가깝기 때문에 감히 마음대로 할 수 없었다. 이에 이유를 갖추어 청하니 황제께서 조서를 내려 좋다고 하셨다. 임금께서 동지중추부사同知中樞 전림田霖을 초무사招撫使로 삼고, 사도시 정司導寺正 이점李坫을 부사로 삼았으며 종사 여섯 명을 두었는데, 판관判官 성순동成順仝, 첨정僉正 정극인鄭克仁, 경력經歷 김세균金世鈞·이종인李宗仁, 정랑正郎 곽종번郭宗藩, 수찬修撰 조원기趙元紀 등 모두 문무의 재능이 있는 이들이었다. 그리고 위장衛將 두 명을 두었는데 허감許瑊과 유미柳湄였으며, 부장 다섯을 두었는데 임욱林昱·김허손金許孫·조윤침趙允琛·강이온姜以溫·박환朴桓이었고, 군관이 삼 십 명이었는데 모두 무인 중에 뽑힌 이들이었다. 여기에 병졸이 백 명, 선부船夫 및 안내자 약간 명 등 모두 칠 백 여명이었다.

海浪島[2]邈在西海中, 爲逋逃淵藪者久. 國家欲遣兵搜討, 以地近上國界, 未敢擅發. 乃具由奏請, 皇帝勅曰可. 上命同知中樞臣田霖[3]爲招

---

1 題海浪島圖: 연산군 6년(1500) 7월 10일 실록 기사에 "海浪島에 도망하여 살고 있던 사람을 刷還한 공로로 田霖에게 1급을 가자하고 아울러 鞍馬를 내려주었으며, 李坫에게는 3급을 가자하고 熟馬 1필을 내려주었으며, 成順仝·鄭克仁·金世鈞·趙元紀·郭宗番에게는 3급을 가자하였다." 하였다. 이 글은 해랑도에 오고 갔던 당시의 일을 그린 그림을 제재로 쓴 것인 듯하다.

2 海浪島: 滿洲 鳳凰縣 大孤山 남쪽 바다 가운데에 있는 大鹿島와 小鹿島로, 海洋島라고도 한다.

3 田霖: 중종 4년(?~1509). 본관은 南陽. 무과에 급제하여 성종 13년(1482) 전주판관이 되고, 그 뒤 첨지중추부사·전라우도수군절도사·권중추부사 등을 지냄. 시

撫使, 司導寺正臣李坫[4]爲副, 其從事有六, 曰判官成順仝, 僉正鄭克仁, 經歷金世鈞[5] · 李宗仁[6], 正郎郭宗藩[7], 修撰趙元紀[8], 皆文武才也. 衛將二, 曰許瑊 · 柳湄. 部將五, 曰林昱 · 金許孫 · 趙允琛 · 姜以溫 · 朴桓[9]. 軍官三十, 皆武人之選也. 兵卒二百, 舟子及指路者又若干, 摠七百餘人.

홍치 경신년(1500, 연산군 6) 5월 무인일에 용천龍川을 떠나 물길을 간 지 12일 만에 이른바 해랑도라는 것을 보았다. 곧바로 그 소굴로 쳐들어가고 나란히 주위의 섬들을 뒤지기를 그물로 훑고 빗질 하듯 하니 물고기처럼 가라앉고 이처럼 숨은 자들이 그 모습을 숨길 수가 없었다. 이에 포박하여 배를 돌려 돌아와 6월 임인일에 다시 용천에 정박할 수 있었다. 떠나 돌아오기까지 모두 25일 간 사로잡은 이들이

호는 威節임.

4 李坫: 세종 28년(1446)~중종 17년(1522). 본관 廣州. 자 崇甫. 찰방 寬義의 아들. 성종 8년(1477) 식년문과에 병과로 급제하여 사헌집의 · 司渠寺正 등을 역임함. 招撫副使로 海浪島 유민을 수색한 공으로 奉常寺正이 되고, 이후 홍문관부제학 · 도승지 등을 지냄.

5 金世鈞: 본관 金海. 자는 和叔. 아버지는 金永貞. 중종 1년(1506) 丙寅 別試에 합격함. 司評 · 參議 등을 역임함.

6 李宗仁: 세조 4년(1458)~중종 28년(1533). 본관 咸平. 자 善之. 호 逍遙堂. 護軍 李從遂의 아들. 성종 5년(1494) 무과에 급제하여, 海狼島 招撫使 田霖의 從事官이 되어 成順仝 · 鄭克仁 등과 함께 海浪賊을 사로잡은 공로로 通政大夫에 올랐음.

7 郭宗藩: 본관은 玄風. 자는 之翰. 사간 宗元의 아우. 성종 21년(1490)에 문과에 올라 장령이 되었고, 갑자년에 화를 입게 되었음. 『燃藜室記述』第6卷, 「燕山朝故事本末」

8 趙元紀: 세조 3년(1457)~중종 28년(1533). 본관 漢陽. 자 理. 호 敦厚齋. 정랑 衷孫의 아들이며, 光祖의 숙부이다. 성종 14년(1483) 사마시를 거쳐, 연산군 2년(1496) 식년문과에 병과로 급제하여 전적 · 정언 · 수찬 등을 역임함. 연산군이 史草를 보고자 제출을 명하였으나 이에 불응하여 파직되었다가, 곧 복직되어 奉常寺僉正이 되었음.

9 朴桓: 본관 竹山. 자 子武. 중종 23년(1528) 式年試 丙科 20위. 府使를 역임. 아버지는 朴謹孫.

112명 이었는데, 중국 사람이 열에 일곱, 여덟이었다. 대궐에 공을 아뢰자 차등을 두어 논공행상을 하라고 명하셨다. 중국 사람들에 대해서는 상국에 아뢰어 돌려보내고, 우리나라 사람으로 수괴인 자는 목을 베고 나머지는 모두 나누어 배속하였다. 대개 이로부터 서해가 말끔히 평온해졌다. 아, 훌륭하도다. 예로부터 어진 장수가 명을 받아 왕정에 부지런한 이가 많았으나, 험난한 과정을 헤치고 성공을 이룬 것이 이처럼 빠른 경우는 있지 않았으니, 충신과 지용을 가진 자가 아니라면 제대로 해낼 수 있겠는가. 함께 배를 타고서 일치했던 마음과 합심하여 일을 해낸 자취가 민멸되어 전하지 않는 일이 있어서는 안되니, 이것이 그림을 만든 까닭이다. 나는 그림을 어루만지고 탄식하며 말한다.

弘治庚申五月戊寅, 發龍川[10], 水行十二日, 見所謂海浪島者. 直擣其穴, 竝探近島, 如網取而櫛出, 魚潛蝨處者無所遁其形. 乃俘乃縶, 回舟言旋, 六月壬寅, 還泊于龍川. 往返凡二十五日, 虜獲百十二口, 華人十之七八. 旣獻功闕下, 命論功行賞有差, 其華人, 奏還上國, 東民之爲首者誅, 餘悉分配. 蓋自是, 西海淸無塵. 嗚呼, 可尙也已. 古來良將受命勤王者多矣, 未有履險而順成功之速如此者, 非仗忠信兼智勇者, 能之乎. 而其同舟一心, 共力濟事之跡, 不可泯而無傳, 此圖之所以作也. 涵虛子撫圖歎曰.

용맹한 장사와 빛나는 유학자
잡아오리라 맹세하며 몸조차 잊었네.
만 이랑 푸른 물결 평평한 길 밟듯
망망한 한 점 섬, 벌써 눈에 들어오네.

---

10 龍川: 평안도에 있는 郡으로, 동쪽에는 義州가 남쪽에는 鐵山이 있고, 서쪽으로 바닷가에 접해 있다.

참살할 것도 없이 우수수 낙엽이 지듯
도깨비 같은 도적들, 그 소굴 텅 비었네.
큰 거북이며 물고기, 물결 속에 보내고 맞이하는데
갈 때는 굳센 송골매 같더니 올 때는 헤엄치는 용인 듯
잠깐 사이에 홀연히 이 공을 이루고
공을 바치고 나니 성상의 상이 융성하네.
거의 변함이 없이 영원하기를 바라네.

桓桓將士　　烈烈文儒
矢心請纓　　受委忘軀
滄波萬頃　　如復坦途
茫茫一點　　已在眼中
不勞斬艾　　落葉隨風
魑魅魍魎　　窟穴一空
穹龜長魚　　迎送渢渢
去如健鶻　　來若游龍
呼吸之頃　　忽成此功
既獻乃功　　寵命惟隆
庶幾無替　　其克永終

을미년 도회계축의 뒤에 쓰다
題乙未都會契軸後

조정에서는 매년 여름, 사학四學의 유생 가운데 재주 있는 이를 골라 과장을 열어 이것저것 강술을 시험 보는데, 이 가운데 뛰어난 자 10인 쯤을 선발하여 바로 식년 사마시 복시에 나아가게 한다. 이는 대개 장차 성취할 이들을 장려하는 동시에 훗날 먼저 올라 속히 교화를 할 그릇을 여기에서 점치려 함이다. 지금 아래에 차례로 적혀 있는데, 서맹당徐孟棠 등 아홉 사람은 실로 성화成化 을미년(1475, 성종 6)에 우수한 성적으로 바로 식년 사마시 복시에 나아간 이들이다. 지금 채 20년이 되지 않아, 대과를 통해 선발되어 높고 중요한 자리를 거친 이가 여덟인데, 모두 성상의 사랑을 받고 조정의 추중推重을 받은 이들이다. 이로부터 그 공명功名과 사업을 대개 헤아릴 수 없을 정도이리라. 제군들은 이른 시기에는 서로 돕고, 늦게는 또 함께 나아갔으며, 다시 금란金蘭의 사귐을 맺어 오래도록 성상을 도울 것을 기약했으니 훌륭하다 할 만하다. 최후崔侯는 죽었지만 그래도 그 이름을 넣고, 김후金侯는 포의布衣지만 또한 빠트리지 않았으니 모두 옛 법도이다. 기록하지 않을 수 있겠는가.

朝每年夏, 擇四學儒生之才者, 設都會雜試講述, 竟拔其尤者十人許, 直赴式年司馬覆試, 蓋其獎勵成就之者, 而他日先登速化之器, 於是乎卜矣. 今列于下, 徐侯孟棠[1]等九人, 實成化乙未優等直赴者也. 至今未二十年, 而挺科踐華要者入, 皆當宁聖上所眷注, 朝著所推重. 自是以往, 其功名事業, 蓋未可量也. 諸君早相資益, 晚又同進, 更結金蘭, 期翊聖明於悠久, 可尙也已. 崔侯死猶齒, 金侯布衣且不遺, 皆

1 孟棠: 徐彭召. 본관 達城. 자 孟棠. 아버지는 徐居廣, 숙부는 徐居正. 성종 7년(1476) 丙申 別試 乙科 2위 從仕郎·吏曹佐郎·翰林 등을 역임함.

古之道也. 可無誌乎?

유정후의 두 아들 이름을 지어주는 글
名柳侯正厚二子說

유후柳侯가 아이를 데리고 와서는 나에게 "이 아이는 저의 자식인데, 다 자라도록 이름이 없습니다. 바라건대 깨우침을 주는 스승이 되어 주십시오." 하였다. 내가 이미 유후가 자식을 위해 도를 구하는 것을 훌륭하게 여기고, 또 동자가 스승을 따라 묻는 것을 꺼리지 않음을 기뻐하여 이에 허락하였다. 유자가 다시 앞에 나와 "또 둘째 아이가 있는데 한 살이 어립니다. 지금 함께 오지 못했는데, 둘 다 아직 이름이 없습니다. 청컨대 이름을 지어 주십시오." 하여, 내가 "자식이 태어나면 아비가 이름을 지어주는 것은 옛 법도이니, 이는 그대에게 달린 것이오. 그러나 스승에게도 아비의 도가 있으니 비록 내가 이름을 짓는다 하더라도 거리낄 게 뭐 있겠소. 다만 옛사람이 이름을 지을 때에는 그 물건으로 이름을 지었으니, 예를 들면 노장공魯莊公 같은 이는 이름이 동同인데, 그가 태어난 날이 아버지 환공桓公과 같기 때문이며, 계우季友는 태어날 때 손에 우友라는 글자가 있어서 우友라고 이름 지었으며, 숙손씨叔孫氏는 장적長狄을 쳐서 교여僑如를 얻었기 때문에 그 자식을 여如라고 이름 지었고, 정백鄭伯의 어머니는 난초 꿈을 꾸고 낳았기에 란蘭이라 이름 하였소. 모두 그 물건으로 이름을 지은 것이니, 만약 그 물건이 없다면 또한 그 성姓을 발판 삼아, 그 자의字義를 부연하여 이름을 짓는 것이오. 이와 같은 것은 많소. 지금 전 김화 현감으로 부르는 유의강柳依江의 경우는 또한 향인鄕人들이 할 만한 것이니, 그의 성姓인 버드나무柳가 강가에 있기 때문에 그렇게 이름 지은 것이오.

柳侯挈丱童來, 謂涵虛子曰: "是吾兒也, 駿未有名, 願公爲一字師[1]." 余旣多柳侯能爲子求道, 又喜童子不憚從師問也, 乃許之. 柳子復前曰: "又有次子, 一年幼, 今不與俱, 皆未有名, 請命之." 余曰: "子生父名之, 古也, 是在吾子矣. 然師亦有父之道焉, 雖余命之, 何礙? 但古人命名, 各以其物. 如魯莊公[2]名同, 以其生之日同桓公也. 季友[3]生而有文在其手曰友, 名曰友. 叔孫氏[4]伐長狄獲僑如, 名其子曰如. 鄭伯[5]母夢蘭而生, 名曰蘭. 皆以其物也, 若無其物, 則亦因其姓, 演其字義而名之, 如是者多. 今之稱前金化縣監者曰柳依江, 亦鄕人之可者也, 以其柳之依於江也故名.

동자의 성은 김화金化 지역에 대대로 내려오는 대성大姓이오. 옛날 사람으로 유하혜柳下惠가 있는데, 또한 동자가 바로 그 성이오. 맹자孟子가 "유하혜는 성인 가운데 화和한 자이고, 백이伯夷는 성인 가운데 청淸한 자이며, 이윤伊尹은 성인 가운데 자임한 자이다. 공자孔子를 집대성集大成이라 이른다." 하였소. 공자와 같은 분은 세 사람의 장점을 모아 하나로 크게 이룬 것이니, 또한 무엇을 그분에게 바라겠소. 세 사람은 각각 그 장점을 한 가지씩 가져 치우침이 없을 수 없으니, 화和는 화만을 해서는 안 되고 반드시 청淸을 바라야 하며, 청淸은 청만을 해서는 안 되고 반드시 자임自任하기를 희망해야 하오. 무릇 이와 같이 한 뒤에야 가함도 없고 불가함도 없는 경지를 엿볼 수 있을 것이오. 지금 동자의 경우 마땅히 형은 희청希淸이라

---

1 一字師: 한 글자를 바로잡아주거나 또는 그렇게 함으로써 깨우침을 주는 스승을 이른다. 楊萬里가 同舍와 '於寶'라고 말하고 있는데 한 吏胥가 '干寶'가 맞는 말이라고 하자, 양만리는 그 이서를 一字師라 했다.《羅大經 鶴林玉露補遺 卷13》

2 魯莊公: 춘추시대 魯의 임금으로, 桓公의 아들이다. 그는 이름 同, 시호 莊이다.

3 季友: 춘추시대 魯桓公의 아들로, 莊公의 아우이다.

4 叔孫氏: 춘추시대 烏나라의 叔孫氏가 狄이라는 이민족의 침략을 당하였는데, 그 狄사람 중에 굉장한 巨人이 있어 그를 長狄僑如라고 불렀다. 그 장적교여를 숙손씨가 싸워 이기고 적군을 멀리 쫓은 후에 마침 아들을 낳았으므로 그 아들 이름을 僑如라고 지었다.

5 鄭伯: 춘추시대 鄭莊公으로, 이름은 寤生이다.

이름하고, 동생은 희임希任이라 이름 해야 할 것이오. 아, 이름을 의미 없이 욕되게 해서는 안 되니, 바라건대 동자들은 그 이름을 돌아보고 뜻을 생각하여 힘쓸지어다. 내가 세상 사람들을 보니, 이름만 어질고 행실은 어질지 않으며, 이름만 의롭고 행실은 의롭지 않으며, 이름만 예의바르며 지혜롭고 행실은 예의와 지혜가 없으니, 이와 같은 자들이 -원문 빠짐- 어찌 내가 동자들에게 바라는 바이겠는가. 동자들은 힘쓸지어다."

童子, 金化之族姓也. 古有柳下惠, 亦童子其姓也. 孟子曰: "柳下惠, 聖之和者也. 伯夷, 聖之淸者也. 伊尹, 聖之任者也. 孔子之謂集大成."[6] 若孔子則合三子之長而爲一大成, 亦何所希於他. 三子者各一其長, 而不能無偏, 則和不可一於和, 必希於淸, 淸不可一於淸, 必希於任. 夫如是然後庶可以窺乎無可不可之域矣. 今童子宜名其兄曰希淸, 弟曰希任. 嗚呼, 名不可以虛辱, 願童子顧名思其義, 勖哉. 吾觀世之人, 名仁而不仁, 名義而無義, 名禮智而無禮與智, 如是者□□[7], 豈涵虛子所望於童子者. 童子勖哉!

6 孟子曰句: 『孟子』「萬章下」에 나오는 내용이다.

7 판독불가자

문 사예의 개명에 관한 글
文司藝改名說

이름을 고치는 것은 어째서인가. 꺼리고 피하기 때문이다. 세상 사람들의 성명姓名이 우연히 같은 경우에 한 사람은 선하고 한 사람은 악하다면 선한 이가 그 이름을 고치니, 꺼리기 때문이 아닌가. 한 사람은 높고 한 사람은 낮을 경우에는 낮은 자가 그 이름을 고치니, 피하기 때문이 아니겠는가. 그러나 이것은 모두 스승과 벗, 부형 사이에 하는 것일 뿐인데, 혹시라도 군상君上의 명에서 나온 것이라면, 스스로 자랑스럽게 여기고 남들도 대단한 영광이라고 생각한다. 우리 성균관成均館 사예司藝 문군文君과 같은 경우는 어찌 스스로 자랑스럽게 여기며 남들도 대단한 영광이라고 생각하는 것이 아니겠는가. 군은 나의 종모제從母弟로 본래의 이름은 빈彬이었다. 홍치 무오년(1498, 연산군 4)에 법을 범해 거론된 이가 있었는데, 그 성명이 군君과 같아서 사람들이 군이 이름을 고쳐야 한다고 말했으나 오히려 그렇게 하지 않았다.

改名何. 忌避云爾. 世之人姓名偶同, 而一善一惡, 則善者改其名, 非忌之歟. 一尊一卑, 則卑者改其名, □[1]避之歟. 然此皆師友父兄之爲耳, 其或出於君上之命, 則自負之而人亦寵榮之. 若吾成均司藝文君者, 得不自負之而人榮之耶. 君, 兼善從母弟也, 本號彬, 弘治戊午, 有坐法論者, 其姓名與君同, 人謂君宜改稱, 而猶未也.

이해 가을에 군이 사명使命을 받들고 밖에 나갈 때에 성상聖上께 하직 인사를 드리려 그 이름을 올렸는데, 성상께서 어필御筆로 이름을 바

1 판독불가자

꿔 내려 주셨으니, 대개 선인, 군자가 흉악한 무리와 성자姓字를 섞어서는 안 된다는 뜻이었다. 성상께서 은혜로이 군君을 돌아보심이 이와 같으니 영광스럽도다. 대저 선비가 이 세상에 태어나 한 고을 사람이 그를 칭찬하면 이에 선인善人이라 할 수 있고, 온 조정이 그를 칭찬함에 이르러서는 또한 군자가 아니겠는가. 그런데 오히려 당대의 임금에게 사랑을 받지 못하고 죽을 때까지 이름이 일컬어지지 않는 자가 있으니, 군신이 제대로 만나기 어려움이 이와 같다. 문군文君은 향당에서 효우로써 –원문 빠짐– 했고, 관직에 나아가 직임을 맡아서는 청렴과 근신으로 알려져 있었는데, 또 성스러운 임금에게 인정을 받아 어필을 내리며 아름다운 이름을 주기까지 하시니, 이는 –원문 빠짐– 하기 어려운 것으로 비록 자부하더라도 좋을 것이다. 비록 그러하나 이름이라는 것은 실상의 손님이니, 그 이름을 얻는 것은 진실로 어렵지만, 이름을 얻고 그 실상이 함께 하는 것은 더욱 어렵다. 성상께서 이름을 지어주신 까닭은 어찌 이미 그러한 것을 허여할 뿐이겠는가. 대개 또한 기대하시는 바가 있음이니, 힘쓸지어다.

是年秋, 君奉使于外, 且行陛辭, 進其名, 御筆改以□[2]賜之, 蓋曰善人君子, 不應與兇類混姓字也. 聖上惠顧於君至此, 榮矣哉. 大抵士生斯世, 一鄕人譽之, 斯可謂善人矣, 至於擧朝譽之, 則不亦君子乎. 猶且不見知於時君世主, 沒身而名不稱者有之, 君臣遭遇之難如此. 文君在鄕黨, 以孝友□[3], 居官任職, 以廉謹聞, 又能受知於聖主, 至下宸翰, 錫之以嘉名, 斯難□[4]也, 雖自負可也. 雖然, 名者, 實之賓也, 得其名固難矣, 名而副其實爲尤難. 聖上所以名云云者, 豈徒許其已然. 蓋亦有所冀也. 勉哉!

---

2 판독불가자
3 판독불가자
4 판독불가자

한훈의 자字를 지어주는 글
韓訓字說

내가 원주 목사原州牧使 한충인韓忠仁공과 오랜 교분이 있었는데, 공의 아들이 훈訓이다. 한씨 집안은 외척이자 현족顯族으로 호귀豪貴함이 당대에 으뜸이니, 그 자제들이 마땅히 경술經術에 마음을 두지 않을 것처럼 보였다. 그런데 훈은 천성적으로 배움을 좋아하여 성년이 되어 독서를 할 때에도 날마다 시간이 모자랄 정도였으며, 몸에는 부귀한 집안의 기습氣習이 없고 흉중胸中에는 모두 옛 성현의 책으로 가득했다. 이른 나이에 진사가 되어 상서庠序에서 공부할 때에 벗들이 앞설 수 없을 정도였으나 오히려 게을리 하지 않았고 고인을 배우기를 더욱 힘썼으니, 장차 조정에 훌륭한 계책을 바쳐 지금 세상에 고도古道를 알릴 것이다.

吾與原州牧韓公[1]有舊, 公之子曰訓[2]. 韓氏戚里顯族, 豪貴甲一時, 其子弟宜若無心於經術者. 而訓好學出天性, 結髮讀書, 日不暇給, 身無紈綺氣習, 胸中皆古聖賢書. 妙年登進士榜, 遊庠序, 儕輩莫之先, 猶孜孜汲汲, 學古之愈力, 逝將叫閶闔, 呈琅玕,[3] 聲古道於今之世矣.

하루는 나의 아이를 따라 와서는 나에게 자字를 지어줄 것을 부탁하

1 韓公: 韓忠仁. 『朝鮮王朝實錄』에 그에 대한 기록으로, 성종 4년(1473) 1월 4일(을미) 사헌부에서 전라도 수군 절도사 한충인을 추국할 것을 청함. 성종 22년(1491), 2월 22일(무진) 사간원 정언 장순손(張順孫)이 原州牧使에 임명된 것이 부당하다고 하는 기사가 보임.

2 訓: 韓訓 ?~연산군 10년(1504). 본관은 淸州. 자 學古. 수군절도사 忠仁의 아들이며, 어머니는 金仲淹의 딸임. 1494년 별시문과에 장원으로 급제했고, 1504년 金勘·任士洪·姜渾 등의 간언에 따라 부관능지되었음.

3 逝將句: 閶闔은 대궐의 문. 琅玕은 주옥같은 내용의 계책. 韓愈의 시 「齪齪」에 "排雲叫閶闔, 披腹呈琅玕"이라는 구절이 있다.

였다. 내가 예전에 경주부윤으로 있을 때 부친 한공은 병부兵符를 차고 영남의 좌도를 맡고 있었다. 훈이 한공을 찾아뵙고 돌아오는 길에 경주에 들렀는데, 이 때 마침 감사監司 성사원成士元공이 순행 중이었다. 밤중에 함께 이야기를 나누는데, 이야기가 전대 인물의 우열을 언급하는데 미쳤다. 훈이 하나하나 그 행사의 자취를 드는데 열에 하나도 틀리지 않을 정도였으니, 나는 진실로 그가 고도古道에 독실한 군자라는 것을 알 수 있었다. 지금에 학문이 이미 이루어졌는데도 오히려 밤낮으로 학교에서 고인을 벗 삼아 공부하고 있으니, 장차 벼슬살이를 할 때에 그 일에 어둡지 않을 것임을 알 만하다. 그러므로 그의 자를 사고師古라 하니, 고금 인물의 공명과 부귀는 논하기에 부족하다. 그 품등에는 상·중·하가 있고 ,그 부류에는 올바름과 사악함, 충성과 아첨, 곧음과 속임의 같지 않음이 있으니, 이를테면 향초와 악초惡草, 얼음과 숯이 늘 상반되는 것과 같다. 사고師古는 무엇을 스승 삼을 것인가. 청컨대 신중히 가려야 할 것이다. 한공은 휘가 충인忠仁이고, 나의 아이는 이름이 언방彦邦이다.

一日, 從吾兒求其字於余. 余昔尹雞林[4], 韓公佩兵符, 鎭嶺南左道. 訓往省且還, 道過雞林, 時監司成公士元適巡臨. 與之作夜話, 因及前代人物優劣. 訓歷歷擧其行事之跡, 十不失一, 余固知篤古君子也. 至今學已成, 猶且日夜乎黌舍, 尙友古之人, 其將入官, 不迷於施措, 可知矣. 故字之曰師古. 古今人物, 其功名富貴, 不足論也. 其品有上中下, 其類有正與邪, 忠與佞, 直與詐之不同, 如薰蕕氷炭之每相反. 師古氏其何師. 請愼擇之. 韓公諱忠仁. 吾兒, 彦邦其名.

4 尹雞林: 성종 17년(1486) 49세 때 부친 봉양을 위하여 慶州 府尹이 되었다.

심 상장의 네 아들 이름을 짓는 글

名沈上將子四昆季說

이웃에 심씨沈氏가 있는데, 그 이름이 견肩이다. 사람됨이 부모에게 효도하고 남과 사귈 때에는 진실되며, 또 일가친척에게 인자하고 남을 예로써 대하니 훌륭하다고 할 만 하다. 항상 술에 취해 꾸벅꾸벅 졸면서 명도名途에 연연하지도 않는다. 그러므로 그 안에 쌓아둔 것을 펼칠 수 없었으니, 세상 사람들은 이러한 사덕四德이 있는 줄을 알지 못하고, 나도 그 까닭을 알지 못한다. 하늘이 혹 그 후손을 성대하게 하려는 것인가. 내가 그의 네 아들의 이름을 극효克孝, 극충克忠, 극인克仁, 극례克禮라고 한다.

隣有沈氏子, 肩其名. 人也孝于親, 與人交而忠, 又能仁其宗族, 接人以禮, 斯謂之良也. 常往來醉睡鄕, 不屑屑於名途. 故不得展其蘊, 世不知有此四德, 吾亦不知其所以也. 天其或者大其後乎. 吾以名其四子, 曰克孝, 克忠, 曰克仁, 曰克禮云.

귀향하여 부모를 봉양할 것을 청하는 차자
乞歸養箚

신臣은 본래 포의의 신분으로 그릇되게 성상의 지우를 입어 벼슬은 재보宰輔를 더럽히고 내외의 직을 역임했으나 조금도 보탬이 되지 못하고 오랫동안 성은을 헛되게 했으니 마땅히 일찍 물러나야 할 것입니다. 지난번 경주부윤이 되었을 때, 땅은 크고 사람들은 적은 데도 삼년을 힘썼으나 혜택이 백성에 미치지 못했으니 더욱 쫓겨나야 마땅합니다. 그런데 곧 은총이 더해져 처음 추부樞府로 옮겨와 지금의 본직을 제수 받았으니, 진실로 노둔駑鈍함을 더욱 힘써 죽을 때까지 성은聖恩의 만분의 일이라도 보답해야 할 것입니다.

臣本布衣, 誤蒙聖知, 官忝宰輔, 歷任中外, 無絲毫補, 久虛聖恩, 宜早斥退. 頃尹東都, 地大人微, 僶勉三載, 惠不及民, 益宜譴黜. 旋加恩寵, 始遷樞府, 今授本職[1], 固當更勵駑鈍, 指死爲期, 以報效聖恩萬分之一.

다만 생각건대, 부친이 경상도 함창에 있는데, 지금 78세로 지난 병오년(1486, 성종 17) 7월에 처음 풍질風疾을 앓아 수족이 마비되었습니다. 정미년 가을에는 이전의 증세가 더욱 일어나 그 뒤로 몸을 움직일 수 없었고 기거하는 데에 사람을 필요로 합니다. 그런데도 오히려 식음食飮은 끊어지지 않고 심신心神은 떨칠 듯합니다. 신이 경주에 있을 때에는 겨우 수일의 거리인지라 계속 서신이 오가고, 때로 왕래하며 볼 수가 있었습니다. 비록 날마다 약을 달여 병을 돌볼 수는 없지만, 또한 부모를 그리는 마음만은 달랠 수 있었습니

1 授本職: 성종 20년(1489) 2월에 대사헌에 보임되었다.

다. 금년 정월 이후로는 다른 증세가 더해 병세가 더욱 심하니, 해가 서산에 다다른 듯 아침에 저녁을 생각할 수 없을 정도입니다. 신은 지금 멀리 떠나 있어 길은 삼 백리나 되고 직사職事에 완급이 있어 바로 갈 수 없습니다. 신이 비록 영화를 탐내고 총애를 입어 성은에 보답하고자 하나, 오히려 어찌 차마 할 수 있겠습니까. 엎드려 바라옵건대, 신의 관직을 교체하시어 돌아가 병든 아비를 돌보아 효도를 마치어 인자人子의 정을 다할 수 있게 해주소서. 대사헌大司憲 홍귀달洪貴達은 아뢥니다.

第念慈父家在慶尙道咸昌, 今年七十八, 去丙午七月, 始患風疾, 手足不仁. 丁未秋, 前證加作, 自後不能運身, 坐臥須人. 然猶食飮不絶, 心神如舊. 臣在東都, 僅數日程, 通問連續, 時復往來相見. 雖不能日日嘗藥侍疾, 亦足以慰陟屺望雲之思[2]. 自今年正月, 他證添作, 羸憊益深, 日迫西山, 朝不保夕. 臣今遠違, 計程三百里, 事有緩急, 不可卒致. 臣雖貪榮冒寵, 思欲報效聖恩, 尙安忍也. 伏望遞臣官職, 許臣歸侍病父, 使得終孝, 以遂人子之情, 大司憲臣洪貴達啓.

2 陟屺~之思: '척기'는 모친을 그리는 마음을 뜻한다. 『詩經』「魏風·陟岵」에 "저 산등성이에 오름이여, 멀리 우리 어머니 바라보네. [陟彼屺兮, 瞻望母兮.]" 하였다. '망운'도 고향 또는 부모님을 그리워함을 뜻한다. 唐나라 杜甫「客堂」에 "늙은 말은 끝내 구름을 바라보고, 남쪽에 온 기러기 그 마음 북쪽에 있네. [老馬終望雲, 南雁意在北.]" 하였다.

종묘의 신주를 옮기는 것에 대한 의론
遷廟議

종묘에서 신주神主를 옮기는 것의 마땅함은 예조에서 아뢴 바가 맞습니다. -원문 빠짐- 의 의론을 참고하고 주周·노魯·송宋의 제도를 가지고 따져보아도 일이 인정과 예의에 맞으니 신이 감히 다시 의론할 바가 없으나, 다만 문소전文昭殿의 일에 대해서는 드릴 말씀이 있습니다. 옛날 제왕이 그 선조에게 효를 다하는 것은 종묘 외에는 다른 곳이 없습니다. 비록 주周나라가 성할 때에 주공이 예악을 만들어 갖추었고 문왕·무왕·성왕·강왕이 훌륭한 정치를 했지만, 따로 세운 바가 있지 않았습니다. 후세 한漢의 원묘原廟, 송宋의 경령궁景靈宮은 모두 옛날을 본받은 것입니다. 우리나라의 문소전은 또한 한 때의 망극한 추모의 정에서 나와 따로 창건한 바가 있을 뿐입니다. 무릇 그 궤장几帳의 시설을 갖추고, 음식을 바치는 것을 평시와 같이 하니, 대개 죽은 이를 섬기기를 산 이를 섬기는 것처럼 하는 것을 나중에야 세련되게 하는 것이며, 또한 삭망朔望이나 민간의 절기에 제사를 올리니, 이는 종묘를 두 개로 하는 것입니다. 그러나 차라리 두터움에 지나친 것이 더 나으니 무엇을 마음 아파하겠습니까. 다만 처음 세울 때에 다만 다섯 개의 실室을 만드는데 그치고, 또한 후세에 만들지 못하게 했으니, 대저 그렇게 한 것은 어찌 네 개의 실室로 대代에 따라 친한 분을 마땅히 제사지내고, 나머지 하나는 바로 태조의 실室이라는 것이 아니겠습니까.

宗廟遷附之宜, 禮曹所啓得矣. 參以□□[1]之論, 質以周魯宋朝之制, 事

1 판독불가자

合情禮. 臣不敢更有所議, 但文昭殿[2]事則有說焉. 古昔帝王所以致孝乎其先者, 宗廟之外無他地. 雖以周之盛時, 周公制作之備, 文·武·成康之美, 未嘗別有所建. 後世如漢之原廟[3], 宋之景靈宮[4], 皆比古也. 我朝文昭殿, 亦出於一時追慕罔極之情, 而別有所創耳. 凡其几帳之設, 膳羞之供, 一如平時, 蓋後工所以事死如事生者, 而又有朔望俗節之享, 是二宗廟也. 然寧過於厚, 何傷. 但其初創時, 只營五室而止, 且令後世不得加造. 夫然者, 豈不以四室當享隨代所親, 而其一乃太祖室乎.

태조는 국가의 원기元氣의 시작으로, 진실로 곳마다 모두 계셔야 할 분입니다. 그 나머지는 이미 종묘의 차서와 세실世室의 제향이 있고, 공덕이 있는 분은 절로 마땅히 백세토록 제사를 지내야 할 것입니다. 이를테면 문소전과 같은 것은 사친四親과 창업의 군주만을 받들 뿐이니, 이는 바로 의의 마땅함이오, 예의 절도입니다. 만약 태종太宗의 신주를 옮길 수 없다 하여 따로 한 개의 전殿을 세우게 된다면, 세종世宗 · 세조世祖도 장차 그 예와 같이 할 것이고, 후세에 또한 태종 · 세종 · 세조의 신주와 같이 함이 있다면 장차 다시 실室을 만드는 것이 끝이 없을 것입니다. 바라건대 신은 태종의 신주를 옮겨 능원陵園에 모시고, 그 아랫대의 임금을 차례에 따라 올려, 성종을 그 다음에 붙여 태조의 실室과 함께 다섯으로 해야 한다고 생각합니

---

2 文昭殿: 경복궁에 있었던 조선시대의 廟殿으로, 태조의 비인 神懿王后 韓氏를 봉안하던 사당이다. 태조 5년(1396)에 건립하여 처음에는 仁昭殿이라 불렀다.

3 原廟: 宗廟의 正廟가 있는 뒤에 다시 二重으로 세우는 사당으로, 漢高祖의 신위를 종묘 외에 다시 그의 고향인 沛縣에 사당을 짓고 모신 데서 시작되었다. 문소전은 처음 태조의 비 神懿王后 한씨를 봉사하던 곳인데, 세종 14년(1432)에 왕실 선대의 사당이 각기 나뉘어져 있음을 불편하게 여겨 송나라 景靈宮 제도에 의거하여 경복궁 북쪽에 따로 원묘를 짓게 하고 그 해 10월에 文昭殿·廣孝殿의 신위를 옮겨 봉안하고 이름을 그대로 문소전이라 하였으며, 또 태조 · 태종의 신위도 봉안하여 원묘의 모습을 갖추었다.《佔畢齋集 宮闕志》

4 景靈宮: 왕 및 후비의 진영을 봉안하던 궁이다.

다. 후세에 이것을 법식으로 삼는다면 사체事體에 있어서 매우 다행일 것입니다. 어떤 이는 사당에서 옮겨온 신주神主는 묻는 것이 예가 아니니, 조묘祧廟를 세워 보관해야 한다고 합니다. 신은 그렇지 않다고 생각하니, 예에 친親함이 다하는 신주는 사당에서 떠나서 조묘로 가며 단壇으로 가고 제터[墠]로 갑니다. 합사하자는 의론에 이르러서는, 태조의 묘廟에 합하자는 것인데, 우리나라는 합사의 의儀가 없으니 조묘를 세워서는 안 됩니다. 위현성韋玄成의 말과 같이 한漢의 고사에 따라 원릉園陵에 모시는 것이 옳습니다.

> 太祖, 國家元氣之始, 固當隨處而皆存也. 其餘旣有宗廟之序, 世室之享, 有功德者, 則自當百世享之矣. 若於文昭殿, 只奉四親與創業之主, 斯乃義之宜禮之節也. 若以太宗之主爲不可遷, 別立一殿, 則世宗·世祖, 亦將如其例, 而後世又有如太宗·世宗·世祖之主, 則將復搆室無窮已乎. 臣願遷出太宗之主, 奉瘞于寢園, 其下次次而升, 附成宗于其次, 與太祖之室爲五. 後世以此爲式, 於事體幸甚. 或者以爲遷廟之主瘞之非禮, 宜立祧毁之廟以藏之. 臣以爲不然, 禮, 親盡之主, 去廟而之祧之壇之墠. 至祫則合于太祖之廟, 我朝無祫儀, 不宜立祧□[5]之廟. 宜如韋玄成之言[6], 依漢故事, 瘞之園陵爲□[7].

5 판독불가자

6 韋玄成之言: 위현성의 말이 어떤 것인지는 분명하지 않으나, 홍귀달의 동시대 인물인 曺伸의 『謏聞瑣錄』의 내용을 통해 추측할 수 있다. 『소문쇄록』에는 "韋玄成의 전기에, '孝昭太后의 寢祠園을 수리하지 말라' 하였으니, 그렇다면 다만 침사(寢祠; 능묘에 있는 사당)만 있고 서울에 사당이 없는 것은 분명한 일입니다." 하였다.

7 판독불가자

의정부의 계 비융사를 만들기를 청함
議政府啓 請設備戎司[1]

병법에서 말하기를 "무기가 날카롭지 않으면 병졸을 적에게 주는 것이다" 하니, 병기의 날카롭고 무딤은 승패와 존망을 판가름하는 것이니 소홀히 할 수 있겠습니까. 우리나라는 삼면에서 적이 쳐들어올 수 있는 곳으로 참으로 무武를 잘 써야하는 곳이니, 먼저 그 기기를 날카롭게 해야 하고, 갑옷은 몸을 보호하는 기구이니 더욱 견고하고 정밀하게 하지 않아서는 안 됩니다. 지금의 군사들을 보건대, 철갑을 입은 자가 열에 두 셋도 안 됩니다. 왕궁을 보위하고 변방을 지키는 자가 그 갑옷이 가죽이 아니면 종이이니 그것으로 검열을 준비한다면 괜찮지만, 만약 그들을 시석矢石이 쏟아지는 전장戰場으로 내보내, 그들에게 강한 쇠뇌에서 발사된 날카로운 화살촉이 집중되게 한다면, 심한 피해를 입지 않을 수 있겠습니까. 이는 군사들이 쇠를 싫어하고 종이나 가죽을 좋아해서 그런 것이 아니라, 진실로 철은 얻기 어렵고 가죽은 철보다 가벼우며 종이는 또 가격이 싸기 때문입니다. 그러므로 사람들이 모두 임시방편의 꾀를 내 얼마 안 되는 돈을 가지고서 가볍고 싼 것을 사려하는 것입니다. 이 때문에 이익을 도모하는 무리들이 더러는 중요한 문서를 훔치기도 하고 더러는 서책을 훔치기도 하여, 밖은 종이로 바르고 안은 쑥으로 채워 때우고 엮어 군사가 입을 옷을 만들어 팔려고 합니다. 무익할 뿐만이 아니라 또한 해가 있으니 군대를 만든 본뜻이라고 할 수 없습니다.

兵法曰: "器械不利, 以其卒予敵也." 兵器之利鈍, 而勝敗存亡決焉, 其

1 備戎司: 『燃藜室記述』「政敎典故」에 근거하면, 연산조 때에 備戎司를 창설하여 鐵甲의 제조를 맡게 하였다가 뒤에 혁파하였다.

可忽哉. 我國三面受敵, 眞用武之地, 所當先利其器械, 而甲冑, 所以衛身之具, 尤不可不堅緻. 見今軍士被鐵甲者十無二三. 衛王宮, 戍邊圉者, 其甲非皮則紙, 以之備點閱則可, 若驅之矢石之間, 當强弩利鏃之湊, 能不爲魚肉乎. 爲軍士者, 亦非惡鐵而好紙皮也, 誠以鐵不易得, 皮輕於鐵, 紙又價廉. 故人皆姑息爲計, 爭持賤直, 貿其輕且廉者. 因此謀利之徒, 或竊緊關文書, 或盜書冊, 外塗以紙, 內實以蒿, 補綴成甲, 以求售焉. 非徒無益, 而且有損, 甚非制兵本意.

가만히 생각건대 조종祖宗 조의 도성의 민가들은 대부분 띠를 이은 지붕이었습니다. 더러 화재를 만나기라도 하면 집에서 집으로 불이 붙었습니다. 이에 국가에서 특별히 와서瓦署를 설치하고 관에서 도와陶瓦를 만들어 사람들이 구입할 수 있도록 했습니다. 그러자 채 오십 년이 안 되어 집들마다 거의 기와지붕이 되었습니다. 예전에 상喪을 당한 집은 관곽棺槨을 마련할 수 없었는데, 또한 귀후서歸厚署를 설치하여 덧널을 만들어 팔고 그 값을 받아 재목을 수상水上에서 사서 계속 이어갔습니다. 그러자 백성들이 상을 당하면 모두 그것에 힘입어 장례를 치르는데 유감이 없게 되었습니다. 저러한 일들도 오히려 이와 같을 따름인데, 더구나 승패와 존망에 관계된 병기에 있어서겠습니까.

竊觀祖宗朝都城民家, 率多茅蓋, 或遇火災, 延燒比屋. 國家特設則瓦署[2], 官爲陶瓦, 使人收買, 未五十年, 幾爲瓦屋. 往者人死之家, 不能辦棺槨, 亦設歸厚署[3], 造槨和賣, 收其直, 貿材於水上以繼之. 凡民有喪, 皆賴之以無憾焉. 彼猶若爾, 況兵器之關於勝敗存亡者乎?

---

2 瓦署: 조선시대 궁궐을 조성하는 데 소용되는 기와·벽돌을 공급하는 일을 담당한 관서이다.

3 歸厚署: 조선시대 棺槨 판매와 禮葬에 필요한 물품을 공급해주는 일을 담당하던 관서이다.

헤아려보니 지금 군기시軍器寺에서 만든 각종 갑옷은 단지 6천 6백 15개이니, 만 명의 군사도 오히려 쓰기에 부족합니다. 만약 대병을 동원할 때에는 겨우 십분의 일을 충당할 정도이니 어찌 걱정하지 않을 수 있겠습니까. 엎드려 바라옵건대 와서瓦署와 귀후서歸厚署 등의 전례와 같이 특별히 별국別局을 만들어 제조낭청을 고르시고 공장工匠과 철물 등의 일은 본관에 맡겨 처리하게 하십시오. 그리고 1년을 약정하여 만든 벌수를 세어 적절한 값을 정하여 수매收買하는데 편리하게 하십시오. 이와 같이 하여 여러 해가 쌓이면 자연히 군사들 중에 쇠로 된 갑옷을 입은 이들이 많아질 것입니다. 또 연한年限을 정해 종이와 가죽의 소지를 금하시면 아까 이른바 문서를 훔치고 서책을 도둑질하는 무리들이 스스로 그만 둘 것이며, 사람들이 모두 견고한 갑옷을 입고 그것으로 자신을 보호하고 적을 막는 데에 남음이 있을 것입니다. 그러니 군사를 통솔하는 데에 있어서 어찌 도움이 있지 않겠습니까. 해당 관청에 하교하여 시험 삼아 시행하게 하시면 매우 다행이겠습니다.

計今軍器寺所造各樣甲只六千六百十五部, 萬人之兵, 猶不能足於用. 若擧大兵之時, 則僅充十分之一, 豈不可慮乎. 伏願特設別局如瓦署歸厚署例, 擇差提調郎廳, 凡工匠鐵物等事, 聽本官便宜措置, 約定一年, 所造凡幾領, 酌中其價, 使得便於收買. 如此積有年紀, 則自然軍士鐵其甲者多. 又令限年禁持紙皮者, 則向所謂竊文書, 偸書冊之奸自戢, 人皆堅甲, 以之衛身禦敵而有餘矣. 於軍國, 豈不有助乎. 乞下該司施行以試之. 幸甚.

적암부 병서
適庵賦 幷序

曺가 그의 성이고 신伸이 이름이며 자는 숙분叔奮이니 창녕인昌寧人이다. 나의 이웃에 살면서 집에 적암適庵이라는 편액을 달았다. 일찍부터 시를 잘한다는 명성이 있었는데, 알고 지내다가 천거하여 벼슬을 하게 했다. 또 의술과 통역通譯을 업으로 삼아 모두 능했는데, 세상에서 그를 가리켜 '재주 창고'라고 하였다. 전에 두 번 경사京師에 조회를 가고, 두 번 대마도對馬島에 사신을 가는 등 편안한 해가 없었다. 올해에도 대마도로 사신을 가기에 「적암부」를 지어 가는 길에 주었다. 그 가사에 이르기를

> 曺其姓, 伸其名, 字叔奮者, 昌寧人也. 卜吾隣, 扁其居曰適庵. 夙有能詩聲, 相識, 薦而官之. 又業醫與譯皆能, 世目爲才府. 嘗再朝京師, 再使馬島, 無寧歲. 今年, 又使馬島, 作適庵賦, 贈其行. 其詞曰.

적암에게 묻노니, 그대 어찌하여 '적適'이라 호號를 하면서 자적自適하지 않는가.
한 몸에 기예가 많은 탓에, 사방으로 쉼 없이 바쁘네.
아침에 예원藝苑을 떠나가서는 저녁에는 사림詞林에서 쉬네.
한밤중 책 읽으며 읊조리는 소리여, 아침에 책 넘기며 손 가죽 두꺼워졌네.
글귀 고심에 마음이 괴롭고, 귀와 눈으로는 많은 것 경험했네.
굴원과 송옥인양 격문으로 불러 일을 시키고, 조식曹植과 유정劉楨처럼 깃발로 불러 돕게 하네.
이미 임금께서 그대 불러 역관을 삼으시고, 다시 불러 의사라 부르시네.

問適庵　君胡號爲適而不自適
一身衆技之所使兮　汨東西與南北
朝發軔於藝苑兮　夕詞林乎弭節
口嘶聲于夜讀　手厚皮于朝閱
旣腸胃之困雕鎪兮　亦亂歷乎耳目
屈宋檄召而督之役兮　曹劉旌招而使羽翼
荃[1]旣命子爲舌人兮　又呼號曰岐伯[2]

전에는 연경을 두 차례 방문하더니, 지금 대마도 가는 길은 세 번째이네.
산천을 두루 거쳐 감이여, 지나칠 수 없는 경관에 오가는 술잔 어이 감당하리.
천지간에 난 것들은, 날거나 헤엄치는 것들, 크거나 작은 것들
미세한 것은 본디 미세하고, 나는 것은 헤엄치지 못하네.
각자 한 가지만 지키고 다른 것은 겸하지 못하네.
하나만 잘하는 사람들과 어찌 그리 다른가, 그대 한 몸에 다 가지고 있네.
애쓰고 고생함이 이와 같음이여, 그래서 '적適'으로 집 이름을 지었네.

燕京前赴者再兮　馬島今去則三也
山川跋履兮　難阻物象酬酢之何堪
凡生天地之間者　各飛潛與洪纖
纖者自纖兮　飛者不潛
自守其一兮　而不相兼
夫何百夫之殊其一能兮　子一身之僉也

1 荃: 香草의 이름으로, 昌蒲인데, 대부분 君主를 비유한다. 「離騷」에 "임금께서 나의 진정을 살피지 못하시고 도리어 참소를 믿고서 몹시 화를 내시네. [荃不察余之中情兮, 反信讒而齌怒.]"라는 내용이 있다.
2 岐伯: 黃帝 軒轅氏의 신하로 중국 醫藥의 시조이다.

伊勞苦之若此兮　　　　乃以適而名庵

이에 적암자適庵子가 빙그레 웃고 눈을 치켜 올리며 앞으로 나아와서는 내게 말하였다. “아, 내가 어딜 간들 스스로 편안하지 않겠는가. 몸이 천하니 관직이 비록 작더라도 또한 영광이며, 집이 가난하기에 봉록이 비록 박하더라도 가득차기 쉽네. 화려한 집을 바라지 않으니 진실로 무릎들일 정도면 편안하다네. 좋은 음식 구하지 않으니 배를 채우면 그만이지. 술 있으면 기쁘고 술 없으면 쉬며, 혼자일 땐 자작自酌하고 둘 일 때엔 주고받지. 아름다운 시 바라지 않고 그저 내 뜻을 말할 뿐. 책은 물리도록 읽지 않고, 피곤하면 꾸벅꾸벅 조는 것이 모두 나의 편안함이라오. 저 북쪽으로 중국에 노닐 때에는 말을 타는 수고로움이 있고, 동쪽으로 일본에 갈 때에는 뱃길의 근심이 많아 편안하지 않은 듯하지만, 그것을 걱정하지 않으니 또한 나에게 뭐 어려우랴. 또한 저 물은 넘실넘실 아득히 흐르고, 바람은 휙휙 오래도록 소리 내어 부는데, 옛날이나 지금이나 조금도 쉬지 못하지만 스스로 그 수고로움을 알지 못한다. 진실로 내가 타고 난 바이니, 비록 끝내 길에서 늙더라도 오히려 달게 여긴다. 뱁새는 작은 가지 하나를 오히려 넉넉하게 여기고, 붕새는 만 리의 길을 떠나 다시 남쪽으로 가는 법. 오리는 다리가 짧지만 스스로 만족하고, 코끼리는 코가 길어 또한 편한 법. 나 또한 나의 편함을 알지 못하겠는가. 이는 조물주가 시킨 것이니.” 내가 일어나 술을 따르고는, 또 이어 노래했다.

適庵子莞爾而笑, 盱衡而前, 復于涵虛子曰: “噫! 吾無往而不自適也. 身賤故官雖小而亦榮, 家貧故俸雖薄而易盈. 居不必華屋兮, 苟容膝則安也. 食不必兼味兮, 惟充腹之取歡. 有酒則飮, 無酒則休. 獨則自酌, 偶則相酬. 詩不要好, 聊言吾志. 書不耽讀, 體倦則睡, 皆吾之適也. 若夫北遊乎中國, 有鞍馬之劬. 東騁乎扶桑[3], 多舟楫之虞, 似非吾之適兮, 然不以爲虞, 則亦何有於吾. 且夫水滔滔而長流, 風刀刀而長號. 無古今之或息兮, 不自知其爲勞. 苟其吾之所性兮, 雖卒老道途兮猶甘. 鷦一枝而尙寬, 鵬萬里而又南. 鳧脛短而自足, 象鼻長而亦便. 吾亦不自知吾之適兮, 蓋眞宰之使然." 涵虛子起而酌之, 又從而歌之曰:

황곡黃鵠이 날아가니, 한 번에 구주九州를 가는구나.
왼 날개로는 약목若木을 떨치고, 오른 날개로는 끝없이 덮는도다.
가는 곳마다 자적自適함이여, 그대 손을 잡지만 머물게 하기 어렵네.
배는 흔들흔들 가벼이 가는데, 바닷가 하늘 아득하고 바다는 끝이 없네.
창연히 홀로 서서 구름에 의지하고, 긴 칼 어루만지며 먼 길 가는 이에게 주네.

黃鵠之飛兮	一擧九州
左翼拂乎若木[4]兮	右翼蔽乎不周
惟所如兮自適	執子之手兮難留
舟搖搖兮輕颺	海天茫茫兮水悠悠
悵獨立兮倚層雲	撫長劍兮贈遠遊

3 扶桑: 해 뜨는 동해 속에 있다는 전설상의 나무인데, 여기서는 日本을 이른다.
4 若木: 古代 신화 속의 나무 이름이다.

허백정집

발문跋文

『허백정집』 발문 최정호

『虛白亭集』跋 崔挺豪[1]

오도吾道가 동쪽에 온지 오래되었으나 학행學行의 순수함과 문장文章의 빼어남은 우리 조선에 이르러 크게 떨치게 되었다. 이는 대개 문운文運의 창성을 하늘이 열어줌으로부터, 역대 왕들이 양육하신 공으로 인재人才를 만들어서가 아니겠는가. 아, 문광공文匡公에게 문文은 다만 평생 동안 자득한 나머지로 하늘이 아직 잃지 않은 바를 그에 붙인 것이니, 어찌 세상의 이른바 나라를 빛내는 큰 솜씨로서, 아로새기고 꾸미고 아름답게 하는 것을 공교롭게 하면서, 성정性情을 도외시하며 도가 있는 곳에 밝지 못한 자와 함께 말할 수 있겠는가.

> 吾道之東久矣, 而學行之粹, 文章之懿, 至我朝始大振焉. 是蓋文運之昌, 自天啓之, 而列聖養育之功, 遐不作人[2]. 噫! 文匡公之於文, 特其平生自得之緖餘, 而天之所以未喪者寓焉, 豈可與世之所謂華國大手, 而雕蟲粉飾巧麗爲工, 外性情而昧道之所在者, 駢稱而同日語哉.

공은 태어나면서부터 아름다운 자질이 있고 총명하여 대인의 기상이 있었다. 장성해서는 문득 깨달음이 있어 경전과 사서史書에 통달하여 광박한 학문의 세계를 탐구하고 찬란한 도덕의 빛을 내니, 그것이 흘러넘쳐서는 사업이 되고 발하여서는 문장이 되어 평상시에 읊조리고 일상생활에서 주고받은 것들이 모두 성정의 자연스러움에서 나와 혼연히 자연스럽게 이루어지니, 한때 문학으로 이름난 이들이

---

1 崔挺豪: 1563~?. 홍귀달의 외현손. 본관 忠州. 자 時應.

2 遐不作人: '作人'은 인재를 등용하여 성취하게 하는 것을 이른다. 『詩經』「大雅·棫樸」에 "우뚝한 저 은하수, 하늘의 문장이 되었네. 주왕께서 장수하시니, 어찌 인재를 성취시키지 않으랴. [倬彼雲漢, 爲章于天. 周王壽考, 遐不作人.]" 하였다.

모두 그의 품평을 통해 올바름을 취했다. 그러므로 그가 문형文衡을 맡은 것이 오래되어 문장의 지남指南이 되었던 것이다. 아, 훌륭하도다. 그의 평생의 자취를 더듬어보니 힘을 쓰는 것이 자기의 사사로움을 제거하고 외물에 견인되지 않는 데에 있지 않음이 없었다. 그러므로 그 정자亭子를 허백虛白이라 편액 했던 것이다. 집에는 성색聲色의 즐거움이 없고 마음에는 스스로 지키는 하늘이 있으니, 집에 거처할 때마다 비록 번화하고 소란스러운 때를 당해서도, 고요히 앉아 책을 보며 소매에 손을 넣고 마음을 차분히 하여 조용히 움직이지 않아 엄연하기가 마치 우뚝 솟은 산과 같았으니, 도道에 대해서 얻음이 있는 자가 아니면 그렇게 할 수 있겠는가.

> 公生而有美質, 嶷然有大人氣岸. 及長, 怳然開悟, 心通經史, 淵淵乎其學問之博也, 郁郁乎其道德之光也, 流而爲事業, 發而爲文章, 其尋常諷詠, 日用酬酢, 皆出於性情之自然而渾然天成, 一時名文學者擧取正於藻鑑之下. 故其典文衡者久, 而爲文章之指南焉. 吁! 可尙也已. 迹其平生, 用力未嘗不在於克去己私, 而不爲外物之牽掣, 故名其亭以虛白額焉. 家無聲色之娛, 心有自守之天, 每家居, 雖當紛華騷屑之際, 而靜坐觀書, 袖手潛心, 凝然不動, 儼若山峙, 非有得於道者, 能然乎?

아, 신자臣子가 된 이가 누가 임금을 섬기는 데에 충성을 다하고 당시에 말을 다하여, 우리 임금을 허물없는 곳으로 들어가게 하며 아득히 아름다운 명예를 빛나게 하고자 하지 않겠는가. 그러나 말할 수 있는 날에 스스로 다하지도 못하여 본연의 이치를 잃고, 불충不忠으로 돌아가기를 달게 여기는 것은 무엇 때문인가?. 진실로 이해의 문제에 대해 두려워하는 생각이 내 마음의 하늘을 속박하며, 성정의 올바름이 거의 민멸泯滅된 바가 있어서 그러한 것이다. 공은 세조世祖조에 급제하여 문장으로 이름이 났고, 성종成宗조에 높은 벼슬에 올라 총애가 융성하였으나 임금에게 말을 다하지 않음이 없었고 간언이 받아들여지지 않음이 없었다. 폐조廢朝에 이르러서는 국가의 일을 이루다 말할 수 없었는데 공이 얼굴빛을 바르게 하고 조정에 서서 형벌을 피하지 않고 처음부터 끝까지 소리 높여 말하면서 조금도 굽히지 않다가 끝내 직간直諫으로 인해 죽게 되었다. 그가 평일에 도道를 보는 것이 명철明哲하고 뜻을 세움이 확고함을 여기에 이르러 볼 수 있으니, 학문의 공功은 진실로 속일 수 없도다. 문광文匡으로 시호를 한 것이 어찌 아무런 뜻이 없겠는가.

噫, 爲臣子者孰不欲盡忠於事君, 竭言於當時, 納吾君於無過, 熙鴻號於無窮哉. 然率不得自盡於可言之日, 失其本然之理而甘爲不忠之歸者, 何歟? 良以利害怵惕之念有以牿吾心之天, 而性情之正, 殆有所泯滅而然也. 公於世祖朝登第, 以文章鳴, 及成廟踐祚, 寵重比隆, 言無不盡, 諫無不入. 逮至廢朝, 國家之事不可勝言, 公正色立朝, 不避斧鑕, 終始抗言, 不少屈折, 卒以直諫死. 其平日見道之明, 立志之確, 到此地頭, 可以見矣, 而學問之功, 誠不可誣矣. 諡以文匡, 豈虛也哉?

아, 간언을 따르며 어기지 않는 것은 제왕의 고상한 절조이고, 직언을 다하여 꺼리지 않는 것은 신자臣子의 직분이나, 귀에 거슬리는 말은 예로부터 합치되기 어려웠다. 그러므로 절로 현명한 군주와 충량한 신하가 서로 만나는 세상이 아니면 임금의 얼굴을 범하는 말을 제대로 다하는 일이 드물었다. 그런데 고송孤松 같은 만년晩年에 말하기 어려운 때를 만나 임금의 잘못을 곧바로 지적하여 죽음을 각오하고 바꾸지 않으며 하나의 '거간拒諫'의 상소上疏를 올렸으니, 후세에 임금에게 말하지 않는 자의 경계가 되기에 충분하다. 그러니 도道에 대해서 얻음이 있는 자가 아니라면 그러할 수 있겠는가. 그 상소를 보니 '바라건대 조금이라도 성명聖明의 조정에 보답하고자 한다.' 하였고, 또 '오직 한 마디의 붉은 마음이 있어 알고서 말하지 않을 수 없다.' 하였으니, 이는 공이 성묘成廟에게 받은 후한 은혜를 사왕嗣王에게 갚고자 한 것이니, 의리상 죽음으로 간쟁하지 않을 수 없었던 것이다. 그 진실한 마음과 곧은 기운은 언사의 표면에 넘쳐나 삼대三代의 충후한 뜻이 있으니, 그 문장은 충서忠恕에서 얻고 풍영諷詠은 성정性情에서 드러난 것으로, 문자의 말단에 집착하지 않았음을 알 수 있다.

> 嗚呼, 從諫弗咈, 帝王之盛節, 盡言不諱, 臣子之職分, 而逆耳之言, 自古難合. 故自非明良相遇天地際也, 則鮮有克盡其犯顔之辭. 而孤松晩歲, 正値難言之會, 直斥君非, 九死不移, 拒諫一疏, 足以爲後來不言者之戒, 則非有得於道者, 能然乎. 觀其疏, 有曰'願欲少報於聖明之朝'. 又曰'惟有一寸丹心, 知無不言'. 蓋以公受成廟厚遇之恩, 以遺嗣王, 義不得不以死爭之也. 其誠心直氣, 藹然於言辭之表, 而有三代忠厚之意焉, 則其文章之得於忠恕, 諷詠之發於性情, 而不規規於文字之末者, 蓋可見矣.

나는 공의 외현손外玄孫이다. 남기신 글을 반복해서 읽으며 그 모습을 생각하니 슬픈 마음에 눈물이 흐르지 않았던 적이 없었으니, 마음으로 그 은미한 도리를 드러내고자 한 것이 오래되었다. 경술년(1610, 광해군 2) 봄에 이 읍에 수령으로 나와 공의 현손 정자正字 홍호洪鎬의 집에서 공이 평생 동안 쓰셨던 글의 원고를 가져왔다. 공무의 여가에 재배再拜하고 읽으며 간행하여 길이 전할 것을 생각했었다. 마침 순찰사 정경세鄭經世공이 이 도道에 오셨는데, 그 뜻을 가련히 여기고 힘이 미치지 못함을 애석하게 여기시어 드디어 함께 공역供役을 갖추어 그 이루지 못했던 것을 이루었다. 아, 사문斯文의 전함이 또한 지금을 기다렸으니, 어찌 자손의 행운이 아니겠는가. 만력萬曆 39년 신해년 7월 모일, 중훈대부 행구례현감 최정호가 삼가 발문을 쓰다.

挺豪於公, 爲外玄孫也. 三復遺編, 想像典刑, 未嘗不慨然流涕, 思欲發揚其幽潛者久矣. 歲庚戌[3]春, 出守玆邑, 乃裒取公之平生集文本稿於公之玄孫正字洪鎬之家. 乃於公餘, 再拜讀之, 謀欲鋟諸梓, 以永其傳. 適巡察使鄭相公[4]出按是道, 悶其志而哀其力之不逮, 遂與之供役之具, 以成其不成者焉. 噫, 斯文之傳, 其亦有待於今矣, 豈非爲子孫者之幸也. 萬曆三十九年辛亥七月日, 中訓大夫行求禮縣監崔挺豪, 謹跋.

---

3 庚戌: 광해군 2년(1610)으로 추정된다. 이 해에 外玄孫 崔挺豪가 求禮縣監으로 부임하여 현손 洪鎬에게 家藏本을 얻고, 전라도 관찰사 鄭經世의 도움을 받아 다음해인 1611년에 원집 초간본을 간행하였다.

4 鄭相公: 鄭經世로 추정. 명종 18년(1563)~인조 11년(1633). 정경세는 조선 중기의 문신·학자. 본관은 晉州. 자는 景任, 호는 愚伏. 아버지는 좌찬성 汝寬이며, 어머니는 陝川李氏로 軻의 딸임. 文衡·湖堂·吏曹判書를 역임함.

찾아보기

|인명|

|지명|

|서명|

허백정집 원문 차례

허백정집 1

虛白亭集 序文

虛白亭集 卷1 詩

허백정집 2

虛白亭集 卷2 詩

| 序

| 疏

虛白亭集 卷3 碑誌

| 祭文

| 雜著

虛白亭集 跋文

허백정집 3

虛白亭集 續集 卷1 詩

025 臨風臺, 與友人同和 臺在虎溪上. 大寺山, 有先生茅亭遺址. 出『咸寧誌』
026 與成同知時佐【俊】, 遊青鶴洞, 右副承旨金季昷宗直, 適枉臨空還. 翼朝, 詩以寄謝
027 茅廬卽事
028 次連山東軒韻
029 過松鶻山, 馬上偶吟
030 題刑曹郎賞蓮圖
031 閒中卽事
032 濟川亭觀水. 奉教撰
033 題驄馬契軸
034 次大同江韻
035 贈朴同年屯翁
036 寄丁不騫 壽崑 ○時不騫寓於他, 故詩以邀還.
037 附次韻
038 謝友人贈丁香一封
039 次浮碧樓韻
040 送安子珍【琛】出鎭合浦
041 輓人
042 送梁都事, 賀還忠淸觀察幕府
044 輓安副正彭命
045 送楊州牧使權侯【仁孫】赴任
046 輓李藩仲【封】
047 題金知樞【永濡】所藏二王圖
049 送李侯【元成】宰金溝
051 送李侯【順命】赴任咸安
053 題林上舍【陽舒】園池
054 權叔强【健】獻壽後設宴會, 翼日追賦錄奉
056 送曺大虛【偉】觀察湖西
060 送蘇景坡【斯軾】赴任通川
061 送尹內乘【湯老】點馬嶺南

虛白亭集 續集 卷2 詩

302 次朴艮甫韻

303 次權時甫【得經】和朴艮甫韻

304 次朴艮甫韻

306 次朴艮甫韻

307 輓全部將

308 次朴艮甫韻

309 弘治四年秋, 自嶺南還京家. 家在木覓之麓青鶴洞之傍, 至則前上將沈侯肩, 新卜居于隣矣. 自是日與之往還, 越明年正月日, 侯袖諸公松菊詠一紙來示余, 乃侯舊居城南時諸公來賞所作耳. 沈曰: "子亦文人也, 盍續之." 余曰: "詩須因所見作, 庶不失實, 此非菊時, 且此地無有菊, 吾何見敢詩之也." 侯曰: "且因今所見作可也, 吾索詩耳, 不必泥於物也." 余曰: "然則吾當云云." 詩曰.

311 送許府尹【誡】赴任慶州

314 贈李國耳 竝序

315 寄咸鏡北兵使

316 送都承旨安善卿【潤德】觀察嶺南

318 諫院契軸

319 送江原使相權【侹】

320 走筆贈人

322 送李都事仲匀【宗準】赴嶺南監司幕下

324 自歎

325 題義禁府郎廳契軸

326 寄金海府使洪【漢忠】

327 次沈【克孝】韻

328 端午日, 李國耳邀我于其胤正郎第, 病不能赴, 二絶句以謝復云

329 送金判官赴任穩城

330 暮春日, 與仲素訪韓兵使, 卽事

331 北征都元帥歸朝歌. 奉呈東門迎席.

334 和李次公【淑瑊】韻

337 謝綱目廳堂上郎廳來訪

338 贈別權咸興【仁孫】

339 送金近仁【甲訥】宰珍原

340 感懷贈李衡仲

341 題柏節契文軸

詩

439 寄李水使
440 參禮驛, 寄亞使金子胤【首孫】
441 次東軒韻
442 寄金子胤
444 高山縣卽事
445 感懷
446 高山燈下
447 高山路上吟
448 次高山東軒韻
449 高山夜懷
450 高山寄金子胤
451 次務安東軒韻
452 次南門樓韻
453 古阜長橋川邊, 別崔郡守
454 到寶城, 寄李水使
455 順天, 醉次監司韻
456 康津, 次河狀元韻
457 馬上感興
458 益山, 寄南鎭翁
459 自寶城向樂安途中感興
460 次恩津東軒韻
461 題益山樓
462 題龍安東軒
463 題金溝縣別室
464 贈古阜訓導
466 題益山東軒
468 偶吟
469 次泰仁東軒韻
470 到振威驛, 次壁上韻
471 戲贈金公亮【仲演】分司西湖鞫囚
472 寄務安守權平仲
473 茅亭, 次金季昌【世蕃】韻
474 寄湖南亞使金子胤

허백정집 4

虛白亭集 續集 卷3 詩

052 初六日早行，馬上口占，次書狀韻
053 過柳河偶吟
054 柳河邊漫成，錄似書狀，求和
055 到遼東館，次書狀韻
056 宿遼東客館，夜雨朝霽，田家之慶，行人亦喜，賦詩示書狀，求和
057 次書狀高平驛韻
058 次書狀到廣寧韻
059 發十三驛，途中口占
061 杏山館書懷
062 向連山，馬上次書狀口號
063 夜到曹家莊
064 在曹家莊，聞寧遠衛大人領兵向長城，候鞑子來屯形迹
065 發曹家莊，西行至中右所少憩
066 宿東關驛卽事
067 山海關卽事
069 山海關遷安驛丞陳得，來謁饋酒肴，自言少時學醫，友人因號橘泉．蓋取蘇耽移橘井邊，摘葉食之，已疾疫義也．因求詩以詠其扁，乃戲題云
070 晨坐聞鵲
071 發山海關
072 榆關客館，次高陽彦【缺】
075 次蘆峯口壁上韻
076 永平途中柳亭
077 過永平府
078 七家嶺
079 夜宿義豐驛
081 過玉田縣
082 日午到陽樊驛，忽憶兒輩有作
083 次壁上華人韻
084 漁陽懷古
085 薊州城西途中
086 漁陽驛西道傍，見喪冠女哭向新塚，頗痛楚．哀之而有作
088 過公樂驛
089 過三河縣

090　題夏店館

091　中原一路野田村巷, 多種楊柳, 最是勝觀. 每遇佳處, 輒卸鞍留憩, 或立馬吟賞, 徘徊而不忍去者不知其幾. 行至通州, 佳麗倍之, 前途且盡, 尤不能無情也. 生, 嶺外人也, 其土宜嘉植. 他日, 乞歸業樹藝, 當先封植此樹, 以當中原此日面目. 詩以示書狀, 誌不忘云

093　登通州驛門樓

095　六月一日, 發通州, 路上被雨, 馳入玉河館, 是夜又雨

097　到帝都書事. 十絶 五首入元集

100　玉河關卽事

101　古風.【三首】書懷, 與書狀共之

105　感懷

106　初十日, 犯食忌脾傷, 右腋胸背皆疼, 終夜不得安枕, 向曉稍歇. 朝來起坐, 懷贈書狀共之

107　書事

108　次贈邵鎭韻

110　戲贈邵鎭

111　題樓濟之父偉父母祖父母寫眞圖卷軸

112　次國子監儒譚珪韻

113　通州驛館, 次安南使韻

114　次安南使阮偉挺夫韻

115　潞河驛, 書懷, 示書狀

116　七月十五日, 發北京, 冒雨到通州, 大雨河漲, 留二日. 向夏店, 水塞古道, 跋涉之難, 不可勝言. 至店時, 已昏黑, 勞悴亦不可堪. 翌日因留, 以待車徒之落後者. 追思旅況行李之苦, 作十不可. 記客中心事, 以留後日面目

124　路上, 逢謝恩使尹左相, 副使韓同知, 書狀金殷卿赴京, 各呈一律

127　聞永山府院君金公守溫亡, 有作

128　用大同江鄭知常韻, 悼李參贊塤

130　排律二十韻. 謝陽樊驛丞

133　義豐驛書事. 疊韻二十

135　七月卄六日, 發義豐驛, 過七家嶺, 至大灤河, 日已暮, 河水漲溢, 舟人已散, 不可渡矣. 不得已入河上石梯子鋪, 有鰥住, 西廊土埃溫且穩, 因寓宿, 遇我甚厚, 翌日將別, 贈茶一封, 感而作

138　灤河驛丞陳君, 其兄弟有六, 皆因姓而命之名曰謨, 曰言, 曰諭, 曰詔, 曰誥, 曰謨, 所謂名實之相孚者也. 言, 灤河公也. 辛丑之秋七月, 余充千秋節進賀使赴

虛白亭集 續集 卷4 序

| 記

虛白亭集 續集 卷5 墓碑銘

| 年譜

虛白亭集 續集 卷6 附錄

虛白亭集 續集 跋文

역자별 번역부분 소개

김용철 : 1권 21쪽 ~ 2권 144쪽
김용태 : 2권 145쪽 ~ 2권 498쪽
김창호 : 2권 499쪽 ~ 3권 538쪽
김남이 : 3권 539쪽 ~ 4권 111쪽
부영근 : 4권 112쪽 ~ 4권 249쪽
김남이 : 4권 250쪽 ~ 4권 388쪽
부영근 : 4권 389쪽 ~ 4권 419쪽

초기사림파문집역주총서 2

허백정집 2

2014년 6월 27일 초판 1쇄 펴냄

저 자 홍귀달
역 자 김남이 부산대학교 한문학과 교수
김용철 부산대학교 점필재연구소 HK연구교수
김용태 성균관대학교 한문학과 교수
김창호 원광대학교 한문교육과 교수
부영근 대구한의대학교 한문학전공 겸임교수

발행인 김흥국
발행처 도서출판 점필재

등록 2013년 4월 12일 제2013-000111호
주소 서울특별시 성북구 보문동7가 11번지 2층(편집부)
전화 929-0804(편집), 922-2246(영업)
팩스 922-6990
메일 jpjbook@naver.com

ISBN 979-11-85736-03-7
979-11-85736-01-3 94810(세트)
ⓒ 부산대학교 점필재연구소, 2014

정가 35,000원
사전 동의 없는 무단 전재 및 복제를 금합니다.
잘못 만들어진 책은 바꾸어 드립니다.

이 도서의 국립중앙도서관 출판시도서목록(CIP)은 서지정보유통지원시스템 홈페이지(http://seoji.nl.go.kr)와 국가자료공동목록시스템(http://www.nl.go.kr/kolisnet)에서 이용하실 수 있습니다. (CIP제어번호: CIP2014017902)

* 이 책은 2007년 정부(교육과학기술부)의 재원으로 한국연구재단의 지원을 받아 수행된 연구임(KRF-322-A00077)